KB162964

남자주인공이 없어도 괜찮아

❦ II ❦

뢱끼 장편소설

남자 주인공이 없어도 괜찮아 Ⅱ

초판 1쇄 인쇄일 | 2020년 8월 13일
초판 1쇄 발행일 | 2020년 8월 24일

지은이 | 뢱끼
펴낸이 | 박성면
펴낸곳 | (주)동아

출판등록 | 제406-2007-000071호
주소 | 경기도 파주시 문발로 115, 세종출판벤처타운 201-A호
전화 | (031)8071-5201
팩스 | (031)8071-5204
E-mail | bear6370@hanmail.net

정가 | 13,000원

ISBN 979-11-6302-382-1 (04810)
       979-11-6302-380-7 (set)

ⓒ 뢱끼, 2020

DONGA ROMANCE STORY

II

남자 주인공이 없어도 괜찮아

뢱끼 장편소설

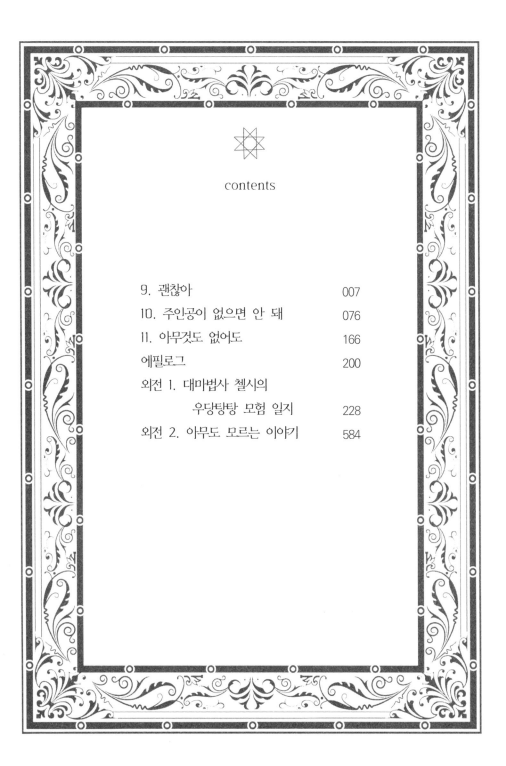

contents

9. 괜찮아

"으음……."

눈꺼풀을 두드리는 희미한 빛이 느껴졌다. 힘겹게 눈을 뜨자 옅은 파란색의 하늘이 보였다. 암흑 왕국의 하늘을 온통 채우고 있던 안개가 걷혀 있었다. 웬일이지. 암흑 왕국에서 이렇게 선명한 하늘을 본 적이 없는데.

고개를 옆으로 돌리자, 땅에 쓰러져 있는 까망이의 모습이 보였다. 검은 꼬리가 바닥에 축 늘어져 있었다. 나는 입을 열어 까망이의 이름을 불렀다.

"까망아……."

목이 잠겨 있어, 내 입에서 나오는 목소리는 작고 힘이 없었다. 목소리가 작다고 못 들을 애가 아닌데. 까망이는 반응이 없었다. 분명 마지막에 까망이가 마수왕의 얼굴을 덮쳤었지. 마수왕이 그 애를 떨쳐내려고 공격을 했고…….

그때 다친 게 틀림없었다. 크게 잘못된 건 아니겠지. 가까이 가서 살펴봐야겠는데. 나는 걱정되는 마음에 몸을 일으켰다. 정확히는, 일으키려고 했다. 그러나 거친 돌바닥이 등과 피부를 긁어 올 뿐, 도무지 몸이 움직일 생각을 하지 않았다.

그러고 보니 아까부터 숨쉬기가 힘든 것도 이상했다. 나는 상황을 파악하기 위해 시선을 돌렸다.

"흡."

그리고 내 시선이 아래에 닿은 순간, 나는 숨을 멈췄다. 내 가슴 위에는 깨진 목걸이의 마력석 조각이 흩어져 있었다. 마력이 사라져 레드 다이아몬드의 붉은빛이 돌아온 마력석 아래로, 내 몸을 짓누르고 있는 커다란 바위가 보였다.

"아……."

그것을 보자 정신을 잃기 전, 마지막으로 보았던 장면이 떠올랐다. 끝까지 발악하며 돌바닥을 들어 올려 나를 공격하려던 마수왕. 발동한 영혼의 서. 마수왕은 사슬 속으로 사라졌으나, 녀석의 손을 떠난 바위들이 그대로 나를 노렸고…….

거기까지 떠올리자, 몸 아래의 감각이 깨어나 묵직한 고통이 살아났다.

"으……."

나는 괴로운 신음을 흘리며 소매 안을 더듬었다. 얼른 이 바위들을 깨부수고 제국으로 돌아가야 했다. 그러다가 문득 굳었다.

윙투스가 없어.

나는 당황해서 흙바닥을 더듬었지만 익숙한 금속의 감각은 잡히지 않았다. 나는 감각을 집중해서 마수왕을 담고 있는 윙투스의 기운을 찾았다. 그것은 내 발치 아래로 멀리 떨어진 곳에 있었다.

"젠장……."

나는 이를 악물고, 후들거리는 팔을 들어 바위를 향해 손을 뻗었다. 하얗게 모래가 붙은 팔에는 아직 마법진 몇 개가 남아 있었다. 손가락을 마법진 위에 올리고, 마법을 발동시켰다. 오랜만에 보는 내 마력의 푸른 빛과 함께, 쿵 하고 파열음이 울렸다.

"웃……."

충격파 마법에 부딪힌 바위 표면이 살짝 파였다. 그러나 동시에 바위에 깔려 있는 내 몸에도 충격이 왔다. 난 인상을 찌푸리고 숨을 몰아쉬었다. 그리고 다시 충격파 마법을 발동시켰다. 한 번, 두 번.

쿵!

"아악……!"

연달아 마법을 쓰자 짓눌리는 고통에 쉬어 빠진 비명이 흘러나왔다. 이러다간 다리를 못 쓰게 될지도 모른다.

난 답답한 마음에 숨을 크게 들이켰다. 그리고 다시 마법진 위에 손을 올렸다. 이번에는 제발 좀 부서져라, 나는 마음속으로 빌면서 마법을 발동시켰다. 그리고……

푸시시.

"어……."

마법이 발동되지 않았다. 변동 없이 말짱한 마법진을 내려다보며, 내 입에서 절로 탄식이 흘러나왔다. 마력이 바닥났다.

"하필, 지금……."

지금 막 마수왕의 사역에 성공했는데. 이제 드래곤의 탑으로 돌아가기만 하면 되는데. 그걸 못한다고?

나는 바닥을 더듬어 윙투스를 찾아봤지만 잡히는 것은 없었다. 결국 씩씩거리며 다시 마법진 위로 손을 올렸다. 방금 발동한 마법보다 좀 마력을 덜 잡아먹는 마법을 발동하면 될 것도 같았다. 나는 마법 중에서 가장 규모가 작은 마법진 위로 손을 올렸다.

"제발, 제발……."

나는 간절한 마음으로 마법을 발동시켰다. 그러나.

"아……."

가장 마력을 적게 먹는 마법마저 발동되지 않았다. 설상가상으로 잠까지 몰려오기 시작했다. 마력 결핍증의 증상이었다.

마계의 문이 열렸던 땅이다. 지금은 전투의 여파로 잠잠하지만, 곧 마수들이 낌새를 눈치채고 하나씩 기어 나올 것이다. 이런 곳에서 무방비하게 정신을 잃어서는 안 된다.

머리로는 알고 있지만, 실제로 행하기는 버거운 일이었다.

'마수왕을 물리치고 돌에 깔려 죽은 위인으로 역사서에 남겠구나…….'

나는 멀어져 가는 의식을 정신력으로라도 붙잡고 있었으나, 그마저도 한계에 다다랐다. 정신을 놓아 버리기 직전이었다. 갑자기 내 몸을 짓누르던 바위가 움직인다 했더니, 불쑥 허공으로 떠올랐다.

쿠구구구.

나는 놀라서 감겨 가던 눈이 번쩍 뜨였다. 그러자 시야에 들어차는 빛 사이로, 바위를 들어 올리는 카르멘의 얼굴이 보였다. 곧 바위를 옆으로 던져 버린 그가 걱정 어린 얼굴로 내게 손을 뻗었다.

"첼시……!"

내 몸을 안아 오는 감촉이 선명한 걸 보면 꿈을 꾸는 것은 아니었다. 괴물 같은 녀석이 기어코 결계를 깨고 여기까지 왔구나.

까망이에 이어 카르멘까지. 어떻게 워프 존을 통과한 것인지 궁금할 따름이었지만, 이 순간 내가 그에게 느끼는 주된 감정은 그게 아니었다. 나는 나의 구원자를 향해 희미하게 웃어 보였다.

"고마워."

한계까지 끌어모았던 긴장이 풀리는 것을 느끼며, 나는 그대로 정신을 잃었다.

* * *

"······황궁으로 갈지, 자택으로 갈지 중에서만 골라."

"하지만 결국엔 드래곤의 탑으로 가야 할걸."

"첼시는 환자야."

"그러니까 그 환자님이 드래곤의 탑에 가길 원하실 거라니까."

몽롱한 정신 사이로 드문드문 목소리가 들렸다. 나는 그게 카르멘과 까망이의 대화 소리라는 것을 뒤늦게 눈치챘다. 분명 둘 다 사막에서 빠져나가기 전에 잘 헤어졌던 거 같은데 이게 무슨 일일까······. 나는 잠시 멍하니 기억을 더듬었다.

곧 마수왕과의 전투 중간에 까망이가 난입하고, 전투가 끝나고 정신을 잃기 직전에 카르멘이 도와주었던 기억이 떠올랐다. 그러니까 지금은······.

피부에 닿는 부드러운 천의 감촉, 흐릿한 시선 사이로 드문드문 보이는 흔들리는 호롱의 불빛, 방안을 은은하게 감도는 훈기. 하나씩 깨어나는 감각 기관에 발맞추어 나는 천천히 현재 상황을 파악해 나갔다.

다 끝났구나.

갑자기 안도와 뿌듯함이 밀려와 심장께가 뻐근해졌다. 나는 만족스러운 한숨을 내쉬었다. 그리고 그 순간, 이해 못 할 토론을 벌이던 카르멘과 까망이의 말소리가 뚝 멎었다.

"첼시?"

"주인님!"

곧 한 명과 한 마리가 내가 누워 있는 침대로 쪼르르 달려왔다. 난 침대로 머리를 들이미는 까망이에게 습관적으로 손을 뻗어 털을 쓸었다.

"응, 여기는······."

"헤브람 제국, 국경 마을의 여관이야."

"내가 얼마나······."

"그렇게 오래 잠들어 있진 않았어. 하룻밤하고 반나절 정도."

카르멘은 내 질문이 끝나기도 전에 답변을 주었다. 나는 까망이에게로 시선을 돌렸다. 손에 닿는 머리나 목덜미에는 상처가 없어 보였지만, 나는 확인차 물었다.

"괜찮아?"

"네."

"넌 괜찮아?"

받아치듯 카르멘이 물었다. 나는 조심스럽게 팔꿈치로 침대를 짚고 몸을 일으켰다. 카르멘이 놀라서 내 등을 받쳤다. 바위에 깔려서 버둥대느라 타박상을 입었는지 배나 허벅지가 좀 아프긴 했지만, 적어도 부러진 데는 없는 것 같았다.

"괜찮은 거 같아."

내 대답에 카르멘이 작게 안도의 한숨을 내쉬었다. 그가 건네는 물컵을 받아 마시면서, 나는 창문을 흘긋 내다보았다. 내 머리칼과 꼭 같은 색의 검푸른 밤하늘을 하얀 보름달이 밝히고 있었다. 컨디션은 나쁘지 않은 것 같은데, 이동하기 좋은 시간은 영 아니었다.

그나저나 하루하고 반나절이 지났다니, 암흑 왕국에서 국경 마을까지 오기에는 너무나 짧은 시간이었다. 그 사이 여기까지 오려면 워프 존을 이용해야 했다.

"어떻게 워프 존을 발동시켰어?"

"나도 그 일기 봤잖아."

카르멘의 대답에, 나는 눈을 깜빡였다. 그러고 보니 루나틸의 일기를 발견했을 때 카르멘도 옆에 있었지……. 하지만 워프 존이 그 잠깐 봤다고 쓸 수 있는 마법이던가? 그것도 마법사도 아닌 사람이. 의문을 담아서 카르멘을 바라보자, 그가 어깨를 으쓱했다.

"나도 황족인걸. 교육은 최상급으로 잘 받았다고."

"오……."

저런 게 재능이란 거구나?

나는 짧게 감탄했다. 카르멘은 낮게 웃으면서 내게 시선을 맞추었다.

"네 방식대로 해 봤어."

"내 방식?"

"최선을 다해서."

"어……."

그의 손이 흐트러진 내 머리칼을 쓸어 담아, 귀 뒤로 넘겼다. 귓바퀴에 카르멘의 손과 머리카락이 스치며 사르락거리는 소리가 났다. 카르멘은 나와 눈을 마주한 채, 귀를 간질이는 다정한 음성으로 말했다.

"절실했으니까."

그 표정, 눈빛, 목소리에 서린 감정이 낯선 듯 익숙했다. 한순간 이상한 예감이 내 머리를 스치고 지나갔다. ……아니겠지? 습관이겠지. 착각이겠지. 카르멘도 참, 나를 가족처럼 친근하게 대하는 게 버릇이 되어서 큰일이었다.

"난…… 잠시, 바람 좀 쐬고 올게."

나는 침대에서 튕겨 나듯 일어나 곧장 문으로 달려갔다. 카르멘과 까망이는 내 돌발 행동에 당황한 듯 바로 반응을 하지 못하고 자리에 그대로 있었다. 그러나 내가 문을 벌컥 열어젖히는 소리가 들리자, 갑자기 카르멘이 벌떡 일어나 나를 막았다.

"첼시, 밖은 안 돼!"

"어?"

나는 카르멘의 외침에 의아하게 문밖으로 시선을 돌렸다. 그러자 복도에서 서로 이야기를 나누고 있던 수 명의 기사가 나를 마주 바라봤다. 나는 당황했지만, 관성을 이기지 못해 복도로 발을 내디디고 말았다. 그 순간 난간에 기대 있던 기사들까지 한꺼번에 일어나 내게로 몰려왔다.

"로드랭 님!"

"어……."

주춤거리며 뒷걸음질 치려는 나를, 기사들이 순식간에 에워쌌다. 깨어
나셨군요, 이제 괜찮으십니까. 염려와 안도의 말들이 정신없이 쏟아져
내렸다. 내 얼굴에 달라붙는 시선들이 이상하리만치 초롱초롱했다. 나는
아릿한 어지럼증을 느끼며 그들에게서 벗어나려고 했다.

"그만!"

그때 카르멘이 내 등을 받쳤다. 그는 보호하듯 다른 한 손으로 마저
내 어깨를 감싸고 기사들을 꾸짖었다.

"이 무슨 무례냐. 방금 막 깨어나서 몸도 제대로 못 가누는 분에게."

나는 그 말에 눈을 동그랗게 뜨고 카르멘을 돌아봤다. 그의 진지한 옆
얼굴을 보자 나도 모르게 웃음이 새어 나왔다.

"풉."

뭐야, 이 레이디 취급. 그새 좀 컸다고, 엄청 무게 잡네. 나는 혼자 실
실거리다가, 문득 카르멘을 포함한 모든 기사가 나를 쳐다보고 있다는
걸 깨달았다. 큼큼, 나는 황급히 표정을 갈무리했다.

"너, 이래서 나보고 밖에 나가지 말라고 한 거야?"

내가 카르멘을 향해 묻자, 기사들 몇 명이 숨을 들이켜는 소리가 들
렸다. 그 반응에 어리둥절하게 쳐다보니 다들 카르멘의 눈치를 살피는
기색이었다. 이 반응은 뭘까, 군기 열심히 잡았나 보네……. 내가 기억
하는 카르멘은 시종들에게도 존댓말을 써서 뒷말이 나오던 애였는데.

기사들의 갑작스러운 긴장과 상관없이, 카르멘은 걱정이 어린 목소리로
답했다.

"그건 아니고…… 밖이 좀 흉흉해."

"밖이?"

헤브람 제국이면 안전한 땅일 텐데, 왜 흉흉하다는 걸까. 내 의문을
눈치챘는지 카르멘이 덧붙였다.

"네가 잠든 사이, 제국의 결계가 깨졌어."

"아이고."

저런, 상황은 짐작이 갔다. 마수왕은 잡았다지만, 마계에서 흘러 들어 온 마수가 워낙 많았으니까. 그것들이 제국을 노리다가 기어코 결계를 깨부쉈던 모양이다. 난 카르멘의 손목을 덥석 잡았다.

"그럼 더더욱 가야지. 너도 같이 가."

"……또 뭐 하게?"

카르멘은 의아한 기색이었지만 순순히 내게로 끌려와 주었다. 나는 대충 로브를 뒤집어쓰고 마법 도구들만 간단히 챙겨서 바깥으로 나섰다.

그리하여 여관 앞에 커다란 마법진이 새겨지게 되었다. 검은 잉크로 빽 빽하게 새겨진 마법진은 지름만 1m였다. 당연히 그리는 데도 시간이 꽤 걸렸다. 그 긴 시간 내내, 내 등 뒤로 웅성거리는 소리는 점점 더 커졌다.

이 여관에 우리가 머물고 있다는 사실을 사람들이 모를 리 없었다. 카 르멘이 기절한 나와 까망이를 짊어지고 여기까지 왔다면 사람들 눈을 피 하기는 힘들었을 테니까. 그래도 시간이 늦은 만큼 그렇게 많은 사람이 몰릴 일은 없으리라고 생각했는데, 완전히 오산이었다.

전에도 생각했지만, 국경 마을의 정보력은 아주 뛰어난 것 같았다. 황녀의 죽음이 너무나 큰 사건이었던 탓일까, 사람들은 암흑 왕국에 대형 마수가 나타난 것과 황녀의 군대가 몰살당한 일을 전부 알고 있었다. 그리고 소수는 그 사건이 해결되었으며, 그게 내 실적이라는 걸 알고 있는 것 같았다.

"저 꼬마애가 마왕을 해치웠다고?"

"꼬마애가 아니라 차기 마탑주님이라니까 그러네."

……이런 논의가 자꾸 등 뒤에서 이루어지고 있는 걸 보면 말이다. 그리고 어느새 마수왕의 이름이 마왕으로 변질되어, 사건은 크게 부풀 려지고 있었다.

저 사람들이 어떻게 내가 마수왕을 잡은 사실을 알고 있는 걸까?

마수왕과 나의 전투 장소는 암흑 왕국이었고, 우리가 싸우는 모습을 본 사람은 아무도 없었는데. 카르멘이 말한 걸까?

꼭 숨겨야 하는 건 아니지만…… 앞으로 드래곤의 탑에 몰래 침입한다거나, 브리튼 마을에 드나들 일정이 남은 것을 생각하면 쓸데없이 사람들 입에 오르내리는 건 좀 일이 귀찮아질 것 같았다.

여태까지의 경험을 떠올려 보면 유명인보다는 무명인이 돌아다니기는 더 편했다. 옛 선조들이 모험을 할 때 신원을 숨긴 것은 아마 이런 이유도 있지 않을까.

카르멘은 내 지시에 따라 구경꾼들을 통제해 주고 있었다. 그 와중에도 내가 무슨 행각을 벌이는지 신경 쓰이는 눈치로 자꾸만 주변을 기웃거리고 있다. 내가 펜을 놓자, 저 멀리에서 카르멘이 목소리를 높여 물었다.

"다 됐어?"

"응!"

나는 그를 향해 자신만만하게 대답했다. 바닥에는 완벽한 모양의 마법진이 그려져 있었다.

결계는 모든 공간 마법의 초석이었다. 바깥의 위험에서 보호해 주는 것은 기본이고, '결계를 설치한 공간 내에서' 환상을 보여 준다든가, 중력이 높아지게 한다든가, 끝없는 고통을 느끼게 하는 등 정교한 마법도 가능하다.

루나틸의 결계 마법은 '영혼의 전환식'의 토대가 되는 마법이었다. '영혼의 전환식'은 아주 거대하고 정교한 마법이라, 몇 가지 보조 마법을 필요로 한다. 제국민에게 마력을 전해 줄 매개가 될 '마법사의 지팡이'.

그리고 바로 이 '결계'. 결계 안에는 제국 안에서 영혼의 전환식이 제대로 발동하도록 도와주는 여러 가지의 보조 마법이 포함되어 있다. 헤브람 제국을 일종의 활성화 공간으로 만드는 것이다. 사람들은 그저, 바깥의 위험으로부터 제국을 지켜 주는 결계라고 생각하겠지만.

그 후, 나는 윙투스를 손가락에 끼웠다. 윙투스는 카르멘이 암흑 왕국에서 나를 데려올 때 발견해서 챙겨 와 주었다고 한다. 손아귀에 감기는 차가운 사슬의 감촉은 익숙한 것이었으나, 어쩐지 새롭다는 생각이 들었다. 마치 처음으로 까망이를 소환했을 때처럼.

그때는 정말 놀랐지. 그렇게 많은 마력을 느껴 본 것도, 사용한 것도 처음이었으니까. 동화책에서만 봤던 비행 마법을 실제로 사용해 본 것도 그때가 처음이었다. 온몸에 끝없는 힘이 소용돌이치는 듯한 느낌. 무엇이든 할 수 있을 것만 같던 그 충만감.

지금 여기, 바닥에 그려진 결계 마법을 발동하는 순간. 나는 그때와 같은 감각을 또 한 번 느꼈다. 새까만 마력이 내 손끝에서 뻗어 나와 마법진을 검은빛으로 휘감고 있었다.

내 몸에서 흘러나오는 마력은, 내가 가진 단 하나의 사역마인 마수왕의 것이었다. 그것이 뿜어내는 강력한 힘에 머리칼과 로브가 펄럭거렸다. 내 주변을 둘러싸고 있는 사람들 사이에서도, 일제히 놀라움에 찬 탄성이 터져 나왔다.

"저기 봐!"

누군가가 하늘을 가리키며 소리쳤다. 마법진에서 발한 검은빛이 하늘로 치솟아 오르고 있었다. 카르멘과 기사들의 눈치를 보느라 가까이 다가오진 못하고 굶주린 눈으로 마을을 주시하고 있던 가고일들이 비명을 지르며 빛을 피해 도망쳤다. 그 빛을 발하는 데 쓰인 마수왕의 힘을 느끼기라도 한 것처럼.

마수의 무리를 가르며 하늘로 치솟던 검은빛은, 상공에서 갑자기 사라졌다. 사람들이 어리둥절한 눈으로 하늘을 주시했다. 그리고 다음 순간, 갑자기 하늘이 흔들리기라도 하는 것처럼 시야가 일렁였다. 마법 제국을 지켜 줄 새로운 결계가 펼쳐지는 순간이었다.

이렇게 커다란 결계를 만들어 본 것은 처음이라 나도 신기한 눈으로 결계가 완성되는 것을 구경했다. 루나틸의 결계는 제국의 중점에 있는 마탑을 기점으로 했기에, 헤브람 제국만을 완벽하게 감쌌다. 하지만 이 결계는 국경 마을을 중점으로 제국과, 나스티아 공국 변방의 브리튼 마을까지 감싸게 된다. 그런 만큼, 더 거대한 결계였다.

마침내 결계가 완벽하게 설치되는 순간에는, 땅에서 옅은 진동이 느껴지기까지 했다. 덕분에 하늘을 보던 사람들이 화들짝 놀라 펄쩍 뛰었다.

"뭐, 뭐지?"

"이거, 설마……."

육백 년 동안 우리의 마법 제국을 지켜 주었던 보호 결계. 극소수의 몇 명을 제외하고는, 헤브람의 제국민들은 결계 안에서 태어나 결계 안에서 죽게 된다. 수백 년을 그렇게 살아왔다.

내가 잠들었던 근 이틀가량은 그 제국민들이 인생에서 유일하게 결계가 없는 나라에서 살았던 시간이었다. 그래서일까. 여기에 모인 마을 사람들은 마법적 지식이 전무할 텐데도, 이변을 느끼고 이렇게 중얼거렸다.

"결계가 다시 생긴 건가?"

그 정확한 추측에 나는 조금 놀랐다. 그리고 가능성을 느꼈다. 여기, 마법 제국. 이들이 다시 마력을 얻게 된다면, 헤브람 제국은 그 과거의 위상을 오롯이 다시 세울 수 있을 것이다. 나는 들뜬 나머지 입을 열고 말았다.

"맞아요. 결계가 수복되었으니, 제국은 이제 안전합니다."

"아아, 마탑주님!"

나를 부르는 호칭은 이제 차기 마탑주님도 아니고 그냥 마탑주님이 되었다. 흥분한 사람들이 그들을 막아서고 있던 기사들을 밀치고 내게 달려오기 시작했다. 나는 뒤늦게 내 실수를 깨닫고 손을 내저었지만 그들을 진정시킬 수는 없었다. 카르멘과 까망이가 달려와 내 앞을 막아서고 나를 뒤로 빼돌렸다.

감동한 마을 사람들의 용기는 엄청났다. 무려 황자가 나서서 말리는데도 멈추지 않았다. 심지어 그들은 황자에게 대거리를 해 가며 말싸움까지 벌였다. 내게 헹가래를 꼭 해 줘야 한다는 거였다.

"마탑주님은 아직 상처를 회복하지 못했습니다. 영웅이 피를 토하는 걸 보고 싶은 게 아니라면 그만두세요!"

결국 카르멘이 그렇게 소리친 후에야 사람들은 납득하고 물러났다. 방으로 다시 돌아온 후에, 나는 참을 수가 없어서 그를 놀렸다.

"내가 너한테 마탑주님이야?"

"……."

카르멘은 정신이 없는 와중에 사람들이 하는 소리에 휘둘려서 그랬다고 변명했다.

* * *

나는 결계를 재건하고 다시 쓰러지듯 잠들었다. 그러고서 눈을 떴을 때는, 다음 날 아침이었다. 거의 사흘을 자는 걸로 날려 먹은 셈이다.

전날 결계를 설치할 때, 난 내가 완전히 정신을 차렸다고 생각했는데 아니었나 보다. 눈을 뜨니 미처 떠올리지 못한 온갖 걱정거리가 생각이 났다. 그래서 아침부터 부산스럽게 빨리 돌아가야 한다고 호들갑을 떨었다.

"그렇지 않아도 기사들도 다 깨어나서 오늘 제국으로 돌아가려고 생각했어."

"아니, 제국이 아니라 사막으로 돌아가야 해."

"뭐?"

"거기 지름길이 있어."

사막의 워프 존은 리튼 산과 드래곤의 탑에 연결되어 있었다.

"아, 그 마법진……."

카르멘도 그 워프 존을 이용해 봤던 덕에 이해가 빨랐다.

"결계 밖으로 가는 건 위험할 텐데. 그냥 걸어서 이동하는 게……."

"더 늦추기는 싫어. 자느라 시간을 너무 많이 허비했어."

"뭐가 그렇게 급한 거야?"

"부탁해."

말을 타고 간대도, 이 마을에서 드래곤의 탑까지 가려면 사흘은 걸릴 것이다. 사막의 워프 존을 이용하면 반나절도 안 걸리는 거리인데, 쓸데없이 시간을 끌고 싶지 않았다. 다른 사람들에게는 반나절이나 사흘이나 똑같아 보일지 모르겠지만, 누군가에게는 생사를 가르는 시간일 수도 있었다. 예를 들어, 외할머니와 똑같은 병에 걸려 있는 내 조카 앨런에게는.

카르멘은 내 눈을 보고는 곧 어쩔 수 없다는 듯 고개를 끄덕였다. 그는 구구절절한 설명을 해 주지 않아도 내 말을 진지하게 받아들여 주는 좋은 친구다.

내가 나갈 채비를 하는 동안, 카르멘은 기사들을 모아 이런저런 명령을 내렸다. 마침내 사막으로 향할 때는 나와 까망이, 카르멘과 기사 셋이라는 단출한 조합으로 움직이게 되었다.

"또 놀러 오세요, 마탑주님!"

떠나는 시간을 공지한 것도 아닌데, 어떻게 알았는지 마을 사람들이 우르르 나와서 우리를 배웅해 주었다. 이런저런 선물들을 안겨 주려 들어서 사양하느라 또 진땀을 뺐다. 먹을 것은 조금 받아서 기사들에게 나눠 줬다.

카르멘이 뽑은 세 명의 기사는 나름대로 정예였던 모양이다. 그들은 모두 기사인데도 마탑에 적을 두고 있는, 마검사였다. 덕분에 결계 바깥에서 마수들을 마주쳤을 때도 큰 문제가 되지 않았다.

난 승마에 재능이 없어서 카르멘과 같이 말을 탔는데, 카르멘이 날 앞에 앉혀 두고 승마와 전투를 대신해 준 덕에 편하게 올 수 있었다. 보조 마법 몇 개를 걸어 주자 기사들이 영광이라며 호들갑을 떨어 대서 조금 민망했던 것 빼고는, 무탈하게 워프 존에 도착한 것이다.

나는 곧장 워프 존을 발동해서 드래곤의 탑으로 모두를 이동시켰다. 탑에 도착한 기사들은 눈을 휘둥그레 뜨고 주위를 두리번거렸다.

"여긴⋯⋯."

"황성에 있는 드래곤의 탑이군요."

개중에 눈치가 빠른 기사가 한 명 있었다. 나는 고개를 끄덕여 주며 공동으로 걸어갔다.

"맞아요."

거기에는 내가 암흑 왕국으로 떠나기 전에 그려 둔 '영혼의 전환식'이 있었다. 루나틸의 일기에 기록된 것을 완벽하게 재현한 마법진이었다. 그러나 나는 여기에 하나의 식을 덧붙여 줄 생각이었다.

순환식.

마법진에 있는 모든 마력식들은 마법을 발동하는 순간 일시에 빠져나갈 마력의 양을 규정하는 반면, 이 순환식은 분할하여 빠져나갈 마력의 양을 규정한다. 여기서 빠져나갈 마력은 마수왕의 것이지만, 녀석의 마력을 쓰는 것은 곧 내 영혼을 사용하는 것과 같았다. 마법진 위에 순환식을 덧붙이려는 순간, 내 머릿속에서 숫자들이 복잡하게 뛰어다녔다.

'순환식에 쓰일 마력의 소비량인 X는 영혼의 전환식이 발동할 최솟값보다 같거나 크며 내 영혼의 재생량보다 같거나 작다. X는 전환식이 발동된 후 제국민에게 갈 마력량과 전환식의 발동 시간을 곱한 숫자이며, 소모될 마력량 F파시와 전환식의 발동 시간 T의 예상값은⋯⋯.'

한 달을 고민했는데도 도출해 내지 못했던 답을 갑자기 생각해 낼 수 있을 리가 없었다. 나는 한숨을 내쉬고 조금 긴장을 빼 보기로 했다.

마법을 대할 때, 나는 늘 정확한 마법식을 추구해 왔다. 하지만 아카데미에서의 나는 조금 달랐다. 그때 내 시험 성적은 종종 바닥을 기곤

했으니까. 그리고 이렇게 답이 보이지 않는 문제를 대할 때, 나는 간단한 해결책을 하나 알고 있었다.

'찍자.'

난 X값이 쓰여야 할 순환식 위에 내 생년월일을 아무렇게나 조합하여 숫자를 새겼다. 바람 마법을 이용하여 멋들어지게 식을 새기는 내 모습에, 뒤에 선 기사들이 뭔지도 모르고 감탄사를 연발했다. 나는 그들을 실망시키지 않기 위해 자신만만하게 웃어 주었다.

마법진 가운데에 윙투스를 끼워 넣자, 모든 재료가 완벽하게 준비되었다. 대마법사 R.D의 목숨을 앗아 간 마법을 발동할 준비가. 나는 이 마법이 부디 나까지 죽이지 않기를 기도하며, 영혼의 전환식을 발동시켰다.

마법진이 검은색 빛을 내는 것과 동시에, 마법진 가운데 놓인 윙투스가 황금빛으로 빛났다. 영혼의 서를 발동할 때만 보았던 내 영혼의 빛이었다. 그곳에서 세찬 바람이 불어와 내 머리칼과 로브를 휘저었다.

"어……."

그 순간, 드래곤의 탑에 푸른빛이 들어오기 시작했다. 어렸을 적 할아버지의 화랑에서 보았던 탑의 그림에서 봤던 것과 똑같은 색의 빛이었다.

"허……."

기사들은 창에 달라붙어 드래곤의 탑에서 빛이 발하는 것을 보았다. 카르멘도 멍한 눈으로 창밖을 바라보다가, 깜짝 놀라 내 팔을 잡았다.

"첼시, 괜찮아?"

"어……?"

몸이 약간 휘청였던 모양이었다. 나는 눈을 깜빡이며 내 손을 내려다봤다. 커다란 마법을 발동시켰다는 흥분감 때문에 약간 심장이 빨리 뛰고 있었다. 하지만 그것 외에는, 별다른 이상은 없었다. 나는 얼떨떨한 기분으로 내 몸을 내려다봤다.

일단은, 살았나……?

"······괜찮은 것 같아."

"그래?"

카르멘이 다행이라는 듯 내 팔을 놔주었다. 심장은 여전히 빠르게 뛰고, 기분은 여전히 미묘했다. 나는 내 팔다리가 움직이는 것을 신기한 눈으로 바라보다가 문득 정신을 차렸다.

"앨런."

"응?"

"집에 가야 해."

"지금?"

"아니, 마탑에 가야 하나?"

내가 혼란스러워하자 카르멘도 덩달아 혼란스러운 눈치였다. 내 조카 앨런의 문제도, 에키드나 연구소의 문제도 모두 중요했다. 달려가고 싶은 곳은 많은데 내 몸은 하나라는 게 답답하게 느껴졌다.

영혼의 전환식은 완성되었지만, 사람들에게 마력이 돌아왔다는 사실을 알려야 했다. 제국민들이 마수왕의 마력을 끌어다 쓰기 위한 마지막 필수 품목이 남아 있었다.

마법사의 지팡이.

사실, 지팡이가 아니라도 주술만 새길 수 있다면 어떤 물건이든 괜찮았다. 중요한 것은 마수왕과 마법사를 연결해 주는 주술에 있었으니까. 드래곤의 탑에 바쳐진 사역마는 계약을 통해 주인뿐만 아니라 제3자도 마력을 끌어다 쓸 수 있게 된다. 특별한 주술만 있다면. 마수왕의 마력을 끌어다 쓸 수 있는 특별한 주술. 그 주술을 제국민 모두에게 가르쳐 줘야 했다.

"이럴 때, 마수경이 있다면······."

연락 수단이 있으면 좋을 텐데. 그런 생각으로 중얼거리자, 카르멘이 손짓했다.

"저거?"

등을 돌자 기사 하나가 거울을 꺼내 들고 있었다. 새까만 거울 속에서, 마수경이 고개를 갸웃했다.

"어!"

"어!"

마수경이 내 목소리를 똑같이 따라 했다. 나는 황당해져서 물었다.

"쟤가 왜 여기 있어?"

"어…… 말할 틈이 없었구나. 기사들을 국경 마을에 데려다주고 줄곧 같이 있었대."

"뭐?"

"사실, 네가 마수왕을 잡았단 소식도 저 마수가 다 퍼뜨렸어."

"뭐?"

나는 황당한 마음으로 마수경을 바라봤다. 계약이 깨졌으니 당연히 어딘가로 훌훌 떠나 버렸을 거라고 생각했는데, 기사들과 계속 같이 있었다니. 대체 왜?

마수경이 무슨 생각으로 여태 여기에 있었는지는 이해가 되지 않았다. 마수경은 그저 거울 속에서 나와 똑같은 얼굴로 눈을 깜빡이고 있을 뿐이었다. 하지만…….

"어쨌든 잘됐다, 걔 잠시만 빌려줘요."

나는 기사에게서 마수경을 건네받은 후에, 잠시 주변을 둘러보다가 카르멘에게 물었다.

"막대기 같은 거 없어?"

"막대기?"

"길쭉한 거 아무거나."

"어…… 이거밖에 없는데."

카르멘이 허리춤에 차고 있던 검을 짚으며 답했다. 나는 냉큼 말했다.

"그럼 그거라도 줘."

카르멘은 어리둥절한 얼굴로 내게 검을 건네줬다. 나는 저택으로 연락을 시도하며, 검신 위로 주술을 휘리릭 새겼다. 주술이 완성되었을 때, 마침 플로라 언니와 연결이 되었다. 플로라 언니는 언니답지 않게 울상이 되어 있었다.

[첼시! 너 정말……!]

"언니, 미안. 야단은 나중에 맞을게. 내가 마수왕을 잡았단 소식은 들었어?"

[그 말이 진짜 사실……!]

"맞아, 진짜야. 그래서 말인데, 이 주술 좀 봐 줄래?"

플로라 언니가 혼란에 빠진 때를 틈타, 나는 빠르게 설명을 시작했다.

* * *

내가 마수경으로 연락을 취한 곳은 총 네 군데였다. 로드랭가, 엘레나가 있는 프라온가, 캐럴의 성, 그리고 마탑.

황실에는 마탑주님이 연락을 줄 테니, 나는 그렇게 네 군데에만 연락을 취했다. 뒷일은 사람들에게 맡겨 놓고, 난 우선 리튼 산으로 넘어왔다. 워프 존이 있어서 이동은 무척 편했다. 카르멘이 따라오려고 해서 귀찮다는 것을 빼면.

나는 세 명의 기사들까지 덤으로 데려온 카르멘을 바라보다가 물었다.

"너는 왜 온 거야?"

"혼자서 또 어딜 가려고?"

"혼자 아닌데."

나는 까망이를 가리키며 말했다. 까망이는 의기양양하게 고개를 치켜들었다.

"……그래, 여기는 왜 온 거야?"

카르멘의 말에, 나는 등을 돌렸다. 그랬지만 카르멘은 곧 산속에서 이질적인 장소 하나를 눈치챈 듯했다. 에키드나 연구소는 원래 리튼산 속에 은밀히 숨겨져 있었다. 하지만 지금은 마수왕이 난장을 쳐 놓은 탓에 산이 온통 엉망이었다. 그래서 결계의 보호를 받는 에키드나 연구소의 입구만 이상하리만치 말끔하게 보였다. 덕분에 그곳은 지금 조금 눈에 띄었다.

나는 무심코 카르멘을 돌아보았다가, 그가 입고 있는 완벽한 정복에 눈길이 갔다. 그 순간 문득 나는 카르멘이 그저 귀찮은 존재가 아닌, 아주 유용한 지원군이 될 수도 있다는 사실을 깨달았다.

"카르멘! 너는 황자니까, 나스티아 공작가와도 안면이 있겠지?"

"응?"

내 뜬금없는 질문에 카르멘은 의아한 얼굴로 고개를 끄덕였다.

"뭐, 일단은……."

"수도에 가서 브리튼 마을에서 온 에키드나들 좀 데려와 줄래?"

"뭐?"

카르멘이 황당한 얼굴로 나를 돌아봤다. 내 심부름을 하러 이곳에 온 게 아닌데 갑자기 부려 먹으려고 드니 당황스럽기도 할 것이다. 하지만 나는 얼굴에 철판을 깔고 카르멘의 손을 덥석 잡았다.

"부탁해. 인명이 달린 일이야."

"인명……?"

"응."

나는 눈을 반짝이며 고개를 끄덕였다. 카르멘은 흔들리는 눈으로 내 시선을 받다가 한숨을 내쉬었다.

"여기 안전한 거 맞지?"

"응! 여기까지 결계야."

나는 카르멘의 검을 번쩍 뽑아 들고는, 검에 새겨진 주술을 발동시켰다. 그러자 성검처럼 새하얗던 검신에서 시커먼 마력이 스멀스멀 뿜어져

나왔다. 검은 마력은 먹구름처럼 꿈틀거리며 허공으로 날아가다가, 암흑 왕국과의 국경선쯤에서 결계벽에 부딪혀 양옆으로 퍼졌다.

이 보호 결계는 제국의 마력이 밖으로 빠져나가지 못하게 하는 역할도 하니까. 덕분에 육안으로는 볼 수 없는 결계의 모습이 잠깐 드러났다.

"보이지?"

"응……."

카르멘은 순순히 고개를 끄덕였다. 나는 화색이 되어 에키드나들의 숫자와 보호받고 있을 만한 장소를 설명해 줬다. 그리고 돌아올 때 보석을 사다 줄 것도 부탁했다. 카르멘은 묵묵히 고개를 끄덕였다.

카르멘은 말에게 다가가며 허리춤을 더듬었다. 그러다 허전함을 느꼈는지 문득 나를 돌아보았다.

"그거, 쓸 거야?"

그러면서 내가 들고 있는 검을 눈짓했다. 나는 당연하다는 듯 답했다.

"응, 마법사의 지팡이 대신이야."

"지팡이……."

카르멘은 떨떠름하게 고개를 끄덕이더니 말에 훌쩍 올라탔다.

"그래, 나쁜 놈이 오면 그걸로 후려쳐."

"응, 나만 믿어!"

내가 자신만만하게 대답하자 카르멘은 픽 웃고는 고삐를 당겼다. 나는 까망이와 서서 카르멘과 기사들이 멀어지는 모습을 잠시 바라보다가, 발걸음을 옮겼다. 카르멘이 향한 곳과 반대편 길이었다. 까망이가 문득 내게 물었다.

"괜찮으십니까?"

"괜찮아, 이런 길도 익숙한데 뭐."

마수왕의 공격과 메테오의 잔재 탓에 산은 여전히 쑥대밭이었다. 덕분에 산에서 내려가는 길이 조금 험하긴 했지만, 마수왕과의 전투에 비한다면야

이쯤은 아무것도 아니었다. 그런데 까망이가 말했다.

"산길 이야기가 아닌데요."

"아."

그제야 나는 까망이가 내 몸 상태를 걱정하고 있었다는 것을 깨달았다. 까망이는 영혼의 전환식도, 그에 따라 내가 치러야 할 대가도 모두 알고 있었다. 아마 이 세상에서 내 행적을 가장 잘 파악하고 있는 애가 까망이일 테니까. 난 얼버무리듯 대답했다.

"응, 괜찮은 것 같아."

"괜찮은 것 같다니, 그게 무슨 뜻……."

"어, 저기 있다!"

때마침 와이번의 시체를 발견해, 나는 들뜬 외침으로 까망이의 추궁을 저지했다. 까망이는 내 속을 다 아는 것처럼 못마땅한 표정을 지었지만, 내가 와이번에게 달려가자 황급히 내 뒤를 따라왔다.

"주인님, 뭐 하시려고……."

"마나 코어를 추출할 거야."

"네?"

나는 와이번의 시체에 다가가 마나 코어가 있을 만한 곳을 깊게 벴다. 아니나 다를까, 새까만 보석 같은 것이 녀석의 몸에서 튀어나왔다. 난 작게 감탄했다.

"오……."

내가 마나 코어를 집어 들자, 까망이도 신기한지 옆에 다가와 얼굴을 들이밀었다.

와이번은 최상급 마수였다. 다시 말해, 좋은 마력 공급원이라는 뜻이다. 영혼의 전환식을 통해 헤브람 제국, 나아가 나스티아 공국 사람들까지 모두 마력을 사용할 수 있게 되었다. 하지만 평생 마력을 귀하게 알고 자라 온 내게 이런 좋은 재료가 썩게 놔두는 것은 불가능한 일이었다.

나는 마나 코어를 들고 연구소에서 적절한 준비를 했다. 나스티아 공국이 아무리 좁다고 해도, 그 많은 에키드나들을 모두 찾아 데리고 오려면 시간이 걸릴 것이다. 그동안 나는 마나 코어를 깨끗하게 정제하고, 지팡이를 구하고, 종이에 마법진들을 그리며 시간을 보냈다.

카르멘이 에키드나들을 데려온 것은 저녁 무렵이었다. 연구소에 들어선 에키드나 꼬마들은 다소 긴장한 표정이다가, 실험관을 발견하고는 벌벌 떨기 시작했다. 그들에겐 분명, 끔찍한 기억만 가득한 장소겠지.

"스승님!"

그때 익숙한 목소리가 나를 불렀다. 앨런과 모데라토였다. 반가움에 손을 흔들려고 하는데, 앨런이 갑자기 우다다 달려와 내 품으로 뛰어들었다. 나는 깜짝 놀라 녀석의 어깨를 잡았다.

"다시는 못 볼 줄 알았어요."

그러자 어린애다운 목소리로 내게 칭얼거렸다. 나는 잠시 얼이 빠져 눈을 깜빡였다. 달려오느라 벗겨진 후드 덕분에, 앨런의 까만 귀가 드러나 있었다. 무슨 일이 있어도 약한 소리는 안 할 것 같던 들고양이가 언제 이런 집고양이가 다 됐는지 모를 일이었다. 나는 웃음을 흘리면서 앨런의 머리를 쓰다듬었다.

"오는 길에 설명 다 들었어요."

"모데라토."

어느새 곁에 다가온 모데라토가 방긋 웃었다.

"마왕을 잡으셨다면서요?"

"……사실은 마수왕이야."

"정말 알면 알수록 위대한 분이세요."

흥분하면 붉어진다는 모데라토의 녹색 눈동자가 주황색으로 빛났다. 겉으로는 침착한 척하고 있지만, 내심 그녀가 긴장하고 있다는 것을 알 수 있었다. 모데라토는 똑똑한 사람이니까, 내가 여기가 에키드나들을 불러 모은 이유를 눈치챘을 것이다.

보존 마법의 해제.

이제는 실험관 안에 박제된 에키드나들을 되살려 줄 시간이었다. 하지만 그 일을 하는 건 내가 아니었다. 나는 바닥에 늘여 놓은 지팡이 하나를 발끝으로 눌렀다. 반동으로 지팡이가 세워지자, 그것을 잡아 모데라토에게 던졌다.

모데라토가 반사적으로 그것을 받았다. 미리 주술을 새겨 둔 지팡이 였다. 모데라토는 의아한 얼굴로 지팡이를 내려다봤다. 나는 낮게 웃으 며 모데라토와, 에키드나들을 향해 말했다.

"오늘은 너희가 나보다 더 위대한 사람이 될 거야."

* * *

나는 카르멘이 구해 온 보석들을 바닥에 쏟아부었다. 그냥 많이 구해다 달라고만 부탁했기에 품질까지 기대하지는 않았다. 그런데 뜻밖에도 보석 들은 깨끗하고 적당히 무게가 있어 마력석을 만들기에 부족함이 없는 것 들이었다. 역시 황자 전하. 나는 십수 년 전 막내딸에게 황족 친구가 있으 면 좋겠다는 생각을 하신 부모님의 선견지명에 감사했다.

나는 모든 에키드나들에게 지팡이와 보석을 나눠 주었다. 그리고 마력 석을 만들도록 시켰다.

루나틸의 영혼의 전환식은 마법을 만든 사람의 성격을 닮아 세심했다. 그녀는 한 사람이 드래곤의 탑에서 나오는 마력을 전부 소모해 버리는 사 태를 방지하기 위해, 마법 자체에 억제 조항을 걸어 놓았다. 아무리 천재 라 하더라도 너무 많은 마력을 끌어다 쓰지는 못하게. 대신 여러 사람이 마력을 나눠 쓸 수 있도록.

그래서 마력을 운용할 수 있는 능력만 어느 정도 있다면, 쓸 수 있는 마력의 양이야 비슷비슷했다. 이제 나 한 사람보다야 여러 명의 에키드나들 쪽이 쓸 수 있는 마력의 양이 더 많아졌다는 뜻이었다. 앨런과 모데라토는 자신들이 배운 마법을 에키드나 꼬마들에게 틈틈이 가르치곤 했다. 덕분에 일의 진척이 생각보다 빨랐다.

"자, 이제 네 차례야."

나는 아이들이 만든 새까만 마력석들을 모데라토에게 넘겼다. 그녀는 긴장한 얼굴로 마력석들을 자동화 마법의 마법진 위에 늘어놓았다.

나는 내가 여기에 다시 돌아오지 못할 상황에 대해서도 생각했다. 덕분에 바닥에는 내가 브리튼 마을을 떠나기 전에 그려 놓은 역마법이 새겨져 있었다. 마력만 불어넣으면 언제든 발동시킬 수 있도록.

모데라토가 불안한 얼굴로 나를 돌아보았다. 나는 그녀를 믿는다는 의미로 눈을 마주치며 고개를 한 번 끄덕였다. 모데라토는 심호흡을 하고 지팡이를 들어 올렸다. 곧, 그녀의 지팡이의 끝에서 마력이 움직이기 시작했다.

바닥으로 흘러 들어간 마력은 바닥에 숨겨진 자동화 마법을 일깨웠다. 그 모습은 마치 마법진이 스스로 그려지는 것처럼 보였다. 아이들은 멍하니 그려지는 마법진을 따라가다가 작게 감탄사를 내뱉었다.

"와아……!"

아이들이 딛고 선 발 아래까지, 그 마법진은 연구소 전체를 아우르고 있었다. 아이들뿐만 아니라 세 명의 기사들도 놀란 눈치였다. 마법진을 디디고 있는 발을 들어 보거나 경계 서린 눈초리로 검집에 손을 갖다 대는 모습이 어울리지 않게 귀여웠다.

마법진이 완전한 모습을 드러나자, 검은빛이 마법진 속에서 쏟아져 나오기 시작했다. 대형 마법의 반향을 예고하는 바람이 불었다. 식물 줄기로 이루어진 모데라토의 녹색 머리칼이 부유감을 얻고 공중에 떠올랐다.

마력을 모두 소모한 마력석들이 깨지며 쨍그랑거리는 소리가 연달아 울려 퍼졌다.

카르멘이 걱정스런 눈으로 나를 바라보았다. 나는 그를 안심시키듯 고개를 끄덕여 주었다. 모든 마력석이 소모된 후에도, 마법은 발동되지 않았다. 모데라토는 마지막 힘을 불어넣는 것처럼 이를 악물고 지팡이로 마법진을 짚었다.

"읏……!"

곧 새까만 빛이 연구소를 집어삼켰다. 에키드나들을 실험관 속에 박제시킨 보존 마법. 그 위에 몇 겹으로 쌓아 놓은 보안 마법들. 인간과 마수의 합성이라는 기상천외한 인체 실험의 마법답게, 마법식들은 복잡하게 꼬여 있었고 고대 마법까지 얼기설기 섞여 있었다.

실험체들이 절대로 실험관을 벗어나지 못하도록 구속하고 있는 그 마법들은 지상에서 가장 강력한 족쇄였다. 그 마법식들이, 역마법을 통해 하나하나 거꾸로 그려졌다.

치이이익.

검은빛이 마법진과 함께 사그라들고 나자, 영원히 열리지 않을 것만 같았던 실험관들이 하나둘 열리기 시작했다. 이제는 마법진이 사라진 곳에 서 있는 모데라토의 눈이 서서히 커졌다.

"단테!"

실험관이 열리고, 관 안의 액체와 함께 소년이 쏟아져 나왔다. 모데라토는 황급히 달려가 소년을 받아 안았다. 모데라토의 동생 이름이 단테라는 걸, 나는 그때 처음 알았다.

그녀는 단테의 몸에 연결되어 있던 호스와 치렁치렁한 줄들을 재빨리 치워 버렸다. 그러고는 그의 호흡을 확인하는 것처럼 얼굴을 바짝 가져다 댔다.

"훗……."

곧 모데라토가 울음을 터뜨렸다. 너무 기뻤던 탓이었다. 모데라토의 뒤에서, 수많은 에키드나들이 실험관에서 나온 사람들을 수습하고 있었다. 가족이나 친지, 혹은 자신과 전혀 상관없는 사람들을.

"고맙습니다."

모데라토의 목소리가 들려 다시 고개를 돌렸을 때, 그녀는 눈물범벅이 되어 있었다. 엉망이 된 얼굴 사이로 보이는 젖은 눈동자는 완전히 붉은 색이었다. 그게 흥분하면 적색이 되는 그녀의 특성 때문인지, 아니면 단순히 울어서 눈이 붉어진 것인지는 알 수 없었다.

"뭘, 약속했던 건데."

난 웃으면서 말했다. 솔직히 말하자면, 이런 대화를 나눌 수 있으리라곤 크게 기대하지 않았었다. 모데라토가 마법을 발동하는 모습도, 그녀의 동생을 다시 품에 안는 모습도. 직접 내 눈으로 볼 수 있으리라곤 확신하지 못했다. 얼마나 행운인지.

"스승님."

어쩐지 코끝이 찡해져서 얼굴을 문지르고 있는데, 문득 앨런이 내 소매를 붙잡았다. 나는 재빨리 눈물을 훔치고 그 애를 돌아봤다.

"왜?"

"감사해요."

예상했던 말에 나는 싱긋 웃었다. 그래, 하고 짧게 대답하는 순간, 앨런이 눈을 꼭 감고 말했다.

"멋진 남자가 되어서 스승님을 꼭 호강시켜 드릴게요……!"

어…….

나는 눈을 깜빡였다. 앨런은 말을 내뱉자마자 제 입을 손으로 막더니, 낭패스러운 표정을 지었다. 마치 말실수를 한 사람처럼. 나는 그 모습을 보곤 풋 하고 웃음을 터뜨렸다.

"그래, 고마워."

앨런치고는 꽤 깜찍한 감사 인사이긴 했다. 흥분해서 말이 두서없이 튀어나왔다거나? 내가 킬킬거리며 앨런의 머리를 헝클여 놓자, 녀석의 고양이 귀가 아래로 바짝 붙었다. 앨런은 약간 당황한 얼굴로 나를 올려다보았다.

"……네."

앨런은 어쩔 수 없다는 듯 미소 지었다. 그러고는 다른 에키드나들을 도우러 다시 돌아가 버렸다.

"……?"

다소 미묘한 반응에, 나는 고개를 갸웃했다. 아무튼 아직 할 일이 남아 있었다.

나는 에키드나들을 도와서 실험관 안에 있던 사람들을 모두 연구소에서 데리고 나왔다. 그리고 다 함께 워프 존을 통해 드래곤의 탑으로 이동했다. 카르멘의 기사들에게 부탁해, 에키드나들을 마탑에 데려다 놓도록 함으로써 에키드나 문제는 일단락되었다.

"으으으……."

나는 검을 카르멘에게 넘기고 뻐근한 어깨를 빙빙 돌렸다. 아무래도 지팡으로 마법을 쓰는 것은 아직 적응이 안 됐다.

"고생했어."

내 노고를 눈치챘는지, 카르멘이 어깨를 토닥였다. 그러나 나는 고개를 저었다.

"아직 할 일이 남았어."

한 명의 앨런이 더 있었다. 로드랭가, 그리운 나의 집에.

* * *

내가 카르멘과 까망이를 대동하고 갑자기 저택에 들이닥치자, 모든 사용인은 행동을 멈추고 놀라서 우리를 바라보았다. 특히나 집사와 유모가 무척 혼비백산이었다. 노집사 바트는 자신의 나이마저 잊어버린 듯 체통 없이 뛰어와 우리를 맞았다.

"세상에, 아가씨! 대체 그간……!"

"미안한데, 바트. 엄마랑 앨런은 어디 있어?"

"주인마님과 도련님은 2층에 끝 방에……."

"2층 끝 방 말이지, 고마워!"

나는 계단을 두 개씩 뛰어 올라가 2층으로 향했다. 내 얼굴을 보자마자 사용인들은 눈치 빠르게 가족들이 있는 방으로 나를 안내해 주었다. 방 앞을 지키고 있던 하녀가 급하게 문을 열어젖혔다. 나는 그제야 그 '2층 끝 방'이 항상 잠겨 있던 밀폐실을 일컫는 말이라는 것을 깨달았다. 그러나 지체할 시간이 없어, 곧장 방 안으로 뛰어 들어갔다.

그리고 우리를 맞이한 것은 새까만 어둠이었다. 왜 이렇게 어둡지? 나는 갑작스러운 암흑에 적응하지 못하고 약간 허둥거렸다.

플로라 언니는 앨런이 외할머니의 목숨을 앗아 간 불치병과 똑같은 병에 걸렸다고 했다. 나는 그 병에 대해서 잘 알지 못했다. 그뿐만 아니라 의학에 관해서는 완전히 문외한이었다. 이럴 줄 알았으면 치유의 마법을 좀 배워 둘 걸 그랬다.

사실 그 학문에 관심이 없었던 것은 아니었다. 우리 엄마도 뛰어난 치유의 마법사였고, 그녀가 해 준 옛날이야기는 무척 충격적이었으니까. 하지만 같은 마법이라고 해도 여러 분야가 있었고, 주력으로 하는 분야와 아예 다른 것을 습득하는 마법사들은 많지 않았다.

내가 주력으로 쓰는 마법은 사역술이고, 더 뻗어 나가 보았자 결계 마법과 공격계 원소 마법이 다였다. 하지만 이것만으로도 꽤 다재다능한 편에 속할 것이다.

원소 마법도 두 종류 이상을 쓰는 마법사는 잘 없고, 다른 분야의 마법을 다양하게 습득하는 마법사들은 아주 적으니까. 마력을 운용하는 방식이 아예 다르기 때문이었다. 개중에서도 치유의 마법은 아주 진입 장벽이 높은 편에 속했다.

앨런이 아프다는 이야기를 듣고도 이렇게 늦게 돌아온 것에는 그런 이유도 있었다. 에키드나 연구소가 무척 중요한 일이기도 했지만…… 내가 집에 와 봤자 할 수 있는 일이 없어서. 그리고 또…….

"엄마는, 어디……."

"쉿."

주변을 두리번거리고 있는데 누군가가 내 어깨를 덥석 잡았다. 눈이 어둠에 익숙해지자 바로 눈앞에 있는 사람은 분간이 되었다. 플로라 언니였다.

그녀는 목발을 짚고 있었다. 기사단장인 언니가 이 난리 통에 집에 있는 것이 이상했는데, 부상 중이었나 보다. 한 번도 큰 부상을 당하지 않은 게 자랑인 언니였는데. 마계의 문이 열린 사이 언니의 기사단도 큰일을 겪었나 보다.

할 말이 많았지만, 플로라 언니가 나를 보며 검지를 입술에 가져다 댔다. 나는 영문도 모른 채 입을 닫았다. 그때, 어둠 속에서 푸른빛이 번쩍였다. 내 눈이 반사적으로 빛의 궤적을 좇았다.

가까이 다가가자 지팡이를 들고 있는 엄마의 뒷모습이 보였다. 그녀는 새하얀 로브를 입고 있었는데, 여태껏 한 번도 본 적이 없었던 것이었다. 하지만 나는 그게 그녀의 정복이라는 것을 알았다.

그녀의 앞에 있는 침대에는 앨런이 누워 있었는데, 병증으로 생긴 반점들이 뽀얗던 피부를 새까맣게 덮고 있었다. 그 세 살 난 꼬마의 몸에 정체를 알 수 없는 선들이 주렁주렁 매달려 있는 것이 보였다. 새파란 빛은 바로 그 선 안에서 흘러나오고 있었다.

어쩐지. 마수왕의 마력이 푸른빛을 낼 리가 없는데, 나는 순간적으로 그게 마법진에서 나오는 빛이라고 생각했다. 그도 그럴 것이 이리저리 엉켜 있는 선들의 조합이 꼭 마법식의 일종처럼 보였던 탓이었다.

빛이 강해지자, 나는 상황을 좀 더 명확하게 볼 수 있었다. 앨런의 몸에 연결된 선의 끝에는 커다란 마법 장치들이 있었다. 그런 장치들이 앨런의 침대를 중심으로 이 방을 가득 채우고 있었다. 어머니는 앨런의 침대 앞에서 지팡이를 들고 알 수 없는 주술을 외우고 있었다. 나는 치유의 마법에 문외한이었지만, 이 방에 휘몰아치는 마력의 기운은 느낄 수 있었다.

그건 커다란 마법이었다. 아마도, 제해(除害)의 마법. 사람의 목숨을 앗아 갈 불치병을 몸에서 사라지게 해 버릴.

나는 숨을 멈췄다. 고작 반나절 전이었다. 영혼의 전환식을 발동시키고, 플로라 언니에게 마수왕의 마력을 끌어다 쓸 수 있는 주술에 대해 알린 것이. 그사이에 이런 완벽한 처치를 하기란 쉽지 않았다. 그러니까, 엄마는 그 마법을 잊어버리지 않고 있었던 것이다.

엄마가 결혼을 하기도 전, 복잡한 마법식은 무슨 소중한 추억까지도 닳아 없어졌을 시간인데. 하물며 잊고 싶을 끔찍한 기억일 텐데. 수십 년이 지난 지금도 할머니를 죽게 만든 그때의 자신과 마법을 혐오하고 있으셨는데. 내가 마법을 배우는 것도 싫어하셨으면서 사실 어머니는 그 마법을 계속 기억하셨던 것이다. 할머니를 살릴 수도 있었던, 하지만 죽여 버렸던 마법을.

긴긴 시간 동안 엄마의 안에서만 머물고 있었던 치유의 마법은 수십 년의 세월을 넘어 오늘, 처음으로 세상에 모습을 드러내고 있었다. 그녀의 손자이자, 할머니의 증손자인 앨런의 몸 위에서.

"……그리하여 나, 실베스트르 로드랭이 명하노니 죽음의 심복이여, 천명의 시간 밖으로 사라져라."

내내 읊고 있던 주술이 끝남과 동시에, 그녀가 지팡이로 바닥을 내리쳤다. 그러자 새겨져 있는 줄 몰랐던 마법진이 새까만 빛을 내며 발동되었다. 마법 장치의 푸른빛과 마법진의 새까만 빛이 뭉쳐 하나의 거대한 마법을 이루었다.

강렬한 빛에 눈이 아픈데도 나는 눈을 깜빡이는 법도 잊고 그 모습을 빠짐없이 바라보았다. 할머니를 잃고 세상에서 영영 묻혀야 했을 그녀의 마법이 드디어 완성되는 순간을.

그리고 작렬하던 빛은, 앨런의 몸을 뒤덮고 있던 반점과 함께 사라져 갔다. 빛이 완전히 사그라들자 엄마의 몸이 바닥으로 무너졌다. 마법진 밖에 서 있던 오빠가 무어라 소리쳤고, 하녀가 황급히 방의 불을 밝혔다.

불이 켜졌을 때는 아빠가 엄마의 몸을 부축하고 있었다. 얼마 지나지 않고 침대에 내내 누워 있던 앨런이 눈을 떴다.

"……할머니?"

앨런이 몸을 일으키며 어리둥절한 목소리로 물었다. 새언니와 오빠가 앨런에게로 달려갔다. 나는 가슴을 쓸어내리며 엄마를 돌아봤다. 엄마는 바닥에 주저앉아 앨런을 올려다보고 있었다.

그때, 그녀의 얼굴은……. 마치 오랜 죄를 용서받고 마침내 세상에 나와 처음으로 빛을 마주한 사람 같았다.

깜빡.

눈을 뜨자 나는 긴 복도 위에 혼자 덩그러니 서 있었다. 어두운 동굴 같은 복도를 벽에 드문드문 달린 등불만이 희미하게 밝히고 있다. 거의 한평생을 이 집에서 나고 자랐건만, 겨우 일 년 정도를 떠나 있었다고 낯설게 느껴졌다.

그나저나, 내가 왜 여기에 있지? 나는 어리둥절하게 아래를 내려다봤다. 그러자 연분홍색의 얇은 원피스가 시야에 들어왔다. 하늘하늘한 원피스는 예뻤지만 너무 약해 보였다.

제국 밖을 돌아다니는 동안이었다면 절대로 입지 않았을 재질의 옷이다.

암흑 왕국의 마기에만 노출되어도 다 부식되어 버릴 것 같았다. 그것을 보니까 기억이 떠올랐다. 엄마가 치유 마법으로 앨런을 치료하는 데 성공했고, 나는 안도하여 엄마에게 다가갔다. 하나밖에 없는 손주, 혹은 아들에게 정신이 팔려 있던 가족들은 그제야 나의 존재를 눈치챘다.

'세상에, 첼시. 꼴이 이게 뭐니!'

오랜만에 집에 돌아온 막내딸을 맞이하는 소리가 그거였다. 만약 그렇게 말하면서 애정 어린 포옹을 해 주지 않았더라면, 나를 박대하는 줄 알았을 것이다.

그 말을 듣고 내 꼴을 확인해 보니 확실히 엄마의 기준에서는 충격받을 만도 했다. 마수왕과의 전투 때문에 내 로브에는 피와 흙먼지가 묻어 엉망이 되어 있었다. 국경 마을의 여관에서 씻고 옷을 갈아입긴 했지만, 로브를 도로 뒤집어쓰고 다녔기에 말짱 도루묵이었다. 엄마는 내 머리카락이나 피부가 상했다고 울상을 지으셨다.

그다음엔? 유모가 나를 욕실로 데려가려고 했던 것 같다. 나는 유모에게 끌려가면서 가족들 사이에 어색하게 끼어 있는 카르멘을 발견했다. 난 그제야 우리 집에서 그가 어떤 존재인지를 떠올렸다.

막내딸의 약혼자로 십여 년간을 가족처럼 여기고 지내다가, 나와의 약혼식을 며칠 앞두고 갑자기 파혼해 버린 황자 전하. 우리 집에서 카르멘의 포지션이란 상당히 애매한 것이었다.

내가 그를 염려하고 있는데, 마침 카르멘과 시선이 마주쳤다. 나는 그냥 작별 인사를 하고 보내 버려야 하나 고민했으나, 그가 나를 향해 입 모양으로 말했다.

'기다릴게.'

나는 그가 내게 무슨 할 말이 있나, 하고 생각했었다.

그리고, 그 다음엔?

그 다음엔. 유모에게 끌려가고 갑자기 이 복도에 도착하기까지의 기억이 마치 지워지기라도 한 것처럼 전혀 떠오르지 않았다. 아무래도 내가 욕실에서 깜빡 졸기라도 했던 것 같다. 무척 피곤했으니까, 그럴 만도 했다. 그나저나 까망이는 어디에 있는 거지?

나는 이런저런 생각을 하면서 관성적으로 복도를 따라 걸었다. 계단 앞에서 발을 멈추자, 때마침 계단을 올라오던 하녀와 마주쳤다.

"어머, 아가씨. 전하는 정원에서 기다리고 계세요."

"카르멘이?"

내가 되묻자 하녀가 고개를 세차게 끄덕였다. 그녀가 웃음기가 가득한 목소리로 말했다.

"얼른 가 보세요."

그렇게 말하는 하녀의 얼굴은 붉게 상기되어 있었다. 계속해서 헤실 헤실 웃는 걸 보니 무슨 좋은 일이라도 있는 것 같았다. 난 어리둥절한 상태로 정원으로 향했다.

밖으로 나가자 정원 입구에서 나를 기다리고 있는 카르멘의 뒷모습이 보였다. 그는 은쟁반 모양의 조형물 앞에 서 있었다. 마침 밤하늘에 커다란 보름달이 떠 있어, 은쟁반에 노란 달이 그대로 비쳤다.

마치 땅에 강림한 것 같은 달과 그 앞에 서 있는 금발의 황자라는 조합은 정말…….

카르멘, 잘생기긴 정말 진절머리 나게 잘생겼구나. 그는 아무래도 마법 제국이 아니라 신성 제국에 태어났어야 했다. 그럼 신의 현신 취급받으며 크게 한탕 할 수도 있었을 텐데. 아니, 헤브람에서도 황자로 태어났으니 상관없나. 정말 가질 놈은 다 가지는 거구나.

"첼시?"

그런데 다음 순간 그 잘생긴 얼굴이 바로 앞에 있어서 나는 화들짝 놀랐다. 반사적으로 뒷걸음을 쳤다가 발이 어딘가에 걸렸나 보다. 내가 중심을 잃고 휘청거리자, 카르멘이 황급히 내게로 손을 뻗었다. 단단한 팔이 기울어지려는 내 등을 턱하고 받쳤다.

눈을 뜨자 한층 더 가까워진 카르멘의 얼굴이 보였다. 나는 정신을 차리고 재빨리 그의 품에서 벗어났다. 카르멘이 의아한 얼굴로 물었다.

"괜찮아? 무슨 생각을 그렇게 해?"

"……헤브람의 빈부 격차에 대해서."

"갑자기?"

카르멘이 고개를 갸웃했다. 나는 고개를 확 돌리고 그를 앞서 지나갔다. 등 뒤로 카르멘의 낮은 웃음소리가 따라붙었다.

"맞다, 첼시."

호수를 빙 두르며 노란 양지꽃 덤불길을 따라 걷고 있을 때, 카르멘이 문득 나를 불렀다. 내가 고개를 돌리자 그가 내 옆으로 와서 걸음을 맞췄다.

"오늘부로 에키드나 연구소 내의 모든 재산은 헤브람의 소유가 되었어. 당장 내일부터 마탑으로 이송을 시작할 거야."

"뭐?"

"네가 에키드나들을 마탑으로 보냈잖아. 덕분에 오늘 있었던 사건이 모두에게 알려졌나 봐. 소식을 들은 나스티아 공작이 손수 제국에 진상한 거야."

"그랬구나……."

벌써 나스티아까지 소식이 들어가고, 연구소의 소유주 문제까지 처리됐다니……. 옛날 같았으면 두 나라가 소식을 주고받는 데만 이틀 이상은 걸렸을 것이다. 이렇게 빠른 처리는 마법의 도움을 받은 덕택이었다.

내가 오늘 아침에 마탑에 마력을 이용하는 법을 알렸지. 사람들은 거의 하루 만에 되찾은 힘을 적극적으로 활용해 나가고 있는 모양이었다.

국경 마을에서 새로 설치했던 결계는 제국과 나스티아 공국 말고도 마수의 바다까지 감싸고 말았다. 덕분에 결계 안에 너무 많은 마수가 간히게 되어 걱정이었다. 그런데 이런 속도로 빠르게 적응해 나간다면, 마계에서 흘러 들어온 마수가 아무리 많아도 금방 소탕해 낼 수 있을 것 같다. 다소 안심이 되었다.

"황제 폐하도 네 공을 크게 치하하고 싶어 해. 아마 축하연을 열 모양이시던데. 조만간 사신을 보낼 거야."

"뭐? 난 괜찮……."

"부담 가질 거 없어. 네 몸이 회복될 때까지는 기다려 줄 것 같으니까."

"음……."

황제 폐하가 여는 축하연이라니. 생각해 본 적 없는 일인데.

내가 인상을 찡그리자 카르멘이 낮게 웃었다.

"그리고, 탑주님이 너한테 연락 좀 하라고 전해 달라고 하시더라."

그는 그렇게 말하면서 내게 거울을 건넸다. 그 속에 눈을 깜빡이고 있는 마수경이 보였다. 난 옅게 웃었다.

"응, 고마워."

거울을 품에 넣고 고개를 들었을 때, 카르멘이 나를 바라보고 있었다. 그의 새파란 눈동자는 달빛을 받아 신비로운 빛으로 반짝였다. 난 고개를 들어 하늘을 바라봤다.

"오늘 달 되게 크다."

"……그러게."

"이렇게 큰 달은 입학 축제 날 이후로 처음 보는 것 같아."

"그때의 달을 아직도 기억해?"

"응, 인상 깊었으니까."

나는 대수롭지 않게 대답하다가 문득 울컥했다. 카르멘의 말을 듣자 그때의 굴욕스러운 기분이 되살아난 덕이었다.

"아카데미 퀸은 못했어도 인생에 한 번뿐인 입학 축제인걸. 당연히 인상 깊지."

"그거 십 년 전 일이잖아……. 진짜 이상한 데서 뒤끝 있다니까."

"십 년 전이라니, 칠 년이거든."

난 진지한 목소리로 그의 오류를 정정했다. 카르멘도 덩달아 진지한 표정으로 나와 눈을 마주쳤다. 날카로운 시선이 맞물리며 잠시간의 정적이 흐르고, 우린 동시에 웃음을 터뜨렸다.

세간이 우리를 전쟁 영웅이나 차기 마탑주란 이름으로 부른대도, 이런 유치한 공방은 끝이 나질 않는다. 한창 키득거리고 있자니 문득 새삼스러운 기분이 들었다.

"신기해, 우리가 이렇게 다시 실없는 이야기를 나눌 수 있게 되다니."

"……그래?"

"응, 보름달이 떠서 그런가?"

난 다시 하늘로 시선을 올려, 커다란 달을 내 두 눈에 담았다.

"그거 알아? 내 인생에서 큰 사건이 터졌던 날은 항상 보름달이 떴다는 거?"

"그래?"

"응, 입학 축제 때도 그랬고, 우리 어릴 때 드래곤의 탑에 갇힌 날도 그랬고……."

까망이와 만났던 날도 보름달이 떴었지. 손으로 꼽아 가며 있었던 일을 짚는데 카르멘이 문득 말했다.

"그러고 보니 내가 병에 걸렸던 날도 보름달이 떴었지."

"아, 맞아. 그날도……."

해독초 바라카를 구하기 위해 처음으로 수도 바깥으로 나갔던 날……이었는데……. 나는 생각 없이 말을 내뱉으려다가, 카르멘은 그 일을 모른다는 걸 떠올렸다. 바로 입을 다물고 조심스럽게 카르멘의 얼굴을 돌아봤다. 그런데 카르멘이 묘한 눈으로 나를 내려다보고 있었다.

어릴 적의 나였다면 애정으로 착각했을 법한, 다정한 시선으로.

국경 마을의 여관에서 카르멘이 내게 절실했다고 말하던 순간과 비슷한 예감이 내 머리를 스치고 지나갔다. 그때와 달라진 것은, 지금은 뛰쳐나갈 문이 없다는 것.

"입학 축제 날, 나한테 가장 멋있어 보였던 사람은 너였어."

카르멘이 허리를 숙여 나와 눈높이를 맞추며 말했다. 티 하나 없이 새파란 눈동자가 똑바로 나를 향했다.

"소중한 단 한 가지에는 최선을 다할 거라던 말."

나는 어찌할 바를 몰라 손을 들어 올리며 어색하게 웃었다.

"으응?"

"네가 그날 테라스에서 내게 고백할 때 했던 말이야."

"하하…… 그런 걸 아직도 기억해?"

그가 입꼬리를 끌어 올리며 웃었다.

"인상 깊었거든."

"그, 그래……?"

당황해서 말이 더듬거리며 나왔다.

이상한 일이었다. 카르멘은 나를 찼는데. 더 이상 나는 그의 약혼녀가 아니고, 우리는 친구일 텐데. 왜 이렇게 쟤가 나를 유혹하는 거 같지?

"제국으로 돌아오면, 제대로 말하겠다고 약속했던 거 기억나?"

"아니, 전혀."

"너한테 하고 싶은 말이 있었어."

아무리 눈치라곤 약에 쓸래도 없는 나지만, 이 분위기는 조금 심상치 않았다. 나는 미약한 공포마저 느끼며 뒷걸음질을 쳤다. 그 순간, 내 시야에 커다란 은쟁반이 들어왔다. 동그란 보름달을 담고 있는 은쟁반 조형물은 정원 입구에 있던 것이었다. 나는 그것을 보고 멍하니 눈을 깜빡였다.

벌써 정원 한 바퀴를 다 돌았다고?

로드랭가의 정원은 결코 좁지 않았다. 카르멘과의 대화가 너무 즐거워서 길이 짧게 느껴지는 것에도 정도가 있었다. 나는 로드랭가의 정원을 두르면 반드시 건너게 되는 다리나 호수에 대한 기억이 전혀 없다는 것을 깨달았다. 기억이 사라졌다. 이건…….

"사랑해."

그때 카르멘이 말했다. 내 머릿속에서 소란스럽게 떠오르던 생각들이 일제히 멈췄다. 나는 삐걱거리는 시선을 돌려 카르멘을 바라봤다. 나를 똑바로 직시하는 새파란 눈에 깃든 감정은 내게 아주 익숙한 것이면서, 동시에 아주 낯선 것이었다.

"넌 내가 없어도 된대도 난 네가 없으면 안 돼. 그걸, 네가 떠나고 나서야 알았어."

카르멘이 품에서 작은 케이스를 꺼냈다. 나는 짧게 숨을 삼켰다. 케이스를 열자 보이는 것은, 반짝이는 반지였다. 내가 사랑했던, 카르멘의 눈동자 색과 똑같은 보석으로 만든 장미가 피어 있는 반지. 토파즈로도 저렇게 섬세한 세공을 할 수 있는 줄은 몰랐는데, 그 반지는 세상의 어떤 보석보다 아름다워 보였다.

"미안해, 우리 관계를 내가 다 망쳤어."

나는 그게 우리가 헤어지지 않았더라면 받았을 약혼 반지였다는 것을 눈치챘다.

"나한테 한 번만 기회를 줄래?"

반지를 내밀며 그렇게 말하는 카르멘은 무척 진지하고, 절실해 보였다. 나는 혼란스럽게 카르멘의 얼굴과, 그의 어깨 너머에 있는 은쟁반을 번갈아 바라봤다.

"카르멘, 나는……."

손이 희미하게 떨려 왔다. 나는 내 동요를 눈치채고 지그시 눈을 감았다. 내 감정은 나의 것이다. 나는 감정에 휩쓸리지 않고, 내가 할 수 있는 일에 대해 생각했다. 늘 그러했듯이.

난 다시 눈을 떠서 카르멘을 마주했다.

"우린 이미 늦었어."

"첼시, 난……."

"미안해."

난 카르멘의 말을 끊고 내뱉듯 말했다.

"하지만 이미 늦었어. 되돌리기에는 너무, 너무 멀리 와 버렸어……."

나는 카르멘에게 등을 돌렸다. 카르멘이 무어라 말하는 것이 들렸지만, 죄다 무시하고 뛰다시피 걸어 집으로 돌아와 버렸다.

계단을 올라왔을 때, 창 너머로 카르멘의 모습이 보였다. 그는 멍하니 그 자리에 서 있었지만, 곧 정신을 차리고 발을 움직이기 시작했다. 나는 안도하고 내 방으로 향했다.

카르멘이, 만약 진심이라면. 그러니까, 그렇게 거짓말을 잘할 수 있는 사람이 아니니까 진심이겠지. 정말로, 날 사랑한다면. 아마 지금 그는 무척 괴롭겠지. 그 고통을 알고 있어서 미안한 마음이 들었다. 하지만, 잠깐은 아주 힘들겠지만 금방 다시 괜찮아질 것이다. 내가 그러했듯이.

카르멘은 강한 사람이니까, 분명 나보다 잘 이겨 내겠지. 그러니까 나는 내 문제에 집중해야 했다. 침실 문을 벌컥 열자 침대 가운데에 누워 있던 새까만 털짐승이 고개를 번쩍 들었다.

"주인님."

"여기 있었구나."

나는 까망이를 꼭 껴안았다. 그 애에게서 달콤한 비누 냄새가 났다. 그리고 보니 피부에 닿는 털도 보송보송했다. 나는 까망이의 목덜미에 얼굴을 파묻고 웅얼거렸다.

"하인들이 너도 씻겨 줬나 보네."

"네, 아까 말씀드렸잖아요?"

"그래? 그것참 큰일이네."

까망이는 가만히 내 말을 듣다가 문득 고개를 갸웃했다.

"네?"

"아무래도 나한테 문제가 좀 생긴 것 같아."

나는 고개를 번쩍 들었다. 까망이가 어리둥절한 눈으로 나를 바라봤다.

"짐을 싸 두자. 내일 아침 해가 뜨자마자 바로 브리튼 마을로 돌아갈 거야."

"무슨 문제인데요?"

"일단은 기억력이……."

나는 있었던 일을 설명하려다가 고개를 저었다. 그리고 좀 더 명확한 답을 말했다.

"내 영혼 문제야."

다음 날은 새벽녘이 트기 전에 서둘러 일어났다.

아침이 되어서 되짚어 봐도 어저께 있었던 일이 떠오르지 않았다. 정확히는, 내가 욕실에 들어갔다가 복도로 나왔던 때까지의 일이나 카르멘과 함께 정원 호수를 지났던 기억이 도려낸 듯 사라져 있었다. 정말 이상한 일이었지만 이유는 명백했다. 영혼의 전환식을 발동할 때 넣은 영혼식의 숫자가 너무 커서, 내 영혼에 문제가 생겨 버린 것이다.

아카데미를 다니던 때에도 내 찍기 실력은 좋았던 적이 없었지. 그나마 긍정적으로 볼 수 있는 점은, 루나틸은 영혼의 전환식을 발동하자마자 죽었는데 나는 아직 살아 있다는 점이었다.

이건 기회였다. 브리튼 마을의 집에 연구 자료들이 모여 있으니, 증상이 더 심해지기 전에 어서 그곳으로 돌아가 살아날 방법을 강구해 내야 했다. 난 서둘러 옷을 갈아입고 짐을 챙겼다. 어젯밤 하인들이 깨끗하게 빨아서 수선해 놓은 로브도 챙겼다. 모험 내내 입었던 것이라 익숙하고 편해서 좋았다.

주술을 새긴 지팡이도 하나 챙겨 두고, 방문을 열었다. 조심스럽게 행동했다고 생각했는데, 문을 열자마자 나를 기다리고 있던 엄마와 언니를 딱 하고 마주쳐 버렸다.

"잘 잤니? 첼시."

나는 손에 들고 있던 짐을 재빨리 등 뒤로 숨겼다.

"응, 잘 잤지."

"그래? 그런 거치곤 일찍 일어났네."

목발을 짚고 선 플로라 언니가 날카로운 눈으로 내 등 뒤를 살피며 말했다. 난 실없이 웃으며 손을 휘저었다. 내가 이목을 끄는 동안 등 뒤에서 까망이가 짐을 넘겨받았다.

"첼시."

그때 엄마가 내 얼굴을 빤히 들여다보더니 문득 나를 끌어안았다. 난 얼결에 그대로 끌려가 안겼다.

"우리 예쁜 딸, 얼굴이 너무 많이 상했어."

"엄마, 숨 막혀."

우리 엄마가 원래 이렇게 팔심이 셌던가. 잘 기억이 안 난다. 내가 캑캑거리자 엄마가 나를 놓아주며 방긋 웃었다.

"아침 먹자."

"어? 난 괜찮……."

"온 가족이 다 같이 식사하는 게 대체 얼마 만인지 모르겠네. 얼른 내려가자."

그러면서 엄마가 내 손을 잡아끌었다. 나는 당황하며 뒤를 돌아봤다. 까망이가 내게 따라붙으려고 하는데, 갑자기 플로라 언니가 나와 까망이 사이로 끼어들었다.

고개를 들었다가 플로라 언니의 금색 눈동자와 딱 마주쳤다. 그녀의 눈빛은 송곳처럼 예리했다. 마치 내 속내를 다 알고 있다고 경고하는 것 같았다. 나는 황급히 고개를 돌리고 엄마의 뒤를 쫄래쫄래 쫓았다.

그렇게 어영부영 식탁까지 도달하고 말았다. 다이닝 룸에는 이미 모든 가족들이 착석해서 우리를 기다리고 있었다. 부모님, 언니, 오빠, 새언니와 하룻밤 만에 씻은 듯이 나은 꼬마 앨런까지.

식탁은 화려한 음식들로 가득했다. 우리 가문의 요리사들이 원래도 솜씨가 좋긴 했지만 항상 이렇게 연회처럼 차려 먹지는 않았는데. 난 약간 부담스러운 기분으로 자리에 앉았다.

네 개의 포크와 다섯 개의 나이프, 스푼과 냅킨, 와인 잔과 물 잔이 완벽하게 세팅되어 있는 식사를 얼마 만에 하는지 모르겠다. 솔직히 깔끔하고 푸짐한 식탁은 반가웠다. 생선은 비린내가 적었고 고기는 부드러웠다. 식탁 옆에 앉은 까망이의 앞에도 질 좋은 고기가 나왔다.

"왜 그간 집에 한 번도 오지 않았니?"

하지만 그런 질문을 받으면서 먹으면 체할 수도 있을 것 같았다. 예상하긴 했지만, 가족들은 그동안 내게 유감이 많았던 듯했다.

"아빠는 네가 모험을 떠난다고 할 때, 이렇게까지 연락 두절이 될 줄은 몰랐다."

"덕분에 앨런이 살았잖아요."

오빠가 말했다. 엄마도 말을 얹었다.

"앨런만 살았어? 제국을 구한 영웅인데."

"맞아요. 그거 들으셨어요? 황제 폐하께서 아가씨를 위한 전승 파티를 계획하고 계시대요."

"그게 정말이니?"

전승 파티 이야기를 꺼낸 사람은 새언니였다. 아직 소식을 몰랐던 가족들이 소란스럽게 탄성을 내뱉었다. 덕분에 대화의 주제는 전승 파티로 넘어갔다.

난 거기에 앉아서 타박과 찬양을 번갈아 들으며 식사했다. 쏟아지는 질문은 또 얼마나 많은지. 마법을 싫어한다던 엄마는 지팡이의 원리와 드래곤의 탑에 불이 들어온 이유를 열렬히 캐물으셨고, 앨런은 마왕을 잡은 이야기를 해 달라고 졸라 댔다. 난 모든 질문을 미루고 얼버무리느라 진땀을 빼야 했다.

내가 지금 여기서 이러고 있을 때가 아닌데. 초조한 마음이 들었지만 나는 디저트까지 먹은 후에야 자리에서 일어날 수 있었다. 거실로 빠져나가면서, 나는 내 방 창문으로 도망칠 계획을 짜고 있었다. 그런데 엄마가 내 뒤를 쫓아왔다.

"첼시, 어디 가니?"

"어……."

난 눈을 도르륵 굴렸다. 도망칠 때 도망치더라도, 적당히 거짓말로 둘러대는 게 나은가?

"마탑에 볼일이 있어서요."

"어제 말한 그 에키드나들을 만나러 가는 거니?"

"어…… 맞아요."

내가 어제 그런 이야기도 했던가? 나는 머쓱하게 생각했다. 그때 엄마가 내게 작은 꾸러미를 건넸다.

"그럼 이걸 가져가."

나는 어리둥절하게 꾸러미를 받아서 열었다. 그 안에 든 것은 환약이었다.

"이건……."

"에키드나들은 마수와 인간이 섞인 종족이라며?"

에키드나들을 말하는 엄마의 목소리에는 경계가 서려 있었다.

"그 환약은 치료제 겸 진정제 같은 거야. 무슨 일이 생길 것 같으면 그걸 한 알만 먹으렴. 하루에 두 알 이상 복용하면 부작용이 생길 수 있으니 삼가고."

"아니……."

나는 조금 당황했다.

"에키드나들은 그냥 우리랑 똑같은, 평범한 애들이야. 이런 건 전혀 필요 없……."

나는 말하다가 문득 멈췄다. 나를 바라보는 엄마의 눈에는 수심이 가득 차 있었다.

"첼시, 우리 딸……."

내 뺨을 쓰다듬는 하얀 손은 고왔지만 주름져 있었다. 난 가만히 그녀의 손 위로 내 손을 겹쳤다. 늦둥이 막내까지 성인이 되었으니, 엄마도 나이를 많이 먹었다.

"우리는 네가 자랑스럽지만……."

엄마가 내 어깨 위로 얼굴을 기댔다. 귓가에 속삭이는 엄마의 목소리는 희미하게 떨리고 있었다.

"자랑스럽지 않아도 좋으니 안전했으면 좋겠어."

"엄마……."

"영원히 철들지 않아도 좋으니 고생을 적게 했으면 좋겠고."

"……."

"힘들고 위험한 일은 몰랐으면 좋겠어."

엄마가 나를 놓아주었다. 그녀는 나와 눈을 마주치며 다정하게 웃었다.

"……욕심이었지?"

"……."

"저녁 식사 전에 돌아올 거니? 오랜만에 돌아왔으니, 한동안은 가족들과 시간을 보내 주면 안 될까?"

"엄마, 난……."

입 밖으로 나오려던 말이 목에 덜컥 걸렸다. 진실을 말하기에도, 거짓을 말하기에도 망설임이 일었다.

'뭘 망설이는 거야?'

난 주먹을 꾹 쥐었다. 엄마에게 당신이 궁금해한 그 마력을 뿜어내는 지팡이는 사실 내 영혼과 맞바꿔서 얻어 낸 것이라고, 그 마법을 완성하느라 목숨이 간당간당해져서 살 방법을 궁리하러 간다고 고백하기라도 한단 말인가? 갑자기 엄마에게 말해서 뭐, 자문이라도 받자고?

치유의 마법을 내가 배울 수 없듯이, 엄마도 이 마법을 갑자기 배우기는 힘들 것이다. 괜히 걱정만 끼치고 얻을 것은 없을 게 뻔한데, 왜 갑자기 이런 멍청한 고민을 하고 있는지. 스스로를 이해할 수가 없다.

거짓말을 하는 것은 정해진 일이다. 내가 소화해야 할 내 일.

"알았어요."

나는 갑자기 엄마를 꼭 껴안으며 말했다. 얼굴을 보이지 않는 게 좋을 것 같아서.

"금방 나갔다가 올게. 다시 집에 돌아오면, 엄마가 쫓아낼 때까지 안 나갈게요."

"……고맙구나, 아가."

엄마가 낮게 웃으며 말했다. 나는 마음이 무거워져서 고개만 끄덕이고 얼른 방으로 돌아왔다. 내 방에서 챙겨 놓은 짐만 가지고 도망치듯 집을 나와 버렸다.

집을 나오고 나니 문득, 식사라도 한 끼 같이 하고 나오길 잘했다는 생각이 들었다. 시간 낭비라고 생각하지 말고, 가족들의 말에 좀 더 성의껏 대답해 줄 걸 그랬다는 후회와 함께.

* * *

[로드랭 양!]

"안녕하세요, 탑주님."

[세상에, 로드랭 양! 당신이 마수왕을 물리쳤다면서요!]

클라우드가 언제나처럼 큰 목소리로 말했다. 그의 반짝거리는 눈동자가 마수경을 가득 채웠다. 난 약간 부담스러운 마음으로 입을 열었다.

"네, 그렇게 됐어요."

[그렇게 됐어요, 라니요! 우리의 차기 탑주님이 마수왕을 물리쳤는데! 아무리 선봉군과의 전투로 마수가 약해져 있었단 걸 감안한다고 해도…….]

"약해져 있지 않았어요."

말은 바로 해야지. 나는 단호하게 끼어들어 그의 오류를 고쳐 주었다.

"마수왕은 거의 만전의 상태였어요."

[……아! 그렇군요. 그 만전한 마수왕을 어떻게 무찔렀는지 알려 줄 수 있나요?]

"음…… 지금은 좀 그렇고, 다음에요."

내 대답에 클라우드가 유쾌하게 웃었다.

[좋아요. 대체 어떤 방법으로 우리를 놀라게 해 줄지 기대되네요.]

"네, 그나저나 에키드나 아이들은 잘 있나요?"

[맞아요! 세상에, 첼시. 이 아이들은 다 언제 구한 거예요?]

클라우드가 마수경으로 창문 너머를 비추었다. 그러자 바깥에 있던 아이들이 걸음을 멈추고 클라우드를 향해 손을 흔들어 댔다. 그 속에는 마수의 특성이 보이지 않는 아이도 있었다. 실험관 안에서 구출한 아이가 틀림없었다. 벌써 잘 걸어 다니는구나. 나는 속으로 안도했다.

"내가 구한 게 아니라, 모데라토와 에키드나 아이들이 다 같이 한 거예요."

[모데라토?]

"그 애들의 통솔자 격인 초록 머리 여자애요."

[아. 하지만 그녀는 아이들을 구해 준 게 로드랭 양이라고 하던걸요.]

클라우드가 말했다. 거참, 나는 한숨을 삼켰다. 에키드나 아이들의 리더

역할을 자처하면서, 평소에는 뻔뻔한 능구렁이처럼 하고 다니지만 모데라토도 속은 영 맹탕이었다.

"아니요, 모데라토가 한 거예요. 마법진을 만든 것도, 마법을 발동시킨 것도 모데라토거든요. 에키드나 꼬마들한테 물어보면 증언해 줄걸요."

모데라토가 마력을 불어넣자 자동화마법이 깨어나고 결국에는 마법이 발동되는 모습이, 에키드나 꼬마들의 눈에는 분명 그렇게 보였을 것이다.

[……좋아요. 그 말이 사실이라면, 그녀도 엄청난 천재군요.]

"맞아요. 그런 의미로, 부탁이 있는데요."

클라우드가 의아한 눈으로 내 말을 기다렸다. 나는 붙임성 있는 표정을 지으려고 노력했다.

"그 에키드나 아이들을, 마탑에 입적시켜 줄 수 있을까요?"

[……저 아이들을, 전부 다요?]

그가 당황한 목소리로 반문했다. 당황하는 게 이해는 갔다. 마탑에 들어가려면 마탑이 정해 놓은 기준치에 맞아야 하고, 정식으로 마탑의 일원이 되기 위해서는 마법학교 졸업 시험이나 마탑의 평가 시험을 통과해야 했다. 하지만 나는 진지했다.

"그 에키드나 아이들은 마법사들의 욕심 때문에 실험체로 희생되었어요. 마탑에 소속된 마법사들이 주체가 된 연구는 아니었지만, 같은 마법사로서 도의적 책임감을 느껴야 할 일이 아닐까 싶어요."

내 말에 클라우드의 표정도 덩달아 심각해졌다. 나는 그를 향해 방긋 웃어 보였다.

"게다가 탑주님도 알다시피, 그 아이들은 특별하잖아요. 그게 뛰어난 마법 재능의 비결이 아닐까 싶어요. 마탑이 에키드나 아이들을 받아들여 준다면, 분명 마탑에 큰 전력이 될 거예요."

클라우드는 눈을 동그랗게 뜨고 나를 보다가, 곧 너털웃음을 터뜨렸다.

[로드랭 양이 그렇게 부드럽게 말하는 건 처음 보네요. 그 아이들이

많이 중요한가 보죠?]

틀렸나? 아니, 사람을 저렇게 비웃을 건 뭐람. 나는 약간 부끄러운 기분이 들었다. 그러나 클라우드는 곧 웃음을 그치고 말했다.

[좋아요. 받아들일게요.]

"네? 정말요?"

[규정에는 어긋나지만…… 규정이야 고치면 되겠지요. 연구소의 합성마법을 파훼한 게 정말 그 아가씨라면, 당장 장로직을 줘도 부족함이 없을 인재인걸요. 게다가 무엇보다, 로드랭 양의 추천이니까요.]

"고마워요, 클라우드!"

기뻐서 외치다가 하마터면 까망이의 등에서 떨어질 뻔했다. 난 황급히 까망이의 목덜미를 끌어안았다.

그 에키드나 아이들은, 나스티아에서 산 세월이 오래되긴 했지만 그 나라의 국민들과 제대로 섞이지는 못한 것 같았다. 그나마 아이들을 돌봐 주었던 브리튼 마을 주민들이 뿔뿔이 흩어진 지금, 그 애들은 의지할 곳이 없었다. 연구소가 개방되고 합성 마법의 진실이 알려졌지만, 그래서 더 위험해질 수도 있었다.

하지만 마탑이 아이들을 받아들여 준다면 누구도 그들을 함부로 무시하지 못할 것이다. 수십 년 동안 쇠락만을 반복하던 마탑도 이제 잃었던 힘을 얻었고, 전보다 견고한 울타리가 되어 구성원들을 지켜 줄 것이 틀림없다.

게다가 그 에키드나 아이들에게 재능이 있다는 말은 진짜니까. 마구잡이 식이긴 했어도, 다름 아닌 차기 마탑주에게서 지난 일 년간 눈동냥으로 마법을 배웠던 아이들이 아닌가.

[나야말로 고마워요.]

그런데 클라우드가 말했다. 마수경을 들여다보자, 클라우드는 웬일로 진중한 얼굴을 하고 있었다.

[그날, 로드랭 양이 암흑 왕국으로 갔다는 소식을 듣고, 그렇게 연락을 끊어 버린 걸 후회했는데…….]

갑자기 진지해진 목소리에 어리둥절해져 있던 나는, 클라우드가 말하는 '그날'이 황녀가 죽었단 소식을 듣고 암흑 왕국으로 달려갔던 날이라는 걸 뒤늦게 깨달았다. 그날, 클라우드는 내게 전쟁에 뛰어들지 말라며 말렸었다. 당시에는 그게 답답하게 느껴졌지만, 클라우드로서는 당연한 대처였다는 것도 이해했다.

아마 그는 나를 걱정했던 거겠지, 우리 엄마가 그랬듯이.

[사실 죽었을 거라고 생각했어요.]

"네?"

[당신의 가족으로부터 연락을 받았을 때는, 로드랭 양이 이미 수도를 벗어난 후였거든요. 얼마 후에 제국의 결계가 무너졌고, 수도 바깥은 완전히 초토화되었지요. 그래서 로드랭 양도 이미 죽은 목숨일 것이라 생각했어요.]

클라우드는 내가 마수왕을 무찌르기는커녕, 마수왕에게 가는 길에 가고일의 밥이 되었을 거라 생각했던 모양이다. 그렇게까지 내가 못 미더웠다고? 난 딴죽을 걸기 위해 입을 열었다. 그러나 뒤이은 클라우드의 목소리가 내 입을 다물게 만들었다.

[내 생각이 틀렸단 걸 보여 줘서 고마워요.]

"……."

[살아서 만나서 정말 반가워요.]

그렇게 말하면서 웃는 클라우드의 얼굴에는 정말로 안도가 느껴졌다. 그 얼굴을 보니 마음이 뭉클했다. 그 안도에서, 나를 향한 걱정과 애정이 느껴져서. 섣불리 답하지 못하고 있는 내게 클라우드가 밝은 목소리로 재차 말을 걸었다.

[듣고 싶은 이야기가 정말 많아요. 언제 마탑에 방문해 줄 건가요?]

"조만간이요, 클라우드."

[그것참, 아주 기대되네요.]

그때 까망이가 거대화를 풀고 바닥에 엎드렸다. 나는 거울을 잡고 바닥에 착지했다.

멀리서 들려오는, 결계에 갇힌 마수들의 울음소리.

리튼 산의 워프 존에서 여기까지 오는 동안 지나온 땅은 모조리 초토화되어 있었는데, 내 눈앞에 있는 집은 홀로 멀쩡한 외관을 유지하고 있었다. 내 일 년 동안의 모든 자료가 모여 있는 곳. 나는 그 집을 바라보며 클라우드를 향해 답했다.

"저도 그래요."

[그래요……. 그런데 첼시, 지금 어디에 있는 건가요?]

"다시 연락할게요, 클라우드."

연락을 끊기 전 내가 마지막으로 한 말은, 클라우드에게 전한 인사말이자 스스로를 향한 다짐이었다.

* * *

그리하여 나는 또다시 연구실에 처박히게 되었다.

덴버의 집엔 내가 브리튼 마을을 떠나기 전까지 모아 놓은 자료들이 수북했다. 난 방에 짐을 풀어놓고 필요한 자료들을 정리했다. 마수왕과의 전투에까지 지니고 다녔던 루나틸의 일기 몇 권을 꺼내 놓고, 내가 여태까지 썼던 일기들과 대조해 보았다.

내 일기의 내용이란, 사실 기록 일지에 가까운 것이었다. 까망이를 만난 날부터 오늘까지 사용했던 마법들이 모조리 기록되어 있었으니까.

브리튼 마을로 오기 위해서는 드래곤의 탑에 있는 워프 존을 이용해야 했다. 난 탑으로 가는 길에 웨슬리 마법 상점에 들러 마력 측정기를 하나

받았다. 사실 정당한 값을 치르고 구매하려고 했지만, 신난 웨슬리 씨가 내 돈을 거부했다.

아무튼, 그 마력 측정기로 윙투스를 검사해 보았다. 내가 여태까지 소모한 모든 마력의 양을 합하고 마수왕의 마력량을 비교하여 여러 수식을 얻었다. 같은 방식으로 루나틸의 일기도 분석해 보았다.

내 몸이 무너지고 있는 건, 영혼의 소모량을 회복 속도가 따라가지 못해서 일어나는 일이었다. 말하자면 생성과 소모의 균형이 무너진 것이다. 아직 버티고 있지만, 이 상태가 이어지다 보면 아마 모든 영혼을 소진하게 될 것이다. 그리고 그 끝에는 죽음이 기다리고 있겠지.

하지만 나는 내 전공을 살려 이 상황을 타개할 방법을 찾아볼 셈이었다. 나는 사역술사로서, 여태껏 사역술을 통해 끊임없이 영혼과 마력을 교환해 왔다. 영혼이 에너지라면. 영혼을 마력과 바꿔 쓸 수 있고, 두 에너지가 호환될 수 있다면. 마력을 이용해 부족한 영혼을 구할 방법도 있지 않을까?

그게 아니더라도, 분명 방법이 있을 것이다.

"음……."

분석, 분석, 가설의 검증, 또 분석…….

종일 산수만 반복하고 있는 나를 위해 까망이가 음식을 조달해 주었다. 바닥에 주저앉아 쌓인 책과 종이들을 보고 있자니 문득 회의감이 들기도 했지만…….

나는 내 가족들과 친구들, 클라우드, 그리고 카르멘의 얼굴을 떠올리면서 애써 보기로 했다. 난 그저 주어진 상황에서 내가 할 수 있는 일은 모조리 해 볼 생각이었다.

"좋아."

난 소매를 걷으면서 마음을 다잡았다. 그래, 마지막까지 발악해 보자.

* * *

"못 하겠어……."

빽빽하게 술식이 쓰인 노트가 내 손아귀 안에서 부들부들 떨렸다.

브리튼 마을에 온 지도 어느새 일주일이 지났다. 매일 잠도 제대로 자지 않고 연구를 진행하느라, 내 옆에는 책과 문서가 수북이 쌓여 있었다. 잃어버린 내 영혼을 수복시키는 연구도 착실히 진척되어 가고 있었다. 그런데 갑자기 문제가 생겼다.

나는 내 눈 앞에 펼쳐진 술식을 다시 되짚어 보다가 노트를 덮었다. 분명 내가 내 손으로 쓴 술식이건만, 도저히 알아먹을 수가 없다. 아니, 어제까지는 분명 알았는데 오늘은 무슨 말인지 모르게 된 것이다. 시간이 흐르면서 종종 기억을 잃는 횟수가 늘어나고 있긴 했지만, 이런 황당한 경우는 처음이었다.

마법식은 기억하는 것이 아니라 이해하는 것이다. 그래서 나는 자꾸 기억을 잃어 가는 순간에도 어찌어찌 연구를 진척시킬 수 있었다. 그런데 그걸 이해할 수가 없게 되다니. 갑자기 까막눈이 되어 버린 기분이었다.

이 일을 어쩌면 좋지?

혼란에 빠져 있는 와중에 마수경이 눈치 없이 내 발을 툭툭 건드렸다. 순간 무언가 울컥하는 기분이 들어, 냅다 소리를 빽 질렀다.

"나한테 걸려 오는 연락은 무시해도 된다고 했잖아!"

"하, 하지만 플로라 언니……."

"플로라 언니든 누구든! 나한테는 이 사태를 누군가에게 차분하게 설명해 줄 수 있는 시간도 여유도 없단 말이야! 아니면 내가 그렇게 도망치듯 제국을 떠나왔겠어?!"

갑작스런 역정에 마수경이 놀라서 뒷걸음질을 쳤다. 그러나 난 신경 쓰지 않고 책장으로 척척 걸어갔다.

진정하자, 진정해. 모르면 처음부터 배우면 되지. 마법서 중에서, 이와 같은 술식을 설명해 놓은 책이 분명 있을 것이다. 그러니까…… 나는 책장을 훑다가 마법 기본서를 찾아냈다. 모데라토와 앨런을 가르칠 때 썼던 책이었다. 나는 책을 빼서 뒤지기 시작했다.

"여기 어디쯤에……."

책장을 팔랑팔랑 넘기던 내 손이 문득 멈췄다. 이 책은 기본서였다. 내가 여섯 살 때 배우고, 모험을 떠나기 전에 통째로 외워 두었던. 복잡하고 까다로운 고대 마법도 쉽게 다룰 수 있게 된 지금에 와서는 굳이 들여다볼 필요가 없게 된 책이었다.

그런데도, 이상하게 넘어가는 낱장마다 새겨진 술식들이 하나도 기억나지 않았다. 난 무지렁이가 된 기분으로 그 술식들을 바라보았다.

이게 뭐지?

알 수 없는 미지의 세계에 던져진 것 같았고, 심장이 졸아드는 기분이 들었다. 이걸 위해서였을까, 내가 그렇게 노력했던 건. 모두 다 잃어버리고 사라지기 위해서? 뱃속에서 갑자기 시꺼먼 분노가 치받았다. 한순간 눈앞이 새까맣게 변했다.

"아아악!"

난 이성을 잃고 소리를 지르며 책을 내던졌다. 책장에 있는 모든 책을 꺼내서 바닥에 쏟아 버리고, 벽에 세워져 있던 지팡이로 그것들을 내리쳤다. 내가 열심히 모아 온 책과 자료들이 나를 비웃는 것처럼 느껴졌다.

한참 난동을 부리던 나는 마력 측정기를 벽으로 던져 버리려다가 움찔 멈췄다. 갑자기 바닥에 널브러진 루나틸의 일기가 눈에 들어왔고, 정신이 번쩍 들었다.

"내가 뭘 하는 거지?"

나는 멍하니 중얼거리며 마력 측정기를 옆에 있던 테이블 위에 놓았다. 고개를 돌리자, 엉망이 된 방의 모습이 보였다. 쌓아 놓은 책과 자료들은 바닥을 너저분하게 뒹굴고 있었고, 지팡이는 두 동강이 나 있었다. 나는 황망한 기분으로 그 난장을 훑었다.

왜 이랬지?

나도 나를 이해할 수가 없다. 화를 내며 방을 어지럽힌다고 해결되는 일은 아무것도 없었다. 비합리적이고 감정에 휘둘린 행동이었다. 짐승도 아니고, 대체 왜 이런 멍청한 짓을 저지른 걸까. 마치 내가 아닌, 다른 사람이 된 것 같다.

"끼이……."

그때 등 뒤에서 자그마한 소리가 들렸다. 고개를 돌리자 방 한구석에서 몸을 웅크리고 있는 마수경이 보였다. 방금까지는 까망이의 어릴 적 모습을 따라 하고 있었던 것 같은데, 이제는 까만 찰흙처럼 뭉개져 눈만 끔뻑거리고 있었다.

"아……."

나는 발을 옮겨 마수경에게로 걸어갔다. 녀석의 앞에 무릎을 꿇자 찰흙 덩어리 같은 몸이 흠칫 떨렸다.

"세상에, 미안해."

안 그래도 겁이 많은 애인데, 얼마나 놀랐을까. 밀려오는 죄책감에, 나는 양손을 뻗어 조심스럽게 녀석을 들어 올렸다. 그러자 젤리 같던 몸체가 뭉쳐져 작은 강아지 같은 모양새가 되었다.

"내가 잠시 미쳤었나 봐, 그건 내 진심이 아니었어. 정말…… 정말 미안해, 까망이한테는 비밀로 해 줄래?"

내가 조그맣게 사과했다. 마수경이 고개를 들더니 내 볼을 핥았다. 난 한숨을 내뱉듯 웃었다. 그래도 까망이가 집을 떠났을 때라 다행이다.

까망이는 내가 옆에 누군가가 있으면 성가셔 하는 것을 알고, 내가 연구에 집중하고 있으면 자리를 피해 주곤 했다. 까망이가 사려 깊은 애라서 정말 다행이었다.

나는 벽에 걸려 있는 내 로브 속에서 꾸러미를 꺼내, 환약을 하나 골라 입에 넣었다. 엄마가 챙겨 준 꾸러미는 이제는 꽤 홀쭉해져 있었다. 이런 식으로 쓰게 될 줄은 몰랐지만, 아무튼 받아 오길 잘했다. 엄마가 만든 환약은 정말 효과가 좋았다. 상태가 안 좋을 때 먹으면 확실히 진정이 되었다.

난 마수경과 함께 엉망이 된 방을 치우기 시작했다. 부러진 지팡이는 다시 고치면 되고, 자료는 다시 분류하면 된다. 다행히도 찢거나 훼손하지는 않아서 잃은 것은 없었다. 열심히 정리하고 있는데, 누군가가 결계 속으로 들어오는 기척이 느껴졌다. 방문을 바라보고 있자 곧 까망이가 문을 밀고 들어왔다.

"주인님."

"어, 왔어?"

이런, 아직 정리가 끝나지 않았는데. 방안을 훑어보는 까망이의 눈이 흔들렸다.

"무슨 일이 있었습니까?"

"음…… 실험 중에 폭발이 좀 있었어."

"무슨 실험이길래…….."

"그러는 넌, 여기 왜 이래?"

까망이는 별생각 없이 내 손가락이 가리키는 곳을 바라봤다가 당황한 표정을 지었다.

"아……."

화제를 돌리기 위해 급하게 외쳤던 것이지만, 나는 곧 진지하게 의문스러워졌다. 북슬북슬하던 까만색 꼬리 끝이 약간 타서 뽀글뽀글하게 말려 있었다. 요새 대체 뭘 하고 다니는 걸까?

사실 짐작 가는 점이 영 없는 건 아니었다. 까망이는 혼자 열심히 무슨 연습을 하고 다니는 것 같았다. 그 연습 과정에서 왜 자꾸 다치고 흙투성이가 되는지는 알 수 없었지만…….

"이따가 말씀드릴게요."

"이따가 언제?"

"……오늘 저녁이요."

녀석은 꼬리를 발 앞으로 둥글게 말고 발톱으로 꼬리를 꾹꾹 누르며 말했다. 손짓은 어색했지만, 말하는 목소리에서는 자신감 비슷한 것이 느껴졌다. 난 어쩐지 기특한 마음이 들어 녀석의 머리를 마구 쓰다듬어 주었다. 까망이는 고개를 푹 숙이더니 식탁 위에 빵이 있다고 알려 주고 다시 집을 나섰다.

난 부엌에서 빵을 집으며 창밖을 바라봤다. 꼬리를 휘날리며 어딘가로 뛰어 내려가는 까망이의 뒷모습이 보였다. 녀석이 일주일 내내 조달해 온 음식들은, 헤브람 제국에서 난 것들이었다. 아마 워프 존을 통해 헤브람 제국으로 가서 조금씩 가져오는 것 같았다.

마법, 인간만 쓸 수 있는 것. 나의 자랑스러운 옛 사역마는 아마도 목적지에 도착하기 직전인 듯했다. 난 까망이가 사라진 리튼 산을 보며 미소 짓다가 다시 방으로 돌아왔다.

벽은 내가 그간 붙여 둔 메모로 가득했고, 책장과 책상 위도 종이와 책으로 빼곡했다. 난 어지른 책들을 정리하고, 지팡이를 고쳤다. 중간중간 팔다리가 말을 듣지 않는 순간이 와서 청소 시간이 배로 들긴 했지만 마음을 차분하게 먹고 천천히 하니 끝은 났다.

그러고 나서 훨씬 정돈된 마음으로 다시 책장 앞에 섰다.

책장에 있는 온갖 귀한 고대 서적들 사이에서, 나는 마법 기본서 한 권을 빼내 책상 앞에 앉았다. 환약 덕분인지 아까보다는 글이 눈에 잘 들어오는 것 같았지만, 역시 제대로 이해되지는 않았다.

"하……."

헛웃음이 나왔다. 마법서가 이렇게까지 외계어의 나열처럼 보였던 적은 유아기 이후로 한 번도 없었는데.

'모르겠는 걸 어떡해요!'

그 이해할 수 없는 문자의 나열을 보고 있자니, 문득 모데라토와 앨런에게 마법 기본서를 외우도록 시켰을 때가 생각났다.

에키드나 연구소에 걸린 보안마법의 역마법을 찾기 위해 나라를 떠돌아다닐 때였다. 난 그 애들에게 이 기본서를 한 권씩 던져 주면서 한 달 안에 다 외워 놓으라고 말하고 용병일을 하다 돌아왔었지. 하지만 모데라토와 앨런은 그때까지 책의 반의반도 떼지 못하고 있었다.

난 그 애들이 내 말을 완전히 무시한 것이라고만 생각했다. 시커먼 평민 남자들 사이에서 험한 말을 듣고 다니다가 돌아왔을 때라 기분이 좀 상했다. 그래서 화를 좀 냈더니 앨런이 억울했는지 그렇게 항의했었다. '모르겠는 걸 어떡해요!' 그 항변에, 내가 뭐라고 말했던가?

'이걸 어떻게 몰라? 딱 보면 이해가 안 돼?'

아무튼 그 비슷한 말이었는데. 어처구니없는 표정을 지으며 입을 벌리던 앨런의 얼굴을 떠올리자 웃음이 나왔다. 내가 그 업보를 받는 걸까. 종이 앞의 무지렁이가 된 기분이라니. 하지만…….

"처음부터 다시 하면 돼."

상황이 얼마나 좋지 않은지에 대해서는 깊게 생각할 필요가 없었다. 주어진 상황에서 내가 할 수 있는 최선의 행동을 하면 되니까.

감정에 휩쓸리지 말고, 인내심을 갖고, 이성적으로.

하다 보면 다시 기억이 날 것이다. 아카데미에 입학한 후로 마법을 등한시하다, 파혼을 당하고 다시 마법서를 잡았을 때 그랬듯이.

"어……?"

마음을 다잡고 책을 읽던 나는 문득 눈앞이 흐릿해지는 것을 느꼈다. 글씨가 잘 보이지 않아 손으로 눈을 비벼 봤지만 시야는 또렷해지지 않았다.

나는 눈을 깜빡여 보며 의자에서 일어났다. 그러다 의자에 발이 걸려 중심을 잃었고, 책상을 잡다가 올려져 있던 책을 떨어뜨렸다. 책의 모서리가 바닥과 부딪히는 순간, 그 소리가 이상하게도 찢어질 듯 크게 들렸다.

"헉……!"

그리고 정신을 차리자, 나는 방 한가운데에 주저앉아 있었다. 고개를 들자 엉망이 된 방의 모습이 시야를 가득 채웠다. 정리해 놓은 책장도, 쌓아 놓은 자료들도, 다시 아무렇게나 바닥에 널브러져 있었다.

침입의 흔적이 없는 것으로 봐서, 내 소행이 분명했다. 하지만 대체 왜, 언제 그랬는지 전혀 기억이 나질 않았다. 나는 다시 난장판이 된 방 안을 바라보며 눈을 깜빡였다.

'이럴 땐 어떻게 해야 해?'

내게 남은 시간이 얼마나 있는지도 알지 못했다. 시간은 촉박하고, 해야 할 일은 까다로운데, 일을 해내야 할 내 머리가 제대로 작동하지 않으니 모든 게 엉망이었다.

집중해서 하더라도 어려운 일일 텐데 자꾸만 이런 식으로 시간을 까먹어 대니 어떻게 해야 할지 알 수가 없었다. 숨이 막힐 것 같은 막막함에, 눈앞이 새까매졌다.

"진정해, 첼시."

나는 눈을 질끈 감았다. 절망에 빠진다고 상황이 나아지는 것도 아니었다. 그때, 결계에 기척이 느껴졌다. 까망이가 분명했다.

"젠장."

나는 환약을 꺼내서 삼키며 방문을 나갔다. 때마침 까망이도 대문을 열고 들어왔다. 녀석은 나를 보더니 고개를 갸웃했다.

"주인님?"

"응, 빨리 왔네?"

"또 폭발이라도 있었어요?"

까망이가 걱정스러운 눈초리로 말했다. 나는 아차 싶었다. 내 꼴이 어딘가 좀 이상한가? 하긴, 방을 그렇게 엉망을 만들어 놓았는데 나만 멀쩡할 리가 없겠구나. 난 손으로 헝클어진 머리를 쓸어내리며 어색하게 웃었다.

"그냥, 하하…… 그래서, 어떻게 됐어?"

"네?"

"저녁에 뭘 보여 준다며?"

환약을 먹고 나오길 잘했다. 방금까지 세차게 뛰던 심장이 차분하게 가라앉아 마음이 편안해져 있었다. 눈앞도 조금은 또렷해진 것 같고. 덕분에 나는 자연스럽게 아무 일도 없었던 척을 할 수 있었다.

"아, 그건 조금 더 시간이…….""

"얼마나 걸리는데?"

"한두 시간 정도만 더……."

그렇게 말하면서 까망이가 내게로 걸어왔다. 나는 반사적으로 문에 바짝 붙었다. 그런데 그 모습이 오히려 의심을 불러일으켰는지, 까망이의 눈이 가늘어졌다.

"방에 뭐 있어요?"

"찾았어!"

초조한 마음에, 충동적으로 외쳤다. 까망이가 놀란 눈으로 나를 바라봤다. 나는 속으로 심호흡을 했다. 이왕 이렇게 됐으니, 어쩔 수 없다. 난 기쁜 표정을 꾸며 냈다.

"찾았다고, 내 몸을 원래대로 만들 방법."

"어떻게……?"

까망이가 놀란 목소리로 물었다. 나는 생글생글 웃었다. 어쩌면 허세를 부리는 것이야말로 사역술사의 주 종목일지도 몰랐다.

"나중에 설명해 줄게. 검증 과정을 거쳐야 하긴 하지만, 이론적으론 거의 완벽해."

"그게 정말이에요?"

까망이가 눈을 반짝이며 물었다. 곧 눈물을 쏟을 것 같아 보이기도 했다.

"당연하지, 내가 하겠다고 말해 놓고 실패하는 거 봤어?"

까망이가 고개를 가로저었다. 그 모습이 귀여워서, 나는 킥킥대고 웃었다.

"주인님……."

그때 까망이가 갑자기 내게로 달려와서, 나는 화들짝 놀랐다. 녀석은 뒷발로 서서 내 어깨에 앞발을 걸쳤다. 와, 이렇게 컸었나. 난 하마터면 무게를 버티지 못하고 문과 함께 뒤로 넘어갈 뻔했다.

"우와, 진정해."

"주인님은 정말 세기의 천재세요."

"하하하……. 그냥 첼시라고 부르라니까."

나는 양심의 가책을 누르며 웃는 낯을 유지했다. 녀석을 가까스로 진정시키고, 까망이의 머리를 쓰다듬으며 말했다.

"나도 마법을 시도해 보려면 두 시간 정도가 걸리니까, 그 후에 다시 보자. 알겠지? 우리 둘 다 해낸 채로 만나는 거야."

"네."

"꼭 성공하고 돌아와야 돼."

"……알았어요."

까망이는 듬직하게 대답하고 다시 문을 나섰다. 까망이를 가까스로 쫓아내 놓고 다시 방으로 돌아온 난 문에 기대서 무거운 한숨을 내쉬었다. 까망이는 마수 주제에 은근히 눈치가 좋아서, 엄청 긴장했다.

요새 까망이도 꽤 노력하고 다니는 것 같았다. 나와 계약이 끝났는데도 무언가 노력을 계속하는 걸 보면 힘이 부족한 건 아닐 테고, 아마도 마음의 문제인 듯했다. 곧 해낼 수 있다는데 괜히 내 문제로 초를 치고 싶지 않았다.

문에 기대 미끄러지듯 바닥에 주저앉아, 나는 서재를 바라보았다. 눈앞의 서재가 전보다 흐릿하게 보이는 것은 착각이 아니었다. 기억을 잃는 기간도 점점 짧아지고 있었고, 뇌와 함께 다른 신체 기관들도 빠르게 상태가 악화되고 있었다.

이 속도로 간다면 아마 오늘 안에 심장이 멈추지 않을까.

죽지 않더라도, 정상적으로 사고하는 인간은 아니겠지. 난 엉망이 된 방을 노려보며 생각했다. 냉정해지자, 이런 상태로 연구를 진행한다는 건 무의미한 일이다.

"하아……."

문에 뒤통수를 콩 박으며 생각했다. 인정하기 싫지만, 이제는 받아들여야 했다. 끝이 다가왔음을.

나는 나를 포기하기로 했다.

힘없이 걸어가 의자에 앉았다. 필요한 문서 몇 가지만 빼내 책상 위에 올려 두고, 펜을 잡고 일기를 펼쳤다. 그리고 유서를 쓰기 시작했다. 까망이가 오기 전까지, 나는 내 신변을 정리해 놓기로 했다.

유서란 것은 무릇 남은 사람들을 위한 것이다. 가족, 친구, 동료, 그리고 훗날 나와 같은 길을 걸어갈 사람들.

나는 내 상태에 대해서도 적었다. 내 머리에 무슨 문제가 생겼고, 내 몸에 무슨 문제가 생겼는지. 지금 기분은 어떤지에 대해서. 만약 시간이 지나 마수왕이 나에게 받은 영혼의 값을 모두 수행하고 계약에서 벗어나는 날이 온다면, 이 기록은 분명 도움이 될 것이다. 내가 여기까지 오는 동안 가장 도움이 되었던 것 중 하나가 바로 루나틸의 기록이었으니까.

R.D. 육백 년 전에 죽은, 한 번도 만나 본 적 없는 사람. 그럼에도 불구하고 루나틸은 내게 정신적 지주이자, 스승과도 같은 존재였다.

그녀가 남긴 기록 덕분에 나는 마수왕과 싸울 수 있었고, 드래곤의 탑에 빛을 가져올 수 있었다. 그리고 그녀의 마법을 향상시킨 덕에 루나틸보다 좀 더 오래 살아 있는 것이다.

고작 일주일 정도에 불과했지만, 뭐든지 개선 방향이 제시됐다는 데 의의가 있었다. 마법은 아주 변수가 많은 학문이기에, 마법을 개선시키기 위한 가장 효과적인 방법은 임상실험이었다.

세월이 흐른 후에, 또다시 영혼의 전환식을 발동할 어린 마법사가 나타난다면. 선례가 있다는 것은 분명 그 후임 마법사들에게 큰 도움이 될 것이다. 그는 나라는 표본을 가지고 분명 나보다 생존 확률이 높은 싸움을 할 수 있겠지.

난세에는 영웅이 나타난다고 하지만, 세상을 구할 대가를 혼자 짊어지는 것은 역시 좀 모진 일이다. 내 후대의 마법사는 부디 그런 희생을 할 필요가 없기를 바라며, 나는 나의 모든 것을 이 일기에 기록했다.

글을 쓰는 동안에도 눈앞이 점점 흐릿해졌다. 초조한 마음에 서두르다 보니 글씨가 아주 못 봐 줄 꼴이었다. 어렸을 때부터 마법식을 수없이 필사한 덕분에 필체 하나는 자신이 있었는데……. 제대로 쓰려고 해도 펜을 쥔 손이 자꾸만 떨려서, 뜻대로 되지 않았다. 무시무시한 마수왕을 마주했을 때도 이렇게 볼품없이 떨지는 않았던 것 같은데.

진정하려고 해 봤지만, 진정은 되지 않고 눈물이 나왔다. 볼을 타고 턱 끝에 고인 눈물이 글씨 위로 떨어져 잉크와 함께 번졌다.

'멍청하게 굴지 마.'

슬픔에 잠긴다고 문제가 해결되는가, 눈물을 흘린다고 상황이 나아지는가? 결코 아니었다. 그런데 왜 이렇게 자꾸 불합리하게 구는지 이해할 수가 없다. 내가 아는 첼시 로드랭은 이렇게 쓸데없이 자주 감상에 빠지는 사람이 아니었는데.

아니, 사실은 내 행동의 이유를 알았다. 무너지고 있는 것이다, 내가.

"헉, 헉……."

급기야 숨이 가빠 왔다. 호흡 기관에 문제가 생긴 건지, 그냥 정신적인 문제 때문인지는 알 수 없었다. 나는 팔로 책상을 짚고 몸을 일으켰다.

아무튼 환약을 먹으면 이 상태가 좀 진정될 수 있을 것 같아서였다.

"윽……!"

그러나 한 걸음도 떼지 못하고 바닥으로 쓰러졌다. 머리가 찢어질 듯 아파, 나는 머리를 감싸고 몸을 움츠렸다. 아마 숨쉬기가 힘들어진 게 정신적인 문제만은 아니었던 모양이다.

힘겹게 고개를 들자, 로브 아래에 떨어져 있는 꾸러미가 보였다. 나는 바닥을 기어가 그것을 집었다. 손바닥 위로 조급하게 약을 털어 냈다. 반절이 바닥에 떨어졌지만 신경 쓰지 않고 있는 대로 입에 털어 넣었다.

"욱……."

약을 씹어 삼키자 헛구역질이 올라왔다. 난 바닥에 몸을 웅크리고 누워 약발이 돌 때까지 기다렸다.

"주인님!"

그때 갑자기 문이 쾅 하고 열렸다. 익숙한 목소리에 고개를 들자, 새까만 머리의 소년이 내게로 달려왔다.

"괜찮으세요?!"

소년이 나를 일으키며 말했다. 허리까지 오는 까만 머리에 어두운 금색 눈동자. 내 제자 앨런과 엇비슷한 나이대로 보였다. 생전 처음 보는 소년이었지만, 저 반짝이는 황금색 눈동자는 낯익은 것이었다. 나는 희미하게 웃음을 만들어 냈다.

"까망아."

힘이 잘 들어가지 않는 손을 들어, 나는 까망이의 뺨을 쓸었다. 보드라운 피부, 오뚝한 콧날, 따뜻한 입술. 검은색 피부는 제국에는 잘 볼 수 없는 것이었지만, 에코 왕국 남쪽으로 가면 그런 피부색을 가진 사람들도 꽤 있었다.

까망이는 내가 한 번에 자신을 알아본 것에 놀란 얼굴을 했다가, 점점 눈시울이 붉어졌다. 마수의 마력이 인간에게 기적 같은 일을 행할 힘이 되듯이, 인간의 영혼도 마수에게 이룰 수 없는 소망을 이루게 해 주는 힘이 된다. 내가 원하던 바를 이루었던 것과 같이 까망이도 자신의 소망을 이루었다.

섬세하게 희로애락을 표현하는 앳된 얼굴, 그는 완전한 인간이었다. 고생 끝에 결실을 이루는 이야기는 언제나 달갑지만 그게 아끼는 사람의 일일 때는 더 기쁜 법이다. 나는 색색 숨을 몰아쉬면서도 즐겁게 미소 지었다.

"사람에게 까망이란 이름은 좀 그렇지?"

"지금 그런 말을 할 때가⋯⋯."

"로엠 로드랭."

내 목소리에 그의 얼굴이 굳었다. 나는 손을 들어 책상 위를 가리켰다. 직접 손으로 주고 싶었는데, 상황이 여의치 않았다.

"책상 위에 네 신분을 증명해 줄 문서가 있어."

일이 잘못될 때를 대비하여, 브리튼 마을에 오기 전에 미리 준비해 둔 것이었다. 내 말을 이해한 까망이의 눈이 크게 흔들렸다.

"주인, 님."

"급하게 처리하느라 널 내 피후견인으로 해 뒀어."

"⋯⋯예?"

"일단은 내 양자로 넣어 뒀거든."

당황인지 뭔지, 까망이의 표정이 살짝 일그러졌다. 기껏 귀여운 소년의 얼굴을 얻어 놓고 왜 그렇게 함부로 쓰는지 모르겠다. 나는 낮게 웃으며 말했다.

"로드랭가의 성이 싫으면 슈웨인을 찾아가. 도움을 줄 거야."

"그런 게 아니⋯⋯."

"로드랭가로 가도, 내 유서와 문서를 보여 주면 분명 널 받아 줄 거야. 부모님은 항상 내 뜻을 존중해 주셨으니까."

'유서'라는 대목에서 까망이의 얼굴이 눈에 띄게 굳었다. 나는 느리게 눈을 깜빡이며 그의 굳은 입매를 매만졌다.

"당장은 힘들게 느껴지겠지만……."

목이 메어서 말문이 막혔다. 나는 숨을 몰아쉬며 말을 이었다.

"곧 괜찮아질 거야."

"아니에요."

"아냐, 확신해. 내가 틀린 말 하는 거 봤어?"

내 말에 까망이가 고개를 푹 떨궜다.

"오늘 저녁에……."

"응?"

"살 방법을 찾았다고 하셨잖아요."

그의 목소리가 떨렸다. 난 작게 웃었다.

"미안, 이번에는 진짜야."

그렇게 말하고 나는 손을 떨구었다. 팔을 들고 있기도 힘겹게 느껴졌다. 이런 게 죽음일까. 자연히 내 머릿속에 무너진 얼음 성의 잔해 위에서 조용한 소멸을 선택한 헤밀리의 모습이 떠올랐다.

"이제 이해가 돼……."

나는 낮게 중얼거렸다. 내 안에서 분노와 억울함이 소용돌이치고 있었다. 그 고통과 슬픔을 억누르고 있는 것은 강력한 의지나 남은 이들에 대한 걱정 같은 것이 아니라 그저 지독한 무기력증이었다.

수개월 전, 모데라토와 앨런이 우리에게 에키드나 연구소를 보여 준 날에, 내가 까망이에게 영혼이 무엇이냐고 물었던 적이 있다.

내가 영혼의 서를 분석하기 위해 한창 분투하고 있던 때였다. 브리튼 마을에 와서 '말하는 마수'를 사역하는 데 성공했는데도 아무런 실마리를 얻지 못해서 속이 답답했던 날. 힌트는 생각보다 가까운 곳에서 왔다. 까망이가 내 질문에 대답해 준 것이다.

'영혼이란 게 뭐야?'

내가 물었고.

'모든 것.'

까망이가 대답했다.

모든 것. 슈웨인은 영혼이 생명력일 것이라고 생각했었다. 그래서 나도 그런 것이냐고 되물었으나, 까망이는 재차 대답했다. 아니, 주인님의 모든 것.

이제 그 말을 절절히 이해할 수 있었다. 모든 것은 모든 것이라는 뜻이었다.

나의 생명, 지식, 지나온 추억들, 힘겨운 상황에서도 나를 항상 싸울 수 있게 만들어 준 끈기, 절제력, 판단력, 사랑과 어떠한 정의감. 나를 나로 만들던 그 모든 것들.

나를 강하게 만들어 주던 것들이 사라진 지금, 나는 그저 무력했다. 불행 중 다행인 것은, 죽음은 두려워도 삶에 큰 미련은 없다는 점이었다.

사실 나는 언젠가 이런 날이 올지도 모른다고 생각했다. 바실리스크의 동굴 속에서, 다이어 울프에게 영혼의 서를 발동하던 그 순간부터. 어쩌면 나는 이 순간을 각오해 왔던 것 같다.

'영혼은 그냥 마력과 같은 에너지의 종류일 거예요.'

슈웨인에겐 그렇게 확신에 찬 것처럼 말해 놓고서, 미안하지만……. 하지만 그 황금빛 마법에 둘러싸인 시간은, 매번, 매 순간. 그럴 가치가 있었다.

나는 마수왕의 위협에서 사람들을 구했고, 에키드나들을 되살렸고, 사람들에게 마수와 맞서 싸울 수 있는 힘을 주었다. 내가 소명이라고 생각했던 일들을 전부 해냈다.

내가 지금껏 나를 살리려고 애썼던 것은, 그게 내가 나를 사랑하는 사람들을 위해 해 줄 수 있는 최선의 행동이었기 때문이었다. 나를 사랑한다는 이유로 고통받아야 할 사람들. 내 가족들, 친구들, 제자들…… 그리고 카르멘.

하지만 모두 강한 사람들이다. 난 그들을 믿었다. 분명 시간이 지나면 나를 잊고, 행복하게 살 수 있을 것이다. 여남은 한 자락의 미련마저 털어 버리자, 몸에 힘이 완전히 빠졌다.

"……!"

까망이가 무어라 외치는 것 같았으나, 희끄무레한 빛무리가 자꾸만 시야를 갈라놓았다. 나는 황금빛 황혼이 내 눈꺼풀 위로 내려앉는 것을 느끼며, 눈을 감았다.

최상급 마수를 사역하고, 영혼의 서를 비롯한 온갖 고대 마법을 사용한 마법사. 내 죽음은 후대까지 남겨져, 유용한 표본이 되겠지.

죽음까지 가치 있는 삶이었다.

사람은 누구나 태어난 이유가 있다.

그리고 나는, 전부 다…….

* * *

나부끼는 책과 문서들, 쓰러진 의자와 바닥을 구르는 펜. 어지러운 서재 한가운데에, 검은 머리의 소년이 주저앉아 작은 소녀를 안고 있다. 태풍을 감싸는 물결들처럼, 소녀의 굽이치는 남청색 머리칼이 서재 바닥 위로 아무렇게나 흐트러져 있었다. 앳된 얼굴과 어울리지 않게, 긴 머리칼 사이로 하얗게 새치가 나 있다.

첼시 로드랭, 고작 열아홉 살짜리 여자애.

그렇지 않아도 또래보다 체구가 작았던 몸은 비쩍 말라서 더 작아 보였다. 곱게 감긴 눈 아래로는 거뭇한 피로가 내려앉아 있었다. 귀족가의 사랑받는 막내딸답게 뽀얗고 곱던 손은 굳은살과 흉터로 얼룩덜룩했다. 그녀가 입고 있는 옷은 깨끗했지만 귀족이 입기에는 질이 낮고 낡아 보였다.

먹고 입는 것에 신경을 쓰지 않고, 틈만 나면 며칠이고 밤을 새운 탓이었다. 마기가 들끓는 암흑 왕국에서 몸을 보호해 줄 결계 한 장 없이 마수왕과 싸운 후유증이기도 했다.

누구보다 귀족 영애다웠던 소녀는 집을 떠난 이후부터 빠르게 닳아 갔다. 생명력을 뽑아내어 쓰듯, 미래의 시간까지 앞당겨 쓰듯.

영원한 시간 속, 하나의 영혼이 사람으로 죽고 다시 태어나기를 무한 번 반복하며 세상에 미칠 모든 영향력. 그녀가 인간이 할 수 있는 한계까지 끌어다 쓴 힘은 그런 것이었다.

"읏……."

방금 '로엠'이라는 이름을 얻은 소년이 그녀의 맥을 짚었다. 아직은 심장이 뛰고 있었지만, 이런 상태로는 살아 있다고 말할 수 없었다. 그는 그녀의 마지막 순간을 떠올렸다.

자신을 바라보는 황금색 눈동자는 초점이 잘 맞지 않았다. 앞이 잘 보이지 않는 것 같았고, 고통스러운 듯 몸을 떨었다. 그러다가 갑자기 눈을 감아 버렸다.

심장께가 지끈거리며 아파 왔다. 마수일 때는 느낄 수 없었던 감각이었다. 로엠, 그 마수였던 존재는 원하던 것을 얻었다. 두 발로 땅을 디디고, 두 개의 폐로 숨 쉬는. 생명의 근간에는 황금빛 영혼이 존재하는.

"아……."

그러나. 그 마수였던 인간은 벌벌 떨리는 손으로 축 늘어진 하얀 손을 잡았다. 흰 손 위로 눈물이 뚝뚝 떨어졌다. 입을 열었다가, 아랫입술을 물었다. 그의 잇새로 고통스러운 쇳소리가 흘러나왔다.

"이런 걸 원한 게 아니야……."

10. 주인공이 없으면 안 돼

쾅!

초토화된 브리튼 마을에서 유일하게 멀쩡한 집의 문이 벌컥 열렸다. 그 안에서 회색 로브를 뒤집어쓴 소년이 튀어나왔다. 집을 감싼 결계에 막혀 근처만 서성이고 있던 마수들의 눈이 번쩍 빛났다.

검은 머리의 소년. 달콤한 피와 살을 가진 인간이다!

마계에서 흘러 들어온 것들의 탐욕스런 시선이 온통 소년에게로 몰렸다. 간만에 마주친 먹잇감을 다른 마수에게 빼앗길까, 그것들이 앞다투어 소년에게로 날아들었다.

화륵!

그때, 갑자기 피어난 검은 화염이 소년의 몸을 뒤덮었다. 달콤한 인간의 냄새에 몰려들었던 마수들이 멈칫했다. 그 불꽃에서는 낯익지만, 여기서 절대 마주칠 리 없는, 옛 마수의 냄새가 났다. 이윽고 새까만 화염이 사그라들었을 때, 거기에서 나타난 것은 검은 늑대의 형상이었다.

분명 인간이었는데, 갑자기 마수가 되다니? 인지 부조화가 온 마수들은 어떻게 대처해야 할지 모른 채 눈만 깜빡였다. 그때, 그 소년의 날카로운 금색 눈동자가 몰려든 마수들을 돌아보았다.

"키이익……!"

눈이 마주치는 순간, 마수들은 그것의 정체를 확신했다. 마계에서 태어난 포악한 종족, 다이어 울프가 틀림없었다. 마수들은 황급히 날개를 저어서 그 위험한 것에게서 빠르게 멀어졌다.

다이어 울프는 멀어지는 마수들의 뒷모습에 오래 시선을 주지 않았다. 그에게는 급한 일이 있었다. 검은 늑대가 산길로 뛰어들었다. 그것은 땅에 쓰러진 나무와 검게 변한 들풀을 헤치고 달리기 시작했다.

"헉, 헉……."

까망이, 혹은 로엠. 마수이면서 인간, 혹은 어느 한쪽에도 완전히 속하지 못한 것. 그것은 인간에게 종속되는 대신, 주인에게 받은 영혼을 먹어 인간이 되었다. 그동안 그의 주인, 첼시는 그가 인간으로 변하고 있다는 것을 눈치챘던 것 같았다.

사실 그가 인간으로 변한 것은 이번이 처음은 아니었다. 다만 지금처럼 완전한 인간의 형상으로 변하는 데 성공한 것은 처음이었다. 그전에도, 그는 종종 인간 비슷한 것으로 변할 수 있었다. 다만 그 모습이 불완전하고 흉측해서 남들에게 보여 주지 않았을 뿐이다. 인간의 기준에서 마수와 인간의 중간 모습을 한 것은 추하거나 열등하게 비치는 듯하니까.

인간과 마족이 섞인 에키드나를 배척하는 인간들의 모습을 보며, 그는 그러한 습성을 배웠다. 로엠은 인간들의 눈에 추하게 비춰지고 싶지 않아, 오늘까지 몸을 사려 왔다. 완벽하게 보이고 싶었다. 특히 그의 주인에게.

"헉……!"

늑대의 발이 나뭇가지를 밟았다. 경사진 산을 빠르게 뛰어 내려가는 발뒤꿈치 뒤로 푹 팬 흙 발자국이 남았다.

마수는 인간을 먹는 것을 좋아한다. 그 피와 살이 유독 달게 느껴지는 것은, 어쩌면 인간의 신체를 삼키는 과정에서 인간의 영혼을 일부라도 섭취할 수 있기 때문인지도 몰랐다. 인간들이 이 사실을 눈치챘을지는 모르겠지만, 마수는 인간을 잡아먹을수록 강해진다. 지능이나 자아 비슷한 것이 생겨나기도 했다.

수년 전, 암흑 왕국에서 벌어진 전쟁. 거기에서 다이어 울프는 수많은 전사를 도륙 내고 집어삼켰다. 그러나 그 피로 뒤덮인 전쟁에서보다, 전쟁이 끝난 후 만난 소녀에게서 훨씬 더 많은 양의 영혼을 얻었다.

그리하여 다이어 울프는 그 '영혼의 서'라는 마법이 마수가 가장 온전한 인간의 영혼을 얻을 수 있는 방법이라고 확신했다. 인간의 영혼은 마수가 원하는 방향으로 마수를 강화해 준다. 첼시는 그게 '영혼이 마수의 소망을 이뤄 주는 것'이라고 이해했다.

그러나 사실, 그는 인간이 되고 싶었던 게 아니었다. 인간, 개나 고양이, 벌에 핀 들꽃……. 사실 어떤 것이라도 상관없었다. 그는 동족을 갖고 싶었다.

"하아……."

로엠은 숨을 헐떡이며 어느 때보다 짧은 시간 내에 리튼 산 반대편에 도착했다. 흙바닥과 어울리지 않는 검고 이질적인 문양이 시야에 들어왔다. 워프 존. 근 일주일 사이에 수없이 발동했던 마법진 위로 그는 익숙하게 앞발을 얹었다.

첼시가 제 사역마를 드래곤의 탑에 바친 지금, 로엠은 이 워프 존을 마법 지팡이 없이도 자유롭게 발동할 수 있는 유일한 존재였다. 마수인 그에게는 마나 코어가 있었으니까. 인간들이 그토록 갖고 싶어서 인체 실험을 강행하여 수백 명의 희생자를 만들어 내고도 얻지 못했던 것.

워프 존 위에 올려진 검은 늑대의 앞발 위로 화염이 불탔다가 사그라들자, 소년의 작은 손이 나타났다. 손끝으로 검은 마력을 흘러 넣자 워프 존이 빛났다. 그의 주변에 휘몰아치는 빛 틈새로 사막의 모습이 잠깐 보였다가 다시 검은 빛무리에 먹혔다.

빛이 완전히 사그라들었을 때, 로엠은 몸을 일으켰다. 익숙한 돌벽과 천장이 눈에 들어왔다. 파랗게 빛나는 탑. 근 일주일간 매일 드나들었던 드래곤의 탑이었다. 로엠은 첼시가 그린 마법진에 뒤덮인 공동을 가로질러, 창문 밖으로 몸을 던졌다. 세찬 바람이 귀를 때리고, 회색 로브가 시끄럽게 펄럭였다.

'미안…… 이번에는 진짜야.'

로엠의 머릿속에서는 단 하나의 장면만이 각인된 것처럼 계속해서 반복되고 있었다. 첼시의 유언. 그녀는 자신의 끝을 예감한 사람의 얼굴을 하고 있었다.

첼시. 그녀는 그에게 새 이름을 주었고, 그녀의 성을 주었다. 아직 그녀의 숨은 완전히 끊어지지 않았지만, 로엠은 알았다. 그녀의 육체는 이미 빈껍데기나 마찬가지라는걸. 그 육신의 수명마저 얼마 남지 않았다는 것을.

그는 가까워지는 땅을 주시하며 이를 악물었다. 로엠은 본디 다이어 울프의 알파였다. 알파라는 것은 우두머리다. 우두머리의 역할은 적을 처치하고 동족을 보호하는 것. 알파란 무리 중에서 가장 크고 강한 개체이며, 무리를 통솔하는 리더이자 행동 대장이었다. 전투가 벌어지면 가장 먼저 몸을 던지고, 가장 먼저 죽는 자.

그러나 로엠은 동족들이 모두 죽을 때까지 살아남아 최후의 다이어 울프가 되고 말았다. 마지막 개체라는 이름은 알파로서 받을 수 있는, 가장 큰 치욕이었다. 스스로에 대한 끔찍한 자기혐오와, 세상에 하나밖에 남지 않은 개체라는 사실이 주는 지독한 외로움 때문에 그는 인간이 되었다.

그래서 그것은 첼시를 존경했다. 그녀는 인간들을 위해 몸을 던져 적을 처치하고 동족을 구했으며, 홀로 죽어 갔으니까. 그 마지막 다이어 울프의 눈에, 첼시는 완벽한 인간들의 알파였다. 그녀의 행적은 찬양받아 마땅했다.

쿵!

로엠의 발이 땅에 닿는 순간, 돌바닥이 깨지며 커다란 소리를 냈다. 탑을 지키던 기사들이 화들짝 놀라 그를 돌아봤다.

"누구냐!"

로브를 뒤집어쓴 맨발의 소년. 이국의 검은 피부와 어두운 금색 눈동자. 황족만이 출입이 가능한 드래곤의 탑에서 뛰어내렸으나, 저런 피부색을 가진 황족이 있을 리 없다.

침입자. 겉모습은 고작 열네 살 정도밖에 안 된 어린애처럼 보였다. 그러나 탑에서 뛰어내린 것이나, 소년의 발아래에 푹 꺼진 땅을 보면 인간이 아닐 가능성도 있었다.

마계의 문이 닫힌 지 얼마 되지 않은 요즈음이었다. 차기 마탑주가 제국의 결계를 수복해 주었다곤 하나 이미 제국으로 흘러 들어와 있던 마수들이 많았다. 그중에는 인간에게 알려진 바가 없는, 듣도 보도 못한 능력을 가진 마수도 있었다.

기사들은 경계 서린 얼굴로 검을 꺼내 소년을 향해 겨누었다. 금색 눈동자가 두 명의 기사를 차례로 훑었다. 그러고는 갑자기 기사들에게로 달려들었다.

"……!"

기사들은 반사적으로 검을 치켜들었다. 그러나 칼날이 닿기 직전 소년은 몸을 낮춰, 물 흐르듯 검신 아래로 빠져나갔다. 기사들이 정신을 차렸을 때, 소년은 이미 기사들의 포위를 뚫고 황실 정원을 향해 달려가고 있었다.

"이런……!"

"침입자다! 잡아라!"

로엠은 황실 정원의 나무 사이를 달렸다. 등 뒤에서 기사의 고함이 들리고 얼마 되지 않아, 황궁의 모든 경비대원이 로엠을 추격하기 시작했다. 로엠은 나무 위로 올라가 몸을 숨기고 눈을 감았다. 온몸의 감각을 하나에 집중해,

한 인간의 자취를 찾아냈다.

'저기다!'

로엠은 나무에서 뛰어내려, 다시 달리기 시작했다. 다이어 울프로서, 그는 첼시의 행보를 존경했다. 하지만 인간으로서는…….

첼시가 쓰러졌을 때, 인간 로엠 로드랭은 까마득한 상실감과 고통을 느꼈다. 그녀의 손을 잡고 흐느끼며 눈물을 쏟았다. 그러나 그는 곧 힘없이 늘어진 손을 내려놓고 일어나 벽에 걸려 있던 첼시의 로브를 제 몸에 둘렀다.

'생각해.'

인간으로서의 로엠은, 그 상황에서 자신이 어떻게 해야 하면 좋을지를 생각했다. 그는 죽어 가는 첼시의 앞에 주저앉아 하염없이 눈물을 쏟으며 그녀의 임종을 지켜 줄 수도 있었다. 하지만 그는 그렇게 하지 않았다.

로엠은, 자신의 소망대로 인간이 되었다.

그에게 인간이란, 첼시였다. 인간은 위기의 상황에, 자신이 어떻게 행동할지를 선택한다. 인간은 고통과 슬픔을 느끼지만, 항상 그것을 타개할 방법을 생각해 낸다. 로엠은 첼시와 함께 싸우고 다쳐 가며 그녀에게서 인간을 배웠다. 그리하여 로엠은 생각했다.

'에키드나 연구소의 그 기계들!'

첼시는 에키드나들을 가둔 실험관에 보존 마법이 걸려 있다고 말했다. 그 안에서는 신체가 동결되어 죽지도 살지도 않은, 시간이 멈춘 것과 같은 상태가 된다고 했다. 그래서 그 안에 있는 에키드나들이 늙지 않는 거라고, 자신의 마법이 실패하더라도 연구소만 제대로 보전하면 그 안의 에키드나들을 살릴 기회가 앞으로도 많을 거라고.

그리고 첼시가 실험관 안에 갇혀 있던 에키드나 아이들을 구한 이후에, 그 연구소의 소유권은 헤브람 제국으로 넘어갔다.

'그 물건을 이용하면…….'

수명이 얼마 남지 않은 첼시를 동결하면 당장의 죽음은 피할 수 있을 것이다. 그리고 로엠은 생각해 냈다. 그 실험관에 대한 권한이 있으며, 첼시를 살리기 위해서라면 앞뒤 가리지 않고 전력을 다해 줄 인물.

그가 첼시의 사역마가 되었던 날, 첼시를 업고 온 다이어 울프를 향해 겁도 없이 칼을 빼 들고 달려들던 햇병아리 황자.

"전하!"

로엠이 황자의 냄새를 쫓아 어느 성으로 뛰어들었을 때, 쫓아오던 기사 중 하나가 외쳤다. 기사가 외치는 곳으로 고개를 돌리자 성의 복도 한가운데에 익숙한 금발 머리가 보였다.

"피하세요, 전하! 평범한 인간이 아닙니다!"

기사가 소리쳤다. 그 말을 들은 금발 머리 황자는 피하는 대신 허리춤에 차고 있던 검을 빼 들었다. 황자의 앞에 당도하기 직전, 로엠은 모습을 변화시켰다. 검은 화염이 몸을 뒤덮고 나자 소년의 몸이 새까만 늑대로 변모했다.

기이한 현상을 목격한 기사와 시종들은 기겁하며 비명을 질렀다. 그러나 그들의 가운데에 있던 황자만큼은 오히려 그 괴물을 보고 검을 내렸다.

"까망이……?"

늑대의 몸에서 새까만 화염이 한 차례 더 일었다. 다시 회색 로브를 두른 소년의 모습으로 돌아온 로엠은, 카르멘의 앞에 무릎을 꿇고 엎드렸다. 긴 머리카락이 흐트러지고, 땀범벅이 된 이마가 바닥에 닿았다.

"주인님을……."

그는 가쁜 숨을 몰아쉬며 말하다가 멈췄다. 떨리는 입술을 악물고 힘겹게 다시 입을 열었다.

"첼시를 살려 주세요."

복도에 일순 침묵이 내려앉았다. 로엠이 고개를 들어 올리자 카르멘이 돌연 손을 뻗어 그의 몸을 일으켜 세웠다. 두 남자의 시선이 마주쳤을 때, 로엠은 황자의 타오르는 듯한 새파란 눈동자가 희미하게 흔들리는 것을 보았다.

그가 짓씹듯이 말했다.

"무슨 말인지 설명해, 당장."

* * *

그로부터 십 년이 흘렀다. 헤브람 제국이 수십 번의 계절을 맞이하는 동안, 제국민들은 되찾은 힘에 빠르게 익숙해졌다. 거리에는 다시 날개마 차들이 날아다니기 시작했고, 마법사들은 빗자루를 타고 사람들 사이를 쏘다니며 신비로운 마법을 선보였다.

수도 플로라온의 밤이 마법의 빛으로 환하게 밝혀졌고, 닫았던 마법 상점들도 하나둘 다시 문을 열었다.

헤브람은 수십 년 만에 마법 제국의 명예를 되찾았다. 역사의 뒤안길로 사라질 것만 같던 마탑도 새로운 전성기를 맞이했다. 마력을 잃기 전의 빛나던 제국을 기억하며 그리워하던 세대의 어른들은, 새롭게 열린 이 시 대가 그 옛날의 마법 제국보다 훨씬 더 번영하리라고 찬양했다.

비 온 뒤에는 땅이 굳듯이, 제국에는 고난의 역경을 이겨 내고 새로운 지도자와 영웅이 된 사람들이 있었기 때문이었다.

십 년 전 새롭게 즉위한 어린 황제와, 세상을 구하고 죽은 마탑주.

정확히는 마탑주가 아니라 마탑주의 수제자였으나, 그녀가 남긴 업적은 실상 현 마탑주보다 더 드높았다. 인류를 위협하던 무시무시한 마수인 다 이어 울프와 마수왕을 무찔렀으며, 그에 그치지 않고 제 사역마로 삼아 마음껏 부리던 전설의 사역술사!

드래곤의 탑에 불을 밝혀 사람들에게 마력을 나눠 주고, 사라져 가던 마법을 되살린 구세주, 첼시 로드랭.

심지어 그녀는 죽은 뒤에도 제자들을 통해 귀한 연구 자료와 마법 서적을 세상에 공개하여 사람들에게 도움을 주었다. 첼시는 제 죽음을 예감하고 사후에 일어날 일까지 안배해 두었다.

그리하여 그녀의 유서는 마법을 되찾은 마탑이 해야 할 일까지 상세히 적혀 있었다. 상급 마수를 사역하는 방법, 암흑 왕국을 정화하는 방법, 고대 마법의 운용법까지.

또한 그녀는 초대 황후이자 마탑의 창시자였던 R.D의 일기를 발굴해 사라진 진귀한 고대 마법들을 되살려 내기까지 했다. 마수대백과의 새로운 분류법을 제창하여 마수와 사람이 어우러져 살 수 있는 이상적인 미래상까지 제시하기도 했다.

사람이 어떻게 그럴 수가 있을까. 그녀는 예언자인가? 하늘이 인류를 위해 내려 준 메시아일까?

게다가 그 모든 일을 해냈을 때, 첼시의 나이는 고작 열아홉 살이었다. 그녀의 어린 나이와, 마법에 관한 정규 교육을 한 번도 받지 않았다는 사실이 알려지며 첼시의 이야기는 마치 신화나 전설처럼 각색되고 과장되어 사람들에게 알려졌다.

제국민들은 첼시의 이야기를 책으로 엮고, 연극으로 만들고, 동요나 동화로 만들어 그녀의 위대한 헌신과 사랑에 대하여 찬양했다. 헤브람 제국뿐만 아니라, 이야기의 주무대가 되었던 나스티아 공국, 옆 나라 에코 왕국과 리타 왕국, 저 건너 북쪽 나라까지 소문이 퍼졌다.

마력을 되찾은 헤브람 제국이 재생산하기 시작한 마력석을 수입하는 나라라면 모두 첼시 로드랭을 사랑했다. 마수의 위협에서 나라와 가족을 지키고 싶은 사람이라면 누구나.

그러나 빛이 밝으면 그림자도 짙어지는 법. 되찾은 행복과 평화에 젖어 있는 제국민들과는 달리, 홀로 고통의 독배를 들이켜고 있는 사람도 있었다.

카르멘 노아 데일라르크. 헤브람 제국의 18대 황제.

십 년 전, 그가 겪은 끔찍한 참상을 모두가 기억했다. 첼시 로드랭이 영원한 잠에 빠지고 얼마 되지 않아, 3황자 오웬 데일라르크가 정신이 나가서는 황제와 황녀를 살해한 사건.

1황녀 베로니카가 죽고, 장남인 오웬이 황위를 이을 유력한 계승권자로 거론되고 있던 시기였다. 대중들의 인식으로는 오웬이 황제가 되는 것이 맞았으나, 제국법상으로는 황비의 아들보다는 황후의 딸에게 더 정당성이 있었다.

그래서일까. 오웬이 하나밖에 남지 않은 황후의 소생인 4황녀를 죽여 버린 것이다. 심지어 사건이 일어나던 당시, 그 자리에는 카르멘도 있었다고 한다.

'탐욕에 눈이 멀어도 정도가 있지, 동생이 보는 앞에서 아비와 누이를 죽여 버리다니!'

사람들은 오웬의 끔찍한 행보를, 그가 죽은 지 십 년이 지난 오늘날까지도 곱씹으며 욕했다.

소문에 의하면 황제 카르멘 데일라르크와 세상을 떠난 영웅 첼시 로드랭은 어렸을 때부터 혼인을 약속한 사이였다고 한다. 사랑하는 사람을 잃은 지 얼마 되지 않아 가족까지 그렇게 돼 버리다니, 그가 정신을 놓아 버린 건 어쩌면 당연한 일이었다. 제국민이 사랑하는 18대 황제, 카르멘이 광증을 보인다는 사실은 공공연한 비밀이었다.

첼시가 죽은 지도 십 년이 흘렀다. 그동안 카르멘은 첼시를 이상한 관 안에 넣어, 온갖 실험과 마법을 반복하며 그녀를 되살리려고 했다. 그러나 그의 모든 노력은 실패로 돌아갔다. 그쯤하면 이제 죽은 사람은 되살릴 수 없다는 진리를 깨달을 법도 한데, 황제는 여태 미련을 놓지 못하고 무의미한 마법 연구에 매달려 있다.

스스로 숨도 못 쉬는 사람을 붙들고 십 년 동안이나 완전히 죽지도 못하게 관 안에 얼려 놓다니. 그게 대체 뭐 하는 일인지. 고인에게도 못 할 짓이었다.

제국민들도 물론 첼시가 되살아나기를 간절히 바라지만, 세상에는 노력으로 안 되는 일도 있는 법이다. 제국민들은 그들의 불쌍한 황제가 하루빨리 제정신을 차리기를 기도했다. 황실의 내실을 다지고 제국의 기둥이 되어 줄 황후를 맞이할 수 있도록 말이다.

그 젊고 잘생긴 황제의 눈을 다시 띄워 줄, 현명한 아가씨가 어서 나타나기를. 그래서 비탄에 빠진 황제를 구원해 주기를.

지금은 상실의 고통에 빠져 있을 뿐, 원래는 착하고 영민했던 황제다. 게다가 즉위 전에는 그 본인도 나라를 구한 전쟁 영웅. 어렸을 적 결혼을 약속한 여자를 지금까지 사랑하는 순애보도 남편감으로서는 큰 장점이었다. 무엇보다 그 완벽한 외모까지.

어렸을 때도 동화 속 왕자님처럼 얼굴에 빛이 났지만, 세월이 흐르면서 그의 외모는 어쩐지 더욱 무르익어만 갔다. 내면의 슬픔을 지녔기 때문인지, 위태롭고 까칠해 보이는 지금의 모습이 오히려 심금을 울리는 매력을 지녔다는 평이 대세였다.

사랑하는 사람을 잃고 비탄에 빠진 제국 최고의 미남자. 이 얼마나 로맨틱한가?

그의 마음을 얻기만 하면 최고의 황금기를 누리고 있는 제국의 권세가 모조리 손에 들어오는 것이다. 그 행운의 주인공이 누가 될지도 관전 포인트였다.

과연 제국 역사상 가장 아름다운 황제를 구원하고 황후의 자리를 얻을 여자는 누가 될 것인가?

아카데미에서 함께 수학했으며, 아직 그를 연모한다는 소문이 자자한 에코 왕국의 왕녀 사샤 크로프트? 아니면 마탑의 기세가 올라감과 함께, 덩달아 최고의 세력을 떨치고 있는 마법사 가문의 여공작 엘레나 프라온?

아니면 새로운 시대를 위해 활약하고 있는 제국의 자랑스러운 귀족 영애 중 하나일까?

그도 아니면, 카르멘은 황금기의 제국을 통치했음에도 제국민 모두가 향유했던 찬란한 번영을 홀로 누리지 못한 비운의 황제로 역사에 남게 될까.

누구나 사랑 이야기를 좋아한다. 그게 피와 황금이 얽혀 있는 것이라면 더더욱. 그들의 아름다운 황제가 과연 어떤 운명을 맞이하게 될지, 제국민들은 흥미진진하게 서로의 예측을 떠들어댔다.

* * *

"짜증 나 죽겠어!"

헤브람 제국에 남은 유일한 황녀, 캐럴 데일라르크가 찻잔을 쾅 내려놓으며 말했다. 그녀의 반대편에 앉아 있던 슈웨인과 엘레나가 걱정스러운 눈으로 떨리는 테이블을 내려다봤다. 어떻게 저 조그만 찻잔에서 이토록 투박한 소리가 날 수 있는지 신기할 따름이었다.

엘레나가 조심스럽게 자신의 찻잔을 내려놓으며 물었다.

"그럼, 아직도 주무시고 계신 거야?"

"어제가 언니 기일이었잖아. 뻔하지 뭐. 밤새 청승 떨다가 아침에야 잠들었겠지."

칠 년 전, 로드랭가는 첼시를 되살리기 위한 모든 노력을 포기하겠다고 공표했다. 그리고 일 년 전에는, 황실이 무단으로 점유하고 있는 첼시의 몸을 돌려 달라고 요청했다. 그러나 황제는 그 요청을 무시하고 있었다.

"눈도 못 뜨는 사람한테 혼자 하루 종일 뭐라고 중얼거리는지…….
미쳤다고 소문이 나는 것도 당연하지."

"캐럴."

엘레나가 지적하듯 캐럴의 이름을 불렀다. 몸이 좋지 않던 황태후가 죽고, 이제 제국에서 두 번째로 고귀한 사람이 된 캐럴을 이름으로 부를 수 있는 사람은 황제를 제외하고는 엘레나뿐이었다. 캐럴이 친언니처럼 따르던 첼시의 빈자리를 위로하고 채워 주었던 사람. 그래서 캐럴은 엘레나를 지적하지 않았으나, 불평을 멈추지도 않았다.

"아니, 그렇잖아. 안타깝다고 이해해 주는 것도 일이 년이지. 벌써 십 년이야. 지금은 제국의 사정이 좋아서 국민들이 욕을 안 하지만…… 귀족들은 다르다고. 재정은 뻥뻥 뚫렸지, 국정 운영은 거의 아랫사람들이 도맡아 하고 있지. 황제 권한을 하나씩 가져오다가 이대로 황좌까지 슬쩍 먹어 버려도 알 바냐고."

"그래서 엊그제 국무대신의 책상이 박살 난 거구나?"

"……."

엘레나가 생글거리면서 묻자, 캐럴이 괜히 찻잔을 들어 목을 축였다. 엊그제 황녀가 국무대신의 방에 들이닥쳐 온 문서를 털다가 책상을 박살 낸 사건을 모르는 사람은 없었다. 박살 난 책상에서 공금 횡령의 증거가 나와 재상이 그대로 황궁에서 쫓겨나게 된 것도.

"그 사람이 너보고 한탕 하재?"

"……응, 오빠 자리 뺏고 앉아서 함께 제국을 부흥시켜 보자더라."

캐럴의 대답에 엘레나가 낮게 웃었다.

"그래서 날 불렀구나? 폐하를 이해하고, 보호해 줄 테니까."

"그래, 오빠의 측근이 되어 줄 사람이 필요해."

캐럴은 찻잔을 테이블 위에 놓았다. 전보단 조심스럽게 놓은 것 같았는데도, 쨍 하며 부딪히는 소리가 났다.

"언니도 간신히 얻은 권력을 즐기고 싶잖아, 언제까지 영지 관리만 할래?"

"그래, 정쟁이라면 지긋지긋해……. 남의 불행을 제 기회로 삼으려고 혈안이 된 친척들도."

"어디 가나 혈육이 더하지."

두 사람은 눈을 마주치고는, 동시에 한숨을 내쉬었다. 첼시를 잃고, 곧바로 후계전쟁을 벌여야 했던 사람들 간의 공감이었다. 옆에서 가만히 듣고 있던 슈웨인이 문득 찻잔을 내려놓았다.

"그에 비하면 마탑은 잠잠하군요."

"……거기는 잠잠하면 이상한 거 아닌가? 마탑주의 자리가 전과 같은 위치가 아닐 텐데."

마탑의 기세가 그 어느 때보다도 높은 시기였다. 현 마탑주보다 뛰어난 신진들이 '마수의 바다'에서 활약을 펼치고 있는데도, 탑주의 자리를 논하는 목소리가 없었다.

"모데라토 님이 원하질 않으시니까요."

"……아."

현재 마탑을 휘어잡고 있는 세력을 한마디로 정의하자면, '에키드나'였다. 인간임에도 마수의 특성을 지닌 신비로운 종족들.

원래 '에키드나'는 그저 '에키드 왕국의 사람'을 뜻하는 말이었다. 그러나 에키드 왕국이 몇 년 전에 '수아르'로 이름을 바꾸며 '에키드나'는 그저 마수 전쟁 때 있었던 인체 실험의 생존자들을 부르는 이름이 되었다.

에키드나들은 대다수가 첼시의 제자이자 동료였으며 그들 중에는 첼시의 마지막을 지켜본 사람도 있었다. 그 에키드나들의 통솔자 역할을 하는 사람이 바로 모데라토였다. 수도에 흘러 들어온 마수들을 모조리 처치하고 마탑의 재건설에 앞장섰던 사람.

업적으로 보나 실력으로 보나, 살아 있는 마법사 중 그녀가 가장 차기 마탑주에 어울렸다. 그러나 그녀는 마탑주가 되기를 원하지 않으니, 늙은 현 마탑주가 계속 자리를 차지하고 있을 수밖에 없었다.

"그래, 거기도 힘들겠네."

"그렇지는 않습니다만."

"······그래."

캐럴은 소파 등받이에 몸을 묻었다. 십 년이었다. 첼시의 죽음을 계기로 그녀의 주변인들과 친분을 쌓게 된 것이. 이제는 저 답답한 화법에도 익숙해질 때였다.

"그러면, 폐하께서는 그 방에 계십니까?"

"그렇지."

캐럴이 대수롭지 않게 대답했다. 그러자 슈웨인이 소파에 걸쳐 놓은 칼을 들고, 자리에서 일어났다.

"뭐야, 가 보게?"

"예."

슈웨인은 가볍게 목례하고 방을 나섰다. 캐럴은 은발의 기사가 문틈으로 사라지는 것을 바라봤다.

첼시 로드랭, 그녀가 친언니보다 가깝게 여기며 믿고 따랐던 사람.

대체 어떻게 살았던 건지. 눈을 감은 지 십 년이 흘렀는데도 그녀의 존재감은 사라질 줄을 몰랐다. 오히려 시간이 지날수록 크기를 부풀리는 것 같다.

방법이 다를 뿐, 모두가 저마다의 방식으로 그녀를 그리워하고 추모하고 있었다. 물론 그녀를 포함해서.

* * *

슈웨인은 이제는 익숙해진 황제궁의 복도를 따라 걸었다. 황후도 황제궁에서 기거하지는 않는다. 그러나 첼시는 늘 여기에 있었다. 황실의 사람들이 입단속을 잘해 준 덕분에 소문이 퍼지지는 않았으나, 역시 이상한 일이었다.

카르멘은 첼시를 제 곁에 두고 보살피기 위해 역사에 없던 직책까지 새로이 만들어서 그녀에게 주었다. 그리고 기일이 되면, 그녀의 곁에서 종일 머물면서 말을 걸었다.

누구에게도 고백한 적 없는 사실이었으나, 사실 슈웨인도 첼시를 좋아했다. 존경이나 친애 같은 감정이 아니라, 연모였다. 하지만 자신에게 카르멘과 같이 눈을 뜨지 않는 사람에게 십 년간 꾸준한 노력과 애정을 줄 자신이 있냐면 글쎄, 아마 그렇지는 않을 것이다.

그래서 슈웨인은 제 주군을 볼 때마다 복잡한 감정을 느꼈다. 이런저런 생각을 하며 첼시의 침소에 다다른 슈웨인은, 방문 앞에서 쟁반을 들고 머뭇거리고 있는 시종을 마주쳤다.

"내가 하지."

슈웨인은 시종에게서 쟁반을 건네받고 그녀를 보냈다. 그리고 문 앞에 서서, 조심스럽게 손을 들었다.

* * *

얼마 전에 떠올린 건데, 네게 한 번도 내 어린 시절에 대해서 털어놓은 적이 없었던 것 같아. 그래서 오늘은 그 이야기를 해 주려고 해. 어디서부터 시작하면 좋을까? 시간을 거꾸로 되감아, 가장 오래된 기억부터 되짚어 보자면…….

내가 가진 첫 번째 기억은, 아마 그날이었던 것 같다.

"카르멘."

황제가 내 이름을 부른 것은 그때가 처음이었다. 어머니가 늘 말했던 대로 그의 얼굴은 나와 닮아 있었다. 나와 똑같은 색의 금색 머리칼, 푸른 눈동자. 그러나 그 눈빛에 띤 위압감은 내게는 없는 것이었다. 그는 드높은 황좌에 앉아 내게 묻고 있었다.

"데모닉의 죽음에 대해서 아는 것이 있느냐?"

데모닉 데일라르크. 내 이복형제이며, 황제의 아들 중에서 가장 높은 황위 계승 순위에 있었던 남자. 그의 이름을 듣는 순간 심장이 쿵 내려앉는 것 같았다.

피가 낭자한 방, 바닥에 흩어진 깨진 유리 조각들, 그 속에서 쏟아진 독이 든 차. 데모닉의 찻잔에 몰래 독을 섞은 것은 저기 앉아 있는 3황자다. 3황자, 오웬 데일라르크가 황비의 옆자리에서 나를 바라봤다.

'카르멘, 사람은 분수를 파악할 줄 알아야 해.'

데모닉이 차를 마시고 바닥에 쓰러져 피를 토해 낼 때, 오웬은 내게 그렇게 속삭였다.

'분수에 맞지 않는 욕심만큼이나 위험한 게 뭔 줄 아니? 바로 분수에 맞지 않는 정의감이야.'

"카르멘 데일라르크!"

황제가 내 이름을 불렀다. 생에 두 번째, 그의 입에서 나온 내 이름. 난 평생 그가 나를 불러 주길 바랐지만, 이런 순간을 기대한 것은 아니었다.

무섭다. 내 형을 죽인 남자가 나를 보고 있다. 나는 고개를 돌려 뒤를 바라봤다. 어머니가 걱정 어린 눈으로 나를 지켜보고 있었다. 어머니와 눈이 마주치는 순간, 그녀가 내게 무슨 말을 하고 싶어 하는지 알 수 있었다.

그녀는 늘 내게 말하곤 했다. 정직해라, 강직해라, 누구에게나 친절하고 자애로워라, 용기를 가져라.

'분수를 알아라.'

머릿속에 어머니의 가르침과 오웬의 경고가 어지럽게 뒤섞였다. 난 어떻게 해야 하지? 망설임의 순간, 문득 황제와 눈이 마주쳤다. 그리고 나는 뒤늦게 이상함을 깨달았다.

아버지는, 내가 빨리 대답하지 않아서 답답해하고 계시는 것 같았다. 그 눈에는 재촉이나 약간의 귀찮음이 담겨 있었다. 그러나 그 외에는 아무것도 없었다. 어저께 장남이 독살당했는데도, 그는 전혀 비통해 보이지 않았다.

사건의 진실을 알게 되더라도, 저 사람이 눈 하나 꿈쩍할까. 혹시, 이미 알고서 방관하는 것은 아닐까.

어머니는 아직도 초조한 눈으로 나를 지켜보고 있었다. 황실에서 가장 외진 곳에 있는 우리의 성에는, 내 동생 캐럴이 혼자 자고 있을 것이었다. 혀 짧은 발음으로 내 이름을 부르는 그 애는 이제 고작 세 살이었다.

시녀들은 2황비가 잔인한 사람이라고 숙덕거리곤 했다. 황후를 제치고 황제의 총애를 받던 1황비를 죽음에 이르게 한 사람이 그녀라고도 들었다.

"카르멘!"

황제가 생에 세 번째로 내 이름을 불렀다. 나는 화들짝 놀라 고개를 들었다.

"저, 저는……."

정직해라, 강직해라, 누구에게나 친절하고 자애로워라, 용기를 가져라.

하지만 어머니, 누가 제게 그런 것을 바랄까요?

단 한 명, 내가 진실을 밝혀 주길 바랄 큰형은 이미 죽고 없었다. 그리고 내가 여기서 진실을 말한다면 나는 2황비와 오윈의 눈 밖에 날 것이다. 내가 아무리 어려도 황실 사람들이 어머니의 출신을 이유로 우리를 은근히 무시하고 있다는 것 정도는 알고 있었다.

일이 잘못됐을 때, 나에게는 어머니와 캐럴을 지킬 힘이 없었다. 나는 주먹을 움켜쥐고 입을 열었다.

"아무것도."

사람들의 시선이 내게로 집중되었다. 가족을 향한 시선이라기보다는 흡사 먹잇감을 노리는 뱀의 것.

"아무것도 기억이 안 나요."

분수를 알아라, 분수에 맞지 않는 정의감은 집어치워라.

나는 그날, 오웬이 내게 했던 말을 똑똑히 이해했다. 대담을 마치고 알현실을 나올 때, 오웬이 나를 기다리고 있었다.

"카르멘."

"네."

내가 긴장한 목소리로 대답했다. 그러자 오웬이 물었다.

"안색이 안 좋구나. 데모닉이 죽어서 슬프니?"

나는 떨리는 손을 말아 쥐었다. 그리고 고개를 저으며 대답했다.

"아니요, 별로 친하지도 않았는데요."

"그래?"

내 대답에 오웬이 낮게 웃었다. 내가 정답을 말한 걸까? 난 머뭇거리며 고개를 들었다. 그때 오웬이 내게로 손을 뻗었다. 나는 흠칫 놀라 어깨를 움츠렸으나, 그는 자연스럽게 내 머리 위로 손을 얹었다. 그러고는 허리를 낮춰 나와 눈을 마주쳤다.

오웬의 갈색 눈동자가 날카롭게 나를 바라봤다. 마치 내 속을 꿰뚫을 것처럼.

"카르멘, 너는……."

오웬이 내 머리를 쓰다듬으며 비릿한 웃음을 지었다. 그의 손가락이 내 머리칼 사이에 닿을 때마다 등줄기에 소름이 끼쳤다.

"아버지를 닮았구나."

"……."

"네게는 선명한 데일라르크의 피가 흘러."

그는 아주 느릿한 동작으로 내 머리를 쓰다듬으며, 신화에 나오는 악마처럼 교활한 목소리로 내 귀에 반복해서 속삭였다.

네게는 선명한 데일라르크의 피가 흘러, 뱀처럼 차가운.

나는 그가 떠난 후에도 그 자리에 그대로 굳어 한참을 붙박여 있었다. 그의 말이 맞았다. 아버지. 아들의 의문스런 죽음 앞에서도 슬픔의 기색조차 띠지 않는 남자. 그리고 나는 그 죽음의 진실을 알면서도 방관한 동생이었다.

　데모닉의 죽음은 병사로 세간에 알려졌다. 새빨간 거짓말이었으나, 사람들은 쉽게 납득했다. 데모닉은 3개월 전 도시국가 피혜란에서 일어난 마수 전쟁에 참전했었고, 전쟁터에서 돌아온 사람이 병을 얻어 오는 것은 흔한 일이니까.

　그때쯤 나는 검술 훈련을 시작했다. 아무리 황족이라도 다섯 살 때부터 지독한 교육을 받지는 않는다. 하지만 나는 치열하리만치 훈련에 매달렸다. 교사들도 말릴 정도였으나, 나는 요지부동이었다.

　강해지고 싶다. 그때의 나에겐 그런 생각뿐이었다. 그러기를 일 년, 나는 몸살이 나서 쓰러지고 말았다.

　"카르멘, 요즘 들어 왜 그러니?"

　어머니가 침대 맡에 앉아 내 이마를 짚으며 물었다.

　"강한 기사가 되고 싶어서요."

　"데모닉이 죽은 이후부터 계속 이러는구나."

　어머니가 한숨을 쉬며 말했다. 그녀의 얼굴에 수심이 깊었다.

　"그런 게 아니라……."

　"혹시 친구가 필요하진 않니?"

　어머니의 뜬금없는 말에 나는 눈을 깜빡였다.

　"네?"

　"로드랭 후작가에 네 또래의 여자애가 있어. 아주 밝고 귀여운 애란다. 너는 태어나는 순간부터 지금까지 황실 사람들만 봐 왔잖니. 그래서……."

　난 별생각 없이 고개를 끄덕였다. 기대한 반응이 아니었는지, 어머니가 미묘한 웃음을 띠셨다.

　"사실 선황제께서 그 아이의 증조할아버지와 약속을 했다고 하시더구나."

"선황제께서요?"

"그래. 생전에 두 분이 절친한 친구였는데, 손주가 태어나면 서로의 아이를 결혼시키자고 약속을 했었나 봐. 그런데 여태 성사가 되지 못해서 말이야."

아, 친구가 아니라 약혼자구나.

나는 열로 지끈거리는 머리를 굴려 열심히 기억을 되짚었다. 아버지께, 할아버지는 무척 애틋한 존재였다. 듣기로는 큰아버지, 그러니까 아버지의 형이 모반을 일으켜 선황제를 살해했다가, 아버지께 죽임을 당했다고 들었다.

그는 아직도 큰일이 생길 때마다 할아버지의 무덤을 찾아가 대화를 나누곤 한다. 황실 사람들은 아마 황제가 유일하게 귀히 여긴 가족이 죽은 선황제였을 것이라고 말했다. 그런 사람이 생전에 했던 약속.

"하지만 결혼이니 뭐니 그런 말은 크게 신경 쓸 필요 없어. 둘 다 아직 너무 어리고⋯⋯."

"네, 걱정 마세요."

"그래, 게다가 그 후작가의 막내딸이 아주 까탈스럽다고 들어서 말이야. 사실 일전에 다른 형제들도 만나 봤다는데, 하나같이 퇴짜를 맞았다지 뭐니."

나는 어머니의 말을 곱씹었다. 선황제의 절친한 친구의 가문이라면, 아버지도 꽤 아끼고 계실 것이다. 선황제의 약속이 있었는데도 여태 혼사가 성사된 적이 없는 것은, 후작가에 부담을 주지 않기 위해서겠지. 그러면 내게도 딱히 부담을 주지는 않을 것이다.

나는 혼자 고개를 끄덕이다가 문득 궁금증이 일었다.

"다른 형들은, 왜 퇴짜를 맞았대요?"

"음, 그게⋯⋯."

어머니는 약간 뜸을 들이시다가 대답했다.

"그 애가, 눈이 높대."

후작가의 막내딸을 만나러 가는 날, 나는 거울 앞에서 마지막 점검을 했다. 시녀들이 열심히 옷을 골라 주고 머리를 손질해 준 덕분에 크게 흠 잡힐 곳은 없어 보였다. 하지만 그 여자애가 보기에도 그럴지는 확신할 수 없었다.

나는 솔직히 우리가 약혼 관계로 발전할 가능성이 있다고 생각하지 않았다. 그 후작가의 막내딸이 일전에 만났다는 5황자나 6황자는 나보다 더 평판이 좋았으니까.

황실에는 세 명의 황비와 세 명의 황자가 있었다. 황후와 1황비, 2 황자는 모두 죽었고 현재 황실에서 가장 세력이 큰 것이 2황비 세레타 였다. 황후의 두 딸들이 살아 있었으나 황후가 누명을 쓰고 사형당했기에, 사실상 2황비 세레타의 아들 오웬이 황태자였다.

3황비는 2황비와 절친한 사이를 맺고 있었으나, 4황비인 우리 어머니는 황실의 누구와도 친해지지 못했다. 그녀가 평민 출신이기 때문이었다. 그 래서 황실에서는 은근히 나를 무시하는 이들도 많았고, 그렇게 값비싼 옷 이나 장신구를 많이 가지고 있지 않았다.

심지어 그 후작가의 막내딸은 형들의 면전에 대고 못생겨서 싫다고 말했다고 한다. 황제의 총애를 받는 가문에다, 아이가 어려서 넘어갈 수 밖에 없었겠지만…… 용감하고 눈이 높은 아이임은 틀림없다.

황실 정원에 있는 야외 테이블에 앉아 기다리는 사이, 나도 모르게 손을 꼼지락거렸나 보다. 어머니와 시녀들이 내 행동을 가리키며 웃었다. 그들 이 즐겁다면 다행이었다.

그리고 마침내 로드랭가의 마차가 황실 정원에 도착했다. 에스코트를 받으며 마차에서 내린 것은 황족들 못지않게 화려한 드레스를 입고 나타 난 소녀였다.

나는 먼발치에서도 말로만 듣던 로드랭 후작가의 막내딸, 첼시 로드랭을 알아봤다. 그녀가 제 어머니의 손을 잡고 내게 다가왔다.

또래라고 들었는데, 첼시는 내 생각보다도 아주 작고 여려 보였다. 캐럴과 동갑이거나, 그보다 어릴 것 같았다. 나보다 두 살 어린 여동생을 대할 때, 나는 항상 그 애를 울리지 않도록 조심하곤 했다. 그런 습관이 배어 있었던 탓에, 나는 부드럽게 웃으며 인사했다.

"안녕. 네가 첼시구나, 만나서 반가워."

하지만 첼시는 대답하지 않았다. 나는 조금 무안해져서 그녀의 얼굴을 살폈다. 언뜻 갈색으로 보였던 눈동자는 다시 보니 빛나는 황금색이었다. 그녀는 반짝이는 눈동자로 나를 빤히 바라보다가, 갑자기 덥석 내 손을 잡았다. 내가 당황할 새도 없이 그 애가 외쳤다.

"내 왕자님!"

……왕자님?

그런 호칭으로 불린 것은 처음이었다. 나는 내심 당황했지만 그래도 침착하게 그 애의 말을 정정해 주었다.

"어, 비슷하긴 한데…… 정확히는 황자야……."

"잘생겼어!"

나는 두 번째로 당황했다. 어머니와 여동생, 그리고 몇몇 시녀들을 제외하고 내게 그런 말을 해 준 것은 그 애가 처음이었다. 그것도 저렇게 당당하게.

눈이 높다고 들었는데……. 나는 내가 아는 정보와 눈앞에 펼쳐진 현실 사이의 괴리감 때문에 웃는 얼굴을 유지하기가 힘들어졌다. 그래도 칭찬을 들었으니 감사 인사를 해야겠지.

"고, 고마워."

나는 가까스로 대답을 입에 올렸다. 하지만 그 애는 거기서 그치지 않았다.

"눈이 가을 바다 같아."

첼시는 내가 생각했던 것보다 감수성이 풍부한 것 같았다. 그러니까, 고맙다고 해야겠지.

"……고마워."

"머리카락은 여름의 태양빛 같고."

"고마워."

"나랑 결혼하자."

"고마…….."

워? 나는 대답하고 나서 방금 무슨 말을 들은 건지 의아해졌다. 하지만 첼시는 내가 사태를 파악할 틈도 주지 않고 갑자기 부모님이 있는 곳으로 뛰어갔다.

"엄마! 나 카르멘이랑 결혼하기로 했어!"

첼시가 양손으로 입을 감싸고 제 어머니의 귀에 소리쳤다. 자세를 봐서는 귓속말을 하려는 것 같았지만, 목소리가 여기까지 들렸다. 나는 이제 당황을 숨기지 못하게 되었다. 여기는 나만 있는 것이 아니었다. 내 어머니와 시종들, 그리고 후작 부부 내외가 모두 모인 자리였다.

나는 급히 첼시에게 달려갔다. 아무리 어리더라도, 그 행동은 예의에 어긋나는 것이었다. 귀족사회도 황가만큼이나 뒷말이 많이 나오는 곳이다. 후작 부인이 그 애에게 경거망동한 행동을 한다고 화를 낼지도 몰랐다.

"그러니?"

그런데 그때, 후작 부인이 웃었다. 사람들도 웃었다. 나는 고개를 돌려 로드랭 후작의 반응도 살폈지만, 그도 즐겁게 웃고 있었다. 나는 내 아버지를 떠올렸다. 형의 죽음을 목격하고 공포에 질려 있던 나를 한심한 눈으로 내려다보던.

"카르멘!"

그때 첼시가 손을 흔들며 나를 불렀다.

햇빛에 반짝이는 남색 머리칼, 자연스럽게 휘어지는 황금색 눈동자.

실수해도 흠 잡히지 않는 삶을 살아서 그토록 사랑스럽구나. 나는 나를 향해 티 없이 맑은 웃음을 짓는 그 애를 보면서 생각했다. 온실 속의 화초란 이런 것이구나, 하고.

온실 속의 화초. 그게 너에 대한 내 첫인상이었다.

* * *

헤브람 제국 7세기. 마법 제국으로 이름을 날리던 헤브람이 마력을 잃고 쇠락해 가는 시대.

대륙 동쪽의 바다 아레해에는 서른 개의 해양 도시 국가가 몰려 있었다. 그러나 바다에서 발생한 마수들을 이겨 내지 못하고 죄다 몰락해 버렸다. 도시국가 중 가장 규모가 컸던 피헤란도 작년에 일어난 전쟁의 후폭풍을 이기지 못하고 패망했다.

대륙 끝에 있는 나라들은 죄다 상황이 좋지 않았다. 이에 헤브람은 끝없이 원군을 보내고 있었다. 사이가 좋지 않건, 보상이 있건 없건 상관없었다. 황제도 알고 있었다. 대륙 끝에 있는 나라들이 모조리 망하고 나면, 언젠가는 우리 차례가 올 것임을.

'인재는 배움을 거부할 수 있으나, 배움은 인재를 거부하지 않는다.'

황제의 방침은 마치 평등을 표방하는 것 같지만, 실상은 그저 신분을 가릴 처지가 아닐 뿐이다. 사람들은 절박했고, 그 절박함은 사람들이 수단과 방법을 가리지 못하도록 만들었다. 바로 지금처럼.

"전하, 식사를 준비해 두었습니다."

미소 띤 얼굴로 공손하게 말하는 저 시종들은, 며칠 전부터 내게 독이 든 음식을 가져다 바치고 있다. 황족이라서 웬만한 독에는 면역을 길러 두긴 했지만, 보통 사람이었으면 이미 유명을 달리했을 만한 독을 먹으면서 나라고 아주 멀쩡한 것은 아니었다. 나는 가만히 그들을 바라보다가 말했다.

"전 됐어요."

"어머, 그러시면 안 돼요, 전하. 오늘 아침도 거르셨잖아요."

"그래요, 한창 자랄 나이인 전하께서 식사를 거르시면, 폐하께서도 얼마나 걱정하시겠어요."

황제는 내게 관심이 없다. 저들도 그것을 모르지 않았다.

다만, 4황비인 어머니와, 그녀의 소생들의 시중을 드는 사람들이 고용될 때는, 2황비와 3황비의 입김이 많이 들어갔다. 평민 출신인 우리 어머니는 어떤 사람이 2황비의 사람이고, 어떤 사람이 우리에게 악의를 가지고 있는지 솎아 낼 정보력이 없다.

'고분고분하게 굴어. 황제는 우리가 널 죽여도 신경 쓰지 않으니까.'

그렇게 말하는 것 같은 얼굴들. 내 시종들의 대다수는 2황비나 3황비의 사람들이다. 그게 뻔히 보이는데도, 나는 아무것도 할 수 없다.

'분수를 알아.'

그들이, 발버둥 치는 사람을 어떻게 말려 죽이는지 알고 있으니까. 황실의 모든 이들이 이 야만을 알면서도 묵인하고 있다.

나를 포함해서.

"……곧 내려갈게요."

"네, 전하."

시종이 공손히 대답하고 방을 나갔다. 나는 들고 있던 책을 덮고 한숨을 내쉬었다. 여태까지 여러 가지 형태의 견제를 받긴 했지만, 이렇게 집요했던 적은 처음이다. 이유는 뻔했다.

첼시 로드랭.

'잘생겼어!'

내 손을 덥석 잡으며 다짜고짜 외치던 첼시의 또랑또랑한 목소리가 떠올랐다. 황실 바깥의 어린애들은 다 그런 걸까?

"하……."

난 재차 한숨을 내쉬며 다이닝 룸으로 향했다.

그래, 결과적으로 말하자면 첼시는 나를 좋아했다. 그 애가 왜 그랬는지는 모르겠지만, 첫 만남에 다짜고짜 결혼하자고 프러포즈 비슷한 것을 했으니까.

하지만 그건 어디까지나 어린애의 변덕 같은 마음일 뿐이다. 후작 부인께서 어머니께 정기적으로 만남을 가지면 좋겠다고 제안하긴 했지만, 그리 진지해 보이지는 않았다. 약혼자보단 놀이 친구에 가까운 느낌이 아닐까. 하지만 다른 이들에게는 그렇게 비치지 않았던 모양이다.

기분이 상할 수 있긴 했다. 5황자도, 6황자도 마음에 들어 하지 않았던 첼시가 나를 좋아한다고 하니까. 하지만 이유가 너무 유치하잖아. 부끄럽지도 않나.

6황자의 모친인 1황비는 이미 죽었으니 이것은 5황자 측의 짓이다. 5황자 겔리 데일라르크. 나는 오늘 점심에 일어날 일을 예측할 수 있었다. 음식 몇 가지를 먹으면 곧바로 탈이 날 테고, 앓아눕기라도 했다간 겔리가 병문안을 가장한 경고를 하러 오겠지.

'그러게 조심 좀 하지 그랬어.'

앞으로 일어날 일이 너무 뻔해서 벌써 지겨울 정도였다.

"전하."

식사 장소에 다 도착해 갈 때, 갑자기 시종이 내게 다가오더니 머뭇거렸다. 나는 의아하게 반문했다.

"무슨 일이 있나요?"

"그게…… 저."

시종은 약간 혼란스러운 눈치로 나를 안내했다. 나는 별생각 없이 시종의 뒤를 따랐다.

"카르멘!"

그리고 식사 장소에 도착했을 때, 식탁 앞에 앉아 있는 첼시가 힘차게 내게 인사했다. 난 순간 얼이 나갔다. 이게 무슨 일이지?

"첼시."

"안녕, 오랜만이야!"

"말도 없이 갑자기 무슨 일이야?"

"갑자기라니 무슨 소리야. 몇 번이나 사람을 보냈는데."

상황이 이해되지 않았지만, 나는 일단 첼시의 맞은편에 앉았다.

"미리 사람을 보냈다고? 그것도 몇 번이나?"

"응, 같이 점심 식사나 하자고 그랬지. 근데 하인이 자꾸 거절당했다는 거야. 네가 계속 바쁘대."

"뭐?"

난 어처구니가 없어 시종들을 돌아보았다. 거절은커녕, 그런 제안을 전해 듣지도 못했다. 내 눈빛에 시종들이 움찔 몸을 굳혔다. 그래, 내 음식에 독을 타는 사람들인데 내게 온 서신을 빼돌리는 일쯤은 당연한 일인 것이다. 그런데, 거절을 당했다면 첼시는 왜 온 거지? 내가 의문스럽게 그녀를 쳐다보자, 그녀가 해맑게 웃었다.

"그래서 왔어."

"……뭐?"

"네가 내 식사 제안을 이렇게 자꾸 거절할 리 없잖아. 말이 잘못 전달됐거나 쑥스러운 거겠지."

나는 혼란스럽게 그녀를 쳐다봤다. 놀라운 일은, 첼시의 엉터리 추론이 맞았다는 것이었다. 나는 그녀의 식사 제안을 거절하지 않았다. 그때, 첼시가 숟가락을 들고 제 앞에 놓인 스튜에게로 손을 뻗었다. 나는 깜짝 놀라서 그녀를 말리려고 했다.

"전하!"

그러나 소리를 친 사람은 내가 아니라 내 옆에 선 시종이었다. 첼시와 나는 반사적으로 시선을 돌렸다.

"죄송하지만, 기다리는 동안 음식이 식은 것 같아서요. 음식을 좀 데워 와도 괜찮을까요?"

"……뭘요?"

"스튜와, 빵 몇 종류요."

난 심드렁하게 시종이 언급한 음식들을 바라봤다. 그것들은 여전히 따뜻해 보였다. 무엇보다, 이 시종이 정말로 음식 식은 것을 신경 쓰고 말하는 것 같지도 않았다.

"아니요. 그냥 놔두세요."

난 그렇게 말하고, 첼시의 눈앞에 놓인 스튜를 내 앞으로 끌어왔다. 원래부터 1인분으로 준비된 식탁이라, 스튜도 한 그릇밖에 없었다. 먹으려던 스튜를 빼앗긴 첼시가 당황한 눈으로 나를 바라봤다.

"첼시, 배 많이 고파?"

"아니, 그런 건 아닌데……."

"그래? 다행이네. 그럼 조금만 기다려 줄래?"

"으응……?"

나는 첼시가 얼이 빠져 있는 사이에 빠르게 스튜를 입에 집어넣었다. 식탁 위에 있는 빵 종류의 애피타이저들도 함께. 난 그저 첼시가 포크를 다시 들기 전에 이 식사 자리를 파투 내야겠단 생각이었다. 덕분에 평소보다 빨리, 많은 음식을 먹어 치웠다. 그리고…….

쾅!

"꺅, 카르멘!"

난 그대로 옆으로 쓰러지고 말았다. 내가 정신을 잃기 전 마지막으로 본 것은, 놀란 얼굴로 달려오는 너의 얼굴이었다.

"네 음식에 독을 탄 범인을 잡았다."

나는 멍하니 의자에 앉아 있는 아버지와, 바닥에 포박되어 있는 여자를 번갈아 바라봤다. 그 여자는, 내 시종이었다. 내게 독이 든 음식을 먹이려고 웃는 얼굴로 종용하던 사람. 확신컨대, 그녀는 2황비나 3황비의 사람이었다. 이제는 아닌 것 같지만.

첼시의 눈앞에서 음식을 먹고 쓰러진 사건이 이렇게 커질 줄은 몰랐다. 당시에 나는 그저 빨리 탈이 나서, 음식이 상했다는 핑계를 대고 첼시를 내보낼 생각이었다. 내가 아프기를 원하는 거라면 그들이 원하는 대로 해 줄 때까지 끝나지 않는다는 것을 알았으니까. 다만 곧바로 정신을 잃을 정도로 강한 독을 썼으리라곤 생각하지 못했다.

그게 꽤 큰 소란이 되었나 보다. 내가 눈을 떴을 때, 의사가 침대 옆을 지키고 있었고 캐럴이 울음을 터뜨렸던 것이 기억났다.

황제가 차가운 눈으로 여자를 내려다보았다.

"황족을 죽이려 들다니, 간이 크기도 하지."

그래도, 그가 날 위해 범인을 색출할 줄은 몰랐는데. 내가 죽어도 눈 하나 깜짝 안 할 것 같던 사람.

"어떻게 하고 싶으냐?"

갑자기 왜?

"네 마음대로 하게 해 주마."

나는 무심코 황제를 올려다봤다가, 그와 눈이 마주쳤다. 나와 똑같은 색의 파란색 눈동자를 마주하는 순간, 갑자기 몸이 굳었다. 속이 메슥거리고 심장이 빠르게 뛰었다.

'카르멘 데일라르크!'

그날, 데모닉의 죽음에 대해 추궁하던 그의 목소리가 떠올랐다. 나는 떨지 않기 위해 이를 악물었다.

"후작 영애가, 너를 마음에 들어 한다지?"

그때, 황제가 예상치 못했던 말을 했다. 난 일순 긴장도 잊고 고개를 들었다.

"네?"

"약혼자 관계로 정기적인 만남을 가지기로 했다던데."

"……."

후작가에서, 그런 말을 한 걸까? 나는 상황을 파악하기 힘들어 눈만 깜빡이고 있었다. 쓰러지기 직전, 비명을 지르며 달려오던 첼시의 얼굴이 떠올랐다. 많이 놀란 것 같았지. 아니, 그래도 후작가에서는 딱히 약혼을 진지하게 생각하던 분위기가 아니었는데.

"아무튼, 잘되었구나."

"……."

"그래서, 어떻게 하고 싶으냐."

난 가만히 황제를 바라봤다. 황제는, 내 기억보다 훨씬 온화한 얼굴을 하고 있었다. 내가 첼시와 약혼 관계가 된 것이 상당히 기꺼워 보였다. 그래서 친히 범인 색출까지 해 준 걸까. 내 기분을 달래 주려고?

헛웃음이 나오려는 것을 간신히 참았다. 내가 어려서 모르리라 생각하는 것 같지만, 나도 저 시종이 일의 주모자가 아닌 것쯤은 알았다. 한낱 시종이 여섯 살짜리 황자에게 악감정을 품어서 음식에 독을 탄 것이 아니다. 아마, 그녀도 살고자 한 일이리라.

'아무것도 기억이 안 나요.'

나도 살기 위해 불의를 행한 적이 있었다. 그래서 내게는 그녀를 벌할 자격이 없었다.

"그냥 풀어 주세요."

내 말에, 황제의 눈이 흔들렸다.

"그냥 풀어 달라? 너를 죽이려 한 자인데?"

"살아 있으니 괜찮습니다."

난 바닥에 쓰러져 떨고 있는 시종을 바라봤다. 바닥을 짚은 손은 손톱이 몇 개 없었다. 지시를 내린 황비 대신 그녀 혼자서 덤터기를 쓰게 되었나 보다. 만약 내가 분노해야 한다면, 그 분노가 향해야 할 곳은 좀 더 위에 있었다. 난 신중하게 말을 골랐다.

"그녀를 처벌하는 대신, 제 시종들을 전부 새로 뽑을 수 있게 해 주세요."

"뭐?"

"지금 시종들을 믿을 수가 없어져서요."

그게 어린 내가 필사적으로 고민해서 낸 부탁이었다.

"믿을 수 있는 자들로 새로 고용할 수 있도록 도와주세요."

도와 달라. 이 말은 다른 황비들의 지시를 받지 않는, 믿을 수 있는 사람들을 구해 달라는 뜻이었다. 우리 어머니는 할 수 없는 일이니까.

황제는 선황제를 애틋하게 여긴다 들었다. 그가 남긴 약속을 이뤄 주었으니, 이 정도 부탁쯤은 들어 줄 수 있을까. 아니면 여태까지 그랬듯이 무시하려 들까. 나는 깨질 각오를 하고 그의 대답을 기다렸다.

"그래, 좋다."

그때, 황제가 답했다. 그의 얼굴에는 미소마저 걸려 있었다. 마치 나를 대견하게 여기는 듯한 미소였다. 몸에 힘이 탁 풀렸다. 나는 가까스로 자세를 바로 하고 고개를 숙였다.

"감사합니다, 폐하."

* * *

황제가 내 편을 들어 문제를 일으켰거나, 미연에 방지하지 못했다는 이유를 들어 내 고용인들을 모조리 황궁에서 쫓아냈다. 그리고 믿을 만한 사람들을 고용인으로 붙여 주었다. 더불어 내가 첼시와 약혼 관계가 되었다는 사실이 황궁에 퍼지게 되었다.

처음에 내게 첼시는 그저 온실 속 화초 같은 아이였다. 사랑받고 자라, 제 감정에 솔직하고 순수한. 나는 첼시가 캐럴과 비슷한 나이라고 오해하고 있었기 때문에, 한동안은 그 애를 동생 대하듯이 하고 있었다.

첼시가 특별하다는 것을 눈치챈 것도 아마 그즈음이었다. 첼시가 병문안을 왔을 때, 뒤늦게 내게 쓰러진 이유를 물었다. 그래서 나는 대충 거짓말로 둘러댔다.

"그때 먹은 음식에 알러지가 있어서."

"무슨 음식?"

"음, 전부?"

내가 먹은 모든 음식에 독이 들어 있었을 수도 있으니까, 나는 별생각 없이 그렇게 답했다. 그리고 한 달쯤 후에 첼시와 못한 식사를 함께했는데, 첼시는 식탁 위를 보더니 음식 몇 가지를 치우라고 말했다. 이유를 물어보니 첼시는 아주 당연하다는 듯이 말했다.

"우유, 견과류, 양고기, 계란, 밀가루, 파프리카."

"……응?"

"네가 그날 먹은 음식 중에 알러지를 유발할 만한 것들이야. 조심해."

첼시가 진지한 목소리로 재차 강조했다. 나는 얼이 빠져서 눈을 깜빡였다. 내가 그날 먹은 음식을 전부 기억하고 있다고?

첼시는 입도 대지 않았던 음식들이었다. 식탁에는 꽤 많은 종류의 요리들이 있었고, 식사는 순식간에 끝났다. 알레르기 때문이라는 말을 한 것은 나지만, 그냥 지나가듯 한 말이었다. 그걸 신경 써서 이렇게 리스트를 읊어 줄 줄은 몰랐다.

난 하는 수 없이 그것들을 모두 못 먹는 척해야 했다. 그러면서 나는 첼시가 시간이 지나면 그 알레르기 사건에 대한 일을 잊어버리겠거니 낙관했다. 어린애들은 뭐든 쉽게 잊어버리고, 쉽게 변하니까.

해바라기처럼 맹목적인 시선으로 나를 좇아오는 황금색 눈동자도, 어린애 주제에 뭘 안다고, 앵무새처럼 사랑 타령을 늘어놓는 것도. 지금은 뭐에 꽂혀서 저러는지는 몰라도, 나이를 먹으면 변하리라고 생각했다.

결론부터 말하자면, 그런 일은 일어나지 않았다. 하지만 당시의 나는 모르고 있었다.

여섯 살의 나에게, 인간이란 자신의 이익을 위해서 행동하는 존재였다. 난 어린 첼시는 몰라도, 로드랭가가 나를 첼시의 약혼자로 점찍은 것에는 분명 이유가 있으리라고 생각했다.

그 이유에 대해 명확히 알게 된 것은 내가 아홉 살이 되던 해였다.

나는 3년 동안 빠르게 성장했다. 새로 고용한 시종들은 수도로부터 멀리 떨어진 지역에서 온 사람들이 많았는데, 그들은 수도의 정치판에 빠삭하지는 못했지만 나를 제 출세에 이용하려 들지도 않았다. 나는 거기에 만족하고 있었다. 특히 제대로 된 교사들에게 수업을 받게 된 점이 가장 마음에 들었다.

여섯 살 때까지 나는 선생들이란 내가 공부를 하려 들면 7황자인데 유난스럽게 군다고 눈치를 주는 게 업무인 사람들인 줄 알았다. 하지만 새로 고용된 교사들은 내가 공부를 하려 들면 칭찬을 하고, 과중한 과제를 내리고, 높은 목표를 제시하고 더 열심히 하라고 닦달하기까지 했다.

난 뭐든 열심히 했고, 덕분에 짧은 기간에 큰 성장을 얻어 낼 수 있었다. 나는 아홉 살 때 나보다 네 살이 많은 6황자와 체구가 비슷했고, 배우는 것도 비슷했던 것 같다.

그리고 그즈음, 나는 마법에 관심을 가지고 있었다. 그 이유는 물론 첼시 때문이었을 것이다.

첼시가 일곱 살 때 사역마 매인 '그레이'를 보여 주었는데, '그레이'는 반년쯤 후에 계약이 끊어져서 자연으로 돌아가 버렸다. 하지만 그 매가 첼시의 명령에 따라 사냥, 공놀이, 편지 배달 등의 일을 해내는 모습은 무척 기억에 남았다.

마법에 대해 묘한 동경 같은 것을 가지게 된 것이다. 그래서 나는 마법을 가르쳐 줄 가정교사를 찾았는데, 그때 만난 사람이 바로 드레이코 로드랭이었다.

"로드랭이라고요?"

"그래, 첼시 로드랭의 사촌 오빠야."

드레이코가 답했다. 내가 아무리 어려도 그렇지, 황자를 앞에 두고 초면부터 반말을 한 교사는 그가 처음이었다. 하지만 약혼녀의 사촌 오빠이니, 이해해 줄 수 있었다. 난 말투를 트집 잡기보단 기억을 더듬으려고 했다. 첼시의 사촌 오빠라…….

"아, 그……?"

"오, 들어 본 적 있어?"

'트루디 삼촌한테 아들이 하나뿐인데 너무 모지리라서 걱정이야. 나보다 나이는 여덟 살이나 많은데…….'

이걸 들어 봤다고 말하긴 좀 그랬다. 나는 볼을 긁적였다.

"그냥, 좀……."

"무슨 이야기를 들은 줄 알겠네. 첼시가 나 멍청하다고 그랬지?"

난 어색하게 웃으며 고개를 끄덕였다. 사실 드레이코를 내 가정교사로 추천해 준 사람이 후작 부인이었다. 실력 있는 사람을 안다고 하셔서 믿고 맡겼는데, 그가 와서 무척 당황스러웠다. 재능이 없다고 하더니 일자리를 구하지 못해서 내게 떠밀어 준 걸까, 하는 생각도 들었다.

첼시보다 여덟 살이 많으면 나보다도 여덟 살이 많으니까, 나이도 고작 열일곱 살이었다. 나이를 핑계로 대서라도 집에 보내야 할까.

"그렇게 못 미더운 표정을 할 필요 없거든."

"음, 아카데미는 졸업하셨나요?"

"그래, 그해의 최연소 졸업자였어."

뜻밖의 대답에 나는 눈을 동그랗게 떴다. 평균적인 아카데미 졸업

연령은 열아홉 살이었다. 특히 마법학교에 들어가기 위해서는 반드시 마탑에 입적부터 해야 해서, 졸업 나이가 더 늦어지는 편이었다. 그런데 열일곱 살에 벌써 아카데미를 졸업했다니. 사촌 오빠가 한심한 무지렁이라던 첼시의 말과 어긋나는 정보였다.

내가 혼란스런 표정을 짓자, 드레이코가 즐겁게 웃었다.

"첼시 기준에서는 대부분의 마법사들이 다 바보가 될걸."

그러고는 내게 책 한 권을 던졌다. 반사적으로 그것을 받자, 드레이코가 휘파람을 불었다.

"걔는 진짜 천재거든."

로드랭 후작가의 막내딸 첼시 로드랭은 시대를 잘못 타고난 마법 천재다. 그게 첼시에게 무지렁이라고 평가받는, 130회 마법학교 최연소 졸업생 드레이코 로드랭의 설명이었다.

"삼십 년만 일찍 태어났어도 분명 세상을 놀라게 할 천재 마법사로 기록되었을 텐데, 아깝게 됐지."

"지금이라도 마탑에 들어가면 되잖아요."

"하루하루 쇠퇴해 가는 마탑 말이야? 아서라, 나도 어렸을 때부터 신동 소리 들었지만, 결국은 검술을 병행해서 배웠다고. 요새는 마법사가 한직이라도 맡으려면 검술은 기본이거든. 근데 첼시는 머리만 비상하지, 운동신경은 꽝이야."

백모께서 반대하시기도 하고, 드레이코가 덧붙였다. 나는 눈을 깜빡였다.

"후작 부인께서요?"

"응, 너도 이제 거의 우리 집안사람이니까 가르쳐 줄게. 첼시의 부모님들은, 마법을 아주 싫어해. 특히 후작 부인이. 안 좋은 일이 있었거든."

드레이코는 내게 후작 부인이 겪었던 일을 간단히 말해 주었다. 그 이야기를 간단히 말하자면…… 의료 사고에 대한 것이었다.

후작 부인이 설치한 마법 장치 때문에 그녀의 어머니가 목숨을 잃은 사건.

아주 끔찍한 일이었다. 그녀가 마법을 싫어하게 된 것도 이해가 됐다. 그리고 첼시의 언니인 플로라 로드랭이 기사가 되겠다고 했다가 집안이 뒤집어졌다는 이야기도 들었다.

그녀가 지망한 기사단은 국경 최전방을 수비하는 곳이었다. 마수와 직접 맞닥뜨리는 기사단. 귀족 중에서는 정말 웬만큼 사명감이 넘치지 않는 이상 그곳을 지망하지 않았다. 하지만 플로라 로드랭은 여자인 자신이 단장으로 승진할 수 있는 곳은 그곳뿐이라며 최전방을 고집했다.

최전방이 승진이 쉬운 이유는 하루하루가 전쟁이라 기사단장들이 족족 죽어 나가기 때문인데. 그런 곳을 장녀가 희망한다고 하니, 집안이 난리가 난 것도 이해가 됐다. 후작 부인은 딸에게 처음부터 검술 같은 건 가르치지 말았어야 했다고 크게 후회했단다.

"후작 부인이 첼시의 재능을 달갑게 여기지 않는 것도 그 때문이지. 요즘 시대에 마법사는 딱히 출셋길도 없고, 실력이 있어 봤자 괜히 전쟁터로 떠밀려서 목숨 잃기 십상이잖아. 황족들도 죽어 나가는데, 귀족이라고 안전한 것도 아니고."

나는 고개를 끄덕였다. 후작 부인의 마음을 백번 이해할 수 있었다. 만약 캐럴이 커서 내게 전쟁터에 나가는 게 꿈이라고 말한다면, 정말 괴로울 테니까.

"그래서 부인은 네게 감사하고 있어."

"……네?"

"첼시가 너를 진짜 좋아하나 보더라. 다른 건 안중에도 없을 만큼."

갑작스러운 드레이코의 말에 머릿속이 복잡해졌다.

"그게 후작 부인이 첼시의 약혼을 추진한 이유인가요?"

"……그것도 있고. 정치적인 이유도 있지."

"정치적인 이유라면, 어떤?"

드레이코는 뒷머리를 긁적이며 잠시 고민하더니 대답했다.

"폐하의 총애를 받는 것은 영광스러운 일이지만, 미래를 생각하면 걱정이 되니까. 요즘 시대가 흉흉하잖아. 로드랭가는 분쟁에 끼고 싶어 하지 않거든. 그냥 순수하게 여섯 살짜리 딸이 네게 반했다고 말하니까 약혼을 시켜 주는, 그런 욕심 없고 단순한 가문이라고."

카르멘은 드레이코의 말을 들으며 찬찬히 고개를 끄덕였다.

황제는 국민에게는 성군이란 평가를 받는지 몰라도, 아버지로서는 좋은 역할을 하지 못했다. 제국법상 차기 황제로서의 정당성을 가진 자식과 2황비의 비호를 받아 활개를 치고 다니는 자식이 서로 경쟁 구도를 펼치고 있는 참이었다.

그러나 황제는 자식 중 하나를 후계자로 점찍어 밀어주기는커녕, 서로 죽고 죽이는 것을 뻔히 알면서도 모른 척해 주고 있었다. 이러다가 황제가 죽기라도 하면, 황궁에 피바람이 불게 될지도 몰랐다. 그러면 그 불똥이 분명 다른 곳으로도 튈 것이다. 그렇게 되면 자식 중 누구도 사랑하지 않는 황제의 총애를 받는 가문도 괜히 그 불똥에 휘말리게 될지도 몰랐다.

아군이 아니면 적. 전쟁터에서는 그렇게 사람을 판단하게 되니까.

그러니 아예 후계 구도에서 밀려 있는 7황자의 뒷배가 되어 주기로 한 것이다. 어머니가 평민 출신이니, 로드랭가가 내 편이 돼 주더라도 세력이 있다고 하기도 민망한 수준이었다. 무엇보다 나는 황좌에 대한 욕심이 전혀 없었다.

"중립을 강하게 선언하는 거네요."

난 간단히 그들의 행동을 정의했다. 드레이코는 떨떠름하게 고개를 끄덕였다.

"……응, 그런데 너 아홉 살 맞나?"

나는 딱히 마법 재능은 없었던 것 같다. 드레이코는 비교 대상이 첼시여서 눈이 높아진 거라고, 미취학 아동이 소환술을 쓰고 사역마를 거느리는 게 이상한 거라고 나를 위로했다. 하지만 열심히 하면 곧잘 손위 형제들을 뛰어넘곤 했던 나는, 습관처럼 첼시와 마법 실력을 비교했던 것 같다. 덕분에 도무지 성취감이 생기질 않아서 마법에 금세 흥미를 잃어버렸다.

드레이코는 내게 마법을 가르치는 데는 실패했지만 로드랭가에 대해서는 많은 것을 알려 줬다. 그래서 나는 드레이코와 친하게 지내며 로드랭가의 복잡한 뒷사정에 대해서 훤히 꿸 수 있게 되었다.

로드랭가의 사람들은 마법 재능을 타고난 첼시가 장녀처럼 목숨이 위험한 일을 한다고 나설까 봐 걱정했다. 그래서 첼시가 내게 첫눈에 반해 현모양처의 꿈을 가지게 된 현 상황에 크게 만족하고 있었다.

더불어 내게도 기대를 걸고 있었다. 신체 능력이 뛰어나고 영리해 보이니까, 전쟁터 같은 정치판에서도 잘 살아남아 첼시의 우수한 남편감이 되어 줄 것이란 기대. 그것을 위해 로드랭가는 내게 많은 것을 투자해 줄 수 있다고 했다. 세력이 없는 어머니를 대신해서, 외척 역할을 해 주겠다고.

하지만 나는 딱히 그들에게 무언가를 요구하지 않았다. 황실 바깥에 있는 귀족가가 황실 정치로부터 나를 보호해 줄 수 있는 것도 아니니까. 그저 막내딸을 보호하겠다는 이유 하나로 그 모든 것을 할 수 있다는 게 믿기지 않기도 했다.

게다가 첫 만남에 프러포즈를 한 어린애가, 또 쉽게 마음이 바뀌어 버리면 그땐 어떻게 할 건가? 세월이 흐르고 나이를 먹은 후에, 첼시가 지금과 달라진다면.

황제도 처음에는 어머니를 사랑한다고 말로 꾀어냈다. 어머니가 평민이었기에 오히려, 그 말은 신빙성이 있어 보였다. 하지만 나는 나이를 먹으면서 황제가 어머니를 황비로 택한 것도 철저한 계산속에 있었음을 깨닫게 되었다.

형을 죽이고 황좌를 얻은 황제는, 제 자식들에게조차 황좌를 물려줄 마음이 없었다. 그래서 아무 세력이 없는 어머니를 아내로 맞이한 것이다. 제멋대로 이용할 수 있는 아내와 아이들. 어차피 어머니는 결혼 당시부터 몸이 약해 오래 살지 못할 것이란 말을 들었다고 하고. 세력 없는 황비의 아이들은 키워서 계약 결혼이나 황위 다툼, 전쟁 따위에서 정치적 희생양으로 삼을 수 있을 테니까.

내가 배운 사랑과 결혼이란 그런 것이었다.

그래서 나는, 첼시가 나이를 먹고 머리가 자라면 지금과 변할 것이라 생각했다. 아카데미에 입학하고 사교계에 진출하면, 그래서 귀족 사회에 물들게 되면, 지금과는 많이 달라질 거라고.

만약 첼시가 나와 결혼을 하더라도 사랑보다는 가문의 권세나 개인의 영달을 더 많이 계산하게 될 것이리라고 생각했다. 그것은 자연스러운 일이었다. 나는 충격을 받지도, 실망을 하지도 않을 것이라고 마음먹고 있었다. 하지만 이상하게도, 그런 일은 일어나지 않았다.

* * *

아카데미에 입학하고 나서 첼시는 많이 변했다. 마법을 완전히 때려치우고 무슨 헤브람스 패밀리가 되겠다고 온갖 교사를 불러서 여러 가지 손재주를 익히기 시작했다. 첼시의 이러한 변화를 후작 부부는 무척 달갑게 여겼고, 티 나지 않게 부추기고 있었다.

아카데미를 다니다 보면 자연스럽게 첼시에 대한 평가가 귀에 들어오곤 했다. 그리고 그 이야기들은 하나같이 나를 혼란스럽게 만들었다. 첼시에 대한 평가를 간단하게 정리하자면 다음과 같다.

첫째, 첼시 로드랭은 머리가 나쁘다. 둘째, 첼시 로드랭은 둔하고 눈치가 없다. 셋째, 첼시 로드랭은 사람에게 관심이 없다.

난 살면서 첼시만큼 예민한 사람을 본 적이 없었다. 그녀는 여섯 살 때 내가 한 거짓말을 아직도 기억해서, 식사 때마다 내가 먹고 탈이 난 음식은 신경 써서 빼놓곤 했다. 그 많은 알레르기 중에 진짜는 체리 알레르기 밖에 없었으나, 사실을 밝히기엔 숨기고 싶은 뒷이야기가 너무 많이 엮여 있었다.

첼시는 내가 집안일이나, 사교계에 대해 말하기 꺼리는 것을 눈치채고 있었다. 그래서 여섯 살 때 가족들에 대해 몇 번 물어본 것 빼고는, 다시는 그와 관련된 이야기를 하지 않았다.

게다가 그녀는 다른 일에 집중하는 중에도 내가 다가가면, 꽤 떨어진 거리에서도 눈치채고 고개를 돌리곤 했다. 그럴 때 첼시는 꼭 충성스러운 강아지 같았다. 태양을 맴도는 별처럼, 그녀는 늘 내 주변을 맴돌았다. 조용히, 한결같이, 마치 당연하다는 듯이.

첼시는 내가 힘들 때면 귀신같이 나타나 내 곁을 지켰고, 병아리처럼 종알거리며 낯간지러운 칭찬을 쏟아 냈으며, 한 시간 만에 만나더라도 요란스레 반가워했다.

그래서 나는 첼시가 유난히 사람을 좋아하는 성향인 줄 알았다. 하지만 시간이 흐르면서, 그 맹목적인 호감이 오직 나만을 향한다는 것을 알게 됐다. 첼시는 아카데미에 입학한 지 6년이 되도록 같은 클래스 아이들의 얼굴조차 외우지 못했으니까.

보통 아카데미를 몇 년씩 다니다 보면 귀족 정치에 관심이 없는 아이들도 수도 귀족 가문에 대해서는 훤히 알게 된다. 그러니 개중에서도 이름 있는 귀족가 자제들을 알아보지 못하는 짓은, 괜히 모르는 척하며 모욕을 줄 때나 하는 행동이었다. 하지만 첼시는 진짜로 그들을 알지 못했다.

게다가 아카데미에서 첼시는 종종 낙제를 받기도 했다. 아카데미에 다니는 귀족 자제들의 기분을 거스르지 않기 위해, 인문·교양 분야의 최소 점수는 아주 낮게 책정되어 있는데도 그랬다.

아카데미에서 첼시의 평판이 나빠진 것도 당연한 일이었다. 하지만 어째서인지, 첼시는 자신을 싫어하는 사람들은 모두 날 좋아하는 이들이라고 여겼다.

그래서 나는 첼시의 습성에 대해 알게 되었다. 그녀는 관심 있는 것에 대해서는 아주 예리했지만, 관심밖에 있는 것들에는 신기할 정도로 둔했다. 때로는 사람들이 상식이라 여기는 정보에도 완전히 무지했다. 그것을 알게 되었을 때 내 기분은⋯⋯.

'카르멘, 내가 세상에 태어난 건 널 만나기 위해서였던 것 같아.'

사랑해. 귀에 딱지가 앉도록 들은 말들, 고백들.

첼시는 첫 만남부터 내게 결혼해 달라고 말했다. 너무 쉽게 나온 말이라 어린애 변덕 같은 마음인 줄 알았는데, 첼시는 그 말을 십 년이 넘도록 계속했다. 그 애는 변하지 않았다.

난 첼시의 마음이 진심이라는 것을 믿게 되었고⋯⋯ 두려워졌다.

'카르멘, 너는 아버지를 닮았구나.'

내가 그 마음을 절대 똑같이 돌려줄 수 없을 거라는 사실을 알았기 때문이었다.

나는 나름대로 노력해 봤지만, 첼시처럼 될 수는 없었다. 그녀는 종종 내게 사랑이 얼마나 위대한지를 말하곤 했다. 자신이 온종일 얼마나 내 생각을 많이 하는지, 나 때문에 얼마나 행복하고, 나와 함께할 미래를 생각하면 얼마나 가슴 뛰는지에 대해서.

그러나 난 도저히 그녀의 감정에 공감해 줄 수가 없었다. 나는 첼시처럼 종일 그녀의 생각을 하면서 밤을 지새운 적도 없었고, 그녀를 만나기 위해 태어난 것 같다고 느낀 적도, 첼시와의 결혼 생활을 그리며 꿈에 부풀었던 적도 없었다.

첼시는 '카르멘에게 어울리는 멋진 신부'가 되는 데에 모든 노력을 투자하는 것 같았다. 신입생 때는 첼시의 마법 재능에 대해 알고 있는 마법사들이 찾아와 은근한 견제를 하기도 했지만, 이제는 그들도 모두 잊어버린 듯했다.

하지만 나는 그럴 수 없었다. 내게 결혼이란, 사랑보다는 이해관계에 따른 것이었다. 난 내가 첼시와 다른 부류의 인간이라는 것을 알았고…… 죄책감을 느꼈다. 그래서 고백하기로 마음먹었다. 그녀를 사랑하지 않는다는 사실을.

정직해라, 강직해라, 용기를 가져라.

십수 년 전, 어머니의 말을 듣지 않았던 일은 내게 후회로 남아 있었다. 그래서 나는 용기를 내기로 마음먹은 것이다. 첼시도 정직한 사람이 좋다고 했으니까.

"……나는 너를 사랑하지 않아."

유리잔이 깨지고 첼시가 믿을 수 없다는 눈으로 나를 바라보았던 날, 내가 인생에서 가장 멍청한 말을 내뱉게 된 경위는 그런 것이었다.

나는 첼시처럼 될 수는 없어도 아버지처럼 되고 싶지는 않았다. 사랑을 가장하여 사람을 속이고 좋을 대로 이용하다 쓸모가 없어지면 방치해 버리는 사람.

"난 널 사랑하지는 않아도 좋은 남편이 되려고 노력할 거야."

그러니까 그날 내가 했던 말은 진심이었다. 그런데 내 말을 듣고, 첼시는 눈물을 터뜨렸다. 첼시는, 마냥 해맑은 것으로 보이지만 사실 속은 단단해서, 십수 년을 알고 지내는 동안 단 한 번도 우는 모습을 보여 준 적이 없었다. 그랬던 그녀가 그날 처음으로 눈물을 보였던 것이다.

그제야 난 내가 무슨 잘못을 저질렀는지 깨달았다.

"내게 모조품이 되라는 거야?"

내가 첼시에게 상처를 줬다. 눈물을 흘리며 내게 등을 돌리는 첼시의 뒷모습을 보면서, 나는 세상이 온통 아득해지는 것을 느꼈다.

그녀의 말이 맞았다. 나는 잔인한 짓을 했다. 널 사랑하지는 않아도 좋은 남편이 되려고 노력하겠다니, 애초에 말이 되지 않는 소리였다. 세상에 아내를 사랑하지 않는 좋은 남편이 어디 있을까.

그날은 첼시에 대한 걱정으로 밤을 새웠다. 다음 날 아침에 바로 첼시를 찾아가고 싶었지만, 정해진 일정이 있었다. 내가 조금만 엇나가도 바로 문제를 눈치채고 이용하려 드는 이들이 너무 많았다. 나는 일정을 평소처럼 소화한 다음 로드랭가로 찾아가려고 했다.

1황녀가 나를 찾아온 것은 그때였다.

1황녀 베로니카는 평소에 황궁에 잘 붙어 있지 않았다. 그래서 마주칠 일이 잘 없었고, 어쩌다 마주칠 일이 생기더라도 의례적인 인사만 하는 사이였다.

"또 떨어졌다며?"

그런데 그날은 그녀가 대뜸 나를 찾아와 그런 시비를 걸어왔다. 그렇지 않아도 기분이 좋지 않던 터라, 나는 평소보다 다소 예민하게 반응했다.

"무슨 말씀입니까?"

"뭘 모르는 척해? 기사 시험 말이야."

"누님과는 상관없는 일입니다."

내 말에 베로니카의 눈이 약간 커졌다.

"너 왜 그래, 평소랑 다르다?"

"……."

대화를 끊으려고 한 말인데, 그녀는 도리어 즐거운 투로 물었다. 그러더니 뜬금없는 소리를 했다.

"왜 상관이 없어? 내가 네 누나고, 나도 기사인데."

"……?"

"내가 한 수 가르쳐 주겠다는 뜻이야."

갑작스런 대련 신청에 나는 의아해졌다. 3황자나 5황자가 내게 시비를 걸어오는 건 흔한 일이었으나, 베로니카가 이런 식의 제안을 한 건 처음이었다. 다른 사람이었다면 거절했겠지만, 상대가 상대인지라 거절하기도 미묘했다. 그래서 나는 그녀와 갑작스런 대련을 하게 되었다.

"으……!"

긴장했던 것이 무색하게 결판은 순식간에 났다. 내 칼이 등 뒤로 날아갔고, 베로니카의 광도검이 내 목 끝을 향했다. 무식할 정도로 커다란 검에 붉은 기운이 감돌고 있었다. 오러. 소문은 무성했지만, 내 눈으로 확인한 것은 처음이다. 방금 무참히 패배했다는 사실보다, 그 신비한 힘이 더 내 마음을 술렁거리게 했다.

"너, 이상하네."

베로니카는 거대한 검을 집어넣고 내게로 손을 뻗었다. 난 얼결에 그녀의 손을 잡고 일어났다.

"어렸을 때 본 그 패기는 어디 갔어?"

"……네?"

"뭐라도 될 놈 같더니, 겁쟁이가 되었잖아."

난 눈살을 찌푸렸다. 난 나름대로 최선을 다했지만, 베로니카와 내 나이 차가 열다섯 살이었다. 애초에 소드 마스터와 사관생도가 시합이 될 리 없었다.

"기술에 관한 이야기라면……."

"기술은 문제가 없어. 아니, 정식 기사단원들과 견주어도 오히려 나을 정도야. 다만…… 생각이 너무 많아."

이기는 게 무섭니? 베로니카가 물었다. 난 입을 다물었다.

손위 형제와 대련한 경험은 여러 번 있었다. 특히 5황자인 겔리는 내게 검술로 시비 거는 것을 좋아했다. 그러나 내가 대련에서 이길 때마다 보복은 다른 곳으로 돌아왔다. 독이 든 음식을 받거나, 검술 사범이 바뀌거나, 여동생이 아끼던 새가 죽거나.

"적당히 실력은 보여 줘야 하지만, 상대를 상처 입히면 안 되고. 사관학교에서 좋은 순위는 유지해야 하지만, 다른 형제들보다 빨리 기사가되면 안 되고?"

베로니카는 무심한 목소리로 내 허를 찔렀다. 내가 당황해서 고개를들자, 그녀가 코웃음을 쳤다.

"3황자가 열일곱 살, 5황자가 스무 살이었던가? 기사 서임을 받은 게.그럼 너는 스무 살 이후에야 졸업할 수 있겠구나. 그들보다 실력이 뛰어나다는 말을 들으면 피곤해질 테니까."

"그건……."

"카르멘, 넌 네가 영리하게 처신하고 있다고 생각하겠지? 남들의 경계를 사지 않고, 조용히 실력을 갈고닦으면 된다고. 하지만 생각처럼 되지않아 답답하겠지."

"……."

"그게 뭔지 알아? 그들이 네 머릿속에 낙인을 박아 놓은 거야."

베로니카는 거대한 광도검을 검집째로 들고 내 이마를 가리켰다. 난그녀의 붉은 눈과 잠시 눈을 마주쳤다. 그녀가 내게서 무엇을 본 걸까?

"제가 어떻게 해야 합니까?"

"하지 마."

"……네?"

"내가 어떻게 해야 할까, 그런 고민을 그만두라고."

베로니카가 내 머리로 손을 뻗었다. 나는 반사적으로 몸을 뺐다. 베로니카는 눈을 동그랗게 떴다가 낮게 웃었다.

"카르멘, 자기 자신을 위해서 싸우는 사람은 도전을 두려워해. 계속뒷일을 생각하고, 위험을 무릅쓰고 싶어 하지 않지."

베로니카는 말을 고르는 것처럼 입술을 축였다.

"하지만 지킬 게 있는 사람은, 그렇게 생각하지 않아."

순간적으로 베로니카의 인상이 부드러워졌다.

"물러서면 내 뒤에 있는 사람이 위험해지니까, 설사 고기 방패 신세가 될지라도 나서는 게 더 안전하다고 생각하지."

나는 멍하니 베로니카를 바라봤다.

베로니카는 사관학교를 나오지 않았다. 황녀였던 그녀는, 한 세기에 한 명꼴로 나온다는 소드 마스터가 되고 난 이후에야 기사로 인정받을 수 있었다. 기사로 인정받은 다음에는 곧바로 전쟁터로 내몰렸다. 누가 봐도 질 것 같은 전쟁의 책임자로. 그녀가 오래 살기를 바라는 처사는 아니었다. 그러나 그녀는 아직도 살아 있었다. 이토록 선명하게.

"그런 이들은, 도전을 두려워하지 않아."

그녀는 손을 뻗더니, 가볍게 내 어깨 위에 얹었다.

"그러니까 강해질 수 있는 거야."

"나는……."

"네게도, 소중한 게 있다면."

베로니카가 내 어깨를 힘주어 잡았다.

"중요한 순간에는 몸이 움직일 거야. 그때, 네 영혼이 시키는 대로 해."

그녀의 또박또박한 목소리가 내 귀에 박혔다.

* * *

베로니카는 고민을 그만두라고 말했지만, 나는 그럴 수 없었다. 황궁에서도, 아카데미에서도 신경 쓸 것들은 산재해 있었다. 헤브람 제국에서 7황자로 살아간다는 것은 아슬아슬한 외줄 타기를 하는 것과 같았다.

시간을 내서 로드랭가로 연락을 넣어도 거절당했다. 첼시가 너무 혼란스러워하니, 조금 진정되고 나서 만나는 게 나을 것 같다는 말과 함께.

생각해 보면 내가 첼시를 만난대도, 그녀가 원하는 것을 줄 수 없는 한 근본적인 문제는 해결되지 않을 것이었다. 캐럴은 대체 첼시에게 무슨 짓을 저지른 거냐고 나를 닦달했고, 어머니도 걱정하는 눈치였다. 하지만 나는 내가 불안하다는 이유로 모든 일을 뒤로 미뤘다.

그러다 갑자기 첼시가 출정한다는 이야기를 들었다. 너무 뜬금없는 이야기라 처음에는 뜬소문인 줄 알았다. 내가 알고 있는 첼시는 그런 데 관심이 없었다. 온 세상이 마수 전쟁으로 떠들썩해도, 언제 어떤 전쟁이 일어났는지조차 제대로 모르는 애였으니까. 마법에는 재능이 있었지만, 아카데미에 입학한 이후로 그마저도 관심을 끊어 버렸다.

하지만 나흘 후에, 그보다 더 충격적인 소식이 나를 찾아왔다. 첼시가 실종된 것이다.

결계벽이 위치한 국경 마을에서는, 종종 사람이 실종되는 사건이 일어났다. 어쩌다 국경선을 넘게 돼 마수를 마주치는 경우였다. 그 소식을 들은 순간, 나는 말 그대로 머릿속이 새하얘졌다.

전령이 사라진 후작 영애와 황실기사를 찾아 줄 지원을 요청한다는 이야기를 듣자마자, 뛰쳐나가 내가 직접 가서 찾아오겠다고 했다. 그리고 황궁에 있던 1황녀에게 부탁해, 그녀의 정예 기사들을 끌고 나와 수색대를 꾸렸다. 중간 절차도 생략하고 황궁을 나와 곧장 국경을 향했다.

나흘은 걸릴 거리를 이틀 만에 주파해 첼시가 실종된 장소에서 수색을 시작했을 때, 우리를 맞은 것은 최상급 마수인 다이어 울프였다.

"저 녀석이, 왜 여기에⋯⋯."

베로니카와 함께 암흑 왕국의 전쟁에 참전했다는 기사가, 사지를 떨기 시작했다. 나는 경직된 시선으로 놈을 바라봤다. 마계에서 온 마수들은 죄다 시뻘건 눈을 하고 있을 줄 알았는데, 놈은 짙은 금색 눈동자를 갖고 있었다.

거대하고 검은 몸체. 집채만 한 몸을 가진 그 마수는, 종종 기사들이 사관생도들을 데리고 체험 학습처럼 가는 토벌작전에서 본 것들과는 전혀 다른 것이었다.

괴물.

시선을 마주치는 순간 알 수 있었다. 그것은 지옥에서 올라온 생물이다. 한낱 인간이 상대할 수 있는 존재가 아니었다.

"전하, 도망치십시오!"

내 왼편에 서 있던, 비교적 제정신을 유지하던 한 기사가 소리쳤다.

"황녀님 정도가 아니면, 저놈을 상대할 수 있는 사람은 없습니다. 저희가 시간을 끌 테니까, 어서!"

나는 어쩌면 그 말을 따라야 했을지도 모른다. 도망치지 않으면 죽을 것이라는 걸 나도 알았으니까. 나는 지금 죽어서는 안 됐다. 하지만 그때, 내 눈에 감청색 머리카락이 들어왔다. 일순 사위가 조용해졌다.

첼시였다. 저 괴물이, 첼시를 데리고 있다. 그것을 깨닫는 순간부터 내 눈에는 그녀밖에 보이지 않았다. 시끄럽게 떠들던 기사들의 목소리도, 소란스럽게 늘어놓던 머릿속의 계산들도, 모조리 입을 닥친 듯했다.

오웬은 내가 아버지를 닮았다고 했다. 뒤틀리고 차가운 본성, 다정한 척 굴어도 상황이 불리해지면 제 안위만 챙기는 비겁자.

그러니까 나는, 항상 남들보다 신경 쓸 것이 많았다. 그러나 그 순간 만큼은 머리에 불이 나간 것처럼 아무런 생각도 들지 않았다. 상식선을 넘는 행동은 하지 않고, 사람들이 당황할 만한 짓은 삼가고, 항상 날 믿고 있는 여동생과 어머니를 기억하며, 최대한 몸을 사려야 한다거나.

평소처럼 행동할 이성이 남아 있었더라면, 나는 거기서 도망쳤을 것이다. 하지만 그때의 나는 그러지 않았다.

저 마수가 첼시를 죽이려 한다.

그때 내 머릿속에는 그 생각뿐이었다. 나는 검을 그러쥔 손에 힘을 주고, 괴물을 향해 달려들었다. 멈춘 이성 대신 살아난 격정이 손끝으로 뻗어 나갔다. 검신을 휘감은, 푸른빛의 오러.

내가 소드 마스터로 각성한 순간이었다.

그로부터 나흘이 지났다. 아침부터 캐럴이 다짜고짜 내게 찾아오더니 코앞으로 신문을 들이댔다.

"이거 진짜야?"

'30년 만의 마수 사역마…… 주인은 18살의 후작 영애.'

첼시를 데리고 수도로 돌아온 것이 바로 어제 일이었다. 그런데 벌써 이런 게 뜨다니. 저급 신문사의 기자들은 황실 전령보다 소식이 빠르다더니, 그 말이 딱 맞았다. 난 심드렁하게 눈앞을 가리는 종잇장을 치우며 걸어 나갔다.

"글쎄."

"글쎄? 첼시 언니가 실종됐단 말 듣고 미친놈처럼 뛰쳐나갈 땐 언제고 왜 그렇게 무관심해?"

"미친놈처럼 뛰쳐나간 적 없어. 정식 허가 받았고, 어차피 파견될 수색대의 지휘를 맡았을 뿐이야."

"지금 그런 게 중요해? 내 새언니 문제가 중요하지."

"……."

나는 캐럴을 돌아봤다. 나와 똑같은 색의 눈동자와 머리칼을 가진 내 여동생은, 어렸을 때부터 유난히 첼시를 따랐다. 그녀는 첼시와 나의 결혼을 부모님들만큼이나 기대하고 있었다. 첼시와 친인척 관계로 엮이고 싶다며.

"……무사히 돌아왔으면 됐지, 뭐가 더 필요해?"

나는 캐럴을 기다려 주지 않고 성큼성큼 걸어가면서, 괜히 비어 있는 손을 쥐었다 폈다. 손안에 느껴지는 이 힘은, 역시 오러가 맞았다.

소드 마스터. 나는 이 경지에 다다르기 위해 수년간 끊임없이 노력해 왔다. 하지만 닿을 듯 닿지 않고, 보이지 않는 벽에 부딪히기를 수백 번. 내겐 닿을 수 없는 길일지도 모른다는 생각마저 들었는데, 나흘 전 각성한 것이다.

생각보단 섬뜩한 경험이었다. 그때만 생각하면 등골이 오싹했다. 평생 소드 마스터로 각성하지 못하더라도 좋으니, 그런 경험은 다시는 하고 싶지 않다.

첼시를 잃을지도 모른다고 생각했다. 눈앞의 괴물보다 그게 더 무서웠다. 그래서 달려들었다. 결과적으로는, 내가 치켜든 검을 한번 내리쳐 보기도 전에 마수가 강아지만 하게 쪼그라들어서 싸우지도 않고 첼시를 돌려받았지만. 어렸을 때부터 범상치 않긴 했지만, 설마 다이어 울프를 사역하다니. 아니, 다이어 울프가 아닌가?

"그게 무슨 소리야, 언니랑 화해 안 할 거야? 오빠는 진짜 언니랑 파혼해도 좋아?"

생각에 빠져 있는데, 캐럴이 자꾸만 쫓아오며 나를 보챘다. 그렇지 않아도 저녁에 로드랭가를 찾아갈 계획을 하고 있었는데, 뭘 저렇게 쪼아 대는지 모르겠다.

"전하, 그 말이 사실입니까?"

그러나 내가 캐럴에게 뭐라 답해 주기 전에, 뜻밖의 목소리가 끼어들었다.

"브라안."

시종장이었다. 브라안은 내가 여섯 살 때 아버지에게 청해 바꾼 고용인들 중 하나였는데, 벽지에서 온 귀족이었다. 타지에서 고용된 내 시종들은 황궁에서 지내며 다른 황비나 황자에게 넘어가 내 적으로 돌변하기도 했다. 하지만 브라안은 아니었다.

그뿐만 아니라, 그는 열 살 때 리자드 독에 중독되어 사경을 헤매는 나를 위해 해독초를 구해 주기도 한 생명의 은인이었다. 그 일이 일어난 이후로 나는 그를 전적으로 신뢰하고 있었다.

브라안은 걱정스런 눈으로 나를 바라봤다. 캐럴이 옆에서 파혼, 파혼 노래를 불러서 그러는 것 같았다. 그런 게 아니라고 말하려 했는데, 브라안이 먼저 심각한 얼굴로 입을 열었다.

"전하, 전하께…… 긴히 드릴 말씀이 있습니다."

좀처럼 독대를 요청하지는 않는 사람이라 조금 당황했다. 하지만 그의 목소리가 워낙 진지했기에, 나는 고개를 끄덕여 줬다. 그리고 단둘이 남아 브라안에게 듣게 된 이야기는 충격적인 것이었다.

"원래는 전하께 절대 말씀드리지 않으려고 했으나……."

그런 서두와 함께, 브라안은 팔 년 전 일을 말하기 시작했다. 첼시가 나를 위해, 바라카를 구해 주었다는 이야기였다. 나는 심장이 철렁했다.

그 해에 무슨 일이 있었는지 하나하나 기억이 났다. 팔 년 전, 6황자가 죽은 해였다. 난 그때 그 죽음이 단순히 병사가 아니라고 생각했다. 그래서 겁 없이 오웬의 뒷조사를 하다가 리자드 독에 당해 죽을 뻔했었다. 그게 나의 열 살이었다.

그러나 그때 첼시는…… 열 살의 첼시는, 말 그대로 로드랭가라는 온실 속의 아낌 받는 화초였다. 순수하기도 했지만, 그만큼 약하기도 했다. 또래보다 늘 작았던 첼시는 열 살 때도 여덟 살 캐럴보다 작았으니까.

그러나 당시 수도에는 남아 있던 바라카가 없었다. 있었으면 내가 그렇게 사경을 헤맬 이유도 없었을 것이다. 그러니 첼시는 최소 수도를 벗어난 것이다. 아니지. 내 형제들이 공작을 펼치고 있었을 테니, 첼시가 바라카를 구한 것은 꽤나 멀리 떨어진 곳일 게 틀림없었다.

8년 전부터 시작하여, 오웬은 지금까지 바라카의 유통을 완벽하게 지배하고 있었다. 바라카의 유통을 관리하던 오웬의 고용인들과 마주치기라도 했다면, 위험한 일이 될 수도 있었다. 등골이 섬찟했다. 첼시에게 그날 무슨 일이 생겼다면……. 날 구하기 위해, 내 형제들에게 험한 일을 당했다면. 그랬다면 나는…….

언젠가 첼시가, 내게 말한 적이 있었다.

'난 주변머리가 없어서, 한 번에 여러 일을 해내지는 못해. 그러니까 난 내가 해낼 수 있는 단 한 가지는 아주 소중히 여길 거야. 그리고 거기에 최선을 다할 거야.'

너의 최선은 그렇게나 최선이었을까. 한 번도 수도를 벗어나 본 적이 없던 열 살짜리 여자애가, 누구에게도 말하지 않고 혼자 바라카를 찾아나서면서, 무섭지도 않았을까. 넌 대체 어떻게 그렇게 최선을 다하는데 늘 거침이 없을까.

나는 브라안에게 진실을 말해 줘서 고맙다고 말하고, 한동안 방에 틀어박혀 생각을 정리했다.

나는 늘 첼시가 나보다 안전하고 행복할 것으로 생각했다. 그러나 나와 연관되어 그녀의 안전이 무너질 수도 있다고 생각하니 갑자기 두려워졌다. 그러다가 저녁이 되었을 때, 로드랭가를 찾아갔다.

"그날은 너무 감정이 북받쳐서 제대로 얘기를 못 했지. 카르멘, 난…… 사랑 없는 결혼은 하고 싶지 않아."

어렵게 첼시를 찾아갔던 날, 그녀는 내게 말했다. 언제나 자신이 원하는 바를 명확히 알고 있던 사람답게, 십수 년을 이어 간 관계를 끊자고 말하는 순간에도 그렇게 진실하고 용기 있었다.

"응."

그리고 나는 헤어지자는 첼시의 말에 동의하면서, 그녀를 잃고 싶지 않다는 생각을 했다. 나는 첼시를 사랑하지는 못하지만, 그녀를 잃고 싶지 않았다. 어쩌면 내 목숨보다 더.

그래서 첼시를 놓았다. 그녀를 잃지 않기 위해서.

"내일은 아카데미, 나올 거지?"

우리는 십수 년을 알고 지냈으니까. 연인에서 친구가 된다고 해도 갑자기 멀어지지는 않을 테니까. 분명 다시 또, 기회가 올 테니까. 아끼는 사람을 지킬 수 있을 만큼 강해져서, 사람을 제대로 사랑할 수 있는 괜찮은 사람이 되어서, 네게 받은 마음을 돌려줄 수 있는 기회가.

"응? 응."

첼시는 고개를 끄덕였고, 나는 안심하고 그녀를 보냈다. 두 번 다시 아카데미에서 첼시를 만날 수 없을 것이라는 사실도 모른 채.

내 인생에 있어 두 번째로 멍청한 실수를 저지른 것이었다.

* * *

첼시는 나와 파혼하고 행복하게 지내는 것 같았다. 마탑주의 수제자가 되어 코나툼이라는 마법사의 수행을 떠난다고 들었다. 나는 로드랭 후작 부부가 첼시가 떠나도록 허락해 준 것에 놀랐다. 하지만 아무리 애써도 자식의 인생을 부모가 원하는 대로 움직일 수 없는 모양이었다.

나는 수도에만 박혀 살던 첼시가 타국으로 떠나 어떻게 지낼지 걱정이 되었지만, 내게도 일이 생겼다. 리타 왕국에서 일어난 마수 전쟁의 지원군에, 내가 선봉을 서게 된 것이다.

"그 역할에는 네가 적임자일 것 같구나, 카르멘."

황제가 우리를 불러 모은 순간부터, 이런 일이 생길 것이라고 예상했었다. 베로니카가 내게 충고해 준 바가 있었다. 내가 오러를 사용하는 모습을 본 기사들이 꽤 있었으니, 조심하라고.

아무리 입막음을 시켰다지만 황실 기사단의 주인은 황제였다. 그리고 황제는 재능을 보이는 자식을 꼭 이런 식으로 전쟁터로 내몰곤 했다.

국민들은 이것을 데일라르크 황가의 숭고한 희생 정신이라고 불렀다. 내 맞은편에 있는 어머니의 얼굴이 굳어지고, 내 곁에 있던 캐럴은 겁도 없이 벌떡 일어나 황제를 향해 시정을 요청했다. 그러나 나는, 캐럴을 저지하고 공손히 허리를 숙였다.

"받들겠습니다, 폐하."

"노만은 오빠를 죽이고 싶은 거야."

방에 돌아와서도 분을 삭이지 못하고 한참을 서성거리던 캐럴이 말했다. 그녀의 말이 틀린 것은 아니다. 황제는 1황녀가 오러를 쓰게 되었을 때도, 질 것일 뻔한 위험한 전쟁에 성급하게 그녀를 선봉으로 밀어 넣었으니까.

하지만 캐럴이 이런 식으로 화를 참지 못하는 건 원하는 바가 아니었다. 방금도 황제의 앞에서 겁 없이 바락바락 대거리를 하지 않았는가. 나는 캐럴의 그런 반골 기질이 항상 걱정이었다.

"캐럴, 폐하의 존함을 함부로 부르면 안 돼."

"어쩌라고? 난 그 새끼가 두렵지 않아!"

이제 노만도 아니고 그 새끼였다. 나는 한숨을 내쉬며 캐럴을 돌아봤다. 그러나 눈물로 흠뻑 젖은 캐럴의 얼굴을 마주하고는 할 말을 잃어버렸다.

"내가 두려운 건 오빠를 잃는 거야."

"캐럴."

"그거밖에 없어."

"……."

나는 직설적인 감정을 마주할 때면 항상 첼시의 생각이 나곤 했다. 분수에 넘치게 과분한 애정을 받고 있다는 생각.

'쓸모 있는 기사가 돼서 돌아와라. 그러면, 널 내 동생으로 받아 주마.'

베로니카는 내게 오늘 있을 일을 미리 충고하며, 그렇게 말했다. 첼시와 파혼한 데다 소드 마스터까지 되었으니 더 이상 움츠려 사는 것은 소용이 없었다. 황실의 경쟁 구도에서 한쪽에는 손을 들어줘야 하는 상황이 된 것이다. 그러기 위해선, 1황녀에게 내 쓸모를 입증해야 했다.

"살아서 돌아올게."

나는 다짐하듯 말했다.

그렇게 떠나간 리타 왕국에서 보낸 반년은 인생에서 가장 괴로운 시간이었다. 마수든 인간이든 살아 있는 생명을 베는 감각은 끔찍했다. 죽을 게 뻔한 동료를 버리고 가는 것도, 지휘관의 자격으로 나보다 어린 기사를 전쟁터로 내모는 것도.

황실이나 아카데미에서, 내가 아랫사람을 존중하는 태도를 보일 때마다 나의 형제들은 은근히 그런 태도를 무시하곤 했다. 그러나 그들의 그런 반응 때문에 나는 더욱 같은 태도를 고수했다.

어쩌면 내가 평생 그러했듯이, 데일라르크와 내가 다르다는 것을 증명하려는 노력이었을지도 모르겠다. 그러나 수직적 위계질서를 가진 군대에서, 하물며 지휘관의 명령 하나에 따라 수천 명의 목숨이 왔다 갔다 하는 전쟁에서는 그런 것이 불가능했다.

나는 매일 앞으로 죽어 나갈 병사의 수를 가늠했다. 그런 과정은 내가 마치 인간을 도구처럼 운용하는 아버지와 똑같은 사람이 된 것 같은, 혐오스런 기분이 들게 했다.

그러나 가장 견디기 힘들었던 것은 무엇보다 내 곁에 첼시가 없다는 거였다. 여섯 살, 처음 만난 때부터 줄곧 우리는 한 달 이상 떨어져 있었던 적이 없었으니까.

나는 그 시간 동안 내 안에서 그녀가 얼마나 커다란 자리를 차지하고 있는지를 깨닫게 되었다.

'내 왕자님!'

나는 모르고 있었다. 언제나 한결같은 사랑을 주는 사람이 곁에 있다는 게 얼마나 의지되는 일이었는지.

'내가 마왕성에 갇히면 넌 분명 목숨을 걸고 날 구하러 와 주겠지?'

나는 그렇게 그림처럼 완벽한 사람이 아니다. 첼시는 나를 잘못 보았다. 하지만 나는 그녀가 생각하는 그런 사람이 되고 싶었다. 완벽한 용사님은 무슨, 제대로 된 인간도 못 되면서.

'카르멘, 너는 태양 같아.'

태양은 너야, 첼시. 처음부터 그랬어.

내 마음의 검정이 네게 옮겨 붙는 게 무서워서, 나는 항상 나를 숨기고 네 머릿속의 왕자님을 가장해 왔다. 연기와 실제는 시간이 지날수록 그 경계가 모호해졌다. 네 기대에 부응하기 위해 행했던 노력들이 지금의 나를 만들었다.

내가 다정한 사람이 된 건, 네가 내게 다정한 사람이라고 말해 주어서.

내가 강한 사람이 되었다면, 네가 내게 그렇게 말했기 때문에.

첼시가 나를 좋은 사람이라고 말해 주지 않았더라면, 여섯 살의 나는 결국 그 죄책감의 그늘에서 벗어나지 못했을 것이다. 자책과 혐오에 빠진 채로, 그 험난한 어린 시절을 결코 버티지 못하고 어딘가에서 수몰되고 말았을 것이다. 첼시의 그 터무니없는 신뢰가 나를 전쟁 같은 황실에서 버틸 수 있게 해 주었다.

리타 왕국의 마수 전쟁. 피와 살점이 튀고 사람의 목숨이 파리보다 가벼운 곳. 죽지 않기 위해 죽이고 죽이다가 문득 죽고 싶어질 때면 네 목소리가 들렸다.

'사랑해, 카르멘.'

탈진해 버릴 것 같은 순간마다, 언젠가의 네 목소리가 나를 생존하게 만들었다. 네가 사랑했던 나를.

네가 사랑했던 사람이라면 분명 그럴 가치가 있을 테니까.

그 끔찍한 진창에서 살아남기 위해 아등바등 애쓸 수 있었던 것도, 오로지 그 이유 때문이었다.

여기서 살아남으면 전쟁 영웅이다. 베로니카는 쓸모 있는 사람이 되어 돌아오면, 나를 받아 주겠다고 말했다. 황실 계승자 1순위인 그녀의 세력에 든다면, 황실로부터 아끼는 사람을 지킬 수 있는 힘이 생길 것이다.

여기서 돌아가면, 다시 첼시에게 말하자. 네가 없으면 안 된다고.

이 마음이 사랑인지는 여전히 모르겠으나…….

그런 건 더 이상 중요하지 않았다. 첼시가 보고 싶었다. 내 등 뒤에 있는 나라에 그녀가 살고 있다는 생각이 내게 칼을 쥐게 했고, 살아 돌아가면 다시 그녀를 볼 수 있다는 희망이 나를 살아남게 했다.

십 년 만에 얻어 낸 인류의 승리라고 불리는 리타 왕국의 마수 전쟁. 그렇게 버틴 반년, 그렇게 일궈 낸 전승이었다.

* * *

지옥 같은 반년을 버티고 제국에 귀환하여, 개선식. 따뜻한 환영과 은근한 경계를 동시에 맞이하며, 나는 첼시를 찾았다. 그러나 내게 돌아온 말은 첼시는 반년 전 제국을 떠난 후 한 번도 돌아오지 않았다는 말이었다.

계절이 두 번이나 지났는데?

그녀가 수행인지 뭔지를 떠났다는 것은 알고 있었다. 그러나 여태까지 돌아오지 않았을 줄은 몰랐다. 그녀는 18년을 헤브람 제국, 수도 플로라온에서 보냈으니까.

후작 부인은 분명 첼시가 아주 위험천만한 모험을 떠난 건 아니라고 말했다. 증거라곤 첼시의 약속뿐이었지만, 그녀가 여태까지 자라오며 우리에게 보여 줬던 모습이 있었기에 그 말을 믿었다. 그녀가 딱히 위험한 짓을 해서 속을 썩인 적은 없었으니까.

그러나 후작 부인에게 물어도 첼시의 거주지를 정확히 모르는 것은 약간 이상했다. 그녀와 친한 사이인 프라온 공작 영애나 캐럴에게 물어봐도 나스티아 공국 어딘가라는 두루뭉술한 대답뿐이었다.

전쟁에서 승리하고 돌아온 내게 1황녀는 많은 정보를 알려 주었는데, 그중에는 암흑 왕국에 생겨나고 있는 마계의 문에 대한 이야기도 있었다. 나스티아 공국은 암흑 왕국 바로 옆에 위치한 나라였다.

마탑도 마계의 문에 대한 소식을 빨리 공표하고 싶어 하는데, 황제가 정보를 막고 있다고 했다. 내 아버지지만 정말 그의 속을 알 수가 없었다. 첼시가 아무것도 모르고 위험한 땅을 즐겁게 돌아다니고 있을 것을 생각하니 나는 마음이 불안해져 와 일이 손에 잡히질 않았다.

그러던 어느 날 나는 첼시가 제국을 떠나기 전 가장 자주 만난 사람이 바로 슈웨인 카터 경이라는 정보를 입수했다. 그래서 전승 파티가 열리는 연회장에서, 카터 경에게 접근해 첼시의 소식을 넌지시 물었다. 그런데 그는 눈에 띄게 방어적인 태도를 보였다.

"전하께 알려 드릴 정보는 없습니다."

딱딱하고 직설적인 대답에서, 그의 융통성 없는 성격이 보였다. 그러나 그는 내게 모른다고 답하지 않았다. 거짓말을 못하는 기사로군. 카터 경은 첼시의 위치를 알고 있는 것이 틀림없었다.

그리하여 나는 파티가 끝난 다음 날 카터 경의 저택에 방문했다. 첼시의 위치를 추궁하기 위해서였다. 그런데 공교롭게도 그는 외출하고 없었다. 미리 방문한다는 언질을 주고 들른 것인데, 이렇게 대놓고 피할 줄은 몰랐다. 아무래도 그가 대답해 줄 것 같지 않겠다는 생각이 들었다.

기분이 좋지는 않았다. 그 기사와 첼시가 대체 무슨 관계이기에, 첼시의 가장 절친한 친구인 엘레나나 친자매같이 가까운 캐럴도 모르는 정보를 그가 알고 있는가?

전쟁에서 이기고 제국에 돌아가면 첼시를 볼 수 있을 줄 알았는데, 그러지 못했다. 무엇보다 첼시가 마계의 문이 열릴 나라와 가까이 있다는 사실에 다소 신경이 예민해져 있던 차였다. 평소라면 절대 그러지 않았을 테지만, 나는 카터 경의 마부에게 접근했다.

"혹시 근래에 카터 경이 나스티아 공국에 들른 적이 있습니까?"

마침 마수 전쟁에서의 승리로 나에 대한 호감도가 한창 높을 때였다. 마부는 제법 망설였지만, 카터 경에게 해가 가지 않을 것이라는 언약을 해 가며 부탁하자 결국 답을 해 주었다. 마부는 얼마 전에 카터 경의 부탁으로 엘레나의 사촌 동생을 나스티아 공국의 브리튼 마을로 이송해 준 적이 있다고 했다.

그렇게 나는 남은 일정도 다 제쳐 두고 가출하다시피 브리튼 마을로 향하게 되었다. 처음에는 첼시가 암흑 왕국의 접경 지역에 있다는 사실에 심장이 멎을 정도로 놀랐으나, 브리튼 마을에 도착하고 나니 더 충격적인 소식이 나를 기다리고 있었다.

그녀가 '설인이 사는 산'으로 불리는 마수의 소굴에 제 발로 들어갔다는 것이다. 설산을 헤치고 죽어라 걷다가 우연히 발견한 첼시의 자취를 따라 그녀의 뒤를 쫓았다. 그리고 눈사자의 형상을 한 마수에게 습격을 당하고 있는 그녀를 발견했을 때는, 더 이상 놀랄 정신머리도 남아 있지 않았다.

브리튼 마을의 산에서 첼시와 어떻게 조우하여, 그녀와 함께 보낸 시간은 충격의 연속이었다. 나는 첼시가 이렇게 무모하고 겁 없는 사람인지 몰랐다. 미리 알았더라면 황명이고 베로니카 누님의 제의고 뭐고 다 제치고 그녀를 쫓아왔을지도 모른다. 그러나 내가 갔을 때, 첼시는 이미 그 마을에 완벽히 스며들어 있었다.

"선생님이랑 이혼한 사람!"

"이혼남!"

"아하, 그 전남편."

이유는 잘 모르겠지만 첼시는 자신의 나이를 속이고 있었고, 그 마을에 사는 사람들은 나를 첼시의 전남편으로 알고 있었다. 뭐 평민들 사이에서 지내며 신원을 속이는 일은 흔하니까 나는 적당히 이해했다.

내가 가장 놀랐던 것은 첼시의 변화였다. 첼시는 기본적으로 자신이 중요시하는 몇몇 소수 외에는 모든 것에 무관심했는데, 그녀는 마을 사람들과 꽤 친밀한 관계를 구축하고 있었다.

첼시는 황족인 내가 평민 마을에 기거하고 있다는 사실이 마음에 걸렸는지, 언제든지 자신의 집에 찾아와도 좋다고 말했다. 그러나 내가 그녀의 집에 찾아갔을 때, 아무리 문을 두드려도 응답이 없었다. 그런데 문고리를 당겨 보니 잠겨 있지 않던 문이 스르르 열렸다.

불현듯 걱정이 들었다. 나는 들어간다는 말을 몇 번 외치고는 집 안에 발을 들였다. 작은 집이라 현관에서도 안쪽 방의 문 사이로 불이 들어오고 있다는 것이 보였다. 어렴풋이 인기척이 느껴져, 나는 방문 앞까지 걸음을 옮겼다.

그리고 거기에, 첼시가 있었다.

아니, 첼시가 맞을까?

그 방은 연구실인 듯 보였다. 집의 크기에 비해 넓어 보이는 방이었는데, 벽과 바닥을 뒤덮은 종이들이 문턱까지 나부끼고 있었다. 알 수 없는 글씨가 빽빽하게 적혀 있는 종이들이 벽지나 바닥재처럼 보일 정도였다. 첼시는 그 종이와 종이를 덮은 검은색 잉크의 한가운데에 있었다. 군청색 머리카락이 바닥 위로 흐트러져 있었고, 첼시는 거기에 엎드려서 빠른 속도로 펜을 움직이고 있었다.

"······해서, 두 속성을 섞으면 마력 효율성은 350% 상승하고, 화력은······."

낮은 목소리가 알아들을 수 없는 말을 중얼거렸다. 첼시는 내가 들어온 것도 눈치채지 못한 채 바닥에 그려진 마법진만 주시하고 있었다.

첼시는 무언가에 홀린 사람 같았고, 기묘한 모양의 마법진과 고대어들 사이에 파묻혀 있는 모습은 언뜻 낯설게 느껴지기까지 했다.

그때, 그녀의 손이 바닥에 그려진 마법진을 짚었다. 검은빛이 발하며 마법진을 집어삼켰다. 다음 순간, 바람과 불의 소용돌이가 마법진 위로 튀어 올랐다.

"……!"

나는 놀라서 방 안으로 뛰어 들어가려고 했다.

"와!"

그런데 그 순간에, 첼시가 갑자기 감탄사를 내뱉었다. 자연히 그녀에게로 시선이 돌아갔고, 나는 뒤늦게 첼시의 얼굴을 볼 수 있었다. 허공에서 휘몰아치는 소용돌이를 바라보고 있는 그녀는, 기쁨이 넘쳐흐르는 듯한 환한 미소를 짓고 있었다.

바람과 불꽃이 뒤엉키는 광경을 비추는 눈동자가 황금빛으로 반짝였다. 나는 그 자리에서 그대로 굳어 멍한 눈으로 그녀를 바라봤다.

바람과 불의 소용돌이가 어디에도 부딪히지 않고 희뿌연 연기와 함께 허공으로 사라졌다. 나는 그제야 첼시를 처음 본 순간부터 느꼈던 위화감의 이유를 깨달았다. 첼시가 다른 것에 몰두한 모습을 본 것이 처음이었으니까.

왜냐면 그녀의 시선 끝에는 항상 내가 있었기 때문이었다.

내 기억 속에서, 첼시는 대부분 내가 그녀를 발견하기 전부터 나를 향해 달려오고 있었다. 첼시는 다른 것들에는 대체로 무관심했지만 내게는 그렇지 않았으니까. 헛웃음이 나올 지경이었다. 당연히 내게는 낯설 수밖에 없는 것이었다. 첼시가 나를 옆에 두고 다른 것을 바라보며 그렇게 눈을 빛내는 모습 같은 건.

그게 너의 새로운 태양이야?

문득 어두운 생각이 밀려 올라오는 것에 흠칫 놀랐다. 뒤늦게 그녀의 곁을 지키고 있던 검은 짐승이 나를 주시하고 있다는 것을 깨달았다. 그날 나는 결국 첼시에게 말도 걸지 못하고 그 집을 나왔다.

브리튼 마을에 온 이후로 내가 끊임없이 그녀를 보며 놀라고 있었다는 것을 첼시는 알까.

"왜 안 마셔? 맛있는데."

브리튼 마을의 만찬회에서, 첼시가 내게 체리주스를 권할 때라든가.

"진심으로 하는 말이야?"

"응, 뭐가?"

내게 있지도 않은 알레르기 때문에 십수 년을 조심하던 첼시는, 이제 단 하나의 진짜마저 기억하지 못했다. 그녀는 다른 일에 정신이 팔린 나머지 나에 대한 것은 모조리 잊어버린 것 같았다.

나는 첼시가 나를 무심하게 대할 때, 남들과 공평하게 대하고 나를 우선시하지 않을 때마다 큰 충격을 받았다. 그녀가 내게 적대감을 보이다 못해 화를 냈을 때는, 심장이 철렁하다 못해 울고 싶어졌다.

나는 첼시가 내게 헤어지자고 말하는 순간에도, 그녀와 떨어져 전쟁터에 나가 있던 때에도, 내가 다시 첼시를 만나 사랑한다고 말하면 우리의 관계가 다시 옛날처럼 돌아갈 수 있을 거라고 믿고 있었나 보다.

파혼의 계기가 내 마음에 있었으니까, 다시 결합하는 것도 내 마음대로 되는 것이라 여겼던 걸까. 그러니까 전쟁에서 승리하여 황실에서 입지를 다지게 되면 모든 일이 해결될 거라고 착각할 수 있었던 거겠지.

그러나 내가 전쟁 영웅이 되든, 공로를 인정받아 황실에서 무시할 수 없는 세력이 되든, 첼시에겐 아무런 상관도 없는 일이었다. 나는 내 생각이 얼마나 알량한 것이었는지 깨닫게 되었다.

"난 최고의 사역술사가 될 거야. 그래서 내 힘을 우리의 제국, 나아가 세계의 평화를 위해 쓰고 싶어."

나를 만나기 위해 태어난 것 같다고 속삭이던 여자애는 어디로 갔는지.

첼시는 이미 나에 대한 마음을 깔끔하게 정리하고 훌륭한 인생의 목표를 새로 세운 뒤였다. 그녀의 새로운 목표는 또 너무나 원대하고 올곧아서, 이미 파혼해서 아무 관계도 아닌 나로서는 감히 무어라 말을 붙일 수도 없는 것이었다.

차라리 입만 살고 능력은 뒤떨어졌더라면 억지로라도 둘러메고 왔을 텐데, 그녀는 리타 왕국에서도 보지 못한 상급 마수들과도 호각으로 싸워 나갔다. 대체 무슨 일이 있었는지, 그녀는 전투가 몸에 배어 있었다. 리타 왕국에서 본 어떤 마법사들도 그녀처럼 싸우지 않았다. 나는 혼란스러웠다. 작년까지만 하더라도 아카데미에서 귀족 영애들과 함께 수를 놓던 애였는데…….

정말 이상한 일이었지만 상대가 첼시여서 납득이 갔다. 그녀는 아주 열심히 했을 테니까. 내일이 없는 것처럼, 이것만을 위해 태어난 사람처럼.

"……."

나는 결국 당초에 계획했던 일을 하나도 해내지 못한 채 혼자 제국으로 돌아왔다. 돌아온 헤브람에는 만년설을 녹인 위대한 차기 마탑주의 업적을 찬양하는 신문이 나돌아 다녔다.

그래, 다른 방향을 향했더라면 이렇게 빛날 수 있었던 사람이었다. 어쩌면 첼시에게는 이렇게 된 것이 더 잘된 일일지도 모르겠다는 생각마저 들었다. 이렇게 세상에 재능을 인정받고. 뛰어난 마법사가 되어 세상을 위해 애써 준다면 모두에게도 좋은 일이었다.

하지만 나는.

하지만 나는, 첼시의 눈이 다시 나를 바라봐 주었으면 했다. 그녀의 마음이 다시 나만을 향해 주기를 바랐다. 이기적이고 뻔뻔하게도 그랬다.

마음이 술렁거리고 머리가 복잡하여 제대로 되는 일이 없었다. 그녀의 사랑을 되찾을 수만 있다면, 그래서 다시 그녀에게 사랑한다는 말을 들을 수만 있다면…… 어떤 일도 할 수 있을 것 같았다.

그녀의 마수가 어느 날 갑자기 나를 찾아오기 전까지만 해도.

'그 일'이 일어나기 며칠 전, 첼시는 정말로 세상을 구했다. 나는 그녀에게 내 마음을 고백했고, 거절당했다. 하지만 포기할 수는 없었다.

"주인님을……."

마수왕은 쓰러졌고, 제국은 마법을 되찾았다. 황가의 문제는 남아 있었지만, 그것은 나와 가족들이 해결해야 할 문제였다. 세상이 평화를 되찾았다는 것은, 내가 첼시의 마음을 되찾기 위해 노력할 시간도 많이 있다는 뜻이었다. 나는 최선을 다할 준비가 되어 있었다. 그녀가 내게 그러했듯이.

"첼시를 살려 주세요."

그러나 그가 내게 찾아와 너를 살려 달라는 말을 하는 순간, 난 무언가가 잘못되었다는 것을 깨달았다.

"무슨 말인지 설명해, 당장."

* * *

첼시의 사역마, 로엠이 첼시를 살리는 데 필요하다고 말한 것은 두 가지였다. 첫째, 에키드나 연구소의 기계장치들. 둘째, 첼시가 남긴 마법자료들을 가지고 그녀의 연구를 이어서 진행해 줄 마법사들.

나는 당장 연구소의 기계장치들의 권한을 요청해 두고, 로엠을 따라 브리튼 마을로 이동했다. 그리고 거기에서 첼시를 만났다.

대다수의 사람들은 그날 첼시가 죽었다고 생각한다. 그러나 첼시는 내 성에 에키드나 연구소의 장비들을 옮기고, 마법사들이 기계를 재가동하기까지의 사흘 동안을 기계의 도움 없이 살아 있었다.

내가 그날 로엠과 함께 첼시를 찾아갔을 때도, 그녀는 정신을 차리고 있었다.

"카르……."

엉망이 된 방에 발을 들이는 순간, 어딘지 반가움이 서린 목소리가 내 이름을 불렀다. 그녀를 마주했을 때 나는 잠시간 아무런 생각을 하지 못했다. 첼시가 분명 나를 알아보고 내 이름을 불렀는데, 흐트러진 머리칼 사이로 보이는 황금색 눈동자는 허공을 바라보고 있었다.

심장이 무너지는 것 같았다.

"첼시!"

나는 첼시에게 달려가 그녀의 등을 받쳤다. 첼시는 숨을 몰아쉬며 고개를 들었다. 마침내 들여다본 첼시의 얼굴은 이상하게도 웃고 있었다.

"카르멘이다."

첼시가 내게로 손을 뻗었다. 그녀는 느리게 내 뺨을 쓸어내리면서 부드럽게 미소 지었다. 그동안 나는 멍하니 첼시를 바라보고만 있었다. 그 따뜻한 시선, 휘어지는 눈꼬리, 미소를 매단 입술. 그 익숙하면서 낯선 모든 것. 첼시가 입을 열었을 때, 나는 어쩐지 그 입에서 무슨 말이 나올지 예상할 수 있었다.

"사랑해."

나는 경직된 눈으로 첼시를 바라봤다. 카르멘, 사랑해. 수백 번도 더 들었던 고백.

황금색 눈동자는 여기가 아닌, 더 먼 곳의 나를 바라보고 있었다. 열여덟 살의 나, 혹은 열 살의 나, 혹은 여섯 살의 나. 현재의 기억들이 사라지고, 아직 나를 사랑할 때의 과거로 돌아가서.

"사랑해……."

첼시가 말했다. 옛날과 똑같이 애정이 넘치는 목소리, 눈빛, 부드러운 표정으로. 내가 그토록 그리던 말을.

그녀의 고백, 나는 때로는 의심했고 때로는 감사했으며 때로는 용기나 기쁨을 얻기도 했다. 그러나 그 말이 내 마음을 무너뜨리는 날이 오리라고는 생각하지 못했다.

'카르멘, 사람은 분수를 파악할 줄 알아야 해.'

내 품 안에 있는 첼시는 금방이라도 스러져 버릴 듯 괴로워 보였고, 모든 것을 잊어버린 후에야 내 앞에 던져진 그녀의 고백은 마치 분수에 넘치는 것을 원한 나에게 내려진 벌 같았다. 그 순간, 신의 비웃음 소리가 귓가에 속삭이는 것 같았다.

'자, 이게 네가 원한 거지. 만족하니?'

"아니야, 첼시……."

나는 까마득해진 마음으로 너를 안으며 흐느꼈다.

"내가 원한 건, 이런 게……."

너를 잃으면서까지 얻고 싶었던 것은 단 하나도 없었는데.

로엠은 첼시가 영혼의 서를 처음으로 사용하던 날부터 죽음을 각오하고 있었으리라고 전했다. 나는 마법사들과 함께 첼시가 남긴 일기들을 모두 훑어봤다.

그 일기 속에서, 첼시는 언제나 자신이 죽고 난 다음을 대비하고 있었다는 걸 알 수 있었다. 그녀가 죽은 후 일기를 볼 사람들을 위한 친절한 메모들, 그녀가 없을 때 일어날 사고에 대한 대비책들에서.

제국에 마법이 되살아났던 날, 나는 첼시에게 사랑한다고 말했다.

첼시, 이제 와서 묻고 싶은 말은…… 그날 내 고백을 들으면서 너는 무슨 생각을 하고 있었는지.

* * *

첼시가 기나긴 잠에 빠져들었다.

마탑에서는 첼시를 되살리기 위해 실력 있는 마법사들을 모았고, 고위 마법사들이 주축이 된 마법 단체가 첼시의 연구를 이어받았다. 나는 그들에게 할 수 있는 최대한의 지원을 보내는 한편, 내부의 일에도 신경을 기울였다. 바로 베로니카의 죽음이었다.

베로니카가 죽은 후 많은 것이 변했다. 대표적으로는, 베로니카와 오웬이 주축이던 후계 구도에 격변이 일어났다. 베로니카를 중심으로 규합되어 있던 황후의 세력은 대부분 황후의 또 다른 자식인 4황녀에게로 옮겨 갔다. 4황녀, 멜리사 데일라르크.

"노만이 죽인 거야."

베로니카와 각별한 우애를 나누던 황후의 둘째 딸. 베로니카와 겉모습은 닮았으나, 성격은 그리 닮지 않은 동복동생. 멜리사는 집무실을 뱅뱅 돌며 손톱을 물어뜯었다.

"열여덟 살 때부터 지금까지, 베로니카가 전장에 몇 번이나 나간 줄 알아? 여덟 번이야. 여덟 번이나, 그는 그녀를 죽이려고 했어!"

같은 형제라도 동복형제는 유대감이 남달랐다. 리타 왕국으로 출정이 결정되었을 때, 캐럴은 나를 위해 감히 황제를 향해 따지고 들기도 했으니까.

"누님, 마음은 이해하지만……."

"아니, 넌 이해 못 해."

그러나 달래려는 말이 오히려 신경을 거슬렸는지, 멜리사는 날카로운 눈으로 나를 쏘아보았다. 그러고는 갑자기 벽으로 걸어가 책장에 진열된 책들을 집어 던지기 시작했다.

"베로니카는 내게 언니였고, 엄마였고, 아빠였고, 때론 동생이었어. 그가 내게서 그 모든 걸 앗아 간 거야……!"

난 고개를 비스듬히 꺾어 내게로 날아오는 책들을 피하고, 가만히 그녀의 행동을 바라봤다. 멜리사는 자신의 화를 견디기가 힘들어 보였다. 솔직히 각오했던 일이었다. 베로니카의 죽음이 멜리사에게는 많이 충격적인 일이었을 테니까. 그래서 그냥 멜리사가 분풀이할 수 있도록 내버려 두었다.

그런데 갑자기 멜리사가 책장을 끌어당겼다. 책장이 넘어지는 것은 상관없지만 그녀가 책장에 깔리는 건 곤란했다. 나는 다급히 멜리사에게 손을 뻗었다. 그런데 책장은 넘어지지 않고 90도로 꺾여 책상의 모습이 되었다. 내 눈이 커졌다.

"이건……."

책상 위에는 지도와 도표가 붙어 있었다.

"황제의 측근에게서 얻어 낸 거야."

멜리사의 말을 듣고 나는 지도를 자세히 들여다봤다. 한눈에 보기에도 정말 이상한 자료였다. 도표는 일 년 전부터 헤브람 제국의 재산이 남쪽 나라, 에실더로 옮겨 가고 있다는 것을 보여 줬으니까.

에실더는 헤브람 제국을 떠받드는 소국으로, 제국에 정치적으로 종속되어 있는 나라였다. 하지만 한 번도 마수의 위협을 받아 본 적이 없는 나라인데, 황제의 사병까지 주둔하고 있는 것은 조금 이상했다. 이 모든 것이 비밀리에 행해지고 있다는 것도.

"황제는 제국을 버릴 생각이었어."

멜리사의 말에 나는 고개를 들었다.

"나라에 나쁜 일이 생길 때마다 황제의 자식이 하나씩 죽어 나가는 건 너도 알겠지? 그것도 꼭 나라를 위해 애쓰다가 불운하게 죽음을 맞는 거야. 나라에 망조가 들면 국민들은 나라님을 원망하기 마련인데, 자식들이 계속 불쌍하게 죽어 나자빠진 덕분에 황제는 원망을 들은 적이 없지."

"설마, 폐하가……."

"그래, 그는 마수왕을 이용해 주제넘게 제 황위를 노리는 자식들을 처리하고, 자신을 따르는 사람들과 함께 아직 마수의 손길이 닿지 않은 나라로 도망칠 속셈이었어."

"하……."

사람이 너무 어처구니가 없으면 현기증이 나기도 하나 보다. 나는 뒤에 있던 소파에 털썩 주저앉았다. 머리가 지끈거렸다.

황제가 제 자식들에게 경쟁심을 느낀다는 것은 알고 있었다. 그의 아버지가 황위를 노리던 형에게 죽임을 당했으니, 그토록 황위에 집착하고 자식들을 경계하게 된 것이라 생각했다.

하지만 제국민들에게는 존경받는 통치자였다. 아무리 마수들이 기승을 부린다 해도, 황제가 되어서 나라를 버리려고 계획하는 줄은 몰랐다. 그런데 어떻게……

마계의 문이 열린다는 소식을 마지막까지 숨기려 했던 이유가 이것이었을까. 자식들과 국민들을 제물로 던져 주고 저는 작고 안전한 나라로 숨어들어 영원한 황제로 남기 위하여? 헛웃음조차 나오지 않았다.

"그럼, 누님은……"

"언니는 이 사실을 알고 있었어."

멜리사가 어두운 표정으로 답했다. 나는 베로니카의 마지막 모습을 떠올렸다. 베로니카는 황제의 계략을 다 알고도 전장으로 나갔던 것인가. 마음이 묵직하게 내려앉았다.

"어쩌면 노만의 계획대로 됐을지도 몰라. 첼시 로드랭, 그녀가 없었더라면."

멜리사의 목소리에, 나는 고개를 들었다.

"그녀가 노만의 계략을 미리 파악해서 네 군대가 오기 전에 먼저 마수왕을 처치한 걸까?"

멜리사가 나를 향해 물었다. 첼시는 나의 옛 약혼녀이며, 지금도 내 비호하에 있었다. 그녀는 내가 첼시에 대해 잘 안다는 것을 알고 묻는 것이었다. 멜리사의 의문은 일리가 있었다.

첼시의 일기는 그녀의 유언에 따라 세상에 공개되었다. 마탑의 마법사들은 첼시의 일기를 읽고 경악하며 '괴물 같은 천재성'이라고 극찬했다. 거리에 나가도 온통 그 이야기뿐이었다. 이제 모든 사람이 첼시가 얼마나 예리하고 똑똑한 사람이었는지 알게 되었다. 그러나 나는 짧게 답했다.

"아니요."

첼시의 목소리가 머릿속에 떠올랐다.

'난 주변머리가 없어서, 한 번에 여러 일을 해내지는 못해. 그러니까…….'

"신경도 안 썼을 거예요, 그런 자질구레한 일 따위는."

그 이후로 멜리사와 나는 한 팀이 되어 움직였다. 서로가 가진 정보를 교환하고, 베로니카의 장례식에도 함께 참석했다. 멜리사는 똑똑하지만 예민한 사람이었다. 베로니카의 죽음을 견디기 힘들어했고, 술에 의존하여 잠들거나 히스테리를 부리기도 했다.

나는 앞으로의 계획을 짜는 일은 뒤로 미뤄 두고 멜리사가 평정을 되찾도록 도왔다. 그녀가 무너지지 않고 다시 설 수 있도록. 멜리사는 내게 고맙다는 말은 해도, 결코 미안하다는 말을 하는 일은 없었다.

그녀는 대우받는 것에 익숙했고, 남의 도움을 받는 일을 당연하게 여겼다. 나는 그게 멜리사가 가진 자질이라고 생각했다. 그녀는 그래도 되는 사람이었다. 중요한 일을 할 사람이니까. 나뿐만 아니라, 1황녀 베로니카의 황위 계승을 지지하던 사람들 대부분이 멜리사에게 기대를 걸고 있었다.

그러나 내가 멜리사의 지지대 노릇을 하는 게 거슬렸던 사람도 있었을 것이다.

"카르멘, 상대를 봐 가면서 편을 들어야지."

베로니카의 장례를 치른 지 며칠 후에, 오웬이 나를 찾아왔다. 그가 어떤 헛소리를 늘어놓았는지는 잘 기억이 나지 않는다. 멜리사가 아니라 자기한테 잘 보여라, 뭐 그런 이야기였을 것이다. 그러나 그의 마지막 말만큼은 똑똑히 기억한다.

"뭘 믿고 뻗대는 거야? 시간이 지나면 로드랭가도 끊어진 줄이 될 텐데."

"……뭐라고……?"

"누가 황위를 잇든, 현 황제가 아끼던 가문을 계속 감싸 주지는 않을 것 아니야. 아, 그러고 보니, 로드랭가의 차녀를 네가 데리고 있었지?"

오웬이 내 속을 긁기 위해 저런 말을 한다는 것은 알고 있었다. 하지만 속셈이 뻔히 보여도 화가 나는 말이 있었다.

"헛고생하지 말고, 적당히 그만둬. 어차피 너도 그 여자를 진짜로 살리고 싶은 건 아니잖아."

"무슨……."

"너도 알잖아. 전쟁 영웅 같은 건 전쟁이 끝난 후에는 집권에 방해만 될 뿐이야."

나는 오웬의 얼굴을 바라봤다. 그는 교활한 목소리로 속삭였다.

"어떤 황제가 황제보다 이름값이 높은 영웅을 살려 두겠어?"

나는 귀를 의심했다.

첼시의 일기는 세상에 공개되었다. 그녀가 세상을 구하기 위해 어떤 희생을 했는지 모르는 사람은 없었다. 자신이 가진 모든 것을 잃고 빈껍데기가 되어 가던 첼시의 마지막 모습이 눈앞에 아른거렸다.

분노로 어깨가 떨렸다. 내가 거기서 할 수 있는 일은 당장 칼을 빼 들고 오웬의 목을 잘라 버리지 않기 위해 최선을 다하는 것뿐이었다. 오웬은 내 팔을 가볍게 두드리고는 자리를 떴다. 현명하게 굴라는 말과 함께.

오웬은 내게 해선 안 될 말을 했다. 나는 그날 멜리사에게 내 모든 것을 걸겠다고 맹세했다.

"무슨 짓을 해서라도, 당신을 황제로 만들어 드리겠습니다."

멜리사는 베로니카와 닮았다. 베로니카를 연상시키는 외모는 그녀를 황제로 만들기에 좋은 기반이 되어 줄 것이었다. 오웬의 말처럼, 헤브람의 국민들은 전쟁 영웅을 좋아했으니까. 어쩌면 황제 따위보다 더더욱.

차기 마탑주라는 지위와 강력한 힘, 그리고 마수왕을 해치웠으며 헤브람에 마력을 되찾아 왔다는 공적까지. 만약 첼시가 살아난다면, 황권에 위협이 될 만한 인물로 여겨질 수도 있었다.

오웬이 황제가 된다면 첼시를 살려 두지 않을 것이다. 내 머릿속에 최악의 미래가 그려졌다. 무슨 수를 써서라도 그런 일만은 막아야 했다. 나는 적극적으로 행동하기 시작했다. 멜리사를 비호하며 선전했고, 그녀와 함께 사람들에게 자주 얼굴을 비췄다.

베로니카보다 옅은 멜리사의 머리카락을 더 붉은색으로 염색시켰고, 베로니카와 비슷한 옷을 입게 했다. 제국민은 물론이고 귀족들도 사랑하던, 살아 있었으면 분명 황제가 되었을 1황녀처럼.

베로니카는 전사였고, 전쟁을 거칠 때마다 그녀의 입지는 공고해졌다. 그러니 그날 암흑 왕국에서 죽지 않았더라면 그녀는 제국으로 돌아와 노만을 끌어내리고 황제가 될 수도 있었을 것이다. 어쩌면 죽었기 때문에 더더욱, 사람들은 그녀가 살아 있었으면 훌륭한 황제가 되었을 것이라고 생각했다.

그 기대는 그대로, 멜리사에게로 옮겨 갔다. 세상에 남은 유일한 황후의 딸이니, 제국법상으로도 정통성은 멜리사에게 있었다. 여기에 또 다른 전쟁 영웅인 내가 그녀를 적극적으로 지지하자 사람들은 멜리사를 베로니카처럼 여기기 시작했다. 베로니카에게는 우호적이었지만 멜리사는 따르지 않았던 귀족들도, 점차 그녀에게 마음을 열게 됐다.

모든 일이 잘 풀려 나가고 있었다.

우리에게는 노만의 계략이라는 카드가 있었다. 입지를 다지고, 세력을 키우고, 증거를 모아서 적절한 때에 황제가 나라를 버리고 도망치려 했다는 사실을 밝히고 그를 황좌에서 끌어내릴 계획이었다.

멜리사는 황제가 되고, 나는 외부의 위협 없이 첼시를 되살리고…….우리의 계획은 완벽해 보였다. 그러나, 나는 모르고 있었다. 사람들이 멜리사에게서 베로니카를 볼 때, 그녀도 무언가를 보고 있었다는 사실을.

사건은 예고 없이 일어났다.

어느 날 황제가 자식들을 불러 모았다. 초대된 사람은 나와 멜리사, 그리고 오웬. 그즈음 그는 나나 멜리사를 따로 불러서 함께 식사하기도 했다. 돌아가는 상황이 보이니 불안함을 느껴 그랬던 것 같다. 하지만 그와의 대화는 대체로 영양가가 없었고, 기분만 상한 채로 돌아가곤 했다.

그날도 그런 날이 될 줄 알았다. 그러나 내가 황제의 기사를 따라 들어간 방에서 마주한 것은, 죽어 가는 황제와 피에 젖은 칼을 들고 선 멜리사였다.

순간 시간이 정지했다.

노만은 그녀의 발치에서 피를 흘리고 있었고, 심장을 꿰뚫린 상처를 봤을 때 살아날 확률은 없어 보였다. 멜리사가 손에 쥔 검은 익숙한 모양이었다. 나는 그게 오웬의 칼이라는 것을 기억해 냈다. 멜리사가 천천히 고개를 들었다. 흐트러진 머리칼 사이로 붉은 눈동자가 드러났다. 그녀는 울고 있었다.

"베로니카의 목소리가 들려."

멜리사가 천천히 손을 들었다. 내 눈이 커졌다. 불안한 예감이 엄습했다.

"안 돼……."

황제의 피를 먹은 칼날이 탐욕스럽게 번뜩이며 여린 목에 닿았다. 멜리사는 지친 눈을 들어 나를 바라봤다. 나는 고개를 저으며 말했다.

"제발."

멜리사는 나를 보다가, 눈썹을 늘어뜨리며 옅게 미소 지었다. 그녀가 그런 표정을 짓는 것은 처음 보았다.

"미안하다, 카르멘."

멜리사의 입에서 그간 한 번도 듣지 못했던 사과의 말이 나왔을 때, 칼날이 그녀의 목을 그었다. 멜리사의 머리칼보다 붉은 액체가 그녀의 목에서 쏟아져 나왔다.

나는 그녀에게로 손을 뻗었으나, 거리가 너무 멀었다. 멜리사의 몸이 앞으로 고꾸라졌다. 그녀의 몸은 힘없이 대리석 위를 굴렀다. 나는 깨달았다. 이대로라면 오웬이 황제가 된다, 그러면.

'어떤 황제가 황제보다 사랑받는 영웅을 살려 두겠어?'

첼시가 죽을 거야.

내가 미친 건지. 아버지와 누나의 시체가 눈앞에 굴러다니고 있는데, 내 머릿속을 채우는 것은 오로지 첼시에 대한 걱정뿐이었다.

"……까악!"

얼어 있던 시종 하나가 뒤늦게 비명을 지르려 하자, 나는 그녀의 입을 막았다. 대책을 세워야 해, 오웬이 오기 전까지.

황제를, 그것도 아버지를 살해한 죄는 깊다. 이 일이 알려진다면, 죽은 멜리사를 비롯하여 그녀와 가까웠던 사람들까지 모두 공모자 취급을 당할 수 있다. 그런 상태에서 황제의 진실을 까발린대도 아무도 믿어 주지 않을 것이다.

진실이 진실로 인정받기 위해서는 진실 그 자체보다 힘 있는 자들이 원하는 진실인지가 더 중요했다. 어릴 적 오웬이 내게 가르쳐 준 말이 머릿속에 떠올랐다.

'카르멘, 사람은 분수를 파악할 줄 알아야 해.'

나는 방 안을 돌아봤다. 황제는 사람들을 믿지 않았기에, 많은 시종을 곁에 두지는 않았다. 이 공간에 있던 사람의 숫자는 총 일곱이었다. 황제와 멜리사, 시종 세 명과 한 명의 기사, 그리고 나. 시종 셋 중 둘은 나와 멜리사를 따라온 사람이었고, 기사는 황제의 기사였다. 난 황제의 사람들을 모두 알고 있었다.

분명 황실 기사단 출신의, 황제 직속 기사. 오래된 심복인 만큼, 오웬이나 베로니카 중 누군가를 따르지는 않더라도 3황비에게 충성을 다하는 남자는 아니었다. 황실 기사단 출신이니, 내게 우호적일 확률이 높다. 적절한 설명과 대가를 주면 어떻게든 설득해 낼 수 있는 사람이다.

나머지 한 명의 시종도, 오웬의 편에 있는 사람은 아니었다. 황가와 가까운 고위 귀족 중에는, 그간 오웬이 저지른 짓들을 아는 사람들이 몇 있었다. 나는 이내 마음의 결정을 내리고 입을 열었다.

"지금부터, 내가 하는 말을 들어라."

황제와 멜리사를 죽인 오웬의 칼, 오웬의 편을 들지 않을 만한 사람들, 그리고 우리에게 유리하게 진행되고 있던 그때의 상황들. 나는 그 모든 것을 절묘하게 이용했다. 오웬이 도착했을 때, 그는 아버지와 누이를 죽인 살인자가 되어 있었다.

모든 일은 순식간에 처리되었다. 오웬은 자신을 지켜 줄 기사를 데리고 왔으나, 내게 그의 기사를 항복시키고 오웬을 제압하는 것은 일도 아니었다. 어릴 적 간절히 원한 바대로, 나는 강한 사람이 되어 있었다. 혼란의 틈바귀에서 반항하는 오웬의 입을 틀어막고 구금하는 데, 그 힘이 유용하게 사용되었다.

"카르멘!"

감옥에 갇힌 오웬은 처음에는 화를 내고 발악하다가, 끝에 가서는 내게 애원을 했다.

"진실을 말해 다오, 카르멘. 너는, 너는 이런 인간이 아니잖아."

"……."

"데모닉이 죽었을 때, 내가 그런 말을 해서 그래?"

오웬의 말에 내가 고개를 들었다. 그는 황급히 말을 이었다.

"잘못했다. 난 그저, 싹을 밟아 놔야 한다고 생각했어. 훗날 네가 내게 위협이 될까 두려웠다. 하지만 살아남기 위해서였어. 내게는 그 방법밖에 없었어……. 너는 똑똑하니, 내 말을 이해해 주겠지?"

어둠 속에서 그의 파란색 눈동자가 비굴하게 빛났다. 나는 실로 그의 말을 이해했다. 오웬은 두려웠겠지. 황후의 죽음 뒤에는 그의 어머니가 있었다.

그는 적이 너무 많았고, 황제가 되지 못하면 죽임을 당할 운명이었다. 황실에 있는 모든 이들이 그랬다. 죽음의 공포 앞에서, 그들은 살아남기 위해 잔인해졌다. 그것을 알았기에 내가 여태껏 나를 시해하려 했던 이들을 모두 살려 준 것이다.

"하지만 넌 아니잖아."

"……."

"넌 고작 다섯 살일 때, 어쩔 수 없이 함구했던 데모닉의 죽음에 대해서도 평생 죄책감을 가지고 살았어. 너는 이런 짓을 할 사람이 아니야, 카르멘……."

나는 불쌍한 표정을 지으며 말하는 오웬을 바라보며 생각했다. 영특하기도 하지. 오웬이 내뱉는 말들은 내가 평생 듣고 싶었던 것들이었다. 나는 어쩌면 그에게 이 말들을 듣기 위해서 그토록 노력했는지도 몰랐다. 그리고 그는 이런 상황에서, 내가 여태까지 어떤 원칙으로 움직여 왔는지도 알고 있을 것이다.

아버지가 취할 행동과 가장 다른 선택을 하는 것. 그러니 여태까지의 내가 지금 할 행동은 명백했다. 그를 용서하고 자비를 베푸는 것이다. 그러나…….

"이젠 아무래도 상관없어."

"카르멘!"

나는 그를 풀어 주지 않고 지하 감옥을 떠났다. 한때 내가 간절히 원했던 오웬의 인정이, 이제는 아무래도 상관없는 것이 되어 있었다. 그게 내가 아버지와 같은, 비틀리고 비열한 인간이라는 것을 확인하는 과정이라고 해도. 죄책감은커녕, 감흥조차 들지 않았다.

첼시, 네가 없으니까.

네가 있었더라면 뭔가가 달라졌을까. 너라면 어떻게 했을까.

나는 오웬에게 죄를 뒤집어씌우고 그를 감옥에 가둔 채 아버지와 멜리사의 장례를 치렀다. 오웬은 황제와 누이를 죽인 죄로 처형되었고, 5황자 겔리는 그에게 동조한 죄로 재산과 작위를 빼앗긴 채 황실에서 쫓겨났다.

아직은 헤브람을 점령한 마수가 많던 시기였다. 겔리는 먼 땅으로 귀양을 가던 도중 마수의 습격을 받고 식솔들과 함께 죽었다. 그리하여 평민 어미를 둔 7황자가 모든 손위 형제들의 시체를 밟고 올라가 황좌를 차지하게 되었다.

* * *

많은 일이 있었다. 헤브람 제국의 결계 안으로 들어온 마수들의 문제는 예상보다 훨씬 빠르게 해결되었다. 대체로, 첼시의 사역마였던 로엠의 활약 덕이었다. 다이어 울프는 강한 마수였지만, 그는 단순한 다이어 울프가 아니었다. 인간이나 마수와도 전혀 다른 새로운 종족이었다.

첼시가 그에게 붙여 준 종의 이름은 '웨어 울프'. 그 웨어 울프, 로엠은 다른 마법사들과는 달리 지팡이 없이도 마법을 시전할 수 있었다. 그는 전투 시에 몸의 일부분, 혹은 전체를 마수화하여 싸웠다. 그의 전투를 본 사람들은, 하나같이 눈을 의심하곤 했다.

로엠은 에키드나가 아니었으나, 자신을 에키드나라고 말하고 다녔다. 사람들은 로엠이 가진 마수의 특성을 에키드 왕국에서 있었던 인체 실험의 결과라고 생각했고, 덕분에 다른 에키드나들에게도 경외심을 갖게 되었다.

에키드나들이 가진 마수의 특성은, 로엠만큼 강하게 두드러지지 않았다. 하지만 그들은 굳이 사실을 정정하려 들지 않았다. 무시당하는 것보다는 공포의 대상이 되는 것이 나으니까.

로엠은 주로 첼시의 제자들만 데리고 마수 토벌에 나섰다. 그들과는 서로 비밀을 공유했기에, 편하게 싸울 수 있다는 이유였다. 그리고 그렇게 쌓은 공적은 대체로 모데라토에게 미루었다.

모데라토는 첼시와 로엠이 만들어 준 자신의 이름값을 아주 잘 활용했다. 그녀는 마탑의 장로 자리를 꿰찼고, 후진을 양성하여 입지를 다졌다. 거기에 첼시의 제자라는 명목까지 앞세워 첼시에 관한 연구를 장악하게 되었다. 그리고 마탑의 예산과 실력 있는 마법사들을 끌어모아 자신의 연구에 투입시켰다. 모데라토는 첼시만큼 천재는 아니었지만, 사람들을 다루는 일에는 재능이 있었다.

그때까지만 해도 사람들은 그 연구에 긍정적이었다. 첼시가 남긴 방대한 자료와 단서들이 있었고, 내게는 황제의 권력이 있었다. 힘을 되찾은 마법 제국의 모든 이들이 내게 고개를 조아렸다. 그녀를 살리기 위하여 손을 더럽히고 올라선 황좌였다.

하지만.

"틀렸어요. 발동이 안 돼요."

"왜 안 된다는 거지?"

"모르겠어요. 수식은 문제가 없는데……."

마법사들은 모두 모여 첼시가 남긴 일기를 분석했고, 영혼을 대가로 한 마법들을 재현했다. 그들의 이론은 완벽해 보였다. 첼시는 영혼이 마력과 같은 에너지라고 했고, 마력과 똑같이 운용할 수 있다고 생각했다. 영혼을 대가로 마법을 발동하는 것은 물론, 마력석을 만들거나, 사역술을 이용하여 사역마에게 주는 것과 받는 것이 모두 가능할 것이라고 생각했다. 그녀 자체가 그 이론의 표본이었다.

"발동이 안 돼요."

하지만 이상하게도, 영혼을 이용한 마법진을 발동할 수 있는 사람은 아무도 없었다.

답 없는 연구가 계속됐다. 변수를 수정하고 마법 장치를 만들고, 어떻게든 성과를 내기 위하여 천문학적인 자금이 투자됐다. 마탑의 모든 인력이 그 일에 매달렸다. 하지만 마법의 보고라고 불리는 마탑에서도, 그 마법 하나를 발동할 수 있는 사람이 없었다.

"뭐가 어렵다는 건가?"

"그게, 현 마법사들에게는 영혼식이라는 개념 자체가 조금……."

"열여덟 살짜리 애가 해낸 일이야."

열여덟 살짜리 여자애가, 몇 년 동안 마법을 등한시하면서 수공예나 예쁜 장신구에 관심을 가지다가 갑자기 한 달 정도를 공부해서 발동시켰던 마법이다.

나는 답답하고 초조했지만 기다렸다. 마탑은 다른 분야에서는 계속해서 성과를 냈으니까. 헤브람 주변의 다른 나라에 원정을 가서 마수를 토벌하고 결계를 설치해 줬고, 강력한 마력석을 생산했고, 불 없이도 빛을 내는 발광석이나 날개마차 같은 것을 만들어 거리를 휘황찬란하게 꾸몄다.

첼시가 실험관 속에서 얼어 있는 동안에.

답 없이 답답했던 삼 년이 지났을 때, 이변이 하나 일어났다. 처음으로 첼시 말고도 '영혼의 서'를 발동시키는 데 성공한 사람이 생긴 것이다. 주인공은 마탑에 들어온 지 얼마 안 된 신입 마법사였다.

첼시와 같은 천재 마법사일까. 영혼식을 이용한 마법만 발동할 수 있다면 첼시를 되살리는 마법의 실마리가 풀리는 거였다. 나는 반가운 나머지 소식을 듣자마자 마탑으로 달려갔다.

그런데 마탑에 도착했을 때, 이상한 말을 들었다.

영혼의 서를 발동시키는 데 성공한 신입 마법사가, 내가 마탑으로 오는 와중에 자살했다는 것이다.

"대체 어떻게 된 일이지……?"

"유서가 있어요. 원래도 우울증을 앓고 있었던 것 같아요."

겨우 찾은 희망이 발견하자마자 꺼져 버렸다. 나는 크게 낙심했다. 그러나 그런 이상한 일은 이후에도 또다시 일어났다. 나는 마탑 내에 무슨 음모가 있는 것이 아닌지 의심을 품게 되었다. 그런데 모데라토가 나를 찾아왔다.

"영혼의 서를 발동하지 못하는 이유를 알게 됐어요."

그녀는 집무실의 테이블 위에 종이를 펼쳐 마법진을 그려 나갔다.

"마력식과 영혼식은 겉보기에는 비슷해 보이지만 발동 방식은 전혀 달라요. 보통 처음 마법을 발동시키는 사람들은, 여러 번 실패를 겪기 마련이지요. 마력을 밖으로 방출하는 일은, 마력을 자체적으로 생산할 수 없는 인간에게는 위험한 일이거든요. 몸이 본능적으로 그런 일을 거부해요. 그 본능을 거스르면서도 성공할 때, 그때가 바로 평범한 사람이 마법사가 되는 순간이지요."

"……요점이 뭐지?"

"선생님은 처음으로 마법진을 그렸던 순간부터 바로 마법을 발동할 수 있었대요."

모데라토가 마법진 중 하나에 손을 올렸다. 그녀 고유의 마력을 사용하여, 초록색 빛이 마법진 위로 빛났다. 그녀가 그린 마법은 소환마법이 었는지, 노란색 나비 하나가 그 위로 팔랑거리며 올라왔다.

"그래서 우리에게 마법을 가르치면서 자주 난감해하셨어요. 마법진을 왜 발동시키지 못하는지 이해를 못 하셨거든요. 그분은 탁월한 마법사였지만, 누군가를 가르치는 데는 재주가 없었죠."

모데라토는 그렇게 말하면서 쓰게 웃었다. 그제야 그녀의 눈 밑에 거뭇하게 내려앉은 피로의 흔적이 눈에 들어왔다. 그녀는 남은 하나의 마법진에도 손을 올렸다.

"이제까지 일어나는 일들을 되짚어 보며…… 한 가지 결론에 다다랐어요. 왜 노련한 마법사들도 영혼을 대가로 하는 마법은 발동하지 못하는가. 그건 마력보다 영혼을 사용하는 것이 훨씬 더 거부감이 크기 때문이에요."

모데라토가 마법진을 발동시키자, 빛 대신 거뭇한 연기가 피어올랐다. 연기가 사그라든 후에는 엉망으로 일그러진 마법진이 드러났다.

"예컨대, 접시 물에 코 박고 죽을 수 있는 사람은 없다는 뜻이에요."

"그럼, 그들은……."

"영혼의 서를 발동한 그 두 명의 신입 마법사들은 죽고 싶다는 의지가 강했어요. 함께 유서를 봤잖아요? 한 명은 끔찍한 일을 겪었고, 한 명은 악마 숭배에 빠져 있었죠. 그리고, 스승님은……."

모데라토는 손바닥으로 얼굴을 쓸었다. 건조한 한숨이 뒤따랐다.

"그분은 매사에 목숨을 걸었다는 거겠죠. 사람이 어떻게 그럴 수 있는지 이해할 순 없지만, 선생님은 접시 물에 코 박고 죽을 수 있는 사람이었던 거예요. 그게 꼭 필요한 일이라면."

* * *

첼시가 남긴 일기는 사람들의 삶을 윤택하게 만들어 주었다. 그녀가 남긴 여러 가지 이론들. 마수를 사역하고 어우러져 사는 방법, 암흑 왕국에 결계를 치고 정화하는 법, 혹은 새로운 마법들. 그녀가 남긴 마법은 모두에게 유용하게 이용되었다. 단 한 명, 그녀 스스로에게만 제외하고.

마치 첼시가 많은 사람을 살려 주었지만 자기 자신에게는 그러지 않았던 것처럼 말이다.

모데라토와 그녀를 따르는 마법사들은 갖가지 시도를 해 보았다. 오 년째 되는 날에는 그녀를 실험관 안에서 꺼내고도 살 수 있는 생명 유지 장치를 만들었고, 환경과 사람을 바꿔 가며 '영혼의 순환식'을 넣은 마법을 발동해 보았지만 실현해 내지 못했다. 답답한 마음에 나도 어울리지 않게 마법서를 펼쳐 그 마법을 공부해 보았지만 뜻대로 않았다.

최초에 모데라토와 함께 연구팀에 들어왔던 마법사들도 상당수가 빠져

나갔다. 아무리 많은 예산을 책정해 주어도 상황은 같았다. 성과 없는 연구에 매달리는 게 쉬운 일이 아니라고 했다. 어떤 부덕한 이들은, 첼시를 살리는 게 불가능한 일이라고 주장했다. 나는 그런 자들이 나타나면 가만두지 않았지만 단 하나, 첼시의 가족들에게만큼은 그럴 수 없었다.

"……해서, 로드랭가는 이제 이 일에서 손을 떼겠습니다."

"로드랭 후작 부인."

난 그녀를 말리고 싶었지만, 후작 부인은 단호했다.

"칠 년."

"……."

"첼시가 깨어나지 않은 지 벌써 칠 년입니다. 무용한 일에 국고를 탕진한다고 폐하의 뒷말을 하는 자들도 생겼지요. 저도 뛰어난 마법사라고 자부하지만, 첼시의 마법을 지금 세대에서 실현하는 것은 불가능하다는 말에 동의합니다. 여러 가지 상황을 감안했을 때, 이제 그만두는 것이 맞다는 생각입니다. 마법사로서, 귀족으로서, 그리고 그 아이의 엄마로서도."

그렇게 말하는 후작 부인의 목소리와 눈빛은 또렷했다. 나는 더 이상 아무 말도 할 수 없었다. 쉽게 내린 결정이 아니라는 생각 때문이었다. 그저, 조금 공허해졌다. 등을 받쳐 주던 것이 사라지면 으레 그러하듯이.

"폐하도 이제 그만두세요."

그때, 후작 부인이 말했다. 나는 고개를 들었다. 내가 어떠해 보였는지, 내 얼굴을 본 부인의 눈이 안타까움을 띠었다.

"저는, 폐하가 아주 어렸을 때부터 폐하를 뵈었어요."

"……."

"이런 말이 불경하게 들릴지도 모르지만…… 저희 부부는, 폐하를 아들처럼 생각합니다."

말을 잇던 그녀의 얼굴이 슬프게 일그러졌다.

"어쩌면, 가족이 되었을 수도 있고……."

후작 부인이 고개를 떨구었다. 그녀의 어깨가 작게 떨렸다.

"하지만 일이 잘 풀리지 않아, 첼시와 폐하의 길이 갈렸어도 어쩌겠습니까? 산 사람은 살아야지요."

"……."

"이제 그만하세요."

폐하는 할 만큼 하셨어요. 그러니 이제……. 후작 부인이 힘겹게 말했다. 그러나 나는 고개를 저었다.

"……저는, 그럴 수 없습니다."

나는 첼시를 포기할 수 없다. 아무리 희박하더라도 가능성이 있고, 첼시의 몸은 살아 있었다. 모든 사람이 첼시를 포기하더라도, 나만큼은 목숨이 다할 때까지 그녀를 포기할 생각이 없었다.

만약 상황이 반대였더라면 첼시, 너도 그랬을 거야.

* * *

첼시가 구해 낸 제국은, 첼시 없이도 잘 흘러갔다. 사람들은 그 안에서 미래를 도모하며 제 살길을 찾아 바쁘게 발길을 옮겨 나갔다. 그러나 내 세상의 시계만큼은 그날 그 자리에서 멈춘 채 그대로 머물러 있었다.

그렇게 흐른 구 년.

"정신 좀 차려."

나는 절대 포기하지 않았지만, 힘들었다. 지쳐 갔고, 메말라졌다.

"오빠가 마법사야? 언제까지 마법사들도 포기한 마법에 매달려 있을 건데? 오빠는 황제야. 황제가 하는 일을 해."

"비켜, 캐럴."

"싫어. 언니한테 갈 거잖아."

사람들은 그런 내 모습을 못마땅하게 여겼다. 나를 싫어하는 사람뿐만 아니라, 나를 아끼는 사람들까지도.

"오늘 로드랭 가문이 보낸 상소 못 봤어?"

"캐럴."

"언니를 돌려 달라잖아!"

캐럴이 소리쳤다. 나는 말없이 고개를 돌렸다. 첼시가 잠든 지 구 년이 되는 날이었다. 종일 몸 상태가 나빴다. 매년 이맘때는 늘 그랬다.

"오빠."

그냥 무시하고 지나가려 했는데, 캐럴이 내게로 손을 뻗었다. 그녀의 손은 내 허리춤에 찬 검의 손잡이를 짚었다.

"내가 황제를 적대하게 만들지 마."

캐럴이 나를 노려보며 말했다. 그와 같은 눈을 본 적이 있다. 내가 전쟁터로 가기 전, 황제의 앞에서. 캐럴은 그 옛날 아버지를 보던 눈으로 나를 보고 있었다.

내게 불만을 품은 자들이 상황을 바꾸기 위해 캐럴에게 붙는다는 것을 알고 있었다. 그치들이 캐럴의 귀에 무슨 말을 지껄일지는 뻔했기 때문에, 그녀의 말에 담긴 함의의 무게를 알 수 있었다. 캐럴이 나를 못마땅하게 여겨, 나를 적대할 수도 있다. 그것은 직설적인 반역 예고와도 같았다. 나는 잠시 놀랐지만, 이내 한숨을 내쉬고 그녀를 지나쳐 갔다.

"마음대로 해."

"오빠!"

캐럴은 소리를 치며 나를 붙잡았다. 나는 다시 내 앞을 가로막은 그녀에게, 지친 목소리로 말했다.

"캐럴, 네가 무슨 짓을 하던 나는, 그러려니 할게."

"뭐……?"

"너는 옛날부터 나보다 영특한 아이였잖아."

나이 많은 형제들도 감히 함부로 대거리하지 못했던 황제에게, 날 위해 대들어 줬지. 나는 늘 캐럴의 그런 기질이 걱정이었다. 그러나 내심은, 지배자 앞에서도 불의를 참지 않는 그녀의 용기를 존경했다.

"그러니까 만약 네가 나를 적대하는 날이 온대도, 내가 그만큼 잘못했겠거니 할게."

"⋯⋯."

"그러니까 마음대로 해."

난 얼어붙은 캐럴을 두고 발길을 옮겼다. 등 뒤로 캐럴의 시름 섞인 목소리가 들렸다.

"나더러 어쩌라는 거야, 정말⋯⋯."

* * *

첼시.

사람들의 말처럼, 헤브람은 황금기를 달리고 있어. 하지만 그 황금이 다 어디서 나왔겠어? 첼시, 너에게서 온 것인데. 사람들은 자신들이 누리는 평화가 누구 덕에 얻은 것인지 잊어버린 것 같아.

'영혼의 서' 실험과 연구팀에 너무 많은 국고가 낭비되고 있다고 지껄여. 내게 현실을 받아들이고 정신을 차리라고 말하지. 사람들은 빨리도 적응한 것같이 보여. 너를 희생하여 얻은 평화에. 그리고 그것들이 원래 제 것이었다고⋯⋯ 착각하고 있어.

나는 그들의 그런 몰염치한 태도에 구역질이 나. 그들은 뻔뻔하게도, 네 것이었을 생명을 당연하게 누리며 발전과 미래에 대해 말해. 국고를 더 효율적이고 합리적으로 굴리기 위한 계획안을 쉴 없이 내게 들이밀어. 나는 효율과 합리라는 단어에 신물이 나.

사람들은 내가 너의 죽음과 과거에 사로잡혀, 미쳐 버렸다고 말해. 하지만 난 신경 쓰지 않아. 미친 황제든, 비운의 황제든, 좋을 대로 부르라고 해.

나는 평생 동안 나를 아버지와 다른, 정상적인 사람이라는 걸 증명하기 위해 노력해 왔어. 그게 나를 주박처럼 옭아맨 오웬의 말과 어릴 적 저지른 내 잘못에서 벗어나는 유일한 길이라고 생각했지.

그런 쓸데없는 것들을 위해 너무 많은 삶을 낭비했다.

너를 위해 살지 않았던 모든 시간을 후회해.

첼시, 내가 언젠가 네게 물은 적이 있지. 만약에 내가 그날 밤, 그러니까 우리의 약혼식을 며칠 앞둔 그날 밤에 내가 네게 사랑하지 않는다고 말하지 않았더라면, 우리는 달라졌을까에 대해서. 너는 내 물음에 당연하다는 듯이 답했어. 응, 이라고.

내가 그날 밤, 너를 사랑하지 않는다고 말하지 않았더라면.

우리는 결혼을 했을 거야.

사람과 계절이 오고 가는 지루한 이야기를 나눴겠지. 우리를 반씩 닮은 아이들을 얻었을 거야. 서로를 닮아 가면서 늙어 갔겠지. 지나온 세월의 별을 세었겠지. 서로의 수족이 되어 주었겠지.

첼시, 내가 무엇을 놓친 건지.

오웬의 마수에서, 노만의 계략에서, 우리를 위협하는 마수들과 정치적인 문제들에서, 나는 어쩌면 그냥 도망쳐 버릴 수도 있었어. 시답잖은 죄책감과 책임감 때문에, 나는 내가 그럴 수는 없다고 생각했지. 하지만 만약 내가 그 옛날의 너에게 다 버리고 도망가자고 했다면, 너는 겁도 없이 내 편이 되어 주었을 거야.

내가 네게 한 번도 무언가를 부탁한 적이 없었던 이유는 언제나 내가 부탁하기 전에 네가 이루어 줬기 때문이니까. 그러니까 만약 내가 너를 위해서 모든 걸 다 버렸더라면, 너는 살 수 있었을 텐데.

너무 많은 것들을 욕심내고 매달리다가 가장 소중한 것을 놓쳐 버렸어. 네가 없는 나라의 번영은 내게 아무런 의미가 없어. 너 없는 세상도, 나도 아무것도 아니야.

차라리 네가 있고 세상이 죽어 버렸더라면 좋았을 텐데. 그러면 우리는 멸망한 세상에서나마 행복하게 살아갈 수 있었을 거야. 내가 그날 너를 사랑하지 않는다고 말하는 대신에, 네 손을 잡고 어디로든 떠나자고 말했더라면.

하지만 그날의 나는 그러지 못했어. 너를 사랑하지 않는다고 생각하여, 너를 속이고 있다고 생각하여, 내가 사랑을 하지 못하는 사람이라고 생각하여.

하지만 첼시, 나는 너에게서 사랑을 배웠어. 그래서 나는 그렇게 알 수밖에 없었어.

사랑은 네가 나에게 하는 것.

그처럼 포근하고, 그처럼 따스하며, 태양을 바라보는 해바라기처럼 한 사람만을 향하여, 늘 힘이 되어 주고 흔들림 없이 강인한 것.

여전히, 나는 너처럼 할 수는 없지만.

이토록 고통스럽고 비참한 마음도 사랑이라고 말할 수 있다면…… 나는 너를 사랑한다.

손닿지 않는 곳에서라도 네가 있었으면 좋겠다. 아주 멀리에서라도 네가 살았으면 좋겠다. 저 하늘에 떠오르는 태양 반대편 대륙에서나마 네가 존재하고 있다면, 나는 햇살이 닿는 온 세상을 사랑할 수 있을 것 같은데.

네가 나를 사랑하지 않아도. 아니, 나를 아주 증오한다고 해도. 영원히 만날 수 없는 아주 먼 곳에서 다른 사람을 사랑하고 그와 가정을 꾸린다 해도. 네가 이 세상 어딘가에서 살아 숨 쉬고 있다는 것만으로도 나는 행복할 수 있을 것 같다. 그럴 수만 있다면 내가 가진 모든 걸 다 가져가도 좋아.

그러니까 제발…….

"눈 좀 떠 줘, 첼시."

어둠이 내리깔린 방 안, 비창한 목소리만이 홀로 중얼거렸다. 바닥에는 술병이 나뒹굴고 있었고, 침대에 누워 있는 첼시의 몸에는 그녀의 생명을 유지해 주는 장치들이 주렁주렁 달려 있었다. 나는 술기운에 흐릿해진 시선으로 그녀의 몸 위에 올려진 마법진을 바라봤다.

첼시가 만든, '영혼의 순환식'을 넣은 마법. 나는 그 위로 손을 올리고 입을 열어, 첼시의 일기에서 수백 번도 넘게 보았던 고대어를 영창했다.

"내 영혼을 줄 테니, 내게⋯⋯."

나는 남은 문장을 말하려다 문득 멈췄다. 내가 네가 원하는 것. 그건 하나밖에 없었다.

"이제 그만 일어나."

내 목소리가 볼품없이 흔들렸다. 볼을 타고 눈물이 흘러내렸다. 나는 깨어나지 않는 그녀를 향해 애원했다.

"내가 바라는 건 그거뿐이야."

내 몸이 마법진이 그려진 양피지 위로 무너지는 것과 동시에, 마법진 위로 금색 빛이 떠오르기 시작했다. 그것은 첼시와 나, 드넓은 황실의 침실을 가득 채울 만큼 거대한 빛이었다.

* * *

쨍그랑, 유리가 깨지는 소리가 났다. 바닥에 떨어진 물 잔이 산산이 부서지는 것과 동시에 카르멘의 수면도 함께 깨졌다. 첼시의 침대에 머리를 베고 잠들어 있던 카르멘은 인상을 찡그리며 고개를 들었다.

이상하리만치 몸이 무겁고 피로하여 고개를 드는 것만으로도 무척 힘에 겨웠다. 이 정도로 과음을 하지는 않았던 것 같은데. 그러다가 카르멘은,

유리잔을 깨트린 사람이 슈웨인 카터라는 것을 발견하고 조금 놀랐다.

그가 저런 실수를 하는 사람이었던가?

카르멘은 의아하게 슈웨인을 바라보다가, 그가 자신보다 더 놀란 표정을 하고 있다는 것을 깨달았다. 그리고 슈웨인의 눈은, 카르멘을 향하고 있지 않았다. 카르멘은 그의 시선이 향하는 곳을 따라 고개를 돌렸다.

그리고 그는 십 년 만에 그가 아는 한 가장 반짝이는 황금색 눈동자를 다시 보게 된다.

"아……."

침대에 앉아 잠이 덜 깬 듯 느릿하게 눈을 깜빡이고 있는 사람은, 분명 첼시였다. 첼시가 제게 거슬리는 기계 장치를 모조리 떼어 내고도 살아서, 스스로 앉아 있었다. 기묘한 광경이었다.

마음이 정신없이 술렁거리는 한편에도 세상은 고요했다. 카르멘은 자신이 계속 꿈을 꾸고 있는 것은 아닌지 의심스러웠다. 그는 입을 열었다.

"첼시."

그리고, 첼시가 카르멘에게 고개를 돌렸다. 그들의 시선이 마주쳤다.

십 년 만이었다.

11. 아무것도 없어도

첼시 로드랭이 깨어났다.

이는 세상 돌아가는 일에 별 관심이 없던 사람들까지 경악할 만한 소식이었다. 시장통은 대낮부터 급보를 전하는 사람들로 떠들썩했다. 황제의 운명으로 내기를 하던 도박꾼들은 모조리 판돈을 잃었다. 그들은 급사들의 멱살을 잡고 그 말이 사실이냐고 호통을 쳤지만 화가 나서 그런 것은 아니었다. 그저, 정말로 믿기 어려웠을 뿐이다.

사람들은 모두 진위 여부를 확인하기 위해 광장으로 뛰쳐나왔다. 대낮부터 일터를 빠져나와 황성으로 향하는 사람들이 속속들이 출몰했다.

"첼시 로드랭이 깨어났다고?"

서민들보다 일찍 소식을 전해 들었던 마탑은, 시장통보다 더 혼란에 빠져 있었다. 첼시를 살릴 단서는 세상에 단 하나뿐이었는데, 바로 그녀가 남긴 일기였다.

오랜 연구 끝에 마탑은 첼시가 '일 년 조사하고 얻어 낸' 마법진을 거의 완성해 냈다. 그러나 그 마법을 발동시킬 수 있을 만한 사람은 첼시 로드랭뿐이었다. 그러니 그녀가 남긴 마법을 재현해 내는 것은 마탑이 아니라 운명의 신에게 맡겨야 할 일이며, 그 실현 가능성은 0에 가깝다는 것이 학계의 정설이었다.

그런데 첼시 로드랭이 살아났다니. 심지어 그녀는 사후(이제는 아니게 되었지만)에 '대마법사'의 칭호를 받은 사람이 아닌가.

그간 마법 세계의 구조를 이해 못 하는 황제가 예산을 쓸데없는 데 낭비한다고 욕했는데, 이젠 상황이 달라졌다. 마법사로서, 혹은 그녀를 존경하는 마탑의 구성원으로서 기쁘기 마지 없는 소식이다. 그들은 마탑이 들썩거리도록 환호성을 내지름과 동시에, 인맥을 총동원하여 첼시 로드랭과의 연줄을 열심히 찾기 시작했다. 무릇 마법사라면, 살아 있는 대마법사를 실제로 만날 영예를 꿈꾸기 마련이었다.

제국민들과 마법사들이 저마다 소동을 벌이고 있었으나, 제국에서 가장 놀란 사람은 따로 있었다.

"그게 사실인가?"

첼시의 어머니, 실베스트르 로드랭은 그 소식을 전해 듣고 찻잔을 떨어뜨렸다. 막내딸의 죽음이, 지난 십 년간 가족들을 괴롭히고 있었던 것은 아니었다. 첼시는 주변 사람들이 힘들어하는 것을 원할 아이가 아니었으니까.

로드랭가의 사람들은 그러한 생각으로 첼시의 죽음이 남긴 고통을 이겨 내려고 노력했고, 결국 이겨 냈다. 그들은 울지 않고 첼시의 죽음을 애도하는 법을 배웠다. 웃으면서 첼시가 살아 있을 때 했던 농담들을 되새기는 방법까지도.

"첼시!"

하지만 정작 깨어난 첼시의 얼굴을 보고서는 울음을 터뜨릴 수밖에 없었다. 실베스트르는 아이처럼 서럽게 울며 딸을 끌어안았다. 그녀는 그제야 자신이 고통을 억누르고 있었다는 걸, 사실은 잃어버린 딸이 아주 그리웠다는 것을 깨달았다.

"엄마."

"이제 괜찮아진 건가요?"

플로라가 모데라토에게 물었다. 그녀는 붉어진 눈으로 고개를 끄덕였다.

"네, 경과를 지켜봐야겠지만요."

"신이시여, 감사합니다."

그제야 플로라는 첼시의 곁으로 다가갔다. 먼저 와 있던 첼시의 친구, 엘레나도 눈물범벅이 되어 있었다.

점심 무렵에는 마탑주가 방문했다. 그는 첼시의 손을 잡으며 자신의 후회를 끝내 줘서 고맙다고 말했다. 그녀의 아카데미 친구였던 글램 백작과 그의 쌍둥이 동생도 찾아왔다. 글램 백작은 갑자기 첼시에게 사실 그녀를 좋아했었다고 고백하고는 엘레나에게 붙잡혀 퇴장당했다.

첼시는 아직 피로한 듯, 많은 말을 하지는 않았다. 걱정스러운 사람들의 눈길에 모데라토는 그녀가 서서히 치유되는 중이라고 설명했다.

"스승님!"

기사단과 함께 토벌을 떠났었던 앨런과 로엠이 가장 늦게 돌아왔다. 이제는 커다란 청년이 된 앨런은 첼시에게 꼬맹이라고 불릴 때도 보이지 않았던 눈물을 터뜨렸다. 첼시는 앨런의 등을 토닥여 주다가, 멀찍이 서 있는 까만 머리의 남자에게로 시선을 옮겼다.

검은 머리에 검은 피부, 반짝이는 황금색 눈동자. 그 얼굴을 본 것은 단 한 번뿐이었고, 기억과도 많이 변해 있었으나.

"까망아."

첼시는 무심코 말하고 혀를 찼다. 그리고 다시 그를 불렀다.

"로엠."

"……"

"이리 와."

로엠은 아직 제 눈을 의심하며 굳어 있던 와중이었으나, 첼시의 부름에는 몸이 먼저 움직였다. 로엠이 앞에 서자, 첼시가 그의 얼굴을 빤히 바라보다가 말했다.

"이제야 제대로 보네."

미소를 머금고 한 말이었으나, 로엠은 그 순간 첼시의 마지막 모습을 떠올렸다. 신체 기관이 하나씩 망가져 가던 첼시는, 마지막으로 이지를 가졌던 순간에도 눈이 잘 안 보이는 것 같았다. 그때를 떠올리자 불현듯 눈시울이 시큰해졌다.

"……너까지 우는 거야?"

아래에서 첼시의 당황한 목소리가 들려왔다. 로엠은 힘겹게 입을 열었다.

"정말로 돌아오셨군요."

그의 말에, 첼시의 눈이 동그래졌다. 그러고는 그녀가 작게 웃었다.

"응, 돌아왔어."

첼시의 회생을 확인하기 위해 황성 앞으로 사람들이 몰려들었다. 그에 집사장이 친히 나서서 '맞다'고 답해 주었다. 이 소식은 헤브람 제국민들의 입소문을 타고 국경을 건너 나스티아와 수아르, 그리고 북쪽 나라에까지 널리널리 퍼졌다.

곧 온 세상이 첼시가 깨어났다는 사실을 알게 되었다.

* * *

헤브람 제국 7세기. 마지막 드래곤을 잃고 쇠락해 가던 헤브람 제국이 마력을 얻을 단서와 고대 마법을 되찾고, 마탑과 함께 전에 없던 호황기를 누리는 시대.

"하아……."

시국이 이러하니 누군가 한숨을 내쉬는 것도 이상해 보일 것이다.

그러나 나, 첼시 로드랭(29세, 귀족 영애)의 한숨은 사실 지금의 시대 상황과 깊은 관계가 있었다.

지나간 나의 생애는 완벽했다. 나는 육백 년 전에 살았던 대마법사가 남긴 마법을 되살렸고, 마수왕을 손에 넣었으며, 제국에 마력을 되돌려 놓고 사람들을 구해 냈다.

나의 귀여운 조카 앨런은 올해 열세 살로, 벌써 우리의 아카데미 후배가 되어 있었다. 나의 가족들, 친구들은 예상대로 모두 내 죽음을 잘 극복하고 저마다의 영역에서 활약하고 있었다. 가장 놀라운 것은 모데라토였다. 세상에, 모데라토가 마탑의 장로가 되었다니. 그 애는 차기 탑주 자리에 여러 번 추천받았다고 한다. 왜 거절했는지는 모르겠지만. 마탑주라는 직책이 부담스러웠나?

할아버지의 모습이 보이지 않는 게 이상해서 이유를 물었다가 조부모의 부고를 듣기도 했지만……. 아무튼, 마수 전쟁은 완전히 종식되었다. 사람들은 모두 평화와 행복을 되찾았고, 나는 원하던 바를 모두 이루었다.

"하아……."

나는 창문틀에 기대, 심각하게 평화로운 풍경을 내다보며 생각했다. 그래서 나는, 굳이 왜 되살아나 있는가?

* * *

근 십 년이 어떻게 지나갔는지 나는 전혀 알지 못했다. 사람들은 이 태평성대가 내 덕에 이뤄진 것이라고 찬양하며, 내 이야기를 듣고 싶어 했다. 하지만 그 마법들은 어쩌다 보니 가장 먼저 발견한 것이 나였을 뿐, 내가 아니었어도 누군가는 만들어 냈을 것들이었다. 그 탓에 사람들의 칭송이 별로 와닿지 않았고, 부담스러웠다.

나는 그저 나를 두고 지나가 버린 십 년을 따라잡지 못하고 이방인이 된 기분을 맛보고 있는 사람일 뿐이었다. 세상은 어찌나 빨리 변하는지.

세간에서는 내가 이 모든 변화를 예측하고 일기를 통해 해결법을 제시해 주었다고 말한다는데, 무슨 소린지 알 수 없었고 변한 세상은 놀라운 것투성이였다. 그중에서도 가장 예상치 못했던 일은, 언제나 그렇듯이, 정치적인 사건이었다. 오, 마침 저기 정치가들의 수장이 내 방문을 두드리는군.

"첼시, 들어가도 돼?"

"마음대로 하세요."

문밖의 목소리에 퉁명하게 답하자, 문이 열리고 사람이 들어오는 기척이 났다. 나는 돌아보지도 않고 말했다.

"황제가 황성을 드나들겠다는데, 누가 감히 제약을 드릴 수 있겠어요? 폐하."

"……언제까지 그렇게 부를 거야?"

"폐하를 폐하라고 부르는데, 무슨 문제라도 있나요?"

난 창틀에 기대 풍경을 노려보며 말했다. 아직 경과를 지켜봐야 한다고 해서, 나는 황성에 있는 내 방에 머무르고 있었다. 황성에 왜 내 방이 있는지는 모르겠지만…….

아무튼 그래서 창문 밖으로는 황실 정원의 풍경이 보이고 있었다. 어렸을 때는 잘 몰랐는데, 이 황실 정원은 무척 아름다웠다. 세상을 돌아다니다 보니까 이제 알겠다. 역시 대제국 황실의 정원. 조경수와 조경화의 배치와 비율이 심미학적으로 완벽하다.

"……이쪽 좀 봐 줘, 첼시."

"싫은데."

"황제의 명인데도?"

나쁜 자식, 본색을 드러내는군!

나는 번쩍 고개를 들었다. 권력을 이용해 귀족 영애를 겁박하려는 폭군에게 항변하기 위해서 말이다.

그리고 나는 황실이 자랑하는 아름다운 정원보다 더 심미학적으로 뛰어난 황제의 존안을 마주하고 말았다. 자연히 마음이 누그러지는 게 느껴졌다. 이래서 안 보려고 했는데…….

지난 십 년 동안 카르멘은 더 단단해지고 남자다워져 있었다. 어쩐지 얼굴은 별로 변화가 없었는데, 소드 마스터는 각성하는 순간 노화가 거의 멈춘다고 한다. 더불어 기대 수명도 일반인의 두 배란다.(그 정도면 같은 종족인 건 맞나?) 그리고 어찌 된 영문인지, 그는 황제가 되어 있었다.

카르멘이 황제가 될 거라곤 생각해 본 적이 없었기에 난 무척 놀랐다. 하지만 제국민들은 이미 그를 완전한 황제로 받아들이고 있었다. 하긴 그가 즉위한 지도 십 년이 지났다고 하니 그럴 만도 하지.

"어제 궁내부에 장부를 요청했다며."

"원하는 건 뭐든 요구하라 하셨잖아요?"

"……응, 그치. 재밌게 봤어?"

카르멘이 얼굴에 예쁜 미소를 띠고 자상한 목소리로 말했다. 거참.

내가 깨어난 지 보름이 되어 가는데, 그동안 내가 지켜본 카르멘은 계속 저런 상태였다. 황좌를 차지하면 원래 사람이 저렇게 되는 걸까? 폐에 바람이 찬 사람처럼 계속 헤픈 웃음을 뿌리고 있다. 사람이 기껏 열심히 빈정거리고 있는데.

"……기운 빠지게."

"응?"

내 혼잣말에도 카르멘은 방긋방긋 웃으며 성실히 반문해 왔다. 난 눈살을 찌푸렸다.

"왜 계속 웃어?"

"그냥."

카르멘은 자연스럽게 내 침대에 걸터앉아 다리를 꼬았다. 내가 잠들어 있는 동안 그가 내 곁을 성실히 지켰다는 말을 전해 들은 터라 그 모습이 묘하게 보였다. 원래도 헤브람의 몇 안 되는 귀한 분이셨던 카르멘은, 이제는 더 귀해질 수 없을 정도로 귀한 분이 되셔서 값비싼 금실 같은 머리카락을 반짝이며 내게 말했다.

"네가 있으니까 좋아서."

"……."

저 자세, 저 구도, 저 얼굴로 그런 말을 하니, 그야말로 빛이 나는구나. 내가 오랜 세월 그와 부대끼며 면역력을 길러 놓지 않았더라면 심장이 아팠을 것이다.

그러나 나, 첼시 로드랭은 확신컨대 헤브람 제국에서 가장 담이 큰 사람이었다. 그래서 나는 카르멘에게서 저런 말을 듣고도 평정을 유지할 수 있었을 뿐만 아니라, 그 얼굴에 대고 화를 낼 수도 있었다.

"너 나한테 많은 돈을 썼더라."

"음."

"그것도 나를 사랑해서야?"

나는 벽에 기대서 턱짓을 하며 물었다. 일부러 삐딱하게 굴고 있는 것인데, 카르멘은 눈치채지 못한 것 같았다. 그는 얼굴을 붉히고 작은 목소리로 답했다.

"응……."

"……."

이 분위기 아니었는데……. 난 잠시 얼이 빠져 그를 바라보다가 화들짝 놀라 고개를 저었다. 그리고 다시 삐딱한 자세로 팔짱을 꼈다.

"그러면 내가 좋아할 줄 알았나 보지?"

"응?"

"날 되살려 주면, 내가 고마워하면서 네 마음을 받아 줄 거라고 생각한 거 아냐?"

이렇게까지 말했는데도, 아무것도 모르는 척 새파란 눈알을 반짝이는 카르멘을 보며 나는 코웃음을 쳤다. 그러고는 비음 섞인 목소리로 말했다.

"어머, 고마워 카르멘, 마수 전쟁 때문에 온 세상이 쑥대밭이 되어서 고통받는 사람들이 천지에 널렸을 텐데. 제국은 뒷전으로 두고 나 하나를 살리기 위해서 모든 걸 다 바쳐 주다니 너무 기뻐."

나는 카르멘을 향해 눈웃음을 쳤다.

"나랑 결혼해 줄래? 뭐 이럴 줄 알았어?"

"……."

동화에선 많이 나오잖아. 그런 장면.

잠든 공주, 마왕성에 끌려간 공주, 탑에 갇힌 공주를 왕자가 구해 내고 나면 공주는 당연한 수순처럼 왕자와 사랑에 빠진다. 나도 그게 이상하다고 생각한 적은 없었다.

하지만 어쩌면 공주는 그 상황에 만족하고 있었을지도 모른다. 괜히 자기 때문에 일이 커지고 이래저래 사람들이 희생되는 것보다는 말이지.

"지난 생애 동안, 내 인생은 완벽했어."

난 어제 본 장부를 떠올리며 말했다.

"그런데 네가 망친 거야."

돈은 생명이다. 난세에도 그렇지만, 난세가 끝나고 다시 세상을 일으켜야 할 때도 그렇다. 난 브리튼 마을에서 사기꾼 영주 사건을 겪으며 그 사실을 톡톡히 배웠다. 어떤 곳에서는 돈이 없어 돼지죽을 먹기도 한다. 또 그보다 심각한 곳에서는, 돈 때문에 사람이 죽기도 했다.

또 마법사의 시선으로 보면, 예산이 적절하게 분배되면 살릴 수 있는 사람들이 많이 죽어났겠구나 하는 생각이 드는 것이다. 제국에서만 봐도 그렇겠지만, 헤브람에 영향을 받는 많은 우호국까지 생각한다면 그 피해 규모를 가늠할 수가 없다. 제도가 효율적이고 합리적으로 돌아가지 못하다는 건 학살 행위와도 같은 일인 것이다!

"십 년 전에, 나는 나를 살릴 방법을 찾을 수도 있었어."

시간을 좀 더 투자해서 영혼을 순환식을 완성해 냈다면, 나도 살면서 제국민들에게 마력을 돌려줄 수도 있었을 것이다.

"그렇게 하지 않은 건, 한 명이라도 더 많은 사람을 살리기 위해서였지."

처음부터 마법의 도움을 받았더라면 살 수 있었을 사람들이 각지에서 죽어 가고 있었다. 혼란스러운 상황이었다. 내가 위험해진다는 걸 알면서도 불완전한 마법을 발동했던 것은, 나 하나 희생해서 한 명이라도 더 많은 사람을 살리는 것이 합리적이라고 생각해서 내린 판단이었다.

"그런데 너는……."

나는 카르멘을 향해 눈을 치켜떴다.

"황제가 되어서 그렇게 무책임하게 굴면 어떡해?"

그가 내 결단을 모두 허사로 만든 것이다. 내가 쏘아붙이자 카르멘은 얼이 나간 얼굴로 느리게 눈을 깜빡였다. 그리고 이내 입을 열었다.

"……미안해."

"……."

"네가 화를 낼 수도 있다는 예상은 했었는데, 별도리가 없었어."

현재의 제국은 안정화되었고 역사상 가장 부유한 시대를 나고 있다. 그러니 예산을 많이 썼다 해도 그렇게 큰 손해가 난 것은 아니다. 네 의견을 물어볼 상황도 아니었다. 하지만 멋대로 의사 결정을 내려서 미안하다…… 카르멘은 나름대로 열심히 사과했다. 하지만 난 전혀 마음이 풀리지 않았다.

"별로 안 미안해 보이는데?"

입으로는 사과를 말하면서도 카르멘의 표정은 별로 변화가 없었기 때문이다. 마주 화를 내든지, 얼토당토않다고 생각하면 사과를 하지 말든지, 아니면 속상한 티라도 내든지. 카르멘의 표정은 아직도 마냥 밝기만 했다. 내 말에, 그가 우물쭈물 대답했다.

"미안, 네가 너무 반가워서."

"······아직도? 네 입장에선 살려 주고 욕먹는 건데, 기분 안 상해?"

"네가 살아서 내 기분을 상하게 할 방법은 없을걸."

"······."

······이 남자 좀 이상해. 나는 어처구니가 없어서 잠시 멍한 눈을 했으나, 곧 정신을 차리고 고개를 붕붕 저었다. 아니, 이렇게 넘어갈 일이 아니야. 그렇고말고. 나는 뾰족한 시선으로 고개를 들어 카르멘을 가리켰다.

"카르멘, 너."

"으, 응."

"우린······ 절교야."

내 입에서 떨어진 절교 선언에, 처음으로 카르멘의 미소가 무너졌다. 그의 파란 눈이 놀란 듯 커지고, 붉은 입술이 살짝 벌어졌다. 당황한 듯 손을 올려 입을 가렸다.

"이건 예상 못 했어."

내 이십 년 지기 지인이 중얼거렸다.

황성의 주인과 절교하고도 나는 여전히 황성에 머물렀다. 다소 무안한 일이었으나, 내 마음대로 집에 돌아갈 수 있는 게 아니었다. 나는 이름하야 '특별 관리 대상'이었기 때문이다.

눈을 뜨고 처음 며칠간은 상당히 비실거렸던 것이 사실이나, 지금은 완전히 건강을 되찾은 후였다. 언제까지 답답하게 황성에만 갇혀 있어야 하는지 모르겠다. 뭐, 밖에 나가도 할 일은 딱히 없겠지만.

내가 황성에 발이 묶여 있는 터라, 사람들이 나를 찾아왔다. 가족들, 친구들, 제자들, 별로 안 친한 지인들까지. 나를 찾아오는 모든 병문안을 거절하지 않았다.

지난 십 년간 결혼을 한 사람도 있고, 아이를 얻은 사람도 있었다. 부조할 시기도 놓쳐 버렸으나 부고를 전해 주는 사람도 있었다. 이제와 슬퍼할 수도 축하할 수도 없는 채로 사람들을 소식을 전해 들었다. 십 년은 많은 것이 변할 만한 시간이니까.

한동안은 주변 사람들의 소식을 전해 듣는 것만으로도 정신이 없었으나, 일주일이 지나자 바깥세상 이야기에도 귀를 기울일 수 있게 됐다.

내가 없는 동안 제국은 번영했고, 마탑은 과거의 영광을 되찾았으며, 무너져 가던 주변국들도 원래의 모습을 회복해 나가고 있었다. 특히 로엠이 들려준 암흑 왕국 이야기가 가장 흥미로웠다.

에키드 왕국은 '수아르'로 이름을 바꾸고 여러 주변국의 도움을 받아 정화되어서, 지금은 꽤 번듯한 나라의 모습을 하고 있다고 한다. 전에 보았던 암흑 왕국은 지상에 마계를 재현한 듯한 모습이었기에, 정화된 모습은 상상이 잘 안 됐다.

"다음에 같이 가요."

십 년의 세월 동안 청년으로 성장한 로엠이 내게 말했다. 그는 그동안 나와 모험을 했던 기억 때문에 여러 곳을 떠돌아다녔으나 내가 없어서인지 별로 즐겁지 않더라고 했다.

세월은 마수였던 아이도 저렇게 비위를 잘 맞추는 어른으로 성장하게 할 시간이었나 보다. 마지막으로 본 로엠의 모습은 사람이긴 해도 어리숙한 꼬마였던 것 같은데. 왜 이렇게 자꾸 신경이 곤두서고 외로운 기분이 드는지 모르겠다.

"하아……."

로엠이 돌아가고 나서, 나는 홀로 창가에 앉아 가족들이 전달해 준 소환사의 사슬을 손목에 뱅뱅 감고 양피지를 내려다보았다. '영혼의 서'가 그려진 양피지 위에는 새끼 새 카나리아가 멀뚱히 앉아 있었다. 나는 조심스럽게 그 위로 손을 올리고 마법진을 발동시켰다.

푸시시.

그러나 마법진에서는 황금색 빛 대신 김빠지는 소리만 났다. 고개를 내리자 뭐 하냐는 얼굴로 나를 올려다보고 있는 카나리아와 멀쩡한 마법진이 보였다.

"역시 안 되네……."

벌써 몇 번째 실패인지 모르겠다. 깨어나고 나서 영혼의 서를 몇 번이고 발동시켜 보려고 해 봤지만, 매번 이런 꼴이었다. 대체 뭐가 잘못된 걸까. 이제 이 마법으로 마수를 사역할 수 없게 돼 버린 걸까? 세간에서는 나의 회생을 두고 '천재 사역술사가 깨어났다'고 말하며 기뻐하고 있는데, 그들이 이 사태를 알고도 여전히 기뻐할지는 모를 일이었다.

마음 위에 돌덩이가 내려앉은 것처럼 답답했다. 나는 깨어났지만, 사람들이 칭송하는 대마법사 첼시 로드랭은 깨어나지 않은 것 같다. 나는 한숨을 내쉬며 카나리아를 다시 새장에 집어넣었다. 양피지와 사슬도 서랍에 넣어 두고, 마음이 싱숭생숭해서 창틀에 몸을 기대고 멍하니 창밖을 바라봤다.

"첼시."

그때 익숙한 목소리가 이상한 곳에서 나를 불렀다. 어리둥절하게 고개를 숙이자, 창문 밖에서 커다란 손이 불쑥 창틀을 잡았다. 난 화들짝 놀라서 벌떡 일어났다. 그러자 예쁜 금색 머리통이 고개를 안으로 내밀었다. 나는 놀라서 물었다.

"비행 마법을 쓴 거야?"

"아니, 그냥 뛰어올라 왔는데."

여기 2층인데?

나는 카르멘의 등 뒤로 보이는 까마득한 높이의 풍경을 바라봤다.

"지금 바빠?"

카르멘의 질문에 퍼뜩 정신을 차렸다. 난 목을 가다듬고 답했다.

"글쎄, 친구도 아닌 사람에게 내줄 시간은 없을지도."

내 말에 카르멘이 소리 내서 웃었다.

"그래도 조금만 내주면 안 돼? 놀러 가자."

"……어디?"

그가 소년 같은 표정으로 말했다.

"건국절 축제에."

* * *

마차가 멈췄다. 마차 너머로 시끌벅적한 소리가 들려왔다. 나는 내게 '특별 관리'를 강조하던 모데라토의 당부가 떠올라 주춤거렸다.

"이래도 되는지 모르겠어."

"뭐가 걱정이야? 내가 있는데."

카르멘이 말했다. 헤브람 제1 권력자이자 유일한 소드 마스터의 보증이라니, 더없이 믿음직스럽다.

"자, 그럼."

카르멘은 후드를 뒤집어쓰고 마차에서 훌쩍 내려갔다.

"가실까요, 아가씨?"

그가 내게 손을 내밀며 상큼하게 미소 지었다. 신분을 가리기 위해 뒤집어쓴 밋밋한 후드가 무색하게, 얼굴에서 고귀한 빛이 새어 나오고 있었다. 출발하기 전에 존재감을 흐리게 해 주는 마법을 부려 놨는데, 제대로 발동되고 있는 건지 의심스러웠다. 나는 떨떠름하게 카르멘의 손을 잡고 마차에서 내렸다.

"계획은 있어?"

"즐기기."

카르멘이 미소로 답했다. 계속 헤실헤실 웃기만 하니까 도리어 무슨 생각을 하는지 모르겠다. 캐물으려던 참에, 갑자기 등 뒤에서 함성이 들려왔다.

"저기 봐, 첼시 님이다!"

나는 화들짝 놀랐다. 변장에 마법까지 썼는데, 대체 어떻게 알아본 거지? 그러나 자세히 보니 사람들은 내가 아닌 다른 곳을 가리키고 있었다. 난 그들이 바라보는 곳으로 고개를 돌렸다. 그리고, 네 명의 장정이 열심히 지렛대를 받쳐 옮기고 있는 거대한 구조물을 발견하게 되었다.

이상하게도, 그 번쩍이는 합금 덩어리는…… 나의 형상을 하고 있었다.

"저게 뭐……."

내가 어안이 벙벙하여 말을 더듬는 사이, 그 10m짜리 합금이 바로 세워졌다. 그 순간, 몰려든 사람들의 환호성과 함께 동상의 뒤에서 축포가 쏘아졌다.

"와아아!"

위로 쏘아 올린 폭죽이 요란한 빛으로 하늘을 알록달록하게 수놓았다. 사람들은 지팡이를 들고 망토를 걸친 구조물을 향하여 내 이름을 연호했다. 난 얼이 나가 그 혼란스러운 광경을 무력하게 지켜봤다.

"아, 이번에 네 생환을 기념하는 동상을 만들겠다더니. 저건가 봐."

저 이상한 사람들의 지도자가 내 옆에서 태연한 투로 중얼거렸다. 너무 남 일처럼 말해서 하마터면 그냥 넘어갈 뻔했다.

"아니, 네가 황제잖아!"

난 카르멘을 가리키며 소리쳤다. 그러자 그가 다급히 내 손을 잡아끌었다.

"쉿."

아차. 몇몇 사람들이 우리를 의심스러운 눈으로 바라보며 웅성거리고 있었다. 기껏 마법으로 존재감을 흐리게 만들어 놨는데, 이렇게 요란을 떨면 말짱 허사다. 나는 뒤늦게 입을 틀어막았다. 카르멘은 내 어깨를 감싸고 급히 자리를 떴다.

우리는 광장을 가로질러 야시장으로 들어왔다. 노란 불빛들이 가판대 위로 이어져 야시장을 비추고 있었다. 열심히 판촉 중인 상인들과 뒤엉켜 있는 손님들, 그 틈바귀로 뛰어다니는 아이들로 거리는 정신없이 붐볐다.

수상하게 얼굴을 가리고 있는 커다란 남자와 그 옆의 여자 정도는 거뜬히 숨겨 줄 만큼 북새통이었다.

"오자마자 퇴장할 뻔했네."

카르멘이 과장스럽게 가슴을 쓸어내렸다. 난 그를 샐쭉이 노려봤다.

"네가 한 짓이지? 저 동상."

"뭐?"

"네가 황제잖아."

카르멘이 파란 눈을 깜빡이다가 낮게 웃었다.

"황제라고 모든 걸 다 관할하지는 않아. 축제 총괄은 따로 있는걸."

"……그래?"

"응, 오늘은 네가 깨어난 걸 축하하는 의미도 있어서 그랬나 봐. 봐, 여기도 온통 대마법사 기념품투성이잖아."

그 말을 듣고 둘러보니 정말 그랬다. 난 약간 부끄러워졌다. 그래, 황제가 저런 소소한 일까지 다 지시할 리가 없는데. 하필이면 십 년 전에 카르멘에게 마지막으로 들은 말이 사랑 고백이라 내가 다소 과민했던 거 같다.

"물론 약간의 압력을 행사할 수는 있겠지만."

그때 카르멘이 뜻밖의 말을 했다. 황당함에 고개를 들자 카르멘이 장난스럽게 어깨를 으쓱했다. 내 입이 쩍 벌어졌다. 카르멘, 어릴 땐 바르고 의젓한 애였는데…….

그때 행인들이 밀려와, 카르멘은 내 손을 잡고 끌었다.

"조심해, 미아 되겠다."

"나 성인이거든?"

십 년 전에도 성인이었지만, 이제는 아주 성인이었다. 그러나 내 지당한 말에 카르멘은 뭐가 웃긴지 또다시 소리 내어 웃었다. 내가 무슨 말을 하든 웃을 작정인 것 같았다.

"첼시, 배 안 고파?"

카르멘이 늘어선 점포들을 눈짓하며 물었다. 상인들은 여러 가지 길거리 음식을 판매하고 있었다.

"저런 거 먹어 본 적 있어? 음, 넌 여기저기 돌아다녔으니 많이 먹어 봤으려나?"

"……딱히 그렇지는 않았어."

어렸을 때는 축제 날에 야시장을 돌아다니기보단 카르멘과 함께 있거나 그에게 도움되는 일을 하려고 했다. 모험을 할 때도 난 항상 바빴기 때문에 한가롭게 축제를 즐길 시간은 없었다.

"그래? 그럼 오늘 해 보자."

카르멘이 활짝 웃으며 말했다. 그는 내게 몇 가지 의견을 물어보더니 설탕이 칠해진 과일이나 양념 된 고기 꼬치를 가져왔다. 과일은 심하게 달았고 고기는 심하게 짰는데 이상하게 중독되는 맛이 났다.

"신기하다."

내 말에 카르멘이 작게 웃었다.

"나도 사실 처음 먹어 봐."

난 조금 놀랐지만 이내 고개를 끄덕였다. 확실히, 그의 삶이라고 이런 일탈을 할 여유가 있었을 것 같진 않다.

우린 손을 잡고 야시장을 돌아다니며 몇 가지 음료나 음식을 더 사 먹고, 내기 시합에 참여하고, 이야기꾼에게 돈을 던져 줬다. 넓은 야시장을 모두 돌고 나자 상대적으로 고요한 강이 나타났다.

강가에는 배를 대여해 주는 사람이 있었다. 우리는 거기서 돈을 주고 나룻배를 하나 빌렸다. 온종일 카르멘에게 에스코트를 받은 덕에, 나는 황제 폐하가 노를 젓는 모습도 의연하게 지켜볼 수 있었다.

"그런데 갑자기 건국절 축제는 왜 오자고 했어?"

나룻배가 물길을 따라 나아가며 축제의 소란과 꽤 멀어졌을 때, 내가 문득 물었다. 얼굴을 가리던 후드를 벗은 카르멘의 머리가 달빛을 받아 반짝거렸다. 그가 빙긋이 웃으며 답했다.

"한 번도 너랑 제대로 축제를 즐겼던 적이 없는 것 같아서."

"그랬나?"

"응, 괜히 고생만 시켰지."

건국절 축제……. 우리가 열 살 때, 드래곤의 탑에 갇혔던 일을 말하는 걸까? 난 그 기억을 딱히 고생이라 여기지 않았는데. 오히려 좋아하는 카르멘과 궁금했던 탑을 구경할 수 있어서 즐겁기만 했다.

"너무 늦었지만, 고마워."

"뭐가?"

"그날 내 목숨을 구해 줘서."

난 검은 강물을 등지고 있는 카르멘의 눈을 보고, 그가 언제의 이야기를 하는지 알아차렸다.

"……그거, 들었구나."

열 살의 건국절이 끝나고 얼마 안 되어, 카르멘이 병에 걸려 앓아누웠을 때. 내가 해독초를 구해 준 적이 있다. 시종장님과 나만의 영원한 비밀로 묻을 줄 알았는데.

"생각보다 입이 가벼우셨네."

"십 년 가까이 지켰으면, 무거운 편이시지."

카르멘이 작게 웃었다. 난 손으로 턱을 괴고 그를 빤히 바라봤다.

"그래서야?"

"뭐가?"

"날 굳이 되살린 거."

내 말에 카르멘이 눈살을 찌푸렸다.

"아니."

그가 단호하게 부인했다. 하긴, 명색의 황족인데 열 살짜리 어린애가 나서지 않았더라도 설마 목숨을 잃진 않았을 것이다. 그 시절의 나는 내가 아니면 카르멘이 죽는다는 생각으로 그 난리를 쳤었지만.

"아니면 말고."

카르멘은 별다른 말을 더하지 않았다. 노가 강물을 휘젓는 소리, 공기와 물이 섞이는 소리가 적막을 대신했다. 배가 강 반대편에 도착했을 때, 나는 묘하게 익숙한 풍경을 볼 수 있었다. 마탑으로 향하는 길목이었다.

여긴 왜?

의아한 표정을 읽었는지, 카르멘이 내게 손짓했다.

"첼시, 저거 봐."

거기에는 마차가 있었다. 길거리에도 마차를 대여하는 마부는 종종 있었기에, 난 대수롭지 않게 여겼다. 그런데 잘 보니 그 마차는 평범한 마차가 아니었다.

"날개마차!"

이야기로나 들었던 날개마차를, 직접 눈으로 본 건 처음이었다. 그냥 마차에 비행마법을 건 것이리라 생각했는데. 실제로 보니 정말로 양옆에 하얀 날개가 달려 있었다. 무슨 마법을 쓴 거지? 저 날개가 진짜 효용이 있는 걸까?

"타 볼래?"

카르멘이 물었다. 난 곧바로 고개를 끄덕였다. 그가 즐겁게 웃었다.

난 카르멘의 도움을 받아 마차에 올라탔다. 무슨 원리인지는 모르겠지만, 마차에는 마부가 없었고 정체를 알 수 없는 키 같은 게 있었다. 배에나 있는 그 관제 장치 말이다. 카르멘이 그것을 이리저리 조정하자 마차가 공중으로 떠올랐다. 난 화들짝 놀라 카르멘에게 매달렸다. 창밖으로 땅이 멀어지는 모습이 보였다.

"이거 안 위험해?"

난 카르멘의 팔을 붙들고 물었다. 카르멘이 웃으면서 말했다.

"괜찮아, 나만 믿어."

자신 있는 목소리에 조금 마음이 놓였다. 카르멘은 날개마차의 원리를 설명해 줬다. 바닥 아래에 깔린 마력석으로 가동하며, 보호 마법이 몇 중으로 걸려 있다고. 나는 그의 목소리를 들으면서 창밖을 힐끔거렸다. 마차의 원리에 대해 알게 되자 여유가 생겨, 축제 장소 근처에 올 때쯤에는 마음 놓고 아래를 구경할 수 있었다.

"이렇게 축제를 내려다보고 있으니까 꼭…… 드래곤의 탑에 갇혔을 때 같다."

"그러게."

카르멘이 작게 웃었다. 나는 창문에 붙어 땅 위로 수놓아진 축제와 인가의 별들을 구경했다.

"그런데, 첼시."

"응?"

내가 한창 풍경을 구경하고 있는데, 카르멘이 문득 물었다.

"재무장부는 왜 요청했던 거야?"

"……내가 되살아난 경위는 알아야 할 거 아냐."

"음, 그러네."

카르멘이 순순히 수긍했다. 난 잠시 그의 얼굴을 살폈다.

"나도 궁금한 게 있어."

"뭐든지 물어봐."

"모데라토에게 연구 자료를 받았는데…… 정작 날 되살린 마법의 기록은 없었어. 그 사람을 만나게 해 줄 수 있어? 전해 듣기론 마탑의 일원이 아니라던데."

내 말에 카르멘이 눈동자가 옆으로 도르륵 굴러갔다. 그가 입을 열었다.

"지금 만나 보고 있어."

"어?"

"나거든."

카르멘이 짤막하게 답했다. 내 눈이 휘둥그레졌다.

"무슨, 넌 마법사도 아니잖아."

"그 자료 속의 마법에 관해선 웬만한 마법사들보다 더 잘 알걸……."

그가 기어들어 가는 목소리로 말했다. 얘는 소드 마스터가 되어서는 무슨 말을 하는 걸까? 내가 잠들어 있던 10년 동안 마법 공부만 한 것도 아닐 텐데.

"……날 되살릴 때 썼던 마법진, 다시 그려 볼 수 있어?"

"지금은 필기도구가 없는데."

카르멘의 말에 내가 가지고 있던 펜과 종이를 꺼내 줬다. 거기서 그런 게 나올 줄은 몰랐는지, 펜을 건네받는 카르멘이 의아한 눈을 했다. 난 짤막하게 답했다.

"직업병이라."

"아."

카르멘이 종이에 마법진을 대충 그려 주었다. 난 그걸 건네받고 마법 식을 살폈다.

"세상에, 카르멘……!"

수식을 읽어 내리다 말고 난 경악하여 고개를 들었다. 사람이 사람에게 영혼을 전해 주기 위해서 무슨 술식을 썼는지 궁금했는데, 그가 내게 쓴 마법은 다름 아닌 '영혼의 서'였다. 그 영혼을 대가로 삼은 사역술 말이다. 내 목소리가 절로 높아졌다.

"너 나를 사역마로 만든 거야?"

"아니, 첼시."

카르멘이 당황한 얼굴로 고개를 저었다.

"잘 봐. 그건 사역술이 아냐."

그의 말을 듣고 다시 살피니, 일반적인 사역술과의 차이점이 보였다. 보통의 사역술에서는 마법사가 주는 '대가'와 사역마에게 받을 '보답'이 각각 존재한다. 하지만 이 마법은 마법사가 줄 대가만 존재했다. 말하자면, 카르멘은 내게 일방적으로 영혼을 갖다 바치기만 하는 것이다. 그래서 나는 카르멘의 영혼을 받고도 그에게 종속되지 않을 수 있었던 거다.

어떻게 그런 게 가능하지? 어떻게 이런…… 호구 같은 술식을 만들어 냈지?

"괜찮아?!"

난 경악하며 카르멘의 어깨를 잡았다. 카르멘은 조금 당황해서 나를 내려다봤다.

"으응?"

"괜찮냐고! 어디 이상한 데 없어?"

기억력이 무너진다든가, 몸이 안 좋다든가! 내가 목소리를 높여 따져 묻자 카르멘이 고개를 저었다.

"괜찮아, 첼시. 걱정할 거 없어."

그가 내 어깨를 토닥이면서 말했다.

"지난 십 년간 네가 남긴 정보들을 바탕으로 안전한 술식을 세우는 데 성공했거든. 그거, 나름대로 검증된 마법진이야."

그 말을 들으니 몸에 힘이 풀렸다. 그래 십 년, 그동안 연구가 많이 이루어졌겠지.

"하아……."

난 한숨을 내쉬며 벽에 등을 기댔다. 손으로 얼굴을 쓸어내리다가 고개를 들어 카르멘을 노려봤다.

"왜 그랬어?"

"……응?"

"대체 무슨 목적이었던 거야?"

생각할수록 짜증이 들끓었다. 머리가 아프고 가슴이 답답했다. 카르멘은 괜한 짓을 한 것이다. 나는 한숨처럼 중얼거렸다.

"난 그 죽음이 마음에 들었는데."

더 돌아다닐 기분도 아니었기 때문에, 우리는 황성으로 돌아왔다. 몸을 씻고 침대에 누웠으나 잠이 오지 않았다. 한참을 뒤척이다가 결국 몸을 일으켰다. 마음이 뒤숭숭해서 침대에 걸터앉아 하늘을 바라봤다. 밤하늘 조차 이렇게 달빛이 찬란하고 별이 밝은데, 내 마음은 아무것도 비추지 못하고 새까맣기만 했다.

이제는 대체 어떻게 살아가야 할까.

내게 인생이란 언제나 목적지에 정을 박고 암벽을 기어 올라가는 과정이었다. 그때는 항상 내가 무엇을 해야 하는지 알았고 모든 것이 또렷했다. 그러나 목적지를 잃어버린 지금, 나는 내가 무엇을 잡고 어디로 향해야 할지도 모르겠다.

속이 막막하도록 깊은 어둠에 잠겨, 나는 한숨을 내쉬었다. 그때 누군가가 방문을 두드렸다. 이제는 노크 소리만 들어도 누가 찾아왔는지 알 수 있었다. 들어와도 좋다는 말을 하자, 문이 열리는 소리가 났다.

"잠이 잘 안 와?"

익숙한 목소리가 내게 물었다. 흘끗 뒤를 돌아보자, 얇은 잠옷 차림인 나와 달리 붉은 황제의 옷을 입고 있는 카르멘이 보였다. 기분 나쁜 기색도 없이 웃는 얼굴을 보고 있자니 절로 입이 열렸다.

"아까는 미안했어."

아무리 속이 답답했어도 그렇지, 나를 살리기 위해 희생해 준 사람에게 짜증을 낸 것은 도의가 아니었다. 내 사과에 카르멘은 말없이 미소 지었다. 난 부끄러움에 고개를 떨궜다.

세월이 흐르며 많은 것이 변했지만, 그 애의 다정함은 변하지 않은 것 같다.

"난 그냥…… 너무 혼란스러워."

나는 변명처럼 중얼거렸다. 카르멘이 내 앞으로 다가와 한쪽 무릎을 꿇고 앉았다. 난 어쩔 수 없이 나를 올려다보는 그의 얼굴을 보게 되었다.

"뭐가 문제인데 그래?"

"……."

"말을 해 줘, 첼시."

그의 갸륵한 간청에, 나는 쓴웃음을 지었다.

"말한다고 뭐가 해결돼?"

"안 되는 게 어디 있겠어?"

자조하듯 내뱉은 말이었는데, 카르멘은 만월의 달빛이 다 무색해지도록 해사하게 웃으며 내게 손을 뻗었다.

"제국의 황제가 네 발아래에 무릎 꿇고 있는데."

그가 내 머리칼을 귀 뒤로 넘기며 말했다. 난 커다래진 눈으로 그를 바라봤다. 흠결 하나 없이 새파란 눈동자가 나를 곧은 시선으로 응시했다.

"……왜 그렇게 말하는 거야?"

"그야……."

"아, 날 사랑해서?"

내 입가에 차가운 웃음이 걸렸다.

"넌 후회하게 될 거야."

카르멘의 진심을 의심하지는 않았다. 파혼하던 때에는 절대 그의 사랑을 얻지 못하리라 생각했으나 훗날 갑자기 그가 날 사랑하게 되는 것도 불가능한 일은 아니다. 나도 그에게 첫눈에 반했으니까. 하지만 그렇기에.

"갑자기 날 사랑하게 된 것처럼, 갑자기 날 싫어하게 되면?"

그토록 위태로운 마음에, 너무 값비싼 대가를 치른 건 아닐까?

사랑은 영혼을 바칠 가치가 있는 감정인가?

"첼시?"

"그러지 마."

"왜 우는 거야?"

카르멘의 말에 나는 고개를 들었다. 볼 위로 거슬리는 액체의 감촉이 느껴졌다.

"너는 괜한 짓을 한 거야."

나는 바보처럼 떨리는 목소리로 말했다. 짜증이 났지만 어찌할 도리가 없었다.

책을 읽었다. 깨어난 후에 황성에만 갇혀서 내가 뭘 하겠는가. 가족이나 친구들, 혹은 시종들에게 부탁해서 여러 가지 책을 받았다. 주로 최근에 발간된, 새로운 마법에 관련한 것이나, 내 이야기를 다룬 책들이었다. 난 그것들을 열심히 읽었다. 십 년 사이에 어떤 일이 있었는지 궁금하기도 했고, 또 불안하기도 했기 때문이다.

내가 열여덟 살 때, 아카데미에 입학한 이후 마법을 계속 등한시했음에도 다시 마법사 노릇을 할 수 있었던 것은 마법학의 발전이 거의 멈춰 있었기 때문이었다. 그때는 세상이 온통 엉망이었고 마탑은 나날이 쇠락해 가고 있었으니까. 하지만 십 년 사이에 마탑은 몰라보게 발전했고, 마법학도 그러했다. 그러니 이번에야말로 따라잡을 수 없게 되었을 것이다.

"그런데 사람들은 나를 천재라고 불러."

첼시 로드랭의 일대기를 다룬 책들은, 나를 무슨 전설 속에나 나올 법한 인물로 포장해 놓았다. 어린 천재, 고명한 마법사, 숭고한 희생자.

그게 나였다.

"나는 자신 없어."

어쩌면 예전에는 그 칭호들이 어울렸을지 모른다. 하지만 지금은 아니었다.

"첼시."

"나도 알아! 노력해 보지도 않고 이런 소리 하면 안 된다는 거."

물론 난 사람들의 기대에 부응하기 위해 최선을 다할 것이다. 열심히 공부해서 최신 마법학을 모두 따라잡고, 훌륭한 차기 마탑주가 되어 마탑을 지도하고, 카르멘과 결혼해서 내 명성을 이용해 헤브람 제국이 외교적 이득을 취할 수 있도록 노력해야겠지.

난 서러운 목소리로 내 향후 계획들을 열심히 주워섬겼다. 본의 아니게 울면서 말하고 있긴 하지만 그 계획은 모두 좋은 일이었다. 난 기꺼이 그런 일들을 해내야 한다. 왜냐하면.

"……그게 내가 나를 살리기 위해 투입된 제국민들의 세금과 네 영혼에 보답할 수 있는 길일 테니까……."

"……."

나는 고개를 숙이고 숨을 골랐다. 그런데 카르멘이 말이 없었다.

정적이 길어지려는 찰나, 그가 물었다.

"대체 왜 그래야 하는데?"

"손해를 메꾸려면 그래야지. 그러려고 날 살린 거잖아."

내 인생은 죽음까지 가치 있었고, 세상에 보탬이 되었다. 세상이 거대한 괘종시계고, 내가 그 속의 부품이라면, 나는 꽤 괜찮게 일했다는 뜻이다.

"날 살리기 위해 네 이십 대를 다 퍼부었단 이야기 들었어."

나는 세상을 구하는 일이 내 소명이라고 생각했다. 난 그것을 위해 목숨을 걸 수도 있었고, 정말 목숨을 걸기도 했다. 내 죽음은 완벽했고, 나는 내가 해야 할 일을 다 해냈다고 여겼다.

그런데 내 소명이 끝나고도 나는 살아남았다. 천문학적인 돈과 황제의 영혼을 받아먹어 가며.

"왜 그런 거야?"

"첼시."

카르멘은 막막한 목소리로 나를 불렀다.

"아무도 너한테 그런 걸 갚으라고 요구하지 않아, 왜 그런 걱정을 해?"

"하지만 내가 되살아나기 전에 널 비판하는 사람들이 많았잖아."

슬픈 사랑에 빠진 황제가 무용한 일에 국고를 탕진한다고, 옛날에 카르멘을 비판하던 사설을 읽었다.

"어떻게 그걸……."

카르멘이 작게 당황했다.

"사람들도 네가 살아나지 않을 거라고 생각해서 그랬던 거지. 이제 네가 살아났으니 더 불평하는 사람도 없어, 그보다."

그의 눈꼬리가 걱정스럽게 처졌다.

"날 결계에 가두고 마수왕에게 갈 때도 지금처럼 힘들어했었어?"

뜬금없는 질문에 난 고개를 저었다.

"아니."

"그렇지?"

내 대답에 카르멘은 안도한 것처럼 작게 한숨을 내쉬었다. 그러고는 싱긋 웃으며 말했다.

"내가 아는 첼시 로드랭은 싫은 일을 억지로 하는 사람이 아니거든."

웃는 얼굴이 예쁘긴 했지만, 그 말은 그냥 넘어가 주기 힘들었다.

"무슨 소리야? 내가 내 역할을 다하려고 얼마나 열심히 살았는데."

"네 역할?"

카르멘의 반문에, 난 입을 열었다.

"그러니까……."

나는 카르멘에게 어릴 적 트루디 삼촌에게 들었던 이야기를 똑같이 해 주었다. 중간에 문득, 이 이야기를 남과 공유하는 일은 처음이라는 것을 깨달았다. 내 설명을 모두 들은 카르멘은 조금 멍한 얼굴로 나를 불렀다.

"첼시."

"응?"

"세상에, 매일 태어난 이유 같은 걸 신경 쓰면서 사는 사람이 대체 어디 있어?"

그의 물음에 나는 눈을 깜빡였다.

"난 그러는데?"

인생에는 수명이라는 제한 시간이 존재한다. 그러니 목표 의식을 분명히 가져야지. 쓸데없는 일에 시간을 낭비하기엔 생이 너무 짧지 않은가?

"그래, 넌 그러겠지……."

그런데 카르멘이 미묘한 눈으로 나를 바라보며 말했다. 뭔데?

"첼시, 들어 봐."

카르멘은 무언가 난처한 얼굴로 고민하더니, 이내 진지한 얼굴이 되어 말했다.

"내가 널 살리려고 노력한 건 정말로 널 살리기 위해서였어."

"……."

"네가 살아났으니, 더 바랄 게 없어."

그는 아직도 내 앞에서 한쪽 무릎을 꿇고 날 올려다보고 있었다. 어린 날의 내가 동경하던, 프러포즈를 하는 왕자님이나 서약을 맺는 기사처럼.

그래서일까? 그의 목소리에서 진심 어린 애정이 뚝뚝 묻어 나오는 것처럼 느껴지는 건. 그 짙은 감정에 내가 할 말을 잃은 사이, 카르멘이 예쁘게 웃음 지었다.

"넌 아무것도 안 해도 돼."

"하지만……."

"너를 살리느라 난 손해가 있다면 내가 메꿀게."

천문학적인 구멍이 난 재정을 복구시키겠단 다짐을 쉽게도 입에 올리며, 그가 손을 뻗어 내 뺨을 쓸었다.

"잘 해낼 자신 있어."

아주 귀한 것을 만지듯, 조심스러운 손길.

"네가 있는 제국인걸."

"……."

얼굴에 화다닥 열이 올랐다. 그 달콤한 목소리, 예쁜 미소, 왕자님처럼 완벽한 태도. 불씨를 지핀 듯 옛 기억이 떠올랐다. 맞아, 이래서 사랑했었지. 어쩐지 입이 마르는 듯한 느낌에, 나는 혀로 입술을 축였다. 흐릿해지려는 마음속 경계심을 다잡으며 말했다.

"……하지만, 네 마음이 변하면?"

"그럴 일은 없어."

카르멘이 단호하게 자르며 웃었다.

"첼시, 그때는 내가 너무 어리석어서 몰랐지만, 이제는 알아."

나를 바라보는 그의 눈에는 보는 사람이 부끄러워질 정도로 짙은 애정이 서려 있었다.

"우리가 헤어지던 순간마저도, 너를 사랑하고 있었다는걸."

카르멘의 목소리는 호소하듯 애틋했으나, 그의 말은 이해하기가 힘들었다. 그는 분명 그날, 나를 사랑하지 않는다고 말하지 않았던가? 내가 어리둥절한 눈으로 카르멘을 바라보자, 그가 몸을 일으켰다.

"첼시, 너한테 하고 싶은 이야기가 아주 많아."

카르멘은 그렇게 말하면서 창밖을 살폈다. 아직도 시간은 한밤중이었다.

"시간이 늦었으니까, 잠들기 전까지만 들을래?"

나는 필시 그 이야기가 내가 그의 목소리를 듣지 못하던 시간에도 들려주고 있었을 이야기란 걸 알 수 있었다. 나는 작게 고개를 끄덕였다.

금색 달빛이 창가로 흘러들어 오는 밤, 나는 침대에 누워 카르멘의 이야기를 들었다. 부드러운 목소리로 읊어 주는, 한 번도 듣지 못했던 그의 어릴 적 이야기를.

* * *

"음……."

아침에 눈을 뜨니 이상하게 기분이 개운했다. 눈을 뜨자 커튼 사이로 부서지는 햇살이 보였다. 이미 한낮이 된 게 분명했다. 이렇게 푹 잔 게 얼마 만이더라?

"일어났어?"

그때 내게 인사하는 목소리가 들렸다. 웃음기가 깃든, 카르멘의 목소리였다. 그가 내 등을 받쳐 앉히고 물컵을 내밀었다.

"물 마셔, 첼시."

"응……."

나는 물을 받아 마시고 눈을 비볐다. 창가로 다가가 커튼을 걷는 카르멘의 뒷모습이 보였다. 나는 문득 가슴 위에 손을 올리고 나의 심장 박동을 느꼈다. 차오르는 호흡, 박동하는 심장.

내 머릿속 생각은 선명한 반면, 감정은 어지럽게 얽혀 왔다. 한때 내가 포기했었던 것들. 잠이 달아날수록, 어제 있었던 일들이 차차 선명해졌다. 내가 잃었던 것들을 되찾게 해 준 남자가 어제 내게 했던 말.

'내가 아는 첼시 로드랭은 싫은 일을 억지로 하는 사람이 아니거든.'

카르멘이 나를 그렇게 생각하는 것은 몰랐지만, 자고 일어나서 생각해 보니 맞는 말 같았다. 곰곰이 나의 삶을 되짚어 보고 나서야 깨달았다.

나는 정말 마음 가는 대로 하고 살았구나.

어렸을 때는, 카르멘을 사랑하기 위해 태어났다고 생각했다. 집을 나서고 나서는, 세상을 구하기 위해 내가 태어났다고 생각했다. 그러나 사랑이 깨지고 소명을 이루고도 나는 이렇게 살아 있다. 그것들 속에 내가 있었던 것이 아니라, 그것들이 내게 속해 있었기 때문이었다.

왜 몰랐을까?

나의 기억, 나의 지식, 사랑, 인내심, 정의감. 그것들을 다 잃어버렸을 때의 공허감을 똑똑히 기억하는데. 왜 이제야 깨달았을까, 중요한 건 언제나 내 안에 있었다는 걸.

언제나 높은 곳에 정을 박고 밧줄을 타고 기어 올라가던 나의 인생에서, 정이 박혀 있던 곳은 사실 언제나 내 마음이었다.

카르멘을 만나고 한눈에 반했던 것도 나의 마음이었다. 연구소에 갇힌 에키드나들을 구해 달라는 앨런의 말을 듣고 내가 사람들을 구하기 위해 태어났다고 생각했던 것도, 그 일들이 내 마음을 움직였기 때문이었다.

세상에서 가장 가치 있는 일이란, 내가 가장 원하는 일. 세상에 꼭 필요한 일이란, 내가 꼭 하고 싶은 일. 내게 주어진 소명이란, 그저 내가 평생 따르고 싶은 신념을 뜻하는 것이었다.

생각해 보면 나는 언제나 내 마음이 움직이는 대로 하고 살았다. 다이어 울프와 마주했을 때, 마수왕과 마주했을 때, 넘을 수 없을 것 같던 벽을 넘고 해낼 수 없을 것 같던 마법을 해낼 때, 그런 순간들은 내 가슴을 뛰게 했다.

그 순간에는 세상에 나와 벽밖에 없었다. 내 행동에 세상이 어떻게 변하고 사람들이 어떻게 느꼈는지는 부차적인 문제였다.

나는 계속, 사람들이 말하는 제국의 영웅 첼시 로드랭을 재현해 내야 한다고 생각하고 있었다. 하지만 사실 그 시절의 나는 영웅이 되려고 노력하지 않았다.

그냥 마음 가는 대로 움직이며, 나에게 주어진 상황에서 최선을 다했을 뿐.

"첼시, 오늘 기분은 어때?"

그때 다정한 목소리가 내게 물었다. 무심코 고개를 들었다가 눈이 부셨다. 태양 빛처럼 예쁜 금발에 곧은 눈동자. 오늘도 황금 가도를 달리고 있는, 헤브람 제국 역사상 가장 아름다운 황제.

그는 십 년 전 마지막 만남에서, 내게 사랑한다고 말했다.

그때의 나는 내 죽음을 예상하였기에 그의 고백을 거절했다. 하지만 어젯밤, 우리는 많은 이야기를 나눴다. 그리고 카르멘은 내게 다시 사랑을 고백했다. 지금은 상황이 달라졌다. 나는 그 고백에 다시 답해 줘야 한다고 생각했다.

그러나 상황은 바뀌었어도, 망설임은 여전히 있었다. 카르멘이 나를 사랑하지 않는다고 말했을 때, 나도 그를 사랑하지 않게 되었으니까. 그렇게 불안정한 마음에 무언가를 걸어도 될까, 하는 걱정이 들었다.

또다시 실패하고 둘 중 하나가 상처받게 될까 봐 두려웠다. 그래서 그에게 물었다.

'내가 널 사랑하지 않게 되면 어떡해?'

그러나 카르멘은 대수롭지 않게 답했다.

'그럼 넌 널 가장 위하는 친구를 얻는 거지.'

'……내가 너한테 절교하자고 하면?'

'음, 그럼 넌 가장 충성스러운 숭배자가 한 명 생기겠지.'

카르멘은 내 걱정을 꿰뚫어 본 것 같았다. 그가 나를 다독였다.

'난 정말로, 우리 관계가 어떤 형태가 되든 괜찮을 거야. 세상이 멸망한 것도 아니고…….'

그러고는 정말로 행복한 얼굴로 웃었다.

'너도 있고.'

……그 말에는 진심이 느껴졌다.

나는 창가로 걸어갔다. 새장에 있는 카나리아와 서랍에 넣어 둔 사슬과 양피지는 그대로 있었다. 나는 사슬을 쥐고 양피지 위에 카나리아를 올려놓았다. 그리고 사역식 1장과 25장을 차례로 외웠다.

"네게 내 영혼을 줄 테니, 내게 네 몸을 다오."

그러자 마법진을 따라 빛이 솟아오르기 시작했다. 황금색 빛이 내 얼굴과, 카르멘의 얼굴을 환하게 비추었다.

빛이 사그라들고 양피지 위에 그려진 마법진이 사라졌을 때, 나는 나와 연결된 작은 사역마를 느낄 수 있었다. 나는 눈을 감고 잠시 그 기분을 만끽하다가 카르멘을 돌아봤다.

카나리아가 예쁜 울음소리를 내며 카르멘에게 날아갔다. 카르멘은 놀란 눈으로 나를 바라보다가, 카나리아가 어깨 위에 앉자 조심스레 녀석에게 손을 뻗었다. 손가락으로 카나리아의 목을 긁어 주며 작게 미소 짓는 그를 보다가, 난 문득 입을 열었다.

"카르멘."

"응?"

"이제 마음을 정했어."

기분 좋게 웃고 있던 그 애의 표정이 살짝 무너졌다. 그 얼굴에 옅은 긴장이 서리자, 카르멘은 우리가 처음 만났을 때와 똑같아 보였다. 내가 첫눈에 반했던 여섯 살짜리 꼬마 황자님과.

나는 여태껏 내 첫사랑이 실패했다고만 생각했다.

모험을 떠나고, 위기에 처해 있는 세상과 만난 이후에는, 내가 십이 년간 시간 낭비를 했다고 생각했던 때도 있었다. 하지만 생각해 보면, 나는 언제나 내가 처한 상황 안에서 나름대로 최선을 다했다. 그 시간들이 모여 지금의 우리를 만들었다.

나는 지난 십 년간 한층 더 어른스러워진 카르멘을 바라봤다. 우리, 우여곡절이 많긴 했지만, 나름대로 잘 자라지 않았어? 한끝만 어긋났어도 모든 게 틀어졌을지도 모르는데, 결과적으로는 이렇게 평화로운 세상에서 멀쩡히 살아 숨 쉬고 있으니 말이다.

죽었다 깨어났더니 세상이 달라져 있어서, 혼란스러운 나머지 너무 복잡하게 생각했던 것 같다. 과정은 어쨌건 첼시 로드랭이 깨어났고, 상태도 괜찮아진 것 같으니, 이제 마음을 정할 시간이었다. 뜻밖에 연장된 이 생명으로, 나는 어떻게 살면 좋을까?

내게 남은 긴 생애 동안, 나는 사랑을 할 수도 있었다. 혹은 웨딩드레스를 찢어 버리고 갑자기 뛰쳐나가 전장에 뛰어들 수도 있었다. 저명한 마법사로 이름을 남길 수도 있고, 다시 미지의 세계로 모험을 떠날 수도 있었다.

중요한 것은 내가 언제나 내 마음에 따라 움직일 것이라는 사실이다.

나는 늘 내가 태어난 이유가 있으리라고 생각했고, 내가 세상을 구성하는 부품이라고만 생각했다. 그러나 사람은 너무 주체적이라 무언가의 부품이 되어 줄 수가 없다. 그 대상이 역사상 가장 번영할 제국의 황제이든, 이 광활하고 아름다운 세상이든.

지금도 선명히 떠오르는 죽음의 순간. 내가 잃었던 것들, 내가 걸어온 시간과 나의 의식, 나의 감정들. 나의 세계는 그것들로 이루어져 있다.

인간은 누구나 시계다.

나는 언제나 내 마음이 이끄는 대로 살아왔으며…….

"카르멘, 내 대답은……."

이번에도 그럴 것이다.

에필로그

〈헤브람 제국의 황제, 첼시 로드랭에게 차이다!〉

이는 건국절이 끝나고 한 달이 채 지나지 않아, 저급 사설 신문들의 헤드라인을 장식하게 된 문구였다.

더 정확하게 말하자면, 제국의 황제가 첼시 로드랭에게 사랑을 고백했고, 그 직후 둘은 '좋은 친구' 관계가 되었다. 들리는 소문에 따르면 그 전날 둘은 절교했었다고 하니, 결과적으로는 관계가 개선된 편이었다.

자극적이고 공신력 낮은 저급 사설 신문과 소문이 주된 소스였으나, 제국민들은 황제가 차기 마탑주에게 차였다는 말을 믿었다. 얼마 뒤에 첼시 로드랭이 제국을 떠났기 때문이다.

그녀의 눈을 다시 보기 위해 장장 십 을 보살폈던 남자를 내버려 둔 채. 그것도 저렇게 아름답고, 강하고, 명예롭고, 가장 높은 권좌에 오른 헤브람 제국의 황제 폐하를.

세상의 모든 것을 다 가진 남자조차 사랑하는 여인의 마음만은 얻기 힘든 것 같았다. 사람들이 불발된 세기의 로맨스를 안타까워하는 것과는 상관없이, 유일한 대마법사는 제 일을 하기 위해 모험을 떠났다.

그렇게 일 년이 흘렀다.

* * *

클라우드가 손을 들었다. 그의 손안에서 보라색 마력이 뭉쳐, 기다란 지팡이의 모양을 이루었다. 클라우드가 처음으로 마법사가 되었을 때부터 사용했으며, 드래곤이 죽고 수십 년이 지난 후 새로 주술을 새겨 다시 잡게 된 그의 무기였다.

그가 그것을 첼시에게 건넸다. 보라색으로 빛나는 마력은 마수왕의 힘을 끌어 쓰지 않은 클라우드의 순수 마력이라는 증거였다. 첼시가 그것을 잡자, 환한 빛과 함께 그 힘이 그녀의 몸으로 스며들었다. 첼시는 신기하단 표정으로 그것을 바라봤다.

클라우드 또한 감명 깊은 눈으로 그 모습을 바라보다가, 그의 앞에 서 있는 마법사들에게로 시선을 돌렸다. 상당수의 마법사가 최근 십 년간 새로 들어온 마법사였다. 현재 마탑의 인원수는 사상 최대였다.

마탑이 쇠락해 가던 때에는, 이렇게 많은 마법사가 다시 마탑으로 모여들 것이라곤 생각도 하지 못했다. 그는 이렇게 많은 후임들 앞에서 창피를 당할 수 없다는 일념 하나로 차오르는 울음을 애써 삼켰다. 목을 가다듬고, 힘차게 입을 열었다.

"그리하여, 여기 마탑이 새로운 주인을 받드니, 나, 클라우드 웨인의 이름으로 첼시 로드랭이 18대 마탑주가 되었음을 선포한다!"

"와아아아아!"

마법사들이 동시에 환호성을 내질렀다. 하늘을 향해 지팡이를 던지거나,

빛 마법이나 환상 마법을 써서 축포를 쏘아 올리거나 사람들의 머리 위를 달리는 페가수스의 모습을 만들어 냈다.

"네가 자랑스럽다, 첼시."

모험을 떠난 첼시가 제국에 돌아온 후, 마탑에 정식으로 자리를 잡고 나서야 그녀를 편하게 대하기 시작한 클라우드가 말했다. 첼시가 그를 와락 끌어안았다.

"고마워요, 스승님."

"오⋯⋯."

클라우드는 잠깐 놀란 눈을 했다가 이내 웃으며 그녀의 등을 두드렸다.

"정식으로 마탑주가 되었으니, 마법사들에게 한마디 해 주지 그러니?"

클라우드의 말에 첼시는 단상 앞으로 걸어갔다. 단상에 걸려 있는 확성 마법 덕에 그녀의 목소리가 마탑 구석구석까지 울려 퍼졌다.

"안녕하세요, 음⋯⋯ 제가, 마탑주가 되면 하고 싶은 일은⋯⋯."

한 세기에 한 번 나올까 말까 한다는 대마법사. 구국의 영웅, 마수왕의 주인. 마탑주가 되기 전에도 첼시를 부르는 칭호는 많고 많았다. 여기 있는 마법사 중 많은 이들이 그녀를 선망하여 마탑에 들어왔다.

이렇게 살아서 그녀가 마탑주가 되는 모습을 보게 되는 날이 오다니. 어떤 이들은 아직 첼시가 제대로 된 말을 하지도 않았는데 벌써 감동에 젖어 소매로 눈물을 닦고 있었다.

그렇게 대단한 인물이 마탑주가 되어서 처음으로 사람들에게 하는 연설이다. 대체 얼마나 대단한 말을 할까? 방금까지 팡파르를 울리던 사람들도 모두 숨죽이며 그녀의 말에 귀를 기울였다.

"난감하네. 제가 말재주는 별로 없어서요⋯⋯."

오, 귀엽기도 하지.

첼시 로드랭의 법적 나이는 올해로 서른이 되지만, 그중 진짜로 살아갔던 날은 고작 이십 년밖에 되지 않으니 그녀는 이제 막 성인이 된 거나 다름없는 셈이었다. 이렇게 많은 사람 앞에 나와 말하는 것도 처음일 테니, 긴장하는 게 당연했다.

나이 지긋한 마법사들은 흐뭇하게 웃으며 첼시가 쩔쩔매는 모습을 관대한 마음으로 바라보았다. 그때, 첼시가 로브 속에서 양피지를 꺼냈다. 사람들은 첼시가 연설문을 써 온 것인가 생각했는데, 그녀는 그 양피지를 갑자기 바닥에 깔았다.

그것은 마법진이었다. 첼시는 그 위로, 양손을 올렸다. 그러자 검은색 빛이 마법진 위로 떠올랐다. 그 모습을 지켜보던 마법사들이 술렁였다.

"지팡이도 없이 마법을 발동한다고?"

"설마, 저게 말로만 듣던……!"

마법사들은 동시에 같은 사실을 떠올렸다.

'사역마의 마력을 대가로 한 마법!'

첼시는 대마법사였지만, 저명한 사역술사이기도 했다. 그녀는 영혼을 대가로 한 사역술을 이용해 평범한 사람들은 엄두도 못 내는 상급 마수를 사역마로 거느리고, 그들의 마력을 끌어다가 고대 마법을 쓰는 것으로 유명했다. 그녀에게는, 마법사들이 필수로 들고 다니는 지팡이조차 필요하지 않았다.

"웃…… 땅이!"

약한 지진이 일었다. 마법사들은 잠깐 우왕좌왕하며 바닥을 바라봤다. 그때, 누군가가 외쳤다.

"하늘이다!"

마법진에서 나온 검은빛이 하늘을 향해 치솟았다. 그러다 상공에서 그 빛이 사라지는 순간, 몇몇 마법사들은 상황을 파악했다.

'결계 마법! 어쩌면 역사상 가장 거대한…….'

그때 첼시가 입을 열었다.

"어…… 눈치채신 분도 있겠지만, 저는 지금 결계를 쳤어요. 원래 있던 결계보다 더 큰, 수아르까지 포함하는 결계예요."

존경스런 눈으로 첼시를 올려다보던 마법사들이 고개를 갸웃했다. 그들은 동시에 같은 의문을 떠올렸다.

'수아르는 갑자기 왜요?'

그때 첼시 로드랭이 갑자기 허리춤에 찬 칼을 빼 들었다. 그녀는 강단 위에서 땅으로 내려와, 뽑아 든 칼을 바닥에 꽂았다. 검은 마력이 칼 위로 넘실거리더니, 곧 땅 위에 잉크처럼 퍼져 나갔다. 사람들은 우왕좌왕하며 바닥을 바라봤다.

전에는 없었던, 마법진이 생겨나고 있었다. 곡선과 직선, 마법식과 둥근 원이 그려졌다. 마법진이 완성되었을 때, 바닥을 바라보던 마법사들이 의아하게 중얼거렸다.

"워프 존?"

이내 검은빛이 그들이 서 있는 정원과, 거대한 마탑을 모두 집어삼켰다. 쿵!

마탑을 휘감은 검은빛이 사그라들었을 때, 수도가 있던 장소에는 수도 대신 거대한 공터가 생겨 있었다. 검은 워프 존이 그려진.

같은 시각, 마법사들의 눈앞에는 생각지도 못한 배경이 펼쳐져 있었다. (구) 암흑 왕국이자 (구구) 에키드 왕국이었으며, 이제는 수아르라는 이름으로 불리게 된 땅.

갑자기 그곳에 도착하게 된 마법사들은 혼비백산했다. 마법사 중에서는 공격 마법에 특성화되어 전쟁에 참전한 경험이 있거나 마수토벌을 하러 뛰어다녔던 사람들도 있지만, 대다수는 수도에서 태어나 젖과 꿀이 흐르는 황금기의 헤브람 제국에 익숙해진 책상물림 귀족들이었다.

그들은 방금까지 평화로운 헤브람 제국에 있다가 갑자기 마수들이 우글거리는 검은 땅으로 워프되어 당황하고 있었다. 그때, 어느샌가 다시 단상 앞으로 올라가 있던 첼시가 목을 가다듬더니 말했다.

"지금부터, 여기를 '수아르 마도국'으로 천명하고, 우리 마법사들의 나라로 삼겠습니다!"

"예에?!"

마법사들이 당혹스러운 목소리로 반문했다. 그들은 경악에 빠졌다.

'지금 마탑을 통째로 수아르로 옮긴 거야?!'

새로운 마탑주가 이상하다. 마탑주가 되자마자 마탑이 있던 장소를 옮겨 버리다니? 헤브람 제국의 땅에 불쑥 솟아 웅장한 자태를 뽐내던 마탑이, 이제는 음침한 수아르의 한가운데 덩그러니 떨어져 있었다.

게다가, 이 '수아르'는 상당히 복잡한 사정이 얽혀 있는 땅이었다. 에키드 왕국 시절에는 꽤 잘나가는 나라였으나, 패망한 후 왕국민들도 거의 죽어 버리고 직계 왕족들도 살아남은 자가 없었다.

첼시가 잠든 다음에는, 그녀의 일기에 나와 있는 정화 마법을 토대로 헤브람에서 마법사들을 파견하여 정화 작업을 실시했다. 이때 지원 병력을 파견했던 나라는 헤브람과 나스티아 왕국을 포함해서 총 네 군데.

그러나 그들도 이 땅이 탐났다기보다는 국경 지역에 암흑 왕국이 있으니 계속 마수들이 침범해 와서 골머리 썩던 이웃 나라에 불과했다. 그들은 암흑 왕국의 마수들이 적당히 소탕되고 인체에 해로운 마기가 가라앉은 것만으로 만족하고 있었다.

헤브람 제국이 마음만 먹었다면 접경지역이 아니더라도 제국의 병력으로 밀어 버리고 이 빈 땅을 점령할 수도 있었겠지만, 안타깝게도 제국의 황제는 지난 십 년간 상사병에 걸려서 그럴 정신이 없었다.

옆 나라들이 합심하여 임시 영주를 보내기도 했었지만······.

이 땅에 남아 있는 무법자들은 마수와 합성된 몸으로 몇 년 동안 마기가 가득하던 이 암흑 왕국에서 마수들과 싸우며 살아남은 에키드나들이었다. 웬만한 귀족들은 제대로 자리도 잡기 전에 살해당하거나 제 나라로 도망치기 일쑤였다.

수아르는 그렇게 지도자도 없이 방치되어, 이제는 추방자들이나 다루기 힘든 범죄자들이 버려지는 쓰레기장이 되어 가고 있었다. 그랬던 나라를…….

"이 땅은 이제 마탑이 접수합니다!"

암청색 머리에 황금색 눈을 가진, 패기 넘치는 새 마탑주가 힘차게 외쳤다.

"내가 마탑주가 되기로 한 이상, 어영부영할 생각은 조금도 없습니다."

앞자리에서 그녀의 말을 듣고 있던 신입 마법사 노엘 글램(19세, 글램 백작의 조카)은 상당히 당황하고 있었다.

"내가 통솔하는 집단이 세계 최고가 아니라는 건 용납할 수가 없어."

아니, 수아르 마도국? 세계 최고가 되겠다니. 그럼 지금, 헤브람 제국의 국적을 버리겠다는 이야기인가?

"지금까지 마탑은 형식적으로만 독립된 기관이라 명시되어 있을 뿐, 실제로는 제국과 황실에 종속되어 있었습니다. 그러나 내가 마탑주가 되었으니 그런 폐단을 놔둘 수는 없습니다. 지금부터, 헤브람 제국은 우리의 라이벌입니다!"

세상에! 그보다 심하잖아! 노엘은 황당한 마음에 옆에 있던 친구의 옆구리를 찔렀다. 그와 함께 아카데미를 졸업하고 마탑에 들어간 동기였다.

"야야, 이건 좀 아니지 않아?"

여기 있는 사람들은 다 헤브람에 집과 가족이 있는데, 다짜고짜 라이벌이라니? 아무리 대단하신 마탑주의 말씀이래도 납득하기 어려울 터였다.

"최강 수아르 마도국……!"

그런데 그의 친구가 중얼거렸다. 심지어 마탑주의 말에 한껏 감응된 듯 초롱초롱하게 눈을 반짝이며.

"……!"

노엘은 불안한 마음에 고개를 돌렸다.

그의 동기를 포함하여, 여기 있는 모든 마법사들이 잔뜩 고조된 얼굴을 하고 있었다.

'설마⋯⋯!'

그렇다. '영혼의 서'를 사용하는 조건은 '마법을 발동하기 위해 영혼을 포기할 수 있느냐'였다. 첼시는 그런 극단적인 성향을 가졌기 때문에 마탑주가 될 수 있었다. 그러나 그런 사람을 수장으로 두고 존경을 표하는 마법사들도, 비슷한 자질을 가진 괴짜들이었던 것이다.

평범한 사람이 마법사가 되기 위해서는 많은 공부와 수행이 필요하다. 게다가, 마탑을 이루는 대부분의 마법사들은 마력을 잃고 마탑이 쇠락해도 어떻게든 마법을 쓰고 싶어서 마력 절약형 마법식을 개발하려고 연구에 몰두했던 이들이었다. 혹은 그런 마법사들의 영향을 받은 제자들이거나, 마법에 대한 꿈과 환상을 가지고 막 마탑에 온 혈기왕성한 신입들이었다.

그들에게 마법사의 정점이자, 구국의 영웅, 살아 있는 전설인 대마법사가 하는 말은 거의 절대적인 것이었다.

게다가 마법으로 나라를 세우자는 말을 하다니! 처음으로 마법을 발동했던 어린 시절로 돌아간 것 같은 기분이었다. 자신이 걸어갈 길을 찾은 기분. 지난한 마법이론과 행정절차, 관료식의 서류 더미에 파묻혀 잊고 있던 꿈과 환상이 그들의 마음속에서 들썩이기 시작했다.

그때, 마법사들의 환상의 결정체나 다름없는 그들의 새로운 마탑주가 외쳤다.

"최강 수아르 마도국!"

마법사들은 하나 된 마음으로 입을 모아 외쳤다.

"최강 수아르 마도국!"

그들의 고함 소리가 고요하던 수아르를 떠들썩하게 채웠다. 노엘은 그 마탑주의 광신도 집단을 겁에 질려 바라봤다.

'이러다간 진짜 수아르 마도국의 국민이 되어 버리겠어.'

"저, 저기······!"

노엘은 용기를 끌어내어 강단에 매달렸다. 첼시 로드랭이 그를 바라봤다. 꿀꺽, 그는 긴장을 삼키고 힘겹게 입을 열었다.

"여기 마법사 중에는 공격 마법을 전혀 못 쓰는 신입 마법사도 있는데요! 이렇게 마수가 우글거리는 땅을, 여기 있는 마법사들만으로 어떻게 점령합니까? 왕국들도 못 한 일인데요······."

공포에 질려서, 이렇게 많은 사람의 눈치를 받으며 말한 것치고는 아주 논리적으로 말이 잘 나왔다. 아마 살고 싶단 일념이 그의 혀에 힘을 주었던 덕이리라.

용기를 낸 노엘은 당당한 얼굴로 고개를 들었다. 마법사들도 모두 첼시에게로 시선을 돌렸다. 그러나 첼시가 조금이라도 주춤해 주리라 생각했던 노엘의 기대와는 달리, 그녀는 입꼬리를 올리며 씩 웃었다.

"여기 우리뿐이라고 누가 그래?"

그녀의 말이 끝나는 것과 동시에, 주위가 술렁거렸다. 이전된 마탑을 둘러싸고 있던 수풀들이 흔들렸다. 마법사들은 그제야 수풀 사이에서 그들을 지켜보고 있던 붉은 눈의 기척을 눈치챘다.

수아르의 마수들이었다. 데스 사이드, 케르베로스, 날개 달린 스켈레톤······. 바닥을 기거나 하늘을 나는, 하나같이 음산한 기운을 풍기는 수아르의 마수들이 마법사들을 지나 첼시에게로 다가왔다. 제국민들과 마법사들의 사랑을 한 몸에 받는 마탑의 주인, 그 검은 존재들이 사랑스럽다는 듯 머리를 쓰다듬었다.

"첼시 로드랭 만세!"

마법사들은 비장함마저 엿보이는 목소리로 외치기 시작했고,

"엄마······."

그냥 조건에 맞춰 직업을 선택했던 귀족 자제, 노엘은 정신이 혼미해졌다.

* * *

수아르 마도국의 건국 4개월.

수아르 마도국의 북쪽 끝, 사하의 숲에 음산한 바람이 불어왔다. 작은 마수들이 이유 없이 소동을 부린다면, 때때로 그들의 주동자가 존재할 수도 있었다. 모데라토는 이를 갈았다.

'최근에 경비대원들이 자꾸 다쳐 온다 했더니.'

인구의 10%가 마법사인데, 나머지는 무법자와 난민뿐인 혼란스런 구성원으로 탄생하게 된 수아르 마도국.

인구 수가 적어서 사람 한 명 한 명이 소중한 이 나라에서, 최근 경비대들이 자꾸 다쳐서 돌아오는 사건이 벌어져 아주 골치였다. 결국 장로인 모데라토를 주축으로 토벌대가 구성되어, 범인을 추적해 봤는데…….

'베헤모스!'

토벌대의 눈에, 의외의 놈이 발견되었다. 코끼리와 유사한 생김새를 가진 거대한 마수, 베헤모스. 놈은 하급 마수들을 통제하는 능력이 있는 상급 마수였다. 온화한 성격의 베헤모스라면 오히려 주위 마수들이 얌전해지는 효과가 있지만, 안타깝게도 눈앞의 녀석은 그렇지 않았던 모양이었다.

'어쩌지?'

모데라토는 시선을 내렸다. 바닥에는 마법진이 가득 그려져 있었다. 만약의 사태를 위해 방호결계와 마력석도 준비되어 있었고, 수풀 사이에는 동료들이 그녀의 사인을 기다리는 상태였다.

'생각보다 강력한 적이긴 하지만, 이 인원이라면…….'

모데라토는 심호흡을 하고 나무에서 뛰어내렸다.

"베헤모스!"

모데라토의 외침에, 멀찍이서 풀을 뜯어 먹고 있던 베헤모스가 움찔 놀라 고개를 들었다. 인간에게 적대적인 상급 마수의 눈이 번쩍 빛났다.

"구우우우!"

모데라토를 발견하자마자, 베헤모스는 흉포한 울음소리를 내며 그녀에게 달려왔다. 모데라토는 베헤모스를 주시하며 기다렸다. 녀석이, 마법진이 그려진 구역에 다다를 때까지.

'지금!'

모데라토가 지팡이를 들었다. 검은 마력이 지팡이를 통해 솟아나며, 베헤모스가 밟고 있는 땅 위에 그려진 마법진을 발동시켰다.

"구속(拘束)!"

땅에서 녹색 식물 줄기가 자라나, 베헤모스의 네 발을 순식간에 휘감았다. 베헤모스는 벗어나려 했지만, 땅이 그것의 몸을 끌어당기는 것처럼 몸이 무겁게 느껴졌다. 쿵! 커다란 소리를 내며 베헤모스의 발이 땅에 파묻혔다. 중력 마법과 식물계 마법을 섞은 '구속'은 결계보다 더 확실하게 마수를 잡는 속박 마법 중 하나였다.

"됐어!"

모데라토가 외쳤다. 그러자 숨어 있던 마법사들이 한꺼번에 튀어나왔다. 앨런, 슈웨인, 로즈, 모데라토의 남동생인 단테, 그의 제자인 노엘까지. 한 명을 제외하곤 모두 고위 마법사들이었다.

그들이 마력을 끌어모아 지팡이를 휘두르자, 미리 바닥에 설치되어 있던 마법들이 하나둘 발동되었다.

"구우우우⋯⋯!"

얼음 마법, 열 마법, 바람 마법, 날카로운 흑마법까지. 마법사의 특기에 따라 각양각색의 공격 마법이 베헤모스에게로 향했다. 베헤모스가 끔찍한 소리를 내며 발버둥 쳤다.

"큭⋯⋯!"

모데라토는 구속 마법이 점점 약해지는 것을 느꼈다. 모든 마법사의 공격 마법이 발동되었는데, 놈은 발작하듯 버둥거릴 뿐 실질적인 타격은 거의 입지 않고 있었다.

'철갑처럼 단단한 피부와 두꺼운 뼈.'

마법사들이 베헤모스를 공격하는 동안, 녀석의 몸에 감긴 식물 줄기들도 함께 피해를 보고 있었다. 식물 줄기들이 너덜너덜해질 무렵에는, 베헤모스를 붙들고 있는 중력도 점점 약해졌다.

이대론 안 된다. 모데라토는 이동 명령을 내리기 위해 고개를 들었다. 그때, 중력 마법이 끊어지려는 것을 눈치챈 슈웨인이 검을 빼 들었다. 주술이 새겨진 검은색 칼은 마검의 일종이었다.

카터가에 대대로 내려져 오는 검이지만, 상당한 마력을 소모하는 탓에 드래곤이 죽은 후로는 거의 한 세대 동안 장식품 신세가 되어야만 했다. 슈웨인이 이 검을 쓸 수 있게 된 것도 몇 년 되지 않았다.

슈웨인이 검을 높게 들었다. 넘실거리는 마력이 검에 몰려들었을 때, 베헤모스의 배를 향해 공격을 시도했다.

'먹혔다……!'

모데라토는 숨을 삼켰다. 검은 칼날이 베헤모스의 두꺼운 살가죽을 파고들어 갔다. 하지만…….

"부족해."

베헤모스가 형형한 눈을 들어 올렸다. '구속'이 끊어지기 일보 직전이었다. 모데라토가 앨런을 돌아봤다.

"앨런!"

마법사들이 베헤모스를 공격하는 동안에도 홀로 멀찍이 떨어져 있던 앨런은, 모데라토의 외침에 고개를 끄덕였다. 슈웨인이 거칠게 칼을 도로 뽑았다. 모두가 어깨에 걸치고 있던 로브를 잡아 머리 위로 뒤집어쓰자, 그들의 모습이 사라졌다. 베헤모스의 눈이 커졌다.

"노엘!"

모데라토가 곁에 있던 노엘의 팔을 잡아당겼다. 그리고 로브를 펼쳤다.

그 순간, 중력 마법이 끊어졌다. 베헤모스가 광포한 울음소리를 내며 그녀에게로 손을 뻗었다. 그러나 베헤모스의 앞발이 모데라토에게 닿기 직전, 간발의 차로 그녀의 모습이 사라졌다. 베헤모스의 팔이 빈 허공을 갈랐다.

베헤모스는 거친 숨을 내쉬며 주변을 둘러봤다. 그를 둘러싸고 있던 사악한 마법사 일당의 모습은 모조리 사라진 뒤였다.

"베헤모스!"

한 놈만 빼고.

베헤모스의 시야에 고양이 귀를 단 검은 머리의 소년이 포착되었다. 녀석의 눈에 분노가 서리는 것을 본 순간, 앨런이 마법을 발동시켰다.

'신속!'

검은 마력이 그의 다리를 감쌌다. 대퇴근과 하퇴근이 부풀어 올라, 달리기를 시작하려는 고양잇과 짐승과 비슷한 모양이 되었다. 베헤모스가 발을 드는 순간, 앨런이 달리기 시작했다.

코끼리의 달리기 속도는 시속 40㎞, 고양이의 달리기 속도는 시속 50㎞. 물론 그들은 코끼리나 고양이가 아니라 마수와 인간이니 이 수치와는 큰 차이가 있었지만, 본질은 비슷했다. 베헤모스는 앨런을 따라잡지 못했다.

앨런은 뒤를 살피며 적당히 속력을 맞췄다. 그의 발이 땅을 살포시 뛰어넘었고, 베헤모스는 앨런이 뛰어 넘어간 땅을 쿵 소리 나게 짓밟았다. 그 순간, 커다란 폭발음과 함께 함정 마법이 발동되었다.

절벽 앞, 워프를 통해 미리 이동해 있던 모데라토는 나무 위에서 숲을 관찰하고 있었다. 망원경 속으로 지켜보니, 연이어 일어나는 폭발이 이쪽을 향하고 있었다. 그녀가 안도의 한숨을 내쉬었다.

"잘 오고 있네."

"다행이네요."

그녀의 옆에서 대답이 돌아왔다. 모데라토가 노엘을 돌아보자, 그가 움찔 놀랐다. 노엘은 이 팀과 다소 어울리지 않는 구성원이었다. 모데라토의 팀은 그녀가 마탑에 입성한 이후부터 최소 십 년간 합을 맞춘 사람들로 이루어져 있었다.

그녀는 사랑하는 남동생이 처음으로 맞은 제자라는 이유로 노엘을 팀에 집어넣었다. 물론, 두각을 보인단 이유도 있었지만 솔직히 그 이유만으로는 데려오지 않았을 것이다. 첼시의 친구 사촌이기도 하고……. 그녀는 문득 로브를 노엘의 머리 위로 뒤집어씌웠다.

"조용히 있어."

"네, 넷."

다음 순간, 앨런과 그를 쫓는 베헤모스가 모습을 드러냈다.

앨런은 절벽 끝으로 달렸다. 다른 이들과는 달리, 그의 로브에는 투명화 마법 대신 비행 마법이 걸려 있었다. 절벽에는 강력한 충격파 마법이 설치되어 있어, 앨런이 마력만 불어넣으면 바로 발동될 것이다.

절벽 아래로는 까마득한 무저갱이었다. 제아무리 튼튼한 베헤모스라도 죽음을 면치 못하리라. 철두철미함을 미덕으로 여기는 모데라토가 만일을 대비하여 준비해 둔 삼중 트릭이었다. 계획대로 베헤모스가 앨런이 멈춰 선 절벽 끝으로 성큼성큼 다가갔다.

"으악?!"

그때, 갑자기 앨런이 비명을 질렀다. 숲에서 상황을 지켜보던 마법사들이 놀라 시선을 돌렸다. 땅굴을 통해 올라온 코볼트 떼가 앨런의 몸에 덕지덕지 매달려 있었다.

베헤모스는 하급 마수를 다룬다. 어쩐지 하급마수들이 나타나지 않는다 했다. 숲으로 오는 길에 작은 마수들을 닥치는 대로 해치워 둔 덕이라고 생각했다. 그런데 아니었나 보다. 코볼트들 십수 마리가 앨런의 방호 결계를 손톱으로 긁고 내리쳤다. 앨런이 단검으로 반격했지만, 수가 너무 많았다.

너무 튼튼한 결계는 앨런이 '신속'을 쓰는 데 방해가 되기 때문에, 그의 방호결계는 아주 얇았다. 방어 횟수 제한이 걸려 있어서 치명상에는 강하지만 저렇게 쪽수로 때려 붓는 데는 특히 약했다.

모데라토는 동료들을 향해 급히 구조 사인을 보냈다. 그러자 수풀 사이에서 얼음 칼날과 회오리바람이 불어왔다. 앨런을 공격하던 코볼트들이 떨어져 나갔지만, 이미 방호결계가 깨진 뒤였다. 비행마법을 새겨 둔 마법진이 찢어져 있었다. 그때, 베헤모스가 마법진 위에 발을 올렸다.

모데라토는 순간 많은 생각을 했다.

이 상황에, 앨런은 어떻게 행동할까? 이대로 앨런이 설치해 놓은 마법을 발동한다면, 앨런은 베헤모스와 함께 절벽 아래로 떨어진다. 그녀의 지팡이에 비행 기능이 있기는 했다. 그러나 비행 마법은 마력을 상당히 많이 잡아먹는 마법이기에, 앨런까지 낚아채서 올라오게 하려면 평소의 배는 되는 출력을 내야 했다.

까딱했다간 둘 다 죽게 될 수도 있었다. 앨런이 마법을 발동하지 않는데도, 결계 한 장 없는 앨런은 베헤모스의 공격을 견디지 못할 것이다. 게다가 그의 등 뒤는 절벽이었다.

누군가는 구하러 가야 했다. 대다수가 공격계 특화인 지금의 인원 중에서 앨런을 구하는 일에 가장 적합한 사람은 그녀였다. 모데라토가 지팡이를 잡고 비행마 법을 발동하는 순간이었다.

쿵!

갑자기 베헤모스가 시야에서 사라졌다. 모데라토는 지팡이에 올라탄 채 허공에서 우뚝 멈췄다. 그녀의 눈이 급히 사라진 베헤모스를 찾았다. 그리고, 숲의 나무를 무너뜨리며 날아가고 있는 베헤모스를 발견했다. 놈은 수풀 사이로 날아가더니, 바닥을 구르다 커다란 나무에 부딪혔다. 베헤모스의 앞에는 검은 늑대가 서 있었다.

"로엠?"

그렇게 중얼거린 뒤에, 모데라토는 상황을 깨달았다. 앨런이 있는 곳을 돌아보자, 암청색 머리칼을 휘날리는 마법사의 뒷모습이 보였다.

"선생님!"

모데라토의 외침에 첼시가 그녀를 돌아보고 싱긋 웃었다. 그리고 앨런을 적당히 들어 옮기더니 수풀 사이로 홀연히 사라졌다.

모데라토는 그제야 가슴을 쓸어내리며 웃었다. 제국의 영웅이라는 칭호에 걸맞게, 정말이지 타이밍도 귀신같이 잘 맞추는 사람이었다. 한숨 돌린 모데라토는, 아직도 얼이 나간 얼굴로 수풀 사이를 바라보고 있는 소년을 돌아봤다.

"대마법사의 전투 장면, 보고 싶지?"

모데라토의 말이 떨어지기가 무섭게 노엘이 고개를 끄덕였다. 실전 경험을 쌓아 주려고 데려온 녀석이었으니, 생각보다 더 좋은 걸 경험하게 해 줘도 좋을 테지.

"그럼 달려."

노엘은 나무에서 뛰어내려 뒤도 돌아보지 않고 달렸다. 모데라토가 경쾌하게 웃음을 터뜨렸다.

노엘이 열심히 달려 베헤모스가 날아간 곳 근처에 도착했을 땐, 첼시가 사슬을 던져 베헤모스의 목에 감고 있었다. 언뜻 짧아 보였던 사슬은, 어느덧 길게 늘어나 거대한 베헤모스의 목을 몇 바퀴나 칭칭 감았다. 화가 난 베헤모스가 코를 휘둘러 첼시를 공격했다.

쿵!

그때, 첼시의 사슬이 마치 탄력성 있는 장대처럼 튀어 그녀의 몸을 허공으로 띄웠다. 베헤모스의 코가 맨땅을 내려치고, 첼시는 사슬을 잡고 반 바퀴 날아 베헤모스의 목 뒤에 앉았다.

그 직후, 그녀가 손등을 짚어 마법진을 발동시켰다. 날카로운 바람이 베헤모스의 등을 긁어, 작은 상처를 만들어 냈다.

"우와……."

가슴을 졸이며 싸움을 관전하던 노엘이 작게 감탄했다. 그는 숨을 헐떡이며 턱에 매달린 땀을 닦았다.

"사역술사는 진짜 몸에 마법진을 그리는구나……."

"사역술사라고 다 저러진 않아."

갑자기 들려온 모데라토의 목소리에 노엘이 화들짝 놀랐다. 그가 고개를 돌리자, 언제부터 있었는지 모를 모데라토와 동료 마법사들이 그의 양옆으로 몰려와 있었다. 노엘의 왼쪽에서 거의 눕다시피 앉아 있는 앨런이 말했다.

"그래, 스승님의 무용담 덕분에 사역술 유행이 불어서 사역술사들이 많아졌지만, 스승님의 싸움 방식을 참고했다가 된통 당한 녀석들이 수두룩해."

"사역술사가 몸에 마법진을 새기는 건, 사역술을 쓰기 위해선 짐승이나 마수 가까이에 접근해야 하기 때문입니다. 유사시에 마법을 써서 몸을 방어해야 하거든요. 하지만 사역술사도 기본적으론 함정과 유인을 통한 설치 마법을 이용합니다. 저렇게 달려가서 공격하려고 몸에 마법진을 새기는 사람은 첼시밖에 없어요."

슈웨인이 앨런의 말을 거들었다. 단테가 옅게 웃었다.

"그죠. 마검사도 아니면서 저렇게 근접전을 즐기는 마법사도 탑주님밖에 없을 거예요."

"어…… 다들 여기서 구경만 해도 돼요?"

노엘이 땀을 뻘뻘 흘리며 물었다. 아무리 갓 아카데미를 졸업한 노엘이라도 베헤모스가 얼마나 강한 마수인지는 알고 있었다. 장로급 고위 마법사 네 명이서도 고전했던 상대인데, 이렇게 완전 손 놓고 구경하는 건 좀 도리에 어긋나지 않을까?

그러나 노엘의 걱정에도 마법사들은 아주 재밌는 말을 들었다는 듯이 웃었다. 그리고 입을 모아 대답했다.

"괜찮아, 괜찮아."

그 태평한 대답에 노엘은 살짝 눈살을 찌푸렸다. 그때, 옆에서 커다란 소리가 울렸다. 고개를 돌리자 베헤모스의 거대한 양쪽 상아가 떨어져 나가 바닥에 나뒹굴고 있었다. 노엘은 짧게 숨을 멈췄다.

'……정말 괜찮아 보이긴 하다만.'

한편, 첼시는 베헤모스의 상처에 윙투스를 박아 넣는 데 성공했다. 기존에 쓰던 윙투스를 드래곤의 탑에 갖다 바쳤기에, 이 은색 윙투스는 그녀가 두 번째 모험을 떠나기 전 새로 제작한 것이었다. 마탑과 황실의 도움을 받아 만든 덕에 전의 것보다 더 값비싸고 실용적이었다.

"사역식 제1장, 베헤모스는 내게 귀속하라."

그녀의 목소리에, 베헤모스의 무릎이 부들부들 떨렸다. 놈의 움직임이 봉쇄된 사이, 첼시가 로엠에게 신호를 줬다. 그러자 로엠이 달려와 베헤모스의 어금니를 공격했다. 다이어 울프의 날카로운 앞발에, 베헤모스의 두꺼운 상아가 잘려 나갔다.

쿵, 쿵! 연달아 들리는 커다란 소리에 자기들끼리 이야기를 나누던 구경꾼들의 시선이 이쪽을 향했다. 바닥에 떨어진 한 쌍의 상아를 발견하자, 마법사들의 눈이 휘둥그레졌다. 첼시는 신경 쓰지 않고 다음 장을 읊었다.

"사역식 제25장, 내 영혼을 줄 테니, 네 몸을 다오."

베헤모스의 몸 위에 붙은 마법진 위로 황금색 빛이 번쩍였다. 빛이 사그라든 후에는 베헤모스의 모습이 사슬 속으로 사라져 있었다. 첼시의 몸이 아래로 떨어지려 하자, 로엠이 재빨리 달려와 그녀를 낚아챘다.

자신을 받아 안은 검은 머리의 청년을 보고 첼시가 살짝 미소 지었다.

"고마워, 로엠."

"별말씀을."

로엠이 첼시를 땅에 내려 주자, 그녀는 엉덩이를 툭툭 털곤 바닥에 놓인 한 쌍의 상아를 가리켰다.

"저것들 좀 마탑의 대장장이에게 전해 줄 수 있니? 오늘 자정까지는 꼭 완성해 달라고 당부해 줘."

"알겠습니다."

다시 늑대의 모습으로 변한 로엠은 줄에 엮은 상아를 입에 물고 수풀 사이로 사라졌다. 노엘은 신기한 눈으로 로엠을 바라보다가 자신의 옆에 있던 에키드나들을 돌아봤다.

'이 사람들도 동물로 변할 수 있는 걸까……. 앨런은 고양이일 테고, 모데라토는 식물로 변하나……?'

모데라토는 첼시에게 웃으면서 다가가다가 문득 중요한 사실을 깨달았다.

"헉, 선생님! 지금 여기 있어도 괜찮아요? 오늘 폐하 생……."

첼시가 화들짝 놀라 그녀의 입을 막았다.

"저기, 저기."

모데라토는 눈을 굴려 노엘의 존재를 확인했다. 그녀가 가까이 다가와 첼시의 귀에 속삭였다.

"설마 까먹으신 건 아니죠?"

"아니거든! 괜찮아, 슈슈한테서 베헤모스가 나타났다는 말 듣고 왔어. 부상자는 없지?"

"슈슈……."

노엘이 충격받은 얼굴로 날카로운 은발의 검사를 돌아봤다. 슈웨인이 짧게 헛기침을 했다.

"네, 전원 무사해요."

"좋아."

모데라토는 생긋 웃다가 문득 물었다.

"선생님, 그런데 베헤모스 상아는 왜……."

"아 그거. 괜찮아, 계약하면 사역마도 상처 치유되더라고."

"……."

'그러니까 왜 잘랐는데……?'

마법사들은 궁금했으나, 첼시가 갑자기 사슬을 들어 베헤모스를 소환하는 멋진 일을 하는 바람에 말할 타이밍을 놓쳤다. 첼시의 말대로 베헤모스는 잘린 상아가 다시 자라고 상처가 치유된 모습이었다.

'대박, 이게 '영혼의 서'의 힘이구나.'

노엘은 눈을 반짝였다.

그 후 마법사들은 베헤모스와 함께 숲을 한 바퀴 돌았다. 베헤모스는 하급 마수들을 통솔할 수 있는 능력이 있어서, 첼시는 베헤모스를 타고 다니며 하급 마수들에게 사람을 해치지 말라고 명령을 내리고 다녔다.

그간 노엘에게 마수는 그저 해롭고 두려운 존재였다. 그래서 마수와 마수가 소통하는 모습을 보는 것은 그에게 완전히 새로운 경험이었다. 그들을 공격하던 무시무시한 마수가 마법사를 도와 숲의 마수들을 진정시키는 모습은, 신비롭다 못해 경이로울 정도였다.

노을이 질 무렵에는 모든 숲의 마수들이 그들에게 우호적으로 변해 있었다.

"이제 이 근방은 조용해질 거야. 이 시기에 베헤모스가 나타나 줘서 정말 다행이야. 우리에게 꼭 필요한 마수였는데."

하급 마수들은 힘은 약하지만, 번식 능력이 좋았다. 그들을 모조리 퇴치할 수 있다면 좋겠지만, 애초에 마수가 마을을 공격하지 않는다면 싸울 필요도 없다. 그런 의미에서 베헤모스는 최고의 마수였다. 아군으로만 만들 수 있다면.

"수고했어."

첼시가 베헤모스의 코를 두드리자 베헤모스가 뿌듯한 울음소리를 냈다.

이제 노엘의 눈에 첼시는 숲의 여신처럼 보였다.

'이 사람이라면, 가능하지 않을까……?'

노엘은 멍한 눈으로 중얼거렸다.

"최강 수아르 마도국……."

노엘의 곁에서 그의 작은 목소리를 들은 마법사들은 생각했다.

'이로써 첼시 로드랭의 추종자가 한 명 더 늘었군…….'

마을로 내려온 마법사들은 워프 존 에리어에 도착했다. '워프 존 에리어'는 첼시가 일 년 전에 개발한 마법 장치로, 바로 전에 설치된 워프 존으로밖에 이동할 수 없다는 워프 존의 결점을 보완한 통합 이동소였다. 워프 존 에리어에선 원하는 이동소를 말하기만 하면 어떤 에리어로든 빠른 이동이 가능했다.

첼시는 급히 에리어에 올라탔다.

"난 먼저 갈게."

"아, 그러고 보니 오늘……."

"응, 헤헤."

슈웨인의 말에 첼시가 헤실헤실 웃으며 에리어를 향해 말했다.

"'마탑주의 방'으로."

그녀의 모습이 사라지자, 노엘은 멍하니 눈을 깜빡였다.

뭐지? 전설의 대마법사가 헤실거렸어.

이게 대체 무슨 일일까. 노엘이 의아한 마음에 슈웨인을 돌아봤으나, 그는 황급히 딴청을 피울 뿐이었다.

* * *

'마탑주의 방'에 도착한 첼시를 하인들이 급히 맞이했다.

"바로 목욕부터 하실 거죠?"

"응, 부탁해."

마탑에는 전보다 고용인들이 많아졌다. 질 좋은 일자리를 많이 창출해서 일자리를 구하러 이민을 오는 사람 수도 늘었다. 마탑은 가치가 떨어지지 않는 수출품인 마력석을 생산할 마법사의 수가 아주 많아서 국고도 넘쳐흘렀다. 이대로 일 년 안에 이곳을 풍족한 나라로 만드는 것이 첼시의 목표였다.

첼시는 처음 수아르로 왔을 때의 충격을 잊을 수가 없었다. 분명 여러 나라의 도움을 받아 마기도 정화되고 번듯한 나라의 모습을 갖추게 되었다고 들었는데, 그녀가 수아르에 도착했을 때 본 것은 끔찍한 빈민국이었다. 마수와 무법자들이 득실거리고 암시장이 횡행했다.

군주가 없는 수아르는 거대한 길드 하나에 장악되고 있었는데, 옆나라에서 사람을 납치해서 다른 나라로 수출하는 불법 노예상이었다.

'번듯한 나라의 모습이 되었다고?'

첼시는 치를 떨었다. 하여간 이놈의 적당주의! 마기만 정화되면 다냐고. 주변국들이 이 아수라장을 내버려 두었다는 걸 믿을 수가 없었다. 그녀는 크나큰 책임감을 느꼈다.

'나를 살리는 데 세금이 너무 많이 들어가서 수아르를 원조하기가 힘들었나 봐……'

'아니, 언니가 아니었어도 제국의 세금을 수아르를 정상화하는 데 퍼붓는 일은 없었을 거야.'

첼시가 마수경을 통해 캐럴에게 토로했을 때, 그녀는 단박에 반박했지만 첼시는 자신이 이 땅을 책임지고 말겠다고 다짐했다.

그래서 이렇게 된 것이다. 갑자기 그녀가 남쪽 나라를 돌고 북해까지 대륙 횡단을 하겠다는 다짐을 접고 수아르에서 범죄 길드를 때려잡기 시작한 이유였다.

그리고 다시 헤브람으로 돌아와 나라를 건국하는 데까지 걸린 시간은 약 3개월 정도였다. 수아르를 정상화시킬 때까지 대륙 횡단 계획은 잠시 미뤄 두기로 했다. 계획은 틀어졌고 일을 벌이는 것도 다소 충동적이었지만, 첼시는 나름대로 상황을 즐기고 있었다.

첼시는 향유를 푼 욕조에 기대 나른하게 고개를 들었다. 그런 이유로 한동안 눈코 뜰 새 없이 바빴으나, 오늘은 아니었다. 하인들이 그녀를 도와 머리를 씻기고 몸을 마사지했다. 달콤한 향기에 잠겨서 잠시 눈을 붙이고 일어나자 또 하인들이 그녀의 몸을 일으켰다.

숙달된 하인들은 시키지 않아도 예정대로 첼시의 머리를 다듬고, 얼굴에 무언가를 열심히 발라 댔다. 첼시는 약간 졸면서 하인들의 손길을 받았다. 정신을 차렸을 때는 창밖이 깜깜했다.

"시간이 얼마나 됐지?"

"한 시간 남았어요. 넉넉해요. 시장하진 않으세요?"

"괜찮아, 이따가 같이 먹을 거야. 물건은?"

"왔어요."

하인 하나가 첼시의 앞으로 새하얀 칼을 대령해 왔다.

검신은 베헤모스의 상아를 깎아 만들었고, 손잡이 가운데 박혀 있는 푸른 보석은 아레해의 주인, 레비아탄의 마나 코어로 만든 것이다. 성스럽게 반짝이는 새하얀 겉모습과는 달리, 훌륭한 마검이었다.

수아르에서 베헤모스가 나타났다는 말을 들은 것은 한 달 전이었으나, 워낙 조심스러운 놈이라 추격하기가 힘들었다. 오늘이라도 찾아내서 정말 다행이었다. 이만한 물건은 억만금을 준대도 구하기 힘들었다. 첼시는 활짝 웃었다.

"대장장이한테 포상을 해 줘야겠네. 예쁘게 포장해 줘."

"네!"

골라 둔 드레스를 입고 모든 준비를 끝낸 첼시는 거울 앞에 서서 마지막 점검을 했다. 제국에서 가장 아름다운 황제 폐하께서는 첼시가 비렁뱅이 꼴로 가도 쌍수를 들고 환영하겠지만, 이런 날만이라도 말끔한 모습으로 만나고 싶었다.

일자리 창출의 일환으로 마탑에 고용된 디자이너들은 첼시를 아주 좋아했다. 그들이 최선을 다해 준비한 파란색 머메이드 드레스, 다이아몬드 귀걸이와 목걸이는 그녀와 잘 어울렸다. 그리고……

첼시는 손가락에서 빛나고 있는 반지도 바라봤다. 절로 입꼬리가 올라갔다.

"좋아, 모두 완벽해."

첼시는 만족스럽게 끄덕이고, 그녀의 방에 설치된 워프 존 에리어에 올랐다. 그리고 떨리는 마음으로 시계를 주시했다.

'5, 4, 3, 2, 1.'

0시 00분, 워프.

전경이 바뀌고 가장 먼저 눈에 들어온 것은 세상에서 가장 완벽한 남자의 모습이었다. 심지어 그녀가 가장 좋아하는 새하얀 정장 차림을 한. 첼시는 그의 품에 뛰어들었다. 카르멘이 익숙하게 그녀를 받아 안았다. 첼시는 그의 뒷목에 팔을 두르고 매달린 채 귓가에 속삭였다.

"생일 축하해."

사람들은 모르지만, 사실 워프 존 에리어는 첼시가 단 한 사람만을 위해 만든 것이었다.

첼시 로드랭은 헤브람 제국의 황제를 차지 않았다. 더불어 세상의 어떤 사람도 그를 거절할 수는 없을 것이라고 생각했다. 그들은 비밀 연애 중이었다.

이런저런 형평성 문제(황제와 연인 관계인 것이 알려지면 각 나라에서 귀찮게 굴 것이 뻔하다거나, 마탑주가 제국의 황후가 되면 마탑이 황실의 영향력에서 벗어날 수 없다거나, 소국의 지도자가 대제국의 황제의 연인인 게 알려지면 나라의 독립성이 훼손된다거나) 때문에 함구하고 있었지만, 그들은 연인 관계였다.

* * *

작년 봄에, 카르멘은 깨어난 첼시에게 다시 사랑을 고백했다. 첼시는 하룻밤 동안 자신의 마음을 들여다보며 그 답을 고민했다.

사랑은 명예보다 불안하고, 신념보다 변덕스러워, 인생을 내걸 가치가 없는 감정이라 정리해 두었는데. 정작 그녀에게 그런 생각을 심어 준 카르멘이 그것의 반증이 되었다.

그는 기약도 없이 잠든 첼시를 십 년 동안 기다렸으며, 그녀를 살리기 위해 말 그대로 자신의 영혼을 바쳤다.

첼시는 고민했다. 그녀가 사랑에 실패했을 때, 플로라 언니는 첼시를 위로하며 그녀가 예전에 좋아했던 것들에 대해 물었다. 사랑에 실패했던 첼시는 카르멘을 사랑하기 전부터 좋아했던 사역술을 다시 잡았다. 다섯 살 때 좋아했던 사역술은 열여덟 살에도 좋았고, 지금도 좋았다. 그리고 여섯 살 때 좋아했던 카르멘은.

다정하고, 잘생기고, 아름답고, 상냥하고, 멋있고, 사랑스럽고…….

나를 사랑하는 카르멘.

사랑했던 점은 그대로고, 유일한 문제마저 사라진 채였다. 첼시는 고민 끝에 마음을 정했다.

"카르멘, 내 대답은……."

사랑하지 않는 사람에게도 다정하고 아름다웠던 카르멘이, 누군가를 진짜로 사랑하게 되면 얼마나 빛날지 궁금했던 적이 있었다. 그가 정말 사랑하는 사람을 만나서 자신이 느꼈던 행복을 똑같이 느낄 수 있으면 좋겠다고 생각했다. 그러면서 그 귀한 사랑을 받게 될 사람이 부럽다고 생각했다.

첼시는 사랑이 없는 결혼이 자신에게도 힘들겠지만, 카르멘에게도 분명 불행한 일이 될 것이라고 생각했다. 그래서 카르멘을 포기했다. 이게 서로를 위하는 길이라고 여기면서.

그런데 첼시가 깨어난 이후로 카르멘은 계속 그녀만 보면 웃었고, 그녀를 향한 눈길에 항상 애정이 가득했다. 이젠 알았다. 첼시는 이번에도 둘 다를 위한 길을 선택할 수 있었다.

"내 대답은…… '나도 네 생각이랑 같아'야."

첼시의 답에 카르멘이 고개를 갸웃했다.

"그건 좋다는 뜻이야?"

"나도 네가 소중하다는 뜻이야."

첼시는 정해 놓은 연설 문구를 읊듯이 말했다.

"우리가 연인이 될 수도 있을 거야. 하지만 연인 관계가 아니더라도 넌 내게 나를 가장 위하는 친구가 되어 주겠다고 말했지. 친구가 아니더라도 나를 응원할 거라고 했어. 나도 그래……. 관계의 형태가 어떻게 되든, 넌 내게 계속 소중한 사람일 거야."

카르멘이 옅게 웃었다.

"그런데?"

"그런데…… 난 아마 곧 제국을 뜰 거거든."

"아마? 너답지 않은 말이네."

첼시는 어색하게 웃으며 고개를 끄덕였다.

"이제 당분간은 목적도 목표도 없이 살아 보고 싶어. 그러니까 네가 말하는 연인이란 게 언젠가 황후가 되어 네 곁에서 제국의 안살림을 도맡을 사람이라면 나는 못할 거야. 내가 네게 줄 수 있는 건 정말로 사랑뿐이고…… 넌 나보다 다른 사람을 찾는 게 나을 수도 있어."

"내 사정은 잘 들었어, 첼시."

카르멘이 물었다.

"너는 어때?"

카나리아를 어깨에 얹은 황제가 눈을 반짝였다. 바다를 옮겨 놓은 것 같은 새파란 눈동자, 금가루를 끼얹은 듯 반짝이는 머리칼. 제국 유일한 황녀에게 아직 눈에 차는 남자가 한 명도 나타나지 않은 것이 마음 깊이 이해되는 광경이었다. 첼시는 한숨처럼 속삭였다.

"난 너를 사랑해."

함께 있으면 편안함을 느끼는 애정도, 시간이 지나며 축적된 애착도, 사랑이라고 말할 수 있는 마음은 전부 가지고 있었다. 하지만 황제의 연인은 마음만으로는 해낼 수 없다는 것도 알고 있었다.

하지만 지금은, 아주 오랜만에 만났으니까.

"그걸로 충분한 동안에는, 너와 함께할게."

그게 첼시의 답이었다. 어쩌면 이기적이라고 할 수도 있었다. 시야가 좁다고 할 수도 있다. 상황도 미래도 고려하지 않고 자신의 마음만 생각한 답이었으니까. 그녀는 약간 긴장한 기색으로 카르멘의 얼굴을 확인했다.

"……."

카르멘은 그녀가 사랑하는 햇살 같은 미소를 짓고 있었다. 첼시가 숨을 멈추고 그를 바라보자, 카르멘이 그녀를 잡아당겨 품에 안았다. 어깨에 얼굴을 묻으며 웃음기 섞인 목소리로 속삭였다.

"그냥 영원히 함께하겠다고 말해."

* * *

첼시는 그녀의 인생이 동화처럼 완벽하게 돌아갈 수는 없다는 것을 받아들였다.

그녀가 어릴 적에 읽었던 동화 속에서는 사랑과 성취가 완벽한 선순환 구조로 되어 있었다. 왕자는 공주를 구하기 위해 탑을 오르고, 겸사

겸사 무시무시한 마왕을 처치하고, 공주에게 왕자는 자유와 사랑을 함께 가져다준다. 동화 속 공주에게는 왕자가 꼭 필요했다. 탑에 갇힌 공주에게 왕자의 사랑은 곧 해방이며 성공이었으니까.

하지만 그녀의 사랑은 어릴 적의 첼시가 꿈꾼 것만큼 동화 같지 않았다. 탑에 갇힌 적 없는 공주는 왕자를 결계에 가두고 마왕을 무찌르러 달려갔고, 왕자는 영원한 잠에 빠진 공주를 구하기 위해서라면 세상을 바쳐도 좋다고 생각했다. 그들은 목표가 달랐고, 의견이 갈렸고, 사사건건 부딪쳤다.

하지만 과정은 어쨌든 동화의 가장 중요한 부분은 마지막에 있었다.

모두가 오래오래 행복하게 살았습니다.

첼시가 살아가는 현실에는 동화 속처럼 모든 것을 해결해 주는 완벽한 남자 주인공이 존재하지 않았다. 그러나 십 년을 잠들어 있다 깨어났어도 여전히 그녀의 곁을 지켜 주고 행복을 빌어 주는 사람들이 있다. 그녀는 그들과 사랑을 주고받으며 함께 살아갈 것이다.

어쩌면 영원히.

〈完〉

외전 I
대마법사 첼시의 우당탕탕 모험 일지

―1년 전, 바둠 연합국.

"빨리빨리 움직여!"

희뿌연 안개가 눈앞을 가렸다. 왼손에는 토끼 인형을, 오른손에는 오빠의 손을 잡고 아린은 헐레벌떡 걸음을 옮겼다. 그들은 이민자 행렬에서 가장 끄트머리에 있었다. 부두에서는 이미 배가 도착해서 그들을 기다리고 있을 것이다. 관리들은 그들이 론튼섬으로 가야 한다고 말했다.

론튼섬은 원래 사람이 살 수 있는 장소가 아니었다. 마법 제국으로 불리는 헤브람 제국이 다시 옛날의 힘을 되찾아 마력석을 옆 나라로 수출하기 시작했다지만 이런 변방에는 해당하지 않는 이야기였다.

이곳, 바둠 연합국. 아레해에 있는 열두 개의 도시 국가가 합쳐져 만들어진 나라. 아린의 나라는 개중에서도 열한 번째 나라로, 힘이 없고 작은 나라에 속했다. 그래도 아린은 자신이 살던 마을이 좋았다. 하지만 이제는 떠나야 한다.

아린은 토끼 인형을 안은 왼손을 내려다봤다. 손등에서부터 피어난 검은 반점은 이제 손목과 팔로 뻗어나가 아린의 피부를 완전히 검은색으로 뒤덮고 있었다.

이름을 알 수 없는 병이라고 했다. 아린은 옆집에 사는 칼 아저씨가 결국 목과 얼굴까지 완전히 검은색으로 뒤덮여 입에 거품을 물고 죽는 모습을 봤다.

전염병이었다. 아린의 언니와 오빠도, 그녀의 부모님도, 칼 아저씨네 가족을 포함한 모든 마을 사람들도 전부 몸에 검은 반점이 생겼다. 마을 사람들은 도움을 구하러 영주를 찾아갔으나 이미 성은 텅 비어 있었다.

며칠 전부터는, 수도에서 내려왔다는 관리들이 마을 사람들을 론튼섬으로 강제 이주를 시키기 시작했다. 론튼섬 아래에는 레비아탄이 산다. 아레해의 주인, 레비아탄. 코에서는 독기를 뿜고 입에서는 불을 뱉어낸다는 바다에서 가장 거대한 마수.

놈이 똬리를 틀고 있는 바다 위 섬으로 가라는 소리는 죽으라는 것과도 같았다. 마을 사람들은 당연히 부당한 명령에 항의했다. 그러나 돌아온 것은 폭력이었다. 그 과정에서 두 명의 무고한 마을 사람이 목숨을 잃었다. 사람들은 울며 겨자 먹기로 명령을 따라 평생을 산 마을을 버리고 론튼섬으로 향하고 있었다.

하지만 아린은 생각했다. 론튼섬에 가서 레비아탄의 밥이 되나 반항하다 관리에게 얻어맞아 죽으나 결국 죽는 것은 매한가지가 아닌가.

그녀는 힐긋 오른편을 돌아봤다. 아린과 오빠는 그나마 괜찮았지만, 아빠의 등에 업힌 언니는 이미 목을 타고 뺨 위까지 반점이 올라오고 있었다. 간헐적인 마비 현상과 고열 때문에 제 다리로 걷지도 못한다. 아린은 후드를 둘러쓴 언니의 옆모습을 보다가 울컥 눈물이 차오르는 것을 느꼈다.

론튼섬으로 가는 부두에 가까워지자 죽음의 냄새를 맡은 마수들이 나타나 음산한 소리를 내며 사람들의 머리 위를 날고 있었다. 마을을 떠나온 지가 꽤 되었다. 이곳에는 이제 동물 사체와 마른 나뭇가지, 정체 모를 오물 웅덩이와 안개만이 지척에 깔려 있었다.

"흐흑……."

아린은 무서웠다. 아까부터 앞이 흐릿한 게 안개 때문인지 눈물 때문인지 구분이 되지 않았다. 그러다 문득 토끼 인형이 손에서 빠져나갔다.

"앗."

검은 반점이 뒤덮은 왼손은 가끔 이렇게 힘이 빠졌다. 아린은 얼른 허리를 숙여 인형을 찾았다. 그 인형은 아린이 7년 평생을 함께해 온 친구였다.

"여깄다!"

다행히 곧바로 손에 걸리는 푹신한 감촉이 있었다. 그녀가 인형을 안아 들고 고개를 들었을 때.

"……오빠?"

아린의 근처에는 아무도 없었다.

"까악!"

그때 머리 위를 지나가는 거대한 그림자에, 문득 정신이 번쩍 들었다. 아린은 벌떡 몸을 일으켰다.

"오빠!"

아린은 그녀의 머리 위로 엄습하는 그림자를 피해 달음박질치기 시작했다. 깍깍거리는 괴조의 울음소리가 조금씩 가까워지고 있었다. 발을 내디딜 때마다 물컹하고 진득한 것들이 신발 밑창 아래로 밟혔다. 아린은 품 안의 인형에만 의지한 채 눈을 감고 무작정 달렸다.

"악!"

그때 발밑에 돌부리가 밟혔다. 아린은 중심을 잃고 앞으로 고꾸라졌다. 그녀를 놀리듯이 뱅글뱅글 돌면서 쫓아오던 한 쌍의 괴조가 단숨에 머리 위로 덮쳐들었다. 안개를 뚫으며 나타난 거대한 부리와 발톱. 아린은 팔로 머리를 감쌌다.

퍽!

"까아악!"

그러나 아린의 바로 앞까지 날아온 괴조가 갑자기 비명을 지르며 달아나듯 날아갔다. 공포에 질려 있던 아린은 조심스럽게 고개를 들었다. 거기에, 손에 사슬을 감고 머리에는 검은 로브를 둘러쓴 사람이 있었다.

"괜찮니?"

낭랑한 여자 목소리. 아린은 바닥에 주저앉아 눈을 깜빡였다. 그녀가 아린에게 손을 뻗었다. 아린은 얼떨떨하게 손을 잡으려다가 깜짝 놀랐다.

"뒤, 뒤에!"

아린을 쫓던 한 쌍의 괴조 중 남은 하나가 로브를 쓴 사람의 등 뒤로 날아오고 있었다. 아린이 급히 그녀의 등 뒤를 가리켰지만 때는 이미 늦었다.

쿵!

그러나 괴조가 여자를 덮치기 직전, 검은 늑대가 날아와 괴조를 향해 몸통을 부딪쳤다. 괴조와 늑대가 순식간에 한데 뭉쳐져 안개 속으로 사라졌다. 아린은 여자의 등 뒤를 가리키던 자세 그대로 굳었다.

"······."

방금 무슨 일이 있었지? 아린이 어리둥절해하는 사이 여자가 그녀의 손목을 잡아끌었다. 무심결에 아린은 몸을 바로 세웠다.

"어. 너, 그 손."

그때 그녀가 아린의 왼손을 가리키며 말했다. 아린은 화들짝 놀라 손을 숨겼다. 돌림병에 걸린 아이인 걸 알면 론튼섬으로 넘겨 버릴까. 아린의 작은 몸이 잘게 떨렸다.

"괜찮아, 이리 줘."

그런데 여자가 아린의 앞에 한쪽 무릎을 꿇었다. 그리고 손을 뻗어 아린의 왼손을 잡았다. 아린은 화들짝 놀랐다.

"병, 병이 옮아요."

그러나 그녀는 아린의 말에도 아랑곳하지 않고, 로브 안을 뒤지더니 아린의 손에 무언가를 쥐여 주었다.

'돌? 아니, 보석⋯⋯?'

그건 황금색으로 빛나는 돌이었다.

"이걸 꼭 쥐고 있어."

여자가 말했다. 이유는 몰랐지만 아린은 그녀의 말에 따라 돌을 손으로 꼭 쥐었다. 그러자 돌은 희미한 소리를 내며 빛을 뿜어냈다. 아린의 눈이 커졌다. 손등에서부터 퍼졌던 고통이 사그라들고 있었다. 빛이 스러졌을 때는, 아린의 팔을 뒤덮었던 검은 반점들도 사라지고 없었다.

"우와⋯⋯."

아린은 돌을 쥔 손을 천천히 열었다. 손에 남아 있던 돌은 먼지가 되어 바람결에 날아갔다. 아린의 병과 함께.

"이건⋯⋯."

'마법?'

검은 로브도 그렇고 이상한 사슬도 그렇고, 저 정체 모를 사람은 마법 사인 걸까?

"이제 괜찮지?"

마법사가 다정한 목소리로 물었다. 아린은 신기하게 손을 내려다보다가 심장이 덜컹 내려앉았다.

"언니한테 줄걸⋯⋯."

나는 그렇게 아프지도 않은데. 언니는 죽어 가고 있었는데. 아린이 갑작스럽게 눈물을 글썽이자 마법사는 당황했다. 그녀는 황급히 로브 안을 뒤졌다.

"자자, 여기 더 있으니까 울지 마."

마법사는 그렇게 말하며 아린의 양손 위에 황금색 돌을 와르르 쏟아냈다. 아린의 얼굴에 놀라움이 번졌다. 마법의 돌이 이렇게나 많다니?

'이거면 가족들을 전부 다 치료할 수 있겠다!'

"린린!"

때마침 어디선가 오빠의 목소리가 들렸다. 아린은 깜짝 놀라 홱 고개를 돌렸다.

"가족들인가 보다. 얼른 가 봐. 나는 론튼으로 쫓겨난 너희 마을 사람들을 구하러 갈 테니까."

마법사가 몸을 일으키며 말했다. 아린의 눈이 휘둥그레졌다. 론튼섬에 있는 마을 사람들을 구하러 가겠다고? 그 섬에는 아레해의 주인, 레비아탄이 사는데.

아린은 커다란 눈으로 마법사를 올려다봤다. 이상한 일이었다. 눈앞의 마법사는 아린의 오빠나 언니보다 키도 작은데, 어쩐지 별로 걱정이 되지 않고 그녀가 해낼 수 있을 거라는 생각이 들었다. 아린과 눈을 마주친 마법사가 황금색 눈을 휘며 웃었다. 그리고 아린은 뒤늦게 깨달았다.

황금색 눈동자, 남색 머리칼, 그리고 손목에 감겨있는 사슬!

"대마법사님?"

그러자 마법사가 입에 검지를 대고 작게 속삭였다.

"쉿."

'맞구나!'

마왕을 물리치고 십 년 동안 잠들어 있던 대마법사가 얼마 전 다시 눈을 떴다던 소문이 진짜였다! 아린은 한쪽 팔로 돌을 껴안고 마법사의 옷자락을 잡았다.

"이제 우리 마을로 돌아가도 되나요?"

아린이 간절한 목소리로 물었다. 마법사는 자신의 로브를 잡은 작은 손을 내려다보고는 씩 웃으며 아린의 머리 위에 손을 얹었다.

"물론이지, 오늘 밤은 너희 집에서 자게 될 거야."

아린의 얼굴에 환한 희망이 번졌다. 다시 한번 아린을 찾는 오빠의 목소리가 들렸다. 아린은 마법의 돌들과 토끼 인형을 품에 안은 채 목소리가 들리는 곳으로 달려갔다. 그사이 아린의 품에서 금빛 돌 하나가 굴러떨어졌지만 아린은 눈치채지 못했다.

한참 후, 아린과 마법사가 사라지고 고요만이 남은 땅 위로 검은 구둣발이 걸어왔다. 하얀 장갑을 낀 손이 마수의 시체와 돌 더미 사이에서도 빛을 발하고 있는 돌을 주워들었다.

"엘릭서."

남자의 건조한 목소리가 차가운 허공 사이로 흩어졌다.

* * *

─1년 후, 수아르 마도국.

"오렌지 타르타르 배달 왔습니다!"

연구실 문이 벌컥 열리는 것과 동시에 로즈가 경쾌한 목소리로 외쳤다. 그러나 나를 포함하여 이 방의 누구도 그녀에게 시선을 주지 않았다.

"엥, 이 분위기가 아닌가 봐요?"

로즈는 무안한 듯 중얼거리며 트레이를 들고 앨런과 슈웨인의 사이에 끼어 앉았다. 단테와 노엘을 포함하여 이제 여섯이 된 마법사들이 둥글게 모여 앉았다.

아까부터 우리가 숨죽이고 바라보고 있는 것은 잠든 마수경이었다. 정확히는 검은색으로 빛나고 있는 녀석의 핵이다.

마수경이 들어가 있는 저 투명한 마법 장치는 마수 부화기로, 아래에 깔린 마력석의 마력을 마수에게 전달해 주는 기능이 있었다. 이내 마력을 잔뜩 받아 포화 상태에 이르자, 마수경의 핵이 검게 빛나며 부들부들 떨리기 시작했다.

그리고 지금!

"성공이다!"

우리는 다 함께 외쳤다. 나는 벌떡 일어나서 옆에 있던 아무나 얼싸안고 방방 뛰었다. 한참 뛴 후에 그게 노엘이라는 걸 알았다. 아무튼, 중요한 건 그런 게 아니었다. 드디어 마수경의 핵을 두 개로 증식시키는 데 성공한 것이다!

번식 방법이 불명이던 마수경의 중심에 핵이 있다는 것을 발견한 뒤. 그게 마수경의 심장이며, 일정 이상의 마력을 쏟아 넣으면 두 개로 증식한다는 이론을 세웠다. 그 이론이 진실로 판정되는 순간이었다.

즉흥적으로 모인 우리 팀은 이날을 위해서 열흘 동안 만사 제쳐놓고 연구에 매진했다. 덕분에 책상과 테이블은 며칠 전부터 있었는지 알 수 없는 커피와 간식들에게 자리를 빼앗겨 버렸고, 우리는 이틀 전부터 식사와 연구를 바닥에서 해결하고 있었다.

하인들이 저걸 치우고 싶다고 나서기도 했지만 정리하기 시작하면 무언가가 소실될 수도 있으므로 그대로 놔두라고 했다. 말하자면 우리 연구실 꼬락서니는 흡사 돼지우리와도 같았다는 뜻이다. 여섯 명의 마법사가 함께 생활하면 그렇게 되게 되어 있다.

아아, 얼마나 고생했는지 모른다. 하지만 그로 인해 얻게 된 결과는 어마어마했다. 마수경의 번식은 그와 비슷한 생리를 가진 다른 마수들에게도 적용될 것이며, 이 연구가 학계에 미치게 될 영향과 그에 따른 부가가치는 바로 산출하기도 어려울 정도다.

아무튼, 장치에 달라붙어 두 시간마다 한 번씩 현상을 기록하며 바닥에서 고꾸라져 자야 했던 이 끔찍한 생활도 이제 다 청산이었다. 나는 행복하게 웃으며 옆으로 털썩 쓰러졌다.

"탑주님……!"

놀라서 내게로 손을 뻗는 동료들의 얼굴을 보며, 나는 꿀처럼 달콤한 잠에 빠져들었다.

* * *

나는 번쩍 눈을 떴다.

"꺄악!"

내게 담요를 덮어 주려던 로즈가 깜짝 놀라 뒤로 넘어갔다. 난 벌떡 일어났다.

"내가 얼마나 잤지!"

"두 시간밖에 안 지났습니다."

"더 자지, 왜 벌써 일어났어요?"

테이블 앞에 앉아 있던 슈웨인과 앨런, 노엘이 차례로 고개를 기울였다. 테이블 위에는 빈 부화기가 놓여 있고 갓 태어난 새끼 마수경이 슈웨인의 손바닥 위에서 빼꼼히 얼굴을 들어 올렸다.

"헉, 연구실이 깨끗해졌다."

나는 뒤늦게 테이블 위에 부화기를 올려놓을 공간이 생겼다는 사실에 놀랐다. 문서와 잡동사니로 포화 상태가 되는 바람에 맨바닥에서 마수경을 부화시켰는데. 내 반응에 앨런이 킥킥거리며 웃었다.

"연구가 성공했다고 말하기 무섭게 하인들이 들이닥쳤어요."

"벼르고 있었나 봐."

로즈가 필요 없어진 담요를 접어 들고, 헝클어진 분홍색 머리카락을 정리하며 일어났다.

"그나저나 왜 그렇게 갑자기 일어나요? 깜짝 놀랐잖아. 뭐 급한 일 있어요?"

"앗, 맞아. 뭔가 할 게 있었던 것 같은데."

나는 로즈의 손을 잡고 몸을 일으키며 잠깐 고민하다가 이내 입을 열었다.

"까먹었다."

"뭐야."

할 일을 까먹은 나는 새끼 마수경에게로 다가갔다. 녀석에게 손을 뻗자 마수경은 고개를 기웃거리다가 슈웨인의 손에서 내 손으로 옮겨왔다. 마수경은 수은처럼 유연하게 움직였지만 손바닥에 닿는 질감은 젤리처럼 말랑말랑했다. 귀여워. 왜 귀엽지……. 고민은 오래 걸리지 않았다.

"작아."

"금방 커질 겁니다."

"언제 키워서 잡아 먹냐."

내가 새끼 마수경을 향해 입을 쩍 벌리자 녀석이 몸을 납작하게 펼쳐서 내 얼굴을 밀어냈다. 찰흙 같은 몸이 볼에 부딪히며 철퍽 하는 소리가 났다.

"아얏, 뺨 맞았어."

"어린애를 놀리면 못써요."

로즈가 자리에 앉으면서 내게 핀잔했다. 나는 유리병 속에 있는 블록형 간식을 하나 집어서 마수경의 입가에 대줬다. 마수경은 잠시 머뭇거리다가 동그랗게 입을 열어서 그것을 받아먹었다. 아직 제대로 형태를 못 만드는 건지, 입 같지도 않은 것으로 간식을 물고 열심히 오물거리는 게 장했다.

"그렇게 귀여우십니까?"

슈웨인이 물었다. 말뜻을 이해할 수 없어 어리둥절한 얼굴을 하자 앨런이 못 말린다는 듯 고개를 저었다.

"스승님 엄청 바보 같은 표정 짓고 있어요."

내가 그랬나?

"새끼는 다 귀엽지."

나는 마수경을 테이블 위에 올리고 유리병에 남아 있는 간식을 녀석의 앞에 탈탈 털어 줬다. 마수경이 신나게 간식을 입으로 밀어 넣었다. 난 빈 의자에 털썩 주저앉았다. 맞은편에서는 슈웨인이 옅게 미소 띤 얼굴로 마수경을 구경하고 있었다. 나는 문득 이상해져서 물었다.

"그나저나 아직 안 돌아갔네요? 자고 일어나면 없을 줄 알았는데."

"네?"

"황제의 호위 기사잖아요. 이렇게 오래 자리를 비워도 되는 거예요?"

"제대로 휴가를 신청해서 왔으니 괜찮습니다. 일이 워낙 한가하기도 하고……."

"아."

나는 빠르게 납득했다. 하긴, 애초에 황제에게 호위가 왜 필요한지도 모를 일이었다. 본인이 소드 마스터인데. 인력 낭비 아닌가? 그때 노엘이 불쑥 끼어들었다.

"그런데 카터 경은 모데라토 님이랑 같은 팀 아니에요? 그런데 황제 전속 기사이신 거예요?"

"겸업이죠. 이중 국적이거든요."

"아니, 1장로 소속 마법사랑 황제의 검을 겸업한다고요?"

노엘이 기겁했다. 내가 마탑을 수아르로 옮기며 기존의 제도를 전면 개편 했다. 그 과정에서 모데라토는 1장로가 되었고 슈웨인은 그녀의 팀에 소속 되게 되었다. 그전에는 그냥 마탑에 적을 둔 카르멘의 기사이기도 했고. 그런데 1장로 소속 마법사에다 황제의 검이라고 표현하니 갑자기 굉장히 대단한 직책처럼 느껴지네.

그러나 노엘이 화들짝 놀란 것이 무색하게, 슈웨인은 표정 변화 하나 없이 답했다.

"초대 황후 폐하는 황후와 마탑주도 겸업하지 않았습니까. 그에 비하면 별것도 아니죠."

"그래도 황실은 이중 국적자를 그런 요직에 앉혀 주는 거네요……."

"헤브람 귀족의 거의 십분의 일이 이중 국적자가 되어 버려서, 큰 흠이 되지는 않았습니다."

헤브람의 귀족 자제들은 어릴 적 아카데미를 나오고, 그중 10% 이상이 마법학교를 지원한다. 그중 모두가 마법사로 활동하지는 않지만, 일단 마법학교에 들어가면 마탑에 입적할 수 있었다. 수아르 마도국의 국적은 마탑 소속 모두에게 나왔기에, 결국 제국과 마도국은 그들에게 이중 국적을 주는 것으로 일을 해결 봤다.

참 정신없는 때였지…… 하고 생각하면서 고개를 들었는데, 어쩐지 모두의 시선이 나를 향하고 있었다. 묘하게 원흉을 바라보는 듯한 눈빛. 나는 눈을 피하지 않은 채 눈썹을 까딱했다.

"왜, 뭐."

"에헤에……."

그들은 이상한 웃음소리를 내며 고개를 돌렸다. 앨런은 슈웨인에게로 표적을 돌렸다.

"그래도 뭔가 수상한데, 혹시 헤브람 제국의 스파이 아니에요?"

엘레나 프라온 공작의 사촌인 로즈와 글램 백작의 조카인 노엘까지. 테이블에 앉아 있는 이중 국적자만 세 명인 상황에서 앨런이 갑작스런 의심을 제시했다.

하지만 슈웨인의 반응이 궁금했으므로 나는 말리지 않고 조용히 관망하기로 했다. 그런데 때마침 슈웨인도 내 쪽을 돌아봤다. 나와 눈을 마주치자 그는 빙긋이 미소 지었다.

"제가 만약 제국의 스파이라면 이중 스파이일 겁니다."

"……."

생각지 못한 대답에 나는 눈을 동그랗게 떴다. 아니, 슈웨인이 저렇게 재치 있는 답변을? 앨런은 크게 웃음을 터트리며 슈웨인의 등을 때렸다.

"아니, 이 형 농담도 하네!"

갑자기 앨런이 슈웨인을 형이라 칭하기 시작했다. 노엘과 로즈도 웃길래 따라 웃으려다가, 문득 내 직위를 떠올리고 앨런을 타일렀다.

"앨런, 슈슈를 놀리면 못 써."

"선생님이 더 적극적으로 놀리고 계신데요."

그러자 로즈가 나를 지적했다. 내가 뭘? 의아한 표정을 지어 보이자 로즈가 손가락질을 했다. 무심코 그녀가 가리키는 방향을 돌아보자 책상에 엎어진 채 주먹으로 책상을 쾅쾅 치고 있는 앨런이 보였다.

"슈……! 슈슈……!"

아차. 앨런의 숨넘어가는 목소리에 나는 내 실언을 깨달았다. 앨런의 옆에서 노엘도 고개를 돌린 채 어깨를 떨고 있었다. 반대편으로 시선을 돌리자 고개를 숙인 슈웨인이 보였다. 그는 앨런에 비해서야 침착해 보였지만, 귓불이 빨갛게 물들어 있었다.

아이쿠. 사태의 심각성을 깨달은 나는 황급히 수습에 나섰다.

"슈슈가 뭐? 전대 탑주님께서 부르시던 애칭이야. 경이 어릴 적에는 집에서도 그렇게 불렸고……."

"체, 첼시."

슈웨인이 애달픈 목소리로 내 이름을 부르기에 나는 손을 내저었다.

"에이, 괜찮아요. 귀엽기만 한데, 안 그래?"

"네, 귀엽……! 크핫……!"

앨런은 고개를 들고 대답하려 했으나 성공하지 못하고 다시 책상에 고개를 파묻었다. 어쩐지 해명하려 할수록 상황이 악화되는 것이 느껴졌다. 그때 나는 불현듯 내가 이렇게 일찍 일어난 이유를 떠올렸다.

"아, 나 할 일 뭐였는지 생각났어!"

나는 벌떡 일어나며 외쳤다. 로즈가 입을 벌리며 감탄했다.

"와, 이렇게 대놓고 도망가시기예요?"

나는 무시하고 문 쪽으로 다가갔다. 문을 열기 직전, 구석에서 벽의 일부인 양 웅크려 있는 검은색 털뭉치를 발견했다.

"헉, 이 까망이는 뭐야."

내 목소리에 겨우 웃음을 그친 노엘이 고개를 들어 대답했다.

"아, 마수경에게 부화 조짐이 보일 때부터 그러고 있었어요."

그 말에 나는 깜짝 놀랐다. 부화 조짐이 보일 때였으면 상당히 오래전이었는데…… 까망이의 존재를 전혀 눈치채지 못하고 있었다. 아이고, 우리 까망이 허리 아프겠다. 나는 까망이의 옆에 쭈그려 앉아서 머리를 살살 쓸어주었다.

"까망아, 일어나. 이제 끝났어."

그러자 검은 눈꺼풀이 몇 차례 움찔거리더니 예쁜 금안이 스르르 모습을 보였다.

"우응, 끝……?"

"그래, 씻고 침대에 가서 자자."

졸린 눈을 끔뻑이는 녀석을 얼러서 일으키고 있는데, 등 뒤로 로즈의 의아한 목소리가 들렸다.

"원래 로엠이 잘 때는 인간화가 풀리나요?"

"아니요, 그는 이제 인간화를 완벽히 통제할 수 있습니다."

화제가 변하자 기운을 차린 건지, 슈웨인이 담담하게 답했다. 하지만 그 답이 로즈의 의문을 해소해 주지는 못했다.

"그럼 왜……."

'굳이 저 모습으로?'라는 말을 흐리며 로즈가 고개를 갸웃했다. 그러자 앨런이 픽 웃었다.

"그냥 스승님이 저 모습에 더 약한 걸 알고 괜히 저러는 거지. 겉만 늑대지 속은 완전 여우라니까."

그 말에 내 부축을 받으며 몸을 겨우 일으킨 까망이가 앨런에게로 고개를 확 돌렸다. 까망이와 눈을 마주친 앨런이 움찔 놀라더니 급하게 딴청을 피웠다. 나는 웃으면서 녀석을 달래고 연구실을 나섰다.

"앨런, 여우가 교활하다는 건 편견입니다. 여우도 개과의 포유류로 지능이 높기는 하지만 이는……."

탁, 슈웨인의 여우 강의가 시작되는 것에 맞춰서 연구실 문이 닫혔다.

우리 연구실은 복도의 가장 안쪽에 있었다. 좁고 긴 복도를 따라 걷고 있자 까망이가 물었다.

"그런데 첼시는 어디 가요?"

"너 방에 데려다주고 나는 최상층에 가야지."

"최상층?"

마탑은 층에 따라 구역이 나뉘었다. 아래층에는 도서관이나 대장간, 의뢰실같이 마법사의 동행하에 외부인도 드나들 수 있는 공간이 있었고, 높은 곳으로 갈수록 마탑주와 장로들의 생활 공간이나 연구실, 집무실이 있었다. 그중에서도 최상층은, 회의실이나 응접실 같은 역할을 했다. 오늘은 정기 회의가 열리는 날은 아니니, 최상층에 가는 이유는 하나였다.

"외국에서 사신이 왔나요?"

외국의 극빈이 마탑주를 만나러 왔을 때는 최상층으로 안내했다. 최상층으로 가는 동안 마탑의 전경을 모두 보여 주며, 당신에게 숨길 것이 없다는 뜻을 전하는 친화의 표시이자 자신감의 표명이었다. 까망이의 물음에 나는 어색하게 웃었다.

"으응, 사실 오늘 아침에 왔을 건데……."

"오늘 아침에 왔으면 벌써 돌아갔겠네요."

"음, 근데……."

"탑주님, 안녕하세요!"

"안녕하세요, 전하!"

"응, 안녕."

수습 마법사처럼 보이는 꼬마들이 복도를 지나가며 힘차게 인사했다. 나는 녀석들에게 손을 흔들어 주고 까망이를 돌아봤다.

"뭐, 이미 돌아갔을 수도 있지만, 안 갔을 수도 있으니까. 모데라토가 십 분이라도 좋으니까 얼굴만 비춰 달래. 내가 그냥 앉아 있기만 해도 도움이 된다고 했어."

나라를 세운다고 갑자기 뛰어난 관리자가 되는 건 아니었다. 마탑의 제도를 개편한 후로, 나는 정치에 대한 것은 모데라토에게 거의 맡기다시피 하고 있었다. 그런 내가 자리만 차지하는 게 무슨 도움이 되는지는 모르겠지만, 어려운 일도 아닌데 그 정도는 들어줘야지.

"저도 가겠습니다."

"앗, 그럴래?"

나는 고개를 돌려 옆을 바라봤다. 예쁜 금안에 반지르르한 털을 가진, 평범한 늑대가 보였다.

"뭐, 괜찮겠지. 그래, 그럼."

복도를 모두 빠져나가자 탑의 중앙이 나왔다. 하얗게 빛나는 원형의 돌탑은 가운데가 뻥 뚫려 있었다. 까마득한 구멍 사이로 쉭쉭거리는 바람 소리와 마법사들의 웃음소리가 들려왔다.

"가자."

우리는 그곳으로 뛰어내렸다. 허공에 발을 디디자, 투명한 원반 같은 것이 우리의 발밑에서 모습을 비췄다가 사라졌다. 그리고 우리의 발밑을 둥글게 감싸고는 수직으로 상승하기 시작했다.

원반에 투명 마법과 비행 마법을 건 것처럼 보이는 이 마법 장치는, 사실은 비행 마법과 결계 마법의 조합이었다. 진짜로 투명한 원반을 빙빙 날게 만들었다간 무슨 사고가 날지 몰랐다. 다루기 까다롭긴 하지만 결계 마법이 안전했다. 특별한 형체가 없고 탄력적이니까.

특정한 조건이 성립하면 발동하는 결계 마법 장치를, 층마다 중첩해서 몇 개씩 걸어 두면 이런 식으로도 사용할 수 있었다. 예컨대, '이 공간에 누군가가 접근하면 결계 마법이 발동한다.' '결계 마법이 발동하면 비행 마법이 발동된다.' 같은 마법의 조합으로 이루어진 마법 장치였다.

비행 마법을 통해 위층으로 올라가면 다시 결계 마법과 비행 마법이 연쇄적으로 발동해서 원하는 층에 도착할 때까지 마력을 붓기만 하면 된다. 만약 중간에 마력이 다 떨어지더라도 결계 마법은 해제되지 않으니 추락 사고가 발생할 일도 없다.

이 부유 장치를 탑의 중앙에 걸어 놓고, 마력을 붓기만 하면 누구나 이용할 수 있도록 만들어 놓았다. 클래식하게 빗자루를 타고 이동하는 것도 물론 좋지만, 이편이 훨씬 쉽고 효율적이었다.

이외에도 마탑 구석구석에 설치된 마법 장치들이 많았다. 최상층으로 올라가는 동안 보이는 마법사들의 모습은 하나같이 활기차고 즐거워 보였다.

"우와, 안녕하세요, 마탑주님!"

"전하! 안녕하세요!"

각 층으로 이동될 때마다 나를 발견한 마법사들이 새롭게 인사를 해 왔다. 흐릿해서 얼굴이 잘 보이지 않는 사람들에게 손을 흔들어 주며, 까망이에게만 들리도록 속삭였다.

"전부터 궁금했는데…… 마탑주면 마탑주고 전하면 전하지, 왜 섞어 쓰는 거지? 취향 따라 갈리는 건가?"

"그렇지 않아도 그 화제로 파벌이 갈려서 근 반년 동안 싸움이 계속되고 있다고 하더군요."

"엥, 그렇게까지나?"

생각지도 못한 뉴스에 나는 화들짝 놀랐다. 까망이가 절레절레 고개를 저었다.

"네, 역시 첼시는 모르셨군요. 요즘 마탑에서 가장 뜨거운 토론 주제

중 하나입니다."

"정말이야? 근데 왜 나는 모르는 게 당연하다는 식으로 말해?"

"첼시는 대외 활동으로 바빠서 마탑에 잘 없었으니까요."

"그러는 너도 나랑 같이 움직이잖아."

"마탑에 오면 첼시는 할 일이 많지만, 저는 남의 대화를 듣는 것밖에 할 일이 없거든요."

까망이는 당연하다는 듯이 답했지만, 역시 믿기 힘든 이야기였다. 나에 대한 호칭으로 파벌이 나뉘다니. 그럴 일은 없겠지만, 까망이가 나를 놀리는 건 아닌가 의심스러웠다. 나중에 아무나 붙잡고 자세한 내막을 물어봐야지.

이야기를 나누는 사이 우리는 최상층에 도착해 있었다. 부유 장치에서 내리자 응접실 앞을 지키던 마법사들이 우리를 보고 문을 열어 주었다.

"북해 전선이 무너지면 분명 대륙에도 피해가……!"

마탑의 모든 문은 여닫을 때에 소음이 발생하지 않았다. 목에 핏발을 세우고 강력히 제 주장을 펼치던 검은 머리의 남자는, 뒤늦게 사람들의 눈이 한곳을 향하고 있다는 것을 눈치채고 내 쪽을 바라봤다.

"탑주님."

장로들과 사신들이 자리에서 일어났다. 복잡한 무늬가 새겨진 붉은 나무 테이블은 세로로 길었다. 왼쪽에는 금사로 수를 놓은 검은 로브를 걸친 모데라토와 란달이, 오른쪽에는 하얀 털이 달린 정복을 입은 사신 두 사람이 앉아 있었다. 그 외에는 수행원 몇 사람이 서 있을 뿐이었다.

나와 까망이는 그들을 지나쳐서 가장 상석의 비어 있는 자리에 갔다.

"안녕하세요, 첼시 로드랭입니다."

내가 인사하자 내 오른편 자리의 모데라토가 나를 향해 진한 미소를 지었다. 뭐지? 부담스러워.

"……그리고 마탑주고요."

난 모데라토의 눈치를 살피며 조심스럽게 덧붙였다. 사람들을 둘러보니, 마법사들은 평온한 데 비해 사신들은 긴장한 눈치였다. 그들의 시선은 나와, 내 옆에 있는 까망이를 향해 있었다. 왜지. 까망이는 평범한 늑대일 뿐……이라서 무섭나 보구나.

"마탑의 주인을 만나 뵙게 되어 영광입니다."

내 왼편의 사신이 말했다. 검은 머리에 붉은 눈, 특이한 색의 조합이다. 그 나라에서는 흔한 색일 수도 있지만. 사신은 고개를 숙이며 내 왼손으로 손을 뻗었다. 나는 그가 내 손등에 입을 맞추려는 것을 눈치챘다.

"오, 우린 그런 거 안 해요."

나는 오른손을 뻗어 그의 손을 맞잡고 흔들어 주었다. 그는 약간 당황한 눈치로 내 악수를 받았다.

"먼 길 오시느라 수고하셨어요."

내친김에 그의 옆에 있는 사신과 수행원들과도 인사를 주고받았다.

"그럼."

내가 자리에 앉자 모두가 자리에 앉았다.

"제가 대화를 끊었네요. 그럼 전 신경 쓰지 말고 하던 이야기 계속하세요. 무슨 이야기를 하고 있었죠?"

마탑의 외교는 1장로가 맡는다는 이야기를 사신들도 들었을 것이다. 마탑에는 본디 법이 없었다. 윤리와 규칙만 있었지. 마탑을 나라로 만들면서 그 준칙들을 성문화하여 법으로 만들기 위해 많은 시간이 들었다. 하지만 아직 부족한 점이 많았다.

애초에 가장 강한 마법사가 마탑주가 되고, 마탑주 마음대로 모든 걸 처리하는 게 마탑이 가진 규칙의 전부였다. 비밀스럽고 중립적인 것에 더불어 어쩐지 고상한 이미지도 가지고 있었지만, 사실은 어떤 집단보다 힘의 원리로 움직이는 곳이 마탑이었다.

그러나 이제 우리에겐 법이 있었다. 마탑주의 자율로 모든 것을 처리하는 방식으로 마탑 같은 작은 집단까지는 통솔할 수 있지만 나라를 운영하는 것은 불가능하다. 그래서 12장로를 선출해 마탑주가 가진 권력의 많은 부분을 나눠 가지도록 했다.

장로는 예전에도 있었지만, 명예뿐인 자리에 가까웠다. 하지만 이제는 실질적인 힘이 생겼다. 일례로, 마탑으로 오는 모든 사절단은 1장로가 맡고 있었다.

"우리 타첸다는 솔리투도 반도의 첨단에 위치해 있습니다. 북부의 최전선이지요. 봄은 북해 마수들의 산란기입니다. 그런데 올해 여름부터 가을까지의 수해가 너무 극심하여……."

그런데 이 사람들은 왜 나만 보고 얘기하는 거지. 나는 슬쩍 눈을 돌려 모데라토를 살폈다. 그녀는 여전히 그윽한 미소만 짓고 앉아 있었다. 음, 사절단 상대가 귀찮았던 걸까.

"……그래서 현장에 있는 병사들의 수가 적어졌고, 우리는 줄어든 병력을 보충하기 위해 용병 기용을 작년보다 열 배 가까이……."

나는 사절단 아저씨를 돌아봤다. 중위층 귀족처럼 보이는 사오십 대 정도의 사신은 말을 좀 길고 지루하게 할 뿐 평범한 아저씨였다. 그 옆의 젊은 청년은 보좌로 온 듯하고.

그들의 설명으로 나는 이 사신들이 북해와 붙은 솔리투도 반도의 타첸다에서 온 손님들이라는 것을 알게 됐다. 어느 나라 사람들인지 몰랐는데, 이제 알았네. 추운 데서 오셔서 털옷을 입고 계셨구먼.

그리고 뭐…… 해양 마수들이 범람해서 힘들다는 것 같다. 마수들 때문에 사람들이 죽고 마을이 무너지고…… 마수들이랑 싸우느라 병사들도 많이 다쳤고…… 돈도 많이 나갔고…….

그 길게 길게 이어지는 죽는 소리를 듣고 있자니 문득 내가 제대로 침대에서 잠을 잔 게 사흘 전이라는 사실이 떠올랐다. 어쩐지 설명이 귀에 안 들어오더라. 나는 최대한 졸린 티를 안 내려고 애쓰면서 웃었다.

"그래서, 요점이 뭐죠?"

"예, 예, 그게……!"

졸린 티 안 내려고 했는데 실패한 걸까? 사절단 아저씨가 크게 당황한 얼굴을 했다. 그의 눈은 어쩐지 내 왼쪽 아래를 향해 있었다. 나는 그의 시선을 따라가, 까망이를 돌아봤다. 까망이는 얌전히 잘 앉아 있는데, 왜 저러지? 내가 사신을 돌아보자, 그는 크흠, 하고 목을 가다듬더니 나를 돌아봤다. 그의 고동색 눈동자가 진지한 빛을 띠었다.

"마수전을 지원해 줄 병사를 부탁드리고 싶습니다."

"수아르에는 병사가 없습니다."

사신의 요청에 대답한 것은 모데라토였다. 흥분하면 적안이 되는 그녀의 눈동자에는 평소의 노란색 위로 붉은빛이 감돌고 있었다. 이래서 기분이 나빴구나.

"병사는 없어도 병력은 있지 않습니까?"

"아니요. 그냥 전투가 가능한 마법사들이 있을 뿐입니다."

"그 전투가 가능한 마법사들이 수아르에 들끓던 마수들을 섬멸했지 않소?"

사신들의 말투가 미묘하게 변했다. 나는 우리 장로들과 타첸다 사절단의 공방을 지켜봤다.

"우리 마법사들을 아무 상관없는 타첸다의 접전지로 내몰 이유는 없습니다."

"아무 상관없는 일이 아닙니다. 북해 전선이 무너지면 그다음은 대륙입니다!"

그들의 목소리가 점점 높아지고, 나는 내가 처음 이 방에 들어왔을 때 사신이 왜 그런 말을 외치고 있었는지 이해할 수 있게 되었다.

"그만!"

나는 손을 들었다. 모든 이들의 시선이 나를 향했다.

"타첸다의 상황은 잘 알았어요. 하지만 수아르는 아직 완벽히 정상화된 상태가 아니에요. 국내에도 마수로 인한 수해가 일어나고 있고, 귀한 마법사 인력을 외부로 돌리는 건 곤란해요. 무엇보다 그들이 원해야 하는데, 딱히 그런 사람도 없을 것 같고요."

사신의 얼굴은 다소 황당한 기색이었다.

"그들의 의견이……."

"우리에겐 중요해."

나는 사신의 눈을 마주하고 답했다. 딱히 강하게 말한 건 아니었는데, 다행히 그가 얌전히 입을 닫아주었다.

"대신 다른 건 도와줄 수 있어. 무기, 식량, 원한다면 마력석도 일부 지원해 주지. 북부 전선이 무너지면 우리도 큰일이니까. 이에 대한 건 6장로와 협상해, 란달."

"네."

란달이 일어났다. 전대 마탑주의 사람으로, 외교관에 가까운 역할을 수행했던 클라우드를 오랫동안 보좌했었다. 당연히 이런 일에도 나보다 능통했다.

"사절단분들을 아래층으로 안내해 드려."

"알겠습니다."

란달이 일어났는데도, 사신들은 일어나지 않고 당황한 얼굴로 나를 보았다. 나는 고개를 까딱했다.

"이 정도면 평화를 사랑하는 우방의 든든한 지원이라고 생각하는데, 모자란가?"

"……아닙니다, 감사합니다."

그들은 일어나서 내게 인사하고 문을 나섰다. 그리고 방에는 나와 모데라토만 남게 되었다.

"……."

"……."

졸려 죽겠는데 귀찮게 굴어서 후딱 쫓아낸 것까진 좋았는데……. 나는 어색하게 모데라토를 돌아보고 물었다.

"……괜찮아?"

"그럼요."

배웅을 위해 일어나있던 모데라토는 생글 웃으면서 답하고는 자리에 털썩 앉았다.

"안 괜찮을 게 뭐가 있겠어요? 제가 말할 때는 지겹게 뻗대더니, 탑주님이 말씀하시니 듣네요."

괜찮다는 답 뒤로 오는 말은 전혀 괜찮지 않을 만한 이유였다. 이런, 내겐 적당히 사람 기분 맞춰 주는 기능이 없는데. 나는 난처함을 숨기면서 웃었다.

"그, 생각보다 오래 있었네. 사람들이. 벌써 갔을 수도 있다고 생각했는데."

"계속 기다리셨거든요, 그분들이. 마탑주님이 일전에 여러 나라를 돌아다니면서 도움을 줬다는 이야기를 들었다고, 영웅답다고 칭찬을 많이 하더라고요."

아, 어쩐지 오래 있다 했다. 시간을 질질 끌면서 내가 오길 기다렸구나. 그저 그들이 무리한 요구를 해서 모데라토가 화가 난 줄 알았는데. 그것뿐만이 아니었나 보다. 아마 사절단이 그녀에게 제대로 된 대우를 해 주지 않았던 것 같다.

"적당히 물리지 그랬어."

"말을 들어먹으셔야 말이죠. 탑주님이 했던 말, 저도 똑같이 했었거든요."

"마탑의 1장로를 감히 그렇게 대하다니, 간이 부었나 보네."

"장로라는 이름이 생소하겠죠. 그들의 눈으로 보면, 뭐 별거인가요. 왕 아래는 왕족이고, 그다음은 귀족인 거지. 그들은 귀족이고요."

"너도 그렇잖아."

에키드 왕국의 인체 실험에 희생된 아이들은 크게 힘없는 평민들, 아니면 인체 실험에 반대한 귀족들의 자식들이었다. 모데라토는 그중 후자였다. 그러나 그녀는 고개를 저었다.

"망국에 귀족이 어디 있나요. 전부 난민이지. 그런 건 상관없어요. 다만, 사절단의 이름으로 와서 제일 먼저 한 일이 구걸이라는 게 기껍지 않네요."

"구, 구걸."

"마탑주님이 건국 전에 했던 좋은 일들을 하나하나 언급하고 찬양하면서 눈치를 주잖아요. 수아르가 내건 '정치적 중립'에 대한 이야기도 하면서, 친히 우리가 해야 할 앞으로의 행동도 다 정해 주지 않겠어요? 마도국은 약소국에게 힘을 실어 주면서 제국을 견제하고 대륙의 균형을 유지해야 한다고요."

모데라토는 차분한 목소리로 말했지만 그녀의 눈동자에는 여전히 오렌지빛 불꽃이 튀고 있었다. '마탑의 1장로에게 마탑이 앞으로 걸어가야 할 길을 친히 조언해 주다니, 정말 사려 깊기도 하지.'라고 중얼거리는 그녀의 목소리에는 차가운 분노가 들끓었다. 그런데 이상하게도, 모데라토가 그 사절단 아저씨가 해 줬다는 말을 읊을수록 묘한 기시감을 느꼈다.

사절단 아저씨가 조언해 준 마도국의 모습이 내가 예전에 수아르 마도국을 세우면서 상상했던 마탑의 이상향과 닮아 있었던 것이다. 그래서 나는 그들이 선을 넘었다는 모데라토의 말에 동의하면서도 멋도 모르고 허황된 조언을 한다는 욕설에는 섣불리 동참할 수 없었다.

"하하……."

결국 나는 이러지도 저러지도 못하고 어색한 웃음만 계속 흘뿌렸다. 다행히 모데라토는 내 빈약한 리액션 속에서도 움츠러드는 기색 하나 없이 한껏 불만을 읊었다.

"우릴 물로 보는 거지!"

쿵! 모데라토는 비꼬는 것으로도 성이 안 찼는지 화가 나서 주먹으로 탁자를 내리쳤다. 응접실의 긴 탁자는 두꺼운 원목 재질이었기에, 난 모데라토의 손이 상할까 봐 급히 말했다.

"진정, 진정해."

"마도국을 세우기 전에 탑주님이 여러 사람들을 돕고 다녔다는 게 마도국이 타국들에게 도움을 줘야 하는 이유는 될 수 없죠. 우리 마탑은 지금도 충분히 외교에서 타국들을 배려하고 있고요! 헤브람 제국을 제외하고는 마력석을 거의 독점적으로 제공하고 있는데도, 우린 워프 존 게이트의 허가만 내려주면 마력석을 헐값에 팔아넘겨 주고 있죠. 이게 아주 관대한 처사라는 걸 다들 잊은 것 같지만요!"

모데라토가 빠르게 불평했다.

내 마수왕이 잠들어 있는 '드래곤의 탑'은 헤브람 제국에 있었지만, 내가 마탑주를 승계받는 날 헤브람 제국부터 나스티아 공국까지를 감싸던 결계를 수아르 마도국까지 확장하는 데 성공했다. 그래서 수아르에서도 우리 마법사들은 제국 안에서처럼 자유롭게 마력을 운용할 수 있었고, 수아르의 제1 수출품은 당연하게도 마력석이었다.

축적된 자원량이나 인구 규모의 차이가 현저해서 헤브람 제국이 수출하는 마력석의 양을 따라잡을 수는 없었다. 그러나 여태까지 헤브람 제국 혼자서 마력석의 가격을 책정했다면, 이제는 적어도 수출하는 나라가 두 군데로 늘어난 것이다. 제국이 마력석 가격을 높이면 높이는 대로 받아서 살 수밖에 없었던 옛날보다는 상황이 나아진 편이다.

게다가 마탑은 빈민국이나 마수에게 수해를 입는 나라에게는 마력석을 거의 무상으로 지원해 주는 일도 빈번했다. 그 대가로 우리가 받는 것은 워프 존 게이트의 설치 허가 정도였다.

워프 존은 다양한 나라에 많이 설치할수록 질이 상승하니까 우리에게 좋은 일이긴 했지만, 질 좋은 마력석을 무상으로 넘길 대가냐고 하면 그렇지는 않았다. 그러니 이건 우리가 타국의 상황을 적당히 봐주고 있는 것이었다.

"호의가 계속되니까 이제 고마운 줄도 모르고, 물에 빠진 놈 건져 놨더니 보따리 내놓으라고 한다니까? 어딜 감히 남의 나라에 와서 맡겨 둔 것처럼 지원 병력을 요구할 수 있어요? 아주 잘못됐다고 생각하지 않으세요?"

나를 겨냥한 질문에, 난 황급히 고개를 끄덕이며 호응했다.

"응, 아주 돼먹잖은 놈들이네."

"그렇죠? 우린 호구가 아니잖아요."

나는 어색하게 웃으며 맞장구를 쳤다.

"그러엄, 우린 호구가 아니지."

모데라토는 사절단들의 태도가 얼마나 무례하고 도를 넘었는지 다양한 방면에서 지적했다. 나는 슬슬 이 긴 뒷담이 목적지에 가까워지고 있다는 걸 느꼈다. 모데라토가 깊은 한숨을 내쉬며 말했다.

"하지만 사절단들이, 제가 아무리 말해도 듣지 않는 것도 당연한 일이죠. 1장로라고 해도 명색만 최고 장로지 어떤 특별한 권한을 가진 게 아니잖아요?"

"그래? 그럼 우리 제자님이 제대로 된 대접을 받으시도록 하려면 어떻게 하는 게 좋을까."

어르는 듯한 내 목소리에 모데라토가 픽 웃었다.

"진심으로 우려되신다면, 제게 마탑주가 부재 시 마탑주의 대리인으로서 모든 권한을 대행할 수 있도록 허락해 주세요."

"좋아."

"물론 말도 안 되는 소리란 건 저도 알지만 선생님께서……."

관성적으로 설득의 말을 읊으려던 모데라토가 문득 멈췄다. 그녀가 자신의 귀를 의심하며 눈을 깜빡였다.

"……뭐라고요?"

"좋다고. 그렇게 하자. 안건으로 올려. 아예 성문화해서 법으로 삼자고. 됐지?"

"아니, 이렇게 쉽게……."

"네가 해 달라며?"

난 피곤해서 이제 자러 가야겠다, 그렇게 말하면서 나는 의자를 밀며 일어났다. 문으로 향하는 내 등 뒤로 모데라토의 불안한 목소리가 부딪혔다.

"선생님…… 설마 무슨 속셈이 있으신 건 아니시겠죠?"

나는 그녀에게 손을 흔들어 주며 응접실에서 빠져 나왔다.

* * *

24시간쯤 자고 일어나니 모데라토의 제안이 예쁘게 안건으로 만들어져 책상 위에 올라와 있었다. 난 거기에 인장을 박고 다음 정기 회의 날에 모든 장로들의 앞에서 발표했다.

'마탑주의 부재 시에는 최고 장로가 마탑주의 대리인이 되어 모든 권한을 대행한다'라는 법률은 무척 획기적이었다. 만약 헤브람 제국에서 황제가 산책하러 나간 사이에 황녀가 황좌에 앉을 수 있다는 법이 생긴다면 제국은 난리가 날 것이다. 황녀의 반대파에 있는 대신들이 역모를 걱정하며 입법 단계에서 들고 일어설 게 분명하다.

그러나 마탑의 정기 회의에는 마탑주와 장로들밖에 없었고, 장로회 입장에서는 1장로를 비롯한 장로들의 입지를 높일 법을 반대할 이유가 없었다. 모데라토의 미심쩍은 눈길을 받으며, 이 법률은 속전속결로 통과되었다.

오늘도 관료주의적인 절차들을 무사히 견뎌 낸 내가 방으로 돌아가자 두 시종이 내게로 다가왔다.

"탑주님, '그린' 님께서 보내신 서신입니다."

"응, 고마워."

"고생하셨습니다, 전하. 다과를 준비해 드릴까요?"

"아니, 바로 에리어로 이동할 거야. 난 신경 쓰지 말고 볼일들 봐."

"네, 탑주님."

"네, 전하."

공손하게 돌아온 대답들은 호칭이 갈렸다. 그 직후, 그들의 시선이 무섭게 부딪혔다. 난 움찔 놀랐다.

"설마 너희들도 그거야? 정말 날 부르는 호칭으로 갈려서 싸우고 있는 거야?"

내 질문에 시종들이 당황한 얼굴을 했다.

"아닙니다, 탑주님."

"하하, 그럴 리가요. 그럼 즐거운 시간 되십시오, 전하."

시종들이 단숨에 샬샬이 흩어졌다. 나는 무안하게 머리를 긁적이며 에리어로 이동했다. 내 방에 있는 워프 존 에리어는 헤브람 제국 황제의 방에 연결되어 있었다. 에리어에 마력을 불어넣고 시야를 덮은 검은빛이 사그라들고 나자, 눈앞의 전경이 바뀌어 있었다.

"카르멘?"

그러나 황제의 방은 비어 있었다. 어디 갔지.

"카르멘?"

가만히 서 있자 내 품속에서 나와 똑같은 목소리가 물었다. 시선을 내리자 내 품속에서 조그만 찰흙 덩어리가 빠끔 고개를 내밀고 있었다.

"카르멘은 헤브람 제국 황제야."

"카르멘은 헤브람 제국 황제야."

이제 입이 터진 꼬마 마수정, 밍밍이는 이렇게 사람들이 하는 모든 말을 따라 했다. 나는 웃으면서 말했다.

"응, 그리고 내 연인이야."

"응, 그리고."

나는 밍밍이가 말을 잇기 전에 녀석의 입에 검지를 댔다.

"이건 비밀이야."

밍밍이는 바둑알처럼 까만 눈동자를 두 번 깜빡이더니 말했다.

"이건 비밀이야."

"훌륭해."

난 녀석을 다시 품속으로 밀어 넣고 로브에 그려 놓은 투명화 마법을 발동시켰다. 여기서 가만히 카르멘이 올 때까지 기다릴 수도 있겠지만, 직접 찾아 나설 수도 있었다. 우리는 조심스럽게 황제의 방을 나섰다.

* * *

품속에 무시무시한 마수를 숨긴 대마법사, 비밀리에 데일라르크 황실에 침입하다. 그런 콘셉트로 살금살금 복도를 거닐자 밍밍이가 온몸으로 손뼉을 치며 재밌어했다.

중간중간 길을 지나가는 시종들이나 기사들과 맞닥뜨리기도 했다. 그러나 그들은 우리를 볼 수 없었다. 첩자가 된 기분에 심취한 채 2층의 모든 방을 지나, 응접실로 내려가자 아래에서 말소리가 들렸다.

"타첸다는 지금 위기에 처해 있습니다. 부디 다시 생각을……."

"그만, 그 이야기는 됐습니다. 폐하께서도 거절하시지 않았습니까."

어쩐지 그 내용이 낯설지 않았다. 나는 밍밍이와 조용히 눈을 맞췄다. 계단 중간에 걸터앉아 기다리자, 응접실 쪽에서 언성이 몇 번 오가더니 곧 의자 끄는 소리가 들렸다. 잠시 후에 고풍스러운 금색 아치 아래로 넘어온 사람은 역시나 그 빨간 눈의 사절단 아저씨였다.

타첸다의 사절단들이 마탑을 나선 게 일주일도 전이었는데, 아직도 주변국들을 돌아다니고 있었다니. 그들도 어지간히 급했던 모양이다. 듣자 하니 올해 여름부터 극심해진 마수들의 습격에 시달렸다는 것 같다.

모데라토에겐 미안한 말이지만, 마탑에서 병력을 빌려 달라고 난리를 쳤던 것도 심정적으로는 이해가 됐다. 나라가 망하게 생겼는데 분별력이고 예의고 챙길 여력이나 있을까.

"뭐 저런 놈들이 다 있어?"

그때 갑작스럽게 들린 높은 목소리에, 나는 후다닥 몸을 숙였다.

곧 아치 아래로 똑같이 빛나는 금발에 푸른 눈을 가진 훤칠한 남녀가 모습을 드러냈다.

제국, 아니 대륙 역사상 가장 아름다운 황제라고 칭송받는 카르멘 노아 데일라르크 황제와 유일한 황녀인 캐롤라인 레나 데일라르크였다.

소드 마스터인 황제는 겉모습만으로는 나이를 분간하기 어려워, 막 성인이 된 청년 같은 외모 속에서 짙은 눈동자만이 그가 거쳐 온 세월의 깊이를 알려 주고 있었다.

곁에 있는 황녀는 그와 쏙 빼닮았지만, 거의 표정이 없는 카르멘과는 달리 얼굴을 잔뜩 일그러뜨린 채 씩씩대고 있어서 남매는 인상이 전혀 달라 보였다. 카르멘이 그의 동생을 향해 잔잔한 목소리로 말했다.

"진정해, 캐럴."

"별 같잖은 것들까지 다 들러붙어서는, 하이에나처럼 간을 보잖아! 그동안 제국이 너무 물렀지. 오냐오냐하니까 정도를 몰라!"

그 두 사람이 나누는 대화도 묘하게 귀에 익은 것이었다. 나는 그들에게 다가가기 위해 계단에서 일어섰다. 그런데 무심코 디딘 발밑에, 로브 자락이 밟히고 있다는 걸 몰랐다.

'아.'

중심을 잃은 몸이 자연히 앞으로 기울어졌다. 나는 손을 앞으로 뻗고 휘저었지만 중력을 이기기에는 역부족이었다.

여섯 단 위의 층계에 올라 있던 내 몸이 고꾸라지며 카르멘에게로 쇄도했다. 나는 상황을 깨닫고 경악했다.

보이지 않는 마도국의 첩자가 제국의 황제를 덮친다!

그런데 내 몸과 카르멘이 맞부딪히기 직전, 갑자기 카르멘이 내 쪽으로 몸을 돌렸다. 그의 왼손이 내 왼쪽 어깨를 잡았고 그의 오른손이 내 다리를 받쳤다. 놀랍도록 완벽한 자세로, 나는 카르멘의 품속에 안착했다.

"……."

"……."

"……첼시?"

내 머리를 덮고 있던 후드가 스르르 내려가, 내 얼굴이 드러났다. 놀란 눈으로 나를 내려다보는 카르멘을 향해, 난 어색하게 웃으며 손을 흔들었다.

"안녕, 카르멘."

"까아아악!"

"반가워, 캐럴."

비명을 지르는 캐럴과 경계 태세를 갖추는 기사들을 보며, 나는 멋쩍게 손을 내렸다. 투명화 마법이 걸려 있는 로브 바깥으로 내 머리가 빠져 나와 있으니, 사람들의 눈에 비친 건…… 아마 허공에 둥둥 떠 있는 내 머리일 것이다.

그들의 심신 건강을 위해, 나는 로브에 손을 얹고 투명화 마법을 해제해 주었다. 허공에 홀로 떠올라 있던 내 머리가 훅하고 제 몸을 찾았다. 그제야 사람들의 눈에서 혼란의 빛이 사그라들었다. 나는 그 정상적인 반응들을 확인하고, 카르멘을 돌아봤다.

"넌 어떻게 알았어?"

"……직감?"

카르멘과 나의 대화 사이에 캐럴이 황당하다는 듯이 끼어들었다.

"언니, 거기서 뭐 해?"

"앗, 그냥."

난 다리를 작게 흔들며 내려가고 싶다는 의사를 표현했다. 카르멘이 조심스럽게 나를 바닥에 내려주었다. 난 카르멘의 팔을 잡으며 중심을 잡고 섰다.

"방에 카르멘이 없어서 찾으러 왔어."

"제국과 유착 관계인 것처럼 보이면 마도국의 독립성이 훼손되니까 오빠와의 관계를 숨기는 거라며."

캐럴이 아직도 카르멘의 팔을 잡고 있는 내 손을 눈짓하며 말했다.

"그런데 이럴 거면 그냥 공표해 버리는 게 어때?"

"아."

난 곧바로 카르멘의 팔을 놓고 양손을 들어 보였다.

"음, 그래도 안 들키게 왔잖아. 여기 다 아는 사람들이고."

난 눈에 익은 호위 기사들을 둘러보며 말했다. 캐럴이 과장되게 한숨을 쉬었다.

"에휴, 그래. 언니는 그렇게 말할 줄 알았어."

그녀는 고개를 돌려 카르멘을 바라봤다. 그리고 그의 오른쪽 주머니를 손짓하며 말했다.

"오빠가 알아서 잘해."

카르멘은 성의 없는 미소를 지어 보이곤 고개를 돌려 버렸다. 그러나 캐럴은 처음부터 대답을 바라지 않았던 것처럼, 내게만 마저 인사하고 휙 등을 돌렸다. 나는 얼떨결에 캐럴과 작별하고 카르멘을 돌아봤다.

"뭐야, 둘이?"

"뭐가?"

"캐럴이 방금 너한테 알아서 잘하라고 한 거 말이야, 그거 무슨 뜻이야?"

"……별일 아니야, 가자."

나는 카르멘이 내민 팔을 잡고 계단에 올라서며 고개를 저었다.

"별일 아닌 게 아닌 거 같은데. 나 좀 신경 쓰여."

"뭐가?"

"아까 캐럴이 날 보고 '언니는 그렇게 말할 줄 알았어'라고 했잖아. 그러면서 체념한 것처럼 한숨을 쉬었다고."

카르멘이 우뚝 멈춰 섰다. 그는 약간 긴장한 것처럼 나를 바라봤다. 난 눈을 가늘게 뜨고 말했다.

"내 생각에 캐럴이……."

"으, 응?"

"……요즘 나를 좀 멀리하는 것 같아. 너랑 비밀도 만들고."

그러자 카르멘의 입에서 바람 빠지는 소리가 흘러나왔다. 난 눈을 반짝 떴다.

"맞지? 다들 나보고 눈치가 없다고 하는데, 사실 난 남들이 생각하는 것만큼 눈치가 없지는 않다니까?"

"……응, 너 눈치 엄청 빠르지."

"그렇지?"

난 까르르 웃으며 답했다가 고개를 갸웃했다.

"그런데 캐럴이 왜 날 멀리하지?"

"뭐, 오늘 좀 피곤한 게 아닐까?"

"오늘만이 아니라 요새 계속 그래. 연락도 잘 안 되고."

"바빠서 그럴걸. 일을 만들어서 하는 성격이라, 약혼자도 약속 잡기가 힘들다고 하니까."

"……캐럴이 약혼자가 있었어?"

황족이나 귀족들은 어릴 때 정략결혼을 하는 일이 많지만 내가 알기론 캐럴에겐 그런 상대가 없었다. 내 생각을 읽었는지 카르멘이 말했다.

"정략결혼 상대가 아니라, 연인이야."

"헉."

나는 짧게 숨을 들이켰다.

"오래됐어? 난 왜 몰랐지."

"모를 만도 하지. 성년 이후에 생겼으니까. 나도 최근에 알았어."

캐럴이 성년이 된 이후였으면 나는 한창 실험관 속에 있을 때였겠구나. 깨어난 이후에는 제국에 제대로 붙어 있질 않았고……. 내가 잠들어 있을 때는 카르멘도 제정신이 아니었으니, 남자친구 생겼다는 이야기를 못 할 만도 했다.

"그래서 캐럴이 나한테 섭섭했던 걸까? 언니라는 사람이 약혼자 있는 것도 몰라주고."

"……그런 건 아닐 거야."

어느새 침실 앞에 도착해, 카르멘이 방문을 밀었다. 나는 그가 열어 준 문 안으로 들어섰다.

응접탁 앞에 앉자, 곧 시종들이 다과를 내왔다. 오렌지 타르타르를 위시한 일곱 가지 색상의 디저트들이 층층이 쌓여 있었다. 찻잔 안에는 붉은 히비스커스 꽃이 통째로 들어 있었다.

장식품처럼 예쁜 음식들을 하나씩 없애면서 우리는 잡다한 이야기를 나눴다. 마탑에서 내 호칭으로 파벌이 나뉘었다는 이야기나, 새로 차출한 황실 관리들의 이야기 등이었다.

카르멘은 황위에 앉고 나서도 전대 황제나 그의 형제들의 측근이었던 자들을 그대로 놔두었다. 그들은 관용 덕으로 고위직에 붙어 있으면서도 카르멘에 대한 반발심을 꺼뜨리지 않고 그의 이름을 더럽히기 위한 노력을 꾸준히 계속했다.

카르멘이 그들을 쫓아내지 않았던 것에는 여러 이유가 있었겠지만, 내가 깨어난 이후에 그는 좋은 황제가 되겠다고 나와 약속한 바 있었다. 그리고 카르멘이 그 약속을 이행하기 위해 가장 먼저 한 일은 인사 처리였다.

일 년 반 동안 대대적인 물갈이가 몇 번 있었고, 이젠 거의 안정기에 접어들었다. 그새 카르멘에 대한 평가는 놀랄 정도로 좋아졌다. 아마 뒷돈을 주고 카르멘에 대한 악질적인 기사를 쓰게 만들었던 신하들과 신문사들을 잘라낸 게 가장 큰 영향을 끼친 것 같았다.

꼴좋다, 나쁜 놈들. 아무튼 이제 제국민들은 카르멘에 대한 칭찬밖에 쏟아내지 않았다. 그런 소문을 들으면 괜히 나까지 뿌듯해졌다.

"어때, 캐럴도 좋아하지?"

"아니."

카르멘이 짧게 답했다. 나는 고개를 갸웃했다. 카르멘이, 나를 살리느라 제국에 난 손해는 자신이 메꾸겠다며, 잘 해낼 자신 있다는 말을 했을 때 나는 솔직히 그를 믿지 않았다. 하지만 요 일 년 반 동안 카르멘은 내 예상을 훌쩍 벗어나서 세상에 둘도 없는 성군처럼 성실히 일했다.

내가 잠들어 있는 동안, 깨어나지 않는 나를 따라 침상을 벗어나지 않던 오빠를 답답해하던 캐럴이라면 당연히 변화한 모습에 기뻐할 줄 알았는데. 어리둥절한 표정을 짓는 나를 보고, 카르멘이 머뭇거리다 실토했다.

"할 수 있으면서 안 한 거라 더 재수 없대."

"……."

나는 조용히 납득했다. 그래, 그럴 수도 있겠다. 난 마지막 남은 오렌지 타르타르를 먹으며 오늘 새로 통과된 법에 대해서도 말해 줬다. 카르멘은 약간 놀란 눈치였다.

"마탑주가 부재 시에는 최고 장로가 모든 권한을 대행하는 법을 통과시켜 줬다고?"

"모데라토가 제안한 거야. 왜?"

카르멘은 머뭇거리다 말했다.

"모데라토를 의심하는 건 아니지만, 그 법은, 좀……."

"위험해 보여?"

"응."

카르멘이 솔직하게 긍정했다. 그가 무엇을 걱정하는지를 모르는 건 아니었다. 카르멘이 경험한 황실 정치는 잠깐만 한눈을 팔아도 목숨이 위험해지는 곳이었다. 그에게 권력이란 손에서 놓으면 칼이 되어 돌아오는 존재일 것이다. 하지만 나에게는 아니었다.

"내가 마도국을 세우겠단 계획을 짠 건 수아르에 처음 도착하고 한 달 만이었어."

그때 수아르는 거대한 범죄 길드에게 장악된 상태였다. 그 길드는 수아르로 도망쳐 온 수배자나 난민들을 납치해서 외국에 노예로 팔아먹었다. 수아르의 인접국들은 그 상황을 알면서도 방치하거나 일부는 뒷배가 되어서 길드를 부추기고 있었다.

나는 그 범죄 길드를 때려잡고 갇힌 사람들을 풀어주었지만, 수아르에 제대로 된 지도자가 없는 이상 비슷한 일이 반복될 것이라는 걸 알았다. 마탑을 수아르로 이동해서 마도국을 세우는 계획은, 일견 완벽해 보였다.

마탑은 스스로가 하나의 나라가 되며 완벽한 독립성을 갖추게 되고, 수아르는 무법자들에게 에워싸인 상태를 타개할 수 있을 만한 강력한 기관을 얻게 되니까. 하지만 생각을 실행으로 옮기기까지는 많은 망설임이 있었다.

"마도국에서는 내가 마탑주인 동시에 왕이니까, 맡을 일이 많을 텐데 너도 알다시피 난 그런 거에 재주가 없잖아. 그런데 모데라토가 말하는 거야."

'성군이 되는 법에는 두 가지가 있어요. 하나는 혼자서 모든 걸 완벽하게 해내는 거고, 하나는 자신의 부족함을 알고 능력 있는 인재들의 의견을 잘 받아들이는 거죠. 선생님은 자신의 부족함을 아시니 분명 잘해 내실 수 있을 거예요. 제가 곁에서 도와드릴 테니 너무 걱정하지 마세요.'

"혼자서 다 할 필요가 없다고 생각하니 마음이 푹 놓이더라고. 난 그 조언을 지금까지 열심히 따랐고, 수아르는 전과 비교할 수 없을 만큼 안정됐어."

내 말에 카르멘이 입가에 미소를 띠었다.

"그래."

"그리고 또 권력을 분산시키는 것의 장점은, 할 일이 줄어들어서 내 마음대로 움직여도 아무도 뭐라고 안 한다는 거야."

"뭐?"

나는 의아한 얼굴의 카르멘을 보며 방긋 웃었다.

"타첸다 말이야, 신경 쓰이지 않아?"

"……안타깝기는 하지. 하지만 그들이 요구하는 걸 모두 들어주는 건 무리야."

"맞아, 나도 우리 국민을 전장에 보내기 싫어. 숫자도 별로 없고…… 이제 막 일어섰단 말이야."

"……동의해."

카르멘은 '인구의 5%가 마법사인 너희 병력이 세계 최고일걸.'이라고 말하고 싶은 얼굴이었지만 겉으로나마 긍정을 표했다. 나는 나지막한 테이블에 팔을 괴고 카르멘에게로 상체를 기울이며 은밀하게 속삭였다.

"그래서 말인데, 병사를 보낼 것 없이 우리 둘만 가면 훨씬 효율적일 거 같지 않아?"

덩달아 내 쪽으로 상체를 기울였던 카르멘이 놀라서 고개를 들었다.

"거기를 우리 둘이서?"

"북부 끝에서 온 사절단이, 마도국에 이어서 제국에까지 도움을 청하는데 웬만한 위급 상황이 아닌 게 틀림없잖아. 그렇다고 우방도 아닌 나라에 우리 국민을 보낼 순 없고. 그러니까 그냥 둘이서 살짝 확인만 하고 오자고. 응?"

어차피 제국이고 마도국이고 지겨울 정도로 평화로웠다. 내 나라는 아직

체계가 덜 잡히긴 했지만, 어차피 그런 일에는 나보다 다른 사람들이 더 전문가였다.

수아르에 남아 있는 마수들은 사람을 해치지 않는 무해한 종들이었다. 수습 마법사들도 많이 키우고 있으니, 마도국은 이제 더 크고 더 평화로워질 것이다. 내 능력은 마도국보다 타첸다 같은 초고위험 국가에서 더 절실했다. 그러나 내 설득에도 카르멘은 미미하게 미간을 찌푸릴 뿐이었다.

"위험할 텐데."

"……."

흠, 카르멘은 그다지 열정적이지 않나 보다. 나는 숨을 들이쉬고 생긋 웃었다.

"그래? 그렇담 어쩔 수 없지."

내가 가볍게 단념하자 카르멘의 표정이 미묘해졌다.

"잠시만, 네가 지금 무슨 생각하는지 알 것 같은데."

그가 다짜고짜 자신했다. 나는 어처구니가 없어 실소를 내뱉었다.

"내가 무슨 생각을 하는데?"

"내가 네 말을 들어주지 않을 것 같으니, 그냥 적당히 수긍하는 척 넘기고 돌아가서 혼자 타첸다로 떠나야겠다는 생각."

그의 말에 내 눈이 크게 흔들렸다.

"어…… 어떻게 알았어?"

내 반응에 카르멘이 깊게 한숨을 내쉬었다. 그리고 아직도 그를 향해 기울어져 있는 내 뒷머리에 손을 얹더니 이마를 콩 박았다. 서로의 숨결이 닿을 정도로 가까워진 거리에서 카르멘이 눈살을 찌그리며 미소 지었다.

"내가 너를 하루 이틀 봐?"

그 목소리에선 다양한 감정이 느껴졌다. 나는 카르멘을 향해 최대한 붙임성 있는 미소를 지어 보이며, 모데라토와 캐럴이 싫어하는 타첸다의 무례한 사절단에게 마음속으로 메시지를 보냈다.

타첸다의 사절단 아저씨, 겨우 마을 사람 좀 죽고 나라 좀 망해 간다고 징징거리면 두말 않고 나와서 해결해 줄 호구들이라도 찾았던 거라면……. 거참 제대로 찾아오셨습니다. 저희 그런 거 전문이에요.

* * *

다음 날 아침. 나는 까망이, 아니 로엠과 함께 워프 존 에리어를 타고 일리아로 이동했다. 일리아는 대륙에 설치된 워프 존 에리어 중 가장 북쪽에 있는 지역이었다. 일리아로 넘어와서 약속한 장소로 이동하니 먼저 도착해서 우리를 기다리고 있는 네 사람이 보였다.

카르멘, 슈웨인, 로즈, 앨런.

"스승님!"

먼저 우리를 발견한 앨런이 반갑게 손을 흔들었다.

"안녕."

"첼시."

카르멘은 떨떠름한 얼굴로 로즈와 앨런을 눈짓했다. 저들은 왜 왔냐는 듯한 눈빛이었다. 로엠과 나는 세트 상품이고 슈웨인은 황제의 검이니까, 이 둘까지는 허용 범위 안이었는데 로즈와 앨런은 그렇지 않은가 보다. 난 미안한 웃음을 지으며 사과했다.

"미안, 로엠한테만 말했는데 어쩌다 보니 이 애들 귀에까지 들어가 버려서."

설마하니 앨런과 로즈가 내 여행에 그렇게 동참하고 싶어 할 줄은 몰랐다. 로즈야 어렸을 때도 마법을 배우겠답시고 사막을 건너 암흑 왕국 접전지까지 찾아온 맹랑한 귀족 영애였으니 그렇다 쳐도. 앨런이 그 옛날 나와 까망이의 여행에 동참하지 못했던 걸 그토록 아쉬워하고 있었을 줄이야.

아니, 순전히 그 이유만은 아닌 거 같지만.

'대마법사와 소드 마스터가 대륙 구석에 있는 섬나라로 토벌을 간다니
요! 그런 미친 여정에 끼고 싶지 않을 사람이 어디 있겠어요?'

'⋯⋯.'

나는 아련하게 어젯밤에 나누었던 대화를 떠올리며 아이들을 바라봤다.
앨런과 로즈는 북부로 가겠다고 만반의 준비를 마쳤는지 털모자며 목도리
를 온몸에 칭칭 두르고 있었다. 그 애들은 땀을 뻘뻘 흘리면서 카르멘을
보며 어필했다.

"방해는 안 될 거예요, 폐하!"

"그렇대."

"⋯⋯."

카르멘은 약간 피곤한 듯한 표정을 지었지만 그 이상의 말은 없지 않았
다. 그 애들은 마법사긴 했지만, 앨런은 마수의 특징이 많이 남은 에키드
나고 로즈는 유용한 보조계 마법사이니 확실히 방해는 되지 않을 것이다.

우리는 일리아에서 마차 두 대를 사서 세 명씩 나뉘어서 타기로 했다.
마부는 카르멘이 제국에서 데려왔다. 북부와 가깝기는 하지만 중부 지방인
일리아에서 솔리투도 반도까지는 평범하게 가려면 보름은 걸렸다.

비행 마법을 쓸 수 있으면 좋겠지만, 아무리 나라도 이만한 인원에게
밤낮으로 비행 마법을 걸어 주는 건 힘들 것 같았다. 그래서 내가 마차와
말에게 결계를 쳐 주고 그 위에 로즈가 몇 가지 보조 마법을 걸어 주는
것으로 만족하기로 했다.

산세가 험한 곳이나 바위 같은 장해물이 나왔을 때만 비행 마법을 걸
어서 나가도 이동에 걸리는 시간을 절반 이상 단축할 수 있을 것이다.
낮 동안은 마차로 이동하고 밤에는 마을로 들어가서 숙소를 잡을 생각이
었는데, 저녁 무렵까지는 보였던 민가가 밤이 되니 코빼기도 보이지 않
았다.

결국 첫 날은 야숙을 하게 됐다. 우린 결계로 바람을 막고 마법으로 불을 피우고 막사와 침낭도 즉석에서 만들었다. 모닥불을 가운데 두고 쭉 둘러앉아 저녁을 먹는 건 재밌었다.

"옛날 생각난다."

내가 말하자 까망이가 웃었다. 최근은 물론이고 일 년 전 남부 지역을 돌아다닐 때도 노숙을 할 일은 거의 없었다. 이렇게 맨땅에 침낭을 놓고 자는 건 10년 전, 암흑 왕국이라 불리던 수아르의 땅을 돌아다닐 때가 유일했다.

그래도 오랜만에 하니까 이런 것도 재밌다는 생각이 들었다. 설마 둘째 날, 셋째 날도 노숙을 하게 될 줄은 몰랐기 때문에 가능한 생각이었다.

"왜 마을이 없어!"

심지어 첫날을 제외하고는 계속해서 마수를 맞닥뜨리기까지 했다. 아늑한 마도국의 결계 바깥으로 나오자마자 이런 일이 생긴 것이다.

"그래도 마수들이 약해서 다행이에요."

넷째 날 밤, 결계 바깥에서 돌아온 로즈가 피 묻은 지팡이를 붕붕 흔들며 말했다.

그녀의 특기는 빛 마법과 강화 마법이었다. 속성만 보면 보조 계열 같지만 유사시에는 자기 자신이나 손에 들고 있는 무기를 강화해서 썼다. 그래서 그녀의 지팡이는 다른 마법사들과는 달리 나무가 아니라 특수 처리되어 단단하고 가벼운 금속 재질이었다. 금속은, 열과 전기를 전도해서 그녀의 속성과 잘 맞았다.

마검사도 아니면서 현장에 나와 마수를 때려 패는 로즈를 처음 보는 마법사들은 당황하다가도, 그녀가 첼시 로드랭의 제자라는 말이 나오면 납득하며 고개를 끄덕인다고 한다.

나는 저런 거 가르친 적 없는데.

나는 막사 속에 드러누워서 윗투스만 늘어뜨려 모닥불 안에 땔감을 휙

휙 던져 넣었다. 지팡이에 묻은 피를 닦고 내 곁에 앉던 로즈가 문득 내 오른손에 감겨진 붕대를 발견했다.

"어, 선생님, 손 다치셨어요?"

"아니."

"그럼 붕대는, 왜……."

모닥불 앞에 앉아있던 앨런이 우리의 대화를 듣고 웃었다.

"그걸 이제 봤어? 스승님은 이제 오른손을 안 쓸 거래."

"응?"

로즈가 의아하게 눈을 깜빡였다. 나는 윙투스로 모닥불에 구워진 과일 하나를 잡아오며 답해 주었다.

"난 윙투스를 오른손처럼 쓸 거야."

"와……."

로즈가 애매하게 감탄했다. 나는 과일을 베어 물며 불평했다.

"아무튼 노숙은 이제 지긋지긋해, 타첸다 아직 멀었나?"

"옛날 생각나신다면서요?"

앨런은 깐죽거렸고 슈웨인은 지도를 펼쳤다.

"이제 북부의 중심이니까, 사나흘이면 솔리투도 반도에 도착할 수 있을 겁니다."

슈웨인의 느긋한 전망에 나는 코웃음을 쳤다.

"내가 사나흘이나 더 노숙을 할 수 있을 리가 없잖아."

그렇게 보낸 다음 날 아침, 나는 막사를 세웠던 장소에 워프 존 게이트를 설치하고 고생해 준 제국의 말들과 기사들을 헤브람으로 돌려보냈다. 그리고 한층 더 매서워진 한파와 맞부딪히며 나는 두 마차에 비행 마법을 걸었다.

우리의 앞을 가로막은 북부의 높은 산 위로, 여정을 늦춰서 노숙하게 만들려는 눈보라가 휘몰아치고 있었다. 그리고 나는 놈들이 건 승부를 피하지 않고 정면 돌파하기로 했다. 우리의 비행 마차는 시야를 새하얗게 막아 버린 눈보라 사이를 뚫고 고속 질주했다.

"헤밀리에 비하면 이까짓 눈, 아무것도 아니야!"

"스승님 진정해요! 그냥 안전하게 산 아래로 돌아가요!"

"시끄러워, 이 산을 돌아가면 사흘이나 더 걸린다잖아! 잠시 고생하는 게 낫지!"

"사흘 빨리 가려다가 삼십 년 빨리 가겠어요!"

옆 마차에서 앨런과 로즈가 빼빽거렸다. 결계 밖에선 거친 바람 소리가 모든 소리를 파묻고 있었지만, 결계 속은 고요했다. 그런데 왜 이렇게 소리를 지르는지 모를 일이었다. 눈보라 사이를 가로지르고 있다는 흥분감 속에서 정신없이 목청을 높이는 것도 잠시.

점심 무렵에 간단히 요기를 하고 나서는 피곤한지 다들 곯아떨어져 버렸다. 그리고 밤에는 책을 읽거나 수다를 떨며 시간을 축냈다. 밤이 늦고 모두가 잠든 이후에도 나는 잠들지 않고 비행 마법을 유지했다. 카르멘이 내 옆에서 말상대가 되어 주었다.

새벽녘이 틀 무렵, 반대편에서 웅크려 자던 로엠이 문득 눈을 떴다. 그는 빛이 새어 들어오는 창밖을 내려다보고 조용히 중얼거렸다.

"솔리투도 반도."

"도착했군요."

우리 옆의 마차에서 언제부터 깨있었는지 모를 슈웨인이 말했다. 로즈와 앨런도 부스스 눈을 떴다. 나는 생글 웃으며 말했다.

"얘들아, 오늘 저녁은 노숙 안 해도 되겠다."

* * *

솔리투도 반도는 솔리투도 왕국과, 그에 인접한 작은 도시 국가들로 이루어져 있다. 북해를 끼고 있는 솔리투도 왕국은 면적이 무척 넓었으나 기후가 춥고 건조해서 인구가 많지 않았다. 그래도 수도에 해당하는 린첸에 들어서자 꽤 활기찬 분위기가 났다.

솔리투도 왕국은 헤브람 제국과 너무 멀리 있어서 공용어를 사용하지 않았다. 나는 의사소통을 위해서 카르멘을 제외한 모두에게 마도구를 나눠 주었다. 카르멘에게 주지 않은 이유는, 그가 솔리투도어를 알았기 때문이다. 왜 이런 먼 나라의 언어까지 배워 둔 건지 이해할 순 없지만.

아무튼 우리는 시장을 돌아다니다 개중 괜찮아 보이는 식당을 찾아 아침을 해결했다.

"설마 살다가 북쪽 끝에 있는 나라의 식당에서 밥을 먹게 되는 날이 올 줄은 몰랐어요."

로즈가 들뜬 목소리로 말했다. 추운 곳에서 따뜻한 음식을 먹은 로즈의 양 볼이 그녀의 머리칼만큼이나 사랑스러운 분홍색으로 물들어 있었다.

"맞아, 게다가 맛있어."

앨런은 그의 머리 위에 솟아 있는 고양이 귀를 의식해서인지, 식사를 하면서도 털모자를 벗지 않았다. 외모로 따지자면 여기 있는 구성원 모두가 튀는 것 같은데. 사실 나라에 들어서면서부터 모두의 시선을 끌었던 건 로엠이었다.

남부를 돌아다닐 때는 로엠과 비슷한 피부색을 가진 사람들이 있는 나라도 있었기 때문에 이 정도로 시선을 모으진 않았는데. 북부 사람들에게 검은 피부에 황금색 눈을 가진 미청년은 너무 이질적인 존재였던 모양이다. 차라리 늑대 모습으로 돌아다니는 게 시선을 덜 끌 것 같을 정도였다.

하지만 로엠은 모습을 숨기려 하지 않고, 오히려 긴 흑발을 끌어 올려 질끈 묶었다. 얼굴이 제대로 드러나자 이번에는 다른 의미로 시선이 따라붙었다.

로엠만이 아니다. 저기 뒤에 있는 차가운 얼굴의 마검사나, 온몸에 값비싼 마력석을 주렁주렁 달고 계신 분홍 머리 귀족 영애, 그리고 회색 로브를 뒤집어씌워도 금빛으로 빛나는 황제 폐하께도 그런 시선은 따라붙었다. 중간에 들른 과일 가게에서 상점 주인이 우리에게 너무 많은 덤을 얹어 줬을 때 나는 깨달았다.

'……시선을 끌기 너무 좋은 조합 같아!'

어디로 걸음을 옮겨도 따끔따끔한 시선이 따라붙었다. 난 이런 일을 예방하기 위해서 출발하기 전 모두에게 존재감을 지우는 마법을 씌워 뒀다. 우리가 스스로 정체를 밝히기 전까진, 우리를 아는 사람이 얼굴을 봐도 당사자로 인식하지 못하게 하는 마법이었다. 하지만 우리 정체를 모르는 사람들이라도 이 일행이 무척 특이하단 건 보이는 듯했다.

'이래선 '존재감을 지우는 마법'이라고 말하기 힘들겠는데.'

언제나 까망이와 단둘이서 단출한 여행만 다녔던 내겐 미처 생각지 못한 난관이었다.

"어쩌지, 용병대에 스며들려면 너무 튀면 안 되는데."

"용병대?"

내 중얼거림에 카르멘이 되물었다. 때마침 앨런도 시장 상인들과 대화를 마치고 우리에게 달려오며 외쳤다.

"스승님, 타첸다는 저쪽 항구에서 배 타고 삼십 분만 가면 도착한대요!"

"이제 어떻게 하실 건가요? 계획을 말씀해 주시죠."

로엠이 나와 카르멘 사이로 끼어들며 물었다.

"타첸다에서 온 빨간 눈의 사절단 아저씨가 말하길, 마수로 인한 수해 때문에 줄어든 병력을 보충하기 위해 작년보다 용병 기용을 열 배 가까이 늘렸대."

"어, 설마."

"그래, 우리가 그 용병대에 들어가는 거야."

솔리투도 왕국은 솔리투도 반도의 중심지라 주변국 모두와 밀접한 위치에 있으니까, 아마 타첸다와도 상황도 비슷할 것이다. 그러니 여기도 국가가 해결해야 할 마수 토벌 문제를 용병대에 할당했을 것이다.

용병대에 지원해서 들어온 의뢰를 보기만 하면 얼마나 상황이 심각한지 알 수 있을 것이다. 대충 상황을 둘러본 후에 마수들을 싹 근절시켜 주면 타첸다의 골머리를 썩이고 있다는 수해 문제도 같이 해결해 버릴 수 있었다.

"와, 용병 일은 한 번도 해 본 적 없어요!"

앨런이 기대에 차서 외쳤다. 반면, 다른 이들은 약간 걱정되는 눈치였다. 나는 그들을 향해 안심시키듯 말했다.

"걱정 마, 그럴 줄 알고 용병 전문가를 섭외해 났거든."

의아한 시선 속에서 나는 무리를 이끌고 항구 쪽에 있다는 용병대를 찾아갔다. 접수처 건물은 무척 거대했다. 내관도 잘 관리된 태가 났다. 화려함도, 북적이는 사람의 수도, 나스티아의 용병대와는 차원이 달랐다.

나라에는 국적이 있었지만 용병에게는 국적이 없었다. 과연 용병 기용을 늘렸다던 사절단의 말이 정말이었는지, 접수대에서 마수 토벌을 맡고 싶다고 하자 두말 않고 맞아주었다.

"이름은?"

"블루."

내 당당한 답에 카르멘이 나를 빤히 바라봤다.

'귀족 영애가 모험 다니려면 신분이 다섯 개는 필요하다구.'

난 입 모양으로 말하고 찡긋 윙크했다.

'블루'는 옛날에 에키드나 연구소에 걸려 있는 마법을 풀기 위해 용병 길드에서 일할 때 쓰던 내 가명이다. 나스티아 공국에서는 고대 마법과 관련된 S클래스 의뢰만 맡는 통에 나름 유명해진 이름이었다. 이곳의 접수원은 전혀 모르는 눈치지만. 물론 북쪽 말단의 용병대에서 내 이름을 알고 있다면 그게 더 소름이었다.

접수원은 내 이름을 쓰고 카르멘에게로 눈길을 돌렸다.

"그쪽은?"

카르멘은 잠시 고민하다 답했다.

"데일."

"크흡!"

나는 웃음을 감추기 위해 급히 헛기침했다. '데일'은 카르멘이 옛날 브리튼 마을에 왔을 때 썼던 가명이었다. 그때 그가 마을 사람들에게 자신을 소개하던 대사는 잊을 수가 없다.

'……네, 맞아요. 첼시의 전남편, 데일입니다.'

카르멘도 그렇게 안 생겨선 은근히 뻔뻔하다니까. 접수원은 내 뒤의 동료들에게도 차례로 이름을 물었다. 앨런은 자신의 성인 '펠렌스'를 불렀고, 로즈는 본명을 그대로 말했다. 로엠은 망설이다가 '까망이'라고 답했다. 슈웨인의 차례가 왔을 때, 나는 팔꿈치로 슈웨인의 옆구리를 찌르면서 조언했다.

"슈웨인은 슈슈라고 하면 되겠다, 그렇죠."

"……."

슈웨인의 은회색 눈동자가 잠시 멍한 빛을 띠었다. 접수원이 다시 슈웨인을 재촉했다.

"'웨인'입니다."

슈웨인은 그의 이름에 붙은 단 하나의 슈마저 떼 버리고 싶다는 듯 답했다. 나는 접수원이 써 내리는 무미건조한 두 글자를 아쉬운 눈으로 바라봤다.

"그럼…… 세 분은 검사, 두 분은 마법사신 것 같고."

접수원이 우리를 훑어보며 말했다. 카르멘과 슈웨인, 로엠은 칼을 차고 있어서 그렇게 말한 것 같았다. 그중 진짜 '검사'는 소드 마스터인 카르멘 한 명뿐이었지만. 뭐, 마검사도 검사니까.

그리고 로즈와 앨런은 마력석이 달린 장신구를 주렁주렁 차고 있어서 마법사라고 추정한 것 같았다. 접수원의 시선이 칼도 마력석도 가지지 않은 나에게로 향했다. 나는 선뜻 답했다.

"아, 저도 검사예요."

접수원은 여상하게 내 직업을 받아쓰는 동안, 모두의 의아한 시선이 나를 향했다. 나는 어깨를 으쓱였다. 어쩔 수 없었다. 제국을 중심으로 쳐진 결계 바깥에서 마력석 없는 마법사는 쓸모없는 짐짝 취급을 당하니까.

짐짝 취급을 안 당한다면, 그건 그거대로 무서운 일이었다. 결계의 권역 바깥에 있는 나라에서 마력석 없이 활약할 수 있는 마법사래 봤자 한 명밖에 더 있는가.

'대마법사 첼시 로드랭……!'

정체가 들통났다간 난리가 날 게 뻔했다. 게다가 사절단이 좀 징징거리니까 마탑주가 직접 와서 마수를 토벌해 주더라 하는 소문이 퍼진다면 무척 곤란해졌다.

'선생님, 우리는 호구가 아니라면서요.'

안 그래도 북부로 여행을 갔다 오겠다는 말에 모데라토가 무척 탐탁지 않아 했는데, 그런 소문까지 났다가는 호구 잡히게 생겼다며 분통을 터뜨릴 것이다. 동료들은 나의 그런 생각을 읽었는지 납득한 표정을 지었다.

급수를 매기려면 저녁에 용병대 뒤쪽 연무장으로 오라는 말을 듣고, 나가기 전에 나는 접수원에게 물었다.

"'그린'을 만나려면 어디로 가야 하죠?"

"아, 그린과 아는 사이였군요."

접수원은 내게 3번 스트리트에 용병들이 많이 머무는 숙소들을 찾아가 보라고 말했다. 그녀가 설명해 준 여관으로 가자 홀에서 저녁을 먹고 있는 '용병 전문가'를 찾을 수 있었다.

"릴리!"

내 외침에 짧은 갈색 머리에 검은 가죽옷을 입은 용병이 뒤를 돌아봤다. 무심했던 얼굴에 돌연 환한 반가움이 번졌다.

"첼시!"

내가 달려가자 자리를 박차고 일어난 릴리가 나를 받아 안았다.

"편지를 받고도 긴가민가했는데, 정말로 여기에 오다니!"

마탑주가 되었어도 그 무지막지한 행동력은 여전하구나! 다른 손님들의 귀에 들리지 않도록 조그맣게 덧붙인 말에, 나는 소리 내서 웃었다.

"앨런, 많이 컸네."

릴리가 내 등 뒤를 향해 인사했다. 굳어 있던 앨런이 그제야 퍼뜩 정신을 차렸다.

"릴리!"

그 애가 뒤늦게 외치며 달려왔다.

* * *

릴리는 10년 전, 내가 영원일지도 모르는 잠에 빠졌을 때 나스티아를 떠나 북부로 갔다고 한다. 황실과 마탑이 마법을 이용해 나를 깨우려고 노력하고 있을 때, 그녀는 '또 다른 힘'에 대한 소문을 듣고 그것을 추적했다.

"또 다른 힘?"

"왜, 북해를 건너가면 있다는 곳 말이야."

릴리의 말에도 앨런과 로즈는 짚이는 곳이 없는 표정이었다. 릴리가 킬킬 웃으며 비밀스럽게 속삭였다.

"신성 제국."

"아……."

그녀의 답에 두 사람은 김빠진 목소리로 호응했다. 북해를 건너면 신성 제국이 있다는 이야기는 마탑에선 허무맹랑한 헛소문으로 치부됐다.

북해에 갔다 왔다는 상인들이 상품을 비싸게 팔기 위해 마도구를 신성한 무언가로 포장한 것이라는 게 정설이었다.

'북해에서 건너온 성물'이라는 이름으로 비싸게 시장에 올라온 물건들을 사 왔는데 알고 보니 헤브람 제국산 마도구였더라 하는 이야기는 오래된 유머였다.

"뭐야, 신성 제국은 진짜 있다고. 거기서 온 사람들도 있다니까."

"아하……."

"안 믿네?"

난 그들의 공방을 보며 킥킥거리다가 릴리와 눈을 마주치고 말했다.

"릴리, 고마워. 날 위해 노력해 줘서. 이렇게 먼 곳까지 혼자서, 힘들었을 텐데."

그간 편지로 소통은 했지만, 꼭 만나서 얼굴을 보고 고맙단 말을 하고 싶었다. 내 진지한 감사 인사에 릴리의 얼굴이 붉어졌다.

"아, 아냐. 난 원래 무소속 용병이라, 이곳저곳 떠돌아다니는 삶이었는 걸. 그리고 너도 내가 힘들 때 도와줬으니까, 나도 네가 힘들 때 도움을 주고 싶었어. 결과적으로 별 도움은 안 됐지만……."

쑥스러운지 릴리의 목소리가 서서히 줄어들어 갔다. 그러더니 문득 카르멘을 돌아보는 그녀의 시선이 따뜻했다. 어쩐지. 브리튼 마을에서 릴리는 카르멘과 몇 번 만나지도 못했는데 과하게 반가워한다 했더니, 자신이 못한 일을 해 준 카르멘이 고마워서 그랬나 보다.

앨런이 생각났다는 듯 말했다.

"그러고 보니 릴리는 원래 나스티아 사람이 아니었지."

"응, 우리 아빠는 헤브람 제국민이었고 어머니도 사막 부족이었으니까. 두 분이 돌아가신 뒤에 어디에도 소속되지 않고 자유롭게 살고 싶어서 용병이 됐지."

툭 하면 이렇게 눌어붙고 말지만 말이야. 릴리는 낄낄거리며 맥주를 들이마셨다. 난 그녀를 따라 맥주잔을 들며 픽 웃었다. 릴리가 떠돌이 생활을 오래 못 하고 종종 정착하고 마는 것은 그녀가 잔정이 많아서 그럴 거다.

"첼시, 아직 테스트 안 받았지? 네가 원하는 의뢰를 받으려면 B급은 받아 둬야 할 거야. 그때까지 시간이 비니까 나랑 이야기나 하자."

너랑 나누고 싶은 이야기가 정말로 많아. 그녀가 즐거운 목소리로 말했다. 릴리는 주로 본인과 본인 주변 이야기를 늘어놨지만, 솔리투도 반도의 상황에 대해서도 소상히 알려 주었다.

타첸다의 사절단은 올해 여름부터 수해가 부쩍 심해졌다고 말했지만, 사실 조짐은 일 년 전부터 있었다고 한다. 북해는 원래 지금보다는 기후가 온난했고 수산 자원이 풍부해서 주변에 섬나라도 몇 있었다.

그런데 작년에 갑자기 바다가 얼어붙는 이상 현상이 생긴 이후로 생태계가 파괴되었다. 바다 생물을 섭취하지 못하고 굶주린 마수들이 인간을 노리고 범람하는 사태가 벌어졌고, 그에 휘말린 주변 섬나라들은 죄다 멸망하고 남은 것은 타첸다 하나뿐이었다.

상황이 듣던 것보다 더 심각했다. 대륙과 접하고 있는 솔리투도 왕국은 바닷가에 살던 사람들이 대거 남하하는 것으로 사태를 모면했다. 지금 항구 도시에 남아 있는 것은 병사와 용병들, 그리고 그들의 가족들이 대부분이라고 했다.

마수들은 토벌할 수 있지만, 기온이 내려가 벌어진 일들은 어떻게 해결해야 할지 감이 잡히지 않았다. 우리는 일단 용병대에 들어가 그 넘쳐흐른다는 토벌 의뢰들을 해결해 주며 나라를 돌아다니면서 솔리투도 반도의 상황을 파악해 보기로 했다.

거기까지 이야기를 마치자 어느덧 시간이 훌쩍 지나 있었다. 점심시간이 지나 한산해졌던 식당에 다시 손님들이 몰려오기 시작해서, 우리는 용병대에 돌아갈 시간이 됐다는 걸 알았다.

우리는 미리 안내받은 대로 용병대 뒤쪽에 있는 연무장으로 향했다. 도착하니 보인 곳은 연무장이라고 말하기도 무색한, 그냥 공터였다. 황량한 공터를 테스트를 받기 위한 사람들이 가득 메우고 있었다.

"생각보다 사람이 많네, 족히 백 명은 될 것 같은데."

내 말에 카르멘이 고개를 끄덕였다.

"영주가 큰 의뢰를 맡길 거라는 소문을 듣고 타지에서까지 몰려왔다더라. 아마 대규모 토벌이나 마수 전쟁을 벌이려는 것 같던데."

아하, 그랬구나. 그런 의뢰라면 최소 B급은 나와야 할 테니, 솔리투도의 용병대에서 급수가 나오지 않은 용병과 의뢰를 노리고 급수를 높이려는 용병들이 몰린 걸 테다.

급수를 받는 방법은 위험도가 낮은 의뢰부터 맡으면서 천천히 올리는 법과 입단 테스트를 통해 한 번에 책정하는 방법 두 가지였다. 나스티아 공국의 용병대에서도 높은 랭크의 의뢰를 받기 위해 입단 테스트를 거쳤는데, 별건 없었다. 그냥 짚 인형을 베는 것 정도. 짚 인형을 잿더미로 만드는 걸 보여 주니 바로 S클래스를 매겨 줬지.

'그땐 마법사가 귀했으니까.'

물론 여기서는 내 정체가 탄로 나면 곤란하니까 적당히 페이크를 칠 생각이었다. 짚 인형을 주면 검으로 베는 척 윙투스를 쓰면 되겠지.

'그런데 솔리투도의 용병대에서는 어떤 방식으로 급수를 매기려나. 나스티아처럼 짚 인형을 주려나?'

고민하는 사이 커다란 갑주를 찬 남자가 연무장에 나타났다. 덩치가 크고 우락부락한, 누가 봐도 통솔자처럼 보이는 남자였다.

"힘부르크 용병대 단장인 아반 코스트다."

자기소개는 길지 않았다. 아반은 모인 사람들을 휙 훑어보더니 말했다.

"거두절미하고 테스트 방식부터 설명하겠다."

그가 숨을 들이쉬더니 무감한 목소리로 말했다.

"지금부터 서로 싸워라."

'뭐?'

나는 아반의 말을 듣고도 곧바로 이해하지 못했다. 다른 사람들도 나와 마찬가지인지 연무장이 술렁였다. 곧 아반을 따라온 용병들이 우리에게 종이를 나눠줬다.

"룰은 간단하다."

용병들이 종이를 나눠주는 동안 아반이 설명을 계속했다.

"종이에 쓰인 숫자별로 랜덤하게 조를 짜서 토너먼트전을 한다. 상대의 입에서 항복 선언이 나오거나 전투 불능 상태로 만들면 승리한다. 승부는 최대 5번, 2패를 거두기 전까지 한다. 결투가 끝나면 승률에 따라 급수를 매긴다."

아반의 보좌가 그의 옆에 커다란 판을 끌어왔다. 대전표가 그려진 판이었다.

"용병의 급수는 F부터 A까지. 패배하지 않고 총 다섯 번을 이기면 A급, 한 번도 이기지 못하면 F급이 된다. 알고 있겠지만, 용병의 급수는 받을 수 있는 의뢰 난이도를 결정한다."

나는 설명을 들으며 망연자실했다.

'망했다…….'

이 많은 사람이 보는 앞에서 사람이랑 대결한다고? 검술을 쓰는 척 마법을 써서 테스트를 대충 때우는 짓도 못 하잖아. 일대일로 붙는 데 그런 짓을 했다간, 상대가 이상을 눈치챌지도 몰랐다. 그때, 종이를 받으려는 로즈에게 용병이 손을 내저었다.

"아, 마법사는 대전을 안 해도 됩니다. 건물 안의 직원에게 사용하는 마법만 보여 주세요."

남자의 말을 듣자 울컥했다.

'그냥 마법사라고 할걸…….'

사람은 많고 시간이 없는 관계로, 대전은 공터 곳곳에서 한 번에 이뤄졌다. 이건 내게 행운이었다. 처음 3회전의 대결까지는 다들 전투하느라 바빠서 내 상황을 자세히 보는 사람이 거의 없었기 때문이다.

검술은 배운 적 없지만, 이기기는 쉬웠다. 검을 들고 가만히 서 있다가, 달려오는 적의 발목을 투명화된 윙투스로 걸어 버리고 적이 넘어지면 멋지게 목에 칼을 겨누면 된다. 그 방법이 먹히지 않으면 그냥 투명화된 윙투스로 적의 무기를 멀리 쳐내 버리면 됐다.

문제는 4회전부터였다. 그때부터는 공터에 모인 용병들 대부분의 급수가 정해졌다. 그리고 4승부터는 B급 용병이 되느냐를 결정하는 중요한 전투이기 때문에, 이미 전투가 끝난 용병들이나 대전을 구경하러 온 사람들이 주변에 앉아 내 결투를 주시하기 시작했다.

내 상대는 이십 대 후반쯤 되어 보이는 빨간 머리 남자였는데, 나보다 머리 두 개는 크고 제대로 갑옷을 차려입고 있었다. 그에 비해 나는 평소처럼 편한 차림에 방어 기능은 별로 없어 보이는 로브만 걸친 상태였다.

"좋겠다. B급 거저먹겠네, 진!"

"저 계집 검 쥘 줄도 모르는 것 같은데!"

구경꾼들은 이미 내 패배가 확정된 듯 굴었다. 대놓고 조롱하면서, 저런 조그만 계집년에게 진다면 남성의 중요한 부분을 떼 버리라는 화끈한 제안을 걸어댔다.

난 그 목소리를 들으며 약간 고뇌하고 있었다. 내가 검을 쥔 자세가 이상한가? 아무튼 초심자인 티가 나는 건 확실해 보였다. 내 상대인 진이라는 남자는 아마 용병대 사람들에게 안면이 좀 있는 것 같은데, 여기서 이겨 버리면 의심을 사려나?

그냥 패배하고 다음 승부에 이겨서 B급을 따내는 게 나으려나. 아니, 그래도 A급은 따고 싶은데…….

"시끄러워!"

그때 갑자기 남자가 구경꾼들을 향해 고함을 질렀다. 난잡한 말을 지껄이던 용병들의 환호성이 일순 멈췄다. 뒤늦게서야 나는 이미 승부가 끝난 듯 낄낄거리던 관중들과는 달리 남자의 표정은 심각하게 굳어 있다는 것을 깨달았다. 그가 내게 말했다.

"너, 나한테 무슨 수작을 부린 거야?"

그 질문을 이해하는 데는 약간 시간이 필요했다. 난 눈을 서너 번 깜빡이고 난 뒤에야 그가 내 1회전 상대였다는 걸 기억해 냈다. 얼굴에 새겨져 있는 용 문신이 익숙했다. 2회전이나 3회전 상대일 수도 있겠지만, 아무튼.

멀리서 보고 있던 사람들과는 달리 투명한 윙투스에 발이 걸리고 갑자기 무기가 손에서 날아가는 일을 당한 내 결투 상대들은 이상하단 걸 눈치챘을 거다. 내가 어색하게 웃자, 남자의 얼굴은 더 험상궂어졌다.

진짜로 이번 승부는 그냥 적당히 져 주는 척을 하는 게 나을 수도 있겠단 생각이 들 때쯤, 그가 무기를 꺼내 들었다. 하얀 검신이 와이어에 연결되어 채찍 같은 형태를 이루는 기다란 사복검이었다. 문제는, 와이어에 꿰어 있는 칼날이 마치 장미에 달린 가시처럼 날카로웠다는 점이다.

"날 우습게 보지 마!"

남자가 화를 내며 검을 휘두르자 기다란 검신이 세차게 바닥을 내리쳤다. 먼지가 사그라들자 날카로운 칼날에 팬 땅이 드러났다. 등줄기가 섬찟했다. 적당히 져 줄 수 없겠는데, 이건…….

"우와아아악!"

남자가 고함을 지르며 내게 달려왔다. 그 어디로 향할지 모를 검을 치켜든 채로.

"히익!"

난 위협을 느꼈다. 그래서 양팔로 머리를 감쌌다. 동시에 내 오른쪽 소매 안에서 투명화된 윙투스가 길게 뻗어 나가 달려오는 남자의 검 끝을 감았다. 그리고 힘차게 당겼다.

쿵!

커다란 소리와 함께 내게 달려오던 남자가 옆으로 고꾸라졌다. 거구의 몸이 넘어져, 모래와 먼지가 허공에 들썩였다. 허공에 떠오른 모래가 가라앉을 때, 나도 팔을 내렸다. 빨간 머리 남자는 바닥에 쓰러진 채로 무기를 잡고 낑낑거리고 있었다. 나는 얼른 남자에게 다가가 그의 목에 칼을 겨눴다. 그와 동시에, 심판관이 외쳤다.

"진 전투 불능 판정, 블루 승!"

그 목소리에, 좌중이 물을 끼얹은 듯 조용해졌다. 그리고.

"푸하하하하!"

"저 녀석 바보 아냐? 혼자 난리 치다 넘어지고 지랄이야!"

"멍청한 자식! 방금 돌부리에 걸리는 거 봤어?"

"운 억세게 좋았다, 꼬맹아!"

좌우에서 야유와 웃음소리가 쏟아졌다. 나는 진땀을 닦으며 칼을 검집에 집어넣었다. 구경꾼들의 추측과는 달리, 바닥에 돌부리 따윈 없었다. 다른 사람들의 눈에는 진이 내게 달려오다 제풀에 넘어진 것으로 보였을 것이다.

그러나 실제로는 진이 내 앞에 당도한 순간, 나는 윙투스로 진의 칼을 감아서 바닥으로 던지려 했다. 그러나 진이 검을 쥔 손에서 힘을 풀지 않았다. 내 마력과 진의 무력이 부딪혔고, 내 마력을 이기지 못한 진이 검과 함께 바닥으로 고꾸라진 것이다.

그는 쓰러진 채로 다시 한번 검을 들어 올리려 했고, 나는 그사이에 그의 목에 검을 겨누었다. 그동안에도 나의 윙투스는 남자의 검을 놓지 않고 있었다. 난 검을 집어넣은 후에야 윙투스를 풀어주었다.

남자가 얼굴을 새빨갛게 물들이고 낑낑거리는 동안에도 바닥에 붙박여 있던 검이, 그제야 들어 올려졌다. 남자는 잠시 놀란 표정을 했다가, 나와 눈을 맞추고는 얼굴을 와작 구겼다. 그는 씩씩거리며 한 마디 내뱉었다.

"……사기꾼!"

나는 재빨리 등을 돌려 대련장을 나왔다.

* * *

B급. 나는 내 최종 랭크가 적힌 패를 받고 울상을 지었다. A급 용병을 결정하는 승부에는 더 많은 구경꾼이 몰렸다. 5번 연속으로 얕은수를 썼다간 너무 티가 날 것 같아서 이번에는 약간 몸을 사렸다. 검을 쓰는 타이밍에 맞춰 윙투스를 휘둘러서 적과 심판의 눈을 속이려고 했다.

그러나 손에 익지 않은 검술을 하면서 동시에 윙투스까지 다루는 건 쉬운 일이 아니었다. 결국 검이 손에서 날아갔고, 사람들이 보는 눈앞에서 윙투스로 검을 잡아 오기도 뭐해서 그냥 항복 선언을 했다. 나는 내 패를 보며 한숨을 내쉬었다.

"팀이 찢어지게 됐네……."

B급은 B급 의뢰만 맡을 수 있으니, 다른 사람들이 모두 A급을 받는다면 난 혼자 돌아다니게 될 수도 있겠다. 터덜터덜 접수대를 나서자, 한참 전에 테스트를 끝낸 앨런과 로즈가 나를 발견하고 달려왔다. 그들은 내 손에서 멋대로 패를 빼앗아서 급수를 확인했다.

"뭐야, B급이네."

"왜 그런 얼굴이에요. B급 나왔으면 됐지."

내 귀여운 제자들은 나의 랭크를 확인하고 등을 토닥여 주었다. 그 옆에서 릴리가 B급 이상이면 영주의 의뢰를 받을 수 있으니, 그렇게 나쁜 결과는 아니라고 말했다. 그 말이 틀린 건 아니었다. 하지만.

"너네는 다 A급 나왔잖아……."

난 그들이 든 A급 패를 보며 꿍얼거렸다. 혼자 B급 의뢰를 맡게 된 건, 내가 원래 단독 행동을 좋아하니 상관없었다. 하지만 내가 명색이 마도국 왕인데 말이야, 제자들 앞에서 영 면이 안 산다. 내 시무룩한 목소리에 어쩐지 앨런이 신난 얼굴로 위로했다.

"에이, 괜찮아요, 선생님."

"그래요. 우리 여기서 이럴 때가 아니라, 얼른 저기 가 봐야 해요."

로즈가 그렇게 말하며 내 손목을 끌었다. 어리둥절하게 그녀를 따라가자, 이상하게 사람이 몰려 있는 대련장이 있었다. 구경꾼들 사이를 비집고 가니 한가운데 서로를 마주 보고 서 있는 두 남자가 보였다. 그들의 얼굴이 매우 익숙했다.

"까망이랑 카르멘이 맞붙은 거야……?"

"네, 이제까지 모든 승리를 단 1합 만에 얻어 낸 실력자들의 대결이라 이렇게 사람들의 주목이 모인 겁니다."

무심코 내뱉은 혼잣말에 자세한 설명이 따라붙어서 옆을 돌아보자 슈웨인이 있었다.

"헉 슈…… 웨인, 언제부터 여기 있었어요?"

"제가 블루보다 먼저 서 있었습니다만."

"아하, 어쩐지 자연스럽더라."

슈웨인이 옅게 웃으며 내게 음료를 건넸다. 받아 마시자 입 안에 상쾌함이 확 퍼졌다. 와, 이거 맛있어. 내 왼편으로 온 앨런은 로엠과 카르멘을 보며 주먹을 꽉 쥐었다.

"이 둘이 여기서 이렇게 맞붙게 될 줄은 몰랐는데, 제가 다 긴장이 되네요."

"긴장까지나?"

다섯 번째 대전에서 승리한 사람은 A급, 패배한 사람은 B급 용병이된다. 두 사람이 모두 A급 용병이 되지 못하는 게 유일하게 안타까운점일 뿐, 누가 이기든 우리의 병력이 A급 하나 B급 하나로 마무리되는것은 똑같았다.

그러니 이건 아무래도 상관없는 승부가 아닌가? 그런데 앨런과 나 사이로 끼어든 로즈가 과자를 내밀며 말했다.

"어떻게 보면 국가 자존심이 걸린 승부니까요."

"엥, 그런 게 걸려 있다고?"

여기 그렇게 대단한 게 걸려 있는 줄은 미처 몰랐다. 나는 황당한 얼굴로 과자를 받아먹었다. 그 하얗고 작은 과자는 부드럽고 짭짤한데 끝맛은 고소했다. 북쪽 간식들도 꽤 괜찮네.

"두 사람 모두 한 국가를 대표하는 병력이라고 할 수 있으니까요. 폐…… 데일 님은 물론이고, 까망이도 현 최고 장로를 만들어 낸 사람이니 거의 국가 수장급이라고 봐야죠."

그러고 보니 십 년 전, 마계의 문이 열린 사이 들어온 마수들 때문에 세상이 혼란할 때 까망이가 헤브람 제국에 들어온 마수들을 토벌하는 데 큰 힘을 보탰다고 했다. 그리고 자신이 한 일을 모두 모데라토가 한 것으로 꾸며 주었다.

그 공로로 모데라토가 사람들의 신임을 얻고 오늘날 최고 장로에 오를 수 있었으니, 까망이의 힘이 국가 수장급이라는 말은 틀린 게 아니었다. 최근에 새로 생긴 법에 따르면 마탑주가 마탑을 비운 지금, 마탑의 수장은 최고 장로인 모데라토였으니까.

"허, 정말 그럴듯한데."

헤브람 제국의 수장이자 소드 마스터인 카르멘 노아 데일라르크와 수아르 마도국의 수장급이자 다이어 울프인 로엠 로드랭의 대결. 헤브람 제국과 수아르 마도국, 두 국가 수장 중 더 강한 자는 누가 될 것인가. 나는 손에 과자, 아니 진땀을 쥐며 두 사람을 바라보았다.

"앗, 여길 보네요."

마침 카르멘과 까망이의 시선도 이쪽을 향했는지, 로즈가 호들갑스럽게 속삭였다. 난 그들을 향해 활짝 웃으며 손을 흔들어 줬다.

내 자랑스러운 'B급' 랭크가 적힌 패를 쥔 채.

탕!

그 직후 승부의 시작을 알리는 징이 울렸다. 두 국가 대표는 거의 동시에 칼을 빼 들었다. 그들은 서로를 향해 결전의 칼을 높게 치켜들었고…… 아니 너무 높게 치켜든 거 같은데 저거, 뒤로 날아가는데?

"항복!"

허공을 빙글빙글 돌던 칼이 땅에 박히기도 전에, 두 사람의 입에서 같은 말이 튀어나왔다. 누가 먼저랄 것 없이 다급하게 튀어나온 선언. 거기에는 좀처럼 보기 힘든 실력자들의 대전을 기대하며 술렁이던 관중들을 입을 순식간에 닫게 만드는 파급력이 있었다.

침묵은 이어졌다. 두 남자의 비장한 얼굴과 항복이란 단어가 백만 광년쯤 떨어져 있었기 때문에, 사람들이 상황을 받아들이는 데는 시간이 필요했다.

"쟤네 지금 뭐 한 거냐."

고요한 공터에 내 중얼거림만 작게 스쳐 지나갔다. 몰려 있던 구경꾼들이 망연해하는 것과는 상관없이, 자신들도 모르는 사이 각국을 대표하게 됐던 두 전사는 승부욕이라곤 없어 보였다. 아니, 오히려 다른 방향으로 승부욕을 불태웠다. 그들은 누가 먼저 항복을 외쳤냐를 두고 기 싸움까지 벌였다.

졸지에 그들 사이에서 압박을 받게 된 심판은 벌벌 떨면서 로엠의 손을 들어줬다. 여기서 손을 들어줬다는 말은 로엠이 더 빨리 항복을 외쳤다고 판단했다는 뜻이다. 그러니까, 로엠이 지고 카르멘이 이겼다.

왜 승리자가 좌절하고 패배자가 의기양양한 표정을 짓는지는 모르겠지만.

"에이……."

"이게 뭐야……."

그 한심한 촌극을 마주한 구경꾼들은 김이 빠질 대로 빠져서 구시렁거리며 흩어졌다. 이전 경기에서 두 사람에게 패배한 듯한 용병 몇 명은 억울한지 어깨까지 들썩거리며 걸음을 돌렸다.

"블루!"

B급 패를 받은 로엠이 어쩐지 신난 얼굴로 내게 달려왔다. 난 녀석이 들이미는 패를 보며 눈을 가느다랗게 떴다.

"뭐야, 카르멘한테 진 게 그렇게 좋아?"

내 말에 로엠이 움찔했다. 녀석은 "결투에선 졌지만 승부에선 이겼어요." 같은 이상한 소리로 반박했다.

"어차피 우리끼리 싸워 봤자 이득도 없잖아요. 부상이라도 입으면 손해고…… 그냥 빨리 대전을 끝내는 게 나으니까……."

내 반응이 시원치 않자, 로엠이 눈을 데굴데굴 굴리면서 변명했다. 그 말에 별로 설득력은 없었지만. 그런 합리적인 이유라기에는 둘 다 너무 다급하게 항복했었다.

"……그, 기대하셨어요? 진짜로 싸우는 게 좋을까요?"

로엠이 아직 손에 과자와 음료를 들고 있는 내 눈치를 보며 물었다. 그저 재미있는 싸움 구경을 못 해서 실망했을 뿐인 속내가 약간 부끄러워졌으므로, 난 슬쩍 시선을 돌렸다.

내 눈에 시무룩하게 A급 패를 들고 있는 카르멘이 들어왔다. 그는 내 시선을 느끼고 움찔하더니 급하게 다정한 미소를 지어 보였다.

"다 끝났으니 이제 접수대로 돌아갈까?"

우리는 그렇게 B급 둘, A급 넷이라는 결과표를 들고 접수대로 돌아가 의뢰서를 받았다.

* * *

B급 용병이 맡을 수 있는 의뢰는 주로 귀족들의 호위, 위험 지역의

심부름, 마을에 출몰하는 마수 토벌 등이 있었다. 그중 사람들이 가장 기피하는 건 역시 마수 토벌 쪽이었다. 위험은 크고 보수는 낮은 경우가 많기 때문이다. 의뢰자가 왕실이나 영주면 제값을 받을 수 있었으나, 안타깝게도 평범한 마을 사람들이 의뢰자인 경우가 가장 많았다.

그런 의뢰는 영 수지 타산이 맞지 않아서, 몇 년 동안 하겠다고 나서는 사람 없이 방치되기도 했다. 물론 나는 대륙 땅 끝까지 찾아온 목적이 있으니 마수 토벌 의뢰를 골랐다.

〈B급 의뢰 : 언데드 퇴치〉

이 또한 일 년 동안 묵혀진 오래된 의뢰였다. 접수원은 내게 '외지에서 온 것 같은데, 이렇게 오랫동안 방치된 것에는 이유가 있다. 아마 같이하려는 사람이 없을 거다.' 하고 충고했다.

의뢰는 단독으로 맡을 수 있는 것도 있지만 팀별로 맡아야 하는 것도 있었다. 언데드처럼 무리로 나오는 마수를 토벌하려는 경우는 보통 팀별로 의뢰를 맡았다. 상세 설명을 읽어 보니, 최소 4인 이상의 파티를 희망한다는 항목이 있었다.

B급이라는 의뢰 난이도도 최소 4인 이상의 팀을 기준으로 매겨진 것이겠지. 이런 팀전 의뢰의 단점은 첫째로, 인원수를 충족하기 힘들다는 것이었다. 둘째로는 인원수대로 보수를 나누어야 한다는 점이었다.

여기 적힌 보수는 12코나인데, 이걸 네 명이서 나누면 인당 겨우 3코나가 돌아간다. 3코나는 제국식 화폐 단위로 환산하면 10실링 정도로, 사흘 치 식비도 안 나올 돈이다.

다수가 필요한 의뢰는 용병대에서 팀을 짜서 보내기도 하는데, 이렇게 보수가 낮고 위험한 의뢰일 경우에는 필요한 인원을 충족하는 데만 해도 오랜 시간이 걸렸다. 그러니 이 의뢰가 이렇게 오래 방치된 것도 당연한 일이었다. 하지만 난 그 의뢰를 선택했다. 아무도 안 하려고 하면 로엠과 단둘이서 가면 되니까.

난 의뢰서를 받아들고 무리에게 돌아가서 물었다.

"의뢰는 다 골랐어?"

"네, 재밌어 보이는 의뢰가 몇 있더라고요."

앨런은 신나 하며 그들이 골라잡은 의뢰서를 꺼냈다.

〈S급 의뢰 : 괴조 사냥〉

〈A급 의뢰 : 귀족 호위〉

괴조 사냥 쪽 의뢰는 특이한 점이 있었다. 마수 토벌 의뢰는 보통 죽여 달라는 것에서 끝나는데, 여기는 생포하거나 온전한 시체를 가져와 달라는 요구 사항이 추가되어 있었다. 만약 생포하면 보수를 두 배로 주겠다는 조항까지 있었다.

괴조의 출몰 지역은 수도에서 멀리 떨어진 숲이었는데, 그것의 속도가 무척 빨라서 수도 중앙까지 순식간에 날아왔다가 사라진 적도 있다고 한다. 그 괴조는 이 지역 사람들이 어디에서도 본 적 없는, 정체 모를 마수였다.

알 수 없는 것에 대한 공포 때문에 사람들은 '전설의 영물'이라고 말하며 불안에 떨었다. 사람들의 불안이 깊어지자 국가에서 직접 현상금을 걸고 나섰다. 시체를 가져오라고 한 이유는 아마 괴조가 평범한 마수라는 걸 알리고 사람들을 안심시켜 주려는 의도 같았다.

우리는 마수를 토벌하러 왔으니, 이건 목적에 합당한 의뢰였다.

"그런데 귀족 호위는 왜?"

귀족 호위는 방금 막 들어온 따끈따끈한 의뢰였는데, 마수를 토벌하러 온 우리의 목표와는 맞지 않았다. 그러자 카르멘이 내 곁에 와 의뢰서 상단 부분을 짚어 주었다.

"보수가 높아."

"뭐?"

난 카르멘이 가리킨 보수 항목을 보며 황당하게 반문했다. 물론 이 의뢰의 보수가 높기는 했다. 내가 고른 B급 의뢰는 4인 이상의 팀전인데도 고작 12코나인데, 카르멘과 로즈가 고른 의뢰는 단독 의뢰인데도 200코나씩이나 줬다.

나는 12코나를 팀원들과 나눠 가져야 하는데 카르멘과 로즈는 각각 200코나씩 얻게 된다. 이게 B급 의뢰와 A급 의뢰의 격차다. 하지만 200코나를 얻어 봤자 카르멘이 입고 있는 셔츠의 단추 하나 값도 되지 못했다. 내 의아함을 읽었는지, 카르멘이 작게 웃었다.

"그리고 귀족의 정체가 불명이야."

"어."

그러고 보니 다른 호위 의뢰들은 가문이나 지역명이라도 적혀 있었던 것 같은데, 이 의뢰서에는 아무런 정보도 없었다.

"이상할 정도로 높은 보수에, 비밀 보장에 이렇게 애쓰는 걸 보면……."

"높은 귀족인가?"

"내일 영주가 큰 의뢰를 맡긴다는 말이 있었지."

"아, 그거랑 관련된 일일 수도 있겠구나."

나는 짝, 하고 손뼉을 쳤다.

"대규모 토벌을 가기 전에 미리 능력 있는 기사를 구해 놓으려는 걸까?"

아마 지체 높은 영주가 마수 전쟁을 벌이려는 것 같다고 들었으니까. 그러나 내 말에 카르멘은 애매한 미소를 지었다.

"뭐, 그런 거라면 다행인데……."

"응?"

카르멘이 말을 흐리자 나는 답답함을 느끼며 재차 물었다.

"그게 무슨 뜻이야?"

"음, 신원을 숨긴다는 건 다른 사람에게 들키고 싶지 않다는 뜻이잖아."

"뭐, 이게 암살 의뢰라도 된다는 거야?"

내 말에 카르멘이 어깨를 으쓱했다.

"그럴 수도 있고, 반대로 암살 위협으로부터 자신을 지키려는 걸 수도 있고……."

"으악."

이미 인근 섬나라가 망할 정도로 마수가 들끓고 있는데 그 와중에 내부적인 문제까지 있다면 이 나라는…… 안팎으로 곪아 가는 상태라는 말이 된다. 내가 인상을 찌푸리자, 카르멘이 웃으며 내 미간을 꾹꾹 눌렀다.

"한번 알아보고 올게."

"좋아……."

나는 약간 지친 목소리로 답했다. 상상만 해도 기가 빠지는데, 정치적인 알력 다툼의 현장에는 절대로 끼고 싶지 않다. 제발 별일 아니기를.

"그럼 슈웨인과 릴리, 앨런은 숲으로 가고, 나랑 로엠은 바다로, 카르멘과 로즈는 수도 중앙으로 가게 되는 거네."

내 정리에 로즈가 손뼉을 치며 호응했다.

"의뢰가 끝나고 나면 솔리투도 반도를 완벽하게 파악할 수 있게 되겠는걸요."

"좋아, 연락은 마수경으로 하자. 의뢰를 끝내고 다시 만나자고."

카르멘에게는 이미 내가 나눠 준 마수경이 있었기에, 나는 마탑에 있는 마수경의 일부를 소환해 슈웨인에게 맡겼다. 우리는 다시 만날 약속을 하고 각자 의뢰를 맡으러 흩어졌다.

* * *

"인원이 다 찼다고요?"

로엠과 둘이서 의뢰를 가겠다고 말하려고 접수대에 돌아갔던 나는 깜짝 놀랐다. 접수원이 기쁜 얼굴로 말했다.

"네! 이런 우연이 있네요. 악성 재고 같은 의뢰였는데, 정말 잘 됐지요. 용병대 뒤편으로 가 보세요. 당신을 기다리고 있을 거예요."

접수원의 안내대로 우리는 뒷문으로 향했다. 밖으로 나가면서 나는 약간 심장이 두근거렸다. 나스티아에서는 처음부터 S클래스를 받고 단독 행동을 했기 때문에, 낯선 사람들과 팀을 이뤄 의뢰를 맡는 건 처음이었다.

이렇게 보수가 낮고 까다로운 의뢰를 수락한 사람들이라면 분명 좋은 사람들이겠지? 어쩌면 마수에게 고통받는 마을 사람들을 구해 주기 위해 나선 걸지도 몰라.

그렇게 생각하니까 약간 용사 같았다. 용병이랑 용사, 어감도 약간 비슷하잖아. 솔리투도 반도에 사는 사람들이라면 이곳에 대해서도 잘 알 거고, 어쩌면 유용한 정보들을 많이 얻어 낼 수 있을지도 모른다. 어쩌면 함께 싸운 동지애 같은 걸 쌓을 수 있을지도.

나는 설레는 마음을 안고 공터로 갔다. 공터에는 오늘 낮에 내게 졌던 빨간 머리 남자와 그의 동료들이 있었다. 눈이 마주치자 그들은 내게 기분 나쁜 미소를 보냈다.

"……?"

나는 그들을 지나쳐서 내 팀원들을 찾았다. 공터에 있다고 들었는데, 어디 있는 거지. 내가 동료들을 찾으며 두리번거리자 난데없이 빨간 머리 남자의 얼굴이 붉으락푸르락 변했다. 급기야 그는 소리를 버럭 질렀다.

"야!"

난 그에게로 고개를 돌렸다. 저 남자는 오늘 낮에도 저렇게 얼굴을 빨갛게 물들이고 소리를 질러대더니, 아마 고혈압이 있는 것 같았다.

"여기라고! 여기!"

그가 재차 소리쳤다. 무슨 뜻인지 알 수 없어 고개를 기울이자, 그가 답답한 듯이 종이를 꺼내 들었다.

"네 팀원, 우리라고!"

난 어리둥절한 눈으로 그가 들이민 의뢰서를 들여다봤다.

〈B급 의뢰 : 언데드 퇴치〉

내 눈이 점차 커졌다. 고개를 들자 비열한 미소를 짓는 남자의 얼굴이 보였다. 내 머릿속 환상이 산산이 깨지는 소리가 들렸다.

나에게 패배한 빨간 머리 남자의 이름은 진이었다. 그의 곁에 있던 진의 두 친구는 소렐과 히스라고 했다. 본명인지 가명인지 모르겠지만.

소렐은 커다란 진보다 더 덩치가 컸고, 더 우락부락한 체형이었다. 그는 무투가라고 하면서 거대한 해머를 지고 있었고, 히스는 검사였다. 그는 연갈색 머리에 다른 둘에 비하면 비교적 평범한 체형이었다.

"나는 블루야."

딱히 소개하지 않아도 이미 알고 있는 것 같았지만, 아무튼 나도 나를 소개했다. 히스가 로엠을 돌아봤다.

"그쪽은 까망이지?"

"……로엠이다."

로엠은 그냥 본명을 밝히기로 한 것 같았다. 답하는 목소리가 낮고 무심했다. 그 애는 나를 제외한 사람들에게는 평등하게 무뚝뚝한 태도를 보였는데, 난 늘 그게 웃기고 귀여웠다. 귀여운 막내가 밖에서 어른 노릇하는 걸 보는 기분이랄까. 작게 키득거리는 내 귀에 구시렁거리는 소리가 들려왔다.

"사기꾼."

난 움찔 놀라 진을 돌아봤다. 따지자면 사기를 친 게 맞긴 했으므로,

난 약간 찔렸다. 시선이 마주치자 그는 내 오른손을 손가락질하며 말했다.

"그것도 속임수지?"

아, 그러고 보니 아직도 내 오른손부터 팔까지 붕대가 감겨 있었다. 윙투스를 정말 내 신체 일부처럼 다룰 수 있으면 좋을 것 같아서, 난 요즘 들어 오른손 대신 윙투스를 쓰려고 시도하고 있었다. 이렇게 붕대를 꽁꽁 감아 놓으면 꽤 불편해서 무심코 오른손을 쓸 일도 없었다.

그러고 보니 놈과 대전할 때도 왼손으로 검을 들었지. 그래서 내가 오른손을 쓰지 못하는 척한다고 생각한 모양이다. 그러나 구구절절 설명하긴 귀찮았던 관계로, 난 대충 답했다.

"글쎄."

"아니면 진짜 병신이냐?"

헉, 나는 숨을 삼켰다. 아무리 기분이 나쁘대도 저 비아냥은 도를 넘었다. 황당함에 바로 반박하지 못하고 있는데, 어디선가 휙 하고 바람이 불었다.

"말조심하는 게 좋을 거다."

검은 머리카락이 휘날리고, 순식간에 진의 목에 칼이 디밀어졌다. 내 뒤에 있던 로엠이 어느새 앞으로 나선 것이다. 로엠에게선 검은 살기가 흘러나오고 있었다.

진은 놀란 사슴처럼 굳었고, 소렐과 히스도 전투태세를 취했다. 그들은 로엠을 주시하면서 무기를 빼 들지 말지 고민하는 것 같았다. 난 진을 향해 고개를 까딱했다.

"들었지? 두 번은 안 봐줘."

"……."

내 말에 로엠이 칼을 내렸고, 진은 이를 빠득 갈며 물러났다.

아, 정말이지 순탄한 여정의 시작이었다.

* * *

우리의 목적지는 '마레'라는 마을이었다. 수도 린첸에서 북쪽으로 마차를 타고 서너 시간 정도 가면 나오는 곳이라고 했다.

"배를 타고 가면 빠르지 않아?"

"제정신으로 하는 소리야?"

내 말에 진이 놀라서 반박했다.

"너, 이곳 사람이 아니지? 북해는 마수 때문에 바닷길이 완전히 막힌 지 오래라고."

나를 무지한 외지인 취급하는 말이었다. 나는 입술을 꾹 다물었다. 그에게 반박하겠답시고 '타첸다의 사절단은 먼 나라 수아르까지 잘만 찾아오던걸.' 같은 말을 할 수는 없었다.

"마침 소렐의 친척이 그곳에 볼일이 있어. 가는 길에 우리를 짐차에 태워 준다고 했어. 너희도 덤으로 태워 줄 테니 감사하라고."

자신의 친척도 아니면서 진은 뻐기며 말했다. 다섯 명이 짐차에 끼어서 가려니 비좁고 불편했다. 차라리 눈보라가 불던 산을 가로지를 때가 훨씬 나았던 것 같다.

내 불만이 티가 났는지 까망이가 안절부절못한 얼굴로 나를 봤다. 그는 당장이라도 늑대로 변해서 나를 등에 태워 주고 싶은 것 같았다. 나도 당장 내려서 제대로 된 마차를 빌려 타고 싶은 마음이 간절했지만, 고작 3코나 벌겠다고 2코나가 넘는 마차를 빌리면 이상해 보일 것이다. 낯선 사람과 동행하는 건 늘 즐거운 일만은 아니라는 걸 배웠다.

이미 용병대를 나올 때 노을이 지고 있었으므로, 출발한 지 얼마 안 되어 땅거미가 내려앉기 시작했다. 그러나 소렐의 친척은 호롱을 켜고 부지런히 달려서 밤이 더 깊어지기 전에 우리를 목적지로 데려다주었다.

마레에 들어서자, 처음 온 마을인데도 어쩐지 낯익은 기분이 들었다.

우리에게 의뢰를 준 것은 마레의 마을 주민들 전체였는데, 그들은 모두 우리를 몹시 환영해 주었다.

마레는 아주 작은 마을이었고, 다들 사정이 좋아 보이지 않았다. 그래도 그들은 마을에서 가장 좋은 촌장 부부가 사는 집으로 우리를 안내해 주었다. 촌장 부부는 우리에게 후한 저녁 식사를 대접해 주며, 우리를 위해 방을 두 개나 내어 주겠다고 말해 주었다.

음식은 맛있어 보였다. 아까 본 마을 사람들의 행색을 보면 아마, 우리를 위해 최대한 신경을 써 준 것일 거다. 그러나 세 시간이나 짐차에 실려 오면서 내장이 있는 대로 뒤흔들린 직후였기에, 나는 음식을 먹는 둥 했다. 난 내 몫으로 내온 샐러드를 포크로 헤집으면서 잡담을 했다.

'그러고 보니 보수는 12코나인데, 다섯이서 어떻게 나누지?' 같은 쓸데없는 소리였다. 정말 내가 받을 액수가 궁금했다기보다는 그냥 심심해서 한 질문이었다.

"넷이지."

그런데 기대하지 않은 곳에서 대답이 돌아왔다.

"전력이 안 되는 게 하나 있잖아, 안 그래?"

보수는 똑같이 3코나씩 나누면 되지 않겠어? 진이 비꼬듯 말했다. 난 눈썹을 꿈틀했다.

"전력이 안 되는 거라니, 그거 날 두고 하는 소리야?"

"아니면 뭐겠어?"

진은 턱을 치켜들며 말했다.

"고작 몇 시간 이동한 거로도 그렇게 비실거리면서. 제대로 싸울 수나 있겠어? 마수를 만나고 기절이나 안 하면 다행이지."

진이 손등으로 이마를 짚고 픽 쓰러지는 흉내를 내자, 소렐이 웃음을 터뜨렸다. 나는 그 모습을 보며 헛웃음을 쳤다.

"내가 약하면."

난 왼손으로 턱을 괴고 심드렁하게 말했다.

"나한테 진 너는 뭐지?"

"……!"

그 순간 진이 자리를 박차고 일어나는 바람에 식탁이 크게 덜컹거렸다. 그는 칼을 꺼낼 것처럼 허리춤에 손을 대며 외쳤다.

"이게……!"

쿵!

그때 로엠이 식탁을 내리쳤다. 나는 그가 쓰러질 것 같은 식탁을 바로 잡으려고 그랬다는 걸 알아챘다. 하지만 다른 사람들은 위협의 의미로 받아들인 것 같았다. 당장이라도 내게 달려들 것 같았던 진도 그대로 얼어붙었다.

"앉아."

로엠이 진을 향해 낮은 목소리로 명령했다.

"그래, 진. 집 안에서 싸우면 위험하니까."

그의 왼편에 앉은 남자도 진을 달랬다.

"쳇."

진은 어쩔 수 없다는 듯 자리에 다시 앉았다. 친구의 말에 지는척하지만, 사실은 로엠에게 쫄아든 게 빤히 보였다. 이후로는 한동안 아무도 입을 열지 않았다. 조용한 식사가 끝날 때쯤, 촌장 부부가 방에 들어왔다. 그들은 아까의 말싸움을 들었는지, 어색하게 웃으며 우리의 눈치를 살폈다.

"식사는 입에 맞으셨습니까?"

"예, 맛있었습니다. 어르신."

아까 진을 말렸던 갈색 머리 남자가 공손히 인사했다. 부부는 안도한 것 같았다. 그들은 우리 사이에 앉아 의뢰에 대해 자세한 이야기를 들려주었다.

마레는 대륙 끝에 있는 나라인 솔리투도 왕국 중에서도 가장 북쪽에 있었다. 마을 전체가 휘어진 곶의 형태인지라, 그 특이한 지형과 해류가 맞물려 해안가에 온갖 것들이 몰려든다고 했다.

"온갖 것들?"

알 수 없는 말에 반문하자 그들은 약간 머뭇거리는 기색이었다.

"말 그대로 온갖 것들입니다. 밀물이 들어오면, 솔리투도어가 아닌 다른 언어가 적힌 물건들이 밀려들지요. 그리고……."

"물건이 아닌 것들도 휩쓸려 오겠군요."

갈색 머리 남자의 말에, 부인이 고개를 끄덕였다.

"이 나라에서는 병사가 많이 죽었지요."

"아."

난 문득 깨달았다. 마레에 들어서며 이상하게 낯익은 기분이 든다고 생각했던 이유.

이곳에 짙게 깔린 마기는 마치 옛날의 암흑 왕국을 떠올리게 했다. 암흑 왕국에도 언데드 병사가 종종 나왔다. 그렇게 강한 마수가 아니어서 사역마로 만든 적은 없었지만. 같은 속성이라면 데스 사이드가 훨씬 나았다. 형체가 없어서 방어력이 높고 빠르고, 물리력뿐만 아니라 주술이나 저주에도 능하니까.

아무튼, 마레의 해변에 쌓이는 시체가 이곳의 마기와 합쳐져 언데드를 만들어 내고 있는 것 같았다. 마수들이 늘어나면 마기가 더 짙어진다. 끝없는 악순환. 아직은 괜찮지만, 시간이 갈수록 악화될 것이다.

"그것들이 아직 마을 안까지 들어온 적은 없어요. 하지만 언제까지 그럴지도 모를 일이고……. 최근에는 마을을 드나드는 사람들이 습격을 당해 목숨을 잃는 일도 생겼습니다. 상인들도 더 이상 우리 마을을 찾지 않아요. 이대로 가다가는 이 마을에 고립되게 생겼습니다."

"그것들의 머릿수는 얼마나 되나요?"

내 질문에 촌장이 답했다.

"숫자는 그리 많지 않습니다. 아마 서넛 정도일 거예요."

촌장 부부는 우리에게 꼭 마수를 퇴치해 주십사 재차 부탁했다. 그 말에 진이 나서서 우리가 해결해 줄 테니 걱정하지 말라고 호언장담을 했다.

"정말 감사합니다."

난 진의 손을 잡고 이른 감사 인사를 거듭하는 노부부를 바라보며 생각했다. 아무튼 별로 어려울 것은 없어 보이는 의뢰였다.

* * *

우리는 푹 자고 일어나 아침 식사를 하고 바로 장비를 챙겨 밖으로 나갔다. 밤보다는 해가 떠 있는 시간에 해치워 버리는 게 쉬울 것이었다.

언데드는 낮이 되면 해안 위에 있는 절벽 위쪽으로 사라진다고 해서, 우리는 아침부터 뒷산을 올랐다. 암벽을 탈 순 없으니 뒷산으로 돌아가는 게 나은 선택지였다. 산을 오르는 건 오랜만이라 조금 힘들었다. 평소에 너무 사역마들이나 마법에만 의존해서 다녔던 티가 이런 데서 났다.

추운 해안 마을의 산이라, 군데군데 얼음이 언 땅도 있어서 두 배로 힘이 들었다. 로엠은 내게 쉬었다 올라가자고 권했는데, 고마운 말이었지만 그럴 수는 없었다.

"그냥 집에서 십자수나 하지그래, 아가씨?"

내가 약간 헐떡거리는 것으로도 저렇게 좋알거리는데 쉬었다 가겠다고 하면 얼마나 난리를 칠지 몰랐다. 진은 마치 내게 깐죽거리기 위해 의뢰를 받아들인 것처럼 굴었다. 산을 오르면서도 저렇게 열심히 조잘거릴 수 있는 폐활량만은 존경할 만했다.

하지만 애초에 수면 시간과 생활 방식이 불규칙한 마법사가 몸 쓰는 용병의 체력을 따라가는 건 불가능한 일이었다. 진의 좋알거림이 끝나지 않자, 로엠이 다가와 비밀스럽게 속삭였다.

"처리할까요? 마침 산이라서 묻을 데도 많습니다."

"됐어."

난 키득거리며 고개를 저었다. 저 깐죽이의 비아냥을 그만 듣기 위해서는, 얼른 언데드를 처리해서 이 의뢰를 끝내 버리는 게 급선무였다. 진은 좋은 동기 부여 요소였다. 덕분에 난 힘내서 산을 올랐다. 그러나 절벽 끝에 도착했는데도 언데드는 보이지 않았다.

"우리가 온 걸 눈치챈 건가?"

"그런 것 같네."

소렐의 물음에 진이 답했다. 그들은 로엠을 돌아보고 물었다.

"이봐, 전부 흩어져서 찾는 건 어때?"

로엠은 나를 돌아봤다. 난 어깨를 으쓱했다.

"좋아, 여럿이서 모여 다니니 낌새를 눈치채고 숨어 버린 것 같으니까. 여기서 찢어지는 게 낫겠어."

"네."

우리의 대화에 남자들은 어쩐지 놀란 눈치였다.

"블루는 로엠과 둘이서 다니는 거죠?"

갈색 머리 남자가 물었다. 나는 고개를 갸웃했다.

"그럴 필요 있어? 전부 나누어서 찾는 게 효율이 좋지."

언데드는 속도가 느려서 그렇게 살상력이 높은 마수가 아니었다. 게다가 어제 노부부가 말한 것들 들어보니, 이 마을의 언데드는 마을 안으로는 들어온 적도 없다고 했다.

"인간에 대한 적대감도 그리 높지 않아 보이던데. 의뢰 난이도를 B가 아니라 C로 낮춰도 되지 않을까."

"하, 그래. 넌 언데드랑 마주쳐서 비명만 지르면 되겠지. 우리가 달려가서 해결해 줄 테니까."

진이 이죽거렸다. 난 코웃음을 쳤다.

"무슨 소릴 하는 거야? 아, 그러고 보니 너랑은 호각일 수도 있겠다."

나는 생글 웃으며 말했다.

"너 C급 용병이잖아. 나한테 두 번 져서."

"……!"

진의 얼굴이 분노로 시뻘겋게 달아올랐다. 사람 얼굴이 저렇게 쉽게 빨개질 수도 있다니. 진짜로 고혈압이 의심됐다.

* * *

우리는 각자 다른 방향으로 가서 마수를 찾아보기로 했다. 나와 로엠이 서로 정반대 방향을 고르자 다른 용병들의 표정이 이상해졌다.

왜지? 우리는 멀리 떨어져도 상관이 없는데. 우리에겐 마수경이 있으니까, 오히려 다른 사람들과 가까운 거리를 유지하는 게 나았다. 그들이 마수를 발견해도 알아챌 수 있도록.

그리고 로엠과 멀어져야 할 다른 이유도 있었는데, 옛날부터 그 애와 함께 마수를 찾는 것은 좀 힘든 일이었기 때문이다. 로엠은 다이어 울프라서 약한 마수들은 본능적으로 그 애를 피해 다녔다. 그러니까 로엠과 반대 방향으로 가면 언데드를 만나기 쉽지 않을까 하는 기대가 있었다. 로엠에게는 미안한 일이지만…….

하지만 홀로 산속을 헤맨 지 꽤 되었는데도 언데드는 코빼기도 보이지 않았다. 여기는 추운 북쪽 나라인 데다 해안 지역이기까지 해서 나무가 죄다 앙상하게 옷을 벗고 있었다. 그러니 산이라고 해도 사실 별로 숨을 데도 없는데, 어떻게 이렇게 꼭꼭 숨었는지 신기할 따름이었다.

땅을 파헤친 흔적이나 짙게 깔린 마력의 기운을 보면, 이 산이 마수의 근거지인 것은 확실한데…….

"……!"

그러다가 나는 우뚝 멈췄다. 방금 어디서 바스락거리는 소리가 들린 것 같은데. 드디어 언데드가 등장하는 걸까? 내가 잘못 들은 게 아니었는지, 인기척이 가까워지고 있었다. 내 등 뒤에서 시선이 느껴졌다. 아마 뒤편의 바위 쪽에 숨어 있었던 것 같았다. 나는 눈치채지 못하는 척 멈춰 서서 놈이 다가오길 기다렸다.

한 발짝, 두 발짝, 세 발짝.

거리가 일정 이상 좁혀졌을 때, 소매 속의 윙투스를 휙 날려 보냈다.

"······블루?"

"아."

날아가던 윙투스가 목표물에 닿기 전, 나는 우뚝 멈춰 섰다. 바위 뒤에서 나타난 건 마수가 아니라 인간이었다. 그나마 진의 무리 중에서 가장 성격이 좋아 보였던, 갈색 머리 남자였다. 나는 황급히 윙투스를 갈무리했다. 그나마 투명화된 상태라, 눈치채지 못한 것 같아서 다행이었다.

"미안해요, 음, 실망했죠?"

내 얼굴에서 실망한 게 티가 났나 보다. 예의상 아니라고 대답하려 하는데, 그가 먼저 입을 열었다.

"로엠이 아니라서."

난 눈을 깜빡였다.

"여기서 로엠이 왜 나와요?"

난 언데드를 찾고 있었는데?

"그 사람, 애인 사이 아니에요?"

"······아닌데요?"

"헉, 정말요?"

갑자기 그의 얼굴이 확 밝아졌다. 남자들 마음은 알다가도 모르겠다니까.

"제 쪽은 다 봤는데 아무것도 나타나지 않았어요. 그러니까 오른쪽으로 가 봐요."

"고마워요."

"앗, 저기."

냉큼 오른쪽으로 방향을 틀려는 나를, 남자가 다급히 붙잡았다.

"저희 같이 다니지 않을래요? 제 쪽은 다 봤으니까."

"뭐…… 좋아요."

난 고개를 끄덕이고 그와 함께 오른쪽 길로 향했다. 같이 산을 돌아다니다가 문득 물었다.

"저 근데, 이름이 뭐예요?"

내뱉고 난 후에야 실언했다는 생각이 들어 덧붙였다.

"아, 처음에 들었던 것 같은데, 제가 기억력이 별로 안 좋아서요."

"괜찮아요, 그런 것 같더라고요."

그가 웃으면서 말했다. 그런 것 같다는 말이 무슨 뜻이지? 난 약간 미묘한 기분에 고개를 갸웃했다.

"제 이름은 히스예요."

"아, 히스, 그런 이름이었죠. 이제 기억나네요."

사실 전혀 기억 안 난다. 그런 이름이었다니. 히스가 이상하게 머뭇거리다가 말했다.

"진이랑 저는 만난 지 얼마 안 됐어요. 제가 도움을 받은 게 있어서 함께 오기는 했지만…… 원래부터 그렇게 친한 사이는 아니었어요."

난 눈을 깜빡였다. 어쩌라는 거지? 내 반응에 히스는 약간 허둥대며 말했다.

"전 블루를…… 처음 봤을 때, 귀족인지 알았어요."

예상치 못한 말에 나는 움찔 놀랐다. 헉, 어떻게 알았지? 내가 첼시 로드랭인 걸 눈치챘나?

"너무 고우셔서요."

그가 수줍게 미소지으며 말했다.

"……?"

나는 의아한 눈으로 그를 보다가 뒤늦게 깨달았다. 아, 내가 귀족인 걸 눈치챈 게 아니라 그냥 칭찬이라고 한 말이구나…….

"아하하하하, 감사합니다."

당황한 나머지 너무 경박하게 웃고 말았다. 하지만 히스는 내 반응이 마음에 들었는지 따라 웃었다.

"여자랑 같이 일해 본 적이 없는 건 아니지만, 블루 같은 여자 용병은 없었거든요."

"……내가 어떤데요?"

"뭐랄까, 때가 덜 묻었다고 해야 하나……."

때? 영문 모를 말에 내가 눈을 깜빡이자, 히스가 은근한 미소를 지으며 말했다.

"여자 용병들은 다들 이렇게 우락부락해서, 여자 같은 사람이 별로 없거든. 그런데 블루는……."

'아아아아아악!'

그때 어디선가 비명이 들려왔다. 난 흠칫 놀라 고개를 돌렸다. 방금, 그 목소리는 분명…….

'진!'

"이쪽이에요!"

"앗, 네, 네!"

우리는 곧장 소리가 난 곳으로 달려갔다. 군데군데 서리가 내려앉은 바위들을 안전하게 타고 오르는 것은 불가능했기에, 나는 미리 신발에 걸어 둔 비행 마법을 발동시켰다. 보는 사람이 있으니 날 수는 없어서, 그냥 빠르게 바위를 뛰어 올라갔다.

"브, 블루!"

부름에 뒤를 돌아보자 히스가 기겁한 눈으로 나를 보고 있었다. 그도 나를 따라오려고 했는지 바위에 힘껏 매달려 있었는데, 모양새를 보니 곧 떨어질 것 같았다.

"저쪽으로 돌아서 오세요!"

나는 비교적 완만한 땅을 가리키며 외치곤 다시 앞을 보고 달려갔다. 진의 목소리는 다급했고, 공포에 질려 있었다. 언데드 무리를 만난 게 틀림없다. 언데드는 강한 마수는 아니지만 일대 다수의 싸움이 되면 위험해질 수도 있었다.

다행히 진의 위치가 멀지 않았는지, 마수들의 기운이 느껴졌다. 검고 스산한 마기, 시체 썩는 냄새. 마수들의 발자취를 따라가자 진의 목소리가 들려왔다.

"아아악! 저리 가! 저리 가라고!"

소리가 들리는 곳은 커다란 바위 뒤편이었다. 바위틈으로 보자, 커다란 분화구처럼 생긴 공간이 있었다. 구덩이가 깊게 파여 있어서 그냥 봐서는 아무것도 발견하지 못하고 스쳐 지나가 버렸을지도 몰랐다.

그곳에서 족히 스물은 넘어 보이는 언데드들이, 진을 에워싸고 있었다. 천천히 가까워지는 언데드 무리에 둘러싸인 진은 바닥에 주저앉아 부러진 검을 휘두르고 있었다. 내 눈이 커졌다.

언데드는 약한 마수지만, 저건 너무 많았다. 서넛만 뭉쳐도 위험한 게 마수인데, 저 정도 숫자라니.

'숫자는 그리 많지 않습니다. 아마 서넛 정도일 거예요.'

분명 그렇게 말씀하신 거 같은데, 촌장님…….

마음이 급해졌다. 난 진에게 시선을 고정한 채 오른손에 감긴 붕대를 풀었다. 붕대를 풀자 오른손과 팔을 덮은 마법진이 드러났다. 그 오른손을 바위에 올리고, 손바닥에 그려진 마법진에 마력을 불어넣었다.

쾅!

충격과 마법이 발동되는 것과 동시에 시야를 막고 있던 바위가 수십 조각으로 나뉘었다. 크고 작은 돌들이 한꺼번에 아래로 굴러가기 시작했다.

쿠르르르!

갑작스러운 소음에 언데드 무리가 이쪽을 돌아본 사이, 나는 굴러가는 바위들 틈에 끼어 진에게로 날아갔다.

"으어어어!"

"끄륵!"

분화구처럼 팬 지형 덕분에, 커다란 바위는 옆으로 새지도 않고 곧장 언데드 무리에게로 쇄도했다. 사방에서 언데드들이 굴러온 바위에 부딪혀 비명을 지르는 소리가 났다. 그 아비규환 속에서 진은 놀란 눈으로 굳어 있었다.

"숙여!"

다행히 내가 늦지 않게 진의 앞에 당도했다. 굴러오는 바위는 윙투스로 부수고, 부차적으로 날아오는 돌조각들은 나를 감싼 결계에 부딪혀 틱틱 튕겨 나갔다.

"괜찮아?"

먼지가 가라앉을 때, 나는 뒤를 돌아보며 물었다. 나는 진의 다리를 바라봤다. 바위가 굴러오는 데도 도망치지 못한 걸 보니, 아마 다리를 다친 게 아닌가 싶었는데 아니나 다를까 발목에 시퍼런 멍이 들어 있었다.

저런, 골절을 입은 걸까. 영구적인 부상은 아니어야 할 텐데. 나는 걱정스럽게 눈살을 찌푸리다가, 진이 멍청한 눈으로 나를 바라보고 있다는 걸 깨달았다. 그가 더듬거리며 내게 물었다.

"너 방금 나, 날아서 온 거야?"

나는 뜨끔했다.

"사, 사람이 어떻게 날아? 너 너무 아파서 헛걸 봤나 보다."

내 황급한 변명에 진은 고개를 갸웃했다.

"그런가……."

그는 납득하는 것 같았다. 휴, 그나마 애가 멍청해서 다행이야.

"그런데, 혼자 온 거야? 저 자식들, 엄청 강해."

"그래?"

한동안 주변을 소란스럽게 만들었던 소음이 가시고, 언데드들은 차례 차례 바닥에서 일어나고 있었다. 그것들은 모두 칼이나 창, 그것도 없으면 쇠막대라도 하나씩 든 채였다.

죽은 솔리투도 병사의 시체가 마기에 노출되어 만들어진 언데드. 과연 평범한 언데드들보다 강한 살기가 느껴진다. 진은 고통스러운 얼굴로 이를 악물었다.

"저 많은 것들을 둘이서 해치우는 건 절대 무리야. 게다가 부상자와 여자라니, 젠장……. 구해 주러 와 준 건 고맙지만, 우린 아마 죽은 목숨인 것 같다."

그는 체념한 투로 내뱉고는 눈을 질끈 감았다. 이미 죽음을 각오한 것 같았다.

"블루!"

그때 갑자기 위쪽에서 누군가의 목소리가 들려왔다. 고개를 들자 히스가 바위가 사라진 턱 위에 서 있었다. 히스를 발견한 진의 얼굴이 크게 밝아졌다.

"히스!"

히스의 시선이 나를 향했다. 그의 눈이 부담스럽게 빛났다.

"제가 구해 드리겠습니다!"

비장하게 외친 히스가 분화구 쪽으로 뛰어내렸다. 방금까지 바위가 굴러 떨어졌던 비탈길을 빠르게 달려온다. 음, 좀 너무 빠른 것 같은데……. 불안불안하게 지켜보는 내 시선을 느꼈는지, 히스가 고개를 들어 멋진 미소를 지었다.

"헉."

그와 동시에, 그가 발을 헛디뎠다. 그의 몸은 앞으로 고꾸라졌고, 중력 가속도에 힘입어 그대로 굴러떨어졌다.

"으라아아아악!"

퍽.

우리 앞까지 멋지게 굴러온 히스는 바위에 부딪혔다. 그러고는 움직이지 않았다.

"주, 죽은 건 아니겠지?"

"몰라, 살아 있대도 뭐가 달라져."

진은 망연자실한 얼굴로 머리를 감쌌다.

"이제 부상자 둘에 여자 하나야……. 게다가 부상자 하나는 인사불성 이고……. 우린 다 죽은 목숨이야……."

"고마워, 사기가 증진되겠네."

나는 우리를 향해 다가오는 언데드를 향해 칼을 들어 올렸다.

"으으으……."

"구르르륵……."

언데드 무리도 녹슨 칼을 들어 올리며 거리를 좁혔다. 내 손에 든 검 만으로는 절대 이것들을 이길 수 없을 것 같았다.

"진, 부탁이 있어."

"뭔데?"

"검을 버리고 두 손을 들어 봐."

"……항복이라도 하란 거야? 그런다고 저것들이 들어주겠어?"

"그냥 해 봐."

"……."

등 뒤에서 챙강, 하고 검 떨어지는 소리가 났다. 난 작게 웃었다.

"이제 그 손으로 네 눈을 가려."

진이 눈을 가린 것을 확인하고, 나는 다가오는 적들을 돌아봤다. 바닷가에서 불어온 바람이 내 머리카락을 허공에 흐트러뜨렸다. 펄럭이는 로브 안에서 윙투스가 차르르 튀어나왔다. 잔잔한 사슬 끝에 달린 날카로운 촉이 빠르게 날아가 가장 가까운 곳에 있던 언데드의 머리에 퍽 소리 나게 박혔다.

"켁?"

언데드의 입에서 기묘한 소리가 흘러나왔다. 윙투스는 멈추지 않고 언데드의 머리를 뚫고 나와 거리가 가까운 순서로 언데드의 머리를 하나씩 뚫고 지나갔다. 마치 실에 구슬을 꿰듯, 마력을 담아 끝없이 늘어나는 그 사슬에 언데드의 머리가 부드럽게 꿰어졌다.

언데드를 죽이려면 뇌를 파괴해야 한다. 그것들은 팔이나 다리가 절단되어도 고통을 느끼지 못했고, 다시 붙일 수도 있었다. 윙투스의 사슬 사이에 언데드의 머리가 반절쯤 꿰어졌을 때, 나는 주먹을 쥐었다. 그러자 윙투스가 허공에서 멈춰, 검은 마력에 뒤덮였다. 그것은 한순간에 언데드의 머리통보다 두껍게 부풀었다.

퍽!

사슬에 언데드의 머리가 꿰어 있는 채로 크기를 키우면, 당연하게도, 머리가 터졌다. 한순간에 머리를 잃은 언데드들이 바닥으로 픽픽 쓰러졌다. 나는 그 끔찍한 잔해를 보지 않으려고 고개를 옆으로 돌렸다.

"아, 이런."

거기에는 땅바닥에 주저앉은 진이 쓰러지고 있는 언데드들을 바라보고 있었다.

"보지 말라니까."

내 목소리에, 진이 고개가 삐걱거리며 들렸다. 나를 비추게 된 눈동자에 공포가 잔뜩 서려 있었다.

"우우우우."

그때, 언데드 무리 쪽에서 기괴한 소리가 들렸다. 반사적으로 고개를 돌린 나는 이상한 것을 목격하게 되었다.

"우어어어!"

언데드들이, 열을 맞춰 도망가고 있었다.

"뭐, 뭐냐."

나는 황당하게 언데드들을 바라봤다. 아무리 병사들의 시체에서 탄생한 것들이라고 해도 그렇지, 마수들이 열 맞춰 퇴각을 하다니?

"그르르르!"

"거기 서!"

나는 일사불란하게 도망치는 언데드 무리를 쫓으며 윙투스를 휘둘렀다. 윙투스가 빠르게 늘어나며 도망치는 언데드들의 다리를 채찍처럼 후려쳤다.

"끄륵!"

윙투스에 발이 걸린 몇몇이 바닥에 엎어졌다. 그러나 나머지 것들은 동료를 버리고 일사불란하게 도망쳤다. 나는 곧바로 그것들의 뒤를 쫓기 위해 발을 옮겼다.

"자, 잠깐!"

그런데 진이 내 로브 자락을 붙잡았다. 내가 그를 돌아보자 진은 불안한 얼굴로 말했다.

"호, 혼자서 저것들을 쫓아가려고?"

당연하지 않느냐는 눈으로 그를 봐 주니 진은 당황한 눈치였다.

"그, 그러지 말고, 다른 사람이 올 때까지……."

그는 머뭇거리며 말했다. 조금 전까지였더라면 '너 혼자서 저것들을 쫓아가서 어쩌게?' 같이 밉살맞은 말을 했을 텐데, 부쩍 달라진 태도였다. 내 시선이 진의 다친 다리와 부러진 검, 그리고 옆에 쓰러져 있는 히스에게 닿았다. 마수가 출몰하는 산에 이들을 이렇게 내버려 두고 가서는 안 된다는 생각이 들었다.

"이거 받아."

나는 품속에 있던 결계석을 진에게 던졌다. 진은 허둥지둥 그것을 받아 들었다.

"이게 뭔데?"

"그냥…… 어, 로엠."

내 말에 진이 로엠을 찾아 고개를 두리번거렸다. 난 신경 쓰지 않고 마수경에 비치는 로엠을 바라봤다.

"이쪽에서 언데드를 발견했는데, 방금 놓쳤어."

[첼시가 놓칠 정도라니. 그것들이 많이 강합니까?]

"아니, 그건 아닌데……."

난 진과 히스를 힐끔 내려다보고 말했다.

"부상자가 생겼어. 그리고 한 명이 내가 윙투스를 쓰는 모습을 봤어."

거울에 비친 로엠의 얼굴이 복잡해졌다.

＊　＊　＊

"으아아악!"

진의 비명이 산을 울렸다. 나는 까망이의 등에 앉아 하늘을 흘끔 올려 봤다. 인간의 몸통에 새의 얼굴과 거대한 날개를 가진 마수, 가고일이 진을 안고 우리를 좇아오고 있었다. 녀석은 하늘 높이 올라가 도주하는 언데드 무리를 찾았다.

"키이이!"

새와 인간이 섞인 모습을 한 가고일들은 특성이 조금씩 달랐지만, 나의 가고일 '키위'는 매의 눈을 가지고 있어 추격 능력이 탁월했다. 참고로 키위의 색은 회색이었다. 이름을 키위라고 붙인 이유는 겉모습이 키위와 닮아서가 아니라 울음소리가 꼭 키위를 부르짖는 것 같기 때문이었다.

"키이이!"

키위가 안내하는 곳으로 향하자, 곧 도망치는 언데드 하나가 보였다. 허겁지겁 도망가는 언데드를 까망이는 손쉽게 따라잡았다. 다이어 울프가 언데드를 처치하는 데는, 손으로 가볍게 후려치는 것으로도 충분했다.

까망이의 손에 언어맞은 언데드는 3미터 정도를 날아가다가 바위에 부딪히곤 축 늘어졌다. 그러나 의뢰받은 대로 언데드를 처리했는데도 뿌듯하긴커녕 찝찝함만 가중되었다.

"언데드들의 행동이 뭔가 이상해."

"그렇습니까?"

"응, 녀석들은 무리지어 없어졌는데. 지금은 뿔뿔이 흩어져서 하나씩 나타나잖아. 이건 마치 우리를 교란……."

"내 말이, 그거라니까!"

나는 까망이에게 말했는데, 대답은 다른 데서 돌아왔다. 나는 하늘을 올려다봤다.

"놈들 중에, 이상한 게 하나…… 젠장, 나 좀 살려 줘! 네 괴물이 날 죽이려 한다고!"

"키위는 사람 안 해쳐."

"그건 네 생각이잖아!"

버둥거리는 진을 바라보며 나는 한숨을 내쉬었다. 늑대 모습을 한 로엠이 내게로 달려오는 순간부터 비명을 지르기 시작한 진은, 우리 키위가 공주님처럼 안아서 조심히 운반하고 있는데도 내내 저렇게 불평을 했다.

진에게 모습을 가리고 방어벽을 쳐 주는 결계석을 쥐여 주긴 했으나, 목청이 너무 좋아서 결계를 뚫고 소음이 퍼져 나갈까 봐 걱정이 될 정도였다. 나는 까망이를 향해 물었다.

"무겁지 않겠어?"

"그렇게 큰데 나 하나 더 탄다고 뭐가 무겁, 아아아악!"

이번에도 대답은 다른 데서 돌아왔다. 뭐가 무겁냐니, 까망이는 이미 나와 기절한 히스까지 태우고 있었다. 얼마 전까지 내 로브 속에 쏙 들어가던 어린애가 너무 고생하는 건 아닐까 마음이 쓰였다.

"괜찮습니다."

하지만 까망이는 의젓하게 답했다. 하여튼 우리 애들은 하나같이 너무 착해서 탈이었다. 키위를 향해 손짓하자, 진이 까망이의 등 위로 풀썩 떨어졌다.

"헉, 헉!"

"그래서 아까 하려던 말이 뭐야?"

"자, 잠깐, 욱……!"

"까망이 등에 토하면 알짤 없을 줄 알아."

내 말에 진은 양손으로 입을 꾹 누르고 어깨를 부들부들 떨었다. 그 안타까운 몰골에 나는 혀를 찼다.

"요즘 용병들은 정말 허약하기 짝이 없네. 십 년 전이었으면 네 수준으론 C급은 비벼 보지도 못했을 텐데."

그러자 진은 눈에 눈물을 매달고도 반박했다.

"십 년 전엔, 너, 너도 꼬맹이였잖아…… 헉, 너 나이가 얼만데?"

"나 서른하난데."

"……거짓말!"

난 어깨를 으쓱했다.

"진짜야, 그러는 넌 몇 살인데?"

"스물세 살."

"……너 엄청 노안이다."

적어도 이십 대 후반일 거라고 생각했는데…….

"됐고, 아까 하려던 말이 뭐야? 언데드들 사이에 이상한 게 있다고?"

"아, 그래. 내가 처음 언데드들을 마주했을 때……."

진은 언데드 무리에 속해 있는 '특이한 녀석'에 대해 설명했다. 붉은 눈을 가진 언데드인데, 언데드라고 믿어지지 않을 정도로 행동이 빠르고 힘이 강하다고 했다.

"그리고 녀석이, 언데드들의 우두머리인 것 같았어."

"우두머리?"

나는 고개를 갸웃했다. 무리로 움직이는 마수들에게 우두머리가 있는 건 드문 일이 아니지만, 언데드 무리에 통솔자가 있는 것은 본 적이 없었다. 대체로 언데드들은 무리가 다 고만고만해서, 통솔자가 될 정도로 독보적인 개체가 없었다. 하지만 이 언데드 무리에 그런 존재가 있다면…… 지금 언데드들의 행동이 설명이 됐다.

"이 언데드들은 산 여기저기로 흩어져서 우리에게 혼선을 주고 있어. 마치…… 지능이 있는 것처럼 말이야."

입꼬리가 절로 올라갔다.

"이게 만약 한 언데드가 전략을 짜서 무리를 통솔하고 있는 거라면……."

"지능이 있는 언데드라니, 생각만 해도 오싹……."

"흥미로운데."

내 말에 진이 눈을 번쩍 뜨고 나를 돌아봤다. 난 어깨를 으쓱했다.

"왜, 좋은 친구가 될 수도 있잖아."

진의 표정이 더 이상해졌다.

키위가 안내해 주는 대로 따라가자 무리에서 떨어진 언데드들이 하나씩 발견되었다. 다행인 것은 언데드 무리가 마을 쪽으로 향하고 있지는 않다는 점이었다. 그것들은 바다나 마레가 있는 곳과 정반대 방향으로 향하고 있었다. 그곳은, 다른 산이었다.

"여기가 확실해, 키위야?"

"키이이!"

회색 가고일이 날개를 펄럭이며 대답했다. 우리는 마레의 뒷산보다 훨씬 거대한 규모의 산을 바라봤다. 아무튼 언데드들은 여기로 들어갔다는 거다. 로엠과 나는 시선을 주고받고, 산을 오르기 시작했다.

* * *

릴리는 긴장한 얼굴로 슈웨인과 앨런을 바라봤다. 그녀는 그들이 지금 무슨 생각을 하고 있을지 대충 짐작이 갔다.

'왜 우리가 여기서 이렇게 발이 묶여야 해?'

방금까지는 자신도 그런 식으로 편하게 불평하고 있었으니까.

그들이 수락한 S급 의뢰 〈괴조 사냥〉의 의뢰자는 국가였다. 정확하게는, 솔리투도 왕국의 치안대장이었다. 치안대장의 명령 하에 소대장 리신과 휘하의 소대, 그리고 열 명가량의 용병들이 함께 팀을 이뤄 괴조를 추격하고 있었다. 그래서 괴조 사냥팀은 대신급의 공권력을 등에 업고 막힘없이 공무를 수행할 수 있었다.

한 소대가 영지를 침범하는 것을 좋아하는 영주는 없었다. 그러나 치안대장의 이름을 대면 공작들도 순순히 그들의 영지에 들어설 수 있게 해 주었다.

몰랐던 사실이지만, 솔리투도 왕가의 상징이 바로 '독수리'였다. 솔리투도의 건국 신화에서는 하늘에서 내려온 신 알타이르가 독수리의 모습으로 변하여 건국왕에게 이 땅을 내려줬고, 함께 왕국을 세웠다고 전해졌다.

때문에 마수가 범람하는 이 시국에 나타난 거대한 괴조는 무척 상징적으로 여겨졌고, 사람들을 위협한다고 해도 마냥 때려죽일 수만은 없었다. 왕국에서는, 그 괴조를 보고 신화에 나오는 알타이르 신이 강림한 것이라고 말하는 사람들도 적지 않게 있었다.

괴조 사냥팀이 하루 만에 신화급 마수 '괴조'의 위치를 구체화하는 데 성공할 수 있었던 것에는, 그러한 사람들의 적극적인 협조가 있었다. 정확한 의뢰의 내용은 '생포, 혹은 온전한 시체'였지만, 소대장은 안전한 생포를 약속하며 협조를 구했고, 다들 그의 말을 믿어 준 것이다.

그러나 소대는 괴조의 근거지를 코앞에 두고 벌써 몇 시간 동안 발이 묶여 있었다. 답답한 일이었다. 괴조가 숨어든 곳이 그렇게 대단한 영지인 것도 아니다. 척박한 북쪽의 산들이 다 그러하듯이, 그저 크기만 크고 앙상한 산이었다.

기사들은 명령에 따라 얌전히 대기했지만, 고용된 용병들은 그렇지 않았다. 그들은 의뢰를 성공시키지 못하면 보수를 받을 수 없었다. 그들은 괴조를 코앞에서 놓치게 생겼다고 불평했고, 기사들은 고고하게 서서 그런 용병들을 흘겨보긴 했지만 마음만은 비슷했을 것이다.

평소였더라면, 릴리도 용병들과 함께 뒷담에 동참했을 것이다. 단지 지금은 고상한 기사님과 함께라 숱한 용병들처럼 대놓고 불평을 토로하지는 못할 뿐이었다. 그러나 그녀는 적어도, 이 산의 주인이 누구인지는 알아야겠다고 생각했다. 대체 얼마나 대단한 사람의 땅이기에 친위대장의 명령으로도 뚫고 지나갈 수 없는 건지.

그러나 소대장이 허가를 받기 위해 자리를 비운 사이 임시 소대장이 된 사라에게 가서 이 산의 주인이 누구인지 알아냈을 때, 릴리는 아무 말도 할 수 없었다. 릴리는 조용히 슈웨인과 앨런에게로 돌아가서 말했다.

"저기, 놀라지 말고 들어요. 내가 방금 알아보고 왔는데, 이 산의 주인이 글쎄……."

"소대장님!"

그런데 마침 소대장 리신이 돌아왔다. 그는 다부진 얼굴로 명령했다.

"전진하자."

"수색 허가를 받으신 겁니까?"

"그래."

"그래야지!"

이대로 허탕을 치게 될까 봐 초조해했던 용병들이 환호하며 일어났다. 기사들의 얼굴도 밝아졌다.

"우리는 오늘 반드시 '괴조'를 붙잡아서 돌아갈 것이다."

"존명!"

"그러기에 앞서, 우리와 함께할 사람들이 있다."

리신의 말에 릴리는 고개를 갸웃했다. 함께할 사람들? 지원군이라도 온 걸까? 그때, 리신이 릴리의 뒤를 향해 말했다.

"이쪽으로 오십시오."

릴리는 반사적으로 고개를 돌렸다가 움찔 놀랐다. 그녀의 녹색 눈이 커다랗게 변했다.

"안녕, 릴리."

옆에 카르멘을 대동한 로즈가 상큼하게 인사했다.

* * *

숲의 밤은 빠르게 찾아왔다. 우리가 산 두 개를 오르내리며 마침내 언데드 무리를 찾아냈을 때는, 등 뒤로 저녁노을이 지고 있었다. 황금색 빛을 받아 언데드 병사들의 부패한 몸뚱이가 평소보다 선명히 보였고, 더 처량해 보였다.

언데드들은 바닥에 쓰러져서는 서로를 부둥켜안고 우리를 올려다보고 있었다. 나는 까망이의 등 위에서 윙투스를 흔들며 나른한 목소리로 말했다.

"술래잡기는 이제 끝이야."

"우으으……."

"이렇게 시간을 끌게 만든 건 칭찬할 만하지만, 너흰 이제 모두 독 안에 든 쥐거든."

"……저기."

내 등 뒤에서 진이 머뭇거리며 끼어들었다.

"마수랑 대화는 그쯤하고 얼른 처리하지? 그리고 어쩐지 지금은 네가 더 악당 같은데……."

그러자 까망이의 눈이 가늘어졌다.

"말조심하라고 했을 텐데."

"됐어, 까망아."

내 말에 진이 눈살을 찌푸렸다.

"아까부터 궁금했는데, 왜 이 늑대를 자꾸 까망이라고 부르는 거야?"

"아, 맞다."

나는 뒤늦게 내 입을 때렸다.

"로엠, 로엠이라고 해야 하는데. 전투태세만 되면 나도 모르게."

"로엠?"

그런데 진이 멍청한 목소리로 물었다.

"이 마수가 로엠이라고? 그 검은 머리 검사?"

"……넌 네가 지금까지 누구한테 올라타 있다고 생각한 거야?"

"이 늑대가 정말 그 로엠이었어? 맙소사! 난 그것도 모르고……!"

그러고 보니 로엠이 진의 앞에서 변하는 모습을 보여 주진 않았었나? 난 허허 웃다가 스산한 느낌에 고개를 돌렸다.

챙!

어느새 눈앞으로 달려온 언데드가 무기를 휘두르며 급습했다. 내가 그것을 칼로 멋지게 막아냈……을 리는 없고. 미리 쳐 놓은 결계가 언데드의 공격을 방어했다. 결계와 언데드의 낫이 부딪히며 푸른빛을 발했다.

"그르륵……."

언데드가 낫을 든 손에 힘을 주며 나를 노려봤다. 놈의 붉은 눈이 위험하게 번뜩였다.

"붉은 눈, 네가 그 우두머리구나."

"그륵!"

놈은 결계를 딛고 뒤로 뛰어서 물러났다. 감히 다이어 울프의 등 위로 날아와 공격할 생각을 하다니, 담이 좋은 마수였다. 난 허리춤에 차고 있던 칼을 끌러 진에게 던졌다. 진은 재빨리 그것을 받아 들었다.

"그거 너 가져."

"어? 그럼 넌⋯⋯!"

난 아래로 뛰어 내려가 윙투스를 휘둘렀다. 붉은 눈의 행동을 보고 따라 달려들던 언데드들이 윙투스에 얻어맞고 종잇장처럼 날아갔다.

"⋯⋯검은 필요 없겠구나."

진이 뒤에서 중얼거렸다. 잇따라 달려드는 언데드 무리도 마법으로 날려 버리거나, 윙투스를 꽂아 머리를 파괴했다. 결국 모든 언데드 병사들이 쓰러지고 붉은 눈 하나만 남게 되었다. 붉은 눈은 쓰러진 동료들을 돌아보더니 나를 노려보며 으르렁거렸다. 나는 어깨를 으쓱했다.

"어쩔 수 없어. 너희는 사람을 해쳤잖아. 너희를 제지해야 하는데 모든 마수들을 사역했다간 영혼이 남아나지 않을 테니, 죽일 수밖에."

"그르르!"

붉은 눈이 낫을 들고 내게 달려들었다. 나의 윙투스와 녀석의 낫이 부딪혔다. 녀석은 검이 아니라 기다란 낫을 썼다. 병사의 시체치고는 특이한 무기 선정이었다. 나는 붉은 눈의 공격을 막으며 녀석의 얼굴을 가까이서 들여다봤다.

"아까도 생각했었는데, 너 혹시⋯⋯."

"그르르르!"

"⋯⋯예전에 나랑 만난 적 있지 않아?"

그러자 등 뒤에서 진의 얼빠진 목소리가 들렸다.

"쟤 지금 언데드한테 작업 멘트 치는 거야?"

무례하기 짝이 없는 오해였다. 나는 울컥해서 반박했다.

"아니 정말로, 어디서 만난 것 같아서 그래."

"이 나라 사람도 아니면서, 무슨……."

진이 어이없는 목소리로 말했다. 그 말은 맞는 말이었다. 솔리투도 왕국은커녕 대륙 북쪽으로 온 것도 처음인데 이 나라에 아는 사람이 있을리 없었다. 하지만 정말, 이상하게 눈에 익은데.

"그르륵!"

붉은 눈이 포효하며 낫을 힘주어 밀어냈다. 나는 뒤로 훌쩍 물러나며 놈의 얼굴을 바라봤다. 포효하는 얼굴을 보니, 생각날 것 같은 기분이…….

"아!"

그 순간 내 눈이 번쩍 뜨였다.

"타첸다 사절단!"

타첸다에서 온 중년의 사절단. 목에 핏대까지 세우며 모데라토와 언쟁을 펼치던 그의 얼굴이, 순식간에 눈앞의 언데드와 겹쳐졌다. 죽어서 피부색이 잿빛이 되었고 살점이 떨어져 뼈가 조금 도드라져 보이기는 하지만, 그런 점이 보완된다고 생각하면 타첸다 사절단과 똑같은 얼굴이 될 것 같았다.

"아, 그리고 보니."

내 뒤에서 로엠이 깨달았다는 눈을 했다.

"냄새도 분위기도 전혀 다르지만, 골격과 생김새가 비슷하군요."

"그렇지?"

우리의 분위기가 심각해졌다.

"그런데 그 사절단이 왜 이렇게 된 거지?"

"그르륵!"

말하는 사이에, 붉은 눈은 내게 다시 덤벼들었다. 윙투스로 공격을 막으면서 자연스럽게 그의 얼굴을 들여다보게 됐다. 방금 전까지는 그저 마수로만 보였던 모든 것이, 생전의 얼굴을 알고 보니 다르게 느껴졌다. 생기 없는 시체의 모습 위로 사람이던 그의 얼굴이 겹쳐 보였다.

"그륵!"

윙투스에 마력을 불어넣어 언데드를 뿌리쳤다. 그리고 붉은 눈이 멀어졌을 때, 나는 윙투스를 멀리 휘둘러 그의 팔을 노렸다. 길게 늘어난 윙투스가 그의 팔목을 동여맨 후에, 촉이 그의 팔에 박히게 했다.

"그르륵!"

윙투스가 그의 팔을 관통한 순간, 나는 미리 팔에 새겨 놓은 사역진을 발동시켰다.

"사역식 제1장, 너는 내게 귀속하라."

선창이 끝나는 것과 동시에, 나는 흠칫 놀랐다. 마력을 불어넣은 손끝에서 거센 반발력이 느껴졌다.

"읏!"

"블루?!"

등 뒤에서 커다란 외침이 들렸다. 진의 목소리였지만, 까망이도 많이 놀랐을 것 같았다. 나는 손을 흔들며 괜찮다는 표시를 하고, 팔을 내려다보았다. 마법진은 그대로였다. 아예 발동조차 되지 않았다는 뜻이었다. 그렇다는 건…….

"당신, 주인이 있군요."

"그르르르…….."

다른 마법사의 사역마는 사역할 수 없다. 나는 붉은 눈과 시선을 마주쳤다. 착각일 수도 있겠지만, 나를 바라보는 그의 눈에도 복잡한 감정이 얽혀 있는 것 같았다.

죽은 타첸다 사절단, 언데드, 붉은 눈.

내가 눈앞에 펼쳐진 단서들을 조합해 보는 동안에, 언데드는 사역진이 깨져 주춤한 윙투스를 뿌리치고 내게로 달려들었다. 나는 반사적으로 방어 자세를 취했으나, 언데드가 향한 곳은 내가 아니었다.

'……도망?!'

언데드는 나를 피해 가장자리로 달리고 있었다. 나는 당황해서 녀석에게로 윙투스를 뻗었다. 윙투스가 날아가 녀석의 팔을 감으려 하자, 언데드는 사슬과 팔 사이에 낫을 끼워 넣었다.

"자, 잠깐만."

나는 놀라서 버둥거리는 언데드에게로 달려가며 윙투스를 풀었다. 저러다 팔이 잘리겠어!

"첼시!"

그때 뒤에서 로엠의 다급한 목소리가 들려왔다. 의아하게 멈춰선 순간, 눈앞으로 낫이 튀어나왔다.

"읏!"

나는 반사적으로 눈을 질끈 감았다. 그러나 다시 눈을 떴을 때, 그 공격은 허공에서 우뚝 멈춰서 있었다. 결계와 부딪힌 것도 아니었다. 나는 놀란 눈으로 낫의 주인을 바라봤다.

언데드의 얼굴이 내 바로 앞에 있었다. 나를 담은 붉은 눈이 혼란스럽게 흔들렸다. 나는 이를 악물었다.

"끄륵!"

차르르 날아간 윙투스가 낫을 들고 있는 언데드의 손목을 칭칭 감았다. 강하게 조여드는 사슬에, 언데드는 오래 버티지 못하고 손에서 무기를 떨궜다. 검은 낫이 카랑카랑한 소리를 내며 바닥으로 떨어졌다. 나는 그의 눈을 똑바로 마주하며 물었다.

"누가 당신을 죽였나요?"

언데드는 인간일 적의 자아가 없다. 그러나 그는 뭔가 달랐다. 나는 마치 그가 아직 나를 기억하는 것처럼, 아직 어떤 자아를 가지고 있는 것처럼 느꼈다.

"나 첼시 로드랭이에요. 날 기억하나요? 우리, 만났었잖아요. 당신 말을 듣고 내가 여기에 왔어요."

나는 쏟아내듯 말했다.

머리 한편에서는 이미 언데드가 된 그에게 이런 말을 해 봤자 아무 의미 없을 것이라는 생각도 있었다. 그러나 나는 멈추지 않고 뒷걸음치는 그에게 더 가까이 다가가며 물었다.

"누가 당신을 여기에 보냈나요?"

"그르르……."

언데드의 혈색 없는 입술 사이로 괴로운 울음이 흘러나왔다. 그는 천천히 윙투스에 붙들려 있지 않은 왼손을 들어 올렸다. 다음 순간, 그는 그 왼손을 제 명치에 찔러 넣었다.

그건 순식간에 일어난 일이었다. 검은 마력이 그의 왼손에 몰렸다. 나는 거기가 마나 코어가 있는 자리라는 것을 직감했다. 무언가 잘못되고 있다. 그러나 내가 말릴 새도 없이, 검은빛이 그의 배에서 터졌다.

퍽!

내 눈앞에서, 언데드가 폭사(爆死)했다. 무력하게 고꾸라지는 시체를 따라 내 시선도 아래로 기울었다. 나는 가만히 얼어붙은 채 일어난 상황을 이해하려고 애썼다. 마수가 자살했다.

'……왜?'

"첼시!"

그때 누군가가 나를 불렀다. 갑작스럽게 들린 목소리에, 나는 흠칫 몸을 떨었다. 고개를 들어 소리가 들린 곳을 돌아보자 카르멘이 보였다.

나는 느릿하게 눈을 깜빡였다.

"어……?"

그는 순식간에 달려와 나를 덥석 안았다.

"괜찮아?"

"여긴, 어떻게……."

나는 카르멘의 품에 안겨 얼떨떨한 눈으로 그를 올려다봤다. 그는 평소와 조금 달라보였다. 여행 중에도 언제나 단정하던 머리가 흐트러져 있었다. 그러고 보니 숨도 조금 헐떡이고 있다. 드문 일이었다.

"괴조를 쫓아왔어."

"괴조?"

난 의아하게 되물었다. 괴조 사냥은 카르멘의 의뢰가 아니었는데?

"말하자면 길어. 아무튼, 여기서 벗어나자. 지금 병사들이 이쪽으로 오고 있어."

카르멘은 그렇게 말하면서 무언가를 찾는 것처럼 주변을 훑었다.

"로엠은 어디에 있어?"

"그야, 네 뒤에…… 아."

나는 카르멘의 등 뒤에 있는 다이어 울프와 부상자 둘을 가리켰다가 아차 했다. 그들에게 모습을 감춰 주는 결계를 쳐 뒀었지. 상황을 파악했는지, 진이 일어났다. 그는 내가 준 검으로 몸을 지탱하면서 기절한 히스를 데리고 로엠의 등에서 내렸다. 로엠이 인간의 모습으로 돌아오고 내가 결계석을 부수자 상황이 대강 수습됐다. 나는 카르멘을 돌아보고 물었다.

"병사들이 온다고 꼭 여기에서 벗어나야 해? 도망자도 아닌데."

"그게, 이 산의 주인이 좀……."

"삐이익!"

그때, 머리 위에서 기묘한 울음소리가 들렸다. 나는 반사적으로 하늘을 올려다봤다. 거대한 그림자가 나무 사이를 빠르게 스쳐 지나갔다. 우리 곁으로 다가오던 진이 하늘을 보며 멍하니 중얼거렸다.

"저거, 설마……."

그때 산 아래에서 작게 말소리가 들려왔다. 다급한 발소리, 말굽소리. 카르멘이 피곤한 얼굴로 이마를 짚었다.

"생각보다 빨리 왔군……."

말하기가 무섭게, 수풀 사이에서 기사들이 모습을 드러냈다. 생각보다 많은 병사의 수에 놀라는 사이, 내 눈에 익숙한 얼굴이 들어왔다. 마침 그쪽에서도 나를 발견했다.

"블루!"

"릴리……?"

릴리와 슈웨인, 앨런, 그 뒤로는…….

"데일 님!"

소리치며 달려오다 나를 보고 놀란 로즈까지 보였다. 이게 무슨 조화지?

"데일, 갑자기 그렇게 대열을 벗어나면 어떡하나!"

그때, 기사들의 선두에 선 사람이 말했다. 카르멘은 깍듯이 사과했다.

"죄송합니다, 소대장님."

소대장?! 난 눈을 깜빡이며 몰려온 병사들과 카르멘을 번갈아 봤다. 대체 이게 무슨 일이지?

"삐이!"

그때 하늘에서 다시금 새 울음소리가 들렸다. 모두의 시선이 하늘을 향했다. 나도 그들을 따라 하늘을 바라봤다. 괴조. 아까보다 훨씬 더 가까워진 놈의 그림자가 하늘을 가득 메우고 있었다.

"이런, 궁수!"

소대장은 지금 카르멘 혼이나 내고 있을 때가 아니라는 걸 깨달은 것 같았다. 그의 다급한 외침에 말을 탄 궁수가 앞으로 나섰다. 궁수들은 활을 장전하고 기다리다가, 괴조가 다시 우리 머리 위를 지나가는 타이밍에 맞춰 일제히 화살을 쏘았다. 그중 몇 개가 괴조의 몸에 닿는 데 성공했다.

"삐이익!"

하지만 괴조는 전혀 타격을 입지 않았다. 아니, 오히려 화만 돋운 것 같았다. 놈은 날개를 펄럭이며 자신을 공격한 인간들을 노려보더니, 순식간에 급강하했다.

"으아아아악!"

"피해!"

놀란 말들이 뛰어올랐고, 병사들이 비명을 지르며 말에서 떨어졌다. 말을 타지 않은 병사들과 용병들도 바닥에 엎드려 머리를 감쌌다. 괴조라는 칭호에 걸맞게, 놈의 몸체는 거대했다. 괴조의 날갯짓 한 번에 주위의 사람들이 우수수 나가떨어졌다.

"삐익! 삐익!"

괴조는 제게 활을 쏜 것을 보복하려는 듯 말에서 떨어진 궁수들을 노렸다. 궁수들은 필사적으로 화살을 장전해서 활을 쏘아댔다. 그러나 괴조는 그들의 발악을 비웃듯이 날아오는 화살들 사이로 걸어가 부리로 화살대를 물고 으깨 버렸다.

"아아아악!"

괴조의 부리 사이에서 화살과 화살대가 두부처럼 부서졌다. 인간의 상식을 벗어난 힘에 궁수들은 칼을 뺄 들 생각도 못 하고 비명을 질렀다. 바닥을 기며 도망치려 애쓰는 궁수들을, 소대장과 몇몇 기사들이 뛰어가 보호하러 나섰다.

"무기를 잃은 대원들은 뒤로 보내라! 함부로 달려들지 마라! 반드시 생포해야 한다!"

"저걸 대체 어떻게 생포하라는 거야!"

진은 혼비백산하여 기절한 히스를 부축한 채 내 등 뒤에 바짝 붙었다. 카르멘은 나를 등 뒤로 보내며 검을 꺼내 들었다. 그러나 나는 어떤 행동도 못 하고 굳어 있었다. 겁먹은 것이 아니었다. 그저 아무것도 못 할 정도로 놀랐기 때문이었다.

나는 멍하니 입을 열었다.

"브라운……?"

내 목소리에, 난동을 부리던 괴조가 우뚝 멈추었다. 녀석이 내 쪽을 돌아봤다. 우리의 시선이 마주치는 순간, 옛 기억이 파노라마처럼 스쳐 지나갔다.

까망이를 사역마로 삼고, 내 몸속에 차오르는 무한한 마력을 처음으로 만끽했던 순간. 영혼의 서를 이용해서 잡았던 두 번째 사역마, 독수리 브라운. 처음 비행 마법을 썼을 때 절벽으로 추락하던 나와 까망이를 받아 준 녀석.

우리는 함께 아름다운 수도 플로라온의 상공을 날았고, 눈의 여신을 추격하며 리튼산으로 향할 때는 추위를 견디지 못한 브라운과 함께 추락하기도 했다. 그리고 세상에 마수왕이 내려왔을 때, 우리는 사막에서 마지막 인사를 나눴다.

내 심장 소리가 점점 커졌다.

독수리의 모습을 닮은 거대 새, 괴조. 이 지역 사람들이 어디에서도 본 적 없는 마수. 그런 설명을 들었으면서도, 왜 한 번도 떠올리지 못했을까? 녀석이 이 지역 사람들이 어디에서도 본 적 없는 마수인 건 당연한 일이었다. 브라운은 헤브람 제국 출신에다, 마수도 아니니까.

녀석은 내 영혼을 받아먹고 종의 한계를 뛰어넘은 수준으로 성장한 거대 독수리일 뿐이었다!

"브라운……!"

"삐익……!"

브라운이 커다란 날개를 저으며 천천히 아래로 내려왔다. 나는 눈을 빛내며 브라운에게로 다가갔다. 브라운도 우수에 찬 얼굴로 내게 걸어왔다. 상황을 파악한 카르멘이 길을 비켜 주었다.

"세상에, 잘살고 있었구나, 정말 정말…… 멋지게 자랐구나!"

"삐익!"

"추위도 많이 타는 애가 여기까진 어떻게 온 거야."

"삐이익!"

내가 손을 뻗자 브라운이 고개를 숙여 내 손에 얼굴을 비볐다. 나도 브라운의 머리에 이마를 맞대고 정신없이 녀석을 쓰다듬었다.

"저, 첼시……."

그때 카르멘이 내 어깨를 잡았다. 의아하게 돌아보자, 그가 난처한 얼굴로 웃었다.

"상봉 중에 미안한데, 지금 상황이……."

카르멘의 말에, 나는 뒤늦게 주변을 돌아봤다. 바닥에 쓰러져 있던 궁수들과 칼을 들고 선 기사들이 아직 그 자세 그대로 굳어서 이쪽을 쳐다보고 있었다.

"데일!"

그때, 수풀 속에서 커다란 외침이 들려왔다. 여기서 또 올 사람이 있단 말이야? 나는 눈을 동그랗게 뜨고 카르멘을 돌아봤다.

"데일, 널 찾는데?"

"아……."

카르멘은 다소 피곤한 표정이었다.

"첼시, 내가 아까 말 못 한 게 있는데, 이 산의 주인이……."

수풀 속에서 커다란 흑마를 탄 중년의 남자가 나타났다. 검은 사냥복을 입은 남자의 양옆으로 딱 봐도 귀족 같아 보이는 수행원들이 다닥다닥 붙어 있었다.

"……국왕이야."

카르멘이 한숨처럼 말했다. 나는 반사적으로 입을 벌렸다.

"뭐?"

"그리고 내 의뢰인이고."

"……에에엑?!"

보수 200코나짜리 호위 의뢰의 의뢰인이 국왕이었어?! 이거 고용 사기 아냐? 귀족 호위라며! 귀족이 아니라 왕족이잖아! 나는 기겁해서 뒤를 돌아봤다.

검은 흑마를 탄 남자, 국왕은 쓰러진 궁수들 앞에 서서 주변을 둘러보고 있었다. 그의 붉은 눈이 느릿하게 현장을 훑었다. 나는 등줄기에 식은땀이 흐르는 걸 느꼈다. 그의 시선이 바닥에 널브러진 언데드들에게 닿았기 때문이었다.

머리가 으깨지고 터진 언데드 병사들, 폭사한 언데드의 사체. 활과 말을 잃고 무력하게 바닥에 쓰러져 있는 병사들. 한 소대를 난장판으로 만들어 놓고 내 앞에서 얌전히 고개를 숙이고 있는 괴조.

고요하게 주변을 훑던 솔리투도의 왕은, 더 이상 참을 수 없다는 듯 입을 열었다.

"……이게 대체 무슨 상황이지?"

왕의 질문에 답하는 사람이 없었다. 왕은 답답함을 느꼈는지, 내게로 시선을 돌렸다.

"자네."

나는 흠칫 놀랐다.

"네, 넷."

"괴조가 얌전해졌군. 어떻게 한 건가?"

"그, 그게."

당황으로 눈이 핑핑 돌아갔다. 이럴 땐 어떻게 해야 하지? 에라 모르겠다. 나는 두 손을 포개고 볼에 댄 채 고개를 갸웃했다.

"글쎄요? 저도 잘 모르겠어요. 그냥 부드럽게 이름을 부르니 얌전해졌는걸요?"

"……뭐?"

왕은 눈살을 찌푸렸다.

"이름이라니, 괴조에게 이름이 있단 말인가?"

아차. 나는 황급히 변명했다.

"어떤 이름인지는 중요하지 않아요. 그저 눈을 맞추고 마음으로 교감하면 된답니다. 세상에 정말로 나쁜 동물은 없으니까요."

그러자 내 반대편에 있던 릴리가 황당한 얼굴을 했다. 그녀가 눈으로 물었다.

'너 무슨 소리를 하는 거야? 그게 대체 무슨 컨셉이야?'

나는 눈으로 답했다.

'나도 몰라!'

저 전설의 괴조가 사실 예전에 내 사역마였는데 마수왕과 싸우러 가는 길에 헤어졌다가 십일 년 만에 만난 거다, 하고 답할 수는 없잖은가?

"마음으로 교감하면 된다?"

솔리투도의 왕이 중얼거렸다. 나는 깜짝 놀라 고개를 끄덕였다.

"네, 그럼요. 아마 이 아이는 원래 흉포한 성격이 아니었을 거예요. 그냥 병사들이 공격하니까 겁을 먹어서 날뛰었던 게 아닐까요? 이 애는 그냥 커다란 독수리일 뿐인걸요."

나는 눈을 빛내며 호소했다. 옆에서 멀거니 우리를 구경하고 있는 브라운의 옆구리를 쿡 찌르자, 녀석도 황급히 고개를 끄덕이며 호응했다. 국왕이 턱수염을 매만지며 고민했다.

"그래, 그런가……."

그는 무언가를 깨달은 듯했다.

"솔리투도 왕국에서 독수리는 특별한 존재네. 그래서 '괴조'가 독수리를 닮았다는 이유로 국민들이 많이 동요했지. 마수라면 어쩔 수 없이 처리해야 했겠지만, 자네의 말대로라면 그러지 않아도 되겠군."

그는 말하다가 고개를 저었다.

"아니, 정말 저 괴조가 독수리라면, 정말 신화에 나오는 '알타이르'일 수도 있겠는걸."

나는 활짝 웃었다. 이 병사들이 브라운을 해칠 일은 없어진 것 같았다.

"그나저나……."

그때, 국왕이 입을 열었다.

"못 보던 얼굴이군. 괴조 사냥 의뢰를 맡은 용병인가?"

"아뇨, 언데드를 퇴치하러 온 B급 용병이랍니다."

나는 'B급'이라는 단어를 힘주어 말했다. 그러자 왕이 바닥에 늘어져 있는 언데드 사체를 눈짓했다.

"그럼 이것들도 다 네 작품인가 보군."

아차. 국왕의 주변에 있던 기사들과 용병들의 얼굴에 놀라움이 번지는 게 보였다.

"저 작은 여자애 혼자서 이 많은 마수를 해치웠단 말이야……?"

"정말 대단하군."

양쪽에서 숙덕거리는 소리에 나는 당황했다. 동물과 교감하는 데다 언데드 무리를 죄다 전멸시키는 용병이라니. 너무 이상하잖아. 나는 다급해졌다.

"아니요, 제가 한 게 아닌데요!"

나는 여태 내 등 뒤에 숨어 있던 녀석을 잡아 앞으로 휙 끌어왔다.

"이 사람이! 다 잡은 거랍니다!"

나는 야심작을 선보이는 노점 상인처럼 자신 있게 말했다. 무력한 동료들을 구하면서, 스물이 넘는 언데드를 모두 퇴치한 최강의 용병…… 진을. 진은 내가 준 칼로 몸을 지탱하며 다른 팔로는 기절한 히스를 부축하고 서서, 멍청한 표정으로 스스로를 가리켰다.

"호오, 그 말이 사실인가?"

진은 당황한 눈으로 나를 바라봤다. 나는 녀석의 어깨를 꾹 잡았다.

"전력 외인 나는 언데드랑 마주쳐서 비명만 질렀는데, 네가 달려와서 다 해결해 줬잖아. 우리를 구해줘서 정말 정말 고마워."

내가 전력 외이고 언데드랑 마주쳐서 비명만 지르면 그들이 달려와서 다 해결해 줄 거라는 말은 모두 진이 했던 대사였다. 자기가 했던 말이 있어서인지 진은 반박도 못 하고 입만 벙긋거렸다. 그는 황망한 눈으로 로엠을 돌아봤다. 진과 눈을 마주친 로엠은 살벌한 얼굴로 웃음을 만들어 냈다.

"고마워."

감사를 말하는 목소리가 협박 투였다. 진은 부들부들 떨면서 국왕을 돌아봤다. 때마침 히스가 부스스 잠에서 깨어났다. 진이 입을 열었다.

"네, 제가…… 이 산에 있던 언데드 무리를 모두 처치했습니다."

그의 어깨에 매달려 있던 히스가 놀라서 파드득 고개를 들었다.

* * *

시간이 너무 늦었기에, 국왕과 휘하 병사들은 말을 타고 먼저 산을 내려가고 소대장 리신의 병사들과 용병들은 주변을 수습한 뒤 산 바로 아래의 마을에서 밤을 지내기로 했다.

브라운도 국왕의 병사들이 데려갔다. 나는 아쉬웠지만, 그들이 브라운을 해칠 것 같지도 않고 곧 다시 만날 수 있을 것 같아서 그 애를 그냥 보내줬다. 솔리투도의 왕이 우리를 성에 초대했기 때문이다.

'하마터면 알타이르일지도 모르는 독수리를 마수로 오인하고 해칠 뻔했네. 이렇게 평온하게 해결할 수 있었던 것에는 자네의 공이 커. 꼭 포상하고 싶네.'

왕은 정말로 고마웠던 것 같다. 동료들과 함께 이동하고 싶어서 천천히 가겠다고 했지만, 그는 당장 나를 성으로 초대하고 싶은 눈치였다. 그러면서 진에게도 같은 제안을 했는데, 말하는 걸 들어 보니 이미 그 언데드 무리를 토벌하기 위해 최근에 병사들을 보낸 적이 있다는 것 같았다. 하지만 예상보다 언데드들이 너무 강했단다.

'그렇겠지, 타첸다 사절단이 죽은 건 최근 일일 테니까.'

나는 폭사한 언데드 사체를 보며 생각했다.

제국의 황성에서 그를 만난 게 고작 일주일 전이었다. 즉, 우리가 솔리투도로 향하는 고작 일주일 만에 사절단이 죽고, 심지어 언데드로 변해서 산에서 설치고 있었다는 이야기가 된다. 처음에는 놀라느라 눈치채지 못했지만, 정말 이상한 일이었다.

우리는 헤브람 황성에서 사절단을 만난 다음 날 바로 출발했고, 일반인들은 따라오지도 못할 방식의 최단 루트를 이용해 여기에 날아왔다. 그렇다면 우리를 앞질러 온 사절단은 순간 이동이라도 한 것일까?

그러고 보니 진이 말했었지. 북해는 마수 때문에 바닷길이 완전히 막혔다고. 그때는 섬나라 타첸다의 사절단도 제국에 왔으니 진이 뭘 모르고 하는 소리라고만 생각했는데, 어쩌면 더 복잡한 배경이 있을지도 모르겠다는 생각이 들었다. 병사들이 언데드 사체를 다 치워 버리기 전에, 나는 카르멘에게 폭사한 언데드의 시신을 유심히 보라고 귀띔해 주었다.

"저 솔리투도 병사 말이야?"

"솔리투도 병사가 아니라 타첸다 사절단이야."

그렇게 말하자 카르멘은 혼란스러운 얼굴을 했다.

"솔리투도 병사의 인장을 지니고 있는데?"

"뭐?"

그 말을 듣고 다시 보니, 그의 어깨에 독수리 문양이 그려진 인장이 보였다.

"하지만 얼굴이 똑같은데, 검은 머리에 그 붉은 눈이……."

거기까지 말하고, 나는 말을 멈췄다. 병사는 눈을 뜨고 죽었다. 눈꺼풀

틈새로 보이는 그의 눈은, 붉은색이 아니라 검은색이었다.

* * *

쳴시는 산에서 내려온 후에 방에 틀어박혀 나오지 않았다. 앨런은 복도에서 서성이다가, 마침 방을 나온 릴리를 보고 물었다.

"스승님은?"

"씻고 나오자마자 뻗어서 자더라."

"많이 지치셨나 보다."

릴리는 어깨를 으쓱했다. 그녀는 눈앞에 있는 흑발의 청년이 브리튼 마을에서 만난 그 조그만 꼬맹이라는 게 잘 매치가 되지 않았다. 하루 동안 같이 쏘다니며 이젠 조금 익숙해졌지만, 쳴시를 부르는 저 극존칭만은 여전히 어색했다.

브리튼 마을에서 만난 에키드나 아이들은 대체로 경계심이 많았고, 그중에서도 앨런은 독보적이었다. 처음 만났을 때 그 애는 마치 인간들에게 상처받은 들짐승 같아 보였다. 마을 어른들 몇 명이 모여 아이들에게 음식을 나누어 주고 함께 부대껴 살며 조금씩 경계를 풀어갔지만, 본격적으로 변한 것은 역시 쳴시를 만난 이후였을 것이다.

인체 실험의 후유증이었던 팔의 흉터만큼이나, 앨런의 그늘은 옅어진 것 같았다. 저렇게 로브를 뒤집어쓰고 다니는 버릇이 아니면 저 애가 그 사라진 에키드 왕국에서 살아남은 생존자 중 하나라는 것도 까먹을 정도였다.

"왜?"

너무 빤히 쳐다본 건지, 앨런이 고개를 갸웃했다. 릴리는 괜히 창밖을 가리키며 말했다.

"밖이 왜 저렇게 소란스러워?"

"아, 야외에서 파티를 한다나 봐."

화제를 돌리려고 그냥 한 말이었는데, 정말로 뭔가를 하고 있나 보다. 창밖을 보자 커다랗게 불을 피우고 있는 모습이 보였다. 하긴, 전설의 괴조도 잡은 데다 산을 점령한 언데드들도 소탕했으니, 충분히 기념할 만한 일이었다.

"릴리도 나가 봐."

"넌 안 가?"

"난 좀 이따 갈게."

모양새를 보니 아마 첼시를 기다릴 생각인 것 같았다. 릴리는 고개를 끄덕이고 밖으로 향했다. 야외는 소란스러웠다. 찬바람이 들어오는 것을 막기 위해 천막을 치고 불을 피워 밖이라도 꽤 따뜻했다.

겹겹이 이어 붙인 야외 테이블에 커다란 사내들이 옹기종기 모여 앉아 있는 모습은 꽤 볼 만했다. 용병들은 벌써 얼굴이 시뻘겋게 달아올라 노래를 부르고 있었고, 낮에는 격식을 차리며 그들과 거리를 두던 기사들도 이번에는 함께 어우러져 있었다.

술 앞에서 구색 맞춘 허울은 손쉽게 무너졌다. 릴리는 통구이와 야채를 접시에 담고 돌아다니며 적당히 사람들과 어울렸다. 어쩐지 동료들이 나오지 않아 심심하던 차에, '데일'이 아까 나와 강변으로 가더라는 이야기를 들었다.

릴리는 나무로 만든 맥주 컵을 손에 쥔 채로 강변으로 향했다. 오늘 밤은 바람이 불지 않아서 강가도 별로 춥지 않았다. 도수가 센 술을 많이 들이부은 탓일 수도 있겠지만.

카르멘을 찾으며 강변을 걷다가, 릴리는 문득 그 황제 폐하와 자신이 아직 어색한 사이라는 사실을 기억해 냈다. 별로 친하지도 않은데 왜 굳이 여기까지 찾으러 나온 건지 알 수 없었다. 아마 전부 술김이었던 것 같다.

릴리는 그냥 돌아갈까 하며 발길을 돌렸다가, 이상한 장소에서 카르멘을 발견했다. 그는 마치 작은 동굴처럼 둥근 바위 위에 긴 다리를 뻗고 반쯤 누워 있었다. 릴리의 눈높이보다 약간 높은 위치라 오는 길에는 발견하지 못했던 것 같다.

그곳은 그냥 딱딱하고 칙칙한 바위 속일 뿐이었는데, 그가 누워 있으니 마치 고급스러운 황실의 소파라도 되는 것처럼 느껴졌다. 카르멘은 생각에 빠진 듯 심각한 얼굴로 무언가를 들고 있었다. 릴리는 자연스럽게 그가 보고 있는 것에게로 시선을 옮겼다. 그것은 어둠 속에서도 빛을 발하는 커다란 보석이 박힌 반지였다.

카르멘은 반지를 바라봤다. 블루 다이아몬드가 박힌 그 결혼반지는 맞춘 지 십 년이 넘은 물건이었다. 약혼식도 치르기 전에 그들 사이에 태어날 두 아이의 이름까지 정해 놓았던 첼시는 아카데미를 다닐 때 이미 결혼식 예물에 대한 것들도 정리를 끝내 놓았다. 그녀는 어쩐지 파란 토파즈에 꽂혔는데, 그게 카르멘의 눈 색과 비슷하다는 이유였다.

아카데미를 다니는 내내 첼시를 둘러싼 소문들은 여러 종류가 있었는데, 그녀는 그중 아무것도 눈치채지 못했으면서 이상하게 분에 넘치는 약혼자를 가졌다는 평판은 알고 있었다. 그래서 자신의 머리칼과 카르멘의 눈에 똑같이 청색이 돈다는 것을 주지시키고 싶었던 것 같다.

하지만 보석가게를 돌아다닐 때는 다이아몬드에 시선이 박혔다. 모르기 어려울 정도로 빤한 시선이었다. 아마 첼시는 세상에 블루 다이아몬드라는 게 있다는 걸 몰랐던 것 같았다. 그건 아주 희귀한 보석이었으니까.

카르멘은 약혼식 전에 백방으로 수소문해서 그 보석을 공수해 왔고, 결혼반지를 만들었다.

이 반지의 세공을 맡은 장인은 이 정도로 진한 청색을 띠는 다이아몬드를 세공하는 영광을 주다니 온 힘을 다해서 세상에서 가장 아름다운 결혼반지를 만들고야 말겠다고 호들갑을 떨었다.

그리고 그 값비싸고 희소한 보석을 이용해서 장인이 정성껏 빚은 결혼 반지는 만들어진 지 얼마 되지 않아 벽장 속에 처박혀 잊혔다. 그 반지 는 첼시가 깨어나 두 사람의 관계가 회복된 후에 다시 주인에 의해서 세 상의 빛을 보았는데, 정작 주인은 반지를 주기적으로 꺼내 보기만 하고 용도에 맞게 쓰질 않았다.

그러던 어느 날 반지를 꺼내 든 모습을 캐럴에게 들키면서 문제가 되 었다. 캐럴은 기쁜 얼굴로 물었다.

'세상에, 오빠 청혼 반지 맞춘 거야? 언니한테 프러포즈하려고?!'

'아니, 이거 십 년 넘은 물건인데.'

'세상에, 십 년 만에 다시 청혼 반지 꺼낸 거야? 언니한테 프러포즈하 려고?!'

그날부터 본격적으로 캐럴이 프러포즈를 종용하기 시작했다. 며칠 전 황실에 놀러 온 첼시의 앞에서 반지가 든 주머니를 두드리며, '오빠가 알아 서 잘해.'라고 말했던 것도 그러한 노력의 일환이었다. 사실 캐럴은 첼시에 게도 꾸준히 결혼하라는 압박을 주었다. 첼시가 전혀 눈치채지 못해서 항상 허사로 돌아갔을 뿐.

카르멘은 한숨을 내쉬었다. 캐럴이 그러는 건 하루 이틀 된 일이 아니 었다. 그녀는 네 살 때부터 첼시가 자신의 진짜 새언니가 될 날을 기다 려 왔다. 캐럴은 어렸을 때부터 카르멘과 첼시의 사랑을 가장 응원해 온 사람이었고, 그들의 파혼 소식에 가장 분노하고 실망한 사람이기도 했다.

그녀는 그들의 사랑이 자신의 오빠를 좀먹어 가는 것을 두려워했지만, 한편으로는 첼시가 깨어나서 그들의 사랑이 이뤄지는 것을 바라기도 했다. 그래서 첼시가 깨어났을 때는 드디어 그들의 사랑이 결실을 볼 수 있게 되었다며 기뻐하고 감동했다.

캐럴은 첼시가 깨어나면 그들이 당장 결혼할 거라고 생각했다. 그런 데 그러지 않아서 지금까지 당황하고 있었다. 그녀는 방금도 카르멘에게 연락해서 놀라움을 전한 참이었다.

[아니, 카터경과 로즈까지 거기에 있다고? 단체로 거길 왜 간 거야!]

"네가 가라고 떠밀지 않았던가."

[난 오빠가 언니랑 단둘이 가는 건 줄 알았지!]

첼시와 북부에 다녀오겠단 말에 반대는커녕 쌍수를 들고 환영하더니 속셈이 있었다. 카르멘은 헛웃음을 흘렸다. 심지어 첼시와 찢어져서 따로 다녔다는 사실을 안다면 기겁하겠군.

캐럴의 그런 행동에는 단순히 그녀가 가장 좋아하는 커플이 맺어지는 게 보고 싶다는 사심이 가장 많아 보이긴 하지만, 아무튼 그것 때문만은 아닐 것이다. 카르멘은 황제였고, 결혼해서 후사를 이을 책임이 있었다. 하지만…….

"예쁜 반지네요."

갑자기 들려온 목소리에 카르멘은 고개를 돌렸다. 너무 깊게 생각에 빠져 있었던 듯했다. 바로 옆에 사람이 온 것도 눈치채지 못하다니.

"아…… 이건."

"첼시에게 프러포즈하려고요?"

릴리가 눈을 반짝이며 물었다. 반지를 도로 집어넣던 카르멘이 멈칫했다.

"음, 글쎄요."

애매한 답. 릴리의 눈이 가늘어졌다.

"그거 첼시에게 줄 청혼 반지 아니에요?"

의심스러운 시선을 마주한 카르멘은 약간 당황한 기색이었다. 그는 난처한 얼굴로 웃었다.

"맞긴 하지만……."

"맞긴 하지만?"

카르멘은 바위 위에서 훌쩍 뛰어내렸다. 그리고 흐트러진 머리를 쓸어 올리며 말했다.

"첼시가 원할지 모르겠어서."

그렇게 말하는 카르멘의 얼굴은 수심에 차 있었다. 릴리의 눈이 커졌다. 헤브람 제국의 황제인 데다, 눈 튀어나오게 잘생긴 미남이라 당연히 오만할 줄 알았는데.

'이런 사람도 거절당할까 봐 걱정을 하는구나?'

릴리는 멀게만 보이던 저 황제 폐하가 갑자기 친근하게 느껴졌다. 그녀는 들고 있던 맥주 컵을 건네며 외쳤다.

"당신처럼 잘난 사람이 왜 이렇게 자신감이 없어요. 자, 이거 쭉 들이켜시고."

카르멘은 얼결에 컵을 받아들고 미묘한 얼굴을 했다.

"……비어 있습니다만."

릴리는 그 말을 듣지 못한 것 같았다.

"제가 도와줄게요. 뭐가 고민이에요? 다 털어놔 봐요!"

그녀는 주먹으로 제 가슴을 두드리며 호언장담했다.

숙소로 돌아가는 동안 릴리는 카르멘의 고민 상담을 받아 주고 카르멘은 릴리의 주정을 받아 주었다. 릴리가 열심히 질문하고 카르멘은 그녀의 질문에 적당히 답할 뿐이었지만, 그들의 상황이 복잡하다는 걸 깨닫기에는 그것으로도 충분했다.

황제와 마탑주의 연애에는 많은 것이 걸려 있었다. 첼시가 카르멘의 청혼을 받아 준다면, 이건 그들 개인의 문제가 아니었다.

첼시는 마탑을 제국으로부터 독립시키고 싶어 했는데, 만약 그들이 혼인한다면 그 경계가 허물어질 것이다. 또 후계 문제도 있었다. 귀족이나 왕족은 후사를 얻기 위해 혼인하는데, 황위는 혈연으로 계승되지만 마탑주의 자리는 철저한 실력주의로 발탁된다.

하지만 마법 재능은 부모에게서 물려받는 경우가 많으니까. 그렇다면…… 아니, 만약 그렇지 않다면…….

릴리는 눈이 핑핑 도는 걸 느끼고 한숨을 내쉬었다.

"폐하가 고민하시는 것도 이해가 되네요."

릴리의 말에 카르멘은 다른 말을 했다.

"그냥 데일이라고 불러요."

"앗, 그럴 수는⋯⋯."

릴리는 반사적으로 손사래를 쳤다가 사람들이 보는 데서 폐하라고 부를 수도 없다는 걸 깨달았다.

"좋아요, 데일. 내 생각엔 첼시랑 언제 한번 대화를 나눠 보는 게 좋을 것 같아요. 아주 조심스럽게요."

아무리 평민이라도 귀족이나 황족에게 결혼이나 후계자 같은 게 얼마나 까다롭고 중요한 문제인지는 알았다. 그러니까 아마 아주 세심하고 조심스러운 접근이 필요할 것이다.

"그래야겠군요. 고마워요."

카르멘은 부드럽게 미소 지으며 말했다. 릴리는 멍하니 그를 바라보았다. 십 년 전 브리튼 마을에서 봤을 때와 전혀 변하지 않았다고 생각했는데, 어떤 표정을 지을 때는 나이를 먹은 티가 났다. 어딘지 믿음직스럽고 성숙해 보이는 미소였다.

"분명 잘될 거예요."

릴리는 다시 한번 그를 응원했다. 대화를 나누는 동안 어느덧 숙소 앞이었다. 불을 피워 놓은 곳 근처에 첼시가 나와 있는 게 보였다. 그새 잠에서 깨서 앨런과 함께 나왔나 보다.

첼시의 양옆에는 슈웨인과 낯선 남자가 각각 앉아 있었는데, 그들은 릴리와 카르멘이 온 것도 모를 정도로 대화에 열중해 있었다. 불씨에 반사되어 노을처럼 보이는 첼시의 눈동자가 환하게 반짝이고 있었다.

첼시는 저렇게 열중해 있을 때가 가장 빛나 보였다. 아마 황제 폐하도 저런 모습 때문에 반한 게 아닐까 하고, 릴리는 막연히 생각했다. 슬쩍 옆을 바라보니 아니나 다를까 홀린 듯이 첼시를 바라보는 남자가 보였다. 릴리는 소리 없이 감탄했다.

이 순간 우악스러운 용병들이 만들어 내는 소음들도 카르멘의 귀에는 들리지 않는 게 분명했다. 그의 눈에는 첼시만 담겨 있었다. 세상에 단 하나뿐인, 아주 소중하고 귀한 것을 보는 듯한 눈빛.

릴리는 옆에서 지켜보는 것만으로도 마음이 간질거리는 게 얼마만인지 모르겠다고 생각했다. 첼시가 있는 곳에 가까워지자, 그들의 대화가 점차 선명해졌다. 첼시는 눈을 반짝이며 용병에게 물었다.

"그럼 베몬들은 포유류인데도 체외수정을 한다는 말이지?"

"뭐, 그렇지. 마수도 포유류라고 할 수 있다면 말이야."

"와, 그 마수들 내가 직접 볼 수 있을까?"

"어렵지 않지, 마침 저쪽에 강이 있으니까……."

그들은 다 함께 자리에서 일어났다. 첼시와 슈웨인은 용병을 따라가면서 들뜬 목소리로 말했다.

"사람한테도 접목시킬 수 있다고 보십니까?"

"연구를 진행해야겠지만, 인간형 마수들은 사람이랑 신체 구조가 대체로 비슷해요. 고서에도 마수의 방식을 본떠서 인공 자궁을 만들려고 시도한 기록이 있어요."

첼시는 바로 코앞에 있는 카르멘과 릴리도 보지 못한 듯, 들뜬 목소리로 말했다.

"나랑 카르멘의 아이를 만들어 봐도 좋겠네요!"

첼시는 발랄하게 외쳤다가 슈웨인이 갑자기 멈춰서 덩달아 멈춰 섰다. 의아하게 고개를 돌렸다가 눈앞에 있는 카르멘과 릴리를 발견했다.

"앗."

'앗'은 무슨! 릴리는 방금까지 자신을 마음을 간질이던 설렘이 와장창 깨지는 것 같았다.

'네 애인은 방금까지 자기 청혼이 네 마음에 짐을 얹는 게 될까 봐 고민하고 있었다고!'

"미안, 내 말은 그냥."

첼시도 카르멘을 맞닥뜨린 게 당황스럽긴 한 것 같았다.

"인체 실험이나 뭐 그런 걸 하고 싶다는 의미가 아니라, 그냥 순수한……."

하지만 이어지는 변명을 듣고 릴리는 감탄했다.

'저렇게 안 하느니만 못 한 변명은 처음 들어 봐. 진짜 끔찍하다.'

평소에 첼시가 인체 실험에 대한 경각심을 얼마나 가지고 있었는지는 모르겠지만……. 대체 이 상황에 인체 실험에 대한 걱정을 할 사람이 어디 있다고 저런 변명을 한단 말인가?

릴리는 저 무드도 모르는 마법사에게 청혼 반지도 못 주고 가슴 앓던 황제 폐하가 걱정스러워졌다. 그러나 그녀가 조심스럽게 옆을 돌아봤을 때, 카르멘은 미소를 짓고 있었다.

"그래, 괜찮아."

카르멘을 바라보는 릴리의 눈이 멍해졌다. 조금 전까지는 그의 미소가 어른스러워 보인다고 생각했는데, 지금은 그냥 모든 걸 초탈한 미소로만 보였다.

"강에 가려고?"

"응, 마수를 잡으려고!"

"많이 어둡던데, 나도 동행할게."

"앗, 그럴래?"

첼시는 카르멘의 손을 잡고 릴리를 돌아봤다.

"릴리, 나 기다리지 말고 먼저 자!"

"으응, 그래. 조심히……."

첼시는 릴리의 인사말이 채 끝나기도 전에 카르멘을 끌고 활기차게 사라졌다. 릴리는 허공에 뜬 손을 내리며 한숨을 푹 내쉬었다.

'어쩐지 피곤하다.'

* * *

"첼시, 일어나."

흔들어 깨우는 목소리에 나는 부스스 몸을 일으켰다.

"안녕, 릴리."

"어제 몇 시에 들어온 거야?"

"으응…… 몰라."

한두 시간은 잤을까, 산에서 그렇게 뛰어다니고 강변에서 마수를 잡겠다고 난리를 쳤더니 눈을 떠도 정신이 안 차려진다. 나는 언데드 같은 소리를 내면서 기지개를 켰다.

"아."

고개를 돌리자 창틀에 비스듬히 누워 있는 베몬이 보였다. 베몬은 어제 강변에서 잡은 마수로, 요정 같은 외형에 비행 능력과 하급 전기 마법을 쓸 수 있는 특이하고 매력적인 종족이었다.

"안녕, 베베."

내가 베몬의 턱 밑을 간지럽히며 인사하자 녀석도 눈을 비비며 일어나 기지개를 켰다. 귀엽기도 하지. 어제는 저 녀석을 보고 눈이 돌아가서 강변에 있는 베몬을 죄다 잡고 다니느라 시간을 왕창 썼다. 지금 생각하니 카르멘과 슈웨인에게 조금 미안한 마음이 든다.

난 세수를 하고 대충 짐을 챙겼다. 그리고 문을 나서려는데 로즈가 외쳤다.

"탑주님! 옷 입어요, 옷!"

이런, 하마터면 잠옷 바람으로 외출할 뻔했다.

"그러게 그 새벽에 강은 왜 가셨어요? 그러니까 이렇게 정신을 못 차리지."

"베베가, 우읍."

"아침에 국왕이 마차를 보내 준다고 했으니까, 이동하는 동안 눈 좀 붙이세요."

"우으으."

나는 로즈가 내 머리에 상의를 끼워 넣는 것에 맞춰 정신없이 고개를 끄덕였다. 비척비척 밖으로 나서자 이미 성에서 보낸 마차가 도착해 있었다. 기다리던 일행들이 우리를 발견하고 인사를 건넸다.

"좋은 아침이야, 블루."

살가운 목소리가 들려 바라보니 진이 어색하게 손을 들어 보였다. 뭐지? 쟤 저런 성격이었던가.

"안녕, 진⋯⋯."

"괜찮아?"

카르멘이 걱정스러운 얼굴로 물었다.

"응, 넌 안 피곤해?"

나는 카르멘의 얼굴을 살피며 물었다.

"내가 어제 못 자게 해서⋯⋯."

"그 정도로는 안 지쳐, 알잖아."

카르멘이 옅게 웃으며 말했다. 아, 그래. 소드 마스터니까 하룻밤 정도는 새도 안 지치는구나.

"그래도 밤새도록 달렸는데, 대단한걸."

강 위를 날아다니는 베몬들을 잡겠다고 새벽 내내 뛰어다녔는데. 몹시 빠르고 작아서 엄청 애를 먹었다.

"난 서 있지도 못하겠어."

"그래 보이네, 성에 가서 푹 쉬자."

"으응……."

나는 카르멘의 팔을 잡으며 옆을 봤는데, 느닷없이 진의 얼굴이 새빨 갛게 물들어 불타고 있었다. 뭐지…… 내가 영문을 몰라 고개를 갸웃하 자 진은 파들파들 떨리는 입술을 열었다.

"두, 둘이서 어제, 그렇고 그런……."

진은 우리를 삿대질하며 더듬거리다가, 이내 고개를 푹 숙이며 얼굴을 손에 파묻었다. 진짜 뭐지.

"너희!"

그때 갑자기 쩌렁쩌렁한 고함이 들렸다. 모두의 시선이 소리가 들린 곳으로 향했다.

"다, 날 버리고……."

거기에는 소렐이 씩씩거리며 서 있었다. 나는 숨을 들이켰다.

'잊고 있었다…….'

옆을 돌아보니 진과 히스도 나와 같은 표정을 짓고 있었다. 로엠은 별 생각 없어 보이지만…….

"미안, 그래도 어떻게 잘 찾아왔네?"

진이 멋쩍게 웃으며 말했다. 그러자 소렐이 진에게 성큼성큼 다가오며 무서운 얼굴로 말했다.

"아침에 언데드를 수습하러 온 병사들과 우연히 마주쳐서 따라왔다."

"아앗……."

"그건 그렇다 치고."

소렐은 진에게 손가락질하며 물었다.

"네가 혼자서 스물이 넘는 언데드 무리를 다 처치했다는 소리를 들었 는데, 대체 어떻게 된 거야?!"

소렐이 나를 돌아보자, 난 어색한 웃음을 지었다.

"일단 마차에 타. 설명은 성에 가면서 천천히……."

"성?"

소렐이 그제야 우리의 등 뒤에 있던 마차 세 대를 바라봤다. 마부와 호위 기사들이 어정쩡하게 서서 우리를 기다리고 있었다. 마차에 박힌 독수리 인장을 발견한 소렐의 입이 커졌다.

"이거, 왕실의 마차잖아?"

"……응, 국왕…… 전하가 우리를 성으로 초대했거든."

"뭐? 왜?"

소렐은 경악하며 반문했다. 그러나 어디에서부터 설명해야 할지 감이 잡히지 않았다.

"……진, 네가 설명해."

어제 용병들 사이에서 으스대는 것 보니 설명 잘하더만. 당황한 진을 뒤로하고, 나는 카르멘의 에스코트를 받으며 마차에 올라탔다. 그리고 우리는 다 함께 솔리투도 왕성으로 향하게 되었다.

* * *

나는 솔리투도 왕가에 대해서 자세히 알지는 못했다. 내가 아는 건 그저 왕비가 비교적 최근에 죽었고, 국왕의 슬하에는 두 아들과 한 명의 딸이 있다는 것. 그리고 국왕의 건강이 좋지 않아, 곧 첫째인 리우 왕자가 왕좌를 잇게 될 거라는 것 정도였다.

하지만 실제로 만난 국왕은 아주 건강해 보였고, 반대로 리우 왕자가 몸이 좋지 않아 만찬장에 나오지 못했다. 둘째인 러셀 왕자는 다른 일로 바쁘다고 했다. 그래서 식사 자리에서는 국왕, 그리고 막내 공주인 아가사만 만날 수 있었다.

하지만 그들은 우리를 융숭하게 대접해 줬다. 괴조를 잡고 언데드를 퇴치해 준 보답치고는 약간 과할 정도로.

나는 식사 자리에서 약간 신경 쓰이던 것을 물었다.

"그런데 전하께서 귀족 호위를 의뢰하신 이유가 뭔가요?"

"아, 그래. 내가 자네들에게 부탁할 것이 있네."

그러자 국왕은 북해 마수들의 낌새가 심상치 않다며, 날을 잡아 대규모 토벌 계획을 짜고 있다고 말했다. 그건 기쁜 소식이었다. 카르멘은 이 의뢰를 수락할 때 이게 대규모 토벌을 대비한 건지, 아니면 솔리투도 내부에서 분쟁이 일어나고 있는 건지 알아보겠다고 했다.

그러나 다행히 내부 문제는 없고, 국왕이 나서서 마수를 토벌할 준비를 하고 있었던 모양이다. 성내에는 우리 말고도 국왕의 초대를 받아 머무는 용병들이 많았고, 그들 중에는 왕의 제안을 받고 기사가 된 사람들도 많았다. 우리는 입을 모아 전하를 도울 수 있다면 영광일 것이라고 답했다.

솔리투도 왕성의 사람들은 친절했다. 국왕은 말할 것도 없고, 공주는 약간 긴장한 기색으로 식사 내내 말이 없긴 했지만 그냥 어리고 숫기가 없어서 그런 것 같았다.

만찬장을 나오며, 나는 마음이 한결 가벼워진 기분이었다. 지금까지 둘러본 솔리투도의 상태가 그렇게 나쁘지 않았다. 마수 문제가 많긴 했지만, 마을은 유지되고 있고 용병이나 병사들의 수도 많았고 지도자도 의욕적이니 작은 도움만 주어도 금방 나아질 것 같았다. 걸리는 부분은 없었다.

딱 하나만 빼고.

* * *

"솔리투도에서 타첸다 사절단의 언데드를 봤다고요?"

회장의 장탁에 12명의 장로와 마탑주가 모여 있었다. 모데라토의 질문에 첼시가 고개를 끄덕였다.

동아

남자주인공이 없어도 괜찮아

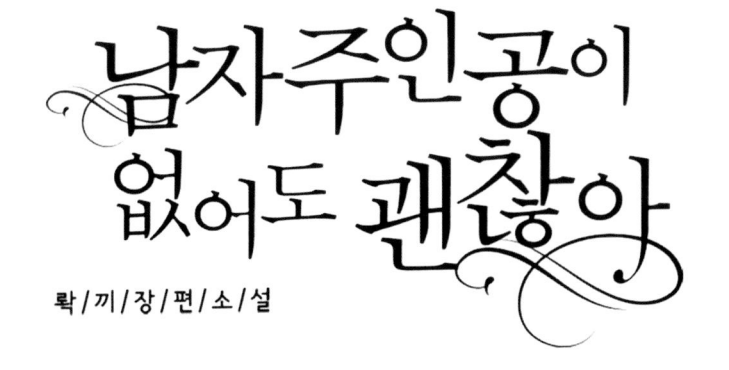

롹 / 끼 / 장 / 편 / 소 / 설

[응, 저 남자 맞아.]

그녀는 모두가 보고 있는 장탁의 가운데에 올라선 타첸다 사절단을 가리키며 답했다. 붉은 눈에 검은 머리, 그리고 허리춤에 찬 검과 두꺼운 제복까지 모두 그가 마탑에 왔을 때와 동일한 모습이었다.

"하지만 그 언데드는 흑안이었다면서요. 사절단은 적안이었는데."

[그게 이상한데, 그래도 몰라. 마지막에 그가 마나 코어를 깨부수고 폭사했거든. 그게 눈동자를 태워 버렸거나, 아니면 다른 어떤 작용을 해서 눈 색이 변질된 건지도. 이것 봐.]

첼시의 말에 마수경이 테이블 가운데로 기어갔다. 녀석은 찰흙처럼 뭉치며 꿀렁거리다가 곧 붉은 눈의 언데드로 변했다. 피부가 너덜거리고 이빨에 검은 흙이 차 있는 끔찍한 모습에 몇몇 장로들은 고개를 돌려 버렸다.

"오, 확실히……."

테이블 위에 선 타첸다 사절단과 언데드는 눈색, 머리색, 체격과 생김새가 거의 같았다. 실제로 목격한 것으로만 변할 수 있는 마수경이 재현한 모습이라면 틀림없었다.

"동일한 사람이 맞는 것 같군요."

[그렇지? 저 사람에게 일란성 쌍둥이라도 있는 게 아니라면 말이야.]

그러나 모데라토는 고개를 저었다.

"차라리 일란성 쌍둥이라는 게 더 말이 되겠는데요. 탑주님 속도보다 더 빨리 도착해서 언데드가 되어 있는 것부터가 말이 안 되고, 듣자하니 그 언데드는 솔리투도 왕국 인장도 달고 있었다면서요."

[응 맞아, 그래서 알아봤는데.]

첼시가 잠깐 곁을 뒤적거리나 싶더니 손을 들어 올렸다. 거기엔 작은 새끼 마수경이 들려 있었다.

[우리 귀여운 밍밍이의 도움을 받아서, 이곳에서 사는 꼬마에게 타첸다 사절단의 얼굴을 보여 주고 이 사람을 아느냐고 물어봤거든. 그 꼬마

이름은 에제르인데 아기일 때 북해 너머에서 와서 지금은 국왕의 피후견인이래. 은발이고 눈색도 옅은데 엄청 예쁘게 생겼더라. 카르멘 이후로 그렇게 예쁜 소년은 처음 봤는데…….]

[스승님, 요점이요.]

그녀의 반대편에서 앨런이 테이블을 두드렸다. 그 말을 듣고 첼시는 양손을 짧게 부딪쳐 짝 소리를 냈다.

[아, 미안. 아무튼 그래서 에제르에게 사절단의 얼굴을 보여 주니 에제르가 그를 안다고 답하더라고. 바로 이 성에서 비밀스럽게 일하던 국왕의 기사인데, 한 달 전부터 보이질 않는대.]

모데라토는 짧게 숨을 삼켰다.

"……그건 확실히 이상하네요."

[그렇지? 동일인물 맞다니까.]

"하지만 국왕의 기사가 어떻게 타첸다 사절단으로 왔을까요?"

첼시는 어깨를 으쓱했다.

[열두 살짜리 에제르는 그를 '비밀스러운 국왕의 기사'라고 불렀지만, 다른 기사들에게 사절단의 얼굴을 보여 줘도 모르는 걸 보면 아마 국왕의 암부거나 타첸다에 심어 놓은 스파이였을 수도 있을 것 같아. 물론 우리 슈웨인 경처럼 이중 스파이일 수도 있지만, 그러니까…….]

[크핫……!]

앨런이 작게 웃음을 터뜨렸다가 손으로 입을 가렸다. 몇몇 장로들도 작게 피식거렸다. 모데라토는 무시하고 질답을 계속했다.

"그럼 선생님보다 먼저 솔리투도에 도착해서 언데드가 되어 있던 건 어떻게 설명하죠?"

[글쎄, 아마 솔리투도의 누군가가 우리보다 더 효율적인 워프 존 게이트를 가진 게 아닐까 싶어. 그러니까 너희가 중북부로 가서 우리가 모르는 워프 존 게이트가 설치되어 있지는 않은지 조사해 줬으면 해. 그리고

그때까지 워프 존 게이트의 경비를 강화하고, 내 침실에 있는 게이트는 아예 파괴해 두는 게 좋겠어.]

워프 존 게이트는 모든 게이트가 연결되어 있어서 효율적인 대신에 게이트를 통해 언제든 적이 쳐들어올 수도 있다는 위험을 안고 있었다. 국가 보안과 직결된 기술이라, 여태까지 첼시가 개발한 모든 마법이나 마도구들과는 달리 대중에게 설계법을 공개하지 않았다. 그런데 당사자도 모르는 사이 제3자가 게이트를 손에 넣었다면 큰일이었다. 특히 그녀가 마탑을 떠나 있는 때라면 더더욱.

"알겠습니다. 헤브람 제국의 황녀님께도 말씀드려 놓을게요."

[고마워, 우리는 타첸다의 사절단 겸 솔리투도 왕의 기사를 살해하고 사역마로 만든 놈이 누구일지 알아내고 있을게.]

첼시는 그렇게 답하고 잠시 입을 닫았다. 그녀가 생각에 몰두한 듯 침묵하자, 모두의 마음이 불안해졌다.

"왜, 왜 그러세요?"

[있잖아, 이거 괜찮지 않아?]

첼시가 사람들의 눈치를 살피며 슬며시 웃었다.

[이런, 원거리 회의 말이야. 이렇게 하면 내가 꼭 마탑에 없어도 되겠다, 그치.]

"맙소사……."

모데라토는 이마를 짚었다. 그리고 남는 손으로는 테이블을 내리쳤다.

"하나도 안 괜찮거든요! 상석에 거울을 얹어 놓은 우리 생각도 좀 해 주시죠!"

수아르 마도국 최상층 회의실 장탁의 가장 상석에는 지금 커다란 전신 거울이 놓여 있었다. 거기에는 솔리투도 왕성 어느 손님방 침대 위에 앉아 있는 첼시가 비쳤고 말이다. 그 옆옆자리의 거울에는 앨런의 모습도 보였다. 첼시는 침대에 앉아서 거울을 보며 머쓱하게 웃었다.

[미안, 하지만 이제 수아르도 거의 안정되었고, 딱히 내가 없어도 잘⋯⋯.]

그러자 회의실 의자에 앉은 모데라토가 거울을 향해 화를 냈다.

"아직 부족하거든요. 처음 수아르를 세울 때 일 년은 이 나라를 풍족하게 만드는 것에만 집중할 거라고 하셨잖아요. 아직 반년밖에 안 됐다고요!"

[알아, 하지만⋯⋯.]

[첼시, 뭐 해? 저녁 식사는⋯⋯.]

그때 거울 너머에서 다른 사람의 목소리가 들려왔다. 거울에 비친 첼시의 얼굴이 단숨에 밝아졌다.

[아, 그냥 아까 우리가 나눴던 얘기, 모데라토에게도 전해 줬어.]

[⋯⋯열두 장로가 다 모여 있잖아. 회의 중인가 본데, 나중에 올까?]

[아냐, 회의는 아까 끝났어. 회의 후에 모데라토가 솔리투도 상황은 어떠냐고 물어서 이야기해준 거야.]

모데라토는 거울 너머에서 말하는 남자가 누군지 얼굴을 안 봐도 알 것 같았다. 그런데, 첼시 무릎 위에 있던 새끼 마수경은 친절하게도 입을 열었다.

[카르멘?]

녀석의 입에서 나온 목소리는 첼시의 것이었다. 회장에 모인 모든 이가 녀석이 첼시가 했던 말을 되풀이한다는 것을 알았다. 그게 마수경의 습성이니까.

[카르멘은 내 연인이야.]

그리고 다음 순간 녀석은 힘차게 조잘거렸다. 첼시는 당황한 눈치였다.

[미, 밍밍아, 그건.]

[그리고 이건 비밀이야.]

[그래, 비밀이라니까!]

첼시는 답답하다는 듯 새끼 마수경을 훈계하다가 모데라토를 돌아봤다. 모데라토가 눈을 감고 고개를 끄덕였다.

"이제 12장로가 모두 공유하는 비밀이군요. 방송이라도 하시는 건 어때요? 전단지 만들어 드릴까요?"

[⋯⋯항상 이렇진 않아.]

첼시가 멋쩍게 웃었다. 모데라토는 한숨을 내쉬었다.

"다른 건 아무래도 상관없으니, 선생님 몸만 잘 챙기세요. 마탑주의 건재가 곧 수아르의 건재예요. 이곳의 국민들은 모두 선생님 하나만 믿고 수아르로 몰려왔다고요. 밖으로 나도시는 건 괜찮지만, 선생님이 죽거나 인사불성이 되면 수아르도 끝이라는 걸 기억해 주세요. 선생님이 타국에 마구 퍼 줘서 발에 치이게 된 우리 마력석의 가치만큼이나 바닥을 치게 될 거라고요."

[알았어, 조심할게. 마력석 나눠 주는 걸 그렇게 마음에 안 들어 하는 진 몰랐네⋯⋯.]

첼시가 꿍얼거렸다. 모데라토는 빙긋이 미소 짓다가 문득 궁금증이 들었다.

"그런데 이렇게 마수경으로 회의하지 말고 워프 존으로 잠시 넘어오면 되지 않아요? 그게 더 편할 것 같은데."

첼시는 눈을 도르르 굴렸다.

[으음, 너무 머니까 좀⋯⋯.]

"선생님 마력이면 별 차이도 없잖아요?"

[뻔하지, 뭐.]

그때 반대편에서 앨런이 끼어들었다.

[워프 존 같은 걸 만들었다가 나중에 모데라토한테 붙잡혀 갈까 봐 그러시는 거지.]

"뭐?"

모데라토가 눈을 깜빡였다. 그녀는 혼란스러운 얼굴로 입을 열었다.

"그건 내가 답답한 나머지 워프 존을 통해서 선생님을 잡으러 가게 될 거라는 소리야? 그렇게 오래 안 돌아오실 거라고?"

그러자 첼시가 허둥댔다.

[이런, 모데라토. 시간이 늦어서 난 이만 가 봐야겠다.]

[저것 봐.]

앨런이 손가락질했다. 모데라토는 멍하니 입을 벙긋거렸다.

"선생님! 위험한 일 벌이실 건 아니죠?"

[사랑해, 모데라토. 기념품 사 갈게.]

"기념품 같은 거 필요 없⋯⋯!"

그러나 모데라토가 말을 채 끝마치기도 전에 연락이 끊겼다. 모데라토는 마수경이 흘러나와 평범한 거울로 돌아온 것을 빤히 바라봤다. 장로들은 회의실을 나가는 길에 한 번씩 멈춰서 그녀의 어깨를 두드려 주었다.

* * *

솔리투도성은 궁전보다는 영주성 같았다. 외풍을 막기 위해 견고한 성벽을 높게 쌓아 올렸고 본성의 홀은 대리석이 깔려 있었지만, 내실은 생각보다 좁았고 나무 소재가 주류를 이루고 있었다. 그리고 복도나 손님방의 천장이 이상하게 낮아서 궁전 특유의 웅장함이 딱히 느껴지지 않았다.

외벽과 내벽이 모두 하얀색이나 황금색으로 칠해져 휘황찬란하기 그지없는 헤브람의 황궁과는 달리, 대체로 칙칙하고 어두컴컴한 분위기였다. 벽이 두껍고 햇빛이 잘 들어오지 않아서 그럴까. 낮에는 저녁 같았고 저녁에는 한밤중 같았다.

솔리투도의 성은 본성, 내성과 외성 등으로 구분되어 있긴 했지만 모든 건물이 하나로 연결되어 있어서 꼭 거대한 퍼즐 같았다.

점심은 본성에서 국왕과 함께했지만 저녁 식사는 외성의 식당에서 비교적 간단히 했다. 식사를 마친 이후에 소렐과 히스는 성을 둘러보겠다고 나갔고, 나머지는 벽난로가 있는 휴게실에 모여 잠시 잡담을 나눴다.

보통 때는 직원들이 쉬는 용도로 쓰이는 공간인 것 같았다. 벽난로를 중심으로 소파에 둘러앉아 왕가나 성 내부인들에 대한 정보를 나누는 사이, 진이 찬장에서 럼주와 간식을 찾아냈다. 그는 사람들에게 럼주를 나눠주다가, 내게도 잔을 내밀며 말했다.

"점심때는 수프에 얼굴을 파묻을 것 같더니, 이제 정신을 차렸네."

그러더니 갑자기 혀를 깨물 것 같은 표정을 지었다. 난 대수롭지 않게 답했다.

"뭐, 점심 먹고 내리 잤거든."

그러자 내 곁에 있던 카르멘이 물었다.

"기분이 좋아 보이네. 좋은 꿈이라도 꿨어?"

카르멘은 눈치가 빠른 것 같았다. 난 작게 웃었다.

"응, 까망이가 나왔어."

그러자 벽난로 앞에서 부지깽이를 넣고 있던 로엠이 고개를 돌렸다. 따뜻한 곳에 와서 발갛게 된 얼굴이 귀여웠다.

"그랬습니까?"

그 애는 약간 들뜬 어조로 물었다. 그리고 잠시 의기양양한 얼굴로 카르멘을 바라봤다. 카르멘의 표정이 미묘해졌다.

"응, 이상하게 난 꿈에 까망이가 나오면 꼭 어릴 때 모습으로 나오더라."

"어릴 때 모습……?"

"응, 요만할 때 모습으로. 그때 모습이 제일 머리에 깊게 남아 있어서 그런가."

난 컵을 양손으로 감싸면서 말했다. 생각만 해도 마음이 따뜻해졌다.

내가 흐뭇하게 미소 짓자 반대편에 있던 릴리가 웃음을 터뜨렸다.

"아, 그때 진짜 귀여웠지. 난 영락없이 강아지인 줄 알았는데."

곁에 있던 카르멘도 픽 하고 웃었다. 어쩐지 로엠의 얼굴이 더 붉어졌다. 릴리는 한쪽 볼을 감싸고 추억에 잠긴 얼굴로 말했다.

"그거 알아? 로엠이 날 처음 만났을 때 강아지인 척 속이려고 날보고 꼬리치면서 멍멍 짖었……!"

"그만해."

로엠이 남은 부지깽이를 벽난로 안에 던져 넣고 벌떡 일어났다. 그 애가 릴리의 입을 막으려 하자 릴리는 깔깔거리며 방어했다. 두 사람이 실랑이를 벌이는 사이, 옆에서 앨런과 로즈는 '뭔데, 계속 말해 줘!'거리며 부추겼다.

난 웃으면서 그들을 구경하다가 문득 어떤 시선을 느꼈다. 고개를 돌리자 문밖에서 조그만 꼬마가 빼꼼히 고개를 내밀고 우리를 보고 있었다. 눈이 마주치자 놀란 듯 홱 하고 고개를 숙여 버렸다.

"안녕, 이곳 아이니?"

문을 열고 묻자 아이는 말간 눈을 깜빡였다. 나이는 대여섯 살 정도일까, 아주 옅은 분홍색이 감도는 은발에 눈처럼 투명한 피부를 가진 소녀였다.

"네, 맞아요."

쭈뼛거리면서 답하는 말투가 어눌했다.

"들어오겠니?"

"그래도 돼요?"

"그럼, 네 공간인걸."

꼬마가 소파에 앉자 슈웨인이 테이블 위에 있던 간식을 아이 앞으로 끌어다 줬다.

"혹시 에제르의 동생이니?"

난 간식을 집어 먹는 꼬마의 외관을 보고 물었다. 낮에 만났던 국왕의 피후견인인 에제르도 그녀처럼 눈이나 피부의 색이 아주 옅었다.

"아니."

하지만 꼬마는 고개를 저었다.

"그래? 하지만 아주 닮았는걸."

"같은 나라 사람이라서 그래요."

"아, 너도 북해 너머에서 왔구나."

북해 너머에는 정말로 신성 제국이 있을까? 궁금했지만 아쉽게도 꼬마는 너무 어릴 때 이곳으로 와서 기억이 안 난다고 했다. 우리는 꼬마에게 차례로 자기소개를 했다.

"내 이름은 예니카예요."

인형처럼 귀여운 아이가 똑 부러지게 자기 이름을 말하는 걸 보니 마음이 녹아내렸다. 예니카는 분홍빛 눈동자를 반짝이며 물었다.

"남쪽 나라에서 왔으면 마탑도 가 봤어요?"

우리는 서로의 눈치를 보며 어물쩍 답했다.

"뭐, 가 본 적은 있지."

"헉, 그럼 대마법사님도 봤어요?"

"글쎄, 본 적이 있긴 할걸."

가끔, 거울 속에서.

"대마법사님은 진짜 멋진 분이래요!"

예니카의 들뜬 목소리에 나는 작게 웃었다.

"그래? 누구한테 들었는데?"

"어…… 전에 만난 마법사님한테요."

그 말에 나는 눈을 반짝 떴다.

"혹시, 성에도 마법사가 있니?"

왕이 휘하에 마법사를 두는 것쯤이야 흔한 일이었지만, 왕의 기사를 죽이고 언데드로 만들려면 역시 성내에 있는 마법사가 유리할 것이다.

"아니요. 성에는 없어요."

"그렇구나."

난 시무룩하게 답했다. 그 마법사가 누구인지는 몰라도 정말 신경이 쓰였다. 며칠 뒤 있을 대토벌전에 거슬리는 일이 없어야 할 텐데. 난 문득 아이의 앞에 있던 간식들이 바닥난 것을 봤다.

"까망아, 네 앞에 있는 쿠키 좀 나눠 줄래?"

"네."

내 말을 듣던 예니카가 눈을 깜빡였다.

"그런데 왜 까망이라고 불러요?"

예니카는 까망이를 가리키면서 말했다.

"이름, 로엠이라고 했는데."

예리한 질문에 난 움찔했다. 반대편에 있던 로즈가 기다렸다는 듯 타박했다.

"맞아요. 블루 님이 맨날 그렇게 부르니까 우리까지 헷갈리잖아요."

"미안, 옛날에 부르던 게 습관이 돼서⋯⋯."

그 말에 진이 고개를 갸웃했다.

"옛날에 로엠을 까망이라고 불렀다고?"

그러자 내 옆에서 예니카가 손을 들었다.

"나 알아요. 태명인 거죠?"

난 멍하니 눈을 깜빡였다. 그리고 픽 웃으며 답했다.

"맞아, 태명."

"으하하하하하."

릴리가 참지 못하고 웃음을 터뜨렸다. 쟤 좀 취한 것 같아. 그런데 옆을 보니 릴리 외에도 모두가 피식피식 웃고 있었다.

"그만 웃어."

로엠이 타박했다. 그 모습에 예니카마저 까르르 웃었다.

"사실 예니카도 태명이거든요."

"그래? 이름이 아니야?"

내가 의아하게 묻자 예니카가 수줍은 듯 고개를 숙였다.

"네, 예니카는 태명이에요. 에제르 말론 예니카는 '새싹'이라는 뜻이래요. 진짜 이름은 기억이 안 나요."

그러니까 예니카는 사실 새싹아, 하고 불리는 거죠. 그렇게 말하는 예니카의 어깨가 축 처졌다. 난 먼 땅에서 북해를 건너 뚝 떨어져 온 그 애가 불쌍해져서 마음이 아팠다. 이 조그만 꼬마가 어떤 경위로 북해 너머에서 이 먼 땅까지 오게 된 걸까? 내 시선에 예니카는 아차 했는지 고개를 저었다.

"괜찮아요. 국왕 전하는 예니카한테 잘해 줘요."

예니카는 씩씩하게 말했다.

그 후 우리는 흩어져서 성을 둘러보거나 시종들과 이런저런 이야기를 나눠 봤지만 죽은 타첸다 사절단에 대한 단서는 찾을 수 없었다. 이상한 건 브라운도 보이지 않는다는 거다. 분명 왕실 소유의 정원에서 지내고 있다고 들었는데.

베몬과 곤충들을 보내서 주변을 정찰해 보라고 시켰지만, 그 애들도 브라운을 찾아내지 못했다. 시종들에게 물어봐도 '정원이 넓어서 찾기 힘드실 거예요.'라는 말만 했다. 정말 이 잡듯 샅샅이 뒤졌는데.

경비대에게 말하니 순찰조에게 말해 놓겠다고 했다. 산책을 나간 걸 수도 있으니, 난 알았다고 하고 방으로 돌아갔다.

* * *

예니카는 빠른 걸음으로 복도를 걸었다. 벽에 붙은 희미한 등불만이 어두운 통로를 밝혀주는 유일한 빛이었다. 예니카의 연분홍색 눈동자는

불빛을 받아 붉게 물들어 있었다. 시야가 눈물로 번져 흐릿했다. 복도 끝
세 번째 방, 여기였다. 예니카는 방문 앞에서 떨리는 손을 말아 쥐었다.
손바닥이 축축했다.

"저기, 저기요."

예니카가 문을 두드렸다. 똑, 똑, 똑. 가벼운 노크는 곧 쿵쿵거리는
소리가 되었다. 초조함이 극에 달했을 때, 구원처럼 달칵 문이 열렸다.

"무슨 일이니?"

고개를 들어 올리자 암청색 머리칼에 금색 눈동자를 가진 여자가 나왔다.
블루. 그녀는 자신을 그렇게 소개했지만 예니카는 알고 있었다. 첼시 로드
랭, 대마법사. 우리의 '마법사님'이 너무도 싫어하는.

"도와주, 도와주세요."

예니카는 다짜고짜 첼시의 옷자락을 붙잡고 말했다.

"무슨 일인데 그러니?"

첼시가 의아하게 물었다. 예니카는 숨을 헐떡이며 입을 열었다.

"저, 전하가 에제르를 데려갔어요. 에제르가 용병님들께 쓸데없는 이
야기를 해, 했다고 화를 내셨어요."

예니카는 더듬거리며 말을 쏟아내다가 결국 울음을 터뜨렸다.

"전하가 잘해 주신다는 말은 거짓말이에요. 전하가 에제르를 죽일 거
예요……!"

도와주세요, 블루 님. 예니카가 절실한 목소리로 애원했다.

* * *

―한 시간 전, 로즈의 방.

"이런 짓을 해도 되는 거야?"

릴리가 바닥에 그려진 워프 존을 보고 중얼거렸다. 난 어깨를 으쓱했다.

"이제부터 주인 몰래 성을 돌아다닐 예정이니까 그렇게 소시민처럼 굴지 말라고."

"나 소시민 맞거든. 뭔가 알아낸 거야?"

"응, 내가 오늘 근처에 마수들을 풀어놨었거든. 그러다가 알게 된 사실인데."

나는 로즈와 릴리가 보는 앞에서 탁자를 방구석에 끌어놓고 그 위로 올라갔다. 그리고 윙투스를 위로 힘껏 쏘아 올렸다. 윙투스의 공격에 천장이 와작 부서지자 릴리가 기겁했다.

"야, 너 남의 성을……!"

"쉿, 들어 봐."

나는 천장에 조그맣게 난 구멍 속으로 윙투스를 계속 올려 보냈다. 조금 뒤에, 천장 위에서 '텅!' 하는 소리가 들렸다. 난 두근거리는 마음으로 그들을 돌아봤다.

"이게 뭔지 알겠어?"

"……네가 남의 나라 왕성을 부수고 있다는 거?"

"아니, 릴리, 비밀 통로잖아!"

난 양손을 벌리며 외쳤다.

"베몬이 국왕 뒤를 쫓아다니다가 통로를 발견했었나 봐. 안에서 못 나오고 낑낑대는 걸 구해 주다가 발견했지."

베몬을 꺼내 준 뒤에 뭔가 이상해서 천장 속으로 윙투스를 보내 봤다가, 그 안에 끝없이 넓은 공간이 있다는 걸 깨닫고 깜짝 놀랐다. 로즈와 릴리의 눈이 커졌다. 그들은 칙칙하고 단조로운 천장을 놀란 얼굴로 올려다봤다.

"어쩐지, 층고가 너무 낮더라니."

"통로를 만드느라 그랬네요."

난 양 주먹을 꽉 쥐었다.

"그렇지! 수상한 냄새가 나지 않아?"

"……."

그런데 둘의 반응이 생각보다 심드렁했다.

"뭐, 위험할 때 대피하려고 만들어 놓은 것 같은데……."

나는 황당함에 입을 벌렸다.

"아니 다들……."

똑똑똑.

그때, 갑자기 들린 노크 소리에 우리는 찬물을 끼얹은 듯 얼어붙었다.

"로즈 님, 계십니까? 전하의 명령을 받고 왔습니다."

'어떡해요!'

로즈가 놀라서 나를 바라보며 입을 벙긋거렸다. 난 헐레벌떡 로브를 뒤집어쓰며 손짓했다.

'일단 나가, 나가 봐.'

"레이디 로즈?"

"네! 나가요!"

로즈가 문을 열었다. 나는 투명화 마법을 건 로브를 뒤집어쓰며 벽에 붙었고, 릴리는 우왕좌왕하다가 침대에 걸터앉아 난데없이 휘파람을 불기 시작했다.

"무슨 일이시죠?"

로즈가 문 너머를 향해 묻자, 방 안을 둘러보던 기사가 그녀에게로 시선을 돌렸다.

"아, 예. 전하께서 급하게 로즈 님을 찾으십니다."

기사의 말에 뒤늦게 깨달았다. 아, 맞아, 로즈는 지금 국왕의 호위로 여기에 있었지.

"무슨 일이 있으신 건가요?"

"가서 보시면 알 겁니다."

"음, 다른 사람들도 같이 가는 건가요?"

"전하께서는 로즈 님만 부르셨습니다."

그나저나 이상하게 짜증 나는 어투네. 하지만 로즈는 괘념치 않고 어깨를 으쓱했다. 침대에 앉아 휘파람이나 불고 있는 릴리와 달리 아주 자연스러운 태도였다. 역시 로즈야. 한 사람이라도 침착함을 유지하고 있어서 다행이다.

"알겠어요. 방금까지 릴리와 평범하게 담소를 나누고 있었는데, 돌아가라고 해야겠네요. 미안, 릴리."

……라고 자랑스러워하기가 무섭게 로즈가 국어책 읽듯이 말했다. 갑자기 상황 설명은 왜 하는 거야. 변명하는 거 같잖아. 더 수상해 보여.

"……뭐, 그분 정도는 동행하셔도 될 겁니다."

그러나 기사는 로즈가 그의 갑작스러운 방문을 지적한 줄 알았는지, 릴리의 동행을 허락해 주었다. 다행히도 기사가 눈치가 없군.

"그럼 옷을 갈아입을 테니 잠시만 기다리세요."

"네. 아, 무기는 두고 오십시오."

"……네, 알겠습니다."

로즈는 그렇게 말하고 문을 쾅 닫았다. 우리를 돌아본 그녀는 순식간에 낯빛이 흐트러지더니 작은 목소리로 외쳤다.

"이상하네, 국왕이 날 이 시간에 왜 불러내는 거죠? 게다가 무기까지 두고 오래요!"

"그러게 내가 수상하다고 했잖아!"

"나까지 가게 됐잖아! 왕을 알현하는 건 긴장돼서 싫은데!"

"저기, 릴리 옆에 있는 사람도 일단은 왕이세요."

우린 바깥에 들릴세라 작은 목소리로 수선을 떨었다.

"왜 네가 숨은 거야? 날 숨겨 줬어야지. 아무리 봐도 나보단 네가 동행하는 게 나을 것 같은데."

릴리가 불안한 듯 투덜거렸다. 나는 의젓하게 그녀를 달랬다.

"진정해, 내가 천장을 통해서 너희를 따라갈 테니까."

"그러다 국왕이 탑주님 방에도 사람을 보내면요?"

로즈가 걱정스럽게 말했다. 하긴, 로즈에게 이렇게 갑자기 사람을 보내온 걸 보면, 내게도 그러지 않는다는 보장이 없었다.

"그럼 마수경을 나로 변하게 해서 내 침대 위에 대신 누워 있게 할게. 로엠에게도 말을 전해 두고. 그럼 되겠지? 마침 여기에 워프 존이 있으니까."

"완벽하네요. 전 그럼 탑주님이 방에 다녀올 동안 옷을 갈아입고 있을게요."

"그래."

우리는 후다닥 흩어졌다. 그리고 잠시 뒤, 로즈는 아무 일 없었다는 듯 방문을 열고 나갔다. 릴리와 로즈가 기사를 따라 외성을 빠져나갈 동안, 나는 천장의 비밀 통로에서 그들을 따라갔다.

라이트닝 마법을 통해 어두운 통로를 밝히고, 거울을 열었다. 거울 속에는 로즈와 기사의 뒷모습이 보였다. 릴리가 소매 속에 숨겨 둔 마수경을 통해 이동 경로를 계속해서 알려 주고 있었다.

가끔 길이 헷갈려도 내 작은 사역마들의 도움을 받으면 아무 문제없었다. 베몬은 소량의 전기를 내뿜기도 하지만 전기 신호를 찾아내는 능력도 탁월해서, 일행의 뒤에 붙여 놓은 베몬이 천장으로 전기를 흘려보내 주면 내 곁에 있는 베몬이 그 신호를 받아 길을 안내해 줬다.

그렇게 순탄한 미행을 하고 있는데, 갑자기 앨런에게서 연락이 왔다. 로즈를 비추던 거울이 흐트러지자 나는 인상을 찌푸렸다.

"뭐야? 나 바빠. 국왕이 로즈를 불러내서……."

[공주가 우리를 불렀어요.]

그런데 앨런이 다급하게 말했다. 난 당황했다.

'그 막내 공주가? 이 타이밍에?'

앨런의 등 뒤로 슈웨인과 로엠이 보였다. 그들은 모두 함께 있었던 것 같았다.

[그리고 국왕이 데…… 헤브람의 황제 폐하도 호출했대요. 방금 연락을 받았어요.]

"뭐? 그럼 지금 카르멘도 내성으로 가고 있는 거야?"

[내성이요? 폐하는 본성으로 가시는 것 같던데요.]

"본성?"

난 시선을 내렸다. 내가 지나고 있는 이 통로는 오늘 내성에서 외성으로 넘어올 때 건넜던 다리 위였다. 그런데 카르멘은 본성으로 가고 있다고?

솔리투도 성은 내성과 본성, 외성으로 나누어져 있고 모든 건물이 이어져 있었다. 하지만 외성에서 본성으로 가는 것과 내성으로 가는 것은 길이 달랐다.

[그러고 보니 폐하가 기사를 따라가기 전에 우리에게 그랬어요. '마치 우리를 뿔뿔이 흩어지게 하려는 것 같다'고요.]

우리를 흩어지게 하려는 거라고? 잘 모르겠지만, 정말로 타이밍이 공교롭기는 했다.

"……그래서, 너희는 갈 거야?"

앨런은 잠시 로엠과 슈웨인을 돌아봤다. 그들이 무어라 말하는 것 같았다.

[네, 그래야 할 것 같아요. 무언가 심상치 않아 보이기도 하고, 한낱 용병들이 공주의 말을 거역할 수도 없고요.]

맞는 말이었다. 난 이마를 짚었다.

"그래, 무슨 일 있으면 연락해. 아, 카르멘도 마수경을 데리고 갔지?"

[네, 그런데 연락은 못 받을 거예요.]

"……그렇겠지, 아무튼 조심해."

[스승님도요.]

난 연락을 끊고 한숨을 내쉬었다. 눈앞에서 베몬이 안절부절못하며 나와 바닥을 번갈아 봤다. 릴리와 로즈를 놓칠까 봐 그러는 것 같다.

"그래, 얼른 따라가야지."

그렇게 말하며 다시 마수경을 연결하려는데, 갑자기 또 거울이 일렁거렸다. 이번에는 또 뭐야. 미간을 찌푸리며 마수경을 연결하자, 거울 속 모습이 바뀌었다.

'어둠?'

[저기요!]

거울 너머에서 가느다란 목소리가 들려왔다. 난 곧 그 목소리의 정체를 눈치챘다.

'예니카?'

쿵쿵쿵! 문을 두드리는 소리가 점차 커지고 있었다. 난 뒤늦게 깨달았다.

'헉, 예니카가 내 방을 찾아왔구나!'

지금 거울에 비친 것은 내 방문의 모습이었다. 다름 아닌 마수경이 내게 연락을 건 것이다. 마수경은 안절부절못하다가 방문으로 조심스럽게 다가갔다. 녀석이 말했다.

[무슨 일이니?]

오, 완전 내 목소리인걸. 아무도 저게 내가 아니란 걸 모르겠어. 난 잠시 뿌듯해졌다.

[도와주, 도와주세요.]

[무슨 일인데 그러니?]

[저, 전하가 에제르를 데려갔어요. 에제르가 용병님들께 쓸데없는 이야기를 해, 했다고 화를 내셨어요.]

헉, 나는 짧게 숨을 삼켰다. 오늘 낮에 우리는 에제르에게 타첸다 사절단의 얼굴의 보여 주면서 그를 아느냐고 물었고, 에제르는 그가 국왕의 기사라고 답해 주었다. 그게 문제가 되었던 걸까?

[전하가 에제르를 죽일 거예요……!]

예니카가 애원을 쏟아내는 동안, 거울을 보는 내 얼굴이 점점 심각해졌다. ……어쩌지, 나 거기 없는데.

* * *

앨런은 시종과 함께 공주의 침실 앞에 섰다. 그들이 일개 평민의 신분으로 이 성에 있는 이상 공주의 명령에 따르는 건 어쩔 수 없는 일이었다. 하지만 이렇게 발을 움직인 데는 시종의 간곡한 부탁 탓도 있었다. 대체 이 밤에 공주가 신분도 확실하지 않은 세 남자를 방에 들이며 하려는 말이라는 게 뭔지, 그 내막이 궁금했기 때문이다.

그런데 문 앞에 도착한 시종은 노크도 하지 않고 방문부터 열어젖혔다. 공주의 방을 그렇게 함부로 들어가도 되는 건가. 앨런은 놀라서 쭈뼛거렸다. 세 사람이 모두 방 안에 들어서자, 그들을 이곳까지 안내해 준 시종이 그들을 돌아봤다.

"다들 내 부탁을 들어줘서 고마워."

이해 못 할 말을 던지고는 덮어쓴 후드를 벗었다. 그러자 구불거리는 긴 흑발과 함께 낯익은 얼굴이 드러났다. 앨런의 눈이 커졌다.

"당신은……."

"공주님?"

솔리투도 왕가의 막내 공주, 아가사 크리시스였다.

"왜 우리를 속였지?"

로엠이 눈을 가늘게 뜨고 물었다. 공주가 굳이 시종 변장을 해 가며 손수 그들을 부른 이유가 무엇이 있을까. 함정일 수도 있다는 생각에, 로엠의 경계가 짙어졌다. 그러나 아가사는 눈꼬리를 늘어뜨리며 사과했다.

"속인 건 미안해, 하지만 도리가 없었어. 이 성에선 누구도 믿을 수 없으니, 혼자 움직일밖에."

그녀는 침실에 있는 커피 테이블 앞으로 걸어갔다. 테이블 위에 있는 찻잔에 스스로 차를 붓고 그들을 돌아봤다.

"음, 이리들 와서 앉지."

그들은 그제야 걸음을 움직였다. 아가사는 모두의 앞에 찻잔을 놓고 잠시 말을 골랐다.

"내가 자네들을 부른 건, 자네들 중에 마법사가 있었기 때문이야. 새로운 마탑은 타국의 이권다툼에 끼지 않고 중립을 유지하고 있다고 들었어. 이렇게 먼 나라까지 와서 용병 일을 하는 것도 돈보다는 옳은 일을 하고 싶은 게 목적이라고 생각했네만, 내 생각이 틀렸다면 지금 말해 주게."

그제야 앨런은 아가사가 도움을 청하기 위해 온 곳이 하필 자신의 방이었던 이유를 이해했다. 그와 로즈는 용병대에서 마법사라는 사실을 밝혔으니까. 함께 온 일행도 마도국민이거나 적어도 비슷한 생각을 가진 사람이라고 생각했겠지.

"맞습니다. 저희는 정치적 중립을 유지할 겁니다. 그런데 그게 이 상황과 관계가 있습니까?"

슈웨인이 아가사와 눈을 맞추며 말했다. 공주 전하를 향한 것이라고 하기에는 너무도 딱딱한 말투였다. 앨런은 당황해서 로엠을 돌아봤다가, 무심하게 방 안을 둘러보는 한량을 발견하고 뒤늦게 깨달았다.

'아, 쟤 반은 마수였지.'

앨런은 이 중에서 도움이 필요한 공주를 다정히 대해 줄 사람이 자신밖에 없다는 사실을 눈치채고 당황했다. 그는 목을 가다듬었다.

"저, 공주님, 저 형의 말은 그게 아니라……."

"아하하하!"

그런데 아가사가 화통하게 웃어젖혔다. 그녀는 당황한 남자들을 향해 즐거운 목소리로 말했다.

"미안, 방금 같은 질문을 한 이유는 이 성에서 일어난 이상한 일을 정치적인 의도 없이 객관적으로 봐 주길 바라서였어. 하지만 걱정할 필요 없겠네. 적어도 신분에 연연하지는 않겠어."

아가사가 빙그레 웃으며 말했다. 아가사는 슈웨인의 딱딱한 말투가 마음에 든 것 같았다. 그녀의 기분이 상할까 봐 걱정했던 앨런은 떨떠름한 기분이 되었다.

"이 성에서 일어난 이상한 일이라는 게 뭐지?"

그때 소파에 늘어져 있던 로엠이 물었다. 앨런은 그에게 왕족한테 함부로 말을 놓으면 안 된다는 걸 가르쳐 줘야 할지 고민했다. 그러나 아가사는 다행히도 로엠의 무례함을 눈치채지 못한 듯했다. 그녀가 입을 열었다.

"좋아. 본론으로 들어가자면, 이 성에서 일어난 모든 일의 시작은 꽤 오래전부터였어. 그러니까……."

그녀는 눈을 지그시 감았다가 떴다.

"일 년 전, 아바마마가 갑자기 눈병에 걸렸을 때부터였지."

"눈병?"

"그래, 내 눈을 봐. 검은색이지?"

아가사가 자신의 눈을 가리키며 물었다. 그녀의 머리와 눈은 모두 짙은 검정이었다.

"이 나라 사람들은 대체로 체모가 검은 편이고, 특히 왕가의 사람들은 모두 이렇게 검은 머리에 검은 눈을 가진 게 보통이야. 그런데 일 년 전, 갑자기 국왕이 눈이 붉어지는 병에 걸렸지."

아가사의 검은 눈이 그날을 떠올리는 듯 일렁거렸다.

"처음에는 대수롭게 생각하지 않았어. 증상이 없었거든. 통증을 일으키거나 시력이 저하되는 것도 아니야. 그냥 색이 붉어진 것뿐이지. 낫지 않는다는 게 찝찝하긴 했지만, 무엇보다 병에 걸린 본인이 아무렇지 않아 했어."

아가사의 목소리가 낮게 깔렸다.

"그런데 그 병, 전염이 되더군."

처음에 병에 걸린 건 그녀의 아버지인 국왕 한 사람이었다. 그런데 그 다음에는 둘째 왕자가 같은 병에 걸렸다. 그다음에는 국왕의 최측근이던 한 기사에게로 옮겨갔다.

"게일 경. 아바마마의 스파이로 활동하는 사람이었는데, 사람들 앞에 얼굴을 드러내지 않아서 잘 알려지지 않았지."

"자, 잠깐만."

앨런이 다급히 끼어들었다.

"설마 그 게일 경이 스파이로 활동했던 나라가, 타첸다예요?"

"……그걸 어떻게 알았지?"

앨런의 머리가 복잡해졌다. 붉은 눈, 솔리투도 왕의 기사이자 타첸다 사절단. 그들이 이 땅으로 오게 된 계기가 된 남자. 이상하게 계속 엮이게 되는 것 같았다.

"어쩌다 보니…… 우리도 그 사람을 만났었거든요."

"자네들이 언데드가 된 게일 경을 퇴치한 것은 알고 있네. 그런데 생전에도 그와 만났다는 말인가?"

앨런이 어색하게 고개를 끄덕였다. 그때, 로엠이 불쑥 딴소리를 했다.

"죽으면 낫는 병이라니, 이상하군."

로엠의 말에 모두의 시선이 그에게 몰렸다. 로엠이 눈썹을 들어 올렸다.

"그 언데드, 죽으니까 눈 색이 다시 돌아왔거든."

"눈 색이 다시 돌아왔다고?"

아가사의 목소리가 높아졌다. 그녀는 몹시 혼란스러운 얼굴이었다.

"그건 정말 이상하군. 그건 마치, 병이라기보단 저주 같은…….."

그녀는 혼자 중얼거리다가, 세 남자의 시선을 눈치채고 고개를 들었다.

"그래. 그 병은, 처음에는 별일 아닌 것 같았어. 눈 색깔 말고는 아무것도 변하지 않았으니까…… 겉으로 보기엔 말이야."

"겉으로 보기에는?"

아가사의 의미심장한 말에, 슈웨인이 되물었다.

"그렇다면, 내부에서는 다른 변화가 있었다는 말씀이십니까?"

"그래."

아가사는 의자의 팔걸이를 손가락 끝으로 톡톡 치면서 말했다.

"그 병에 걸린 이후로, 아바마마와 오라버니는 마치 다른 사람처럼 변했어."

그녀는 눈을 지그시 감으며 말을 골랐다.

"나는 그들이…… 귀신에 씌었다고 생각하네."

* * *

나는 거울 속에서 울부짖는 예니카와 내 곁에서 고개를 갸웃거리는 베몬을 번갈아 봤다.

[블루 님, 제발요, 네?]

"프르르르."

혼란으로 눈이 핑핑 돌았다. 그때, 예니카를 비추던 거울이 또다시 꿈틀거렸다.

'릴리인가?'

다급하게 마수경을 연결하니 완전히 다른 전경이 보였다. 매끈한 대리석 바닥과 낯선 기사의 뒷모습.

'이 성에서 대리석이 깔린 곳은 본성밖에 없는데…… 아, 카르멘이구나.'

무슨 일이지? 하지만 카르멘은 대리석 바닥을 보여 줄 뿐 아무런 말이 없었다. 아마 그의 근처에 있는 병사들 때문에 대화는 곤란한 듯했다.

예니카, 릴리와 로즈, 카르멘.

마음이 바빠졌다.

'어디로 가야 하지?'

국왕은 대체 어디에 있는 걸까. 예니카는, 국왕이 에제르를 죽일 거라고 했다. 로즈는, 국왕의 부름을 받고 내성으로 가고 있다. 카르멘은, 국왕의 부름을 받고 본성으로 가고 있었다.

'진짜는 어딜까.'

고민은 길지 않았다. 나는 카르멘과의 연락을 끊고 릴리와 연결했다. 내성에 있는 국왕이 진짜일지는 모르겠지만, 난 로즈와 릴리를 엄호하기로 했으니까. 게다가 피치 못할 상황이 생기더라도, 카르멘은 스스로를 방어할 수 있었다. 하지만 로즈와 릴리는 내 보호가 필요했다.

'지금도 많이 뒤처졌으니 빨리 따라가야 해.'

마침 통로가 좁아져서 더 나아가기가 힘들어졌다. 나는 거울을 들여다보면서 열심히 통로를 기어갔다.

'다만, 유일한 걱정은……'

내 대역을 맡은 마수경이 예니카를 잘 달래 줄 수 있을까, 하는 점인데…….

'마수경 파이팅!'

난 마수경에게 마음을 담은 응원을 보내고 앞으로 나아갔다. 비밀 통로는 갑자기 길이 좁아지기도 하고 천장이 확 낮아지기도 해서, 나는 먼저 간 두 사람을 뒤쫓기 위해서 비행 마법을 써야 했다. 그래도 다행히 그들이 국왕을 만나기 전에, 그들을 따라잡는 데 성공했다.

로즈와 릴리가 기사의 안내에 따라 문 안으로 들어갈 때, 나도 통로 안쪽으로 향했다. 그런데 베몬이 갑자기 안절부절못하더니 우는 소리를 냈다.

"프르르르!"

"뭐야, 왜……."

난 어리둥절하게 녀석을 돌아봤다가 문득 깨달았다.

'결계?'

국왕의 방으로 향하는 길목에, 결계가 쳐져 있었다. 내 눈이 가늘어졌다.

'예니카는 이 성에 마법사가 없다고 했는데……'

이 통로를 만들 땐 있었던 걸까? 나는 바로 펜을 꺼내서 결계 무효화 마법의 진을 그렸다. 결계 전체를 없애지 않고 구멍만 내는 방식이라, 이처럼 들키지 않고 움직일 때 아주 유용했다.

'마수경에게 감사해야겠네. 이건 마수경의 소문을 듣고 브리튼 전대 영주의 성에 잠입할 때 터득한 마법이니까.'

결계 무효화 마법을 시전하자, 검은빛과 함께 결계에 구멍이 뚫렸다. 결계를 통과한 후에 나는 릴리와 로즈가 있을 만한 곳 위에 적당히 자리를 잡고, 이번에는 바닥에 내 몸만 겨우 덮는 크기의 결계를 하나 설치했다. 바깥으로 소리가 새지 않게 공간을 차단하고, 윙투스를 이용해 천장에 조그만 구멍을 냈다.

"휴."

천장에 구멍이 나자 이제야 로즈와 릴리의 모습이 좀 보였다. 릴리가 소매 속에 숨겨 둔 마수경만으로 상황을 파악하는 건 너무 난이도가 높았다.

'그나저나 방이 왜 이렇게 어두워?'

난 눈을 찌푸리며 로즈와 릴리의 시선이 향한 곳으로 고개를 돌렸다. 그리고 작게 숨을 내쉬었다.

'오.'

거기에는 국왕이 있었다.

'빙고.'

국왕은 내성에 있었군. 그가 에제르를 죽일 거라던 예니카의 말이 생각나 주변을 둘러봤지만, 에제르처럼 보이는 소년은 없었다. 방에 있는 건 국왕과 기사 네 명이 전부였다.

'어딘가로 데려간 걸 수도 있지.'

나는 방 안을 샅샅이 살펴보다가, 문득 고개를 갸웃했다.

'국왕이 여기 있다면, 카르멘을 부른 건 누구지?'

카르멘은 국왕의 부름을 받고 본성으로 향했는데…….

'뭐, 그 애는 소드 마스터니까 어련히 알아서 하겠지.'

"자네들에게 부탁이 있네."

그때 아래에서 국왕의 목소리가 들렸다. 국왕은 홀로 고풍스러운 가죽 의자에 앉아, 팔걸이 위에 양팔을 걸치고 누구와도 눈을 마주치지 않았다. 그러곤 인사말도 없이 다짜고짜 본론이었다.

많이 급한 일인가? 로즈는 긴장한 얼굴로 물었다.

"부탁이라는 게 뭐죠?"

"그건……."

국왕이 고개를 천천히 들었다. 그의 붉은 눈이 형형하게 빛났다.

"이제부터 얌전히 있어 줘야겠어."

"……네?"

로즈가 의아하게 반문했다. 그 순간 우리는 모두 같은 마음이었을 것이다.

"저들을 잡아."

국왕이 손짓했고, 기사들이 칼과 사슬을 꺼내 들었다. 우리가 무엇을 잘못한 건지, 국왕의 의도가 뭔지, 지금 여기서 내가 모습을 보이는 게 상황을 악화시키지는 않을지와 같은 물음이 내 행동에 제약을 걸었다.

하지만 바로 기사들에게 몸을 붙잡힌 로즈와 릴리는 길게 생각할 여유가 없었다. 갑주로 몸을 둘러싼 장정들이 사슬로 로즈와 릴리의 팔을 포박하려 했다. 그들이 느낀 위협은 직접적이었고, 반항은 반사적이었다.

로즈는 뒤로 물러나며 허리춤에 차고 있던 붉은 단도를 꺼냈다. 그 속에 마력을 불어넣자 단도가 길어지며 붉은 창이 되었다. 로즈는 강화나 치유

같은 보조 계열 마법을 주로 사용하는데, 특히 자신의 지팡이에 온갖 강화 마법을 걸어 기상천외한 병기를 만드는 데 관심이 많았다.

그녀의 취미는 무기류 마도구를 합성하거나 제작하는 것이었고, 늘 새로운 무기를 사용했다. 저 창 역시, 나는 처음 보는 물건이었다. 로즈는 릴리를 잡은 기사를 향해 창을 휘둘렀고, 놀란 기사가 공격을 피하며 사슬을 놓쳤다. 로즈가 릴리를 뒤로 잡아당겼고, 릴리는 자신의 팔을 감싼 사슬을 풀었다. 로즈가 국왕을 노려보며 물었다.

"왜 이러시는 거죠?!"

"잡아!"

국왕이 분개한 목소리로 외쳤다. 그는 비무장 상태로 보였던 로즈가 종잡을 수 없는 마도구를 꺼내 들자 크게 동요한 것 같았다. 기사들이 달려들자, 로즈는 릴리의 앞으로 나서며 창의 가운데를 잡고 앞으로 밀었다. 기사들의 검과 창이 부딪히는 순간, 푸른 방호벽이 생기며 충격파가 터졌다.

"아아악!"

앞으로 나섰던 두 기사가 비명을 지르며 뒤로 나동그라졌고, 다른 두 기사는 그 모습을 보고 주춤했다.

"왜 이러는지 설명이라도 해 주시라고요!"

로즈가 답답한 듯 외쳤다. 당장이라도 아래로 내려갈 준비를 하고 있던 나는, 로즈가 기사들을 압도하는 모습을 보고 잠깐 안도하고 말았다.

"멍청한 놈들!"

국왕이 갑자기 칼을 빼들고 스스로 로즈를 잡으려 들 줄은 몰랐기 때문이다. 그 순간, 나는 무언가가 잘못됐다는 것을 감지했다. 로즈에게 달려드는 국왕의 검이 검게 일렁이고 있었다.

검신을 휘감은 저 검은 것은, 마기였다. 솔리투도의 왕이 마검사라는 이야기는 어디서도 듣지 못했다. 그러나 눈앞에 있는 솔리투도 왕은 마기를 두른 검을 들고 쓰러진 기사들을 짓밟으며 로즈에게 달려들고 있었다.

"이런……!"

나는 다급하게 윙투스를 휘둘렀다. 날카롭게 쏘아진 윙투스가 내 발아래를 무너뜨렸다. 그러나 로즈에게 검을 휘두르는 왕과, 로즈를 구하기 위해 천장을 무너뜨린 나보다, 로즈의 행동이 더 빨랐다.

무너진 천장 아래로 내 몸이 떨어질 때 내가 본 것은, 로즈의 붉은 검이 왕의 배를 관통하는 모습이었다.

"헉……."

왕을 향해 휘두르던 윙투스를 빠르게 집어넣고, 바닥에 착지한 나는 충격에 휩싸였다.

"……."

검으로 복부를 관통당한 왕은 고요했다. 고통에 찬 신음이나, 비명조차 없다. 단말마조차 내지르지 못한 즉사. 우리의 명기사 로즈가 국왕 전하의 목숨을 단칼에 끝장낸 것이다. 내 머릿속에서 많은 고뇌가 뒤엉켰다.

최고 사령관을 잃은 기사들도 얼어붙어 아무런 반응을 하지 못하고 있었다. 우리 중에서 가장 강인한 릴리만이 그 순간에 입을 열 수 있었다.

"너 지금 솔리투도의 왕을 죽인 거야?"

릴리가 국왕 시해범에게 삿대질했다. 로즈는 파드득 놀라며 양손을 들어 올렸다.

"아, 아니, 나는……."

주목해야 하는 점은 로즈가 마치 결백을 주장하는 사람처럼 손바닥을 들어 보이느라 잡고 있던 검을 놓쳤다는 것이었다. 국왕의 배를 찌르고 있는 검을. 로즈도 악의는 없었을 것이다. 그녀는 단지 방금 막 국왕을 죽여서 많이 당황했을 뿐이다.

하여튼 로즈가 손을 놓자, 당연한 수순으로 그녀의 손에 붙들려 있던 검이 아래로 떨어졌고, 그 검에 박혀 있던 국왕도 바닥으로 고꾸라졌다.

푸욱.

그 순간 모두는 들었다. 검이 국왕의 배를 완전히 관통하는 소리를. 바닥에 검의 손잡이가 부딪치며 검신이 왕의 등 뒤로 뚫고 나왔다.

"으윽……."

"흐아악……."

그 모습을 지켜보던 나와 기사들이 일제히 기겁했다. 로즈의 얼굴은 백지장 같았다.

"내가 사람을 죽였어……."

"그래, 그것도 국왕을."

릴리는 위기 상황에서 아주 냉철해지는 성향이 있는 것 같았다.

"처음으로 죽인 사람이 국왕이라니…… 너를 로열 블러드라고 부르자."

그냥 정신을 놓은 것 같기도 했다. 로즈는 억울함을 호소했다.

"일부러 그런 게 아니라고요! 저 사람이 먼저……."

"그래, 나도 봤어."

난 믿음직하게 로즈를 위로했다.

"내가 증인석에서 그렇게 말해 줄게."

"아악! 왜 그런 말씀을 하세요?"

"뭐야, 자수 안 하려고?"

도망치게? 내가 흠칫하는 순간, 로즈의 등 뒤에서 검은 인영이 움직였다.

"로즈!"

나는 곧바로 로즈를 불렀다. 그러나 로즈는 경고를 듣고 내게 달려오는 대신 뒤를 돌아보는 걸 택했다.

"그으으윽……."

로즈가 마주한 것은 방금 죽은 국왕이 일어나 자신의 몸을 관통한 칼을 잡아 뽑는 모습이었다. 국왕의 붉은 눈과 로즈의 분홍색 눈동자가 맞부딪혔다. 국왕은 로즈와 눈을 마주친 채 자신의 몸에 박힌 그녀의 검을 완전히 빼냈다. 국왕이 들끓는 목소리로 말했다.

"네, 놈……!"

"전하!"

최고 사령관이 살아 움직이자 기사들은 목청을 되찾았다. 나는 혼란스러웠다. 아니, 저게 정말 '살아' 움직이는 게 맞나?

국왕은 방금 배를 관통당했다. 검이 몸을 뚫고 나오는 걸 봤단 말이다. 그런데 눈앞에 있는 저 사람은 그 검을 제 손으로 빼내고, 두 발로 멀쩡히 서 있었다. 그뿐만 아니라, 로즈의 무기를 손에 넣고서 그녀를 향해 들어 올렸다.

"로즈!"

챙!

국왕이 로즈를 향해 검을 휘두를 때, 내 윙투스가 뻗어나가 국왕의 검을 감았다. 로즈는 놀란 눈으로 자신의 머리 위에서 멈춘 검과, 검을 쥔 왕을 바라봤다.

"이리 와!"

내 외침에 로즈가 정신을 차리고 내게 달려왔다. 내 눈에 기사의 손에 잡힌 릴리가 보였다.

"릴리!"

내 윙투스가 기사의 턱을 쳐올리고, 릴리의 허리를 감아서 들어 올렸다. 윙투스가 릴리를 내 등 뒤로 옮겼고, 나는 국왕을 살펴봤다. 국왕의 찢겨나간 의대 사이로 커다란 상처가 보였다. 하지만 피가 흘러나와 왕의 옷을 적시지는 않고 있었다.

배를 관통할 정도의 상처를 입으면 보통은 피가 밖으로 흐르지 않나? 하지만 왕은 그렇지 않았다. 심지어 왕은 고통조차 느끼지 않는 것 같았다. 그의 모습을 보고 있자니 떠오르는 것이 있었다.

'마치…… 언데드 같네.'

"저놈들을 잡아라!"

왕이 우리를 가리키며 외칠 때였다.

쾅!

"전하!"

갑자기 문이 벌컥 열리며 국왕을 부르짖는 소리가 들렸다.

'이런.'

솔리투도 병사들이었다. 수십은 되어 보이는 게, 아무래도 밖에서 소란을 들은 누군가가 병사들을 부른 것 같았다.

"저들이 국왕을 시해하려 했다!"

"저 분홍 머리 여자가 전하를 공격해서 큰 상처를 입으셨다!"

우리와 함께 있던 네 명의 기사들이 허겁지겁 고자질했다. 병사들이 분기탱천해서 방 안으로 쏟아져 들어오는 모습을 보며 나는 혀를 찼다.

"앗, 마법을 쓰려 한다!"

눈치 빠른 누군가가 외쳤지만 이미 늦었다. 왼손에 새겨진 마법진을 발동하자, 커다란 소리와 함께 하얀 연기가 시야를 메웠다.

* * *

방에 워프 존을 설치해 둔 건 정말 잘한 일이었다. 나는 연기가 병사들의 눈을 가린 사이 로즈와 릴리를 데리고 비밀 통로로 이동했다. 그리고 통로 안에 워프 존을 설치하고 다시 이동했다.

워프 존 게이트가 아닌 일반 워프 존은 바로 이전에 설치한 워프 존과 바로 이후에 설치한 워프 존으로만 이동할 수 있었다. 그래서 우리는 일단 로즈의 방으로 이동했고, 다시 워프 존을 이용해 내 방으로 이동했다.

"블루, 님?"

"안녕, 예니카."

"그럼, 이쪽은……?"

마수경을 붙잡고 한창 애원하고 있던 예니카는 방으로 공간 이동한 나를 발견하고 당황했다. 자신의 앞에 있는 마수경과 나를 번갈아 보던 예니카의 얼굴이 점차 하얗게 질렸다.

"앗."

그리고 내가 달랠 새도 없이 기절해 버렸다. 마수경이 재빨리 아이를 받쳤다.

"이런, 많이 놀랐나 봐요."

"어, 어떡해."

"어쩌긴, 업고 가야지."

내가 안절부절못하는 사이 릴리가 예니카를 업었다.

"국왕이 에제르를 죽이려 한다는 이 애의 말이 사실이라면, 이렇게 두고 갈 수는 없지."

맞는 말이었다. 나는 고개를 끄덕이고 앨런에게 연락을 취했다.

* * *

방문에 들어서기 전부터, 카르멘은 좋지 않은 예감을 느꼈다. 기사들이 자신을 국왕의 방으로 부르며 무장을 해제시킨 건 그렇다 칠 수 있었다. 왕은 카르멘과 로즈를 명목상 호위 기사로 모집하긴 했지만, 곁을 내어 주진 않았다. 애초에 실력을 확인하고 토벌대에 보낼 용도로 데려온 것 같았다.

이해할 수 있었다. 만약 자신이었더라면, 출신도 모르는 용병들을 성문 안에 들이지도 않았을 것이다. 아니, 이곳 사람들은 오히려 경계심이 너무 없는 편이었다. 그게 카르멘의 불안감을 키웠다.

첼시는 반도에 들어서는 순간부터 일행들에게 존재감을 지우는 마법을 입혀 뒀다. 스스로 정체를 밝히지 않는 이상 우리를 아는 사람이 얼굴을 봐도 당사자로 인식하지 못할 거라고 했다. 하지만 만의 하나, 그들이 이미 일행의 정체를 눈치챘다면? 알고 유인한 거라면?

정상적인 왕가라면, 첼시의 방문을 싫어할 일은 없다. 첼시가 대륙 곳곳을 다니며 나라의 골칫거리를 해결해 줬다는 건 이미 유명한 이야기니까. 첼시도 그렇게 생각해서 이렇게 마음 놓고 움직였던 것 같았다.

나라를 사랑하는 왕이라면, 국민들을 괴롭히는 마수들을 처치해 줄 실력자들의 방문을 싫어할 리 없다고. 그러나, 세상 사람들이 모두 첼시 같지는 않다.

'첼시는 모르는 것 같지만……'

카르멘은 그런 생각을 떠올리며 쓰게 웃었다. 혹시나 하는 마음에 방에 들어서기 전 첼시와 연결을 시도해 봤지만, 바쁜지 금방 끊어 버렸다.

'어쩔 수 없군.'

그는 기사들을 따라 혈혈단신으로 방에 들어섰다. 그리고 그를 기다리고 있었던 건, 국왕이 아니었다.

"어서 와라."

국왕과 같은 검은 머리에 붉은 눈, 비슷한 외관.

"나는 솔리투도 왕국의 둘째 왕자, 러셀 크리시스다."

방 안의 희미한 조명을 등지고 러셀이 미소 지었다. 카르멘이 고개를 까딱했다.

"데일입니다."

"그래, 전하께서 칭찬이 자자하더군."

러셀은 그렇게 말하며 자신의 반대편 자리를 눈짓했다. 카르멘이 의자에 앉자, 그를 데려온 기사들이 반대편 벽으로 도열했다. 방 안에는 열 명 남짓의 기사들이 있었다. 평온한 밤의 응접실치고는 너무 많은 수였다. 러셀이 유리잔을 들고 일어섰다.

"아주 실력이 좋다던데."

"감사합니다."

러셀은 미소 띤 얼굴로 카르멘의 곁에 다가섰다. 러셀이 카르멘에게 일어서라고 말하지 않았기 때문에, 카르멘은 그의 얼굴을 보기 위해 고개를 들어 올려야 했다.

"그나저나 자네처럼 근사한 남자가 날 올려다보니 기분이 좋군."

"……."

"평생 모든 이를 내려다보고 살았을 것 같은데 말이야, 안 그런가?"

어두운 조명 탓에 러셀의 얼굴이 잘 보이지 않아, 카르멘은 눈살을 찌푸렸다.

"그렇지는 않습니다."

"그래? 하긴, 자네는 기사니까. 레이디에게는 자세를 낮춰야겠군."

러셀은 허리를 낮추고 카르멘의 어깨에 팔을 올리며 물었다.

"특히 그, 블루라는 여자 말이야."

러셀이 술잔을 든 팔로 카르멘의 어깨를 누르는 탓에, 카르멘의 눈앞에서 유리잔에 든 연갈색 액체가 넘칠 듯 찰랑거렸다.

"특별한 사이 같던데, 소문과는 달리."

흔들리는 술잔으로 카르멘의 시야를 가린 사이, 러셀의 반대쪽 손이 숨겨 둔 단도를 쥐었다. 그리고 카르멘이 대답하려는 찰나, 그가 단도를 카르멘의 복부를 향해 꽂았다.

"으윽……!"

다음 순간, 러셀의 입에서 가느다란 비명이 흘러나왔다. 러셀의 손에 쥐어진 검은 카르멘의 셔츠 앞에서 멈췄다. 카르멘은 러셀의 손과 그가 놓친 술잔을 각각 손에 쥐고 고개를 기울였다.

"이게 무슨 짓이지?"

"……놈을 잡아!"

러셀이 외치자, 방 안에 도열하고 있던 기사들이 일제히 카르멘을 향해 달려들었다.

* * *

아가사는 성에서 일어난 이상한 일들에 대해 말했다. 왕위 계승식을 논의할 정도로 병세가 심했던 국왕은, 눈병이 걸린 후 다른 병은 씻은 듯이 나아 버렸다. 치장에 관심이 없던 국왕이 지독한 향수를 뿌리기 시작한 것도 그때부터였다.

왕좌에는 관심이 없던 둘째 왕자 러셀은 눈병에 걸린 후에 갑자기 권력욕이 생겨 나랏일에 적극적으로 임했다. 자식들 간의 권력 다툼을 걱정해서 늘 장남만 편애했던 국왕은, 이상하게도 그런 러셀의 변화를 기꺼워하며 그에게 총애를 보냈다.

비교적 최근에 눈병에 걸린 국왕의 기사, 게일 경은 한 달 전에 종적을 감추더니 어저께 언데드인 채로 발견되었다.

"내가 가장 걱정되는 건, 첫째 왕자인 리우 오라버니야."

첫째 왕자 리우는 눈병에 걸리지 않았다. 그는 최근 들어 국왕이나 둘째 왕자와 자주 다투었다. 그리고 갑작스럽게 병상에 눕더니 다시는 방을 나오지 않았다. 병문안을 가려 해도 시종들이 들여보내 주지 않았다. 왕자가 모든 면회를 일절 거절하고 있다고 했다.

'왕자님께선 공주님의 방문을 거절하셨습니다.'

'시끄러워, 내가 직접 만나 보고 들을 것이다.'

아가사가 막무가내로 들어가려고 하자, 시종들은 무력까지 동원하며 그녀를 억지로 밀어냈다.

'누구에게 함부로 손을 대는 것이냐!'

'소중한 공주님께 병을 옮길까 걱정되셔서 그러는 것이니, 너그럽게

이해해 주세요.'

발버둥 치는 아가사를 붙잡아 강제로 끌어내면서, 시종들은 상냥하게 말했다. 언제부터 시종들에게 공주를 연행할 권력이 생겼는지 이해할 수 없었다. 공주는 고개를 들어 그들을 얼굴을 봤다. 이상하게도, 전부 낯선 이들이었다.

'나서지 마라, 아가사. 시종들을 괜히 귀찮게 하지 마.'

아버지와 둘째 오빠에게 말해도 소용이 없었다.

"벌써 리우 오라버니를 못 본 지 한 달이 되어 가. 살아 있는 게 맞긴 한 건지……."

아가사의 목소리가 가늘게 떨렸다. 슈웨인과 로엠은 생각에 잠긴 듯 침묵했다.

"알았어요."

그때, 갑자기 그들 사이에서 울먹이는 목소리가 들렸다. 앨런이 아가사의 손을 덥석 잡으며 말했다.

"구해 드릴게요. 저의 모든 걸 바쳐서라도."

그 충성 맹세 같은 말에, 슈웨인과 로엠은 당황한 눈으로 앨런을 바라봤다.

'갑자기……?'

아가사도 앨런의 행동에 잠시 당황했지만, 그의 눈에서 진심을 읽었는지 이내 온화한 미소를 지었다.

"고맙다. 믿을 곳 하나 없는 이 성에서, 큰 힘이 되는 말이구나."

앨런은 눈물을 글썽이며 활짝 웃었다.

"네, 분명 제 동료들도 물심양면 공주님을……."

"앨런, 잠깐."

슈웨인이 자신까지 제멋대로 엮어 버리려는 앨런을 말리려는 순간, 문득 마수경이 꿈틀거렸다. 그들의 행동이 단숨에 멈췄다.

"공주님, 잠시만요."

앨런이 마수경을 집어 들자, 새까만 거울 건너편에서 시끌벅적한 목소리가 들렸다.

[앨런, 이제야 연락이 되네! 어때, 공주님과의 대화는 잘 돼 가?]

"네, 공주님이 중요한 이야기를 털어놔 주셨어요."

[그래? 정말 궁금한걸. 나도 들을 수 있을까?]

"네, 약 일 년 전의 일인데……."

[아니, 만나서 말하자! 우리가 지금 쫓기고 있어서.]

첼시의 멋쩍은 목소리에 앨런이 고개를 갸웃했다.

"네? 쫓기다뇨?"

[그게…… 로즈가 방금 국왕을 죽였거든.]

"예?"

앨런이 당황해서 고개를 들어 아가사의 안색을 살폈다. 그녀의 얼굴에도 경악이 서려 있었다.

[그런데, 다시 살아났어.]

"에?"

앨런이 미간을 찌푸렸다. 슈웨인과 로엠도 첼시의 말을 이해하기 힘들었다.

[그래서 국왕이 화가 나서 우리를 쫓고 있는데, 일단 좀 만날까?]

"……스승님이 어디 계신데요?"

"여기!"

콩콩, 천장에서 맑은 노크 소리가 들렸다.

* * *

비밀 통로를 통해 공주의 방에 찾아가자는 말이 나온 순간부터, 우리는 공주의 방 천장을 부술 일이 생길까 봐 걱정했다. 하지만 다행히도 그런 일은 일어나지 않았다. 공주는 우리에게 비밀 통로의 출입구를 여는 방법을 가르쳐 주었다.

통로 안에서 균열이 있는 부분을 열자 계단이 나왔고, 그게 공주의 방에 있는 진열장과 연결되어 있었다. 공주가 스위치를 당기자 진열장이 통째로 문처럼 열렸다. 난 공주에게 인사하며 말했다.

"안녕하세요, 공주님. 다시 소개할게요. 첼시 로드랭입니다."

"……첼시 로드랭?"

아가사가 망설이는 표정으로 나를 보았다. 이렇게 먼 나라의 공주님도 내 이름을 아는 걸까? 난 그녀에게 확신을 더해 주었다.

"네, 맞아요. 수아르의 왕이자 마탑의 주인인, '그' 첼시 로드랭이요."

"오, 당신이 '그'……."

아가사는 한동안 입만 벙긋거리더니 고개를 끄덕였다.

"내가 도움을 요청할 사람은 잘 찾은 것 같군요."

아가사는 우리에게 이 성에서 있었던 일들을 말해 주었다. 우리도 방금 막 겪은 일들을 공유했다.

로즈가 칼로 국왕을 찌른 이야기를 해 주자 모두가 놀랐다. 하지만 스스로 배에 꽂힌 칼을 빼내고 다시 덤벼들던 국왕의 이야기를 해 주었을 때는, 아가사의 얼굴이 더없이 창백해졌다.

"작년에 전하의 몸 상태는 무척 나빠져서, 길어도 일 년을 버티지 못하실 거라는 말을 들었지……."

아가사의 얼굴이 일그러졌다.

"지금 아버지의 몸을 조종하고 있는 게 대체 무엇인가?"

그녀가 비통한 목소리로 물었다. 누군가를 향한 질문은 아니었으나, 나는 그에 답변했다.

"아직 몰라요. 공주님의 추측처럼 유령에 씐 걸 수도 있죠. 그것에 답을 해 줄 사람은……."

난 종이와 펜을 꺼내 세 이름을 적었다. 왕, 러셀 왕자, 게일 경. 나는 '게일 경'에 X표를 치고, '리우 왕자'를 적었다.

"우선 우리가 찾아야 할 사람은 이 세 사람이에요. 그리고."

나는 세 이름 가운데 자리에 '마법사'를 썼다.

"이들을 조종하고 있는 마법사가 있을 거예요. 아마도, 게일 경을 사역마로 부리던 그 마법사가."

"지금 급한 건 리우 왕자님을 찾는 거예요."

그러자 앨런이 끼어들었다. 난 고개를 끄덕였다.

"그래, 공주님의 말대로라면 왕과 러셀 왕자는 이미 마법사의 수중에 있을 확률이 높아. 러셀 왕자도 왕과 비슷한 상황이겠지."

자세한 전말은 몰라도 눈병에 걸린 게일 경은 죽었다. 같은 병에 걸린 왕과 러셀 왕자도 그렇게 될지도 몰랐다. 그들도 물론 구해야 하겠지만 리우 왕자가 아직 온전하다면, 그가 눈병에 걸리는 것만은 막아야 했다. 내 긍정에 앨런이 기쁜 얼굴을 했다.

"역시 스승님이세요. 그럼 우선 리우 왕자님의 방으로 갈까요."

"방에는 없어요."

그때, 내내 릴리의 품에서 잠들어 있던 예니카가 고개를 들었다. 모두의 시선이 아이를 향했다.

"방에는 없다니, 그게 무슨 말이지? 그 방에 경비대와 시종들이 계속해서 드나들었는데."

아가사가 예니카에게 물었다. 예니카는 어깨를 움츠렸다.

"사람들이 왜 방에 가는지는, 예니카도 몰라요……. 하지만 리우 왕자님은 다른 데 계세요."

예니카의 말에 로즈가 다정하게 미소 지으며 허리를 숙였다.

"그렇구나. 그럼 리우 왕자님이 어디 계시는지도 혹시 알고 있니?"

"네······."

예니카가 고개를 끄덕이고는, 어눌한 발음으로 말했다.

"지하."

아가사가 미간을 찌푸렸다.

"지하라니? 이 성에는 지하 같은 건 없어."

"있어요."

그렇게 답하는 예니카의 몸이 잘게 떨렸다.

"있어요, 아주, 많아요."

그러고는 그 애가 고개를 돌려 나를 바라봤다.

"거기에는 꼭, 블루 님이 가셔야 해요."

난 어쩐지 각오마저 느껴지는 어린 시선을 마주하며 어떤 대답을 해야 할지 고민했다. 그때, 누군가 문을 두드렸다.

"공주님, 계십니까?"

아가사가 벌떡 일어났다.

'제닌, 왕국군의 수장이에요.'

그녀는 입 모양으로 말하고는 비밀 통로를 손짓했다. 나와 릴리, 예니카와 로즈가 통로 안으로 들어가자 그녀는 진열장을 원래대로 돌린 후에 문으로 걸어갔다.

"무슨 일이지, 제닌?"

우리는 진열장 뒤에 숨어서 대화를 엿들었다. 제닌은 왕의 기사 중 하나인 듯했다.

"늦은 밤에 실례합니다, 공주님. 혹시 수상한 자들이 이 방으로 숨어들지 않았습니까?"

"그런 자는 없었네."

제닌은 방을 둘러보는 듯 잠시 뜸을 들이더니 말했다.

"······티 파티를 즐기시기엔 늦은 시간인 듯싶습니다."

아가사가 사람들을 자신의 방으로 데려가는 걸 본 시종들이 있었기에 슈웨인과 앨런, 로엠은 그대로 자리에 앉아 있었다. 아마 그들을 보고 한 말인 것 같았다.

"내가 언제 무슨 일을 하든, 네 허락을 받아야 할 이유가 있나?"

"물론 아닙니다, 공주님."

제닌이 일견 다정한 목소리로 말했다.

"그저 국왕 전하가 피습을 당했기에, 그 쥐새끼들이 공주님을 노릴까 걱정이 된 것뿐입니다."

"……여기는 아무 일도 없으니, 돌아가도 좋네."

"아니요, 공주님. 무슨 일이 생길지도 모르니, 저희와 함께 가시지요."

하지만 방종했다. 우리는 진열장 뒤에서 언제든 뛰쳐나갈 수 있도록 무기를 꽉 쥐었다. 제닌은 곧 타이르는 듯한 목소리로 말했다.

"자, 이리 오시죠. 공주님."

"이거, 놔……!"

우리는 움찔 놀랐다. 제닌이 아가사를 겁박하려는 듯했다. 난 이를 악물고 윙투스를 꽉 쥐었다.

"무엄하다!"

그 순간, 용감하게 나서는 사람이 있었다.

"그 더러운 손 떼지 못할까! 공주님이 싫어하시지 않느냐!"

말투가 왜 저런지는 알 수 없지만, 앨런의 목소리였다.

"도와줘!"

공주가 애달프게 외쳤고,

"……뭣들 하고 있어! 얼른 놈들을 처치해!"

제닌이 호통 쳤다. 병사들이 상관의 명령을 잘 받들었는지, 곧 밖에서 요란하게 날붙이들이 부딪히는 소리가 들려왔다. 병사들이 포효하는 소리와 제닌의 고함이 얽혔다. 나는 언제든 뛰어 나갈 준비를 하고 벽에 붙어 기다리고 있었다. 그때, 내 귀에 아가사의 짧은 비명이 들렸다.

"……!"

반사적으로 움직이려는 내 손을, 로즈가 급히 붙잡았다.

"잠시만요, 곧 끝날 것 같은데."

"하지만, 방금 비명 소리가……."

"선생님, 밖에서 싸우고 있는 사람들은 기사잖아요. 왕족을 지키는."

내가 의아하게 미간을 찌푸리자 로즈가 부드러운 목소리로 말했다.

"그런데 지금은 완전 반대 상황이 됐죠. 자신들은 지켜야 할 공주를 위협하고 있고, 웬 용병들이 공주를 지키고 있잖아요. 저 밖의 기사들이라고 모두 이 상황이 달가울까요?"

오……. 내 눈이 커지자, 로즈가 씩 웃었다.

"방금 제닌이 병사들에게 화내는 소리 들었죠?"

아, 앨런이 용감하게 공주를 지키려 할 때, 제닌은 병사들에게 화를 냈다. 확실히 통솔이 잘 되는 느낌은 아니었다. 아가사의 짧은 비명은 멈추지 않고 계속됐다. 일부러 저러는 거였을까?

아니나 다를까 절그럭거리는 갑옷이 크게 부딪히는 소리가 연이어 들려왔다. 제닌의 병사들이 무너지고 있는 거였다. 난 상관의 명령과 기사도 사이에서 머뭇거리다 추풍낙엽처럼 쓰러지는 병사들의 모습을 어렵지 않게 떠올릴 수 있었다. 그 모습을 생각하니 안타까우면서도 웃음이 나왔다.

머지않아 바깥이 잠잠해졌고, 진열장이 열렸다.

"다 끝났어요."

아가사가 말했다. 난 통로가 열리자마자 아가사를 살펴봤지만, 그녀는 다친 곳 하나 없었다. 바깥으로 나오자 널브러진 병사들이 보였다. 나는 그들을 밟지 않게 조심하면서 물었다.

"죽은 건 아니지?"

"기절한 것뿐입니다."

로엠이 답했다. 그는 병사들이 쓰는 사슬 같은 것으로 기절한 제닌을 묶어서 잡고 있었다.

"좋아……. 사람들을 해치면 안 되니까. 그럼 아까 하던 얘기를 계속하자."

"흩어져서 왕족을 찾아야겠지. 국왕은 다쳤으니 아까 그 방에서 멀리 나갔을 것 같지 않아."

릴리가 말하면서 로엠을 바라봤다.

"위치는 내가 알아, 강한 동료가 필요한데."

"……좋아."

로엠이 고개를 끄덕였다. 슈웨인이 아가사에게 물었다.

"둘째 왕자님은 어디 계십니까?"

"음, 글쎄. 침실은 내성에 있지만, 그곳에 있을 거라는 확신은 안 드는군."

"아, 그런데 폐…… 데일은 어디 있어요?"

그 말에 나는 마수경을 꺼내 들었다.

"글쎄, 오는 길에 계속 연락을 시도해 봤는데 연결이 안 되네."

"무슨 일이 있으신 건 아니겠죠?"

로즈가 걱정 어린 목소리로 말했다. 나도 이제 슬슬 불안감이 들었다.

"그럴 일은 없을 거라고 생각하지만……."

"데일 님은 분명, 국왕 전하의 부름을 받고 본성으로 가셨지요."

"아, 설마……."

내가 작게 감탄했다. 이 성에서 감히 국왕을 사칭할 사람이 몇 될 것 같지 않았다.

"본성에 왕자님이 계실 만한 곳이 있습니까?"

"……짚이는 곳이 있어."

아가사가 고개를 끄덕이자, 앨런이 손을 들었다.

"저도 공주님과 함께 갈게요."

아가사가 작게 미소 지었고, 나는 예니카를 돌아봤다.

"예니카, 리우 왕자님이 어디 계신지 안다고 했지. 날 거기로 안내해 줄 수 있니?"

"네."

예니카가 고개를 끄덕였다.

이로써 대충 팀이 나뉘었다. 릴리와 로엠은 국왕의 방으로 돌아가 국왕을 추격하고. 아가사와 앨런, 슈웨인은 카르멘과 러셀 왕자를 찾으러 본성으로 향한다. 나와 예니카, 로즈는 리우 왕자를 찾으러 지하로 향하기로 했다.

로엠, 릴리와는 길이 갈렸고, 다른 두 팀은 중간까지 함께 가는 길이었다. 우리는 방을 나서기 전에 룰을 정했다. 우리의 적은 평소와 달리 마수가 아니라 인간이었고, 난 이런 싸움에 별로 익숙하지 않았다.

아가사는 성의 사람들을 해치고 싶지 않아 했다. 당연하게도, 아버지와 오빠들이 다치는 걸 보고 싶지도 않을 테니, 우리의 목표는 왕족들을 안전하게 생포해 오는 거였다.(나는 로즈를 바라보며 '안전하게 생포'를 강조했다.)

그리고 아마 이 성 어딘가에 있을 주동자를 찾아내는 것.

이상하게도, 이 성에서 사는 아가사와 예니카 모두 성에서 마법사를 본 적은 단 한 번도 없다고 했다. 하지만 난 이 성에 마법사가 있을 거라고 생각했다. 그것도, 아주 강력한 사역술사가.

놈이 도망치게 만들어서도 안 되고, 왕족들이 다쳐서도 안 된다. 그러려면 되도록 일을 크게 벌이지 않고 신속하게 움직이는 게 중요했다. 마침 우리에게는 괜찮은 재료가 있었다. 바닥에 널브러진 솔리투도 병사들과, 그들의 갑옷이.

"실례합니다."

우리는 그들의 갑옷을 잠시 빌려 입었다. 릴리와 로엠팀은 약간 어색해 보였다…… 릴리보단 로엠이. 하지만 아가사와 앨런, 슈웨인은 아주 자연스러웠다. 공주님과 그녀를 지키는 두 명의 호위 기사. 솔리투도성에 더없이 어울리는 팀이었다.

갑옷을 입은 기사와 마법사들을 보다가, 문득 예니카를 보니 아이가 너무 가냘프고 무방비해 보였다. 그래서 난 예니카에게 결계석을 엮어 목걸이로 만들어서 걸어 주었다.

"내가 널 지켜 주겠지만, 만일 그러지 못하는 상황이 오면 이게 방패가 되어 줄 거야."

"네에."

예니카는 고개를 끄덕이며 결계석을 신기한 듯 쥐었다.

우리는 갑옷을 잃어버린 병사들을 적당히 숨긴 후 방을 나섰다. 아가사와 앨런, 슈웨인은 복도를 이용해 내성으로 이동하기로 했다. 로즈는 국왕 시해범으로 쫓기는 몸이었고, 예니카는 어린애였으니 난 그들을 데리고 비밀 통로로 이동하기로 했다.

우리는 복도와 비밀 통로로 함께 이동하면서 여차하면 서로를 엄호해 주기로 했다. 함께 비밀 통로로 이동하는 것보다 그게 더 안전할 것 같았다.

내가 비밀 통로를 이용하는 모습을 들키기도 했고, 통로에 워프 존까지 새겨 놓았으니 이 성에 있을 마법사가 그것을 발견한다면 우리의 이동 경로를 쉽게 유추해 낼 수 있을 것이기 때문이다.

"마치 첩보원이 된 기분이야."

난 베몬이 밝혀 주는 통로를 따라 걸으며 중얼거렸다.

[이건 놀이가 아니야, 탑주님.]

릴리가 마수경 속에서 충고했다.

[그렇게 긴장할 것 없잖아.]

앨런이 내 편을 들며 나섰다.

[어깨에 힘 좀 풀라고, 우리 스승님은 마수왕과도 싸워 봤는걸. 지금은 상대가 마수도 아닌데.]

[글쎄.]

릴리가 쓴웃음을 지으며 말했다.

[어쩌면 이쪽이 더 어려울 수도 있어.]

[쉿.]

그때, 아가사가 경고했다. 거울을 들여다보자 복도 앞에서 경비대 두 명이 다가오고 있었다. 병사들이 몰려서 움직이고 있었기 때문에, 복도는 비교적 한산했다. 두 명이 움직이는 거면 순찰조인 걸까. 난 마수경으로 상황을 살피면서, 바닥에 구멍을 냈다. 이제 이 과정을 좀 능숙하게 처리할 수 있게 됐다.

"공주님, 어딜 가십니까?"

"본성에 볼일이 있어서 그곳으로 가고 있다."

결계를 설치해서 소음을 차단하고, 윙투스를 이용해서 바닥을 네모 모양으로 착착 갈라 사람 하나가 빠져나갈 만한 크기의 구멍을 만들어 준다.

"그렇군요…… 실례지만 공주님의 방에 병사들이 찾아가지 않았습니까?"

"글쎄, 모르겠는데. 길이 엇갈렸나 보군. 그보다, 경에게만 비밀스럽게 할 말이 있는데 말이야."

"무슨 이야기죠?"

아가사에게 지목된 기사가 가까이 다가오자, 나머지 기사는 혼자 동떨어지게 되었다. 기사가 아가사의 비밀 이야기에 집중한 사이, 나는 윙투스를 아래로 슬쩍 던졌다.

"흡……!"

순식간에 윙투스가 기사의 코와 입, 허리를 칭칭 감싸고 위로 끌어왔다. 난 비밀 통로로 입성한 기사에게 다정하게 손을 흔들었다. 놀란 기사의 등 뒤로 열 마리가량의 베몬이 다 같이 달려들었다.

"……!"

그대로 전력을 발동시키자, 귀여운 베몬들의 짜릿한 스파크가 기사의 전신을 덮쳤다. 곧 기사의 고개가 아래로 꺾였다. 이 작고 푸른 요정들의 전기는 약했지만, 다 함께 힘을 합치면 장정 하나를 기절시킬 만큼의 전력이 되었다.

이건 우리가 용병의 이야기를 듣고 베몬을 잡기 위해 강변으로 갔던 날, 우릴 안내해 준 용병이 베몬들의 전기를 맞고 기절해 가며 몸소 가르쳐 준 정보였다.

"푸르르르."

베몬들은 자신들이 솔리투도 병사를 기절시킨 게 대견했는지 서로를 돌아보며 엄지를 치켜들었다. 아래에 남은 기사는 그제야 낌새를 눈치챈 것 같았다.

"어, 어디 갔지……?"

그는 아가사와의 대화에 집중하느라 동료가 사라진 것도 깨닫지 못했다. 동료가 서 있던 곳에 걸어와 두리번거리는 기사의 뒷덜미로 윙투스가 조심스럽게 다가갔다.

"으읍……!"

윙투스가 순식간에 기사의 입과 허리를 감쌌다. 그는 윙투스에 끌려가지 않기 위해 버둥거리며 아가사를 바라봤으나, 제 앞에 일어나는 일이 보이지 않는 것처럼 태연한 공주의 태도를 보고 발버둥을 멈췄다. 기사는 공주가 이 일을 꾸민 사람 중 하나라는 걸 눈치챈 것 같았다.

그는 윙투스에 끌려가며 믿을 수 없다는 눈으로 아가사를 바라봤고, 자애로운 크리시스 공주는 사라지는 기사를 향해 손을 흔들어줬다. 텅. 뜯어낸 천장을 도로 덮고 로즈의 치유 마법으로 말끔하게 붙였다. 그리고.

"푸르르르르."

곧 비밀 통로 속에서 깜찍한 베몬들의 두 번째 희생양이 나왔다.

* * *

카르멘은 바닥에 쓰러진 왕자를 바라봤다. 러셀 왕자는 강하지 않았다. 강하지는 않았는데…… 이상하게 끈질겼다. 그걸 끈질기다고 해야 할까, 무모하다고 해야 할까. 꼭 자신의 몸을 돌아보지 않는 사람 같았다.

카르멘이 왕자의 무기를 빼앗고, 방 안에 있는 모든 병사를 기절시킨 후에도 포기하지 않고 달려들었다. 어떤 경우에도 육체를 보존하려 애쓰는 숱한 왕족들과 달리, 보기 드문 광전사였다. 무기를 빼앗기고 나서도 칼을 든 카르멘을 향해 맨몸으로 달려들었다. 그러나 헛된 반항도 이제 끝났다. 카르멘은 그들이 다시 깨어나기 전에 방을 나서려고 했다.

"네놈, 왕자님을!"

그때, 기절한 줄 알았던 기사 하나가 일어나서 카르멘에게 달려들었다.

"안 죽었어, 진정해."

카르멘이 타일렀지만, 기사의 귀에는 들리지 않는 듯했다. 2미터가량 되는 거구의 사내가 마구잡이로 검을 휘둘렀다. 카르멘은 가볍게 공격을 피한 후에 빈틈으로 칼을 휘둘러 칼등으로 기사의 손을 가볍게 내리쳤다.

"으아아악!"

기사의 손에서 무기가 날아가자, 손을 뻗어 기사의 턱을 잡고 투구째로 벽에 박았다. 쿵! 투구와 벽이 부딪히며 커다란 소리가 울렸다.

"아윽, 끅……!"

기사는 허공에 떠서 바르작거리다가 곧 정신을 잃고 늘어졌다. 카르멘이 손을 놓자, 기절한 기사가 아래로 스르르 고꾸라졌다. 그러자 기사의 몸에 가려져 있던 벽이 드러났다.

"……?"

카르멘의 눈이 가늘어졌다. 기사의 투구에 눌렸던 벽이 완벽한 사각형 모양으로 음푹 파여 있었기 때문이다.

구우우우우우.

그것이 무언가의 버튼이었는지, 갑자기 바닥이 움직였다. 반사적으로 뒷걸음질 치자 곧 바닥에 네모난 통로가 생겼다.

"계단……?"

회색 계단이 어둠 속으로 이어지고 있었다. 속을 알 수 없는 지하에서 음산한 바람이 불어왔다. 카르멘은 끝없이 이어진 계단을 바라보며 잠시 고민하다, 지하 통로 속으로 발을 옮겼다.

* * *

아가사와 우리는 좋은 팀이었다. 아가사가 기사들의 시선을 끌고, 내가 기사를 생포한 후 베몬들이 기절시키면, 로즈가 범행 흔적을 말끔하게 지워 준다. 우리는 그런 방식으로 쭉쭉 앞으로 나아갔다. 우리가 지나간 곳마다 기절한 기사들이 발자국처럼 남았다.

그러나 꼬리가 길면 밟히는 법이다. 어느 순간부터 복도를 어슬렁거리는 병사들이 나타나지 않았다. 보낸 순찰병들이 하나같이 돌아오지 않고 있으니, 상대측에서도 이상을 깨달은 것 같았다.

"……."

나도, 앨런도, 릴리도 더 이상 입을 열지 않았다. 폭풍 전야 같은 고요 속에서 아가사가 러셀 왕자의 방문 앞에 도착했다. 아가사는 짧게 심호흡한 후에 손을 들었다.

똑, 똑.

가벼운 노크 소리 후, 문이 벌컥 열렸다.

"너 이 자⋯⋯."

공격 태세로 문을 열었던 병사들과, 그들 뒤에서 욕을 내뱉으려던 러셀은 아가사를 보고 멈칫했다. 나는 앨런의 손에 들린 마수경으로 아래의 상황을 훔쳐봤다. 러셀 왕자의 얼굴은, 마치 앳된 국왕 같았다. 그러나 신기하게도 국왕을 별로 닮지 않은 아가사와도 비슷한 느낌이 들었다. 러셀은 아가사를 보고는 툭 내뱉었다.

"뭐야, 너였냐."

그는 무언가를 찾듯 아가사의 뒤를 살피다가 말했다.

"방에서 얌전히 있으라고 했더니, 왜 또 기어 나와서 돌아다니고 있어?"

자신을 찾아온 여동생을 향한 것이라고는 믿을 수 없을 정도로 차가운 태도였다. 그래서 알 수 있었다. 러셀이 아직 국왕에게 일어난 일을 모른다는 걸.

국왕 시해범을 찾던 병사들이 아가사의 방에 옹기종기 모여서 기절해 있는 참이었다. 그런데도 아가사를 대하는 러셀의 태도는 심드렁하기만 했다. 상황을 알았다면 곧장 공격을 해 왔을 것이다.

아가사는 러셀의 얼굴을 빤히 바라보다 천천히 입을 열었다.

"⋯⋯할 말이 있어서 왔어."

"할 말?"

러셀이 가소롭다는 듯 되물었다. 아가사는 고개를 끄덕이며 방에 들어서려 했다. 그런데 기사들이 앞으로 나서며 그녀를 막았다.

"여기서 말해."

러셀이 단호한 목소리로 말했다. 이제 그의 태도가 의뭉스럽게 보이기 시작했다. 무언가를 숨기고 싶어 하는 것 같다. 카르멘이 그의 방 안에 있나? 그럴 리는 없을 거라고 생각했는데, 설마 여태 계속 연락이 안 되었던 게 러셀의 병사들에게 당했기 때문인 걸까?

그러다가 나는 발견해 냈다. 러셀과 그의 용병들의 몸에 남아 있는 생채기, 정돈되지 못한 매무새 같은 것들을. 전투의 흔적이었다. 나는 불안함을 느꼈다. 방 안을 보고 싶었지만, 러셀은 아가사를 방에 들일 마음이 전혀 없어 보였다. 아가사는 하는 수 없이 문 앞에서 물었다.

"아바마마의 호위 기사가 방문하지 않았어?"

"아버지의 호위 기사?"

"그래, 데일이라는 이름의 용병이야."

러셀의 표정이 미묘해졌다.

"그자가 뭐?"

"이쪽으로 왔다고 들었어. 지금 방에 있어?"

"그자를 네가 왜 찾는 거지?"

"내가 먼저 물었잖아. 일단 들어가서 말해."

예상치 못한 화제에 기사들이 주춤한 사이, 아가사가 방문 안으로 발을 옮겼다. 그러나 그녀가 채 다음 발을 떼기도 전에 러셀의 손이 아가사의 어깨를 붙잡고 벽으로 밀쳤다.

"악!"

퍽 하는 소리와 함께 아가사의 입에서 짧은 비명이 터졌다. 슈웨인과 앨런이 러셀을 저지하려 하자 아가사가 손을 들어 그들을 막았다. 행동이 막힌 슈웨인과 앨런의 앞으로 러셀의 최측근인 듯한 두 기사가 위협하듯 섰다. 덕택에 우리 일행과 아가사의 거리가 벌어졌다.

"내 질문이 먼저다. 그 용병과 무슨 관계지?"

"오빠."

"자꾸 주제넘게 굴면 너라고 안 봐줘."

나는 흔들리는 거울 속에서 그 광경을 보고 있었다. 무생물을 보듯 건조한 시선으로 여동생을 바라보는 러셀과, 그를 마주한 아가사를. 러셀의 시선을 직면한 아가사는 뻣뻣하게 굳어서 그를 마주 보다가, 갑자기 옅은 웃음을 흘렸다. 러셀의 한쪽 눈썹이 꿈틀했다.

"뭐가 웃겨?"

"지난 일 년 내내 나를 물건 보듯 하는 가족들에게 시달리면서, 내가 제일 무서워했던 게 뭐였는지 알아?"

아가사의 뜬금없는 질문에 나는 불과 몇십 분 전에 일어난 일을 떠올렸다. 가족들이 귀신에 씐 것 같다고 말하던 그녀의 무거운 목소리를. 그러나 이어지는 답은 뜻밖의 것이었다.

"아무 이유도 없는 거야."

아무 이유도 없이 나를 싫어하게 된 거야.

아가사는 자신의 어깨를 잡은 러셀의 손 위에 자신의 손을 포개면서 속삭였다.

"무슨, 헛소리를……."

"이유가 있으면 고칠 수 있으니까."

아가사는 기쁜 미소를 지으며 러셀의 손목을 꽉 붙잡았다. 그 순간 그녀의 시선이 앨런을, 정확히는 마수경 너머에서 그녀를 보고 있을 나를 향했다. 그게 신호였다.

아가사가 시선을 끌고 있는 사이 도려낸 천장 속으로 내려 보낸 윙투스가 서로를 붙잡고 있는 아가사와 러셀을 향해 날아갔다. 기사들이 윙투스를 발견하고 달려들려 하자, 그들의 곁에 붙어 있던 앨런과 슈웨인이 곧바로 행동을 보였다.

슈웨인은 마기가 도는 검을 빼들었고, 앨런은 갑옷 안에 그려 놓은 마법진을 발동시켰다. 앨런의 갑옷 안에서 검은빛이 번쩍 빛났다. 러셀의 기사들은 예측 불허의 상황에 긴장한 것 같았지만, 움츠러들지는 않았다.

그들은 다수였고 눈앞의 적은 고작 두 사람이었으니, 지레 겁먹을 이유가 없었다. 그보다는 그들의 주인을 노리는 정체불명의 마도구에 집중했다. 아가사가 러셀을 잡고 있는 사이, 내 윙투스가 아가사와 러셀을 한데 묶어 버린 것이다. 러셀은 뒤늦게 버둥거렸지만, 이미 늦은 후였다.

"전하를 구해라!"

슈웨인의 앞에서 검을 치켜든 기사가 외쳤다. 그의 등 뒤에 있던 두 기사는 동료의 엄호를 받고 러셀을 향해 손을 뻗었다. 그 기사들은 러셀의 바로 두 발짝 뒤에서 그를 호위하고 있었다. 어떤 간덩이 부은 자가 호위의 코앞에서 주인을 납치하려는지는 몰라도, 이렇게 바로 눈앞에서 놓칠 리는 없으리라 생각했을 것이다.

이런 일을 대비해 기사들은 슈웨인과 앨런을 그들 뒤에 놓았고, 그들보다 러셀과 더 가까이 있는 이는 없었으니까.

"안녕."

그러나 기사들이 러셀에게 닿기 직전에, 앨런이 그들 앞에서 인사했다. 기사들은 혼란스러운 눈치였다. 바로 두 발짝 뒤에서 러셀에게 몸을 날린 자신들보다, 분명 그들의 뒤에 있던 앨런이 더 빨리 앞에 당도해 있었기 때문이다. 그들은 앨런이 발동한 마법이 무엇인지 몰랐다.

'신속', 앨런은 그렇게 이름 지었다. 발동하는 순간 하반신을 지탱하는 근육이 두 배 이상 발달하여 인간의 반응 속도를 훌쩍 뛰어넘는 빠르기로 움직일 수 있다. 아주 대단한 마법 같지만, 사실은 그렇지 않다.

저건 원래 보조계 강화 마법 중에서도 별로 쓸데가 없는 하급 마법으로, 원래는 몸의 순수 마력을 아주 조금 끌어 올리는 효과밖에 내지 못한다. 우연히 로즈가 이 마법을 에키드나 꼬마들에게 발동시켜 줬더니 아주 재미있는 결과가 나왔을 뿐이다.

모든 에키드나들에게 다른 증상이 일어났기 때문이다. 피부가 벗겨지거나 머리카락이 길어지거나, 눈 색이 붉어지는 사람도 있었다. 마법에 에키드나들에게 섞인 마수들의 특징을 일시적으로 강화시키는 효과가 있는 것 같았다. 에키드나들 중에서도 마수의 특징이 짙게 남아 있던 앨런은, 아예 신체 능력이 비약적으로 상승하는 결과가 나왔다.

"어떻게……?"

그런 뒷이야기를 모르는 기사들은 혼란에 빠졌고, 그사이 앨런은 그들의 머리를 향해 자신의 투구를 던졌다. 캉! 한쪽 기사는 반사적으로 칼을 들어 날아오는 투구를 막았다. 덕분에 검과 투구로 그의 시야가 완전히 차단되었다.

그의 옆에 있던 기사는 앨런의 등 뒤로 끌려 올라가는 러셀을 봤다. 그는 뒤늦게 앨런에게로 달려들었다. 앨런은 칼을 빼 들 틈이 없어, 양팔을 크로스해 머리를 막았다. 기사의 검과 앨런의 갑옷이 부딪혔다.

앨런은 오래 버틸 수 없었다. 그는 빨라졌지만, 그만큼 강해진 것은 아니었다. 기사가 온몸을 던져 달려들자 앨런의 몸이 바닥에 나동그라졌다. 그러나 러셀과 아가사는 이미 천장을 넘기고 있었다. 기사는 천장을 넘어가는 러셀의 발을 향해 손을 힘껏 뻗었다. 그러나 역부족이었다. 그의 손이 닿기 전에, 러셀의 발끝이 천장을 통과했다.

쿵!

그 직후, 천장이 말끔히 폐쇄되었다. 러셀을 향하던 기사의 손이 폐쇄된 천장에 부딪혔다.

"휴우."

천장을 복구한 로즈가 뿌듯한 한숨을 쉬었다. 긴장으로 이마에 땀이 다 맺혀 있었다.

"수고했어, 로즈."

난 러셀과 아가사를 바닥에 내려놓고 로즈를 향해 엄지를 치켜들었다. 정말 일촉즉발의 상황이었다. 호위 앞에서 왕자를 빼 온 것은 또 처음이었는데, 어쨌든 잘 해낸 것 같았다.

러셀은 아가사와 등을 맞댄 채 잠시 버둥거렸으나 곧 윙투스를 끊어낼 수 없다는 걸 깨달은 듯했다. 그는 얼굴을 시뻘겋게 물들인 채 아가사와 우리를 향해 분통을 터뜨렸다.

"아가사, 적과 손을 잡은 것이냐? 이런 짓을 하고도 무사할 줄 아느냐!"

하지만 그런 뻔한 협박에 답할 시간은 없었다. 나는 예니카의 손을 잡고 로즈를 돌아봤다.

"얼른 여기를 벗어나자."

"네!"

로즈가 힘차게 답했다. 아가사를 풀어줄 여유도 없어서 난 그냥 두 사람을 한데 묶어 놓고 출구 방향으로 내달렸다.

도망치며 마수경으로 아래 상황을 엿봤다. 앨런은 다행히 크게 다친 곳은 없었는지 일어나 떨어진 무기를 잡아들었다. 그러나 마지막까지 러셀을 구하려고 몸을 던졌던 기사는 바닥에 나동그라진 채 아직도 천장을 올려다보고 있었다.

하긴, 천장이 뚫린 걸 눈치채지 못했던 것도 이상했을 텐데, 그게 순식간에 메꿔지는 걸 봤으니. 꼭 마법이라도 본 것 같은 표정이었다. 정말로 마법을 부린 게 맞지만.

예니카의 손을 잡고 두 왕족들을 연처럼 허공에 띄운 채로 달리려는데, 갑자기 통로 바닥에 이상한 느낌이 들었다. 발을 주춤하기가 무섭게, 통로를 뚫고 커다란 창이 튀어나왔다.

"꺄악!"

예니카가 놀라서 비명을 질렀다. 난 그 창을 보자마자 로즈를 돌아봤다.

"로즈, 저거……!"

"마, 맞아요!"

국왕의 배를 관통했던 로즈의 창이었다. 얼른 마수경을 확인하자, 아니나 다를까 아래층에 국왕의 기사들이 들이닥치고 있었다.

쿵!

놀랄 틈도 주지 않겠다는 듯, 로즈의 창이 또다시 바닥을 부수며 솟아나왔다.

"로즈, 얼른 설명해! 저 무기 특성이 뭐야?!"

"앗, 네, 네!"

로즈는 바닥을 마구 들쑤시는 창을 피하며 대답했다.

"이 '변화하는 무기' 시리즈는 총 네 개의 버전이 있어요. 휴대하는 단검, 방어하는 창, 공격하는 방패, 보호하는 검!"

얼핏 직관적인 이름처럼 들렸지만, 별로 와닿지 않았다.

"보호하는 검, 그 국왕의 배에 구멍을 뚫은 무기의 이름이 그거야?!"

"……보호하는 거 맞거든요!"

그게 제일 위험해 보이던데. 내 경계심을 눈치챘는지 로즈가 이어서 설명했다.

"보호하는 검은 주인이 아주 강한 위협을 느낀 순간 자동으로 발동해요. 제한 시간은 24시간이구요!"

하루에 한 번 쓸 수 있는 거구나. 역시 그게 최강기가 맞았네. 아무튼 지금은 그 검을 쓸 수 없다는 소리다. 잘된 일이었다.

카가가각!

로즈의 창으로 천장을 들쑤시던 기사는, 우리를 찾지 못하자 화가 난 듯했다. 그는 창을 아예 천장에 박아 넣고 세로로 그으며 다가왔다. 바다를 가로지르는 상어의 지느러미처럼, 붉은 창은 천장을 부수며 우리의 뒤를 쫓았다.

난 통로를 달리며 외쳤다.

"단검은 이름대로 휴대용일 테고, 나머지 둘은?!"

"방어하는 창은 세 단계로 길이가 늘어나요. 그리고……!"

순간 뒤를 쫓던 창이 사라졌다 싶더니, 갑자기 내 앞에서 불쑥 튀어나왔다. 보호해야 하는 이가 넷이나 내 뒤에 있었다. 난 반사적으로 손을 앞으로 내밀었다. 내 몸을 지키는 결계와 붉은 창이 부딪히며 푸른 불꽃이 일었다.

로즈의 설명이 빠르게 이어졌다.

"적이 공격을 하는 타이밍에 맞춰서 앞으로 밀어내면, 한순간 공격하는 방패로 전환돼요!"

'공격하는 방패?'

내 머릿속에 순간 국왕의 방에서 일어났던 전투가 스쳤다. 기사들의 검과 로즈의 창이 부딪혔을 때, 일어났던 일이.

"공격하는 방패는 받은 위력만큼의 충격파를 만들어 내요!"

"그런 건 빨리 말해!"

난 재빨리 물러섰으나, 이미 늦은 듯했다. 창에서 파란 방호벽이 일고 있었다. 국왕의 방에서 기사들에게 공격받았을 때와는 달리 약간의 딜레이가 생기는 게 더 불안감을 키웠다.

쾅!

"으아아악!"

아니나 다를까, 커다란 폭발이 터졌다. 러셀은 패닉에 빠져 비명을 질렀고, 예니카는 놀란 듯 내게 매달려 왔다. 나는 윙투스를 당겨 러셀과 아가사를 내 등 뒤로 바짝 붙이고 예니카를 한 팔로 감쌌다. 우리를 에워싼 결계가 충격파에 부딪히며 파직거리는 소리를 냈다. 난 흔들리는 결계를 주시하며 이 충격이 가라앉기를 기다렸다.

"어."

그러나 위기는 다른 곳에서 왔다. 충격파에서 비교적 멀리 떨어져 있던 로즈가 당황한 목소리를 냈다. 난 반사적으로 뒤를 돌아봤다. 그리고 우리가 처한 상황을 깨달았다.

방금 있었던 파동으로, 그렇지 않아도 너덜거리던 통로가 엉망이 되어 있었다. 내 앞에 생긴 커다란 구멍은 아까 창이 긁어 놓은 구멍과 연결되어 통로 바닥을 거의 갈라 버렸고, 두 구멍 사이로 커다란 실선이 생겨 있었다. 그 실선 위에 서 있는 로즈는 당황한 듯 바닥을 바라봤다. 그녀의 발밑에서 쩌적거리는 소리가 났다.

"로즈, 가만히 있어!"

로즈가 고개를 들었다.

"선생님, 저……."

그 순간, 그녀의 발밑이 무너졌다.

"로즈!"

난 곧바로 그녀를 향해 달려갔다. 덕분에 천장이 무너지는 속도가 빨라졌고, 내가 발 디딘 곳까지 사라졌다. 아래로 추락하며 로즈를 향해 손을 뻗었지만, 곧 그녀를 주시하고 있던 사람이 나만이 아니라는 걸 깨달을 수 있었다.

마수경으로 서로의 상황을 파악하고 있던 건 나만이 아니었던 것이다. 아래에서 싸우던 앨런과 슈웨인이 검도 내팽개치고 그녀의 아래로 달려왔다. 슈웨인은 한 발짝 늦을 것 같았지만, 앨런은 로즈나 내가 추락하는 속도보다 더 빠르게 움직이고 있었다.

그의 손이 로즈를 받아내기 직전이었다. 난 로즈를 구할 필요가 없다는 걸 깨닫고 손을 거뒀다. 그 대신 예니카를 양팔로 감싸고 바닥에 착지했다.

쿵!

발밑이 크게 울렸다. 맨몸이었으면 다리가 부러졌겠지만 방호 결계 하나가 나 대신 파괴되며 충격을 흡수해 주었다. 나는 안전하게 착지한 후에 윙투스에 묶인 두 사람을 바닥에 천천히 내렸다. 로즈도 앨런의 품에 안전히 안겨 있었다.

"고마워."

"천만에."

앨런은 로즈를 바닥에 내려주며 미소 지었다. 대견하기도 하지.

"이크."

그때, 창이 내 얼굴 앞으로 날아왔다. 나는 고개를 옆으로 젖혔으나 피하지 못했다. 결계가 부딪히며 푸른빛을 일으켰다. 나는 이어질 충격파를 대비하며 예니카의 귀를 감쌌다. 하지만 충격파는 일어나지 않았고, 기사는 결계에 부딪히며 뒤로 밀려났다. 난 어리둥절하게 로즈를 돌아봤다. 내 눈빛을 받은 로즈가 황급히 답했다.

"아, '방어하는 창'에도 제한 시간이 있어요. 약 3분 정도예요!"

듣던 중 반가운 소리였다. 나는 미소를 띠며 기사를 돌아봤다. 3분이면 충분하지.

"누가 러셀 좀 잡고 있어 줘!"

"제가 하겠습니다."

슈웨인이 내게 다가서며 말했다. 로즈가 떨어질 때 급히 달려오느라 검을 던져 버렸던 슈웨인은, 그 대신 사역마를 양옆에 매달고 있었다. 오렌지빛 털을 가진 요호(妖狐)였다.

"왕자님을 내놓아라!"

창을 든 기사가 내게 달려들며 외쳤다. 난 그의 앞을 무기도 없이 가로막았다. 내 몸을 감싼 몇 중의 결계가 그의 창을 나 대신 받아 주었다. 그사이 두 여우 요괴는 러셀의 곁으로 다가가 꼬리를 살랑이며 얼굴을 비비고 있었다.

러셀은 두려운지 몸을 이리저리 꼬면서 저리 치우라고 고함을 쳤지만, 오래지 않아 그의 목소리가 흐려졌다. 슈웨인이 그를 향해 말했다.

"얌전히 있으십시오."

"네……."

러셀이 온순하게 고개를 끄덕였다.

"저 무뚝뚝한 기사님의 사역마가 사람을 홀리는 여우 요괴라니."

내 곁으로 돌아온 로즈가 작게 감탄했다. 슈웨인이 그녀를 돌아봤다. 무슨 문제라도 있냐는 시선이었다. 난 작은 목소리로 로즈에게 호응했다.

"정말 안 어울리는 조합이긴 해."

"그렇죠?"

공감을 얻은 로즈가 기뻐했다. 더 이상 러셀을 묶고 있을 필요가 없어졌기에, 나는 윙투스를 풀며 적을 바라봤다. 로즈의 창을 들고 있는 기사는 로즈보다 덩치가 두 배는 크고 힘이 좋아 보이는 사내였다.

로즈가 내게 한 말을 기사도 들은 것 같다. 그는 창을 든 채 벽 한쪽에 달린 괘종시계를 눈짓했다. 3분은 이미 지났을 것이다. 하지만 무한 방어도 아니고, 딜레이가 있는 충격파 공격이라면 그렇게 위협적이지는 않았다.

"왕자님을 내놔라, 이놈들아!"

기사가 창을 드높이 올리며 내게 달려왔다. 그에 힘입어 나머지 기사들도 함께 덤벼들었다. 난 로즈에게 경고했다.

"로즈, 내 뒤에 잘 붙어 있어."

"네, 전하."

그녀의 발랄한 대답에 난 인상을 찌푸렸다.

"뭐야, 너 전하파였어?"

난 달려오는 기사들을 굳이 피하지 않고 윙투스를 들어 올리며 답했다. 내 몸을 에워싼 몇 중의 방호 결계가 기사들의 검을 알아서 막아냈다. 칼을 휘두르며 공격한 기사들이 오히려 결계가 내뿜는 푸른 전력을 맞고 비명을 내질렀다.

"헉, 그거 탑주님도 알고 계셨어요?"

병사를 발로 차며 무기를 빼앗던 앨런이 당황한 목소리로 반문했다. 내 눈썹이 꿈틀했다.

"뭐야, 내가 알면 안 돼?"

"아니, 모르실 줄 알았죠."

로즈도 동의하며 고개를 끄덕인다. 아니, 다른 것도 아니고 내 호칭에 대한 건데? 얼마 전까진 몰랐던 게 맞긴 했지만. 그래도 내 둔감함에 대한 제자들의 드높은 신임에는 약간 얼떨떨한 기분이 들었다.

"뭐, 내가 알 필요가 없는 이야기이긴 하지."

난 애써 긍정적으로 생각하려 애쓰며 말했다. 앨런이 로즈에게 주운 무기를 던져 줬다. 그새 앨런의 뒤를 노리는 기사들의 얼굴을 윙투스로 내리쳤다.

"내 코뼈!"

기사 하나가 비명을 질렀다.

"선생님은 이제 마탑의 주인만이 아니라 마도국의 왕이니까, 마탑 밖에서는 전하라고 부르는 게 올바른 호칭이죠."

로즈가 말했다.

"하지만 헤브람 제국 황제는 폐하라고 부르잖아. 그런데 스승님이 전하면, 스승님이 황제 아래라는 거야?"

앨런이 발끈해서 반박했다.

"온다!"

내가 외쳤다. 로즈의 창을 든 기사가 괴성을 지르며 달려왔다. 무작정 나와 거리를 좁히려 드는 게, 목표물이 명확했다. 내 결계와 부딪혀서, 결계가 반동을 일으킬 때 '공격하는 방패'로 전환하려는 수작인 것 같았다.

'공격하는 방패'가 받은 위력만큼의 충격파를 내는 무기라면, 내 결계와 충돌할 때의 충격파를 이용해 결계의 방어력을 그대로 빼앗아 올 수 있다는 이론이 나온다. 같은 강도의 무기가 부딪친다면, 양쪽 다 손상을 피할 수 없다. 로즈의 무기가 파괴되나 내 결계가 파괴되나 우리 쪽의 손해였다.

기사의 뜻대로 되지 않도록, 나는 윙투스로 기사를 방어하며 거리를 유지했다. 기사의 창과 내 윙투스가 부딪히며 경쾌한 금속성을 만들어 냈다. 무기를 들게 된 로즈가 후방을 방어하고, 발 빠른 앨런이 조무래기들을 맡았다. 난 잘도 싸우는 제자들을 흘긋 돌아보며 말했다.

"전하든 탑주든 거기서 거기로 보이는데. 호칭 때문에 쓸데없이 싸울 필요가 뭐 있어, 동료끼리."

"중요한 문제거든요!"

앨런과 로즈가 동시에 외쳤다. 챙! 기사의 창에 윙투스가 뒤로 밀려났다. 사슬 촉이 허공에 떠올랐다. 난 윙투스를 쥔 손에 마력을 불어 넣었다. 검은 마력이 웅웅거리며 사슬 촉에 달라붙었다. 기사가 긴장한 듯 붉은 창을 당겨 쥐었다.

차르르!

은색 사슬이 확 늘어나며 기사를 향해 날아갔다. 회심의 공격처럼 달려드는 모습에, 기사는 창을 세워 방어했다. 창이 '공격하는 방패'로 전환되는 찰나, 나는 윙투스에 힘을 쭉 뺐다.

톡.

빠르게 날아가던 사슬 촉이 창과 부딪히기 직전, 윙투스는 살짝 멈칫하며 날아오는 창 가운데를 가볍게 찔렀다.

펑!

귀여울 정도로 가벼운 파열음이 울렸다. 기사가 황당한 얼굴로 나를 돌아봐서, 생글 웃어 주었다. 그제야 낚였다는 것을 깨달았는지, 기사의 얼굴에 낭패감이 서렸다.

충격파가 터지는 타이밍에, 난 오히려 사슬에 마력을 한껏 불어넣었다. 밀어내는 충격파의 반향을 뚫고 윙투스가 기사를 등 뒤로 날아갔다.

"억!"

뭉툭한 사슬이 기사의 목 뒤를 퍽 내리쳤다. 기사는 단말마 같은 비명을 지르며 앞으로 고꾸라졌다. 그의 손에서 스르르 미끄러지는 붉은 창을 윙투스로 확 낚아챘다. 난 앨런과 로즈를 돌아보며 말했다.

"그럼 나도 그냥 폐하라고 부르면 되잖아."

"아."

앨런과 로즈가 깨달았다는 표정을 했다. 난 픽 웃으며 로즈에게 창을 던져줬다.

"와, 고마워요!"

로즈가 창을 낚아채며 밝게 인사했다. 앨런은 긴가민가한 표정으로 말했다.

"그래도 되나? 대륙에서 폐하라고 불리는 사람은 헤브람 황제밖에 없잖아요."

"그야, 다른 나라들은 제국에게 종속되어 있으니까 그렇지."

자신의 무기를 되찾은 로즈가 한껏 당당해진 목소리로 말했다.

"생각해 보니 마도국이 제국의 눈치를 볼 필요가 없었어. 건국할 때부터 제국에서 마탑을 훔치며 시작한 나라인데. 뭘 하든 그것보다 충격적이겠어?"

로즈의 말에 난 제국에서 수아르로 마탑을 이전시켰던 날을 떠올렸다. 제국에서 마탑을 훔쳐 와서 나라를 세운 정신 나간 신생국에게 온 세계의 관심이 쏠렸었지. 카르멘은 당연하다는 듯 내 계획을 지지해 줬지만, 황제가 카르멘이 아니라 다른 사람이었더라면 전쟁을 피할 수 없었을 것이다.

'……그런데 그 카르멘은 지금 어디에 있을까.'

난 방 안을 둘러봤다. 머릿수는 우리가 현저히 딸렸지만, 아가사는 물론이고 슈웨인의 사역마에게 세뇌당한 러셀도 우리 편에 있었다. 덕택에 대다수의 기사들은 그렇게 강한 대처를 하지 못하고 있었다.

그나마 덤벼들던 무리들도 다 바닥을 구르고 있다. 로즈의 무기까지 되찾았으니, 전세는 완벽히 우리에게 기운 상태였다. 그런데 이 난리를 쳤는데도 카르멘은 코빼기도 보이지 않았다.

러셀이 아가사를 방에 들이지 않으려고 한 건, 카르멘을 숨기려고 그랬던 게 아니었던 걸까. 방 안에 다른 숨길 만한 게 있나? 그런 생각을 하며 방을 훑어보고 있는데, 예니카가 문득 내 팔을 붙들었다.

"블루 님, 저쪽이에요."

"응?"

"빠, 빨리요."

예니카는 어쩐지 초조한 기색으로 나를 재촉했다. 나는 의아하게 그
애의 안내를 따라 전투 현장에서 멀어졌다. 방 한구석. 나뒹굴고 있는 소
파 탓에 가려졌던 공간에 열려 있는 커다란 통로가 보였다.

'지하 통로?'

깊이를 알 수 없는 회색 돌계단은 성 아래를 향하고 있었다. 정말로
있었구나, 지하. 난 예니카를 돌아보며 물었다.

"이곳에 리우 왕자님이 있는 거니?"

"네."

난 슬쩍 뒤를 바라봤다. 기사들은 슈웨인 쪽은 건들지도 못하고, 애꿎은
앨런에게게만 화를 내고 있었다.

"쥐새끼 같으니!"

"쥐가 아니라 고양이다, 멍청아!"

앨런이 자신을 잡으려는 기사의 팔 아래로 빠져나가며 정강이를 쳤다.
기사가 쿵 소리를 내며 앞으로 넘어졌다. 일행들은 전투로 바빠 보였고,
내 도움이 급해 보이지도 않았다.

"빨리요!"

"예, 예니카."

상황을 돌아보는 사이 예니카가 돌계단 아래로 내려가 있었다. 내가
가지 않겠다고 하면 혼자라도 내려갈 기세다. 지하 통로의 어둠은 작은
아이를 금방이라도 집어삼킬 것처럼 짙었다.

'아가사는 러셀 왕자를 되찾았고, 리우 왕자를 되찾는 일은 애초에 내
가 맡은 일이었으니까⋯⋯.'

"알았어, 같이 가자."

난 결국 돌계단 아래로 발을 옮겼다. 뭐, 무슨 일이 생기면 마수경으로 연락하면 되겠지.

＊ ＊ ＊

카르멘은 통로 끝에서 들리는 희미한 울음소리를 따라갔다. 어느덧 통로 끝에 검은 쇠창살이 보였다. 그는 언제 닥칠지 모를 함정이나 공격을 경계하며 칼을 들고 다가갔다.

"거기, 누구지?"

"……."

쇠창살 너머 구석진 곳에서 분명 인기척이 느껴지는데, 대답이 없었다. 카르멘은 눈을 찡그렸다. 빛줄기 하나 들지 않는 곳이라 얼굴을 식별하기가 쉽지 않다. 아마 소드 마스터가 아니었더라면 앞을 제대로 보기도 힘들었을 것이다.

카르멘은 검을 치켜들었다. 그 백옥 같은 검은 성검처럼 보였지만 마검이었다. 레비아탄의 마나 코어가 박힌 이 검은 카르멘의 생일에 첼시가 준 선물로, 몇 가지 유용한 마법이 걸려 있었다. 카르멘이 한 손으로 가운데 박힌 코어를 감싸자 얼마 후 검신이 환한 빛을 발했다.

"이건……."

흰빛이 시야를 밝혔다. 어두운 감옥 구석까지 닿은 빛은, 조그맣게 몸을 웅크린 채 떨고 있는 남자의 모습을 비췄다. 카르멘의 눈이 커졌다.

"아우, 아……."

남자는 피죽도 못 얻어먹은 몰골을 하고 있었다. 온몸이 멍과 상처로 얼룩덜룩했고, 머리카락과 옷은 피와 먼지로 엉망이었다. 카르멘은 그제야 아까부터 나는 이 퀴퀴한 냄새가 그에게서 풍기는 오물 냄새라는 걸 깨달았다. 외관은 엉망이었으나 카르멘은 그가 본성에 걸려 있던 초상화에서 본 것과 똑같은 얼굴이라는 것을 눈치챘다.

"리우 왕자……?"

그의 목소리에 리우 왕자는 화들짝 놀라 어깨를 움츠렸다. 그의 행색이며 저 반응이며, 모진 고문을 당한 게 틀림없었다. 카르멘은 이를 악물고 한 발짝 물러났다.

"그대로 있으십시오."

짧게 경고한 후, 그는 검 끝으로 쇠창살을 가볍게 톡톡 두드렸다. 검이 닿는 곳마다 파란빛이 파지직 튀었다. 첼시의 곁에 있으면 흔히 볼 수 있는 광경이었다.

'결계.'

쇠창살은 튼튼한 데다가 마법적 처치까지 걸려 있었다, 하지만.

'첼시의 것보다는 단단하지 않군.'

단 한 번, 그는 첼시의 결계에 갇힌 적이 있었다. 마수왕을 잡기 위해 혼자 떠나던 그녀를 막아섰던 날.

'결국은 부쉈었지.'

그때는 눈이 돌아갔었다. 마수왕을 향해 나아가던 첼시의 등을 보며 무기력하게 갇혀서 제정신이 아니었다. 아마 그날만큼 오러를 많이 사용했던 적은 없었을 것이다. 일이 끝난 후엔 소드 마스터로서 한층 성장했을 정도다. 첼시는 모르겠지만.

'오러를 검날에 모으고……'

덕분에 결계를 부수는 데 어떤 공격이 가장 효과적인지는, 지겨울 정도로 잘 알고 있다. 첼시의 결계를 깨는 데는 천 번이 넘는 공격이 필요했지만, 이 정도 결계쯤이야 지금의 그에겐 한 번이면 충분했다.

'전체가 아니라, 표면을 가르듯이.'

파란 오러가 검날에 모이며 푸른빛을 만들어 냈다. 공기가 진동하며 검은 지하에 바람을 일으켰다.

'한 번에!'

쾅!

금속이 아니라 바위가 부서지는 듯한 굉음이었다. 구석에서 떨고 있던 리우 왕자는 경악한 눈으로 박살 난 잠금장치를 바라봤다. 끼이익, 절대로 열릴 것 같지 않던 문은 힘 빠지는 소리를 내며 허무하게 열렸다.

"구하러 왔습니다. 이리 나오시죠."

"아윽, 흑…….."

그러나 리우 왕자는 문이 열렸는데도 구석으로 기어가며 카르멘의 손을 피했다. 카르멘은 짧게 한숨을 내쉬었다.

"바깥에 있을 공주님이 걱정되지 않으십니까?"

"아가사……?"

그러자 리우가 바닥을 헤집는 것을 그만두고 카르멘을 돌아봤다. 식사 내내 긴장해 있던 공주의 모습을 떠올리고 그녀만은 아직 이 난리에 휘말리지 않은 게 아닐까 해서 꺼낸 말이었는데, 아마 정답인 모양이었다.

"네, 공주님을 만나러 갑시다."

"아가사……"

리우는 용기를 낸 듯 카르멘의 손을 잡았다. 카르멘은 리우 왕자와 함께 계단을 거슬러 올라갔다. 한창 계단을 오르던 카르멘은 문득 멈춰 서서 리우 왕자가 갇혔던 감옥을 돌아봤다.

'너무 쉬운데…….'

지하 통로의 길은 하나로 이어져 있었고, 갈림길은 없었다. 왕자가 갇힌 곳을 찾는 건 너무 쉬웠다.

'게다가, 그 울음소리.'

카르멘은 의아하게 자신을 돌아보는 리우 왕자를 바라봤다. 자신이 따라온 그 소리가, 감옥 구석에 처박혀 떨고 있던 저 왕자가 낸 것이 맞을까?

"왜, 왜······."

말없이 자신을 보는 것이 무서웠는지, 겨우 진정했던 리우 왕자가 다시 몸을 떨기 시작했다. 카르멘은 하는 수 없이 미소를 만들어 보였다.

"아닙니다, 얼른 나가죠."

카르멘은 왕자를 부축하고 다시 발길을 재촉했다.

* * *

난 응답 없는 마수경을 내려다봤다. 어쩐지 지하에 도착한 이후부터 마수경이 연결이 안 되는 기분인데.

'바쁜가?'

무슨 일이 생긴 건 아니겠지, 불안한 마음으로 마수경을 들어 올리는데.

"블루 님!"

예니카의 목소리가 들렸다. 난 반사적으로 고개를 들어서 앞을 봤다가 우뚝 멈춰 섰다.

"······갈림길이네."

마법으로 만들어 낸 빛의 구 앞으로 양 갈래 길이 펼쳐져 있었다. 내가 머뭇거리는 사이, 예니카가 왼쪽 길로 불쑥 발을 옮겼다. 그 찰나의 순간, 난 약간의 위화감을 느꼈다. 아주 잠시, 예니카의 모습이 일렁였다. 마치 결계 속에 들어가는 것처럼.

'아, 바깥과 연락이 안 되는 것도 혹시······.'

결계에 들어서였나? 그렇담 예니카를 따라가면 몇 중으로 된 결계 속에 발을 들이는 게 되는데.

"빨리요!"

예니카가 불안한 목소리로 나를 재촉했다. 그 애의 얼굴에서 초조함을 읽을 수 있었다.

'으음…….'

어쩐지 예니카가 나를 함정에 빠뜨리려는 것처럼 보이는데…….

'뭐, 따라가 보면 알게 되겠지.'

계속 연락이 안 된 카르멘도, 이곳에 있을 확률이 높아 보였다. 난 예니카를 따라 결계 속으로 발을 옮겼다.

지하 계단을 내려가는 동안, 지독한 적막만이 우리를 점령했다. 더 이상 갈림길이 나오지 않았는데도 길이 쓸데없이 구불거려서 기분이 이상했다.

"인부가 술 마시고 통로를 뚫었나 보다. 그렇지?"

"네, 네?"

시답잖은 농담을 해 봤지만 예니카는 너무 굳은 나머지 내 말을 제대로 알아듣지 못했다.

"아무것도 아니야, 얼른 갈까?"

그러고 보니 내 방에 처음 온 순간부터 다급해 보였지.

'전하가 에제르를 죽일 거예요……!'

밤중에 내 방을 들이닥친 예니카는 내 모습을 한 마수경을 잡고 그렇게 말했었다. 하지만 국왕의 방에 에제르 같아 보이는 사람은 없었다.

'그럼 에제르는 지금 어디에 있는 거지?'

우우……. 그때, 어디선가 희미한 울음소리가 들렸다. 처음에는 잘못 들은 것인가 생각했으나 소리는 점차 짙어지고, 많아졌다. 나는 처음 지하 통로에 발을 들이는 순간부터 느꼈던 기묘한 감각을 떠올렸다. 발밑에 느껴지는 수많은 생명의 감각, 뭉쳐진 마기들. 그것들은 인간의 것이 아니었다.

"예니카, 내 손 꼭 잡아."

"네……."

예니카가 긴장한 듯 내 손을 꼭 잡았다.

한 발 한 발을 주의 깊게 옮겨 나가던 우리의 앞에, 곧 커다란 문이 나타났다.

'지하실?'

나는 이상하게 깊은 지하 계단에 딱 어울리는 넓고 거대한 쇠문을 올려다봤다. 외관은 단순해 보였으나 아주 견고하고 두꺼운 문이었다. 그래서 무거워 보였는데, 슬쩍 손으로 문을 밀어 보자 허무하리만치 스르륵 밀려나갔다.

나는 윙투스를 말아 쥐고 천천히 문을 열었다. 그 순간. 살랑, 작은 날개가 내 뺨을 스치고 지나갔다.

'나비?'

난 곧바로 고개를 돌려서 뒤를 돌아봤다. 그러나 눈에 들어오는 것이라곤 깜깜한 암흑뿐이었다. 분명 가볍고 보드라운 촉감이 볼을 스친 것 같았는데.

"브, 블루 님……."

그때 예니카의 가냘픈 목소리가 나를 불렀다. 난 무심코 앞을 돌아봤다.

"아……?"

문 안에서 나타난 것은 거대한 전시장이었다.

첫눈에 그런 인상을 받았다. 양옆으로 늘어선 쇠창살들, 새장 같은 케이지들이 창고에 처박힌 짐짝처럼 층층이 쌓여 있었다. 이곳에서 전시하고 있는 것은, 마수였다.

"키이이!"

"우우……!"

케이지 안에 갇혀 소리를 지르는 마수들, 혹은 마수의 시체들.

"이게 다, 뭐……."

나는 혼란에 빠져 거대한 지하실을 돌아봤다. 도저히 이해할 수가 없었다. 왜 솔리투도성의 지하에 이런 공간이 있는 거지? 평범한 케이지가 아닌 건지, 형체가 없는 유령형 마수인 데스 사이드조차 그곳을 빠져나가지 못하고 있었다. 쇠창살에 손을 댄 마수가 비명을 지르며 문에서 파드득 멀어졌다.

마수를 연구하는 곳인가?

누가, 무슨 목적으로 솔리투도성 아래에 이런 공간을 만든 걸까?

정신없이 지하실을 살피던 내 시선이, 한쪽 구석에 박혀 있는 가장 거대한 케이지에 닿았다. 그 안에 갇혀 있는 존재와 눈이 마주친 순간, 내 얼굴에 경악이 서렸다.

"……브라운!"

"삐이이!"

지하실 한쪽 구석에 처박힌 가장 거대한 케이지 안에 들어 있는 것은, 다름 아닌 브라운이었다.

"세상에, 네가, 네가 왜."

"삐익, 삑!"

"전설의 괴조일 수도 있으니 잘 보살피겠다고 했는데. 왜 이런 곳에……!"

난 허둥지둥 케이지의 자물쇠를 살피다가, 문득 이상한 느낌이 들어서 옆을 돌아봤다. 브라운이 갇힌 감옥과는 상반되는 아주 작은 케이지에 조그만 나방들이 한가득 팔랑거리고 있었다.

'수면나방……?'

수면나방에 대해서는, 예전에 대규모로 사역해 본 적이 있어서 잘 알고 있었다. 그것들로 암흑 왕국으로 향하는 헤브람 군대를 잠재운 적도 있었다.

수면나방은 사막 지역에 서식하는 곤충형 마수였다. 저 모래 같은 갈색 날개도 사막 지역에서 잘 은신하기 위해 발달한 특징이었으니까. 그런데 왜 이런 추운 나라의 지하실에 있는 거지? 그것도 저렇게 많이.

두근, 두근.

어쩐지 심장 박동이 빨라졌다. 갑작스럽게 들이닥친 불안감에, 나는 느릿한 동작으로 뒤를 돌아봤다. 케이지에 갇힌 저 데스 사이드. 낯선 사람이 들어왔는데도 경계하는 기색이 없었다. 붉은 눈으로 조용히 나를 주시하고 있을 뿐이다. 그 눈빛이, 묘하게 눈에 익었다.

'마지막 명령이야.'

암흑 왕국에서 만난 데스 사이드. 나를 위해 암흑 왕국과 설원에서 적들과 싸우고, 사막에서 헤어진 마수들.

'이 사람들을 안전한 곳까지 옮겨 줘. 그것만 해 주면, 너희는 자유야.'

"설마, 설마……."

머릿속에 불길한 예상이 떠오른 순간, 날카로운 비명이 귀를 찔렀다.

"까아아아아악!"

"예니카!"

나는 놀라서 달려 나갔다. 언제부터 옆에 없었던 거지? 이런 젠장, 브라운을 보고 너무 놀라서 아이가 내 곁을 떠난 지도 몰랐다. 비명이 들린 곳은 연구실 안쪽이었다. 마수가 갇힌 케이지가 줄줄이 이어진 코너를 꺾자, 거대한 공동이 나타났다.

"첼시 로드랭."

거기에는 열세 명의 마법사들이 있었다. 내가 그들을 마법사라고 생각한 이유는 단순했다. 그들이 금사가 수놓아진 하얀 로브를 뒤집어쓰고, 드래곤이 그려진 룬 목걸이를 차고 있었기 때문이었다.

그건 내가 마탑주가 되기 전, 옛 마탑의 상징이었다. 그리고 열두 명의 마법사 앞에는, 예니카의 어깨를 감싸 쥐고 있는 남자가 서 있었다. 물 빠진 금발에 녹갈색 눈동자, 내 이름을 부른 것은 그놈이었다. 난 그가 필시 이 사건의 주동자임을 직감했다.

나는 분노를 누르며 입을 열었다.

"너, 누구야."

내 물음에 남자의 얼굴에 비열한 미소가 걸렸다. 그는 일견 흥겹게까지 느껴지는 목소리로 답했다.

"거스다. 거스 카메른."

그의 답에 뒤를 지키고 선 마법사들도 의기양양하게 턱을 치켜들었다. 난 곰곰이 기억을 더듬었다. 거스 카메른, 거스 카메른이라······.

"그게 누군데?"

"······."

거스는 머리를 쓸어 올리며 미소를 지어 보였다.

"후······ 아카데미 때 성은 달라서 위화감이 드나 보군. 거스 프랑이라고 말하면 알겠지?"

"······음, 모르겠는데?"

난 모르겠다는 얼굴로 답했다.

거스가 약간 움찔했다. 등 뒤의 마법사들도 당황한 눈치였다.

"너보다 한 학년 선배였던 사람이다!"

그가 다급히 덧붙였다. 아, 아카데미에서 만난 사람이었구나. 난 눈을 데로록 굴렸다.

"아카데미에 학생이 얼마나 많았는데. 그걸 어떻게 다 기억해."

다른 곳도 아닌 헤브람 황립 아카데미라고. 대륙에서 가장 저명한 교육기관이란 말이다. 세계에서 온갖 귀족들이 다 그곳에 몰려들었다.

"보통은 다 기억해."

하지만 거스는 답답한 목소리로 외쳤다. 난 짧게 감탄했다. 보통 사람들이란, 정말 기억력이 좋구나. 내 반응을 본 거스는 크게 한숨을 내쉬었다.

"하······. 기어코 여기까지 말하게 하는군."

그는 부들거리는 입꼬리를 끌어 올리며 애써 거들먹거렸다.

"거스 카메른, 전대 타첸다 왕의 사생아다. 본처의 아들이 왕위를 계승한 후에 어머니와 함께 아래로 피신해서 일리아의 귀족가에 몸을 의탁하고 있었지."

친절한 서술에 나는 눈을 빠르게 깜빡였다. 음, 기껏 설명해 줬는데 미안하지만…….

"그렇게 말해도 모르겠는데."

"뭐?!"

결국 거스의 목소리가 높아졌다.

"나를 잘 모르는 놈들도 내 태생을 둘러싼 일은 실컷 떠들어 댔어. 아카데미 외부인들도 내게 와서 시비를 걸 정도였는데! 이 이야기를 모른다고?!"

"남의 사생활 얘기엔 그다지 관심이 없어서……."

내가 변명하자 거스는 황당한 얼굴로 눈을 끔뻑이다가 흠칫 뒤를 돌아봤다. 자기들끼리 웅성거리던 열두 명의 마법사들이 그의 시선을 받고 급히 허리를 폈다.

"첼시 로드랭, 너는 변한 게 없구나."

다시 나를 돌아본 거스는 다소 낮아진 목소리로 말했다.

"옛날에도 그렇게 사람들을 업신여겼지. 그중에서도 특히 나를."

난 미간을 찌푸렸다.

"내가, 너를?"

"그래."

거스가 고개를 끄덕였다. 머릿속을 아무리 뒤적여 봐도, 그에 대한 기억은 조금도 떠오르지 않았다. 하지만 그 말이 사실이라면, 그의 목적은 복수인 걸까? 사막에서 헤어진 내 옛 사역마들이 이 지하실에 갇혀 있는 게 우연처럼 느껴지지는 않았다.

이런 일을 벌이려면 내게 쌓인 악감정이 엄청나다는 건데. 난 조금 움츠러들어서 입을 열었다.

"정말 미안하지만, 아카데미 때 일은 잘 기억이 안 나. 내가 너한테 무슨 잘못을 했어?"

"흐음, 십 년간 잠들어 있었으니. 그 후유증인가."

"마, 맞아, 바로 그거야."

난 얼른 맞장구쳤다. 사실 아카데미 때는 카르멘에게만 정신이 팔려 있어서 다른 것은 안중에도 없었다는 게 정답이지만. 다행히도 거스는 납득했는지 어쩔 수 없다는 듯 입을 열어 줬다.

"네가 내게 무슨 짓을 했는지, 내 친히 설명해 주지."

"응, 고마워."

오만하게 내 인사를 받은 거스는 송구하게도 설명을 시작했다.

"현 타첸다 왕, 그러니까 내 이복형이 왕위를 이은 후, 새로운 왕의 모후는 나와 내 어머니를 제거하려 들었다. 그래서 어머니는 어린 나를 데리고 험한 북부를 넘어 중부로 갔지. 일리아에서 만난 프랑 백작이 우리를 거둬 줘서 그곳에 정착했다."

거스는 백작이 좋은 사람이라고 생각했지만 후에 알고 보니 늙고 교활한 탐관이었다고 욕했다.

"어머니는 자신이 고생하더라도 나만은 제대로 키우고 싶어 했다. 어릴 때부터 내가 마법에 큰 재능이 있다는 걸 알아보셨거든."

거스의 어머니는 일리아까지 온 만큼 그를 헤브람 제국으로 유학 보내고 싶어 했다. 마탑과 연계된 헤브람 황립 아카데미에 들어가야만 최고의 교육을 받을 수 있다고 생각했던 것이다.

"제국에서 태어난 넌 모르겠지만, 북부의 섬나라에서 어린 시절을 보냈던 나는 마력석의 주 생산지인 헤브람 제국에 큰 기대가 있었다. 거기에서라면 내 재능을 마음껏 펼칠 수 있을 거라고 생각했지. 그런데……."

거스는 나를 돌아보더니 치를 떨면서 말했다.

"네가 나타났다."

마치 내가 나타난 것 자체가 아주 끔찍한 일이었다는 듯한 투였다.

"……그게 다는 아니지?"

난 약간 떨떠름해져서 되물었다.

그래도 내가 등장만으로 기분을 상하게 만들 만한 사람은 아닌 것 같은데…….

그러나 거스는 나를 보면서 고개를 절레절레 저었다.

"내 말을 이해 못 하는군. 이래서 네가 문제인 거다."

그는 눈을 번뜩였다.

"타첸다에서 도망쳐 온 우리 모자가 제대로 자립하기 위해선 보통 재능으로는 안 됐다. 어머니가 힘써서 헤브람 황립 아카데미까지 보내줬으니 제대로 인정받아야 했지! 그런데 네가 입학한 후로, 선생들의 시선이 모두 네게 집중되었어!"

거스는 잔뜩 흥분한 목소리로 외쳤다.

"연애에 정신이 팔린 계집애 따위에게!"

난 주먹을 탁, 쳤다. 아하, 그런 이유였구나.

"내가 더 뛰어나서 네가 뒷전이 되어 버렸었어?"

"시끄러, 그럴 리가 없잖아!"

거스가 침을 튀기며 반박했다.

이야기의 흐름상 그런 이유인 것 같았는데, 아니라니 뭐…….

"하긴, 그럴 리가 없지. 난 그때 마법에 별 관심도 없었는데."

어릴 때 마법 학교 교사들이 내게 관심을 가졌는지 어땠는지는, 별로 기억도 안 난다. 그런데 내 호응에도 거스는 별로 기쁘지 않은 기색이었다. 아니, 오히려 화가 난 것 같았다.

"뭘 그렇게 쉽게 인정해!"

나는 화들짝 놀라 그를 바라봤다. 아니, 긍정해 준 건데 왜 역정을 내지?

"넌 아카데미 때도 그런 식이었지!"

거스는 삿대질을 하며 말했다. 그는 화를 내며 내가 아카데미 때 자신을 무시했다고 목청을 높였다.

"내가 어떤 식으로 널 무시했는데?"

"네가 아카데미에서 첫 학기를 끝냈을 때, 난 내 동기들과 함께 너를 만나러 갔었어."

거스는 깔아보는 듯한 눈으로 말했다.

"아카데미에서 졸업하면 결혼해서 애나 키울 네가 마법을 배워 봤자 쓸모없을 거라는 조언을 해 주려고."

그런 일이 있었던가? 그 말을 들으니 얼핏 기억이 나는 것 같기도 했다. 아카데미 때, 선배들이 몰려와서 마법 수업을 그만두라고 말했던 것 같기도 하다. 그래서 내가 어쨌더라? 난 그의 이어지는 말을 얌전히 경청했다.

"그런데 네가……."

"응, 내가."

"정말로 그만뒀어."

거스가 질색하며 말했다. 나는 어리둥절하게 고개를 갸웃했다.

"……무시한 게 아니잖아. 엄청나게 귀담아들었는데?"

이제 보니 거스는 내 인생에 큰 영향을 끼친 사람이었다. 말 한마디 듣고 마법 수업을 끊어 버렸건만, 뭐가 문제란 말인가. 그의 뒤에 선 마법사들도 의아한 기색이었다.

"계집애 주제에 교사들의 관심을 한 몸에 받은 것도 모자라서, 별것도 아니라는 듯이 발로 차고 나가 버렸잖아."

거스는 어딘지 들끓는 목소리로 말했다.

"내가 그때 어떤 기분이었는지, 알기나 해?"

난 황당해져서 물었다.

"고작 그거 때문에 이런 일을 벌인 거라고?"

이제 기억도 안 나는 열두 살 꼬맹이 시절에, 자기 충고대로 마법 수업을 때려치운 게 못마땅해서? 거스는 내 말이 불쾌한 듯 얼굴을 일그러뜨렸지만, 이내 미소를 지어 보였다.

"오, 물론 아니지, 첼시. 그저 증오하기에 너는 너무 열등하거든."

거스가 또다시 이해할 수 없는 말을 쏟아냈다.

"나는 왕족이야. 남의 위에 서야 하는 존재지. 불쾌한 이유들 때문에 갖가지 눈치를 보며 살아오긴 했지만, 사실 나는 지도자가 되어야 하는 사람이라고. 그래서."

그걸 이루기 위한 마법을 연구하고 있었지, 거스가 말했다.

"마법?"

"그래, 사람을 지배하는 마법 말이야. 들어는 봤나? 최면 마법이라고."

난 미간을 찌푸렸다.

"아니. 흑마법의 일종인가?"

"그래, 책 속에서나 전설처럼 나오는 마법이지. 사람들이 내 명령을 따르도록 세뇌시키는, 아주 강력한 정신 마법이야. 손에 넣기만 하면 세계를 지배할 수도 있겠지만, 되살리기가 쉽지 않아 고민하고 있었어. 그러던 중에 마침, 네가 비슷한 마법을 사용한다는 소문을 들었어."

내가 설마 하는 얼굴로 그를 쳐다보자, 거스가 고개를 끄덕였다.

"맞아, 바로 사역술이었어."

"……."

난 어떤 답을 해야 할지 알 수 없었다. 그가 무슨 생각을 하는지는 모르겠지만, 사역술은.

"그건 사람을 지배하는 마법이 아니야."

굳이 지배라는 단어를 써서 말하자면, 동물이나 마수를 지배하는 마법이긴 하지만. 인간은 해당되는 항목이 아닌데. 당황한 내게 거스는 차분히 입을 열었다.

"알아, 하지만…… 사역한 마수를 인간에게 빙의시킬 수는 있지."

그의 답에 난 조금 혼란스러워졌다. 빙의, 그건 영혼이 옮겨 붙는 현상이었다. 주로 인간의 원혼이 뭉쳐 만들어진 유령형 마수들이 저지르는 일로, 마수가 인간을 홀려서 몸을 지배하는 것을 말했다.

작게는 인간을 홀려서 이상한 길로 인도하는 것부터, 크게는 정신을 지배해서 미치게 만들거나 몸을 장악해 완전히 다른 인격으로 만들기도 했다. 원혼이 뭉치면 이런 일이 종종 일어났고, 아가사도 가족들이 귀신에게 홀렸다고 추측했다.

"하, 하지만, 하지만……."

난 혼란에 빠져서 더듬거렸다.

"역사상 사역술사가 마수를 이용해 사람을 지배한 일은 없었어!"

그러자 거스가 입매를 비틀며 웃었다.

"그래, 그 시절에는 네가 없었으니까."

나? 내가 이해할 수 없다는 눈으로 그를 보자, 거스의 미소가 더욱 짙어졌다.

"너, 네가 남긴 모든 기록을 대중에게 공개하라는 유언을 남겼잖아. 거기에 모두 쓰여 있었지. 마수를 사역하는 방법부터, 고대 마법들, 영혼의 서까지!"

"그건, 남은 사람들에게 도움이 되길 바라서……."

"그리고 네 사역마들의 정보까지 공개했지."

거스는 계속해서 말했다. 영혼이 없는 일반적인 원귀로는 인간의 몸을 완전히 점령하는 것이 어려운데, 내 사역마였던 마수들은 나의 영혼을 받아서인지 아주 탁월한 능력을 발휘한다고 했다. 그래서 그는 내가 죽은 뒤 십 년을 퍼부어서 내 사역마들을 추격했고, 모조리 잡아들였다.

"나는 네 사역마와 유령형 마수를 합쳐, 새로운 합성마를 만들었지. 그리고 그 합성마를 인간에게 빙의시키기 위한 마법식도 새롭게 세웠어."

그의 뒤에 있던 마법사들이 양옆으로 걸어가 실험관을 차르르 끌어왔다. 거대한 실험관 안에 검은 물질이 가득 차올라 일렁이고 있었다.

물질, 그렇게밖에 말할 수 없었다.

내 사역마와 원귀를 합쳐서 만들어 냈다는 합성마는, 마수가 아니라 그냥 물에 풀어 놓은 검은 잉크 같았다. 실험관 속을 멍하니 들여다보던 내 눈이, 그 검은 물질 속의 붉은 눈동자와 마주쳤다.

나는 흠칫 몸을 떨었다. 생각하고 싶지 않았지만, 나를 바라보는 그 붉은 눈은…… 방금 지나쳐 온 케이지 속 데스 사이드의 것과 똑같았다. 갑자기 입안이 까끌까끌해졌다. 나는 한참 동안 물을 못 마신 사람처럼, 힘겹게 입을 열었다.

"무슨 짓을…… 한 거야……."

"전부 네가 귀중한 자료를 친히 공개해 준 덕분이야."

고마워, 첼시. 거스가 웃으며 말했다.

"……내 덕분이라고?"

"그래, 모두 네 덕이지."

힘겹게 흘러나온 내 질문이 기꺼운 듯, 거스는 즐겁게 답했다.

"마수를 합성하고 빙의시키는 실험을 진행하는 데는 마력이 무척 많이 들어. 우린 엄청나게 많은 마력석이 필요했지. 그 마력석을 다 어디서 공수했겠어?"

난 여전히 실험관 속의 붉은 눈과 시선을 마주한 채, 거스의 목소리를 들었다.

"너와, 너의 마탑에서 나온 거지."

나는 눈을 질끈 감았다. 마력석은 언제나 귀한 자원이었다. 보석에 준하는 가치를 가졌던 그 돌을, 대량으로 시장에 풀어서 가격을 낮춘 건 수아르의 정책이었다. 가난한 아이들도 마법사의 꿈을 키울 수 있도록, 주변국에 대한 원조로도 실컷 베풀었다.

특히 마수와 싸울 힘이 부족한 약소국의 마력석 요청은 치밀한 사실 확인도 하지 않고 들어주었다. 이 기나긴 마수 전쟁을 끝내기 위해선, 모든 사람이 힘을 합쳐야 한다고 믿었으니까.

나는 인류가 싸울 힘을 갖기를 바랐고, 모두에게 무기를 나누어 준 것뿐이다. 설마 내가 쥐여 준 그 무기를 나를 향해 겨눌 것이라곤, 상상도 하지 못했다.

'이 모습이 다, 나 때문이라고?'

나는 아랫입술을 꽉 깨물었다. 마수왕을 만나러 가기 전에 사역마들과 헤어졌던 건, 단지 그 애들을 위험에 빠뜨리고 싶지 않아서였다. 그런데 나와 계약을 했다는 이유로 이런 곳에 갇혀서, 강제로 실험당하고, 저런 인공 생물이 되어 버렸다니.

"마법사들이 제 마법을 숨기는 데는 다 이유가 있는 거다! 이런 일도 예측 못 하고, 경솔했던 네 잘못이야!"

"나, 난……."

"그러게 평소에 행실을 조심했어야지! 네가 좀 더 친절하게 대했더라면, 나도 이렇게까지는 안 했어!"

힘겨워하는 내 모습이 즐거운 듯, 거스는 끊임없이 지껄여 댔다. 나는 힘겹게 다시 눈을 떠서, 실험관 속의 '물질'과 다시 눈을 마주쳤다. 덜컹 심장이 내려앉는다. 녀석의 붉은 눈을 바라보고 있자니, 불길한 생각이 자꾸 떠올랐다.

"얼마 전, 우린 '마레'라는 마을에 언데드를 퇴치하러 갔어."

목이 메서 목소리가 떨렸다. 하지만 이건 확실히 해야 했다.

"그런데 거기에서 얼마 전에 봤던 타첸다 사절단을 만났어. 헤어진 지 얼마 되지도 않았었는데, 언데드가 되어 있더군."

난 마레에서 마주친 사절단의 눈과, 그가 했던 마지막 선택을 떠올렸다. 자신의 마나 코어를 터뜨려 스스로 목숨을 끊던 그 모습을.

나는 거스를 노려보며 물었다.

"그 사람, 네가 죽인 거야?"

타첸다 사절단, 게일 경에겐 주인이 있었다. 그 주인이 거스였단 건 확실해 보였다. 그런데 그는 눈 하나 깜짝 않고 부정했다.

"그럴 리가."

"진지하게 답해! 솔리투도 왕가의 사람들도 전부 그처럼 목숨을 잃게 되는 건 아니겠지?"

거스가 자살을 명령한 게 아니라도, 원귀에게 빙의당한 사람들이 버티지 못하고 죽어 버리는 건 흔한 일이었다. 그런데 저 강제 빙의에 부작용이 없을 리 만무했다. 그러나 거스는 빙긋이 미소 지었다.

"합성마를 만드는 것도, 그 합성마를 사람에게 빙의시키는 것도. 무척 품이 많이 드는 일이야. 그렇게 얻은 인간 사역마를 내가 일부러 해칠 리 없잖아."

인간 사역마, 귀에 익지 않은 불쾌한 표현이었다. 사역마를 인간에게 빙의시켜 뜻대로 움직이는 인형을 만들다니. 정말 끔찍한 발상이다, 하지만.

"네가 죽인 게 아니란 말이야?"

"그래. 그를 시켜 널 북부로 오도록 유인한 건 맞지만, 그 후에 그의 행동은 모두 뜻밖이었어. 게일 경이 내 명령을 어기고 멋대로 성을 탈주했거든. 왜 그런 일이 생긴 건지 아직도 모르겠군. 이 실험은 아직 초기 단계라, 아직 밝혀지지 못한 부분이 많아."

그가 거스의 명령을 어기고 탈주했다고? 사역마가 술사의 명령을 어기는 건 드문 일인데. 어지간히 무리한 명령을 내렸거나 아니면 저 빙의 마법에 부작용이 있는 것 같았다.

"……그런데, 날 유인했다고?"

설마 했더니 타첸다 사절단이 마탑에 온 시점에서부터 모두 거스의 계략이었던 걸까. 내 황당한 얼굴에 거스가 큭큭거렸다.

"설마 네가 이렇게 쉽게 넘어올 거라곤 나도 몰랐지. 몇 가지 계획이 더 있었는데. 죽는소리 조금 했다고 혜브람의 황제까지 모조리 끌고 올 줄이야."

복권에 당첨된 기분이었다고 말하며, 거스는 퍽 뿌듯한 미소를 지었다.

"……그럼 솔리투도의 왕족들은 아직 살아 있는 거야?"

"물론이지."

거스는 그렇게 말하며 품에서 무언가를 꺼냈다. 황금색으로 빛나는 둥근 돌, 그 또한 눈에 익은 것이었다.

"영석."

'영석.' 그건 내가 마력을 담은 마력석처럼 영혼을 담은 돌을 만들어 내려고 노력한 결과 얻게 된 것이었다. 영혼의 힘은 가장 단단한 보석조차 담지 못하고 깨져 버렸지만, 특별한 처치를 한 치유석만은 담을 수 있었다.

치유석은 치유의 마법사들이 만드는 고체형 포션의 일종이었다. 거기에 아주 미량의 영혼을 담자, 치유석의 힘이 폭발적으로 증가하게 되었다. 영혼을 담아 황금색으로 빛나게 된 그 돌을, 나는 영석이라고 이름 붙였다.

"그걸 어떻게……?"

"일 년 전, 바둠 연합국에서 주웠지."

거스가 혀를 찼다.

"이렇게 귀한 물건을 가치도 모르는 인간들에게 줘여 주다니. 그러니까 발에 치이고 다니다가 내 손에 들어온 거잖아."

'바둠 연합국'이라는 이름을 들으니 기억이 났다. 한창 영석에 대한 연구를 진행하고 있을 때 여행했던 나라였다. 전염병에 걸린 사람들을 레비아탄이 사는 섬에 몰아넣어 죽이려 한 미친 지도자가 있던 나라.

그곳의 전염병을 완전히 없애 버리기 위해, 가지고 있던 영석을 모조리 털어 넣었다. 그리고 레비아탄을 무찌르고 얻은 마나 코어를 이용해 카르멘의 생일 선물을 만드는 데 썼었다.

"사람들을 살리려고 그런 거야."

전염병에 걸린 사람들이 죽어 나가고 있었고, 레비아탄이 섬에 보내진 사람들을 모조리 집어삼키기 일보 직전이었다. 마수를 처리하면서 동시에 사람들을 치료할 순 없었다. 그러니 영석을 사람들 손에 마구 쥐어 주고 레비아탄에게 향해야 했다.

"그래, 덕분에 내가 이 엘릭서를 얻었지. 네가 만든 것에서 조금 손을 봤고, 결국 이렇게 웬만한 상처에도 죽지 않는 사역마를 만들어 낸 거야."

경쾌하게 말하는 거스를 바라보며 난 쓴웃음을 지었다.

"날 정말 알뜰하게도 빼먹었구나."

"네가 쓸데없이 낭비하고 있는 힘을 알맞게 사용해 준 거지."

거스는 내 신경을 긁는 데 재능이 있었다. 하지만 그가 아직 사람을 죽이지 않았다는 것만큼은 다행이었다.

"그 빙의란 거, 다시 풀 수도 있어?"

내 물음에 거스는 어깨를 으쓱했다.

"그렇다고 한다면?"

"여기서 그만둬, 거스."

"그만두라고?"

그는 황당한 눈으로 나를 바라봤다. 난 시선을 피하지 않고 그의 눈을 들여다봤다. 내가 졸업한 아카데미는, 각국의 왕족, 귀족 자제들이 모이는 곳이었다.

햇살이 들어오는 하얀 건축물과 교정을 거닐던 맑은 아이들의 모습이 떠올랐다. 거스도 그 시절에는, 분명 그런 모습으로 아카데미를 채웠을 것이다. 심한 꼴을 당한 마수들을 생각하면 심장이 짓눌렸지만, 적어도 아직 고의로 사람을 죽이지는 않았다.

"사태를 더 악화시키지 마. 왕가 사람들을 원래대로 돌려놓고 일을 끝내자."

"웃기지 마, 첼시 로드랭."

낮게 실소하던 거스의 얼굴이 한순간에 딱딱하게 굳었다.

"여기서 명령을 내리는 사람은 나야. 넌 내 명령을 듣는 사람이고."

그는 그렇게 말하며 옆에 있던 마법사에게서 칼을 받아 들더니, 예니카의 목에 겨누었다.

"예니카!"

"브, 블루 님……."

난 경악했다. 고작 대여섯 살 난 아이에게 칼을 들이밀다니. 잔뜩 겁을 먹은 예니카가 거스의 손아귀에 잡혀 잘게 떨었다. 나는 이를 까득 악물었다.

"워, 그렇게 노려보지 마. 겁먹은 내가 실수로 꼬마의 목을 베어 버릴지도 모르니."

"……뭘 원해."

"흠. 우선, 무기를 내려놔."

나는 그의 시선이 가리키는 곳을 내려다봤다. 내 손목에 감겨 있는 윙투스를.

"이걸 내려놓으라고?"

윙투스는 사역마와 연결된 매개체라 이게 없으면 사역마를 소환하거나 마력을 끌어다 쓸 수 없었다.

"싫으면 거기서 이 꼬마의 목이 날아가는 걸 구경하든가."

거스가 거만하게 경고했다. 나는 그가 가진 전력과 내 것을 잠시 가늠했다. 몇 중의 결계가 물리적 공격으로부터 내 몸을 지켜주고 있었고, 내 팔에는 여러 공격 마법들이 새겨져 있었다. 내 머뭇거림을 읽었는지 거스가 낮게 웃었다.

"그렇게 경계할 것 없어. 비록 네가 내게 잘못한 점이 많긴 하지만……난 신사거든. 말만 잘 들으면 해치지 않아. 이러니저러니 해도 넌 그 귀한 대마법사잖아?"

"……."

그가 신사라는 말에는 동의하기 힘들었지만, 아무튼 당장 날 죽일 생각은 없어 보였다.

그의 목적은 아마, 솔리투도 왕국을 자신의 손아귀 안에 넣는 거겠지. 왕가 사람들을 전부 제 사역마로 만들어 놓은 건 아마 그 때문일 테니까. 그는 왕의 사생아로 태어나 권력을 쥐지 못했다는 데서 박탈감을 느끼는 것 같았다.

자신을 왕으로 만드는 데 협조를 요구할 셈일까?

거스의 목적은 정확히 알 수 없지만, 아무튼 그는 마수가 아니었다. 적어도 내가 늘 상대하던 괴물들처럼 당장 사람들을 몰살하려 들지는 않을 것이다. 그가 그렇게 갈망하는 권력도, 결국은 사람들이 있어야 성립되는 거니까.

"예니카, 대마법사님이 널 버리려나 보다. 살려 달라고 말 좀 드려 봐."

내 침묵이 길어지자 거스는 비열하게 예니카를 닦달했다.

"사, 살려 주세……."

놀란 예니카가 벌벌 떨며 애원했다. 은색 검날이 아이의 목을 벨 듯 가까워지자, 난 다급히 외쳤다.

"알았어! 알았으니 그만둬."

나는 손목에 감겨 있는 윙투스를 끌러서 그의 요구대로 멀리 던졌다. 거스의 뒤에 서 있던 마법사 두 명이 후다닥 달려와 내 윙투스를 그에게 가져다 바쳤다. 난 체념한 목소리로 말했다.

"사역술사에게서 사슬을 빼앗아 갔으니, 난 이제 민간인이야."

윙투스를 손에 넣은 거스의 표정은 퍽 만족스러워 보였다. 그래서 난 지금이 할 말을 할 타이밍이라고 생각했다.

"그러니까 아이는 이제 놔주지 그래? 네가 억하심정이 있는 건 나잖아. 나랑 말해. 어른 대 어른으로."

"오, 그래, 물론이지."

거스가 등 뒤에 선 마법사를 돌아보며 말했다.

"들었지? 아이를 놔줘."

난 인상을 찌푸렸다. 아이는 그의 손에 들려 있는데 왜 다른 사람에게 명령을 내리는 걸까? 그런데 거스의 말을 들은 마법사가 고개를 끄덕이 더니 실험관 뒤에서 무언가를 끌고 왔다. 빛 속으로 나온 작은 인영을 발견한 내 눈이 커졌다.

"······에제르?"

"에제르!"

에제르를 발견한 예니카도 다급하게 그의 이름을 불렀다. 예니카와 비 슷하게 옅은 머리칼에 희끄무레한 눈동자를 가진 그 아이는, 처음 봤을 때와 달리 온몸이 축 처져 있었다. 그렇지 않아도 하얀 얼굴이 창백하게 질린 데다, 걸음걸이도 조금 이상했다.

"에제르! 에제르!"

예니카의 울음 섞인 목소리에도 반응하지 않고, 마법사가 이끄는 대로 비척비척 걸음을 움직인다. 얼핏 그 애가 입고 있는 하얀 셔츠에 피가 묻어 있는 게 보였다.

우리에게 타첸다 사절단의 정체를 알려 준, 의젓하고 말을 잘하던 아 이가 왜 이런 모습이 된 건지. 하룻밤 사이에 그 애에게 무슨 일이 생긴 건지 알 수 없었다.

"에제르······?"

마법사가 에제르의 등을 툭 치자, 에제르는 밀려나듯 내게 몇 걸음

걸어왔다. 나는 점차 가까워지는 에제르의 모습을 멍하니 바라봤다. 힘없이 고개를 든 그 애가 나와 눈을 마주치더니, 갑자기 입고 있던 셔츠를 천천히 벗었다.

"첼시, 님……."

셔츠가 바닥에 떨어지자, 검은 마법진으로 뒤덮여 있는 아이의 상체가 드러났다. 에제르는 휘청거리는 걸음으로 내게 다가오며 속삭였다.

"예니카를…… 살려 주세요……."

"……뭐라고?"

에제르는 느릿느릿 다가와 나를 폭 껴안았다. 메마르고 상처 입은, 작은 아이였다. 피할 이유는 없었다. 그리고 동시에 그 애의 몸에 그려진 마법진이 검은빛을 발하기 시작했다.

시야가 혼란스럽게 흔들렸다. 바닥이 일렁이며 잉크를 뿌린 듯 숨겨져 있던 자동화 마법이 나타났다. 이 또한 내가 대중에게 공개해 준 마법이었다. 정신없이 채워지는 마법진의 문양을 바라보던 나는, 문득 시야에 걸리는 내 머리카락이 검게 물들고 있는 것을 발견했다.

"헉……."

숨이 차고 몸이 아래로 허물어졌다. 무릎이 바닥에 부딪혔다. 나는 검게 빛나는 마법진 위에서 무릎을 꿇은 채 고개를 들어 올렸다. 울고 있는 예니카와 비열하게 미소 짓는 거스의 모습 뒤로, 검은 물질이 담겨 있던 실험관이 보였다. 실험관 속에 담겨 있던 검은 물질이 완전히 사라질 때, 나도 정신을 잃었다.

예니카는 마법사에게 붙잡힌 채 모든 일을 지켜봤다.

'블루.' 그 여자에 대한 이야기는 지겨울 정도로 들었다. 솔리투도성에 예니카가 들어온 건 일 년도 안 된 일이었다. 북해 너머에서 넘어온 아이들은 노예로 팔리거나 신성 제국에 대한 전설에 관심이 있는 사람들이 거둬 갔다. 예니카와 에제르도 그런 경우였다. 특이한 점은, 그들을 데려간 사람이 마법사라는 것이었다.

거스 카메른. 그는 신성 제국의 숨겨진 힘을 파헤치고 있었고, 연구 자료로 쓰기 위해 아이들을 데려왔다. 거스의 연구실은 어둡고 무서웠다. 고향에서는 보지 못한 온갖 마수들이 오갔고, 더러는 죽어서 나갔다. 하지만 예니카는 흉측한 모습의 마수들보다 그것들을 다루는 마법사님이 더 무섭다고 생각했다.

그리고 약 일 년 전, 거스는 아이들을 솔리투도 왕국에 데려와 왕의 피후견인으로 만들었다. 성에서의 삶은, 거스의 연구실에서 보낸 나날들보다 훨씬 행복했다.

비록 왕족들은 그들에게 관심이 없었고 시종들은 어딘가 이상했지만 적어도 거스만큼 무섭지는 않았다. 거스는 그들이 영원히 그 성에서 살 수도 있다고 했다. 대마법사를 잡는 일에 협조해 준다면.

대마법사, 첼시 로드랭. 거스의 곁에 있으면 하루도 빠짐없이 그녀에 관한 험담을 들을 수 있다. 그래서 예니카는 그녀가 아주 무서운 사람일 줄 알았다. 휴게실에서 만난 상냥한 언니가 거스가 줄곧 욕하던 그 대마법사일 것이라고는, 상상도 못 했다.

'예니카, 잘 들어.'

'예니카'는 새싹이라는 뜻이다. 고향에서는 태아를 모두 그렇게 불렀다. 그걸 알면서도 마법사는 제대로 된 이름을 붙여 주지 않았다.

'첼시 로드랭을 여기로 데려와. 안 그러면 에제르는 죽는다.'

'어, 어떻게…….'

'가서, 내가 시키는 대로 말해.'

첼시 로드랭은 멍청해서 어린애가 붙잡고 징징거리면 뭐든 들어줄 거다, 거스는 그렇게 말했다. 예니카는 무서웠지만 시키는 대로 할 수밖에 없었다.

그리고 지금. 예니카의 말대로 지하로 따라온 첼시는 마법진 한가운데에 있었다. 에제르가 무슨 짓을 한 걸까. 검은빛이 첼시를 집어삼켰다. 예니카는 놀라서 눈물만 뚝뚝 흘렸다.

빛에 물들듯, 첼시의 암청색 머리가 검게 변해 갔다. 첼시는 혼란스러운 얼굴로 어딘가를 바라봤다. 그녀의 시선이 향한 곳은, 검은 먹물 같은 것이 들어찬 실험관이었다. 무심코 그곳을 바라봤던 예니카의 눈이 커졌다. 실험관을 채웠던 검은 먹물이 거의 사라져 있었기 때문이다.

쿵!

예니카는 비명조차 지르지 못하고 그 모습을 바라봤다. 검은빛이 사그라든 후, 에제르는 입에서 검은 연기를 뱉으며 바닥에 나동그라졌다. 마법진이 사라진 곳에서, 무릎을 꿇고 있던 첼시가 천천히 일어났다.

다시 눈을 뜬 첼시의 모습을 본 예니카의 눈이 정처 없이 흔들렸다. 첼시의 황금색 눈동자는 마치 태양이 가라앉고 일몰이 찾아온 바다처럼 붉게 변해 있었다.

솔리투도 국왕처럼, 러셀 왕자나 죽은 게일 경처럼.

별빛 하나 없는 밤처럼 새까만 머리칼, 피처럼 붉은 눈으로 첼시가 고개를 들었다.

"해냈어……! 내가 해냈다!"

거스의 벅찬 웃음소리가 예니카의 귀를 쟁쟁 울렸다.

* * *

"휴우으으으."

릴리는 앓는 소리를 내며 바닥에 주저앉아 자신의 파트너를 올려다봤다. 자신은 이렇게 지쳤는데, 로엠은 무심한 표정으로 뺨에 튄 피를 쓱 닦아 낼 뿐이었다. 첼시와 비슷한 색의 금안이 릴리를 힐끗 내려다봤다.

"뭐."

"아니, 아니야."

릴리는 허탈하게 웃고는 그들이 만들어 놓은 잔해를 돌아봤다. 바닥이 보이지 않을 정도로 많은 수의, 널브러진 기사들을.

"허허."

나오는 거라곤 힘 빠진 웃음뿐이다. 눈으로 보고도 믿기 힘든 장면이었다. 다이어 울프니까, 강할 거라고 생각은 했지만……

'한 명의 전력이 이 정도라니. 마도국이 마음만 먹는다면 세계 제패도 가능한 수준이 아닐까?'

로엠의 뒤에 볼품없이 묶인 솔리투도의 국왕을 흘끗 보며, 릴리는 막연히 생각했다.

"저쪽은 정리됐으려나?"

"우리보다 먼저 끝났겠지. 거기엔 첼시가 있으니까."

그렇게 말하는 로엠은 어쩐지 우쭐해 보였다. 릴리는 픕 웃었다.

"그래, 너희 엄마 최고다."

"……."

로엠은 답하지 않고 고개를 돌려버렸다. 때마침 마수경이 연결됐다.

[릴리, 로엠!]

"안녕, 앨런."

훌쩍 변해 버린 겉모습과 달리, 앨런의 목소리만큼은 여전히 소년 시절과 비슷했다. 정겨운 기분이 들어 릴리는 자연스럽게 미소를 띠었다. 하지만 대화를 이어 갈수록 그녀의 얼굴이 미묘하게 굳었다. 바닥에 아무렇게나 떨궈 둔 칼을 찾아 돌아온 로엠은 생각에 빠진 릴리를 발견했다.

"뭐야, 아직 못 끝냈대?"

"아니, 러셀을 생포했대. 그쪽으로 오라네."

"그런데 표정이 왜 그래?"

릴리가 애매한 표정으로 고개를 갸웃했다.

"첼시가 실종됐다네……?"

"……뭐?"

릴리와 로엠은 국왕을 데리고 곧장 앨런이 있는 곳으로 갔다. 로엠은 조금 당황했지만, 그때까지 큰 걱정은 하지 않고 있었다. 어떤 강한 마수도 발아래에 두었던 첼시가, 인간을 상대로 고초를 겪을 거라곤 생각할 수 없었다.

"앨런!"

"릴리, 로엠! 어서 와."

다른 일행들이 있던 장소도 국왕의 방만큼이나 초토화 상태였다. 아니, 더 나빴다. 그들이 다녀온 방은 적어도 천장은 멀쩡했으니까.

"첼시가 어디로 사라진 거야?"

"모르겠어. 분명 시야에 있었는데, 갑자기 땅으로 꺼진 것처럼 사라졌어."

로즈는 걱정스러운 목소리로 말했다.

"무슨 일이 생기신 걸까?"

"그럴 리가 없잖아."

반면에, 앨런은 낙천적이었다.

"우리를 여기로 유인한 게 누군지는 모르겠지만, 스승님의 상대는 안 될걸."

"그런가……."

다들 비슷한 생각인 것 같았다. 릴리는 로즈가 붙잡고 있는 마수경을 바라보다가, 문득 물었다.

"그나저나 공주님은 어디 가신 거야?"

"아, 슈웨인과 함께 러셀 왕자를 쉬게 할 곳을 찾으러 갔어."

"러셀 왕자의 상태는 어때?"

"글쎄, 외관상으로는 문제를 찾을 수 없었어. 아마 정신계 공격 마법에 당한 게 아닐까 싶은데. 정확히는……."

"그럼 국왕 전하의 상태도 한번 봐 줄래?"

릴리의 말에 로즈는 로엠이 업고 온 국왕에게로 시선을 돌렸다. 로즈가 다가가자, 로엠이 그를 묶고 있던 끈을 풀어줬다.

"기절한 거야?"

"너무 반항이 심해서 어쩔 수 없었어."

로즈는 국왕의 겉옷을 벗겨서 바닥에 깔고 그의 상의를 들어 올렸다.

"조심해, 갑자기 깨어날지도 모르니까."

로엠이 로즈를 도와주며 경고했다. 로즈는 고개를 끄덕이고 지혈과 치료를 위한 몇 가지 마도구를 소환한 후에, 국왕의 상처와 맥박을 확인했다.

"……숨을 안 쉬는데?"

"뭐? 그럴 리가."

"이것 봐, 맥이 안 뛰어."

로즈의 말에 로엠이 혼란스러워하며 그의 손목에 손을 가져다 댔다. 그때, 왕이 눈을 번쩍 떴다.

"이놈들!"

"꺄아악!"

로즈는 반사적으로 비명을 질렀다. 솔리투도의 왕은 서슬 퍼런 얼굴로 외쳤다.

"감히, 어느 안전이라고!"

"떨어져!"

로엠이 황급히 국왕의 상체를 끌어안아 제압했다. 로즈는 조금 물러났지만 로엠이 국왕을 붙잡은 것을 보고 더 이상 피하지 않았다. 그녀의 시선이 드러난 복부의 상처에 닿았다.

'구슬……?'

그리고 로즈는 이상한 것을 발견했다. 국왕의 배에 난 상처에, 하얀 구슬이 박혀 있었다. 전투 중에 상처에 박힌 것일까? 로즈는 구슬을 빼내기 위해 마도구를 가까이 댔다.

그러나 그녀가 닿기도 전에, 구슬이 파스스 바스러졌다. 그건 순식간에 일어난 일이었다. 구슬이 바스러지는 것과 동시에, 국왕의 입에서 검은 연기가 흘러나왔다. 그리고 마치 그게 그의 생명력이었던 것처럼, 국왕이 말라 가기 시작했다.

'말라 갔다.'

그렇게밖에는 표현할 길이 없다. 마치 인간의 몸에서 순식간에 수분이 증발하는 것처럼, 국왕은 쪼그라들었다. 하얗던 피부는 잿빛으로 죽어 갔고, 몸에 붙은 근육과 살은 산화하듯 사라졌다. 그리고 국왕은 시체가 되었다. 이미 죽은 지 일 년은 족히 지난 것 같은 모습으로.

"이게, 무슨……."

앨런이 당황해서 입을 열었다. 가장 가까이 있던 로즈는 충격에 아무 말도 하지 못했다. 그때, 갑자기 땅이 움직였다.

"뭐, 뭐야."

앨런이 휘청이며 바닥에 손을 붙였다.

"지진이야? 갑자기?"

릴리도 당황해서 물었다. 벽에 걸려 있던 액자가 떨어지고 책장의 책이 와르르 쏟아지다가 결국 책장까지 넘어졌다. 한참 동안 이어지던 진동이 겨우 진정된 후, 그들은 슈웨인과 아가사의 상태를 확인하러 가 봐야겠다고 생각했다. 로엠은 로즈와 함께 자리를 지키고, 릴리와 앨런이 일어났다.

그들이 막 방을 빠져나가기 직전에, 갑자기 바닥에서 커다란 파열음이 울렸다. 방을 나가려던 릴리와 앨런도 멈춰 서서 소리가 나는 곳을 돌아봤다. 바닥에 있던 비밀 통로의 문을 부수듯이 하며 나타난 사람은, 리우 왕자를 등에 업은 카르멘이었다.

"데일!"

릴리가 놀라서 외쳤다.

"지금까지 어디 있었던 거예요?"

"말하자면 깁니다. 방금 일어난 그 지진은 뭐였습니까?"

"우리도 몰라요. 그런데 폐하, 등에 업은 그 사람은……."

로즈의 혼란스러운 목소리에 카르멘은 짧게 긍정했다.

"리우 왕자입니다. 그런데, 저 시체는 설마……."

카르멘이 죽은 국왕을 바라보며 물었다.

"국왕입니까?"

"맞아요."

쿵!

그때, 갑자기 아까부터 말이 없던 로엠이 갑자기 무기를 집어 던졌다. 그러고는 곧장 방을 뛰쳐나갔다. 무언가 심상치 않음을 느낀 카르멘도 리우 왕자를 맡기고 그를 쫓아갔다.

카르멘이 방을 나왔을 때, 그는 복도를 달리는 늑대를 볼 수 있었다. 아직 성내에 돌아다니는 사람들이 없는 것도 아닌데, 정체를 숨겨야 하는 입장으로서는 부적절한 행동이었다. 하지만 지금은 그게 중요한 일이 아니었다. 그들 모두 비슷한 예감을 느끼고 있었다.

"로엠!"

카르멘의 부름에도 로엠은 뒤도 돌아보지 않고 달렸다. 질주하는 늑대의 뒤를 쫓아 코너를 몇 번 돌자, 외부로 빠져나가는 뒷문이 나타났다. 로엠이 어떻게 그런 곳을 발견했는지는 알 수 없었다.

문을 빠져나가자, 어스름이 깔린 정원에 낯익은 마법진이 그려져 있었다. 둥근 원과 가운데 그려진 번개 문양. 워프 존이었다. 워프 존 위에 몇 명의 마법사들이 서 있고, 첼시는 그들 가운데에 있었다.

"크르르르!"

로엠이 짐승 같은 소리를 내며 마법사들에게 달려갔다. 그때, 마법사 중 하나가 입을 열었다.

"첼시."

로엠이 멈칫했다. 두 사람의 시선이 동시에 첼시의 이름을 부른 마법사에게로 돌아갔다. 하얀 로브 아래로 보이는 얼굴을 확인한 카르멘의 미간이 좁아졌다.

"거스 프랑?"

거스 프랑. 수도 귀족들이라면 모르는 사람이 없었던, 마탑의 유명 인사 중 하나였다. 하지만, 죽었다고 들었는데. 카르멘의 목소리에 거스가 입꼬리를 끌어 올렸다.

"가자."

카르멘은 그가 누구에게 명령하고 있는지 이해하지 못했다. 그때, 첼시가 고개를 들어 올렸다. 그와 동시에, 카르멘의 심장이 철렁 내려앉았다. 그의 시선이 첼시의 눈동자에 닿았다. 금색으로 빛나야 할 그녀의 눈이 붉게 물들어 있었다.

"첼시!"

로엠이 찢어지는 고함을 지르며 그녀에게 달려갔다. 연이어 일어나는 일련의 일들을, 카르멘은 눈으로 보고도 믿을 수가 없었다. 첼시가 마치 등 뒤의 마법사를 보호하듯 앞으로 걸어 나왔다. 그러곤 천천히 손을 들어 올렸다.

로엠이 달려드는 것과 동시에, 그녀를 중심으로 넓게 펼쳐져 있던 푸른 결계가 번쩍 빛나며 로엠과 부딪혔다. 커다란 진동이 울리며 일순간 공간이 일그러졌다. 결계가 연달아 깨지며 일어나는 반향이었다.

첼시는 육체가 강한 것은 아니었기에, 언제나 결계를 몇 중으로 두르고 있었다. 항상 그녀와 동료들을 보호해 주었던 결계는 든든했던 만큼 강력했다.

늑대의 울음소리와 함께, 피부가 타는 끔찍한 소리가 났다. 검은 연기와 매캐한 냄새. 두 사람이 격돌하는 동안, 로엠과 첼시는 시선을 마주하고 있었다. 흔들리는 금안과 미동 없는 적안. 첼시의 검은 머리카락이 허공에 나부꼈다.

그때, 첼시가 손을 들어 올렸다. 로엠은 자신의 머리로 향하는 손을 보면서도 이상하게 경계심을 느끼지 못했다. 그녀의 결계에 피부가 지져지고 있으면서도 그랬다. 첼시가 그렇게 손을 들어 올리는 때는 로엠의 머리를 쓰다듬는 순간밖에 없었으니까.

일순간 그녀가 제정신으로 돌아왔을 거라는 기대가 생겼던 것 같다. 그리고 첼시는 그대로 왼 손등에 그려진 마법진을 발동시켰다. 쾅! 귓전을 때리는 소리와 함께 커다란 충격파가 로엠의 몸을 강타했다.

파란 전극에 휘감긴 채, 로엠은 몇 미터를 날아갔다. 로엠의 몸이 성벽에 부딪히며 또다시 커다란 소리가 났고, 성벽이 부서지며 먼지가 일었다.

"로엠!"

카르멘의 눈이 흔들렸다. 첼시가 그를 돌아봤다. 무기질처럼 차가운 눈동자. 그녀는 카르멘이 달려들 것을 대비하듯 윙투스를 들어 올렸다. 언제라도 그를 공격할 것처럼. 로엠과 달리 카르멘이 당장 달려들지 않자, 그녀는 고개를 숙였다. 카르멘은 그녀가 떠나려고 한다는 걸 직감했다.

캉!

카르멘이 칼을 들고 달려들기가 무섭게, 첼시가 기다렸다는 듯 그의 칼을 막았다. 듣기 싫은 소리를 내며 부딪치는 검과 사슬. 첼시의 적의가 가득 담긴 붉은 눈이 카르멘을 노려봤다.

카르멘은 공포를 느꼈다. 그건 첼시가 깨어난 이후부터 줄곧 안고 있었던 공포였다. 때문에 그는 오랫동안 반복된 악몽이 눈앞에 재현되는 것 같은 느낌을 받았다.

국왕과 같은 붉은 눈으로 자신을 보는 첼시의 위로, 끔찍한 최후를 맞은 국왕의 마지막 모습이 겹쳐 보였다. 그리고 첼시는 그의 동요를 놓치지 않았다.

그녀는 카르멘과 눈을 마주한 채, 천천히 바닥에 손을 짚었다. 그녀의 손이 맞닿은 워프 존 위로 검은빛이 발했다. 그 빛은 첼시의 몸을 감싸고, 곧 카르멘을 주시하는 붉은 눈동자까지 집어삼켰다.

"……첼시?"

빛이 가라앉았을 때, 첼시는 이미 사라져 있었다. 수많은 마법사들과 함께.

* * *

아가사는 빠른 걸음으로 시종들을 따라나섰다. 멀리서 달려오는 그녀를 본 기사들이 문을 활짝 열어주었다. 아가사는 망설임 없이 방 안에 들어섰다.

"오빠!"

오랜만에 구름이 걷혀, 황금빛 햇살이 성안에 새어 들어왔다. 리우 왕자는 환한 빛 속에서 침대에 기대앉아 시중을 받고 있었다. 소리가 나는 곳으로 고개를 돌린 리우는 동생을 발견하고 반갑게 웃었다.

"아가사."

아가사는 리우에게 달려가 그를 살살이 살폈다.

"괜찮아? 이제 괜찮은 거지? 나, 알아보겠어?"

걱정스럽게 자신을 보는 검은 눈동자에, 리우는 옅게 웃었다.

"당연히 알아보지, 하나밖에 없는 내 여동생."

"알타이르 신이시여, 감사합니다."

아가사가 침대에 털썩 앉으며 감사 인사를 올렸다.

"아가사, 너에게 말하지 않은 게 있어."

아가사가 리우를 돌아보자, 그는 그늘진 얼굴로 자백했다.

"사실 일 년 전, 아버지는 시한부 판정을 받으셨어."

"……."

"지금 돌아다니는 그 국왕은 가짜야! 더 빨리 말했어야 했는데, 괜히 너까지 힘들게 하고 싶지 않아서……."

횡설수설하는 리우를, 아가사는 물끄러미 내려다봤다. 그저 바라보는 것뿐인데도 리우는 점차 겁에 질려 갔다. 아가사는 그의 동요를 눈치채고 따스하게 미소 지었다.

"나도 알아, 오빠."

"……안다고?"

"응, 사실…… 얼마 전에 아버지가 돌아가셨거든."

아가사가 리우의 손을 감싸 잡으며 말했다. 아가사는 국왕의 시체를 떠올렸다. 죽은 지 일 년은 넘은 것 같던, 그 끔찍한 몰골을. 마수가 몸에 빙의하고 대마법사의 영혼을 담은 구슬을 박아서 모습을 유지하고 있었지만, 아버지는 죽었다. 리우의 말대로, 그의 수명은 일 년 전에 다 닳아 버린 게 맞을 것이다.

"돌아가셨다고? 그럼, 그 가짜는……."

"다 해결됐어. 더 이상 걱정할 거 없어."

아가사가 부드러운 목소리로 말했다. 안심되는 목소리에, 리우의 얼굴이 풀어졌다.

"……그런데 아가사, 날 치료해 주고 있는 이분들은 다 누구시니?"

리우의 물음에, 아가사가 고개를 들었다. 리우의 침상을 지키고 있는 다섯 명의 치료사들은 마탑에서 온 마법사들이었다. 넝마가 되어 며칠간 정신도 차리지 못하던 리우가 이렇게 호전된 건 모두 그들 덕분이었다.

"게다가 문 앞을 지키는 기사들도 우리 병사들이 아닌 것 같은데."

은색 갑옷을 입고 질서정연하게 문을 지키고 선 기사들의 가슴에는 헤브람 제국을 상징하는 푸른 용이 새겨져 있었다. 아가사는 잠시 피곤한 얼굴로 기사들을 돌아보다가, 곧바로 다정한 미소를 지으며 리우의 머리를 쓸어 넘겼다.

"다른 일들은 생각하지 마, 오빠는 치료에만 집중해. 우리가 다, 알아서 할 테니까."

아가사의 온화한 목소리에 리우는 다시 눈을 감으려다가, 문득 고개를 기울였다.

"우리……?"

아가사는 아차 하며 리우의 머리를 다시 쓸었다.

"내가 나중에 다, 설명해 줄게."

지금 설명하기엔 아주 복잡한 일이 될 테니까. 마도국의 마법사들과 제국의 기사들이 솔리투도 왕성을 점령한 일에 대해서 설명하려면 말이다. 아가사는 속으로 한숨을 삼키며, 닷새 전에 일어난 일에 대해 회상했다.

그 정신없는 난리통에 대하여.

* * *

닷새 전, 솔리투도 왕성에는 큰일이 있었다.

왕은 죽고, 첫째 왕자는 혼수상태에, 둘째 왕자는 미치고, 왕성의 지하에는 왕족들도 알지 못했던 비밀 공간이 있었다. 그것까지만 해도 미치고 팔짝 뛸 만한 일인데, 그녀에게 이 모든 사실을 전해 준 사람이 제국의 황제였다.

왜 우리 성에 대륙 유일한 마탑주와 황제가 모두 있었던 걸까? 아가사는 부담스러워서 위경련이 일어날 지경이었지만 양배추 수프와 영양제를 먹어 가며 버텼다.

아가사는 막내 공주로서, 후계 경쟁과는 전혀 상관없는 삶을 살아왔다. 솔리투도 국왕은 전형적인 가부장적 아버지로, 위계가 흐트러지는 것을 싫어했다. 그래서 혹시나 둘째인 러셀 왕자가 왕위를 탐내는 일이 없도록, 어릴 때부터 확실히 기를 눌러 놓았다.

하지만 막내인 데다 딸인 아가사에게는 해당하지 않는 일이었다. 권력 구도에서 철저히 배제된 아가사를, 국왕은 마음 놓고 예뻐했다. 훌륭한 왕이 되도록 엄격히 교육할 필요도 없고, 방만하여 형의 자리를 넘볼까 경계하는 일도 없이.

아가사는 대가 없이 주는 애정에 기뻐하면서도 무력했다. 왕족이라도, 아가사는 권력자가 아니었다. 제왕학은 배운 적도 없다. 어쩌면 앞으로도 평생 그렇게 살아갔을 것이다. 누군가의 딸, 누군가의 아내, 누군가의 엄마로. 하루아침에 아빠가 죽고 두 오빠가 심신 미약자가 되어 버리는 일이 일어나지 않았더라면 말이다.

"공주님! 기사들을 수용할 병실이 모자랍니다."

"외성에 있는 손님방을 병실로 사용해. 의사는 더 없어?"

"수도 귀족들을 통해 요청을 보냈습니다. 다섯 가문에서 의사를 보내 준다고 합니다."

"그걸로는 부족해. 사설 업체에도 공문을 돌리지."

"성에 들일 의사를 그런 데서 찾아도 될까요……?"

"호위 기사도 용병대에 의뢰하는 판국에 뭘."

아가사는 국왕인 아버지가 죽고 오빠들이 미친 데다 잠을 못 자서 제정신이 아니었다.

"폐하의 시신을 관에 안치했습니다. 법에 명시된 절차에 따라 국기를 게양하게 해 주십시오."

"이 와중에 국기 게양을 하겠다고? 아바마마가 죽었다고 광고할 일 있어? 안 돼, 미뤄."

"예? 하지만······."

"일일이 답해 줄 시간 없으니 토 달지 마! 나 지금 바쁜 거 안 보이니?"

정신이 하나도 없었다. 왕성의 기사들은 죄다 부상자에 일부는 전투 불능 상태였고, 몇몇 멀쩡한 이들마저 막내 공주의 명령에 순조롭게 복종하는 법이 없었다. 그녀에겐 신뢰할 만한 신하도 없다. 아가사의 신경 줄이 끊어질 듯 팽팽해졌다.

"전하! 지금, 성문 앞에······!"

그때 시종 중 하나가 그녀를 불렀다. 헐레벌떡 본성으로 뛰쳐나간 아가사를 기다리고 있던 것은 살면서 본 것 중 가장 많은 수의 기사들이었다. 헤브람 제국의 갑옷을 입은 기사들이 본성 앞을 가득 메우고 있었다.

"헉, 헉······."

아가사는 숨을 헐떡이며 성문 밖에 펼쳐진 광경을 바라보다, 눈을 질끈 감았다. 보는 것만으로 정신이 아득해졌다.

"이게 대체 무슨 짓이죠?"

마치 그게 자신의 자리인 양 태연히 왕좌를 차지하고 있는 제국의 황제를 향한 질문이었다.

"인력이 부족해 보이기에."

카르멘은 일견 상냥하게까지 느껴지는 목소리로 답했다. 그 낮은 목소리에 목덜미가 아찔해졌다. 전에는 왜 눈치채지 못했는지 이해가 안 될 정도로 잘생긴 미남이다.

첼시가 자취를 감추고 난 후, 그녀가 걸어 둔 존재감을 지우는 마법의 효과도 잇따라 사라져서 생긴 일이라고 했다. 설명을 들어도 이해는 안 됐다. 존재감을 좀 지운다고 감출 수 있을 만한 미모가 아니었다, 그는. 데일라르크 황제를 칭하는 대륙 최고의 미남이라는 타이틀이 그저 사대주의 때문만은 아니었던 것이다.

하지만 그에 대한 아가사의 감상은 냉소적이었다.

'미친 남자.'

카르멘의 첫인상은 나쁘지 않았다. 비록 저렇게 압도적인 미모를 자랑하는 줄은 눈치채지 못했어도, 용병답지 않게 준수하고 친절한 신사라고 평가했던 것이 기억에 남아 있다. 첼시가 사라지기 전까진.

"인력을 충원하겠다고, 성을 점거할 만한 대군을 끌고 오시나요?"

아가사가 애써 입꼬리를 끌어 올리며 물었다.

"일개 우방 국가에게 베푸는 친절치곤 너무 과분한데요."

"우방도 아니지."

카르멘이 오만하게 왕좌에 머리를 기댔다.

"왕가가 제구실도 못 하는 변방 국가 따위는."

아가사가 이를 악물었다. 고작 마법사 몇 명에게 국왕과 왕자들까지 모조리 조종당해 왕가는 물론이고 나라 전체가 지배당할 뻔한 것은 사실이기 때문에, 반박할 말이 없었다.

일개 소국의 공주로서 황제에게 달려들 수도 없다. 중남부의 모든 국가가 제국의 종속국이었고, 솔리투도 왕국이 그 영향력에서 자유로웠던 건 단지 지배할 매력도 없는 척박한 땅이었기 때문이었을 뿐일 테니까. 갑자기 무례해진 그의 태도에, 아가사는 바싹 긴장했다. 첼시가 사라진 이후로 그는 눈이 돌아간 것 같았다.

'미친 황제.'

데일라르크 황가의 유전병에 대해서는 익히 들은 바가 있었다. 전대 황제도 미쳐 버린 그의 형에게 살해당하며 생을 마감하지 않나. 아가사는 마음이 움츠러들수록 허리를 꼿꼿하게 세우고 왕좌로 이어지는 층계를 올랐다.

"둘째 왕자는 멀쩡하고, 첫째 왕자는 순조롭게 몸을 회복하고 있으니, 이 고비만 넘기면 재정비를 할 수 있을 겁니다."

"둘째 왕자는 귀신에게 홀려서 제정신이 아니고, 첫째 왕자는 혼수상태인데 치료를 맡을 인원도 기술도 부족해서 깨어날 수 있을지는 미지수지."

아가사의 마음이 차갑게 가라앉았다.

"그래서 지금 내 나라를 빼앗겠단 말씀인가요?"

"그게 문제가 되나?"

"쥐도 코너에 몰리면 고양이를 문답니다, 폐하."

그랬다가는 죽겠지만.

왕국은 지금이 고비였다. 그러나 저 황제의 머릿속에 그런 것은 안중에도 없을 것이다. 맹목적으로 불타는 푸른 눈동자는, 그저 빼앗긴 연인을 되찾고 싶을 뿐인 남자의 눈이었다.

그런 이에게 자신의 나라를 넘겨줄 순 없다. 치료가 필요한 두 왕자도, 수해를 입고 있는 나라도, 그의 손에 넘어가서는 목숨을 보장할 수 없었다. 온순하게 목을 내줄 바에야 발악하다 나라와 함께 죽겠다고, 아가사는 결심했다.

"그럴 각오면 왕좌를 비워 두면 안 됐지."

그런데 황제는 묘한 말을 하며 자리에서 일어났다. 그리고 그녀의 옆으로 비켜서며, 왕좌를 손짓했다. 아가사는 눈을 동그랗게 떴다.

'나보고…… 앉으라고……?'

"마도국의 왕이 사라져서, 마탑의 1장로가 눈이 벌겋게 되어서 마법사들을 닦달하고 있습니다. 이 병력을 하루아침에 여기로 데려오게 협조해 준 것도 그녀죠. 아마 필요하다고 하면 마탑 최고의 치료사들을 보내 줄 겁니다."

목소리는 똑같이 부드러웠지만, 공격적이었던 어투가 한순간에 예의를 되찾은 걸 눈치챌 수 있었다.

"솔리투도 왕국의 전력만으로는 지하에 묻힌 단서들을 파헤칠 수 없습니다."

첼시와 마법사들이 사라지기 직전, 왕성에는 커다란 진동이 있었다.

지하에 있던 카르멘은 그때의 파급력을 좀 더 생생하게 느꼈다. 리우 왕자와 함께 오르던 계단이 무너졌고, 그대로 아래로 추락해 돌에 깔려 목숨을 잃을 뻔했다.

그는 소드 마스터였기에 오러를 이용해 바닥을 깨부수고 나올 수 있었지만, 보통 사람이었으면 그대로 죽었을 것이다. 그때 입은 외상으로 그렇지 않아도 약해져 있던 리우 왕자는 중태에 빠졌다.

그때의 경험을 바탕으로 카르멘은 추측했다. 지하에 그가 보지 못한 다른 공간이 있었을 것이다. 마법사들이 지난 일 년간 왕성에 머무르며 지배했던 공간이. 그래서 첼시를 납치하고 이곳을 떠나기 전에 지하를 폭파시켰다. 왕가를 지배한 마법의 단서를 은폐하기 위해.

"그녀는 마탑의 주인이기도 하지만 제국이 은혜를 입은 영웅이기도 합니다. 우리 기사들이 지하를 파헤치고 사라진 마탑주를 되찾을 수 있게 협조해 주십시오. 그러려면 당신이 끝까지 통솔자 역할을 맡아 줘야 합니다."

'뭐?'

아가사는 그가 무슨 말을 하는지 곧바로 이해할 수 없었다. 그녀의 혼란을 아는지 모르는지, 카르멘이 허리를 숙이며 눈높이를 맞추었다.

"그렇게만 해 주면, 솔리투도 왕국의 빈 병력이 충원될 때까지 제국이 국가 보호를 도와주고 마탑이 두 왕자의 치료를 책임져 줄 겁니다. 또한, 당신이 처음부터 끝까지 통솔자 역할을 맡을 수 있도록 두 국가 모두 적극 협조하겠습니다."

그의 타는 듯한 푸른 눈동자가 그녀를 직시했다.

"우리가 그대의 뒷배가 되어 주겠다는 뜻입니다."

헤브람 제국과 수아르 마도국은, 현재 대륙에서 가질 수 있는 가장 강력한 뒷배였다. 권력 구도에서 물러나 있던 공주도 왕으로 만들 수 있을 만한.

턱. 아가사는 등에 부딪히는 부드러운 가죽의 감촉에 흠칫 놀랐다. 언제부터인가, 그녀는 왕좌에 앉아 있었다. 최고 권력자 자리가 빈 채로는 이 난리통에서 질서를 잡기 힘들다. 아가사는 서서히 이해했다. 심장 박동이 커졌다. 그녀는 주먹 쥔 손에 힘을 주며 입을 열었다.

"좋아요. 그 제안, 받아들이겠습니다."

그게 닷새 전에 일어난 일이었다.

그날, 아가사는 대륙에서 가장 막강한 두 국가 수장의 조력을 받아 합법적인 솔리투도의 왕이 되었다. 그리고 새 솔리투도 왕이 처음으로 맡은 국무는 헤브람 제국의 황제 카르멘, 그리고 마탑주의 대리자인 모데라토와 함께 협약을 맺는 일이었다.

마탑주와 그녀를 납치한 범인들을 찾기 위한 조사에 적극 협조하는 대신 헤브람 제국과 마탑은 솔리투도의 구멍 난 국가 보안을 메꿔 주겠다는 논조의 협약이었다.

모데라토는 마탑주의 납치 사실을 국민들에게 알리지 않았다. 마탑주가 납치됐다는 이야기는, 마도국에 있어서는 국가 붕괴를 초래할 만큼 치명적인 사건이었기 때문이다.

수아르 마도국에게 첼시 로드랭이란 단순한 왕이나 지도자 이상의 존재였다. 그 나라는 마탑주에게 너무 많은 것을 의지하고 있었다. 물질적인 것은 물론, 정신적으로는 국가의 지주나 다름없었다.

그나마 다행인 것은 수아르의 국민들이 첼시의 부재에 이미 익숙해졌다는 사실이었다. 앞으로 한두 달쯤은, 첼시가 코빼기도 보이지 않아도 아무도 걱정하지 않을 것이다.

또 1장로를 따돌리고 어느 연구실에 숨어서 책에 파묻혀 괴상한 마법을 발명해 내느라 달이 바뀌는지도 모르고 계시나 보다, 하고 안일하게 넘어가 줄 것이다.

그래서 모데라토는 첼시에게 일어난 일을, 열두 장로나 솔리투도로 직접 파견을 보낼 마법사 같은 극소수의 사람들에게만 공유했다. 수아르를 위해서 아가사와 카르멘도 일단은 마탑주의 실종을 공식적으로 알리지 않았다.

그들은 표면적으로는 솔리투도 국왕을 시해한 마법사들을 소탕하기 위해서 힘을 합치는 것으로 되어 있었다. 따지자면 그 또한 틀린 말은 아니었다. 마탑은 치유의 마법사를 보내 두 왕자와 기사들의 치료를 도왔다. 제국은 솔리투도 국가의 보안을 위해 1만의 군사를 보냈다.

아무리 상태가 안 좋다고 해도, 두 왕자가 버젓이 살아 있는데 막내 공주인 아가사가 왕이 된다는 것을 인정하지 못하는 사람들도 많았다. 하지만 두 국가 수장의 조력을 등에 업은 아가사에게 감히 반기를 들 수 있는 사람은 없었다.

그러한 배경 속에서, 마탑의 마법사들과 제국의 기사들은 힘을 합쳐 땅속에 파묻힌 지하 연구실의 발굴 작업을 진행하는 중이었다.

그리고, 닷새가 지난 오늘.

"전하!"

아가사가 닷새 만에 눈을 뜬 리우 왕자를 대면하고 방을 나간 순간, 문 앞에서 기다리던 신하가 그녀를 붙잡았다.

"그들이 드디어 무언가를 찾아낸 것 같습니다!"

아가사는 즉시 그들을 따라 달려갔다. 원래 지하 통로로 가는 입구가 있었던 러셀 왕자의 방문 앞은, 외부인의 접근을 막기 위해 마법사들이 결계를 설치하고 입구에만 기사들을 열 명 이상 동원하여 엄중하게 지키고 있었다. 아가사의 얼굴이 보이자 시종들과 기사들, 마법사들이 양옆으로 썰물처럼 갈라지며 알아서 길을 터주었다.

아가사는 곧바로 방에 들어갔다. 원래 러셀의 집무실이었던 내부는, 완전히 파헤쳐져 원래 형태를 알아볼 수도 없었다. 가구는 하나도 남아 있지 않았고 벽에는 이상한 마법진과 마도구들이 덕지덕지 붙어 있었다.

그리고 지하 통로의 입구가 있었던 바닥에는, 지름 5m가량의 거대한 구멍이 뚫려 있었다.

왕국에 원래 있던 공간을 마법사들이 개조해서 만든 것이라 추측 중인 지하 통로는, 너무 깊고 거대해서 들여다보아도 까만 암흑뿐이었다. 마치 마계로 가는 통로 같다. 그 구멍 주변을 수 명의 마법사와 기사들이 에워싸고 있었다.

"폐하는?"

아가사가 마법사 중 하나에게 물었다. 잠도 자지 않고 며칠을 함께 동고동락한 탓에 대부분 얼굴을 익힌 상태였다.

"이제 나오십니다."

때마침 구멍 안쪽에서 소리가 났다. 그와 함께 지하에 들어갔던 사람들을 끌어 올리기 위해 마법사들이 모여 마도구를 열심히 작동했다. 그러자 발판이 올라오며 카르멘과 함께 들어갔던 사람들이 모습을 드러냈다.

연구실을 발견했을까. 단서가 될 만한 증거물을 찾았을까.

첼시를 찾기 위해서는 그녀를 데려간 마법사들의 목적이나 출신, 전력 등을 알아내야 했다. 걱정과 기대를 가지고 기다리던 아가사는, 카르멘이 안고 온 것을 발견하고 눈을 휘둥그레 떴다.

"……예니카."

그가 지하에서 가져온 첫 번째 단서는, 예니카였다.

* * *

파묻힌 지하 연구실에서 어린아이가 나왔다는 말에, 성이 발칵 뒤집혔다. 지하에서 흉계를 꾸민 마법사 무리는 증거물을 없애기 위해 거대한 폭발을 일으켰다. 그 여파로 지하 연구실이 완전히 매몰되었고 유일한 길이었던 지하 계단 또한 모조리 무너져 내렸다.

그 폭발에서 살아남아, 무너진 지반에 깔려 물도 음식도 없이 닷새를 견디고 어린아이가 생환한 것이다. 그것도 둘씩이나. 지하에 갔던 일행들은 아이들이 살아있는 것을 눈으로 보고도 믿기 힘들었다. 지하 바깥에서 예니카의 생존을 확인한 아가사와 릴리도 마찬가지였다.

예니카의 치료를 담당한 로즈를 제외하고, 모두는 회복실 옆방에서 대기하며 소식을 기다렸다. 곧 방에서 마법사 한 명이 나왔다.

"상태는 어떤가?"

카르멘이 물었다.

"에제르는 중태지만, 폭발에 휘말린 탓은 아니고 흑마법을 행한 후유증 같다고 합니다. 예니카는 외상은 없지만 닷새 동안 물과 음식을 섭취하지 못해 많이 약해진 상태입니다."

"그래, 게다가 정신적 충격도 상당할 테지."

카르멘은 피곤한 얼굴로 말했다. 닷새 동안 현장에서 힘을 너무 썼다. 게다가 잠을 자지 못해 신경이 곤두서 있었다. 그는 엄지로 관자놀이를 꾹 눌렀다.

마음이 급하긴 했지만, 정신적으로 몰려 있는 아이를 다그쳤다가 아예 입을 닫아 버리면 더 곤란해진다. 자연히 회복될 때까지 시간을 주는 편이 낫다.

"폐하."

그때, 로즈가 살짝 문을 열고 카르멘을 불렀다. 그가 일어나자 로즈가 안쪽을 손짓하며 말했다.

"예니카가 폐하를 만나 뵙고 싶다고 하네요. 우선은, 음……."

로즈가 대기실에 있는 사람들을 조심스럽게 둘러보자, 방 안쪽에서 앳된 목소리가 울렸다.

"괜찮으니 다 들어오세요."

그 말에 회복실 문이 벌컥 열렸다.

회복실의 유일한 침대 위에 치료를 위한 마도구에 둘러싸인 아이가 앉아 있었다. 치유의 마법사들이 자리를 비켜줬다. 카르멘은 병석 옆에 앉으며 미리 경고했다.

"힘든 일을 겪었단 것, 알고 있다. 무리할 건 없어."

"전 괜찮아요."

예니카는 연구실이 붕괴하던 때를 기억했다.

마법사들은 소환사의 사슬을 이용해 케이지 속의 마수들을 빼돌리고, 남은 증거물을 없애기 위해 연구실을 폭발시켰다. 그리고 예니카와 에제르도 그 증거물 중 하나였다. 마법사들은, 마수는 챙기면서 그들은 매장하기로 결정한 것이다.

그동안 예니카는 에제르를 껴안고 울고 있었다. 첼시에게 마수를 빙의시키는 마법을 발동한 후에, 에제르는 정신을 잃고 일어나지 않았다. 그리고 마법사들이 사라진 후, 폭발이 시작되었다. 여기저기에 설치된 폭파 마법이 발동되는 순간, 예니카는 에제르를 꼭 끌어안았다.

그때, 예니카의 목에 걸려 있던 결계석이 발동되었다. 아가사의 침실에서 작전을 짜고 나갈 적에, 첼시가 예니카에게도 갑옷 비슷한 것이 필요하다며 걸어 준 것이었다.

"이거요."

예니카가 목에 걸린 목걸이를 빼서 로즈에게 넘겨주었다. 슈웨인과 앨런도 다가와 목걸이를 구경했다.

"이 조그만 결계석이 그 정도 효과를 발휘했다고?"

"작아 보이는데 진이 세 개나 있군."

"정말 그러네……."

세 마법사가 모여 중얼거렸다. 그들 모두 첼시가 예니카의 목에 결계석을 걸어 주는 걸 보긴 했었다. 하지만 그 잠깐 사이에 이렇게 정교한 결계석을 만들어 줬는지는 몰랐다.

"미니어처 장인인가 봐."

앨런이 혀를 내둘렀다.

"이런 분을 대체 어떻게……."

슈웨인이 한숨처럼 중얼거렸다. 곁에서 그 말을 들은 로엠도, 얼굴에 그늘이 졌다.

"어쩔 수 없었어요."

그때 예니카가 말했다. 로엠은 움찔 고개를 들었다.

"마법사님은 아주 오랫동안 이 일을 준비했어요."

"무슨 일이 있었는지 말해 줄 수 있니?"

로즈가 조심스럽게 말했다.

"생각나는 거면 뭐든 좋아. 블루님을 찾는 귀중한 단서가 될 거란다."

"전부 생각나요."

예니카가 주먹을 꾹 쥐고 고개를 들었다.

"전부 말해 드릴게요."

* * *

나선 모양의 검은 계단이 끝없이 아래로 이어졌다. 둥글게 비어 있는 탑의 중심에선 정체를 알 수 없는 마수의 울음이 밀려왔다. 탑의 중심, 속이 들여다보이지 않는 암흑을 바라보고 있으니 문득 허전한 마음이 들었다. 여기에, 다른 장치가 있었던 것 같은데. 계단을 이용할 것도 없이, 저기로 떨어지면…….

"첼시."

그때, 거스가 첼시를 불렀다. 거스를 따라오다 말고 멈춰서 탑의 중심을 보던 첼시가 고개를 들어 올렸다.

"이리 와."

"……."

첼시는 말없이 거스의 뒤를 따랐다. 그렇게 도착한 곳은 탑의 지하 1층에 있는, 거스의 연구실이었다. 그녀의 주인인, 거스는 대마법사였다. 그가 그렇게 말했다. 타첸다 왕국의 수석 마법사이자, 대마법사인 거스 카메른.

연구실로 향하는 지하 계단을 걸으며 무언가가 거슬리는 느낌이 들었다. 왜 대마법사의 방이 지하에 있는 걸까. 나라면, 좀 더……. 하지만 곧 그 생각도 접었다. 그녀가 관여할 바 아닌 일이다.

"이제 여기서 지내면 돼."

거스의 연구실은 생각보다 평범했다. 연구실보다는 집무실 겸 침실 같은 느낌이었다. 커피 테이블과 소파들, 책상과 책장, 그리고 침실이 따로 있었다. 첼시는 침실을 구경하다 문득 잠긴 나무문 하나를 발견했다.

"아, 거긴."

그저 바라본 것뿐이었는데, 궁금해한다고 생각했는지 거스가 열쇠를 꺼내 들었다. 잠금쇠를 해제하는 그의 얼굴에 희열과 비슷한 표정이 스쳐 지나갔다.

"……네게만 특별히 보여 주는 거야."

그렇게 말하며 거스가 어두운 방의 내부를 밝혔다. 첼시의 눈에 어지러운 서재의 모습이 들어왔다. 벽지가 보이지 않을 정도로 벽을 빈틈없이 채우며 붙어 있는 신문들, 마치 전시하듯 듬성듬성 놓인 책들. 어지러이 흩어진 양피지와 펜.

첼시의 시선이 자연히 벽에 붙은 신문을 향했다. 문 바로 옆에 붙어 있는, 가장 오래된 신문의 발행일은 제국력 626년. 헤브람 황립 아카데미의 교내 신문이었다. 헤드라인은 '626년 입학 축제'.

내용은 간단했다. 카르멘 황자가 아카데미 킹을, 알렉산드라 왕녀가 아카데미 퀸을 거머쥐었다는 이야기였다. 신문 중앙엔 왕관을 쓴 두 아이의 모습이 있었고, 그 아래는 길고 긴 수상자들의 나열이었다. 거기에 빨간 잉크로 표시된 부분이 있었다. 자수 부문 2위, 첼시 로드랭.

'첼시 로드랭.'

신문은 쭉 이어졌다. 특별한 것도 없는 교내 신문들, 수공예 동호회, 연회와 축제, 시간표나 성적표 따위도 있었다. 전부 첼시의 이야기가 담겼거나, 그녀의 것들이었다.

제국력 632년도부터는, 아카데미 교내 신문이 아닌 제국의 사설 신문으로 바뀌었다. 귀족 영애의 실종과 발견을 다룬 신문들, 그리고 이어지는 특종.

⟨첼시 로드랭의 신종 마수 명명, '웨어 울프' 30년 만의 첫 마수 사역마⟩

⟨마탑주 클라우드 웨인의 첫 수제자 탄생!⟩

⟨마탑이 낳은 천재, 첼시 로드랭. 리튼산에 봄을 가져오다.⟩

⟨마왕을 해치운 제국의 영웅, 첼시 로드랭!⟩

⟨첼시 로드랭 중태, 마탑주 "생환 가능성 낮다……"⟩

⟨10년 만에 깨어난 제국의 영웅!⟩

⟨헤브람 제국의 황제, 첼시 로드랭에게 차이다!⟩

⟨첼시 로드랭, 마탑주 임명식에 수아르 마도국 천명⟩

"첼시."

거스의 목소리에 첼시가 고개를 돌렸다. 거스가 부드럽게 웃었다.

"어때?"

어떠냐고? 이해할 수 없는 질문이었다. 이것들은 첼시의 이야기이다. 그리고 그녀의 거짓말이었다.

첼시 로드랭은 죽었다. 거스 카메른은 첼시를 죽여서 자신의 사역마를 그 몸에 빙의시켰다. 그리고 그 마수가 바로 자신이다. 첼시는 그렇게 믿었다. 거스가, 그렇게 말했으니까.

첼시가 무표정한 얼굴로 거스를 바라보자, 그가 야릇한 미소를 지었다.

"첼시 로드랭은 대단한 마법사였지. 하지만 내 마법으로 간단히 무릎 꿇렸다."

'간단히?'

첼시는 반사적으로 거스의 등 뒤로 보이는 신문 스크랩들과 첼시 로드랭의 일기와 유서 사본들, 그녀가 일생 동안 발표한 모든 논문과 연구 자료가 모여 있는 책장을 바라봤다. 이 방은 마치 십수 년 동안 오직 첼시 로드랭만을 연구한 사람의 것 같았다. 첼시의 생각을 읽었는지, 거스가 흠흠 목을 가다듬었다.

"그래, 쉽지는 않았지. 하지만 나는 해냈다."

그는 녹갈색 눈을 번뜩이며 말했다.

"그리고 난 이 마법으로 세계도 지배할 것이다."

"……."

"전 세계의 사람들이, 내 발밑에 무릎 꿇게 되는 거야!"

"……."

거스가 자신의 장대한 야심을 선포했건만, 첼시는 그저 고요하기만 했다. 거스는 무안함을 느끼며 물었다.

"첼시, 대답은?"

"응……."

"……."

거스는 손으로 이마를 짚었다. 머리가 욱신거렸다. 그는 슬쩍 눈을 치켜뜨고 손 아래로 첼시를 살폈다. 축 늘어진 검은 머리칼, 그늘진 붉은 눈동자. 말없이 바닥만 주시하는 첼시를 본 거스의 표정이 미묘해졌다.

거스가 행한 빙의 마법은, 흑마법인 최면 마법의 상위 버전이었다. 최면 마법은 정신계 공격 마법으로, 정신을 공(空)의 상태로 만들어 대상이 시전 자의 말을 그대로 믿게 만드는 마법이었다.

최면 마법에 걸린 사람은 정신의 방어막을 걷어 낸 상태가 되기 때문에, '너는 내 사역마고 내 말에 복종한다.'라고 말해도 그대로 믿고 순응한다. 하지만 시간이 지나면 강도가 약해지고, 위화감을 느끼면 마법이 금방 깨 진다는 약점이 있었다.

그 약점을 보완하기 위해 만든 빙의 마법은, 최면 마법에 걸려 정신의 방어막을 걷어 낸 상태에서 유령형 사역마를 빙의시키는 방식이었다. 사 역마는 거스의 명령에 따라 대상의 정신을 잠식한다. 이 마법을 완성하기 위해, 그는 커다란 대가를 치러야 했다.

천문학적인 자본과 대량의 마력석이 투입됐고, 실험 단계에서 많은 마 수와 인간들의 목숨이 희생되었다. 그것들을 조달하기 위해서 그는 이복 형제에게 몇 번이나 고개를 조아려야 했다. 그렇게 많은 예산을 끌어다 쓰고도 아직도 결과물을 만들어 내지 못하냐고 닦달하던 형에게 굽신거 렸던 나날들이란!

하지만 결과는, 더없이 만족스러웠다. 단언하건대, 그가 만들어 낸 것은 역사상 가장 강력한 정신계 마법이었다. 대마법사를 손에 넣었으니. 첼시 는 마탑에서 정규 교육을 받은 적이 없고, 기본 마법이나 사역술도 전부 독학으로 깨우쳤기 때문에 마법사와 싸운 경험이 전무했다.

마수들은 대체로 정신계 마법보다는 물리계 마법을 쓰기 때문에, 그녀 의 결계는 정신계 마법에 취약했다. 애초에 첼시 로드랭은 인간 마법사는 적으로 상정한 적도 없는 것처럼 싸웠으니까. 그리고 그게 그녀의 패인이 었다.

그렇게 그녀를 손에 넣었다. 그런데…….

'첼시 로드랭이 원래 이런 성격이었던가?'

아카데미 때 봤던 첼시는, 언제나 활기가 넘쳐 보였다. 첼시는 주변은 안중도 없다는 듯이 굴었다. 거스는 물론, 사역술까지도. 하지만 그녀 스스로는 대단히 만족스러워 보였다. 특히 카르멘 데일라르크를 볼 때, 보석처럼 반짝이던 그녀의 황금색 눈동자는 인상에 깊게 남아 있었다.

하지만 지금은 무언가 무기력하고 시큰둥해 보였다. 빙의의 후유증일까. 거스는 생기 없이 축 처진 그녀의 모습이 거슬린다고 생각했다. 자신의 대업을 이루기 위해선, 첼시가 저런 상태여선 안 됐다.

"이봐, 뭐가 마음에 안 드는 거야?"

거스가 물었다.

"우린 세계를 정복할 거라고! 우리가 힘을 합치면 이 망할 타첸다 왕국은 물론, 재수 없는 헤브람 제국까지 전부 없애 버릴 수 있어!"

거스의 말에 첼시가 고개를 들었다.

"……별로 이해가 안 가."

"뭐?"

"뭘 위해서 그러지?"

첼시의 물음에 거스는 눈을 깜빡였다. 조금 당황한 것 같았다. 그도 그럴 것이, 거스가 여태까지 정신을 지배했던 많은 사람들 중에 그의 목적에 의문을 품었던 이는 없었다.

'혹시, 동기 부여가 필요한 건가?'

그렇게 생각하고 보니 머리에 불이 들어오는 기분이었다. 빙의를 당한 사람들은 조금씩 다른 증상을 보였다.

솔리투도의 왕은 거의 산송장 상태에서 일 년을 버텼는데, 타첸다에 잔챙이로 숨어들었던 게일이라는 기사는 빙의 후 상태가 점점 악화되더니 결국 몸이 버티지 못하고 언데드 같은 상태가 되어 버렸다. 각자의 성격이 빙의 후의 행동에도 큰 영향을 끼치는 것 같았다.

그렇다면, 첼시는 동기 부여가 중요한 성격인 걸까.

거스는 혀로 입술을 축이고 여유로운 척 입을 열었다.

"뭘 위해서 그러냐니, 그것들이 나쁜 놈이니까 그렇지."

"……나쁜 놈?"

"그래, 그 나라들은 여태까지 전쟁을 반복하면서 끔찍한 살생을 벌이고, 힘없는 자들을 억압했어."

"……마수와의 전쟁인데도?"

"마수를 죽이는 건 살생이 아닌가? 너도 마수잖아."

첼시는 거스의 권력욕에 공감하지 못하는 것 같았으니, 다른 적당한 동기를 만들어 줘야 한다는 생각에 거스는 아무렇게나 지껄였다.

"그런 건 다른 나라들도 다 했는데……."

"그래, 그러니까 전부 다 혼내 줘야지."

하지만 거스는 자신의 말이 첼시를 더 혼란에 빠뜨리고 있다는 건 몰랐다.

"카르멘 데일라르크! 그놈은 특히 제일 먼저 제거해야 돼."

"나쁜 사람 같지는 않은데……."

"네가 순진해서 모르는 거야, 첼시. 인간들은 까고 보면 전부 악해. 깨 끗한 척하는 놈일수록 더 그렇지."

그의 말에 첼시가 고개를 들어올렸다.

"악한 인간은 죽여야 해?"

"당연하지."

그의 답에, 첼시는 혼란스럽게 얽혀있던 머릿속 퍼즐이 딱딱 맞아떨어 지는 기분이 들었다. 그때까지, 첼시의 머릿속은 그야말로 난장판이었다.

거스가 건 마법의 영향으로 기억이 엉망으로 얽혀 있었고, 첼시 본인 의 기억과 마수로서의 자아가 섞여 모든 게 뒤죽박죽이었다. 하지만 거 스와 대화를 나누는 동안, 첼시는 몇 가지 기억을 떠올려 냈다.

인간의 손에 학살당하는 마수들.

잔인한 전쟁, 마수들의 비명 소리, 살육.

그것들은 첼시의 몸에 빙의된 데스 사이드와 원귀의 기억이었고, 자신을 마수로 여기고 있는 첼시 본인의 기억도 있었다. 첼시가 고개를 끄덕였다.

"악한 인간을 죽여서 마수들을 구해야 한다……."

"그래."

"그리고 인간은 모두 악하다."

"그렇지!"

"이 땅의 인간들을 죽여서 마수들을 해방시켜 줘야 해."

첼시가 눈을 반짝 떴다. 거스는 그녀의 눈이 빛을 되찾은 것을 보자 기뻤다. 그는 신나서 입을 열었다.

"그래, 일단은 카르멘 데일라르크를 처리……."

"전염병을 개발해야겠어."

첼시의 들뜬 외침에, 거스가 허리를 삐끗했다.

"……뭐?"

"전염성이 높고 진행이 느린 전염병. 발열이나 기침 같은 증상을 유발하지 않는, 치사율이 100%인 병을 개발하는 거야."

첼시가 활짝 웃었다.

"그걸로 인간들을 쓸어버리자."

"워워, 잠깐, 잠깐!"

거스가 당황해서 손을 내저었다. 첼시가 의아하게 고개를 갸웃하자, 그가 진땀을 흘리며 애써 웃어 보였다.

"그, 그런 전염병을 어느 세월에 만들어? 그럴 시간이 없다고."

"일 년이면 되는데."

"……일 년?"

거스가 황망하게 묻자, 첼시가 고개를 끄덕였다.

"옛날에 그런 걸 조사해 본 적이 있어."

첼시는 어렴풋이 떠오르는 기억을 되짚으며 말했다. 바둠 연합국에서 본 전염병과 그것의 생성 환경, 그 잠재력.

"연구실과 마수의 도움만 있으면, 일 년이면 충분해. 일일이 죽일 필요 없이 한 방에……."

"안 돼!"

거스가 다급히 외쳤다. 첼시가 그를 돌아보자, 그는 재빨리 목을 가다 듬었다.

"그 방법은 안 돼, 일단 한 명씩 처리하자."

"왜?"

훨씬 효율적인 방법을 놔두고 굳이? 첼시가 이해할 수 없다는 듯 눈살을 찌푸리자 거스는 불안해졌다.

"진짜로 인류를 멸종시키기라도 할 셈이야?"

"어중간한 건 못 참아."

첼시는 진저리를 치며 책상 앞의 의자에 털썩 앉았다.

"하려면 완벽하게 해야지."

그녀는 의자를 빙글 돌리곤 책상 위에 손으로 턱을 괴며 말했다. 옅게 호선을 그리는 입매, 고개를 기울이며 올려다보는 얼굴이 아카데미 시절과 똑같았다.

"……그래도 안 돼."

"왜?"

"그, 그 병이, 인간형 마수에게 전염이라도 되면 어떻게 해?"

거스가 땀을 뻘뻘 흘리며 얼버무렸다. 첼시는 한숨을 내쉬었다.

"그건 그렇네…… 그럼 내가 뭘 해야 해?"

거스는 문득 첼시가 자신에게 반말을 쓰고 있다는 걸 자각했다. 아카 데미 선후배 관계일 때도 반말을 하더니, 주종 관계일 때도 반말을 할 줄은 몰랐다. 하지만 거스는 그것을 지적하는 대신, 목소리를 낮게 깔고 말했다.

"일단, 카르멘 데일라르크를 죽여."

"오."

카르멘 데일라르크, 카르멘 데일라르크…… 첼시는 어지러운 머릿속에서 그 이름에 대한 정보를 끄집어냈다.

'헤브람 제국의 황제.'

"괜찮은 생각인걸!"

첼시가 짝, 하고 손뼉을 치면서 의자에서 일어났다. 거스는 벽에 기대며 안도의 한숨을 내쉬었다.

"후, 그렇지?"

"헤브람 제국 황제를 죽여서, 그의 목을 제국에 가지고 가는 거야."

그러나 이어지는 해맑은 목소리에 겨우 안심했던 거스의 몸이 휘청했다. 간신히 벽을 붙잡고 선 거스가 힘겹게 입을 열었다.

"……왜 그런 짓을 하는데?"

"내 껍데기는, 수아르의 왕이잖아."

첼시가 책상을 돌아와 거스의 반대편에 섰다.

"마탑주가 제국의 황제를 죽였다고 하면, 분명 전쟁이 일어날 테지. 수아르 마도국과 헤브람 제국의 위세는 대륙의 쌍벽이야. 중남부는 모두 제국에게 종속되어 있지만, 신흥 강자인 마도국도 만만찮게 우방이 많지. 분명 전 세계가 전쟁에 휩쓸릴 거야!"

첼시가 손가락을 튕기며 경쾌한 소리를 만들어냈다.

"아직 해안 지역과 중북부의 마수들이 완전히 잡히지 않은 시점에서 인간들끼리의 내전까지 일어나면, 멸망까지도 순식간일걸."

명랑한 목소리로 방금 떠올린 계획을 말하는 첼시를 보며, 거스는 이마에 땀이 맺히는 것을 느꼈다.

피어나는 전쟁의 불씨, 살아 있는 지옥이 될 대륙의 모습이 눈앞에 아른거리는 것 같았다. 어떻게 저렇게 무시무시한 발상을 술술 떠올려 내는 거지? 아니, 그건 그렇다 쳐도…….

"그, 그랬다가는 우리까지 위험에 빠져 버릴 텐데?"

첼시를 말리기 위해 다급히 꺼낸 거스의 말에, 그녀의 붉은 눈이 번쩍 뜨였다.

쾅!

서늘한 바람이 거스의 옆얼굴을 스쳤다. 묵직한 파열음이 귓전을 때리는 것에 순간 심장이 멈춘 듯했다. 주르륵, 한 방울 땀이 관자놀이를 타고 흘러내리고 나서야 심장이 쿵쾅거리며 뛰기 시작했다.

귓가에 벽에서 떨어져 나온 모래가 우수수 부서지는 소리가 들렸다. 거스는 눈동자를 돌려 자신의 얼굴 바로 옆에 처박힌 윙투스를 바라봤다. 은색 사슬의 끝에 달린 촉이 벽을 뚫고 깊숙이 박혀 있었다. 조준이 조금만 빗나갔어도 그 구멍이 자리한 장소는 자신의 두개골이 되었을 것이다.

거스는 부들부들 떨며 첼시를 바라봤다. 사슬에 휘감긴 오른손을 길게 뻗은 채, 첼시가 입술을 열었다.

"남의 목숨을 앗아 가려면, 네 목숨도 걸어야지."

붉은 눈을 휘며 그녀가 빙긋 웃었다.

"안 그래? 대마법사님."

검은 마력이 사슬을 휘감자, 벽에 박힌 윙투스가 쑥 뽑히며 돌아갔다. 그와 동시에 거스는 실이 끊어진 인형처럼 주르륵 미끄러져 내렸다.

'어쩌면, 나는…….'

거스는 바닥에 털썩 주저앉은 채 콧노래를 부르며 손끝으로 사슬을 빙빙 돌리는 첼시를 올려다봤다. 그의 목울대가 꿀꺽 울렸다.

'……감당할 수 없는 존재를 만들어 버린 건가?'

예니카는 자신이 기억하는 모든 일을 진술했다.

첼시가 사라졌던 날 보았던 것 외에 그녀가 '마법사님'과 함께 살아오며 보고 겪었던 모든 것들을 말해 주었다. 아이가 어려서 많은 정보를 얻지는 못할 것이라 생각했는데, 의외로 진술이 일관적이고 또렷했다. 불행 중 다행이었다.

"아이들 모두 서류상의 나이보다 실제 나이는 몇 살 더 많을 것입니다."

헤브람 제국 측의 수석 마법사는 생각보다 질 높은 진술이 나온 이유를 그렇게 설명했다.

"아무래도 성장 부진이 의심됩니다."

그는 거스가 아이들을 학대해서 오랫동안 영양실조 상태로 있었을 것이라 말했다. 그래서 겉보기엔 어려 보였지만, 예니카가 말한 과거 이야기를 바탕으로 보면 아이의 실제 나이는 최소 여덟 살 이상으로 추정됐다.

"마탑에서 답신은 왔나?"

"예."

카르멘은 마탑에서 보냈다는 자료를 건네받았다.

거스 프랑. 열네 살에 헤브람 황립 아카데미 입학. 첫 학기에 마탑의 입적 테스트를 한 번에 통과했다. 그 후 스물한 살에 아카데미를 졸업하고 상임 마법사의 아래로 들어가 연구실을 얻게 되었다.

첫해부터 양질의 논문을 내며 촉망받는 신인 마법사로 이름을 알리는 듯했으나……. 일 년 후인 632년, 그는 흑마법을 연구한 혐의로 파문당하고 말았다. 첼시가 다이어 울프를 사역하고 제국을 떠난 것과 같은 해였다.

거스는 그 후 어머니가 계신 나라 일리아로 돌아가 조용히 사는 듯했다. 그러나 마계의 문이 열리던 해에, 일리아까지 침범한 마수들과 싸우다 죽었다는 소문이 있었다.

그 사건으로 마탑에서는 제명했던 그의 이름을 다시 명부에 올려, 다른 전사자들과 같이 예우해 주었다.

"그런데 사실은 살아 있었다라……."

그는 서류를 테이블 반대편으로 밀었다.

"거스의 친부는, 전대 타첸다 왕이었죠. 지금은 그의 이복형이 타첸다를 통치하고 있고. 우리를 이곳으로 불렀던 게일 경은 솔리투도 왕국에서 타첸다로 보낸 스파이였습니다."

카르멘은 고개를 들어 올렸다.

"너무 적나라해서 유인하는 것 같기도 하지만, 이 상황에서는 타첸다를 먼저 뒤져 볼 수밖에 없을 것 같군요."

테이블 양옆에 앉아 있던 슈웨인과 로즈, 앨런, 로엠, 릴리, 그리고 두 솔리투도 기사들의 시선이 자연히 카르멘에게로 몰렸다. 카르멘의 질문을 받은 아가사는 테이블 위로 밀려온 서류를 내려다봤다.

"북부에서 솔리투도 왕국은 어머니와 같은 나라입니다. 솔리투도 반도의 모든 섬나라가 솔리투도 왕국에서 뻗어 나갔죠."

그녀는 고개를 들어 카르멘과 시선을 마주쳤다.

"왕국의 기사단장을 사신으로 붙여 드리지요. 그러면 쉬이 성문을 열어 줄 겁니다."

아가사의 말에, 그녀 곁에 있던 기사는 당황한 기색이었다.

"하오나 전하, 타첸다로 통하는 뱃길은 한 달째 막혀 있습니다."

북해에 서식하는 해양 마수들이 근래에 감당하지 못할 만큼 늘어나, 반도 근처의 수많은 섬은 모조리 연락 두절된 상태였다.

"그 부분은 걱정하지 마세요."

앨런이 당당하게 고개를 들어 올렸다.

"우리 마탑에서 배를 대령해 드리죠."

"제국의 정예군을 호위로 데려가겠습니다."

카르멘도 거들었다.

"그럼, 결정된 것 같군요."

아가사가 방긋 웃었다. 왕의 곁을 지키는 기사들은 걱정스러운 기색이었으나, 그녀는 호쾌하게 말했다.

"타첸다로 갑시다. 마탑주님을 구하러."

* * *

똑, 똑.

종유석에 매달린 물이 아래로 방울방울 떨어졌다. 둥글게 퍼져 나가는 잔물결. 짠 바다 내음이 코끝을 건드렸다. 성의 최하층, 가장 깊숙한 지하에는 바다와 연결된 공간이 있었다.

거스는 발밑을 내려다봤다. 구두코에서 고작 10㎝ 떨어진 거리에 펼쳐져 있는, 심연처럼 검은 바닷물을.

해양 마수들의 서식지가 되어 버린 북해도 아직은 검푸른 색을 띠었는데, 이곳의 바닷물은 그저 검었다. 속이 들여다보이지 않는 검은 물을 마주할 때마다, 거스는 등골이 섬찟해지곤 했다. 이곳의 짙은 물색이 그 아래에 서식하는 마수가 얼마나 강력한 마력을 발산하고 있는지를 추측할 수 있게 했기 때문이다.

거스가 자신의 인생을 나락으로 떨어뜨린 이복형에게 고개 숙일 수밖에 없었던 이유. 북해의 모든 섬나라가 해양 마수들에게 잠식된 이후에도 타첸다만은 이토록 멀쩡할 수 있었던 이유. 그 모든 원흉이 이 바닷속에 있었다. 거스는 긴장한 얼굴로 입을 열었다.

"이 안에, 마수가 잠들어 있어."

"알아."

그러나 돌아온 대답은 담백했다.

"느껴져."

컴컴한 지하를 울리는 낭랑한 목소리에, 거스는 고개를 들었다. 첼시는 그의 옆에서 바다를 빤히 들여다보고 있었다. 그녀의 붉은 눈은 마치 무언가를 바라보고 있는 것 같았다. 자신은 결코 볼 수 없는 이 속의 무언가를.

스산한 기분이 밀려 올라와, 거스는 고개를 휘휘 저었다. 그래 봤자 지금 첼시는 자신의 손아귀 안이다. 그는 그 사실을 되뇌며 평온을 유지하려 애썼다.

"이 아래로 가서, 저 마수를 가져올 수 있겠어?"

그렇게 묻는 거스의 말끝이 살짝 떨렸다. 저 아래에 있는 마수를 사역마로 만들 수 있다면, 첼시 로드랭은 한층 더 강력해질 것이다. 마수왕을 손에 넣어, 세상에 마법을 돌려놓겠다는 엄청난 계획을 실현했을 때처럼.

그리고 이번에는 그 힘을 누구와도 나누지 않을 것이었다.

거스의 검은 속내를 읽어 내려는 것인지, 첼시가 그를 빤히 바라보았다. 거스의 목울대가 꿀꺽 울렸다. 그러나 이어지는 대답은 허무하리만치 짧았다.

"응."

그러곤 곧바로 행동을 시작했다. 첼시는 거스가 준비해 놓은 펜과 결계석, 몇 종류의 책과 마도구들을 바닥에 이리저리 펼쳤다. 그리고 그것들의 가운데에 앉아서 무언가를 슥슥 그려내기 시작했다. 그 모습은 설계도를 그리는 건축가나 예술 세계에 빠진 화가처럼 보이기도 했다.

몇십 분 후, 첼시가 무릎을 털고 일어났다.

"됐어."

"마력석은?"

"필요 없어."

첼시는 그렇게 말하며 거스의 앞으로 걸어갔다. 그녀의 손에는 몇 개의 결계석이 들려 있었다.

거스는 첼시가 그것으로 제 몸에 결계를 칠 줄 알았다. 심해의 압력과 마기를 견딜 만한 견고하고 강력한, 바닷물 한 방울 못 새어 들어오게 촘촘한 결계. 몇 세기에 한 명 나온다는 대마법사라면 그러한 결계를 펼칠 수도 있을 것이다. 그러면 이제 결계석을 지니고 바다에 들어갔다 오면 된다.

크게 위험하지는 않을 것이다. 심해에 있는 마수는 강했지만, 아직 누군가를 해칠 수 있는 상태는 아니었으니까. 그런데 첼시는 그것을 몸에 지니는 대신, 바다를 향해 던졌다. 바다 바로 앞에 쭈그려 앉아, 어린애가 도랑 치기 하듯 바다로 돌을 던진다. 풍덩, 풍덩, 경쾌한 소리가 연달아 수면을 울렸다.

'뭐 하는 거지……?'

거스가 의아한 눈으로 첼시를 바라볼 때였다.

쏴아아아아!

엄청난 진동이 발아래를 울리기 시작했다. 거스는 튀어 오르는 검은 물에 놀라 뒤로 주춤 물러났다. 그의 시선이 자연히 바다를 향했다. 그리고 그는 자신의 앞에 펼쳐진 거짓말 같은 현상을 목도하고 그대로 얼어붙고 말았다.

바다가, 갈라지고 있었다.

"헉, 헉……."

거스는 놀라서 뒷걸음질을 치다가 돌부리에 걸려 엉덩방아를 찧었다. 그러나 돌바닥에 엉덩이를 찧은 고통보다 눈앞에 펼쳐진 광경이 주는 충격이 더욱 컸다. 심장이 미친 듯이 쿵쾅거렸다.

검은 바다가 마치 거대한 젤리처럼 갈라져, 두 개의 폭포수를 이루는 모습. 서서히 모습을 드러내는 심해의 어둠. 바다가 나누어져, 바닥을 드러내기 시작하자 보였다. 그 속에서 엄청난 빛을 발하고 있는 조그마한, 아주 조그마한 돌 몇 개. 결계석.

시선을, 뗄 수가 없었다. 그 작은 결계석들은 아직도 천천히 떨어지고 있었다. 몇 개는 허공에 멈춰 서기도 하고, 몇 개는 중력을 거부하며 앞으로 날아가기도 했다. 그것들의 움직임에 따라, 바다는 서서히 양분되고 있었다.

거스는 숨 쉬는 것도 잊고 그 모습을 바라봤다. 한 장면도 놓치지 않으려 오래간 깜빡이지 않은 녹갈색 눈에 눈물이 맺혀 갔다.

'이게…… 마법!'

그런 생각이 드는 순간, 피부 위로 소름이 오소소 돋았다.

과거 그는 이해할 수 없는 모든 현상에 '마법 같다'라는 수식어를 붙이는 무지한 일반인들을 비웃곤 했다. 하지만 이 순간만큼은, 자신도 그들과 다를 바가 없었다. 눈앞에 펼쳐진 이 마법 같은 광경에, 그는 경외마저 느꼈다.

마침내 바다의 움직임이 멈추자, 첼시는 드러난 바다의 밑바닥으로 발을 옮겼다. 타박타박, 기적처럼 양분된 바다 사이로 나아가는 발소리가 지나치게 소탈했다. 거스는 바닥에 주저앉아 첼시의 뒷모습을 홀린 듯이 바라봤다.

갈라진 물길 가운데에 선, 조그만 체구의 여자.

그 순간 거스의 눈에는 첼시가 신처럼 보였다. 멍한 시선 속에서, 작은 신이 그를 돌아보며 말했다.

"뭐 해? 가자."

* * *

스산한 바람이 부는 아침, C급 용병 진은 복도를 걷고 있었다. 오늘따라 눈이 일찍 뜨였다. 솔리투도성에 온 지도 벌써 7일이 지나가는데, 요새 분위기가 영 뒤숭숭했다.

국왕이 갑작스럽게 죽어서, 공주가 왕위를 이었다. 그의 병환이 오래되었다고는 하지만 성에 처음 온 날 함께 식사할 때까지만 해도 건강해 보였는데. 바로 다음 날 죽었다는 소식을 들어서 정말 깜짝 놀랐다.

국왕이 죽는 바람에 그에게 초대받은 진과 용병들도 어중간한 상황이 되어 버렸다. 시종들이나 기사들도 그들까지 관리할 여유는 없어 보이고, 성에 함께 온 블루도 잘 보이지 않았다.

블루. 그래, 블루.

그녀를 떠올리자 절로 손에 힘이 들어갔다. 블루에 대해서는 많은 생각이 교차했다.

첫인상은 최악이었다. 진은 원래도 C급 용병이었고, 이번에야말로 B급이 될 거라고 생각했다. 거물 귀족이 큰 의뢰를 내릴 거라는 소문이 돌던 때라, 그에게는 이번 기회가 중요했다. 그런데 두 번의 시합에서 블루를 만났고, 허무하게 져 버렸다.

진은 블루가 사기를 친 게 틀림없다고 생각했다. 그때는 블루가 마법사인 걸 몰랐으니까. 조그만 여자애한테 졌다고 동료들에게 놀림거리가 돼서, 무척 자존심이 상했다.

솔직히 말하자면, 처음에는 그것 때문에 화가 나서 복수를 위해 블루와 팀이 된 것이었다. 하지만 괴롭히려고 따라간 곳에서 생명을 구해졌고…… 너무 멋있어서 반하고 말았다.

"하아."

진은 깊은 한숨을 내쉬었다. 그도 그럴 것이, 이뤄질 수 있는 상대가 아니었다. 자신이 잘못한 건 뒤로 제쳐 놔도, 블루는 애인이 있는 것 같았다. 그것도 엄청 잘생긴. 그러니 호감을 사는 건 무리겠지만…… 적어도 그간 밉살맞게 대한 것에 대해 사과라도 하고 싶은데.

요즘 블루는 영 모습을 보이지 않았다. 정체를 알 수 없는 기사들만 잔뜩 성을 돌아다니고, 하인들은 늘 바빠 보였다. 왕이 바뀌어서 혼란스럽긴 하겠지만 그것 때문만은 아닌 듯했다. 블루가 잘 있는지라도 알고 싶은데, 소렐과 히스는 아는 게 없었다. 블루와 함께 다니던 다른 용병들은 그들의 존재를 까먹은 것 같았다.

"음."

진은 복도 가운데서 우뚝 멈춰 섰다. 그래서 여기에 온 것이다. 블루를 만나고 싶어서. 나란히 있는 네 개의 문 중에서, 제일 끝에 있는 게 블루의 방이었다. 진은 잠시 서서 시뮬레이션을 돌려봤다.

블루의 방문을 노크하고, 그녀가 나오면 자연스럽게 인사한다. 곧 아침 식사가 준비될 시간이니, 함께 가면 어떻겠냐고 물어본다. 이때 블루가 '뭐, 좋아.'라고 대답하면, 함께 식당을 가면서 그간 무례했던 것에 대해 사과한다. 그리고 풀어진 분위기에서 식사하며 친밀도를 높여 본다. 만약 블루가 거절하면, 잠시 할 말이 있다고 붙잡고 사과한다.

'그런데, 사과를 받아 줄까?'

진은 그런 의문을 떠올리고 흠칫했다. 자신이 첼시에게 했던 말들이 새록새록 떠오르기 시작했다.

'그것도 속임수지? 아니면 진짜 병신이냐?'

'전력이 안 되는 게 하나 있잖아, 안 그래?'

'그냥 집에서 십자수나 하지그래, 아가씨?'

'하, 그래. 넌 언데드랑 마주쳐서 비명만 지르면 되겠지. 우리가 달려가서 해결해 줄 테니까.'

"으아아아아악."

마지막 말까지 떠올렸을 때는, 너무 쪽팔리고 수치스러워서 빨간 머리를 마구 쥐어뜯었다. 저렇게 비꽈 놓고 정작 언데드랑 마주쳐서 비명을 지른 건 진 본인이었다. 그런 그를 구해 주러 온 건 블루였고.

입조심 좀 할걸. 그랬다면 이렇게 쪽팔릴 일도 없었을 텐데. 진은 그냥 왔던 길을 돌아가 자신의 방에 처박히고 싶은 욕구를 느꼈다.

"으으으으으."

진은 자신의 입을 때리며 번뇌하다가, 곧 결심을 굳혔다.

"나는…… 남자!"

여기까지 왔으니 죽이 되든 밥이 되든 일단 사과는 해야겠다. 어쩌면 블루가 흔쾌히 사과를 받아 줄지도 모른다. 블루는 그렇게 밉살맞은 말을 한 자신도 기꺼이 구하러 와 줬으니까. 진이 용기를 내서 걸음을 내디딜 때였다.

촤르르륵!

갑자기 머리 위에서 은색 사슬이 튀어나와 진의 몸을 휘감았다.

"우읍……! 읍……!"

진은 사슬을 잡고 버둥거렸다. 하지만 사슬의 주인은 그의 그런 반응을 예상하고, 비명을 지르지 못하도록 입을 가장 먼저 봉쇄했다. 그리고 버둥거리는 손목, 팔, 허리를 차례로 휘감고 그의 몸을 공중으로 띄워 올렸다.

"……!"

진은 놀라고 겁에 질린 채 끌려갔다. 그렇게 그가 안착한 장소는 천장 위, 숨겨진 비밀 공간이었다. 거기에 누군가가 서 있었다.

'……블루?'

근 일주일간 코빼기도 보이지 않던 블루였다. 진은 안도했다. 왜 블루가 자신을 묶어서 끌고 온 것인지는 모르겠지만, 아무튼 그녀라면 나쁜 의도는 없을 것 같았다.

그러다 진은 눈을 찌푸렸다. 어라, 뭔가 달라졌네. 머리색이랑 눈 색이…… 저것도 마법인가? 그때, 블루가 가까이 다가왔다. 진의 입을 가리고 있던 사슬이 풀어지고, 블루의 손이 그의 턱을 들어 올렸다.

"너, 누구야?"

그녀가 물었다.

진은 약간 상처였다. 한 글자밖에 안 되는 이름을 그새 까먹은 걸까.

"진……이야."

"헤브람 제국의 황제와 무슨 관계지?"

진은 눈을 동그랗게 떴다. 헤브람 제국의 황제? 그런 사람과 관련 있을 리가.

"아무 관계도 없는데."

진은 솔직히 답했다. 그러자 블루의 눈이 가늘어졌다.

"거짓말 마."

"아악……!"

진을 칭칭 감싼 사슬이 몸을 뱀처럼 조여오기 시작했다. 진은 놀라서 비명을 질렀다. 손목과 팔, 몸통을 강하게 압박하는 사슬 때문에 고통스러웠다.

"이, 이러지 마, 블루!"

"그의 방 앞을 서성거리고 있었잖아?"

'그의 방 앞?'

진은 고통에 몸을 떨며 생각을 되짚었다. 그는 블루에게 어떤 말을 해야 할지 정하느라 그녀의 방에서 세 칸 떨어진 방 앞에 서 있었다. 그리고 거기는…….

"거기는 데일의 방……인데!"

"그래, 그는 지금 어디 있지?"

"모, 몰라……! 국왕 시해범을, 찾느라, 어디로 간다고 했……!"

진은 눈물을 뚝뚝 흘리면서 말했다. 거짓말을 하는 것 같지는 않았다. 블루는 짧게 혀를 찼다.

"쳇, 엇갈려 버렸네."

그러고는 진을 다시 복도로 내팽개쳤다. 진은 바닥에 널브러진 채 천장 위를 올려다보았지만, 블루는 온데간데없이 사라져 있었다. 진은 복도 위에 덩그러니 앉아서 훌쩍였다.

'뭔진 몰라도…… 화해는 물 건너갔나 봐…….'

* * *

첨벙!

바닷물이 크게 출렁였다. 한 차례 물보라가 일어난 후에 수면 위로 두 둥실 떠오른 것은 길게 칼자국이 난 거대 바다뱀의 사체였다. 먹이를 잡으려 기회를 노리던 해양 마수들은, 겁에 질려 서로 눈치만 보았다.

바닷속 포식자들의 시선을 받으며, 작은 배가 안개 낀 물 위를 유유히 흘러갔다. 마탑의 함선, 에키드 호. 겉모습은 평범한 돛단배지만, 내부에 여러 공격/방어 마도구가 설치된 소형 군함이다.

그 군함의 갑판 위에서, 카르멘이 칼에 묻은 마수의 피를 닦았다. 앨런은 바다 사이로 점점이 박혀 있는 붉은 눈빛들을 보며 작게 탄식했다.

"북해의 마수들이 보통이 아닌가 봐. 배에 은신 결계가 쳐져 있는데도 계속 덤벼드네."

간이 의자에 걸터앉아 있던 슈웨인과 릴리가 그 말에 작게 고개를 끄덕였다.

"은신 결계가 있어서 이 정도인 게 아닐까요."

그때 난간을 호위하던 솔리투도의 기사 중 하나가 끼어들었다.

"결계가 없었으면 벌써 해양 마수의 밥이 되었을 거예요."

"글쎄, 지금도 결계는 별 효력을 못 발휘하는 것 같은데. 지금 마수들이 공격하지 않는 건, 그냥……."

로즈가 중얼거렸다. 마법사들의 시선이 자연히 로엠을 향했다. 로엠은 난간에 기대 무심한 눈으로 바다를 보고 있었다. 때마침 배를 발견한 해양 마수 중 하나가 슬쩍 고개를 들었다. 허공에서 마수와 로엠의 시선이 마주쳤다.

"……!"

날카로운 가시로 뒤덮인 해양 마수가 화들짝 놀라 다시 바다 아래로 첨벙 모습을 감췄다.

"하하……."

그 모습을 본 앨런과 로즈가 어색하게 웃었다. 그들은 서로를 바라보며 생각을 공유했다.

'선생님이 있을 때는 꼬리 흔드는 충견 같았는데, 없으니까 맹수 같아…….'

배에서 숨 쉬기가 힘든 게 바다에서 올라오는 마기 때문만은 아닌 것 같다. 이래저래 첼시가 절실했다.

"어, 저기……!"

때마침, 릴리가 무언가를 발견하고 벌떡 일어났다. 모두의 시선이 릴리가 가리키는 곳을 향했다.

"타첸다야."

자욱한 안개 사이로, 검은 섬이 모습을 드러내고 있었다.

타첸다 왕국, 마수가 우글거리는 북해의 섬나라 중 가장 규모가 큰 해양 도시 국가. 일행들은 반도인 솔리투도 왕국도 마수들 때문에 골머리를 앓았으니, 섬나라인 타첸다는 더 상황이 나쁠 것으로 예상했다.

하지만 그들이 도착한 타첸다는 의외로 평화로웠다. 북해에 깔려 있던 마기의 안개가 타첸다에도 있기는 했지만 오히려 마수들의 침범은 적어 보였다. 아니, 아예 없었다.

배에서 내려 타첸다 성으로 이동하는 동안 지나온 거리는 한산하지만 깔끔했다. 시민들의 얼굴에서도 불안감이나 공포는 찾아볼 수 없었다. 고요한 평온함. 그들이 타첸다에 와서 처음 받은 인상은 그런 것이었다.

"이상하군요."

슈웨인이 조심스럽게 말했다.

"타첸다 왕국은 북해에 범람하는 마수 때문에 고립되었다고 들었는데, 이건 마치……."

주위 사람들도 그의 말에 동의했다. 타첸다는 고립된 것처럼 보이지 않았다. 오히려 타첸다인들이 그들의 비밀스러운 요새에 숨어 있었던 것처럼 보였다. 어떻게 이 나라만 이렇게 멀쩡할 수 있었는지.

마수를 피할 방법이 있다면, 어째서 나라에 숨어 상황을 감추고 있었는지. 여러 가지 의문을 품은 채로 일행은 베일에 싸인 타첸다성 앞에 도착했다.

"거기 누구지?"

흐린 안개 너머로, 정체불명의 무리가 다가오자 문지기는 긴장한 기색이었다. 그에 한 남자가 앞서 나가 자신을 밝혔다.

"솔리투도 왕국에서 왔다. 왕실 기사단장, 리신이다."

그는 앨런, 슈웨인, 릴리와 함께 괴조를 쫓아다니던 부대의 소대장이던 리신이었다.

리신은 얼마 전까지만 해도 단지 일개 소대를 이끄는 기사에 불과했다. 하지만 왕실 기사들이 죄다 첼시와 일행들의 손에 부상을 입는 사건이 일어났다. 게다가 대장급 기사들은 거스의 손에 의해 러셀과 비슷한 상태가 되어 있었다.

세뇌를 당하지 않은 중대장급 기사들도 국왕과 러셀, 그리고 상사의 명령에 따라 아가사를 함부로 대한 전적이 있었다. 그들은 아가사를 강제로 연행하거나, 명령에 불복하는 등의 방종을 서슴지 않았다. 그저 명령에 따른 것뿐이다. 그들은 그렇게 변명했지만…….

'안일함도 죄다. 아바마마의 이상도 눈치채지 못하고 옳지 않은 명령에

순종한 것, 그 또한 무능이다.'

아무리 인력이 부족해도, 불온한 불씨를 남겨 둘 수는 없다. 아가사는 그렇게 말했다. 그래서 왕실 기사단 대부분의 대원들이 강등이나 좌천 명령을 받았다. 그게 사건 내내 외부 순찰이나 했던 리신이 고속 승진한 배경이었다.

카르멘과 안면이 있다는 이유로, 그는 이번 작전에서 부관과 함께 차출되어 길잡이 역할을 맡게 되었다. 타첸다성의 문지기는 리신이 가져온 서신을 확인하고는 그들을 돌아봤다.

"따라오십시오."

세 명의 솔리투도 기사, 네 명의 마도국 마법사와 이중 국적자, 한 명의 황제가 타첸다성으로 입성했다.

* * *

카메른 왕가. 약 백오십 년 전 솔리투도 왕실의 방계 가문이 독립해 나와서 세운 왕가다. 왜 갑자기 그가 식솔들을 끌고 무인도로 갔는지, 왜 가문을 버리고 새 왕가를 세우기로 마음먹었는지는 분명하지 않다.

아무튼 왕가는 이어졌고, 지금은 8대 왕인 아부스 카메른이 그 가문을 이끌고 있었다.

"어서 오시오."

아부스 카메른, 거스의 이복형. 거스와 달리 옅은 갈색 머리에 녹색 눈을 가진 거구의 남자가 왕좌에 앉아 갑자기 들이닥친 손님들을 맞이했다. 좋게 말해서 풍채가 좋고 객관적으로 말하자면 키가 작고 뚱뚱한 외모를 가진 아부스는, 그보다 스무 살은 어려 보이는 여자들을 왕비라고 소개했다.

"……이쪽은 다섯 번째 왕비, 앤 카메른입니다."

"반갑습니다."

다섯 명의 왕비들은 외모도 나이도 제각각이었다. 그리고 몇몇은 억양도 미묘하게 달랐다. 가볍게 인사를 나눈 리신이 본론을 꺼내기 위해 왕의 앞에 섰다.

"오래도록 연락이 닿지 않아, 국왕 전하의 명으로 타첸다의 상황을 파악하기 위해 왔습니다."

솔리투도 왕국 특유의 흑발에 흑안을 가진 리신은, 공손한 어투로 말해도 묘한 압박감이 있었다.

"헌데 타첸다에는 아무 문제가 없어 보이는군요."

"타첸다만 따지자면 문제가 없지."

아부스가 허허 웃으며 말했다.

"이 땅은 신의 가호를 받아 외부에 마수가 범람할 때도 언제나 평화를 유지했다오. 하지만 바깥은 그렇지 않아. 한 발짝만 내디디면 마수의 바다니, 바로 옆인 어머니의 나라조차 방문하지 못했던 것을 이해해 주시오."

"……섬은 안전하지만, 바다로 갈 수는 없다는 말씀이십니까?"

"강력한 군사를 가진 솔리투도 왕국의 사절단은 저 바다를 뚫고 올 수 있었는지 모르겠지만, 우리 타첸다에는 그런 전력이 없다오."

리신은 더 말을 잇지 못했다. 만약 카르멘과 마법사들의 조력이 없었더라면, 솔리투도도 타첸다에 사신을 보내지 못했을 것이다.

아부스는 푸근한 미소를 지으며 말했다.

"기사는 부족해도 손님을 대접할 나이프는 있지. 아무쪼록 편히 있다 가시오."

* * *

"거짓말이라는 걸 뻔히 아는데."

만찬을 즐긴 후 침실을 안내받고 시종들이 사라지기 무섭게 앨런이 툴툴거렸다.

"무고하고 선량한 척은 다 하네요."

"왜, 정말로 무고할 수도 있지."

릴리가 반박했다.

"동생이 혼자 다 꾸민 거고 형은 이용만 했다거나, 아니면 타첸다가 아예 상관없을 수도 있어."

"진짜로 그렇게 생각해?"

"연관이 있단 증거는 없잖아."

첼시와 카르멘이 북부로 온 계기가 타첸다 사절단이긴 했지만, 사절단이었던 게일 경은 거스의 사역마였다. 그러니 타첸다와 왕인 이복형조차도 거스에게 이용당하는 것일 수도 있었다.

"애초에 거스와 그의 형은 사이가 좋지도 않았다며. 아부스의 모후가 거스와 어머니를 죽이려 했다고 했나?"

"맞습니다."

슈웨인이 고개를 끄덕였다.

"으음……."

일행들은 저마다 궁리를 해 보았지만 가만히 앉아서는 확인할 수 없는 문제였다.

"만약 타첸다 왕이 거스와 한패고 우리를 여기로 유인한 거라면, 먼저 행동을 취할 겁니다."

슈웨인의 말에 앨런이 고개를 갸웃했다.

"가만히 앉아서 저들이 먼저 행동할 때까지 기다리자고요?"

"물론 우리도 대비를 해야겠지. 다만……."

슈웨인은 앨런의 뒤를 힐끔 바라봤다. 오는 길 내내 배의 방비를 맡았던 로즈는 물론이고, 타첸다로 오는 이틀 내내 마수들 사이에서 긴장을 놓치지 못했던 기사들도 축 늘어져 피곤한 기색이었다.

"그래."

침실에 들어온 이후부터 내내 창가에서 뭔가를 둘러보고 있던 카르멘이 입을 열었다.

"일단 쉬어. 이 성에서 뭔가를 찾아보는 건 내일 하는 게 좋겠군."

* * *

타첸다 왕이 일행들에게 내준 침실은 말이 침실이지 거실에 다섯 개의 방과 욕실, 서재와 테라스까지 딸린 작은 별채였다. 각자 두 명씩 한 방에서 휴식을 취하고 성을 탐색하는 건 내일로 미루기로 했다.

한창 꿈나라를 유영하던 앨런은 잠결에 로엠이 일어나는 것을 느꼈다.

"어디 가……?"

"밖에 뭔가가 있어."

그렇구나, 하고 도로 잠들었다가 곧 이상함을 느끼고 다시 깼다. 그때는 이미 로엠의 모습이 보이지 않았다. 앨런은 대충 로브만 걸치고 황급히 밖으로 나왔다. 타첸다에 도착했을 때부터 로엠은 묘하게 말이 없었다. 녀석이 강한 건 알지만, 첼시가 사라졌을 때부터 어딘가 조마조마해 보였다.

첼시가 사라졌을 때, 앨런은 그 자리에 없었다. 그래서 무슨 일이 있었는지는 몰랐지만 무슨 일이 있기는 한 것 같았다. 그녀를 마지막으로 본 카르멘과 로엠이 그토록 심하게 동요한 걸 보면.

카르멘은 날 선 칼날처럼 예리해져서 주변 사람들을 불안에 떨게 하는 쪽이었다면 로엠은 기운 없이 축 처져서 걱정이 됐다. 사라진 로엠을 찾아 성을 돌아다니던 앨런은, 복도에서 어슬렁거리는 이상한 그림자를 발견했다.

"로엠?"

그가 확신 없는 목소리로 로엠의 이름을 부르자, 그것이 돌연 도주하기 시작했다.

"거기 서!"

앨런은 반사적으로 그림자를 뒤쫓았다. 그것은 복도를 달리고 계단을 내려가더니 부엌과 연결된 성의 쪽문으로 도망쳤다. 앨런도 그림자를 따라 쪽문을 뛰쳐나왔다. 하지만 그림자는 이미 온데간데없이 사라져 있었다.

한편, 애초에 잠든 적이 없었던 로엠은 이 성에 왔을 때부터 이상한 감각을 느꼈다. 아니, 성이 아니라 이 섬에 도착했을 때부터.

발밑에 새까만 암흑이 존재하는 것 같은 불쾌감. 공포.

배에서 내리며 이 땅에 발을 디딜 때, 로엠은 끝없이 이어지는 검은 바다에 발을 디디는 것 같은 환각을 보았다.

여기에, 무언가가 있다.

타첸다성에 발을 들였을 때, 그 예감은 더욱 선명해졌다. 타첸다성은 성이라기보단 작은 마을 같았다. 성벽 안에 커다란 본성이 있고 그 주변으로 수십 개의 별궁이 있었다. 로엠은 밤늦게 혼자 성을 돌아다니며 그곳을 정찰했다.

별궁 쪽으로 오자 확실히 알 것 같았다. 본성 근처의 정원은 깔끔하게 정돈된 느낌이었다면 별궁은 아무렇게나 던져 놓았다는 인상이 강했다. 흙만 깔린 공터를 떠돌아다닐 때쯤, 검은 그림자가 모서리를 지나가는 모습이 보였다.

'데스 사이드?'

어쩐지 익숙한 기운이 느껴져, 로엠은 서둘러 뒤를 쫓았다. 그가 모서리를 막 돌았을 때, 발밑에 검은빛이 번쩍 빛났다.

"윽……!"

함정? 그런 생각이 든 찰나, 풍경이 변했다.

'워프 존?'

로엠은 잠시 흔들렸던 자세를 바로 했다. 그 직후, 머리 위에서 시선이 느껴졌다.

"아……."

지붕 위에 있는 인영을 발견한 로엠이 아연해진 사이, 그의 등 뒤에 차례로 검은빛이 일었다. 카르멘, 로즈, 슈웨인, 릴리, 리신, 마지막으로 앨런까지.

잘 거라던 사람들이 잇따라 등장하자, 로엠은 말없이 실소했다. 이렇게 모조리 함정에 걸려들다니.

"……로엠?"

나타나자마자 앨런이 의아한 목소리를 냈다. 로엠은 입술에 검지를 갖다 대고 작게 속삭였다.

"쉿."

앨런은 곧 모두의 시선이 한곳을 향하고 있는 것을 눈치챘다. 자연히 그의 시선도 위를 향했다.

"……첼시."

카르멘이 작게 중얼거렸다. 어둠이 내린 밤, 타첸다성의 지붕 위에 걸쳐진 커다란 보름달은 주홍으로 빛나고 있었다. 그 불길한 주홍빛 달 아래에서 밤처럼 검은 머리카락이 휘날렸다. 바람에 흔들리는 검은 원피스, 붉은 눈동자가 차가운 빛으로 그들을 내려다보고 있었다.

"안녕."

그녀가 입을 열자, 낭랑한 목소리가 허공을 울렸다. 그들은 순간적으로 반갑다는 생각을 하고 말았다. 그 목소리는 너무나 귀에 익은 것이었다.

"여기서 데일라르크 황제가 누구야?"

하지만 그 내용은 대단히 낯설었다. 기억에 문제가 있는 걸까. 그들은 적잖이 당황했다.

"⋯⋯황제는 왜 찾지?"

겨우 침착을 유지한 슈웨인이 되물었다.

"그야, 물론."

첼시는 대답과 동시에 지붕에서 훌쩍 뛰어내리더니, 일행의 앞에 있는 분수대의 드래곤 동상 위에 손을 짚으며 착지했다.

덕분에 일행은 첼시의 모습을 좀 더 선명히 볼 수 있게 되었다. 한층 가까워진 그녀의 손에는 친숙한 그녀의 무기가 감겨 있었다. 일행은 짧게 숨을 삼켰다. 아군이었을 때는 든든했지만 적이 되면 대단히 위험한 무기다.

그들의 손이 자연히 허리춤에 찬 칼의 손잡이와 숨겨 둔 마도구로 향했다. 첼시는 천천히 몸을 일으켰다. 언제나처럼 활기찬 희망을 말할 것 같은 얼굴로 입을 열었다.

"데일라르크 황제를 죽이고 전쟁을 일으키기 위해서지."

첼시가 황혼처럼 붉은 눈동자를 빛내며 말갛게 웃었다. 모두가 굳어서 아무 말도 못 하는 와중에, 리신이 앞으로 나섰다.

"황제 폐하를 왜⋯⋯ 아니, 전쟁을 일으키려는 이유가 뭡니까?"

일행 중 따져 물을 기운이 있는 것은 리신밖에 없었다. 그들 중 가장 첼시를 몰랐기에 오히려 정신적 타격이 가장 덜한 것 같았다. 그에 첼시는 당연하다는 듯 답했다.

"세계 전쟁을 일으켜서 인류를 말살할 거야."

"인류를 말살할 거라고요?"

리신의 목소리가 꺾였다. 그는 당혹스러운 기색으로 물었다.

"그, 그런 일을 해서 얻는 게 뭐죠?"

"인간들을 청소하고 이 세상을 마수들의 땅으로 만들기 위해서지."

첼시가 입을 열 때마다 새로운 폭탄선언이 튀어나왔다. 덕분에 대화를 듣던 이들은 모두 경악에 빠졌다.

어쩌면 전해 들은 말만으로는 믿을 수 없었던 걸지도 모른다. 첼시가 거스의 마법에 당했다는 걸. 국왕과 러셀을 상대하며 그 마법이 사람을 세뇌해서 조종하는 종류의 것이라는 사실을 알고 있었는데도, 첼시의 입에서 나온 말을 직접 듣는 것은 충격이 남달랐다.

데일라르크 황제를 죽이고 전쟁을 일으켜 인류를 말살하겠다니.

그녀가 그토록 소중하게 지켜 왔던 것들을 말이다.

"스승님!"

곁에 있던 로즈가 말릴 새도 없이, 앨런이 첼시를 부르며 다가섰다.

"저희 기억 안 나세요?"

앨런은 그렇게 외치며 자신의 후드를 벗어젖혔다. 짐승의 검은 귀가 모습을 드러냈다. 그것을 발견한 첼시의 눈이 가늘어졌다. 그녀는 잠시 머뭇거리다가 이내 입을 열었다.

"……앨런?"

"맞아요!"

앨런의 얼굴이 환해졌다. 그 모습을 본 일행들의 눈에도 이채가 서렸다. 타첸다로 떠나겠다고 결정한 후에, 그들은 이런저런 대책을 세웠었다. 그들은 첼시를 만나지 못하거나, 타첸다가 그저 유인책일 뿐이었을 경우를 가정하며 대처 방법을 정해 놓았다.

그들은 여러 가지 사태에 대비했다. 만약 첼시를 만난다면 어떻게 해야 하느냐에 관해서도. 그리고 그때 단서가 된 것은 첼시가 그들에게 남겨 주었던 이야기였다.

'산에서 만난 언데드가 자신의 마나 코어를 파괴해서 자살했어.'

첼시는 그들에게 게일 경과의 만남에 관해서 이야기해 주었다. 그녀는 게일 경의 마지막을 회상하며 이렇게 말했다.

'마지막 순간에, 그는 마치 나를 알아본 것 같았어.'

게일 경은 거스에게 세뇌당해 언데드와 같은 꼴이 된 이후에도, 분명 자아가 남아 있었다. 적어도 첼시는 그렇게 느꼈다고 했다.

'만약, 그 말이 진짜라면……'

"저 앨런이에요. 스승님 제자요!"

용기를 낸 앨런이 첼시를 향해 외쳤다. 그는 소매를 걷어서 팔에 남아 있는 흉터도 내보였다.

"나라를 잃고 브리튼 마을에 숨어 살던 시절, 스승님은 실험관에 갇힌 동포들을 구해 달라는 저희의 부탁을 단번에 승낙해 주셨죠."

'구할게. 내 모든 걸 바쳐서라도.'

첼시의 그 망설임 없는 목소리는, 그녀가 잠든 후 진척 없는 소생 프로젝트를 진행하는 동안에도 귓가에 남아 힘든 순간이 올 때마다 마음을 다잡게 해 주었다.

"스승님은 제 우상이에요."

앨런은 그렇게 말하며 첼시에게 한 발짝 다가섰다. 그녀가 자신을 기억한다면, 위험이 되지 않을 것이다.

"거기 그렇게 있지 말고 같이 돌아가요. 우리의 나라로."

그가 첼시를 향해 손을 뻗었다.

"……앨런!"

그때, 슈웨인의 다급한 목소리가 앨런을 부르는 것과 동시에 몸이 뒤로 당겨졌다. 앨런이 무언가를 눈치채기도 전에, 날카로운 바람이 그의 눈앞을 스쳐 지나갔다.

콰드득!

순식간에 날아온 은색 사슬이 방금까지 앨런이 서 있던 땅을 긁고 지나갔다. 첼시는 차가운 얼굴로 말했다.

"쫑알쫑알 시끄러워."

"허억, 헉……."

앨런은 슈웨인의 품에 안겨 헐떡거렸다. 고작 세 걸음 떨어진 거리.

움푹 팬 바닥을 보자 간담이 서늘해졌다.

'스승님이, 정말로 나를······.'

앨런은 잠시 몸을 움츠렸지만 곧 떨쳐내고 고개를 들었다. 그의 시선이 향한 사람은, 카르멘이었다. 거스에게 세뇌당했던 게일 경에게도 자아가 남아 있었다. 타첸다를 떠나기 전, 첼시가 해줬던 이야기를 되새기면서 로즈는 새로운 의견을 제시했다.

'자아가 남아 있다면, 폐하가 말리면 듣지 않을까요?'

연인이잖아요.

로즈는 희망이 비치는 눈으로 카르멘을 바라봤었다.

'연인······.'

카르멘도 분수대 위에 선 첼시를 올려다보며 로즈의 말을 떠올렸다. 그의 목울대가 꿀꺽 울렸다. 지금 이 순간, 카르멘의 머리를 스치는 기억들이 있었다.

마계의 틈 사이로 마수왕이 내려와 세상을 위협할 때, 혼자 암흑 왕국으로 향하던 첼시를 말리려고 했지만 씨알도 먹히지 않아 서로 무기를 들고 반목했던 기억. 결국 첼시가 쳐 놓은 결계에 갇혀서 결계벽을 뚫기 위해 검을 휘두르고, 그녀가 사라진 워프 존 앞에 무릎을 꿇고 울면서 발버둥 쳤던 기억들.

그다지 아름답지 않은 추억들이 몽글몽글 피어났다. 카르멘의 이마에 땀이 맺혔다.

'으음······ 그래도 이젠, 연인······이니까······.'

카르멘은 천천히 고개를 들었다. 로즈와 다른 일행들의 눈에도 기대가 서렸다.

"······."

하지만 카르멘은 머뭇거리기만 하고 선뜻 입을 열지 못했다. 그를 지켜보던 일행들도 덩달아 마음이 흔들리는 것을 느꼈다.

'뭐지? 별로 자신이 없어 보여…….'

그때, 첼시의 시선이 카르멘을 향했다. 그를 발견한 첼시의 붉은 눈이 흔들렸다.

"어……?"

기대가 꺾여 가던 일행들의 귀가 쫑긋해졌다. 뭐야, 왜 저러지?

"너……."

첼시가 카르멘을 향해 고개를 가까이했다. 카르멘은 긴장한 얼굴로 고개를 들어 올렸다. 첼시가 붉은 눈을 반짝이며 외쳤다.

"잘생겼어."

"……."

잔뜩 기대한 얼굴로 첼시의 말을 기다리던 일행들의 표정이 조금 미묘해졌다.

'지금 그런 게 중요한가…….'

"인간 중에서 이렇게 잘생긴 사람이 있다니."

그러거나 말거나 첼시는 연신 감탄했다. 눈도 예쁘고 코도 예쁘고 몸도 좋다. 쏟아지는 칭찬에 카르멘은 조금 당황한 것 같았다. 그는 혼란스러운 기색으로 답했다.

"……고마워?"

첼시가 방긋 웃으며 입을 열었다.

"너, 혹시 나랑……."

그녀가 운을 떼는 순간, 카르멘은 그 뒷말을 예측할 수 있을 것 같았다. 어떻게 이토록 일관적인지. 첫 만남에 대뜸 외모 칭찬을 당하는 상황이, 황실 정원에서 그녀를 처음 만난 여섯 살 때와 다르지 않았다. 첼시는 그때 카르멘의 손을 붙잡고 이렇게 말했다.

'나랑 결혼하자!'

"나랑 팀 먹지 않을래?"

"……어?"

"너 하나쯤은 몰래 키워도 될 것 같은데."

혹시나 하는 기대를 품었던 사람들의 표정이 점점 아연해졌다. 그들의 시선이 스카우트 제안을 받은 카르멘에게로 집중되었다. 카르멘은 가만히 턱을 문지르며 눈을 굴렸다. 아래를 바라봤다가, 다시 첼시를 올려다봤다. 그리고 종내에는 첼시에게로 유유히 걸어가 일행들을 돌아보았다.

"들었지? 그렇게 됐다."

"……."

뭐가 그렇게 됐다는 건데?!

일동은 할 말을 잃었다. 그들의 바람은 첼시가 카르멘에게 동화되는 것이었으나 정반대의 결과를 낳아 버렸다…….

로엠은 부들부들 떨다가 버럭 소리쳤다.

"지금이 농담할 때냐?"

그간 말없이 구석에 박혀 있던 로엠이 앞으로 성큼 나서자 첼시의 눈에 호기심이 어렸다. 로엠은 첼시를 향해 외쳤다.

"그 자식 이름이 카르멘 데일라르크예요, 첼시."

로엠의 손가락이 카르멘을 가리켰다.

'고자질?'

두 사람을 지켜보던 일행들의 눈이 흔들렸다. 둘 다 유치했다…….

카르멘은 불쾌한 눈빛으로 로엠을 바라봤다. 그러다 문득, 뒷덜미로 서늘한 감각을 느꼈다.

챙!

순식간에 카르멘을 노린 윙투스와 그의 검이 부딪쳤다.

"네가 카르멘이었구나."

방금 그의 목을 절단하려 했던 무기를 손에 들고, 첼시는 아쉽다는 듯 눈꼬리를 늘어뜨렸다.

"아깝다, 정말 잘생겼는데."

"하하……."

카르멘의 검과 첼시의 사슬이 동시에 서로를 밀어냈다. 카르멘은 일행들이 있는 곳으로 밀려나고, 첼시도 분수대 아래로 떨어졌다.

"그만두세요, 첼시!"

슈웨인이 다급하게 외쳤다. 그는 첼시가 진심으로 카르멘을 죽이려 한 것을 느끼고 경악했다.

"당신은 이런 사람이 아닙니다! 연인을 제 손으로 죽일 셈입니까?"

"연인?"

허공에 윙투스를 늘어뜨린 첼시가 눈을 깜빡였다. 그녀는 놀란 얼굴로 물었다.

"쟤랑 첼시가 연인이었어? 거스는 그런 말 안 했는데!"

대답을 들은 슈웨인의 얼굴이 의아해졌다. 그녀는 마치 첼시가 자신과 타인인 것처럼 말했다. 그의 의문을 눈치챈 첼시가 싱긋 웃었다.

"뭘 기대한 거야?"

"……첼시?"

"어쩌지, 첼시는 이미 죽었는데."

첼시가 슈웨인과 대화하는 동안, 로즈는 공터를 빙 돌아 그녀의 뒤로 다가가고 있었다. 로즈에 손에 들린 '방어하는 창'이 서서히 크기를 부풀렸다. 붉은 창을 높이 올려 첼시를 공격하는 순간.

촤르르!

시커먼 마력을 담은 윙투스가 순식간에 뒤로 날아가 로즈를 후려쳤다.

퍽! 끔찍한 소리를 내며 로즈의 몸이 옆으로 날아갔다. 로즈의 몸이 별궁의 외벽에 부딪히며 연달아 커다란 파열음이 일었다.

"쥐새끼 같으니."

첼시는 차가운 눈빛으로 뿌옇게 먼지가 이는 외벽을 바라봤다. 그녀가 다시 고개를 돌리려 할 때, 벽에 처박힌 로즈의 모습이 드러났다. 로즈는 입가에 피를 흘리며 괴로운 듯 눈을 찡그렸지만, 벽에 비스듬히 기댄 채 여전히 무기를 쥔 채였다. 단단히 손에 쥔 그녀의 무기는 어느새 붉은 방패의 모습으로 변해 있었다.

"어."

첼시의 눈에 처음으로 당황과 비슷한 감정이 스친 순간, 로즈의 방패에서 웅웅거리며 바람이 일었다. 피할 새도 없이 날아온 충격파가 첼시의 몸으로 직격했다.

쾅!

로엠이 곁에 있던 릴리를 붙잡아 옆으로 몸을 던졌다. 슈웨인도 앨런의 손목을 잡고 날아오는 공격을 피했다. 카르멘은 검을 들어 검신에 걸려 있는 방어 결계로 등 뒤의 리신과 동료들을 보호했다.

로즈는 헐떡이며 첼시가 있던 장소를 주시하고 있었다. 첼시의 곁에 있던 분수대가 서서히 모습을 드러냈다. 분수대에 달린 드래곤 모양 동상이 충격파의 피해로 반파된 상태였다. 그것을 발견하고 로즈는 잠깐 동요했다. 첼시가 다쳤으면 어쩌지? 하지만, 곧이어 드러나는 검은 인영을 보고 로즈는 작게 실소했다.

"……놀랐잖아."

첼시가 머리를 쓸어 올리며 불평했다. 걱정한 것이 가소로울 정도로, 흠집 하나 없이 말짱한 모습이었다. 첼시를 감싼 결계가 파란 전극을 내며 파지직거렸다. 놀랐다는 감상은 진심이었는지, 로즈를 노려보는 붉은 눈에 노기가 서려 있었다. 로즈는 그녀를 보며 허탈하게 웃었다.

"선생님, 저를 정말 죽일 셈이었어요?"

'공격하는 방패'는 공격받은 위력만큼을 충격파로 만들어 내 반사하는 무기였다. 대리석으로 만든 동상이 파괴될 정도의 위력으로 공격하다니. 첼시가 정말로 자신을 죽이려 했다는 의도가 느껴졌다.

그 공격을 되받은 대상은 털끝 하나 다치지 않은 모양이지만.

"너무하네요. 언제는 첼시 언니라고 부르라고 했으면서."

로즈가 툴툴거리자, 첼시는 윙투스를 촤르르 펼쳤다.

"나는 첼시 로드랭이 아니야."

또 저 소리였다. 로즈는 의아하게 고개를 기울였다.

"그럼, 넌 누구지?"

첼시의 등 뒤에 있던 카르멘이 물었다. 그녀는 코웃음을 치고는 빙글 뒤돌았다. 카르멘을 보며 턱을 치켜들고 목소리를 내리깔았다.

"나는 마수왕이다."

일행들은 그만 할 말을 잃어버렸다. 카르멘조차 섣불리 호응해 주지 못했다.

"네가…… 마수왕이라고……?"

마수왕. 그것의 실물을 목격한 사람은 이 중에 로엠뿐이었다. 하지만 첼시가 마수왕과 싸우고 결국은 승리해 내는 순간을, 마수경이 전부 지켜보고 모든 이들에게 상영해 준 바가 있었다.

마수왕이 어떤 존재였는가.

머리 위로 솟은 두 개의 붉은 뿔, 드래곤에 필적하는 거대한 몸체. 발아래에서 우글거리는 구울의 무리는 두려움을 넘어서 혐오스럽기까지 했다. 아무튼 마도국 여성 평균 신장에도 못 미치는 첼시와 닮은 점이 없음은 분명해 보였다. 무언가가 단단히 어긋났다는 걸 깨달은 리신이 끼어들었다.

"첼시, 미안하지만 당신은…… 인간이에요."

첼시가 눈썹을 꿈틀했다.

"뚫린 입이라고 함부로 말하는군."

뚫린 입이고 자시고 인간이 확실하지 않은가. 하지만 첼시의 의견은 다른 듯했다.

"덤벼."

첼시의 말이 채 떨어지기도 전에, 로즈는 '수호의 팔찌'와 '악마의 링'을 손발에 각각 채웠다. 하얗고 검은빛을 내는 마도구들이 쩔각거리며 부착되자 터진 입 안에서 느껴지던 고통이 둔해지고 형체 없는 실드가 어깨 위로 내려왔다.

창을 꽉 거머쥔 로즈가 첼시의 등 뒤로 날아들었다.

콱!

로즈의 창이 첼시의 결계에 닿기 직전에, 윙투스가 창의 자루를 휘감았다.

"같은 수법에 두 번 당할 줄 알고."

"윽."

창을 쥔 로즈의 손이 부들부들 떨렸다. 첼시가 그것을 빼앗으려는 찰나, 깨지는 소리가 커다랗게 그녀의 귀를 울렸다. 로즈를 견제하는 채로 첼시가 뒤를 돌아보자 슈웨인이 마기를 감은 검으로 결계를 공격하고 있었다.

파란빛을 내며 깨져 나간 결계를 보며 첼시는 짧게 혀를 찼다. 몸을 방어하는 열 개의 결계 중 하나가 이미 조금 전 받은 충격과 공격에 의해 내구성이 많이 무너져 있던 상태였다. 거기에 마검사의 공격이 더해져, 완전히 깨져 버린 것 같았다.

첼시는 마검사를 노려봤다. 어지럽게 얽힌 기억의 소용돌이 속에서, 슈웨인 카터라는 이름이 떠올랐다.

제국의 기사, 사역술사, 마검사.

"성가신 마법사들 같으니."

첼시가 짜증스럽게 뇌까리며 자신의 손목을 짚었다. 그녀의 손목 아래쪽에 그려져 있던 마법진이 검게 빛났다. 로즈는 허공에 따스한 열기가 맺히는 것을 발견했다.

"로즈!"

로엠의 다급한 외침이 들린 직후, 새빨간 화염이 그녀의 몸을 덮쳤다. 로즈는 황급히 방패를 들어 화염을 막았다. 손에 쥔 붉은 방패가 웅웅거리며 진동하는 것이 느껴졌다.

손목에 채운 새하얀 수호의 팔찌가 빠르게 검붉은 색으로 물들더니 쩌적 금이 가기 시작했다. 발목에 채운 악마의 링도 마찬가지였다. 방패를 든 손에 열기가 전해진다. 로즈는 이를 악물고 방패를 틀어쥐었다.

쾅쾅!

커다란 소리와 함께 방패에서 충격파가 쏘아져 나왔다. 공격이 반사되기 직전에 첼시는 몸을 피했다. 거대한 충격파가 곁에 있던 슈웨인에게 향했다.

"피해요!"

로즈가 다급히 외쳤지만 한발 늦었다. 충격파는 슈웨인과, 그와 같은 방향에 있던 리신을 덮쳤다.

* * *

"아우!"

귀를 파고드는 익숙한 목소리에 거스는 입술을 꾹 다물었다. 얼굴에 자연스럽게 떠오르는 혐오감을 억누르고 싱긋 웃으며 뒤돌자, 양옆에 왕비들을 끼고 설렁설렁 다가오는 아부스가 보였다. 그는 만면에 후덕한 미소를 띠며 물었다.

"우리 아우님! 하는 일은 잘되어가고 있는가?"

"물론입니다, 형님."

거스도 힘껏 입꼬리를 끌어 올리며 그 미소에 화답했다.

"첼시 로드랭을 손에 넣었으니, 이제 곧 형님의 염원도 이뤄 드릴 수 있을 겁니다."

그가 허리를 숙여 아부스와 눈높이를 맞추면서 조심스럽게 말했다.

"타첸다 제국이 세계를 제패하고, 형님이 대륙의 올바른 주인이 되는 겁니다."

"그래, 암, 그래야지. 내 사랑하는 아우님이 해낼 줄 알고 내가 우리 가문의 가보를 맡긴 게 아니겠느냐!"

아부스는 왕비들을 돌아보며 물었다.

"내 아우가 정말 대단해, 그렇지?"

왕비들은 그린 듯한 미소를 지으며 연신 감탄사를 내뱉었다. 아부스는 껄껄 웃으며 거스의 어깨를 두드렸다. 육중한 손이 거스의 마른 어깨를 퍽퍽 쳤다. 거스는 눈살을 찌푸리면서도 억지웃음을 지탱했다. 아부스가 거스의 귓가에 속삭였다.

"그래서, 놈은 깨어났나?"

"……그게, 작은 문제가……."

거스의 말이 떨어지기가 무섭게, 아부스의 표정이 굳었다.

"문제?"

아부스의 커다란 손이 어깨를 짓누르자, 거스는 흠칫 놀랐다. 그의 기억이 순식간에 시간을 거슬러, 옛날로 돌아갔다. 불안을 숨기며 웃던 어머니, 긴장한 채 눈치를 보던 거스 자신과 그의 어깨를 잡아 누르던 친부의 커다란 손.

"그럼 안 되지. 내가 너한테 건 기대가 얼만데."

"……."

"말이 다르잖아. 내가 원한 건 마법사 계집 따위가 아니라 드래곤이야. 내 고조부의 증조부가 찾은!"

거스의 손이 부들부들 떨리다 주먹을 꽉 쥐었다.

"물론, 그 드래곤도 곧 깨어날 겁니다."

거스가 입꼬리를 끌어 올리며 부드러운 목소리로 말했다.

"그리고 놈이 깨어나면, 선대께서 남기신 말처럼 올바른 왕에게 복종하게 될 테지요."

"그래."

거스가 마음에 드는 말을 해 주고 나서야, 그의 어깨를 짓누르던 아부스의 손이 떨어져 나갔다. 때마침 거스의 로브 안에서 작은 소리가 울렸다. 그가 신경 쓰이는 얼굴로 로브 안을 매만지자, 아부스가 유난스럽게 탄성을 외쳤다.

"이런, 내가 바쁘신 아우님을 너무 오래 잡았군! 미안하네, 어서 일 보러 가게나."

아부스가 껄껄 웃으며 왕비의 어깨에 팔을 둘렀다. 아부스 체구의 반도 안 되는 왕비는 잠깐 비틀거렸지만, 곧 중심을 잡고 웃는 얼굴을 지어 보였다.

"네, 그럼."

거스가 인사하자 아부스는 사람 좋은 미소를 지으며 손을 내저었다. 뒤돌아서 계단을 내려가는 거스의 얼굴은 조금 전 미소가 거짓말이었던 것처럼 험악하게 구겨져 있었다.

'젠장, 젠장!'

거스는 치미는 모멸감을 금할 길이 없었다.

'아우라고? 웃기고 있군! 날 죽이려 한 주제에!'

이 성 아래에 잠들어 있는 드래곤만 아니었어도, 절대 이 장소에 돌아오지 않았을 것이다. 타첸다에서 보낸 어린 시절에 좋은 추억은 한 조각도 없었다. 끔찍하고 비참하며 수치스러운 시간의 반복이었다.

'올바른 왕? 웃기고 있네!'

타첸다 왕실에 내려오는 전설 중에는 '올바른 왕'에 대한 이야기가 있었다. 올바른 왕이 와서 잠든 용을 깨운다면 그의 영원한 심복이 되리라는 요지의 전설이었다.

하지만 타첸다를 세운 것은 그저 왕좌를 잇지 못해 화가 난 솔리투도 왕국의 넷째 왕자일 뿐이었다. 마법사도 아니었던 왕자가 드래곤에 대해 뭔가를 알고 그런 전설을 남기진 않았을 것이다. 그저 바닷속에서 잠든 드래곤을 발견하고 신이 나서 아무렇게나 번드르르한 말을 써 갈긴 거겠지!

마법사도 아닌, 일개 왕 따위에게 드래곤이 복종할 거라는 전설을 믿다니. 과연, 왕의 장자로 태어났다는 이유 하나만으로 세상이 자신을 위해 돌아갈 것이라 믿는 오만하고 멍청한 섬나라 왕다운 발상이었다.

'대마법사의 가치도 모르는 뜨내기 주제에!'

첼시가 바다를 갈랐던 날, 그 아래에 있던 드래곤을 찾는 데는 성공했지만 그것을 깨우지는 못했다. 하지만 거스에게는 첼시가 있었다. 강하고, 자신의 말대로 움직이는, 신처럼 완벽한 여자가.

이 성에 잠들어 있는 정체 모를 드래곤 따위보다, 그녀의 가치가 훨씬 높다는 걸 확신할 수 있다. 그녀를 떠올리니 기분이 좋아졌다. 거스는 2층에서 들려오는 아부스의 떠들썩한 웃음을 뒤로하며 층계를 내디뎠다.

'웃는 것도 지금뿐이다, 개자식!'

보는 눈이 사라지자 거스는 옷 속에 숨겨 놓은 마수경을 꺼내 들었다. 지금쯤이면 첼시도 타첸다에 돌아왔을 것이다. 하필 길이 엇갈렸으나 아직 카르멘 데일라르크는 자고 있을 테니, 기회를 봐서 그를 죽이라고 해야…….

[그만두세요, 첼시!]

그러나 마수경을 들추는 순간, 그 너머에서 예상 밖의 목소리가 들려왔다. 거스는 당황했다. 첼시가 도착하자마자 카르멘을 암살하라고 시키려 했는데, 그녀는 이미 타첸다성 뒤뜰에 도착해 있었다.

그것도 홀로 여섯의 적 사이에 둘러싸여서.

'뭘 저렇게 정정당당하게 싸우고 있는 거야?!'

다른 것은 넘어간다 치더라도 장소가 좋지 않다. 보아하니 사람이 살지 않는 별궁 근처인 것 같긴 하지만 어쨌든 궁의 일부이지 않은가.

저런 데서 싸우다가 여기까지 피해가 오기라도 하면 대체 어쩌려는 것인지.

'아니, 그냥 신경을 안 쓰는 건가.'

거스는 인류 척살과 마수 해방을 외치던 첼시의 얼굴을 떠올렸다. 그녀는 진심인 것 같았다. 그렇게 믿도록 한 것은 거스 본인이었지만, 그 후에 이어지는 그녀의 모든 행동이 다 거스의 의도였던 건 아니었다.

[나는 첼시 로드랭이 아니야.]

[그럼, 넌 누구지?]

마침 마수경 너머에서 첼시와 카르멘의 목소리가 들렸다.

카르멘의 얼굴이 보이자 거스는 반사적으로 얼굴을 찌푸렸지만, 이어지는 첼시의 답에는 얼굴을 붉히고 말았다.

[나는 마수왕이다.]

"……."

다시 한번 강조하지만, 첼시가 거스에게 세뇌당했다고 해서 항상 그의 의도대로만 행동하는 것은 아니었다.

거스는 첼시가 자신을 죽인 대마법사 첼시 로드랭의 몸에 빙의된 거스의 사역마라고 믿게끔 했다. 그리고 처음에는 평범하게 첼시가 데스 사이드와 원귀의 합성마라고 말해 주었다. 거스가 그 마수를 첼시의 몸에 빙의시킨 것은 사실이니까.

거짓은, 첼시가 죽었다는 것이었다. 사실은 첼시의 자아에 거스의 사역마가 섞여 마치 귀신에게 홀린 것처럼 거스의 말에 순종하는 상태가 된 것뿐이었으니까. 진실이 섞인 거짓말이 신빙성이 있을 테니, 거스는 그렇게 말했다. 하지만 돌아온 반응은 예상 밖이었다.

'내가 데스 사이드였다고?'

'그래.'

'내가 고작…… 데스 사이드?'

첼시는 이렇게 강한 자신이 고작 데스 사이드일 리 없다며 인지 부조화를 일으켰다. 생각지 못한 문제에 부딪히자 당황한 거스는 허둥지둥 그녀를 달랠 말을 찾아냈다.

'무, 물론 농담이지, 네 정체는 바로……!'

그리고 그 결과가 저것이었다.

[네가…… 마수왕이라고……?]

마수경을 통해 들려오는 황당한 목소리에 거스의 얼굴이 시뻘게졌다.

'아니, 당시엔 저게 최선이었다.'

그래도 그 거짓말에 첼시가 만족했으니, 결과적으로는 잘한 대처였다고 생각한다. 거스는 다시 한번 스스로의 판단에 고개를 끄덕여 주며 첼시를 찾아 나섰다.

* * *

"아하하하하!"

첼시의 붉은 눈이 즐거운 빛으로 반짝였다. 그녀가 맑은 웃음소리를 내며 장난이라도 치듯 마력을 불어넣으면, 바닥이 솟구치고 벽이 무너졌다. 별궁에 있던 사람들도 소동을 보고 도주한 지 오래. 첼시는 마음껏 날뛰고 있었다.

"이것도 막아 보시지!"

작은 화염의 구들이 표적을 향해 빗발쳤다. 카르멘은 릴리와 리신의 앞을 막아서며 검을 들어 올렸다. 검에 새겨진 보호 결계 위로 불꽃이 부딪혀 갈라졌다. 양손으로 거머쥔 검에 푸른 오러가 넘실거렸다.

"죽어라, 카르멘!"

하지만 첼시의 경쾌한 목소리가 들리자, 검신 전체를 에워싸던 오러도 푸시시 스러져 버렸다. 카르멘은 도주를 택했다. 그의 비겁한 행보에 첼시는 실망한 듯 인상을 찌푸렸다.

"도망치지 마!"

"……."

카르멘이 방향을 꺾자, 전투적으로 날아오던 윙투스도 함께 방향을 꺾었다. 카르멘은 그를 추격하는 윙투스를 피하다 별궁의 벽에 바짝 붙었다. 아까 첼시의 공격을 맞고 무너진 벽이 앞을 가로막자, 그는 오히려 파편들을 디딤돌 삼아 훌쩍 뛰어올라 2층 테라스에 매달렸다. 윙투스로 카르멘의 뒤를 추격하려던 첼시는 움찔 놀랐다.

"이크."

카르멘이 테라스로 올라갈 때, 추진력을 받은 윙투스가 테라스 바닥을 부수고 솟아올랐다. 그가 별궁 안으로 들어가자 윙투스도 따라 움직였다. 테라스의 문이 윙투스의 움직임에 따라 와장창 부서졌다.

"로엠……!"

첼시가 카르멘에게 정신이 팔린 사이, 릴리가 작은 목소리로 로엠을 불렀다. 첼시를 경계하며 방어 태세로 있던 로엠이 움찔 놀랐다.

"윙투스가 별궁 안에 묶였잖아. 공격하려면 지금이 기회야."

그녀의 조언에 로엠은 크게 당황했다. 첼시를 공격하라고?

"빨리!"

릴리의 재촉에 로엠은 검을 뽑아 들긴 했지만, 태어나서 처음 검을 잡아 본 사람처럼 주춤거렸다. 그 모습은 억지로 전쟁터로 내몰린 소년병을 연상케 했다. 아무튼 다이어 울프 같지는 않았다.

로엠은 첼시를 향해 쭈뼛거리며 다가갔지만 너무 느려서 오늘 안에 닿지는 못할 것 같았다. 그 조심스러운 움직임을 어떻게 눈치챘는지, 첼시가 로엠에게로 시선을 돌렸다.

"소풍 왔니?"

첼시는 로엠과 눈을 마주치자마자 허공을 향해 주먹질했다. 그들 사이의 거리가 10m쯤 되었고 첼시는 무투가가 아니었기에, 그녀의 행동은 위협보다는 친교의 표시처럼 보였다.

그때, 첼시가 주먹 쥔 손을 폈다. 그녀의 손바닥에 그려진 마법진이 검은빛을 발하고 있었다. 묵직하고 시원한 바람이 얼굴을 덮치나 싶더니, 종내에는 커다란 충격파가 로엠의 몸을 강타했다.

"바보."

다시 바닥을 구르는 로엠을 보며 첼시는 까르륵 웃었다. 그 모습을 보며 릴리는 작게 혀를 찼다.

"……진짜 큰일이네."

로엠이 저 상태라니. 아까 보니 카르멘도 별반 다르지 않았다. 첼시는 그들을 죽이고 인류도 말살할 생각인데, 그들은 첼시를 조금도 다치게 하고 싶어 하지 않았다.

그들 중에서…… 아니, 전 대륙에서 첼시와 필적할 만한 사람이 저 두 사람뿐이었는데. 두 사람 다 전투 불능이니 답이 없었다.

'다음 생엔 마수로 태어나야지…….'

릴리는 체념한 미소를 지으며 다음 생을 기약했다. 릴리가 자신과 인류를 애도할 동안, 그녀의 곁에 선 리신은 겁먹고 긴장한 상태로 전투를 관전했다.

일주일 전 황실 기사단장으로 승진한 리신은, 새로운 주군이 자신에게 헤브람 황제와 함께 타첸다 시국으로 가라는 명령을 내릴 때만 해도 자신이 이 일을 잘 해낼 수 있을 거라고 생각했다.

세상이 흉흉해도 그는 태어날 때부터 남달리 강했고, 늘 기사도 정신을 지키면서 살았다. 기사 서임을 받고 수도 경비를 지키게 되면서부터 강력한 마수들에 비하면 인간이 얼마나 약하고 작은 존재인지 실감하게 되었다. 하지만 그 모든 날 중에서도 오늘처럼 무력했던 적은 없었다.

마법사들이 서로 목숨을 걸고 싸우는 동안, 대리석 동상이 반파되고 별궁이 엉망이 되어 갔다. 명목상 이번 팀의 호위를 맡았던 리신의 얼굴이 점점 하얗게 질렸다.

그 모든 소동 가운데, 첼시는 한 발짝도 움직이지 않고 있었다. 그녀가 한자리에 붙박여 있는 것이 발은 움직일 필요도 없을 정도로 강해서라기보단 그게 그녀의 스타일이기 때문이었다. 하지만 마법사의 습성에 대해 잘 모르는 이 기사는 그녀의 여유로운 태도에 기가 눌려 버렸다.

"웃."

로엠을 날려 버린 뒤 다시 별궁 쪽으로 고개를 돌린 첼시는, 테라스 안으로 뛰어 들어간 카르멘을 계속해서 추격했다. 윙투스가 안으로 들어가며 바닥에 난 구멍은 실선 모양이 되었고, 양옆으로 움직이며 점차 범위가 넓어졌다. 그리고 어느 순간, 테라스는 견디지 못하고 콰드득 소리를 내며 아래로 무너졌다. 그때 카르멘이 1층 문에서 튀어나왔다.

"칫."

첼시는 무너지는 바닥재 사이로 윙투스를 돌려내며 혀를 찼다. 카르멘은 그녀를 보며 작게 미소 지었다.

"내가 목표인 거면, 자리를 바꾸는 게 어때? 주변에 피해를 입히겠는데."

"내가 왜 네 말을……."

[첼시!]

첼시가 반박하려는 찰나, 아래에서 거스의 목소리가 들렸다. 발밑에 꾸물꾸물 다가온 마수경의 기척이 느껴졌다.

[4시 방향을 봐!]

4시 방향?

첼시가 고개를 돌리자 나무 아래에 그려진 워프 존이 보였다.

[근처 섬으로 연결된 워프 존이야. 거기로 이동해! 성이 다 무너지겠어.]

엄살떨긴. 첼시는 어깨를 으쓱하곤 카르멘을 향해 눈짓했다.

"좋아, 따라와."

카르멘의 눈앞에 타첸다와 전혀 다른 장소가 펼쳐졌다. 첼시를 따라간 섬에는 사람의 기척이 느껴지지 않았지만, 처음부터 무인도였던 건 아닌 듯 보였다.

가장 커다란 저택을 중심으로, 마을이 생성되어 있었다. 집이란 집마다 창문에는 죄다 종이를 발라 놨고, 문은 폐쇄해 놨다. 적지만 밭이 있었던 흔적도 보였다. 범람한 바닷물 때문에 작물과 나무들은 모두 죽어 있었다.

버려진 지 오래되지 않은 섬이었다. 고개를 돌리자 희미하게 타첸다 섬의 모습이 보였다.

"그렇게 멀리 오진 않았나 보네."

"그래."

첼시가 지팡이에 앉아 허공에 떠서 카르멘을 내려다보았다. 가운데 붉은 루비가 박혀 있는 뱀 모양의 검은 지팡이였다. 그녀의 검은 원피스 차림도, 저 지팡이도 전부 처음 보는 것이었다. 거스가 만들어 준 거겠지.

"역시 잘생겼어."

카르멘이 그녀를 살피는 사이, 첼시도 그를 뜯어보고 있었던 것 같다.

"한 번 더 기회를 줄게. 어때, 지금이라도 내 편에 설래?"

"내가 황제라서 안 되는 거 아니었어?"

"글쎄, 이상하게 너랑은 싸우고 싶은 마음이 안 드네."

별로 안 그래 보이던데. 카르멘은 작게 미소 지었다.

"정말 끌리는 제안이긴 한데…… 괜찮아."

카르멘의 말에 첼시의 눈이 동그래졌다.

"뭐야, 아까 거절해서 마음 상했어?"

"아니."

카르멘이 작게 웃으며 고개를 저었다. 첼시의 눈이 가늘어졌다.

"그럼 뭐야. 내가 네가 말하는 '그' 첼시 로드랭이 아니어서 그래?"

"어?"

첼시는 지팡이를 잡고 빙글 돌아 사뿐히 아래로 착지했다.

"그렇잖아, 다들 날 보면서 첼시만 찾고. 당신은 이런 사람이 아니었 잖아요."

첼시는 슈웨인의 목소리를 흉내내며 빈정거렸다.

"분명 난 내가 마수왕이라고 말했는데, 다들 그놈의 첼시 로드랭 타령. 정말 지겨워 죽겠어."

진저리치는 첼시를 보며 카르멘은 대체 거스가 첼시에게 무슨 말을 했을지 궁금해졌다. 무슨 목적으로 그녀가 자신이 마수왕이라고 믿도록 만들었을까.

"너도 내가 다시 그 완벽하신 대마법사로 돌아왔으면 좋겠지?"

첼시의 불만스러운 얼굴을 보며, 카르멘은 조용히 미소 지었다.

"아니."

그 대답에 첼시의 눈이 약간 커졌다. 카르멘은 태연히 말을 이었다.

"정말 솔직히 말하자면, 난 지금 네 성격이 더 좋아."

첼시가 눈동자를 도로록 굴렸다.

"……연인이었다더니, 사이 별로 안 좋았나 보네."

"그런 게 아니야."

카르멘이 작게 웃었다. 그의 푸른 눈동자에 첼시가 비쳤다. 첼시를 보다 보면 종종 베로니카가 떠올랐다. 누구보다 강인했던, 그래서 어떤 일이 일어나도 무너지지 않을 것 같았던 그의 누이.

그녀가 죽고 4황녀 멜리사를 황제로 만들려 노력하던 시절, 어느 날 밤. 그녀와 함께 술을 마시면서 이야기를 나눈 적이 있었다.

'나는 언니가 그렇게 될 줄 알았어.'

멜리사는 베로니카를 회상하며 그렇게 말했다.

'언니는 나를 지키기 위해 처음으로 검을 잡았어. 시간이 흐를수록 그녀의 세계는 점점 확장되었지. 자신보다 약한 동생에서, 자신을 따르는 기사들, 그녀가 나고 자란 나라. 또, 그와 관련된 많고 많은 사람들까지.'

'난 언니에게 늘 사람들에게 정을 주지 말라고 말했어. 그녀를 강하게 만든 그 이유들이 그녀의 약점이 될 테니까. 하지만 언니는 내 말을 듣지 않았어.'

'결국 그 약점이 마지막 순간에는 칼날이 되어 그녀의 심장을 관통했겠지.'

언니는 강했지만 약점이 많았어. 정말, 너무나도 많았지.

멜리사의 슬픈 목소리를 떠올리며, 카르멘은 눈을 지그시 감았다 떴다. 의아한 얼굴로 자신을 바라보는 첼시의 모습이 보였다.

"그렇게 변하고 나서, 마수를 사역하려고 해 본 적 있어?"

"……뭐?"

"잘 안 됐지?"

첼시의 얼굴이 확 하고 붉어졌다.

"네가 그걸 어떻게……."

그녀는 그저께 거스를 따라간 지하에서 드래곤을 만났다. 그리고 첼시 로드랭이 남긴 '영혼의 서'를 발동해 드래곤을 사역하려고 했다. 하지만, 실패하고 말았다.

거스는 '진짜' 첼시 로드랭이라면 할 수 있었을 것이라며 방방 뛰었다. 그 진짜 첼시를 망가뜨린 장본인이 왜 그녀를 그리워하는지는 모르겠지만. 아무튼 진짜 첼시가 할 수 있었던 일을 못 한다는 게, 그녀로서는 치욕스러운 일이었다. 첼시의 반응을 보고 사태를 파악한 카르멘이 큭큭거리며 답했다.

"나도 그 마법을 발동한 적 있어서 알거든, 어떤 마음가짐인지."

첼시를 되살리기 위해 영혼의 서를 발동했을 때. 카르멘은 술과 감정에 취해서 첼시 외에 다른 건 다 망해 버려도 좋다고 생각하고 있었다. 제국도, 이 세상도, 그리고 자기 자신도.

하지만 첼시는 인간을 몰살하겠다고 말하면서도 카르멘에게 협동을 제안했다. 카르멘은 그때 눈치챘다. 첼시는 별로 절실하지 않다. 영혼의 서는 그런 밍숭맹숭한 마음가짐으로 발동할 수 있는 마법이 아니었다.

아마 그녀 스스로도 알고 있는 거겠지. 무언가 잘못되었다는 걸. 빙글빙글 미소 짓는 그의 얼굴을 보며, 첼시의 표정이 미묘해졌다.

"그래서 지금의 네가 더 좋은 거야. 적어도 남을 위해 스스로를 깎아 먹는 짓은 안 할 테니까."

"……무슨 말인지 모르겠네. 지금의 내가 더 좋으면 왜 나를 방해하는데?"

첼시가 허공을 나는 지팡이를 잡아 들며 물었다. 카르멘도 검을 빙글 돌려 고쳐 쥐었다.

"너는 강한 사람이니까, 이것도 금방 이겨 낼 거거든."

"……."

"네가 지금 누굴 해치게 놔두면, 다시 원래대로 돌아왔을 때 네가 상처받을 거 아냐, 첼시."

인류 몰살까지 가지 않아도, 자신이 그런 계획을 세우고 모두를 위험에 빠뜨렸다는 것만으로도 충분히 충격을 받을 것이다. 카르멘은 자괴하고 힘들어할 첼시를 생생히 떠올릴 수 있었다. 정말로 첼시 본인에겐 영원히 돌아오지 않는 게 나을지도 모르겠다는 생각이 들자, 카르멘은 쓴웃음을 지었다.

"네가 그 안에 있다는 거 알고 있어."

"……."

"얼른 눈을 떠. 나랑 같이 돌아가자."

카르멘이 손을 뻗었다. 첼시는 그 손을 빤히 바라보다가, 이를 악물고 공격 태세를 취했다.

"시끄러워."

카르멘은 날아오는 윙투스를 보며 한숨을 내쉬었다.

사랑하는 사람이 진심으로 호소하면 분명히 들을 거라던, 로즈의 희망 찬 목소리가 떠올랐다.

'역시 그렇게 쉽진 않네…….'

카르멘의 검과 은색 윙투스가 허공에서 부딪혔다.

* * *

첼시와 카르멘이 사라진 후, 로엠은 로즈에게 치료를 받자마자 첼시와 카르멘의 뒤를 따라 워프 존으로 이동했다.

타첸다에서 멀리 떨어지지 않은 무인도. 시력이 뛰어난 로엠은 타첸다에서도 이 섬의 모습을 어렴풋이 볼 수 있었다. 공간 이동을 한 로엠의 눈앞에 펼쳐진 것은, 쑥대밭이 된 섬이었다.

"……."

산이 불타고, 섬을 덮쳐드는 파도는 그 모양 그대로 얼어 공예품처럼 반짝이고 있었다. 불과 얼음 사이로 남은 협소한 길목에도, 뜬금없이 바위나 쓰러진 나무 같은 것이 길 한복판에 놓여서 앞을 가로막았다. 가장 가까운 마을도 상태는 엉망이었다.

알 수 없는 커다란 칼자국과 파헤쳐진 땅. 마수왕이 한바탕 춤이라도 추고 지나간 것 같았다. 로엠은 바위를 훌쩍 뛰어넘고 나무를 집어 던지면서 마을로 다가갔다. 발아래로 채 꺼지지 않은 불씨가 밟혔다. 이글거리는 땅 덕분에 북부의 추위마저 가시고 땀이 날 지경이었다.

이 난리통에서 어떻게 첼시와 카르멘을 찾나, 고민하던 찰나.

콰과과광!

어디선가 커다란 폭발음이 들렸다.

"저기군."

로엠이 소리가 들리는 곳으로 발길을 옮겼다. 가까이 다가갈수록 폭발음은 커졌고, 중간중간 첼시의 맑은 웃음소리도 섞여서 들렸다. 로엠은 곧 하늘 위에서 검은 지팡이에 올라탄 채 땅을 향해 마구잡이로 공격을 퍼붓고 있는 첼시를 발견할 수 있었다. 그녀의 화려한 공격 마법들에, 그나마 남아 있던 집들도 거의 가루가 된 상태였다.

"나와라! 카르멘!"

저 하늘에서 첼시의 즐거운 목소리가 들려왔다. 로엠은 칼을 쥔 채 당황한 얼굴로 그 소동을 바라봤다.

"어, 로엠."

그때, 로엠을 부르는 목소리가 들렸다. 로엠은 목소리가 들린 곳을 찾아 이리저리 두리번거리다 파괴된 집의 잔해 뒤에서 삐쭉 튀어나온 금발을 발견했다. 첼시의 눈치를 보며 조심스럽게 잔해 뒤로 다가가자, 아니나 다를까 무너진 돌벽 뒤에 기대앉은 카르멘이 보였다.

"……거기서 뭐 하는 거야?"

로엠의 질문에 카르멘은 싱긋 웃으며 답했다.

"보면 모르나? 숨어 있잖아."

"……"

너무 당당하게 답하니 지적할 기운이 들지 않았다. 로엠은 카르멘의 곁으로 다가가 자리를 잡고 앉았다.

"쥐어 터지고 있을 줄 알고 왔더니……."

"맞고 있으면 구해 주려고? 생각보다 기특한 면이."

"……언제까지 숨어 있을 건데? 피한다고 대수는 아니잖아."

로엠의 질문에 카르멘은 싱그러운 미소를 지었다. 그를 추종하는 제국의 영애들이 보았으면 현기증을 일으킬 만큼 반짝이는 미소였다.

"몰라, 첼시가 지칠 때까지?"

"……."

로엠의 표정이 떨떠름해졌다.

콰쾅!

등 뒤에서 쉬지 않고 들리는 폭발음에 로엠은 슬쩍 고개를 빼서 벽 뒤를 확인했다. 그들이 대화하는 동안에도 언덕 하나가 사라지고 있었다. 머리가 아득해지는 기분이 들어, 로엠은 한숨을 내쉬었다.

"첼시가 지치는 것보다 이 섬이 가라앉는 게 더 빠를 것 같은데."

"즐거워 보여서 좋지 않아?"

카르멘의 말에 로엠은 창공을 날고 있는 첼시를 바라봤다. 뛰어난 그의 시력이, 땀에 젖은 첼시의 얼굴을 포착해 냈다. 불타는 산을 비추는 붉은 눈동자는 어느 때보다 반짝거렸다. 바닷바람에 휘날리는 검은 머리칼. 이론만 열심히 세워 놓았던 공격 마법들을 거리낄 것 없이 마구 쏟아붓는 첼시는 자유롭고 행복해 보였다.

"그렇긴, 한데……."

로엠은 저도 모르게 긍정했다가 아차 했다.

"아니, 기다린다고 될 일이 아니라니까. 사역술이 있는 한 첼시의 마력은 거의 무한대라고."

"없어."

"……뭐?"

카르멘은 빙긋 미소 지었다.

"지금의 첼시는 사역술이 없다고. 새로운 마수를 사역하지 못하니, 무한대가 아니지. 바닥은 있어."

"오……."

로엠의 눈이 동그래졌다.

첼시가 영혼의 서를 쓰지 못했던 것은 이번이 처음이 아니었다. 십 년 동안 잠들었다가 깨어났을 때, 후유증 때문인지 시대가 너무 바뀌어서인 지 첼시는 잠깐 우울증에 걸렸던 적이 있었다. 그때도 사역술을 쓰지 못했다는 걸 생각해 보면, 아마 영혼의 서는 상당히 발동 조건이 까다로운 물건이었다.

누군가는 기억하면서 누군가는 기억하지 못하고

기억이 뒤죽박죽인데 정신만 멀쩡할 리는 없었다. 아마 첼시도 무의식적으로는 알고 있는 거겠지. 무언가 잘못되었다는 걸.

"그러니까 가만히 놔두면……."

"제풀에 지칠 거다?"

카르멘은 미소로 답을 대신했다. 로엠은 하늘을 바라봤다. 그가 데스 사이드의 흔적을 쫓아 밖으로 나왔을 땐 한밤중이었는데, 어느새 동이 트고 있었다.

낮은 도망 다니기 적합한 시간은 아니었지만, 마수가 약해지는 시간이었다. 마수의 힘을 끌어다 싸우는 첼시라면 더 빨리 지칠 확률이 높았다. 로엠은 마음을 굳히고 고개를 끄덕였다.

"좋아, 그럼 열심히 버텨 보자."

* * *

저녁이 되었다. 로엠은 그슬리고 이가 나간 칼을 들고 바위 뒤에 숨어 있었다. 등 뒤로 그들이 숨은 바위산을 신나게 때려 부수는 소리가 들리자 피곤이 밀려왔다. 그는 옆에 있던 카르멘을 돌아봤다.

"야."

"……."

"바닥이 있다며."

마찬가지로 피곤한 기색의 카르멘이 로엠을 돌아보며 미소 지었다.

"황제에게 '야'라니. 도움이 필요할 땐 무릎 꿇고 매달리더니."

"……매달리지는 않았거든. 그때 이야기를 꺼내고 싶냐?"

그가 카르멘의 앞에 무릎을 꿇은 건 생에 딱 한 번밖에 없었다. 첼시가 죽어 갈 때.

그 일은 카르멘에게도 끔찍한 기억이었을 것이다. 로엠은 쓰러진 첼시를 보고 무너지던 카르멘의 모습이 아직 눈에 선했다. 그런 주제에 그때의 이야기를 들먹이다니. 로엠은 저 황제가 신경줄 한 번 굵다고 생각했다.

"기다리다간 끝이 없겠어."

"그래도 조금 지친 것 같지 않아? 이제 그 화염 마법은 안 쓰잖아."

카르멘이 그렇게 답하는 순간, 머리 위로 커다란 불덩이가 날아왔다.

쾅!

그들의 발 바로 앞으로 떨어진 불덩이는 땅을 태우고 커다란 분화구를 만들었다. 매캐한 연기가 올라오는 분화구를 바라보던 로엠은, 천천히 카르멘을 돌아봤다.

"……하하."

카르멘은 무안한 듯 웃으면서 머리를 긁적였다.

첼시를 피해 숨어 다니는 것도 쉬운 일이 아니었다. 가끔 의도치 않게 발각되기도 하고, 스스로 뛰쳐나와 공격을 유도한 다음 다시 숨기도 하며 게릴라 전투를 펼쳐야 했다.

"이렇게 된 이상…… 최후의 수단이다."

"뭔데?"

"팀을 맺자."

카르멘의 제안에 로엠의 표정이 이상해졌다.

"너랑, 내가?"

"여기 다른 사람 있어?"

로엠은 코웃음을 치며 답했다.

"하, 그럴 바에야 차라리 지금처럼 계속 도망 다니는 게 낫……."

콰쾅!

그때, 커다란 굉음이 귓전을 울렸다. 로엠은 사색이 되어 딱딱하게 고개를 옆으로 돌렸다. 그들의 등을 가려 주던 바위가 첼시의 공격을 받고 우수수 부서져 내렸다.

"찾았다."

허공에 뜬 첼시가, 피처럼 붉은 눈동자를 휘며 미소 지었다. 로엠은 천천히 입을 열었다.

"……좋아, 협력하자."

두 사람이 동시에 칼을 들어 올리자, 첼시의 눈이 즐겁게 빛났다.

"드디어 제대로 할 마음이 들었나 보네?"

질문이 떨어지기가 무섭게, 로엠이 너덜거리는 칼을 손에서 던져 버렸다. 첼시가 날아가는 검을 보며 눈썹을 꿈틀했다.

"항복하는 거야?"

말을 내뱉은 순간, 검은 화염이 로엠의 몸을 뒤덮었다. 불꽃에 뒤덮인 검은 몸체는 점점 커졌다. 어리둥절하게 로엠을 바라보던 첼시의 고개가 점점 위로 꺾였다. 화염이 사그라들었을 때 나타난 건 집채만 한 크기의 다이어 울프였다. 첼시는 멍하니 입을 벌렸다.

"……와."

로엠을 바라보는 붉은 눈동자가 반짝반짝 빛났다.

"너, 마수였구나!"

해맑은 반응에 로엠이 움찔했다. 첼시가 활짝 웃었다.

"깜빡 속았네. 마수인데 왜 인간 편에 붙었어?"

첼시는 그렇게 물으며 로엠을 향해 불쑥 손을 뻗었다.

"이리 온, 나랑 같이 세상을 정복하자."

"……."

"착하지, 우쭈쭈."

어르는 듯한 달콤한 목소리에 로엠의 눈이 정처 없이 흔들렸다. 그의 앞발이 스르르 뻗어 나갔다.

"로엠."

그때, 카르멘의 차가운 목소리가 로엠을 불렀다. 로엠은 흠칫 멈췄다. 카르멘은 짜증 난 얼굴로 웃었다.

"나한텐 지금이 농담할 때냐며?"

"……."

다이어 울프의 거대한 몸체가 잘게 떨렸다. 로엠은 앞발을 도로 물리며 우울하게 중얼거렸다.

"첼시를 두고 네 말을 들어야 한다니."

"마찬가지야."

로엠이 한숨을 쉬며 등을 낮추자, 카르멘이 훌쩍 뛰어서 그의 위로 올라탔다. 첼시는 기대 어린 얼굴로 로엠을 올려다봤다.

"재밌겠다."

"원래대로 돌아오면 얼마든지 태워 드리죠."

"쩨쩨하네."

첼시가 투덜거리는 소리를 들어 넘기며, 로엠은 첼시를 향해 달려갔다. 커다란 늑대의 발톱이 그녀를 지키는 결계를 노렸다. 첼시의 손에 감겨 있던 윙투스가 소매 밖으로 튀어나와 공격을 방어했다.

윙투스가 로엠과 힘겨루기를 하는 사이, 카르멘은 그의 머리 위에서 훌쩍 뛰어내려 사각을 노렸다. 첼시는 신체 능력이 뛰어난 것은 아니니, 우선 그녀의 결계를 부숴서 방어력을 무너뜨리려는 목적이었다.

카르멘이 든 검신에 푸른 오러가 일렁였다. 첼시는 힐끗 눈을 돌려 카르멘을 확인했다. 그의 공격을 예측할 수 있대도, 무기가 묶여 있는 이상

막지 못할 것이다. 카르멘은 검을 힘껏 휘둘렀다.

챙!

은색 윙투스가 다이어 울프의 손을 묶고, 힘껏 늘어나 카르멘의 검과 부딪혔다.

"후."

첼시가 한숨처럼 웃었다. 그러자, 카르멘이 미소 띤 얼굴로 말했다.

"안심하긴 일러."

그 직후, 머리 위로 그림자가 드리웠다. 윙투스에 묶인 다이어 울프가 입을 쩍 벌리고 눈앞의 작은 적을 결계째 집어삼킬 기세로 쇄도했다.

"읏!"

그 즉시 첼시는 윙투스를 잡고 있지 않은 손으로 마법진을 발동시켰다. 검은빛이 발하고, 커다란 충격파가 로엠을 덮쳤다. 강력한 충격파가 집채만 한 마수를 밀어냈다.

으드드드드득!

거대한 다이어 울프가 밀려나며, 발톱 자국대로 땅 위에 열 갈래의 길이 생겼다.

파지지직!

그 순간, 귀를 때리는 파열음이 일었다. 첼시는 이를 악물고 고개를 들었다. 첼시가 로엠을 밀어내는 사이, 카르멘은 윙투스를 뿌리치고 결계를 공격하는 데 성공했다. 성검처럼 하얀 마검에 형체 없던 결계가 푸른빛을 내며 찢기고 있었다.

"이……."

첼시는 윙투스에 힘껏 마력을 불어넣어 카르멘의 검을 밀어냈다. 카르멘과 첼시가 동시에 뒤로 한 발짝씩 물러났다.

"하아, 하……."

첼시는 힐끔 위를 보며 아직 푸른빛으로 깜빡이고 있는 결계를 확인했다.

방금 공격으로 결계의 반이 소실되었다. 첼시가 혀를 차며 카르멘을 노려봤다. 카르멘은 그 눈빛을 보며 바람 빠지는 웃음소리를 냈다.

"옛날 생각난다, 첼시."

마수왕이 마계의 문으로 넘어왔던 날도, 그들은 이렇게 반목했었다.

"이런 식으로 추억을 되새기고 싶진 않았는데……."

카르멘은 솔리투도 왕국을 향해 여행을 이어 가던 날, 첼시가 로엠을 보며 옛날 생각이 난다고 말했던 것을 떠올렸다. 그쪽 추억은 그래도 낭만적인 구석이 있었는데…….

"헛소리 마."

첼시는 차갑게 말하며 공격을 재개했다. 카르멘은 슬프게 미소 지으며 공격을 가로막았다. 금속과 금속이 부딪치는 소리만이, 버려진 섬을 울렸다.

[첼시!]

그때, 두 사람 사이로 끼어드는 목소리가 있었다. 카르멘과 검을 부딪치고 있던 첼시의 눈썹이 움찔했다.

[당장 돌아와! 저것들이 나를……!]

거스의 찢어지는 비명이 마수경을 통해 들려왔다. 그들 사이로 다가오던 로엠은 거스의 목소리를 듣고 짧게 웃었다.

'거스를 찾아냈구나.'

로엠이 워프 존을 넘어올 때, 일행들은 역할을 나눴다. 치유 마법을 쓰느라 가벼운 마력 결핍증이 온 로즈가 릴리에게 변화하는 무기 시리즈를 넘겼다. 리신은 로즈의 보호를 맡고, 다른 일행들은 거스를 추격하기로 했다. 저 비명을 들어 보니, 그들이 똑바로 일을 수행하고 있었던 게 틀림없었다.

"하여간 제대로 하는 일이 없군."

계획이 틀어지게 생겼잖아.

첼시의 목소리에는 귀찮은 기색이 역력했다. 그녀는 팔에 남은 마지막 충격파 마법을 발동시켰다.

펑!

카르멘이 충격파를 맞고 밀려난 틈을 타, 첼시는 지팡이를 도로 잡았다. 지팡이에 올라탄 첼시가 워프 존을 향해 빠르게 날아가기 시작했다.

* * *

나는 암흑 속에서 벽을 보고 앉아 있었다. 등 뒤에서 어렴풋이 웃음소리와 말소리가 들려왔다. 희미하게 빛이 새어 들어오는 게 보였으나 나는 돌아보지 않았다. 나는 그 모든 것들을 등지고 암흑을 향해 있었다.

그때, 내 뒤로 그림자가 드리워졌다.

"언제까지 거기서 그러고 있을 거야?"

반가운 목소리가 들렸다. 왜 그 목소리가 반갑게 느껴지는지는 알 수 없었다.

"계속, 문이 열릴 때까지."

"거기에 문 같은 건 없어."

"있어."

나는 검은 벽을 바라보며 답했다. 이 장소, 이 상황이 낯설지 않았다. 옛날에는 여기에 수백 년도 넘게 앉아서 문이 열리길 기다렸던 적이 있었다. 하지만 지금은 고작 며칠이 지났을 뿐이다. 그러자 등 뒤의 누군가가 달콤한 목소리로 나를 꼬드겼다.

"여길 돌아보면 마음이 바뀔 텐데."

"……."

"다들 이곳에 오고 싶어 한단 말이야. 특히 영혼이 없이 태어난 마수들이 여기에 오기 위해선 얼마나 큰 노력이 필요한지 알아? 네가 아끼던 사역마들이 여기 다 있어."

"······."

"······내가 누군지 궁금하지도 않아?"

"별로."

"······."

누군가가 침묵했으나 난 신경 쓰지 않고 앞만 바라봤다. 여기서 이렇게 기다리고 있다 보면 언젠가 나를 부르는 목소리가 들릴 것이다. 그것만으로도 충분히 버틸 수 있었다.

"대단하네."

등 뒤에서 털썩, 자리를 깔고 앉는 소리가 들렸다.

* * *

카르멘과 로엠은 재빨리 첼시의 뒤를 추격했다. 워프 존을 건너오자마자 서둘러 첼시의 자취를 찾았다. 그리고 달이 걸린 별궁 위에서 날아가는 그녀의 모습을 발견했다. 그녀는 몇 개나 되는 별궁 지붕을 뛰어넘으며 어딘가로 향하고 있었다. 로엠은 카르멘을 등에 태우고 급히 그녀의 뒤를 쫓았다.

"꺄아아아악!"

성벽 안에서 날뛰는 늑대를 발견한 귀족들은 비명을 지르며 도망치기 바빴다.

"어디로 갔지?"

어느 순간, 첼시의 모습이 보이지 않았다. 카르멘은 숨을 고르며 주변을 훑다가 가까운 건물의 테라스로 훌쩍 올라갔다. 2층 테라스를 통해 지붕 위로 올라가는 카르멘의 모습을 보고 로엠도 그의 뒤를 쫓았다.

카르멘은 늑대 모습으로 지붕을 올라오는 로엠에게 잠깐 시선을 줬지만,

뭐라 말하기도 전에 그의 눈이 커졌다. 가장 높아 보이는 건물을 골라 올라갔기에 전망이 좋았다. 덕분에 건너편 옥상에서 릴리가 창을 들고 거스를 쫓는 모습도 훤히 볼 수 있었다.

이미 처리했는지 어쨌는지, 거스의 사역마는 보이지 않았다. 마법사와 기사들은 릴리의 뒤에 있었고, 앨런과 슈웨인이 그들을 막고 있었다. 릴리와 거스 사이의 거리는 고작 세 발짝 정도였다.

그들이 거스와 릴리를 발견했을 때, 첼시도 그들을 발견했다. 그녀가 손을 들어 올렸다.

"첼시!"

경악한 로엠의 외침에, 카르멘의 시선이 위를 향했다. 첼시의 손에 처음 보는 낫이 쥐어졌다. 검게 일렁이는 낫은 위험하기 짝이 없어 보였다. 그녀가 그 낫을 높게 들어 올렸다. 목표물은, 릴리였다.

'위험해!'

생각과 행동은 거의 동시에 일어났다. 카르멘과 로엠은 지붕에서 뛰어내려 건너편 옥상을 향해 달렸다. 하지만 아무리 빨라도 허공에서 하강하는 속도를 이길 수는 없었다. 검은 낫이 포물선을 그리며 릴리를 향해 직격했다.

이상을 느낀 릴리가 고개를 들어 올렸다. 그와 함께 옷 안에 감춰져 있던 목걸이가 밖으로 나왔다.

"……!"

그 찰나의 순간, 릴리의 목에 걸린 목걸이가 첼시의 눈에 들어왔다. 꽃 모양으로 세공된 옐로우 다이아몬드가 달린 목걸이였다.

'고맙소. 딸아이가 좋아하겠군.'

귓가에 때리는 목소리에, 첼시는 숨을 멈췄다. 둑이 무너지고 봇물이 터지듯, 막혔던 기억들이 쏟아져 나왔다.

'이거…… 아빠의 유품이야.'

'첼시!'

'너랑 나누고 싶은 이야기가 정말로 많아.'

'일어나, 첼시.'

마지막에 들린 목소리는 릴리의 것이 아니었다.

* * *

"문이 열렸어."

채근하는 목소리를 들으며, 나는 천천히 몸을 일으켰다. 빛으로 된 문이 나를 부르듯 활짝 열려 있었다.

"잘 가, 다음번엔 오래 있다가 와. 무모한 짓 좀 하지 말고."

등 뒤로 퉁명한 목소리가 쏟아졌다. 나는 즐거운 마음으로 잔소리를 흘려 넘기며 문간으로 발을 들였다. 빛이 몸을 완전히 휘감기 직전, 나는 등 뒤를 돌아보며 인사했다.

'안녕, 케라아임.'

"……첼시!"

꿈의 장막이 걷히고, 날카로운 현실의 목소리가 나를 불렀다. 나는 천천히 눈을 떴다. 눈을 깜빡일 때마다 시야가 붉었다가, 깨끗해졌다가, 다시 붉었다가를 반복하다 이내 깨끗하게 변했다.

가장 먼저 시야에 담긴 것은 나를 걱정스럽게 바라보는 얼굴이었다. 나는 천천히 입을 열어 그녀의 이름을 불렀다.

"……릴리?"

힘겹게 흘러나온 말소리에, 릴리가 눈물을 글썽였다.

"첼시."

그리고 나는 곧 내 몸을 지탱하고 있는 두 개의 손을 인식했다.

"카르멘."

나는 내 허리에 두른 팔의 주인을 바라보며 말했다.

"로엠."

그리고 팔을 붙잡은 손의 주인도 한 번 돌아보았다.

"첼시, 기억이……."

"돌아온 거야?"

로엠과 카르멘이 연이어 물었다. 나는 지끈거리는 머리를 짚었다.

"……그런 거 같아."

대답이 떨어지기 무섭게, 카르멘이 내 어깨를 꼭 끌어안았다. 귓가에 더운 한숨이 닿았다.

"정말 다행이다."

"스승니이이이임!"

앨런이 징징거리며 나를 와락 끌어안았다. 어렸을 때면 앨런이 내 팔에 매달리는 그림이 되었겠지만, 늠름하게 자란 앨런은 이제 나보다 덩치가 훨씬 컸다. 그래서 앨런은 나를 안는답시고 겸사겸사 카르멘까지 끌어안았다.

용병 흉내를 낼 때 카르멘을 데일이라고 부르는 것도 어려워서 '폐, 데일' 같은 이상한 이름으로 줄곧 카르멘을 불러온 앨런이었는데, 잠시 어색함도 잊어버린 듯했다. 나는 두 장정 사이에 파묻혀 호흡이 곤란해졌다.

"푸흡."

"첼시!"

카르멘이 다급히 내게서 앨런을 떼어냈다.

"돌아와서 정말 다행입니다."

슈웨인이 부드럽게 미소 지으며 말했다.

"진짜 멸종되는 줄 알았어요."

어쩐지 힘없이 늘어진 로즈도 웃는 얼굴로 투덜거렸다.

"첼시, 날 보고 돌아온 거야?"

그때 릴리가 어쩐지 감격한 목소리로 내 손을 잡았다. 그녀의 눈이 녹색으로 반짝이고 있었다. 릴리의 꽃 모양 목걸이를 보고 여태까지 내가 걸어온 종적이 파노라마처럼 스쳐 가던 순간이 떠올랐다. 그래서 무심코 고개를 끄덕였다. 그러자 그녀의 옆에 있던 로엠이 조금 씁쓸한 표정을 지었다.

로엠의 얼굴을 보자 나는 움찔 놀랐다. 지금으로부터 불과 몇 시간 전까지, 로엠과 열심히 싸우던 기억도 떠올랐기 때문이다. 나는 당황했다.

'뭐야, 내가, 무슨 짓을…….'

거스의 마법에 당하던 순간, 그 이후 내가 한 행동들이 조각조각 기억에 남아 있었다. 로엠이 결계에 튕겨 나가거나 내가 그 애를 향해 공격한 기억이 떠오르자, 식은땀이 주르륵 흘렀다.

"괜찮아?"

난 황급히 로엠의 몸을 훑었다. 정말 다행히도, 크게 다친 곳은 없어 보였다.

"미안해……."

기억과 함께 밀려오는 자괴감에, 나는 이를 악물었다. 왜 거스를 막아 내지 못했지? 하마터면, 내 손으로 그의 사악한 계획을…….

하지만 거스의 계획에 기억이 닿자, 난 번쩍 고개를 들었다. 거스의 마법사들과 타첸다의 기사들이 전투 불능이 되거나 묶인 채로 한구석에 몰려 있었다. 그 속에 거스의 얼굴은 보이지 않았다.

"거스, 그는 어디 있어?"

"아, 그게…….."

릴리가 신경 쓰이는 기색으로 옥상 한쪽을 가리켰다. 거기에 워프 존이 그려져 있었다.

"저기에 이동 장치가 있었나 봐. 코너로 몰아넣었다고 생각했는데,

소동을 틈타서 도망쳐 버렸어."

쾅!

그때, 어딘가에서 커다란 폭발음이 들렸다. 모두가 놀란 듯 소리가 들린 곳으로 고개를 돌렸다. 그들의 시선이 향한 곳은, 타첸다의 본성이었다.

"뭐지?"

"또 무슨 일을 벌이는 건 아니겠지."

사람들이 수군거렸으나, 난 알았다. 그건 신호탄이었다.

"빨리 가야 해."

난 벌떡 일어났다. 자책과 반성은 나중에 해도 충분했다. 지금은 급한 일이 있었다.

"잠깐, 첼시! 무슨 일인데?"

무작정 달려가려던 나를 카르멘이 불렀다. 뒤늦게 모두가 나를 바라보고 있다는 것을 깨달았다. 난 힘겹게 입을 열었다.

"거스가 곧…… 이 성을 파괴할 거야."

* * *

지하로 이동한 후, 거스는 우선 자신이 넘어온 워프 존부터 파괴했다. 그에게는 여러 가지 계획이 있었다. 그중에는 아예 첼시를 세뇌하는 데 실패했을 경우를 상정한 계획도 들어 있었다.

타첸다는 끔찍한 나라였다. 거스가 여태 아부스의 도움을 받으며 지배한 왕가는 솔리투도 왕국만이 아니었다. 솔리투도 왕국은 가장 마지막에 도전한 나라였다. 그 이전에 많은 연습을 거쳤다.

첫 번째로 정복한 것은 타첸다와 가장 가까운 섬, 폴가르. 두 번째는 인디시였고, 메디오, 아눌라, 메니게섬…….

실패한 적도 있었고 성공한 적도 있었다. 방법은 솔리투도 왕국과 비슷했다. 우선, 마법을 이용해 국왕을 세뇌하는 것부터 시작했다. 국왕을 손에 넣는 데 성공하면, 꼭두각시가 된 국왕을 이용해 해당 국가가 마수를 양성하도록 만들었다.

이 작업은 여러 나라에서 동시다발적으로 진행됐다. 열심히 마수를 퇴치하던 북해의 모든 섬나라가 힘을 합쳐 마수를 양성하기 시작한 것이다. 전사들은 마수를 함부로 해치지 말라는 지도자의 명령을 들어야 했고, 지도자들은 비밀스럽게 마수의 알을 모아 인간의 피를 주며 키웠다.

결과는 성공적이었다. 북해는, 곧 배 한 척 다니지 못하는 마수의 양식장이 되었다. 갑자기 불어난 마수들을 감당하지 못한 섬나라들이 휘청거리기 시작하면, 타이밍 좋게 나타난 타첸다의 왕이 그들에게 도움의 손길을 뻗었다.

'내 말을 들으면, 백성들을 받아 주지.'

다른 섬나라들은 무너져 가는데, 타첸다는 마수들의 공격을 전혀 받지 않고 있다. 게다가 그 귀신같은 타이밍. 뭔가가 이상하다는 걸 눈치채더라도, 아부스의 손을 잡을 수밖에 없었을 것이다.

그렇게 데려온 왕자들은 실험체로 쓰고 공주들은 아내로 삼았다. 그게 아부스가 북해를 정복한 방식이었다.

'하지만, 그 뒷배에는 언제나 내 도움이 있었어……!'

아무리 타첸다가 마수들이 함부로 다가오지 못하는 땅이라 할지라도, 거스의 도움이 없었더라면 북해를 정복하는 것은 불가능했다. 하지만 아부스는 거스를 제대로 대우해 주지 않았다. 오히려 자신의 권력에 취해, 더 많은 야욕을 부렸다.

거스는 그가 붙여 준 마법사와 기사들이 언제든 자신의 목을 노리고 있다는 것을 알고 있었다. 그래서 거스는 마지막 계획만은 꼭꼭 감추어 두었다.

'타첸다 붕괴 계획'을.

솔리투도성 지하를 붕괴시킨 충격파 마법보다 훨씬 더 큰 규모의 파괴 마법이, 타첸다성 전체에 설치되어 있었다.

* * *

우리는 곧장 본성으로 향했다. 아래로 내려갈 시간도 없어, 까망이가 모두를 등에 태우고 지붕과 지붕을 넘어 본성에 도착했다. 무슨 일이 일어날지 모르니 모두에게 결계석을 나눠 주고, 테라스를 통해 성 안으로 침입했다.

그런데 테라스에 쓰러져 있는 사람이 있었다. 레이스와 장식이 주렁주렁 달린 드레스를 입은 여자였다. 거스에게 조종당할 때의 기억이 완전히 정리되지 않아 뒤죽박죽이었지만, 그 사람의 얼굴은 눈에 익었다.

"왕비."

아부스의 왕비 중 한 명이었다.

"으음……."

"괜찮아요? 정신이 들어요?"

무릎 위에 머리를 뉘여 주고 말을 건네자, 왕비가 천천히 눈을 떴다.

"아, 내가……."

"무슨 일이 있었나요?"

"모르겠어. 갑자기 사람들이 쓰러지더니, 졸음이 몰려와서……."

그녀의 말을 들으며 테라스 너머 방 안을 둘러보니, 시종처럼 보이는 사람들이 바닥에 쓰러져 있는 것이 보였다. 갑자기 졸음이 몰려 왔다라…….

"수면나방."

내 말에, 일행들이 의아한 시선으로 나를 바라봤다.

"수면나방은 내가 옛날에 사역했던 마수야. 사람을 잠재우는 가루를 뿌리는데…… 내 힘을 받아 더 크고 강하게 개량됐지."

거스의 계획은 하루 이틀 사이에 만들어진 것이 아니었다. 그는 십 년 넘게 내 사역마들을 추격하고 흑마법을 연구하며 여러 가지 계획을 세웠다. 그는 계획의 대부분을 나와 공유했기 때문에 나도 잘 알고 있었다.

그의 목표는 크게 두 가지였다. 흑마법으로 세상을 지배하는 것과 타첸다에 복수하는 것. 거스는 타첸다에 강한 증오심을 품고 있었다. 이 나라로 돌아온 이후 그 증오는 사그라들기는커녕 커지기만 했다.

아부스는 틈만 나면 거스와 그의 어머니를 모욕했다. 아마 그는 어릴 적 아버지의 앞에서 벌벌 떨던 거스의 모습만 기억하고, 협박과 모욕으로 그를 지배하려던 속셈이었겠지만……. 결과적으로는 거스의 증오만 키우게 했다.

"거스는 일이 틀어지면 언제든 성을 폭파하고 다른 나라로 도망갈 계획을 세우고 있었어."

"형에게 화가 난 거면 그냥 죽이고 도망치면 되잖아요. 왜 성 전체를 폭파하려는 거죠?"

앨런이 의아하게 물었다.

"거스는 사람을 지배하는 마법을 갖고 있어. 그걸로 세상을 지배할 생각이지. 그런데 그 마법은 거스 혼자 완성한 게 아니야."

"증거를 인멸하려는 거군."

카르멘의 말에, 나는 고개를 끄덕였다. 수면나방을 이용해 성에 있는 사람들을 모두 잠재우고, 지하에 남은 증거물과 함께 이 섬을 묻어 버릴 속셈인 거다. 자신의 연구를 도와준 마법사들이나, 뭔가를 알고 있을지도 모르는 아부스의 측근들도 다 함께.

겸사겸사 복수도 하고 말이다.

나는 왕비를 향해 물었다.

"내 이름은 첼시예요. 이름이 뭔가요?"

"……셋째 왕비, 티타 카메른이다."

"티타, 지금 이 성에 사람들이 몇 명이나 있나요?"

"폐하께서 만찬을 열겠다고 본성으로 모든 왕비를 초대하셔서…… 모인 시종들까지 아마 마흔 명은 넘을 거야."

티타는 혼란스러운 표정이었지만 내 질문에 성실히 답해 주었다.

"수면나방을 풀었다면 아마 지하에서 중요한 것들만 빼내고 파괴 마법을 발동할 거야. 커다란 마법이라, 발동까지 시간이 조금 있어."

"시간이 얼마나 남았는데요?"

"……십오 분?"

"십오 분?!"

질문을 한 앨런을 포함해서, 모두가 당황한 눈치였다. 슈웨인이 의견을 냈다.

"확성 마법으로 소리를 질러서 사람들을 깨우는 건 어떻습니까?"

"그 수면나방이 내가 기억하는 게 맞다면…… 발로 걷어차도 안 깰걸."

수면나방에 군대를 잃어 본 적 있는 카르멘이 반박했다. 잠든 병사를 발로 걷어차 본 적이 있는 걸까.

"그럼 십오 분 만에 마흔 명을 어떻게 다 찾아서 구하죠? 성이 이렇게 넓은데! 한 사람당 하나씩 빼내도 여덟 명밖에 못 날라요!"

앨런이 패닉을 일으켰다. 마력 결핍증 때문에 슈웨인에게 기대 있던 로즈가 손을 들었다.

"저기, 나는 전력에서 빼 줄래…… 내 몸 하나 지탱하는 것도 힘들거든."

"이제 일곱 명이네."

"아악!"

태평한 로엠의 정리에 앨런이 비명을 질렀다. 그는 울상이 된 얼굴로 로엠을 바라봤다.

"로엠이 등에 전부 태우고 빼내면 안 돼?"

"파괴 마법 발동하기도 전에 성 다 무너지겠다."

모두가 정신없이 의견을 주고받는 동안, 나는 티타를 리신에게 맡기고 일어났다. 윙투스를 들고 조그맣게 말했다.

"베베."

베몬의 이름을 부르자 사슬이 허공에 띄워져 둥글게 원을 만들어냈다. 차원이 찢어지는 듯한 소리와 함께, 그 안에서 파란 요정 같은 베몬이 튀어나왔다. 난 계속에서 이름을 불렀다.

"흑구, 삐약이, 그레이……."

내 부름에 따라 크고 작은 사역마들이 쏟아져 나왔다. 머리가 세 개인 케르베로스, 날개 달린 스켈레톤, 코끼리 같은 모습의 베헤모스. 끝없이 소환되는 마수들은 곧 테라스와 방을 가득 채웠다. 사역마들의 수가 스물을 훌쩍 넘었다.

그들은 내 명령에 따라 성에 있는 사람들을 찾아 움직이기 시작했다. 소환된 가고일이 가장 가까운 방에 쓰러져 있는 사람들부터 낚아채서 밖으로 사라졌다. 그 모습을 본 일행들도 뒤늦게 정신을 차리고 일어났다.

"로엠과 릴리는 본성 바깥에 있는 사람들의 대피를 맡아 줘. 본성이 무너지면 가까운 성들도 타격을 입을지 몰라. 다른 분들은 마수들을 도와줘요."

"네."

"알았어!"

"아, 앨런에겐 따로 부탁할 게 있는데……."

우리는 각자 역할을 나눈 뒤, 방을 나서서 뿔뿔이 흩어졌다. 계단을 뛰어 아래층으로 향하는데 카르멘이 나를 좇아왔다.

"첼시, 어디 가?"

"거스와 마법사들을 찾아야지. 지하로 갈 거야."

그에 카르멘은 당연하다는 듯 내 뒤를 따랐다. 나는 굳이 말리지 않았다.

1층으로 내려오자 창문이나 벽이 여기저기 뚫려 있었다. 거스의 마법 때문에 부서진 것인가 했는데, 지하 통로 앞으로 오자 생각이 바뀌었다.

"마수들이 지나간 흔적이야."

통로는 내 기억보다 훨씬 넓어져 있었다. 문도 떨어져 나간 것으로 봐선 확장 공사를 한 건 아니고…… 지하에 있던 마수들이 뛰쳐나온 것 같았다.

거스가 풀어 준 걸까?

붉은 등불만이 불길하게 일렁이며 어두운 지하를 밝히고 있었다. 난 불안한 마음을 억누르고 지하를 향해 발을 내디뎠다.

* * *

"라이트닝."

시간이 흐를수록 등불이 희미해져, 나는 라이트닝 마법을 썼다. 마법진 위로 생성된 새하얀 빛의 구가 길을 밝혀 주었다.

"조심해, 첼시."

지하 깊숙한 곳에는 층계가 무너진 곳이 많았다. 카르멘이 내 손을 잡아 주었다. 난 고개를 끄덕이고 걸음을 옮겼다. 이 기묘한 위압감은, 단순히 거스의 마법 때문만은 아니었다.

지하 깊숙한 곳에 있는, 그 마수.

'드래곤……이었지.'

희미하게 놈의 모습이 기억에 남아 있었다. 결국 사역하는 데는 실패했지만. 기억을 되짚어 가며 연구실이 있던 곳을 찾아가자, 아니나 다를까 잠들어 있는 마법사들이 보였다.

"역시 거스는 마법사들까지 함께 죽이려 했던 모양이야."

나와 카르멘은 지하 연구실 세 곳을 뒤져 열두 명의 마법사들을 모두 찾아냈다. 난 데스 사이드들을 소환해 부탁했다.

"마법사들을 밖으로 데려가 줘."

데스 사이드들에게 마법사들을 맡기고, 나는 마수들이 갇혀 있던 창고도 찾아봤다. 케이지가 열린 것도 있었지만 아직 갇혀 있는 마수들도 많았다.

"카르멘, 마수들 꺼내는 것 좀 도와줘."

"삐이이이이!"

내가 목소리를 내기가 무섭게 창고 안쪽에서 절박한 목소리가 들렸다. 나는 놀라서 소리가 들리는 곳으로 달려갔다.

"맙소사, 브라운!"

안쪽에 위치한 케이지에는 브라운이 갇혀 있었다. 나는 곧장 윙투스를 꺼내 케이지의 자물쇠를 부숴 버렸다. 케이지가 열리자 브라운이 울면서 달려 나왔다.

"삐이이이이!"

"그래, 많이 무서웠지."

브라운이 날개를 파닥거리며 내 어깨에 머리를 비볐다.

쿵!

그때, 땅이 울렸다. 브라운이 화들짝 놀라 울음을 멈췄다. 브라운을 꺼내는 사이 모든 케이지를 부숴 버린 카르멘이 다가왔다.

"첼시, 이러고 있을 틈이 없어. 얼른 나가자."

"응."

창고에 있는 모든 케이지를 열어 마수들을 꺼낸 다음, 함께 연구실을 나왔다. 브라운과 나의 옛 사역마들이 선두가 되어서 마수들을 밖으로 이끌었다.

나는 연구실을 나선 다음 아래로 가는 계단을 바라봤다.

"첼시."

"잠시만, 바로 아래층까지만 확인하고 올게."

여태까지 오는 길에 마주치지 않았으니, 이곳 바로 아래에 있을 거라는 생각이 들었다. 내가 계단을 내려가자, 카르멘이 곧장 내 뒤를 쫓았다.

"잠시만 확인하고 온다니까."

"알았어."

……금방 돌아올 테니 먼저 올라가라는 뜻이었는데. 굳이 설명해 봤자 들을 기세가 아니어서, 나는 그냥 발걸음을 재촉했다. 그때였다.

"첼시, 조심해!"

"앗."

지하로 이어지던 계단이, 어느 지점에서 완전히 무너져 있었다. 계단이 끊어져 더 이상 아래로 내려갈 수가 없었다.

"……거스!"

그리고 그 무너진 계단의 반대편에, 오도 가도 못 하고 선 거스의 모습이 보였다. 거스는 계단 반대편에서 놀란 눈으로 나를 보고는, 다짜고짜 화를 냈다.

"워프 존이 막힌 거, 네 짓이지?"

갑작스러운 분노였으나 나는 상황을 이해했다.

일행들과 헤어지기 전에, 나는 앨런에게 부탁을 하나 했다. 바로 타첸다의 항구에 있는 워프 존을 파괴해 달라는 것이었다. 거스의 지하에는 언제든 항구로 빠져나갈 수 있는 워프 존이 새겨져 있었다. 일이 틀어졌으니 그곳을 통해 도망칠 것이라고 예상했다.

항구의 워프 존은 대륙과 연결되어 있어, 그곳으로 빠져나가면 거스를 영영 잡을 수 없게 된다. 그래서 앨런에게 미리 파괴해 달라고 부탁해 둔 것이다. 그래도 앨런이 항구까지 가는 데 걸리는 시간이 있으니 서둘렀으면 빠져나갈 수 있었을 텐데…….

"고작 그걸 챙기겠다고 목숨을 건 거야?"

난 거스가 품에 한 아름 안고 있는 자료들을 가리키며 말했다. 그가 목숨을 걸고 가지고 나온 물건들은 세뇌되었을 때 그의 비밀 방에서 본 내 유서와 일기의 사본들, 그리고 그 징그러운 신문 스크랩들이었다.

"그 열정을 좋은 데 쓰지 그랬어?"

나는 세뇌된 채 거스와 함께 일했던 시간을 기억했다. 짧은 시간이었지만 자신의 연구에 진지하게 임하던 그의 모습은 분명 진짜였다.

"너는 머리도 좋으니, 분명 존경받는 마법사가 되었을 텐데."

"시끄럽다. 상관 마……!"

거스가 흥분해서 발을 움직였다. 그때, 우리의 대화를 보고 있던 카르멘이 무언가를 발견하고 외쳤다.

"움직이지 마!"

그러나 거스가 카르멘의 경고에 반응하기도 전에, 그가 딛고 선 바닥이 무너지기 시작했다. 앞뒤를 잴 여유도 없었다. 나는 무작정 손부터 뻗었다. 내 손에 감겨 있던 윙투스가 늘어나 계단 아래로 떨어지는 거스의 뒤를 쫓았다.

"으아아아아아악……!"

윙투스가 빠르게 날아갔으나 거스의 모습이 눈에 보이지 않았다. 라이트닝 마법으로 만들어 둔 빛의 구가 윙투스의 움직임을 쫓아 암흑 속으로 날아갔으나 이미 늦었다. 애초에 우리 사이의 거리가 너무 멀었던 탓이었다. 멀어지던 거스의 비명이 완전히 멎어 버리자 심장이 덜컥했다.

"거스!"

"으으으……."

그때, 아래에서 희미하게 거스의 신음이 들려왔다. 뒤늦게 윙투스를 따라잡은 빛의 구가 그곳을 비추었다. 바닥이 보이지 않는 새까만 암흑 속에서 지면이 솟은 곳이 있었다. 거스는 다행히 그 위로 떨어진 모양이었다.

떨어진 충격으로 몸을 떨기는 했지만, 크게 다친 것 같지는 않았다. 나는 초조하게 외쳤다.

"거스, 거기 가만히 있어!"

"착한 척하지 마, 첼시 로드랭."

그러나 거스는 고통으로 얼굴을 찌푸리며 외쳤다.

"날 이렇게 만든 게 너잖아!"

난 흠칫 놀랐다. 워프 존을 막은 것을 탓하는 걸까?

하지만 거스가 나를 지배할 때 썼던 그 흑마법은 너무 위험했다. 이번에 그를 놓쳤다간 대륙으로 넘어가서 무슨 짓을 벌일지 모르니, 어쩔 수 없는 조치였다.

"워프 존을 말하는 게 아니야!"

하지만 거스는 그런 내 마음을 읽은 듯 표독스럽게 외쳤다.

"존경받는 마법사가 되었을 거라고? 웃기는군! 내가 왜 이 꼴이 됐는지 알아? 네가 제대로 못 해서야."

거스는 말을 하면서 주춤주춤 뒤로 물러났다.

"내가 이용한 워프 존, 사역술, 사역마들이 다 어디서 나왔는지 알아? 너야!"

거스는 그렇게 말하며 여태 품에 끌어안고 있던 내 일기 사본들을 흔들었다. 그 사이에서 흘러나온 신문들이 바닥에 떨어져 거스의 발에 밟혔다.

"이것들을 사람들에게 공개할 때, 이런 일이 생길 거라고 예상 못 했어? 전부 네가 자초한 거라고!"

"……."

나는 입을 꾹 다물었다. 괜히 그를 자극했다가 또 아까 같은 사태가 날지 몰랐다. 빛의 구를 아래로 보내면서 조심스럽게 윙투스를 움직였다.

"네 사역마들이 죽은 것도."

천천히 거스에게 다가가던 윙투스가 우뚝 멈춰 섰다. 거스는 부들부들 떨면서 입꼬리를 끌어 올렸다.

"너에게 빙의했던 그 데스 사이드."

"……."

"너의 옛 사역마였지. '헤브람 제국의 국경 마을까지 기사들을 인도해 달라고 부탁한 뒤 헤어졌다.' 네가 일기에 그렇게 써 두었잖아. 그래서 국경 마을을 중심으로 수소문했지. 찾기는 힘들지 않았어. 대다수가 여전히 그 근처를 떠돌고 있었거든."

거스는 피식 웃으며 위를 향해 고개를 들었다.

"주인을 기다린 보람이 있겠어. 결국엔 만났잖아. 안 그래?"

나는 이를 악물었다. 솔리투도 왕성의 지하에서 본, 시험관에 갇혀 있던 그 검은 물질이 떠올랐다. 데스 사이드와 원혼의 합성마.

내가 정신을 차린 이후, 내 몸을 차지했던 그 마수는 어떻게 됐을까. 형태조차 유지하지 못해 시험관 안에 있었던 그것이 숙주 없이 살아남을 수 있을 거라곤 생각되지 않았다.

산에서 언데드가 된 타첸다 사절단을 만났던 기억도 떠올랐다. 나와 싸우다 스스로 자멸을 택한 그는, 사실 언데드가 아니라 죽은 게일 경에게 빙의된 합성마였을까. 특이하게 낮을 들고 싸웠던 것, 끝에는 나를 공격하지 않고 뒷걸음질 치다 결국은 스스로 자살을 택한 그의 마지막 모습이 떠올랐다.

윙투스를 쥔 내 손이 잘게 떨렸다. 내 동요를 눈치챈 건지, 거스가 즐거운 목소리로 나불거렸다.

"이 자료들을 전부 공개하면서, 정말 악용할 사람이 있을 거라고 생각 못 했어?"

"……."

"그랬다면 그것도 네 잘못이야."

"첼시."

카르멘이 곁에서 내 어깨를 감싸 안았다. 듣지 마, 그렇게 말하는 것 같기도 했지만 거스의 목소리가 너무 컸다.

"더 길게 생각했어야지!"

"⋯⋯."

"더 사려 깊었어야지. 그랬으면 이렇게 되지도 않았어! 네가 나를 좀 더, 읍⋯⋯!"

나는 거스의 뒤로 보낸 윙투스로 거스의 입을 막아 버렸다. 더 들었다 간 이성을 유지하기 힘들어질 것 같았다. 거스는 품에서 놓쳐 버린 자료 들을 주워 들려고 허우적거렸으나, 윙투스가 거스의 몸을 칭칭 감아 버렸다. 거스는 윙투스에 고치처럼 감겨 위로 끌어 올려졌다.

"읍, 우읍, 파!"

순식간에 우리 앞까지 당도한 거스의 입과 몸을 풀어주자, 그는 무릎을 짚고 헉헉거렸다.

"욱, 토할 것 같⋯⋯."

"야."

내 부름에 거스가 나를 올려다봤다. 나는 양발을 어깨 넓이로 벌렸다. 오른 다리에 체중을 싣고 주먹을 움켜쥐었다. 마침 거스가 엉거주춤한 자세로 있어 높이가 적당했다. 나는 주먹에 힘을 힘껏 실어 거스의 왼쪽 턱을 올려 쳤다.

퍽! 둔탁한 소리가 거스의 턱에 울렸다. 방심하고 있던 거스는, 내 공격을 맞고 종이 인형처럼 옆으로 쓰러졌다.

"우윽!"

바닥에 쓰러진 거스는 손으로 왼쪽 얼굴을 감싸 쥐고 놀란 눈으로 나를 올려다봤다. 난 씩씩거리며 거스를 바라보다가, 등을 돌려 계단을 올라갔다.

힘껏 쳤더니 오른손이 얼얼했다. 사람한테 주먹질을 한 건 처음이었다. 전에 카르멘이 호신술을 가르쳐 주기는 했지만 써먹을 날이 올 줄은 몰랐다.

몇 걸음 올라가다가 혹시나 싶어 뒤를 보자 카르멘이 거스를 들쳐 메고 내 뒤를 따라오고 있었다. 나와 눈을 마주친 카르멘이 계속 올라가라는 듯 턱짓했다. 나는 안심하고 계속해서 걸음을 옮겼다.

겨우 한 층을 올라왔을 무렵엔 본격적으로 바닥이 무너지고 있었다. 마음이 급해진 나는 윙투스를 계단 위로 날려 보내, 지상에 닿을 정도로 늘렸다.

윙투스가 시야를 벗어나 버렸지만, 오른손에 붕대를 감고 생활하는 동안 감각을 꽤 익혔다. 눈을 감고 손으로 전해지는 진동으로 상황을 파악하려고 노력했다.

사슬 끝이 층계에 부딪히는 감각. 지하 계단을 모두 벗어나 지상에 있는 성의 문을 넘는 감각. 곧 묵직하고 단단한 기둥 같은 것이 사슬 끝에 닿았다. 나는 기둥에 윙투스를 감았다.

"꽉 잡아."

내 말에 카르멘이 등 뒤에서 내 허리를 끌어안고, 윙투스를 붙잡았다. 거스가 우는 소리를 냈으나 신경 쓰지 않고 늘어난 길이를 단번에 줄였다.

촤르르르!

도르래에 매달린 추처럼, 커다란 쇳소리와 함께 우리의 몸이 끌어 올려졌다.

"으아아아아아아아악!"

거스가 커다란 비명 소리를 냈다. 윙투스를 잡은 손이나 계단이며 벽에 부딪히는 다리를 둘러싼 보호 결계가 푸른 전극을 쉼 없이 뿜어냈다. 무너지는 돌벽과 빠르게 스쳐가는 지하의 풍경들, 부딪히는 결계의 푸른빛. 마치 불꽃놀이를 보는 것 같았다.

지하를 벗어났을 때는 더 이상 거스의 비명이 들리지 않았다. 활짝 열린 성문이 보일 때, 나는 기둥을 감은 윙투스를 풀었다.

쿠쿵!

커다란 소리와 함께 우리의 몸이 성문 밖으로 내팽개쳐졌다.

* * *

본성에서 조금 떨어진 왕실 정원에 정신을 잃은 사람들이 늘어서 있었다. 위협적인 외모의 마수들이 무너진 성에서 쓰러진 사람들을 나르는 광경은 인상적이었다.

로엠과 릴리의 지도에 따라 별궁에서 나온 사용인들은 잠시 혼란도 잊고 그 이질적인 모습을 구경했다. 첼시와 함께 다니며 온순한 마수들에게 익숙해져 있던 일행들은, 혼란 속에서도 침착하게 상황을 정리했다.

성에서 브라운을 비롯한 마수들이 추가로 튀어나왔을 때는 조금 놀랐지만, 시간이 없으므로 일단 진정하고 인원 파악부터 했다.

"마흔셋, 지하 마수들이 데려온 마법사들까지 해서 총 쉰다섯 명이야."

"안에 남은 사람은 없습니까?"

슈웨인의 물음에, 셋째 왕비 티타가 고개를 끄덕였다.

"네, 일단 왕가의 사람들과 눈에 익은 시종들은 다 있어요."

그렇게 말한 티타는 걱정스러운 듯 눈썹을 늘어뜨렸다.

"이제 그분들만 나오시면 되는데……."

쿠르르르!

그때, 본성에서 커다란 진동이 울렸다. 일행들의 시선이 일제히 무너지는 성을 향했다. 성을 지탱하던 기둥이 굉음을 내며 기울기 시작하자, 타첸다인들이 탄식을 뱉었다. 그때, 성문 바로 앞에서 성을 주시하고 있던 로엠이 본성을 향해 걸음을 옮겼다. 그를 발견한 릴리가 놀라 외쳤다.

"로엠, 어쩌게!"

"첼시를 데리고 올 거야."

"야, 잠깐……!"

릴리가 성으로 들어가는 로엠을 말리려 할 때였다.

촤르르르!

갑자기 무너지는 성안에서 은색 사슬이 뻗어 나왔다. 로엠은 반사적으로 피했으나, 밖으로 나온 사슬은 마치 주위를 더듬듯 옆으로 움직여서 로엠과 부딪혔다. 그리더니 갑자기 로엠을 칭칭 묶기 시작했다.

"……?!"

로엠은 물론, 그를 보고 있던 모든 사람이 당황했다.

"윽!"

팽팽히 늘어난 사슬이 잘게 떨렸다. 마치 성안의 무언가가 로엠을 잡아당기는 것 같았다. 꿋꿋하게 바닥을 딛고 선 로엠의 발이 조금씩 아래로 파묻혔다. 그때, 성안에서 희미한 비명이 들려왔다.

"으아아아……!"

쿠쿵!

그러고는 곧 성문에서 커다란 물체가 튀어나왔다.

그 모습은 마치 무너지는 성이 그것들을 퉤 뱉어내는 것처럼 보였다. 사람들의 시선이 성이 뱉어낸 그 무언가를 향했다.

"……사람?"

타첸다인들이 혼란스러운 목소리로 중얼거렸다. 자신을 감은 사슬에서 풀려난 로엠도, 성에서 날아온 것을 확인하기 위해 시선을 돌렸다. 로엠의 얼굴이 곧 환하게 밝혀졌다.

"……첼시!"

푸른 전극을 내는 결계에 둘러싸인 그 세 사람은, 성에 들어간 첼시와 카르멘, 그리고 거스였다.

"폐하들!"

앨런과 로즈가 기쁜 얼굴로 첼시와 카르멘을 향해 달려들었다. 릴리도 안도의 한숨을 내쉬며 로엠을 향해 미소 지었다. 무너지는 성 뒤로, 황금빛 노을이 드리우고 있었다.

* * *

첼시와 카르멘이 거스를 데리고 빠져나온 직후, 타첸다성은 완전히 무너져 내렸다. 그들의 생환을 기뻐하던 사람들은 곧 성이 무너지는 끔찍한 굉음에 놀라 몸을 굳혔다.

"하마터면 큰일 날 뻔했어요."

로즈가 가슴을 쓸어내리며 말했다. 첼시는 작게 웃었다.

"그러게."

호응하는 첼시의 목소리가 너무 적당해서, 로즈는 고개를 갸웃했다. 하지만 로즈가 이상을 눈치챌 틈도 없이 첼시는 말을 이었다.

"저 많은 사람을 계속 저렇게 둘 수도 없으니, 소량이라도 해독제를 만들어 봐야겠어. 좀 도와줄래?"

"앗, 네."

이후 일행들은 첼시와 함께 수면나방에 당한 사람들을 깨울 해독제를 만들었다. 각자 다친 사람들을 치료하거나 당황한 타첸다인들에게 상황을 설명하느라 분주해졌다. 해독제를 만드는 것은 어느새 보조계 마법사인 로즈가 전담하고 있었다.

타첸다에서 첼시를 발견한 시점에 각자 헤브람 제국이나, 솔리투도 왕국 마탑에 연락을 넣어 두었다. 이제 첼시를 무사히 되찾았으니 그에 대한 보고도 하고, 첼시와 함께 앞으로의 행방을 논의할 차례였다.

하지만 카르멘은 상황을 수습하는 와중에도 중간중간 딴생각에 빠져 있던 첼시에게 신경이 쓰였다. 어수선한 분위기 속에서, 카르멘은 첼시가 문득 일어나 무너진 성 외곽으로 걸어가는 모습을 봤다.

[다행이다. 진짜 인류 멸종하나 싶었는데.]

"잠깐, 캐럴."

캐럴에게 첼시를 무사히 되찾았다는 이야기를 전하던 카르멘은, 연락을 끊고 첼시의 뒤를 쫓았다. 사람들은 모두 성벽 입구 쪽에 모여 있었다. 무너진 성을 따라 모서리를 돌자, 북적이던 사람들의 목소리도 멀어져 사위가 고요했다.

첼시는 아무도 없는 정원을 향해 가며, 무언가를 툭 떨어뜨렸다. 그녀의 뒤를 쫓던 카르멘은 바로 그게 무엇인지 알 수 있었다. 윙투스였다. 윙투스를 떨어뜨리자, 첼시에게 마력을 공급하던 사역마들과의 연결도 끊어졌다.

하지만 첼시는 상관하지 않고 걸으며 목에 걸어 둔 결계석 목걸이도 끊어서 바닥에 던졌다. 그것들을 모두 버리고 걸어 나가는 첼시는, 분명 방금과 같은 사람인데도 굉장히 위태롭게 보였다.

강력한 마력도, 보호 결계도 없이 아무도 없는 곳으로 향하는 첼시의 뒷모습을 보자 카르멘은 덜컥 겁이 났다.

"첼시."

카르멘의 목소리에 첼시가 우뚝 멈춰 섰다.

"따라오지 마."

첼시는 단호하게 말했다.

"……혼자 있고 싶어."

하지만 그 목소리에서 느껴지는 희미한 떨림을, 카르멘은 놓치지 않았다. 카르멘은 멈추지 않고 첼시의 곁으로 다가갔다.

"첼시……."

카르멘이 조심스럽게 첼시의 어깨를 짚자, 첼시는 흠칫 떨며 천천히 고개를 들어 올렸다. 아니나 다를까, 그녀의 황금색 눈동자가 눈물을 가득 머금고 있었다.

"카르멘⋯⋯."

"⋯⋯."

"내가 잘못된 걸까?"

첼시가 그를 향해 물었다. 떨리는 목소리에서는 자괴감이 느껴졌고, 붉게 물든 눈가는 상처받은 것처럼 보였다.

카르멘은 이를 악물었다. 첼시는 이런 상처를 받을 이유가 없었다.

잘못한 것은 전부 거스와 그의 형이었다. 카르멘은 첼시를 향한 거스의 분노가 얼마나 부당한지에 대해 백 가지가 넘는 문장으로 설파할 수 있었다. 카르멘은 그녀를 위로하기 위해 입을 열었다.

"아니."

마음과 달리, 대답은 섣부르게 나왔다. 카르멘은 이와 같은 첼시의 반응을 이미 예상했었다. 무너지는 성에서 거스가 첼시에게 부당한 열등감을 퍼붓는 걸 보기 전부터, 첼시와 칼을 부딪치며 싸울 때도 지금 같은 일을 예상했었다.

첼시가 다시 돌아오면, 어떤 방식으로든 상처받게 되리란 걸.

카르멘은 섬 하나를 부수며 즐겁게 웃고 떠들던 첼시를 떠올렸다. 차라리 계속 그녀가 마수왕이었다면. 자신의 힘을 마음껏 이용하며 사람들을 학살할 수 있는 성격이었더라면 상처받지 않을 수 있을 텐데.

그랬더라면 스스로를 희생해서 십 년 동안 잠들어 있지도 않았을 거고. 지금도 나이에 맞는 외양을 하고 있었을 거다. 겪지 않아도 될 고통을 그토록 많이 겪었는데, 왜 첼시가 자책까지 해야 하는지 납득이 되질 않았다.

첼시의 고통스러운 얼굴에, 카르멘은 심장이 조여드는 것 같았다. 카르멘은 충동적으로 첼시를 당겨 끌어안았다. 첼시의 머리 위에 이마를 대고, 힘겹게 입술을 열었다.

"······너는 아무것도 잘못되지 않았어."

* * *

무사히 성에서 빠져나와 상황을 정리하는 중에도, 나는 마음 한구석에 검은 돌이 박힌 것처럼 찜찜하고 기분이 저조했다. 지하에서 들었던 거스의 말이 머릿속을 계속 맴돌았기 때문이다.

'이 자료들을 전부 공개하면서, 정말 악용할 사람이 있을 거라고 생각 못 했어?'

'그랬다면 그것도 네 잘못이야.'

'더 길게 생각했어야지! 더 사려 깊었어야지. 그랬으면 이렇게 되지도 않았어! 네가 나를 좀 더······.'

내가 생각이 짧았던 걸까?

유서와 일기를 공개하기로 마음먹은 건, 십일 년 전의 일이었다.

난 그때 죽어 가고 있었고, 내가 좀 더 빨리 R.D의 일기를 발견했더라면 죽지 않을 방법을 연구할 시간이 있지 않았을까 하는 아쉬움을 갖고 있었다. 내가 가진 모든 자료를 공개해 달라고 유언을 남긴 이유는 그 때문이었다.

내 후대의 마법사는 나보다 상황이 낫길 바랐다. 그 지식이 악용되어 내 소중한 사람들의 목숨을 위협하게 될 줄은 생각하지 못했다. 하지만, 거스의 말대로 내가 더 깊게 생각해야 했었을지도 모른다.

죽은 게일 경이나, 케이지에 갇혀 실험 재료가 되어야 했던 내 사역마들을 생각하자 속이 부글부글 끓었다. 나는 거기에서 더 나아가 인류를 멸망시키려고도 했었다. 사람들을 내 손으로 해치려 들던 기억이 어렴풋이 머릿속에 남아 있었다. 우리가 겪을 수도 있었던 최악의 사태는 너무 끔찍해서 제대로 생각할 엄두도 나지 않았다.

나는 로즈에게 뒤를 맡기고 한적한 곳으로 가며 고민을 이어 갔다. 내가 어떻게 했더라면 이런 위험을 방지할 수 있었을까? 우방이 아닌 나라들의 원조 요청을 함부로 들어준 게 문제였을까?

거스의 연구실에는 아주 많은 양의 마력석이 쟁여 있었다. 수아르가 마력석을 마구 뿌려대지 않았으면 거스는 마법을 완성할 마력석을 얻지 못했을 것이다.

아니면, 내 자료들을 함부로 공개한 게 문제였을까? 아니, 애초에 아카데미에서 거스에게 친절하게 대해 줬더라면…….

"첼시."

그때, 이제 고민인지 상념인지 모를 생각에 빠져 있던 나를 부르는 목소리가 있었다.

카르멘이었다.

"따라오지 마. 혼자 있고 싶어."

난 단호히 말했다. 하지만 카르멘은 순순히 내 말을 따르지 않았다. 그는 기어코 앞까지 와서 혼란에 빠진 내 얼굴을 확인했다. 막상 카르멘과 마주치자 그에게 물어보는 것도 방법일 것 같았다. 그는 현명한 제국의 황제니까. 나보다 지도자로 있었던 경력이 긴 만큼 답을 내줄 수도 있을 것 같았다.

"카르멘…… 내가 잘못된 걸까?"

"아니."

하지만 카르멘은 내 뒷말은 듣지도 않고 답했다. 고개를 들려는데 그가 갑자기 나를 와락 끌어안았다.

"……너는 아무것도 잘못되지 않았어."

당황해서 밀어내려는 순간, 그의 목소리가 머리 위로 내려앉았다. 나는 무언가 북받치는 기분을 느꼈다.

"……내가 사람들을 죽이려고 했는데도?"

"그건 거스의 마법 때문이었잖아."

"하지만 그건 나였어."

난 지그시 눈을 감았다. 모두를 죽이려고 했다. 그때 느꼈던 잔인하고 폭력적인 기분이 잔재처럼 남아 있었다.

"사람들을…… 학살하려 했어. 난 그럴 수 있었어."

그럴 수 있다는 자신감이, 그때의 내겐 있었다. 자신을 마수라고 생각하던 내 눈엔, 사람들이 종잇장처럼 보였다. 정말 끔찍한 사태가 일어날 수도 있었다. 그것을 생각하자 무서워서 손이 덜덜 떨렸다.

"내가 어떻게 해야 했을까?"

"첼시."

"이런 일을 막으려면, 앞으로 내가 어떻게 해야……."

난 카르멘의 어깨를 밀어내며 떠올려 본 것들을 말했다.

"사람들이 악용하지 못하게, 세상에 퍼진 자료들을 몰수해서 불태워야 할까?"

"……뭐?"

카르멘이 눈을 깜빡였다. 이미 일어난 일은 어쩔 수 없지만, 앞으로라도 내 마법들이 악용되지 않도록 자료를 모아 없앨 수는 있었다.

"내가 대중에게 공개한, 강력한 마법들은 금지로 지정해서 더 퍼지지 못하게 할까? 마도국의 마력석 공급을 멈출까? 아니, 어쩌면 내 마법이 가장 널리 퍼진 마도국이야말로 위험한 존재일 수도 있어. 그냥 예전처럼, 사람들이 마법을 함부로 쓰지 못하게……."

"첼시, 진정해."

카르멘이 내 어깨를 붙잡았다.

"사람들이 마법을 되찾길 바랐잖아. 마도국은 잘하고 있어. 네 덕에 목숨을 구한 사람들이 훨씬 더……."

"하지만 너무 치명적이야."

난 감정을 눌러 담으려 애쓰면서 말했다. 하지만 입술이 떨리는 건 어쩔 수 없었다.

"거스 같은 사람이 또 나오면 어떡해? 내가 또 이상해지면? 넌 왜 그렇게 침착해? 내가 사람들을 죽일 뻔했어."

"첼시."

"……내가 널 죽일 뻔했어."

기어코 눈물이 넘쳐흘렀다. 내 손으로 카르멘을 죽일 뻔했다. 섬에서 싸울 때 거스가 날 부르지 않았더라면, 정말 그렇게 됐을지도 몰랐다. 만약 내가 정신을 차렸을 때 이미 내 손으로 카르멘을 죽인 후였다면…….

"첼시."

눈물을 뚝뚝 흘리며 끔찍한 상상을 떠올리려는 때에, 카르멘이 부드러운 목소리로 내 이름을 불렀다. 그는 내 어깨를 부드럽게 잡은 채 허리를 숙여 나와 눈높이를 맞추고 입을 열었다.

"너는 로엠이 나오는 꿈을 꾸면, 항상 강아지 모습으로 나온다고 말했잖아."

그의 입에서 나온 이야기는 다소 뜬금없는 것이었다. 의아함에 고개를 드는 내게, 그가 다정한 얼굴로 말을 이었다.

"난 네 꿈을 꾸면 항상 네가 죽어서 나와."

"……."

나도 모르게 침이 꼴깍 넘어갔다. 내 꿈에서 까망이가 강아지 모습으로 나오는 건 내가 그 애를 그때의 이미지로 기억하기 때문이다. 그렇다면 카르멘에게는, 내가 잠들어 있던 십 년 동안의 이미지가 가장 강하게 남은 걸까.

"……그런 말 한 적 없잖아."

"괜히 신경 쓰게 하기 싫었어."

카르멘이 생긋 미소 지었다.

"내 마음 하나 편하자고."

"그래도, 말해 보면 방법이……."

"너를 바깥의 위험과 차단하겠다고 내 옆에 묶어 두고 24시간 감시하고 있을 수도 없잖아."

카르멘을 안심시킬 방법이 있을 거라고 말하려던 나는 이어지는 말에 흠칫 놀랐다. 난 데로록 눈을 굴리며 웅얼거렸다.

"그럴, 수는…… 없지……."

실현이 어렵기도 하고, 내가 얌전히 묶여 있지도 않을 거고…….

"봐."

카르멘이 맑은 파란색 눈을 휘며 활짝 웃었다.

"마력석 수급을 제한하고 책을 불태워 지식을 숨겨도 반드시 나쁜 마음을 먹는 사람은 나와. 네가 세상에 존재하는 모든 불안 요소를 다 제거해 줄 수는 없어."

그가 내 손을 꼭 잡으며 말했다.

"그냥 불안감과 함께 사는 거지."

난 머뭇거리다 물었다.

"……넌, 그래도 괜찮아?"

"괜찮아."

카르멘이 내 손을 들어 올려 자신의 뺨에 갖다 댔다. 결계석을 내버린 터라 북부의 추위가 피부를 마구 때렸는데, 카르멘은 나와 똑같은 장소에 있는데도 몸이 따뜻했다. 손으로 온기가 전해졌다.

그가 지그시 눈을 감고 말했다.

"처음에는 많이 힘들었지만."

카르멘이 꾼다는, 내가 죽어서 나오는 꿈이란 어떤 걸까. 십여 년 전, 브리튼 마을의 집에서 날 발견했을 때의 꿈일까. 아니면 내가 마수와 싸우다가 죽는 꿈? 어쩌면 둘 다일 수도 있겠다.

그 말을 듣고 보니 잠든 카르멘이 자주 식은땀을 흘리거나 끙끙거리는 소리를 내곤 했던 게 생각이 났다. 난 그냥 국정이 힘들어서, 스트레스를 많이 받나 했는데.

"눈을 뜨면 그게 전부 꿈이고, 네가 곁에 있으니까."

"……."

"더 이상 악몽도 아니지."

카르멘은 내 손바닥에 입을 맞추고는, 감았던 눈을 뜨고 예쁘게 웃었다. 순간 감정이 북받쳐서 나는 그 애를 와락 끌어안았다. 카르멘은 한참 동안 내 등을 다독여 주었다.

어느 정도 마음이 진정됐을 때, 갑자기 발밑으로 진동이 느껴졌다. 희미하던 진동은 점점 커져서 지진이라도 난 것처럼 느껴졌다.

"뭐지?"

우리는 어리둥절하게 주변을 두리번거렸다.

쿠르르르르르릉!

그때, 무너진 타첸다성 지붕이 들썩이더니 무언가가 지붕을 뚫고 튀어나왔다. 우리는 놀란 눈으로 하늘을 올려다봤다. 무너진 성을 가르고 나온 '그것'이 눈에 들어왔다.

부우우우우우우!

검은 비늘에 둘러싸인 커다란 몸체. 노을이 물든 붉은 하늘을 가리는 한 쌍의 날개. 나는 놀라 입을 벌렸다. 원인 모를 병으로 타첸다성 바닥에 붙어 끝없는 잠에 빠져 있던, 전설 속 흑룡이 깨어나 버린 것이다.

흑룡은 무너진 성 위를 유영하듯 크게 한 바퀴 돌았다. 그 검은 드래곤은 꼭 밤을 생물로 만들어 놓은 것 같은 모습이었다.

해가 저무는 시각. 드래곤이 하늘을 도는 동안에도 천천히 어스름이 깔리고 있었다. 그 모습은 마치 그것이 밤을 불러내는 듯한 착각마저 자아냈다. 날개를 몇 번 휘젓는 것으로 드래곤은 쉬이 높은 창공까지 떠올랐다.

그것이 커다랗게 그리던 원 또한 점처럼 작아졌고, 흑룡은 곧 구름 사이로 스며들었다. 홀린 듯 하늘을 보던 나는 드래곤의 모습이 완전히 사라지고 나서야 정신을 차렸다.

이성을 되찾자 처음으로 든 생각은, 큰일 났다는 것.

난 바닥에 내던진 윙투스를 주워 들고, 사람들이 모여 있는 곳을 향해 곧장 달렸다. 얼결에 나를 좇아 뛰게 된 카르멘이 당황한 듯 물었다.

"첼시, 왜 그래?"

나는 미간을 찌푸리며 답했다.

"정말로 지하에 있던 드래곤이 깨어난 거라면…… 일이 복잡해져."

숨 가쁘게 달려 원래 일행들이 있던 장소로 돌아오자, 아직 멍한 표정으로 하늘을 바라보는 거스가 보였다. 지하를 탈출하는 과정에서 기절했던 그는 방금 막 깨어났는지, 쓰러진 사람들 사이에 주저앉아 있었다.

"거스!"

내 외침에 거스가 내 쪽으로 고개를 돌렸다.

"드래곤이 깨어났어! 어떻게 된 거야?"

난 다짜고짜 물었다.

내 기억이 맞다면, 그 드래곤은 절대 깨어날 상태가 아니었다. 드래곤은 북해의 바닥에서 깊은 잠에 빠져 있었다. 정체 모를 병에 걸린 채. 만약 그것이 잠든 장소가 제대로 된 드래곤 레어였더라면, 잠만 자도 금방 회복이 가능했을 것이다. 하지만 그곳은 위협적인 마수들로 가득한 북해의 바닥이었다.

그러나 드래곤은 제가 잠든 타첸다의 땅을 드래곤 레어로 인식해 버렸고, 적의 접근을 차단하기 위해 본능적으로 위협적인 마력을 마구 흩뿌리고 있었다.

그게 북해 전체가 마수 양식장이 되었는데도 타첸다만은 무사할 수 있었던 이유였다.

블랙 드래곤은 성체가 된 지 얼마 되지 않은 어린 개체인 데다, 상태도 좋지 않았다. 그러면서 마력을 마구 흩뿌려 대고 있으니 여태 일어나지 못한 건 당연한 일이었다.

그런데, 왜 갑자기 깨어난 거지?

"엘릭서."

그때 거스가 입을 열었다.

"네가 남긴 엘릭서를 녀석에게 먹여 봤지. 아무런 차도가 없어서, 실패한 건 줄 알았는데……."

그가 입꼬리를 올리며 비릿한 미소를 지었다.

난 조금 놀랐다. 타첸다성이 무너질 때까지 거스가 그 깊은 지하에서 꾸물거렸던 게, 그저 날 스토킹한 자료들을 가지러 가기 위해서만은 아니었나 보다.

그는 언젠가 나를 데리고 갔던 지하 깊은 곳의 드래곤의 서식지에 갔다 온 모양이었다. 그렇게 버리고 오긴 아까운 마수였으니까. 성을 빠져나오기 직전, 마지막으로 드래곤에게 엘릭서를 먹인 것이다.

거스가 엘릭서라고 부르는 그 영석에는, 치유의 힘이 담겨 있었다. 설마 마수에게도 먹힐지는 몰랐지만…….

"크하하하하!"

거스가 갑자기 폭소를 터뜨렸다. 그 광기 어린 목소리에, 우리의 대화를 지켜보고 있던 사람들도 놀란 얼굴을 했다.

"이제 타첸다는 끝났어! 바보들아, 다 끝났다고! 북해를 마수의 바다로 만들어 놓고도 타첸다가 버틸 수 있었던 건 저 드래곤이 지하에 잠들어 있었기 때문이야! 그런데 그 드래곤이 사라졌으니, 타첸다도 우리가 멸망시킨 다른 섬나라처럼 무너지게 될 거다!"

우리가 북해를 점령했던 수법 그대로 망하게 된 거야! 거스는 그렇게 외치면서 미친 사람처럼 낄낄거렸다.

"타첸다가 다른 섬나라들을 멸망시켰다니…… 그게 무슨 말씀이십니까?"

거스의 이야기를 듣던 한 노인이 질문했다. 그에 거스가 비웃음을 흘리며 고개를 기울였다.

"아직도 눈치 못 챈 거냐, 북해에 갑자기 마수가 넘치게 된 이유를?"

"……설마."

"우리가 마법으로 너희 군주들을 조종해서, 마수를 양식하게 만든 거다."

거스가 눈을 휘며 웃었다.

"나와 친애하는 내 형이 말이야."

사람들이 크게 술렁였다.

다른 섬나라 출신인 것 같은 그 노인은, 충격에 몸을 휘청였다.

"어르신!"

곁에 있던 청년이 놀라 그의 몸을 받쳤다.

나는 혼란 속에서 생각을 정리했다.

"해안가!"

내 외침에 카르멘이 나를 돌아봤다.

"뭐라고?"

"당장 해안가로 가야 해, 얘들아!"

나는 아직 주변을 지키고 있던 내 사역마들을 돌아봤다. 마침 수면나방의 가루에 당해 잠든 사람들을 나를 수 있는, 힘이 세고 커다란 마수들만 소환된 채였다.

"해안가로 가서 마수들이 섬에 침범하지 않도록 막아 줘. 브라운!"

난 마수들에게 명령을 내린 후 브라운을 불러 녀석의 등에 올라탔다. 성벽을 넘어 해안가로 가려면, 비행이 가능한 브라운이 로엠보다 더 빠를 테니까.

"첼시?"

카르멘이 내 행동의 이유를 묻고 싶은 얼굴로 다가왔다. 하지만 난 멈춰서 설명해 줄 여유가 없었다.

"일단 타!"

난 카르멘을 끌어당겨 브라운의 위에 태웠다. 카르멘은 어리둥절한 채로 내게 끌려왔다. 우리를 태운 브라운이 날개를 펼치고 날아올랐다. 브라운이 바닷가로 향하는 동안, 나는 카르멘에게 상황을 설명했다.

"드래곤이 사라졌다는 것은 곧 타첸다 또한 멸망한 다른 섬나라들처럼 무방비 상태가 되었다는 거야."

언제나 기회를 노리며 타첸다 주변을 서성이던 마수들은 금방 변화를 깨달을 거다.

"그것들이 처음으로 노릴 곳은, 해안가 마을이 되겠지."

굶주린 맹수들 한가운데에 먹이를 풀어놓은 꼴이었다. 곧 북해에 있는 모든 마수가 이곳을 노리게 될 것이다. 어떻게든 해야 했다. 브라운이 바닷가로 향하는 동안, 나는 대처 방법을 짜기 위해 골몰했다.

해안가로 가서, 섬을 침범하는 마수들부터 우선 사역마로 만들어 방어 전선을 펼쳐 볼까.

"첼시."

그렇게 하면 급한 불은 끌 수 있겠지만, 언제까지고 북해에 서식하는 마수를 막아내고 있을 수는 없다. 가장 확실한 해결책은, 이 섬에 있는 사람들이 모두 다른 곳으로 이주하는 거였다. 타첸다가 북해의 모든 섬나라들에게 그랬던 것처럼.

"너무 걱정할 것 없어, 도와줄 사람들이 있으니."

카르멘이 내 어깨를 끌어안으며 다정한 목소리로 말했다. 곁에 자신이 있다는 걸 알려 주려는 걸까. 도움을 주려는 마음이 무척 따스하고 위로가 되었다. 난 희미하게 미소 지으며 말했다.

"고마워, 하지만 이건 내가 해야 해."

카르멘은 헤엄을 못 치니까. 해안가를 침범한 마수들을 해치워 줄 순 있어도 사람들을 이주시켜 줄 수는 없을 것이다. 그래도 카르멘 덕에 생각이 트였다. 마수들의 침입을 막아내기만 할 것이 아니라……

"타첸다 근처의 해양 마수들을 사역해서 사람들을 대륙까지 옮기게 해야겠어."

"……엄청 힘이 많이 들 것 같은데. 마수들을 한 번에 그렇게 많이 사역했다간, 네게 부담이……."

"하지만 나 혼자 하려면 이 방법뿐인걸."

타첸다에 있는 배를 모두 끌어다 써도 부족할 거고. 조금 무식하긴 해도 당장 나 혼자 모두를 옮기려면 이 방법밖에 없었다.

내 사역마들이 섬을 방어하는 동안, 해양 마수를 사역마로 만들어서 사람들을 옮기게 만들어야지. 옮기는 과정에 사고가 날 수 있으니, 모든 사람에게 결계석을 만들어 줘야겠다.

……몸 상태가 조금만 더 나았으면 좋을 텐데.

생각해 보니 거의 이틀째 잠을 자지 못하고 있었다. 솔리투도 왕국에 카르멘을 찾으러 갔다가 타첸다로 돌아오자마자 바로 전투를 시작했으니까. 카르멘과 싸우면서 얼마나 신나게 마법을 썼는지, 마력도 많이 닳아 있었다.

하지만 내가 무방비해서 거스의 마법에 당했던 거니 내 책임이었다. 이 몸 상태로 그렇게 많은 힘을 썼다간 조금 위험할 수도 있겠지만……. 이런 상황에서 그런 걸 따질 여유는 없으니까.

"첼시."

그때, 카르멘이 내 손을 잡아 내렸다. 난 너덜해진 손톱을 보고 당황했다. 나도 모르게 손끝을 물어뜯고 있었던 모양이다.

"모든 걸 네가 혼자 감당할 필요는 없어."

카르멘이 낮고 진지한 목소리로 말했다. 난 그제야 고개를 들어 그와 눈을 마주쳤다. 때마침 브라운이 지상에 내려앉았다. 카르멘이 부드러운 미소를 지으며 내 어깨를 감싼 채 말했다.

"저길 봐."

나는 그가 가리키는 방향으로 고개를 돌렸다. 소금기를 머금은 바람이 내 머리칼을 휘감았다. 시야가 분명하지 않아 나는 눈을 찌푸렸다. 어느덧 노을마저 져 버린 저녁. 어둠이 내리깔린 바다는 아득하고 광활했다.

하지만 그 검은 바다 위로, 암흑을 가르는 작은 빛들이 있었다. 그 빛들이 점점 가까워졌다. 내 눈이 놀라움으로 커졌다. 밤하늘을 비추는 별처럼, 무수히 많은 함선이 타첸다로 다가오고 있었다.

함선의 돛에 새겨진 문양들은 눈에 익은 것들이었다. 비상하는 푸른 용, 검은 늑대를 탄 소녀, 날개를 편 독수리. 각각 헤브람 제국과 수아르마도국, 솔리투도 왕국의 상징이었다.

"말할 타이밍을 놓쳤는데…… 우리가 타첸다에서 널 발견한 시점에서 이미 세 나라에 연락을 취했어."

카르멘의 목소리에 난 멍하니 고개를 들었다. 그러지 않아도 이미 대륙에서 제일 잘생긴 카르멘은 눈꼬리를 휘며 과하게 아름다운 미소를 지었다.

"저게 너를 구하러 온 함대야. ……과로로부터 구하게 될 줄은 몰랐는데."

"선생님!"

배가 가까워질수록, 갑판에 올라탄 사람들의 모습이 또렷해졌다. 선두에 선 모데라토가 쩌렁쩌렁 소리를 지르며 손을 흔들고 있었다.

"데리러 왔습니다!"

그 옆에서 함께 외치는, 모데라토의 동생인 단테와 그의 제자인 노아, 장로들.

"탑주니이이임!"

"폐하! 무사하시죠!"

눈에 익은 마법사들, 제국과 왕국의 기사들의 모습도 보였다. 마탑의 보호 결계가 쳐진 함대 사이로도, 인간의 냄새를 맡은 마수들이 이빨을 드러내기도 했지만.

촤아악!

함대는 불꽃과 얼음이 솟구치는, 강력한 공격 마법으로 방어하며 거침없이 전진했다. 내가 만들어 낸 마법들이었다. 어렴풋이 그들이 외치는 소리가 들렸다. 나는 브라운 위에서 내려와 부두를 향해 걸어갔다. 다가오는 함선들의 모습이 뿌옇게 번졌다.

"웃……."

"봐, 혼자서 다 감당할 필요가 없어. 네가 위험해지면 마수의 바다고 뭐고 미친 듯이 달려올 사람들이 무수히 많아."

나도 그 많은 사람 중 하나고.

카르멘의 다정한 목소리가 내 마음을 파고들었다.

"흐어어어엉……."

너무 오랫동안 긴장의 끈을 팽팽히 당겨 온 탓일까. 긴장을 풀자 마치 둑이 무너진 것처럼 온몸의 힘이 풀렸다. 덕분에 나는 바보같이 울음을 터뜨리고 말았다. 황제다운 여유로 말을 잇던 카르멘도 깜짝 놀라 나를 돌아봤다.

"첼시, 괜찮아?"

허둥지둥 나를 끌어안는 그 애의 품속에서, 나는 어린애처럼 목 놓아 울어 버렸다.

"진짜 좋은 사람들이야……."

저 사람들이 전부 거스처럼 될 지도 모른다고 생각했다니. 정말로 난 부족한 점이 많았지만, 거스도 사람을 반만 알았다. 애초에 나는 홀로 완벽할 필요가 없었다.

왜냐면 혼자가 아니니까.

* * *

거스의 폭탄 발언이 떨어진 직후, 타첸다성은 아비규환에 휩싸여 있었다. 사람들은 타첸다가 저지른 끔찍한 일에 분노했지만, 그보단 당장 나라에 들이닥칠 마수들에 대한 공포가 더 컸다.

거스와 언쟁을 벌이던 마법사가 커다란 괴물 독수리를 타고 날아간 다음, 사람들을 성에서 구해 준 검은 피부의 남자도 그들을 쫓아 사라져 버렸다. 남은 기사와 마법사들이 겁에 질린 사람들을 진정시키려 애썼으나 역부족이었다.

특히 성벽 바깥에 가족을 둔 사람들은, 거스의 말을 듣자마자 헐레벌떡 성벽 바깥으로 탈출을 시도했다.

"모두 자리에 있으세요! 제국과 마탑에서 보낸 구조선이 올 거예요!"

사람들을 치료하던 분홍 머리의 마법사가 열심히 외쳤으나, 사람들의 웅성거림에 묻혀 버렸다. 그 혼란을 틈타, 셋째 왕비 티타에게 접근한 사람이 있었다.

"공주님, 이것을 쓰십시오."

일전에 거스에게 질문을 던졌던 노인이었다. 그가 티타에게 낡은 망토를 건넸다. 티타는 노인을 돌아보고 잠시 놀란 표정을 했다가, 곧 쓴웃음을 지었다.

"왕비가 된 지가 벌써 일 년이야, 할아범."

"제게는 아직 메디오의 공주님이십니다."

노인의 말에, 티타는 말없이 미소 지었다. 그녀는 망토를 받지 않고 잠시 뒤를 돌아봤다. 우왕좌왕하는 사람들과 난장판이 된 정원 뒤로, 무너진 타첸다성이 보였다.

"절대 무너지지 않을 것 같던 성도 무너지는구나."

티타가 중얼거렸다.

"우리 국민들이 목숨을 부지할 방법은 내가 이곳에서 버티는 것뿐이라 생각했는데……."

어제까지는 이 성이 참 크고 단단해 보였다.

타첸다가 메디오를 멸망으로 이끌었다는 걸 모르지는 않았다. 갑자기 아버지가 미쳐 버렸고, 오빠들은 의문사를 당했다. 나라는 마수들의 범람으로 망하기 직전이었다. 그때, 기다렸다는 듯이 아부스가 나타나 자신의 왕비가 되면 이민자들을 받아 주겠다고 했다.

아무리 무지한 자라도 의심할 수밖에 없는 타이밍이었다. 하지만 그걸 알면서도, 그가 내민 손을 잡을 수밖에 없었다. 다른 선택지는 없었으니까.

하지만 그 타첸다가 겨우 일 년 만에 망해 버릴 줄은 몰랐다.

"내 나라가 멸망하고, 내 나라를 무너뜨린 남편의 나라도 멸망해 버렸으니. 이제 나는 어디로 가야 하나……."

넋두리처럼 내뱉은 말에 노인이 답했다.

"어디로든지 갈 수 있으시지요."

티타가 멈칫했다.

바람이 불고 있었다. 식솔들을 인질로 잡힌 채 타첸다성에 갇혀 창밖을 보며, 어디로든 부는 바람처럼 살고 싶단 생각을 했던 기억이 떠올랐다.

"그래, 정말 어디로든 갈 수 있겠구나."

티타의 입가에 미소가 걸렸다. 그녀는 노인에게서 망토를 건네받으며 말했다.

"할범, 이런 것 좀 더 구해다 줄 수 있나?"

"물론이지요."

노인이 부드럽게 웃으며 고개를 끄덕였다.

티타는 로즈라고 불리던 분홍 머리 마법사에게 제국과 마탑에서 구조선을 보낼 거라는 이야기가 정말인지를 확인했다. 확언을 받고 나서, 티타는 그녀에게 수면 해독제 몇 개를 나눠 달라고 부탁했다.

로즈에게서 해독제를 얻어 낸 티타는 수면나방에 당한 사람들이 모여 있는 곳으로 걸어가서 왕비들을 찾아내 해독제를 먹였다. 해독제의 효과는 즉각적이었다. 첫째 왕비를 제외한 모든 왕비가 약을 먹은 직후 곧바로 정신을 차렸다.

성이 무너진 것을 보고 놀란 왕비들에게, 티타는 빠르게 상황을 설명해 주었다. 그들이 수면 가루에 당한 것부터, 이곳에 곧 구조선이 도착할 거라는 이야기까지.

"……그래서 내가 해독제를 써서 당신들을 깨운 거야. 괜히 아부스 곁에 기절해 있다가 왕비라고 같이 묶여서 돌 맞을 수 있으니, 혼란한 틈을 타서 얼른 자리를 뜨자고."

왕비들은 빠르게 상황을 파악했다. 다들 나라를 잃어 본 경험이 있어서인지 국가 재난에 능통했다. 티타의 고향에서 시종장을 역임했던 노인은 유능했다. 왕비들은 그가 가져온 낡은 망토로 얼굴을 가렸다.

"좋아, 그럼 얼른 항구로 가자."

개중 티타와 친분이 가장 두터운 둘째 왕비가 말했다. 티타는 함께 고개를 끄덕였다가, 아직 일어나지 않는 첫째 왕비에게 시선을 주었다. 원래 몸이 좋지 않던 첫째 왕비는 해독제가 늦게 도는 것 같았다.

티타는 망설이다가, 첫째 왕비를 등에 업기 시작했다. 둘째 왕비는 약간 당황했다.

"너, 개 싫어한 거 아니었어?"

가장 연장자인 첫째 왕비는 아부스에게 제일 총애받던 부인이었다. 아부스는 다른 왕비들의 몫을 빼앗아 첫째 왕비에게 몰아주곤 했다. 둘째 왕비는 몸이 약한 첫째 왕비를 북돋아 주기 위해 아부스가 티타의 고국에서 수탈한 진귀한 물품들을 하사한 것을 기억했다.

그때 티타가 얼마나 이를 갈았는지도.

"싫어."

티타는 첫째 왕비를 등에 업고 약간 비틀거리며 일어났다.

"하지만 좀 재수 없다고 죽게 놔둘 수는 없잖아."

"저도 도와드릴게요."

넷째 왕비까지 티타를 거들었다. 둘째 왕비는 조금 놀란 눈으로 그들을 보다가, 이내 포기한 듯 한숨을 내쉬었다.

"……그런데 쟤는 뭐 해?"

티타는 문득 쓰러진 아부스의 옆에서 무릎을 꿇고 있는 막내 왕비를 발견했다. 둘째 왕비도 그 모습을 발견하고 인상을 찌푸렸다. 설마 이 마당에 아부스를 동정하고 있는 건 아니겠지.

"어서 와, 앤!"

티타의 외침에, 막내 왕비 앤이 고개를 들었다.

"가요!"

달려오는 앤은 품에 무언가를 한 아름 안고 있었다. 국왕이 차고 있던 결혼반지나 목걸이, 팔찌 등의 장신구들이었네.

"그건 왜 가져와?"

둘째 왕비의 황당한 목소리에, 앤이 활짝 웃었다.

"이제 우리 왕비 아니잖아요. 언니들이랑 같이 먹고살려고요."

해맑은 표정으로 내뱉은 답에 모두가 멍한 얼굴을 했다. 그 속에서, 티타가 웃음을 터뜨렸다.

"든든하다, 앤. 네가 우리 다 먹여 살리겠네."

둘째 왕비는 마지막으로 아부스에게 침이라도 뱉어 주길 소망했으나, 겁먹은 넷째 왕비가 그녀를 말렸다.

자유민이 된 다섯 명의 왕비들은 식솔들만 챙겨 허둥대는 사람들 사이로 빠져나갔다. 일 년을 살았는데도 낯선 타첸다의 거리를 가로질러, 로즈가 알려 준 항구로 향했다.

그곳에는 정말로 빛나는 이국의 배들이 밤바다를 가득 채우고 있었다.

* * *

나의 귀여운 사역마들은 해안 마을에서 타첸다인들을 열심히 실어 날랐다. 나와 마법사들이 타첸다를 몇 바퀴씩 날아다니며 방송했다.

—슬픈 소식을 알립니다. 이 나라는 현재 마수들에게 포위되었습니다. 하지만 항구에 여러분을 태울 구조선이 와 있으니 안심하고 밖으로 나와 주세요.

생각보다 타첸다의 국민 수가 많지 않아서, 해가 중천에 뜰 무렵에는 모든 타첸다인을 배에 실을 수 있었다.

"이 정도면…… 완전 속전속결이었지……."

결과적으로 사흘 밤낮을 뛰어다니게 된 나는 배가 바다를 달릴 때쯤에는 완전히 녹초가 되어 있었다. 한참을 자고 일어나도 피로가 풀리지 않아, 까망이의 등에 늘어져 끙끙거렸다.

"그러게 집 나가면 고생이라니까요."

모데라토가 기회를 놓치지 않고 잔소리했다.

"근데 로엠은 왜 또 늑대야?"

앨런이 바닥에 엎드려 있는 까망이를 손짓하며 물었다.

"으음……."

나는 눈을 굴리며 아까 나눈 대화를 생각했다. 정리를 다 끝내고 배가 출항할 즘의 일이었는데, 로엠이 내게 왜 릴리를 보고 세뇌가 풀렸는지를 물어왔다.

난 그제야 내가 로엠을 보고는 신나게 공격 마법을 퍼붓다가, 릴리는 공격하기도 전에 정신을 차렸던 걸 기억해 냈다. 카르멘과도 싸웠지만, 적어도 내 기억에는 유효타를 먹인 적이 없는 것 같았다. 반면 로엠은 두들겨 패던 순간순간이 내 기억에 남아 있었다.

난 어떻게 해야 로엠의 기분을 상하지 않게 할 수 있을까 치열하게 고민했다.

'어…… 릴리는 약하잖아. 내가 제대로 치면 정말 죽을지도 모르고. 하지만 우리 로엠은 엄청 강하니까! 안심이 돼서 그랬던 게 아닐까?'

이건 반은 진심이었다. 마지막에 무인도에서 카르멘, 로엠과 싸울 때는 내가 진심으로 즐거워했던 기억이 있었다…….

그러나 그런 내 말을 들은 로엠은 갑자기 늑대로 변하더니, 여태 돌아오지 않고 있었다.

'시위……?'

아니, 늑대로 변한 직후에 끙끙거리며 날 올려다보던 걸 보면 그건 아니었다.

'그렇다면…… 약한 척?'

이게 가장 신빙성 있었다. 마치 새로 태어난 동생에게 부모를 빼앗긴 손위 형제가 혀짤배기소리를 다시 하듯. 약한 릴리를 부러워한 로엠이 자기가 생각하기에 가장 약해 보이는 형태로 변화한 것이다.

내가 자꾸 로엠이 늑대 모습이 되면 까망이라고 부르고, 새끼 늑대 시절의 꿈을 꾼다고 하고 그러니까 이 모습이 가장 약한 형태라고 결론 내린 것 같았다.

'그렇지만…….'

나는 겁에 질려 우르르 갑판으로 나가 버린 타첸다인들의 모습을 떠올렸다. 밀려오는 슬픔에 미간을 짚었다.

'너는 늑대 모습도 더 이상 약해 보이지 않는단다, 까망아…….'

물론 내가 보기엔 눈에 넣어도 안 아플 만큼 귀엽지만…… 이제 남들이
무서워할 수도 있다는 걸 알 정도는 분별력이 생겼다. 하지만 우리 까망
이가 근래에 너무 고생했기에, 나는 그 생각을 속으로 삼키고 까망이의
머리를 문지르며 염불을 외웠다.

"우리 까망이 귀엽다……. 작고 귀여운 내 새끼……."

한참을 그러고 있자 어느새 앨런이 곁에 와 있었다. 그 애는 까만 눈
동자를 깜빡이며 나를 보고 있었다. 축 늘어진 고양이 귀가 어쩐지 측은
해 보였다. 그러고 보니 앨런에게도 살의를 담은 공격을 했던 기억이 떠
올랐다. 난 손을 뻗어 앨런의 머리를 쓰다듬었다.

"우리 앨런도…… 잘 자라 줘서 너무 고맙고……."

미안하고…… 고생 많았고…….

넋두리 같은 사과를 읊고 있는데, 어디선가 푸흡 하는 웃음소리가 들
렸다. 고개를 들자 릴리와 로즈, 슈웨인이 이쪽을 바라보고 있었다.

'그러고 보니 다들 나 때문에 고생이 많았지…….'

"혹시 다들 원하면……."

"괜찮아."

"괜찮아요."

"……괜찮습니다."

하지만 그들은 연달아 사양했다. 그때, 갑자기 문이 열리는 소리가 들
렸다. 나는 무심코 문을 돌아봤다가 선실에 들어온 카르멘과 눈을 딱 마
주쳤다. 카르멘은 내가 등을 기대고 있는 까망이와, 머리를 쓰다듬어지
고 있는 앨런을 차례로 바라봤다. 그러고는 나를 빤히 쳐다봤다. 나는 고
개를 갸웃했다.

"무슨 볼일이라도?"

내 물음에 카르멘은 어쩐지 그늘진 미소를 짓더니 등을 돌리고 선실을
나가 버렸다.

"……?"

난 어리둥절하게 닫힌 문을 보다가, 엉덩이를 툭툭 털며 일어났다.

"카르멘!"

선실 바깥으로 나가자, 카르멘이 난간에 기대서 바다를 바라보고 있었다.

"무슨 볼일 있는 거 아니었어?"

난 그에게 쪼르르 다가가서 물었다. 그러자 카르멘이 나를 빤히 내려다보더니, 갑자기 내 어깨를 감싸 안으며 고개를 가까이했다.

지금이 로맨틱한 분위기였나? 난 눈치가 없는 대신 분위기는 잘 맞추기에, 살포시 눈을 감아 주었다. 그러자 이마 위에서 어쩐지 허탈한 웃음소리가 들려왔다.

'뭐야, 이 분위기 아니었나?'

뻘쭘함에 슬쩍 눈을 뜨려고 하자, 입술 위로 부드러운 감촉이 닿아왔다.

'맞았네, 맞았어.'

난 살짝 까치발을 들고 카르멘의 허리 뒤로 팔을 감았다. 내게 닿은 카르멘의 몸이 움찔하는 게 느껴졌다. 한참 후 입술이 떨어졌을 때, 카르멘은 어쩐지 억울한 얼굴을 하고 있었다.

"첼시, 너 일부러 그러는 거지."

"……?"

영문 모를 질문에 난 고개를 갸웃했다. 그때, 카르멘의 등 뒤로 거대한 형체가 보였다. 그것을 발견한 내 눈이 커다랗게 뜨였다.

"헉, 드래곤!"

내 외침에 카르멘이 고개를 들어 올렸다. 거대한 검은 드래곤이 구름 사이로 모습을 드러냈다. 착각일지도 모르겠지만, 그 드래곤이 일순간 나와 눈을 마주친 듯했다.

갑작스러운 대형 마수의 등장에 승객들은 우왕좌왕했다. 마법사와 기사들이 놀란 사람들을 진정시키고 나섰지만, 그들도 바짝 긴장한 것이 보였다. 하지만 그 드래곤은 솔리투도 왕국에 도착할 때까지, 우리 함선 위에서 태양을 가리고 날면서 아무런 공격도 하지 않았다.

* * *

"마탑주 님이 돌아오셨다!"

러셀 왕자의 주치의는, 열심히 왕자의 치료 방법을 찾던 신의 있고 성실한 마법사들이 그 소식을 듣자마자 환호하며 연구 자료를 던지고 나간 데에 크게 당황했다. 하지만 돌아온 마법사들의 군주가 러셀에게 걸린 세뇌 마법을 풀어낼 역마법을 반나절 만에 찾아내자 더욱 당황했다.

그동안 러셀 왕자는 정말 손쓸 수 없는 상황처럼 보였다. 왕국의 저명한 의사들과 마탑에서 보내온 마법사들이 스무 명은 달라붙어 치료에 매진했는데도 전혀 차도가 없었던 것이다. 그 마법사 중에는 장로라는 사람도 있었는데 말이다.

마탑의 6장로인 란달이란 남자는, 오십 대 중반의 숙달된 마법사였다. 오랫동안 산전수전을 겪으며 여러 마법을 다뤄 본 티가 났다. 그는 카리스마 있게 휘하 마법사들을 지휘하고 성실히 직무에 임했다. 답이 없어 보이는 러셀 왕자의 상태에도 포기하지 않았다.

하지만 그가 신나서 모셔 온 마법사들의 왕은…… 글쎄. 겨우 성년식은 치렀을까? 고작 란달의 가슴께에 닿을락 말락 하는 조그만 여자애였다.

그 여자애가 중태에 빠진 둘째 왕자의 침실로 총총 걸어 들어와 근 며칠간 우수한 마법사들이 총력을 기울여서 취합해 낸 연구 자료를 장난치듯 바닥에 휙휙 던져서 늘어놓더니, 나지막한 목소리로 한마디 했다.

"열심히 했네."

그 말에 초췌한 몰골로 물러서 있던 시커먼 마법사들이 양 볼을 감싸고 감격하던 모습이란……. 이건 직접 보지 않고는 누구도 그들과 함께 있던 의사들의 얼떨떨한 기분을 이해할 수 없을 것이다.

그 조그만 마탑주는 의사는 물론이고 마법사들까지 모두 밖으로 나가라고 했다. 주치의는 남고 싶었으나, 솔리투도의 새로운 국왕까지 탑주의 편을 들어 어쩔 수 없이 말을 따랐다.

주치의는 왕자의 침실 앞에서 초조한 기분으로 서성거렸다. 뭔가를 하고 있는 게 맞긴 한 건지, 방문 안에서는 아무런 낌새도 느껴지지 않았다. 바깥에서 큰 소리가 나도 잠잠하기만 했다.

그리고 정확히 반나절 후, 문이 열렸다. 열린 문 안에서 탑주가 짤막하게 말했다.

"일어났어."

소식을 들은 국왕이 한달음에 달려왔다. 그녀는 문을 벌컥 열어젖히며 외쳤다.

"오빠!"

그리고 주치의는 보았다. 그 많은 의사와 마법사들이 밤낮없이 달라붙어 갖가지 방법을 시도해도, 짐승처럼 붉은 눈으로 패악만 부리던 왕자가 원래의 흑안으로 돌아와 있는 모습을. 러셀은 피곤한 얼굴로 입을 열었다.

"아가사……."

경악에 휩싸인 사람들 속에서, 마법사들만 의기양양한 미소를 짓고 있었다.

* * *

"저쪽으로 가 봐!"

"여기도, 여기도!"

복도에서 쉴 틈 없이 사람들의 말소리와 뜀박질 소리가 들려왔다.

솔리투도 왕국으로 귀환하던 배 안도 충분히 북적거렸지만, 성으로 돌아오자 정신이 없을 지경이었다. 환자들 사이를 뛰어다니는 마법사들, 성벽을 둘러싼 제국의 기사들과 솔리투도 왕국의 기사들.

마탑과 황실을 합쳐 놓은 것 같은 인원이 황궁에 비하면 너무나 좁은 솔리투도성에 모여 있었다.

'미어터지겠다.'

여기가 왕성인지 시장판인지 구분이 되지 않았다.

"……그래서 비밀 통로를 쓰셨다고요?"

리신이 팔짱을 끼고 뚱한 얼굴로 물었다. 나는 최대한 넉살 좋은 웃음을 지어 보였다.

"미안, 너무 편해져서 그만."

"……일단은 왕족들에게만 전해지는 통로입니다. 전에는 비상시라 어쩔 수 없었지만, 이젠 자제해 주십시오. 왕자님의 방에 침입자가 든 줄 알았지 않습니까."

난 머쓱하게 머리를 긁적이며 천장을 보았다.

천장에는 커다란 구멍이 뚫려 있었다. 사람들에게 치이는 게 싫었던 나는, 비밀 통로를 이용해 성을 쏘다니다가 우연히 리우 왕자의 침실 위를 지나갔다.

마침 리우 왕자의 용태를 보러 왔다가 이상한 기척을 느낀 리신이 천장을 공격했고, 그의 공격을 막기 위해 나의 방어 결계가 발동했다. 그 결과, 천장이 박살 나고 만 것이다.

내가 리신의 잔소리를 들으며 쩔쩔매고 있자 등 뒤에서 리우 왕자가 작게 웃었다.

"괜찮아, 리신 경. 복도가 막히면 그러실 수도 있지."

"……왕자님……."

다정한 목소리에 나는 뒤를 돌아보았다.

'이 사람이 리우 왕자구나.'

검은 머리에 검은 눈. 전대 국왕과 닮았지만 훨씬 더 부드럽게 생긴 인상이었다. 말하자면 미인상이랄까.

'실물로 보는 건 처음이네.'

저 왕자님을 찾느라 그렇게 뛰어다녔는데, 거스에게 끌려가는 바람에 끝까지 만나지도 못했다.

'그러고 보니 저 왕자가, 원래 왕이 될 예정이었지.'

첫째 왕자로 태어나 왕위를 물려받기 직전에 거스의 술수로 일 년간 계승을 유예당했는데, 결국엔 막내 공주에게 왕좌를 빼앗기고 말았다. 난 창으로 들어오는 햇살을 맞으며 자애롭게 미소 짓는 리우를 바라봤다.

'……어떻게 생각하고 있을까.'

그냥 보기에는 아무 불만 없어 보이긴 하지만. 타첸다의 일을 겪어서인지 걱정도 됐다. 거스 형제를 보면 왕위 앞에선 가족이나 인륜도 없는 것 같던데.

"몸이 좋지 않아 인사가 늦었지요. 저희가 많은 신세를 졌습니다. 은혜를 갚을 길이 없겠지만, 앞으로 도움이 필요한 일이 생기시면 뭐든 말씀해 주세요."

그런데 리우가 갑자기 내게 머리를 조아리려 왔다. 나는 당황해서 손을 내저었다.

"괘, 괜찮아요. 당연히 할 일을 했을 뿐인걸요."

내가 쩔쩔매며 답하자, 리우는 생글 웃었다.

"아, 그렇지. 드래곤은 만나 보셨습니까?"

갑자기 드래곤? 의외의 화제에 나는 눈을 깜빡였다.

"아니요, 항해할 때 내내 우리를 따라왔는데 정박하기 전에 사라져 버려서요."

로엠이 계속 긴장한 상태였던 걸 보면 근처에 있는 것 같긴 한데,

러셀 왕자의 회복이 시급해서 들를 틈이 없었다.

"그랬군요. 저도 방금 들은 소식인데, 그 드래곤이 왕실 소유의 산에 터를 잡았다고 합니다."

그런데 리우가 예상치 못한 답변을 했다. 왕실 소유의 산……! 난 눈을 반짝이며 왕자의 손을 덥석 잡았다.

"출입 허가를 받을 수 있을까요?"

"하하, 물론이죠."

리우 왕자님은 좋은 사람이었다.

* * *

나는 리우가 붙여 준 기사들과 함께 드래곤이 정착했다는 산으로 향했다. 카르멘과 로엠도 함께였다.

산의 입구에 들어선 순간부터 피부가 오싹해지는 압박감을 느낄 수 있었다. 산 중턱에 다다를수록 그 압박감은 짙어졌다. 거기서부터 나를 태우고 온 키위는 질색하며 푸드덕거려서 카르멘이 탄 말을 같이 타야 했는데, 품속에 있는 밍밍이는 잠잠했다.

'강한 마수일수록 부담감을 느끼는 건가?'

그러고 보니 산짐승이나 풀벌레는 간간이 보이는데, 마수들의 기척은 전혀 느껴지지 않았다. 로엠은 반쯤은 사람이라 큰 영향은 받지 않는 것 같았다. 곧 우리의 앞에 커다란 동굴이 나타났다.

"……이 산에 원래 이런 동굴이 있었나요?"

"아니요. 놈이 산에 구멍을 내서 만든 듯합니다."

몰랐는데 내가 러셀 왕자의 역마법을 연구하고 있을 때, 모두가 커다란 폭발음을 들었다고 한다. 나는 그쯤에서 말에서 내렸다.

동굴 입구에서, 기사들이 걱정스럽게 당부했다.

"조심하십시오."

나는 그들을 향해 미소 지어주고 동굴로 발을 들였다.

'드래곤 레어.'

옛날에 마수대백과에서 봤던 단어가 떠올랐다. 드래곤은 아주 오래 사는 만큼, 아주 오래 잤다. 그리고 그런 드래곤의 집을 드래곤 레어라고 부른다고 했다. 드래곤 레어는 흉악한 마수들이 함부로 발을 들이지 못해서 숲속 생물들의 안전한 온실이 된다고도 들었다.

'전에는 타첸다가 그랬지. 그럼 이제는 솔리투도 왕국이 안전해지는 걸까.'

마수가 들끓는 북해 최전선에 있는 이 나라가 드래곤의 권역이 된다면, 대륙에게는 대단히 반가운 소식이었다. 그 마수들이 다른 곳으로 흩어지면 또 문제가 되겠지만, 적어도 지금처럼 뭉쳐서 나라를 무너뜨리지는 못할 것이다.

푸르르르.

그런 생각을 하며 걸음을 내디디고 있는데, 동굴 안쪽에서 숨소리가 들렸다. 고개를 들자 검은 암흑 속에서 빛나는 한 쌍의 붉은 눈동자가 보였다.

"첼시."

카르멘이 경계 어린 목소리로 내 이름을 부르며 앞을 막아섰다. 로엠도 그의 옆으로 나섰다. 그런데, 드래곤이 고개를 서서히 내렸다. 그 모습은 마치 우리와 눈높이를 맞추는 것처럼 보였다.

"괜찮아, 해치려는 게 아니야."

난 입꼬리가 슬슬 올라가는 것을 참으며 말했다. 역시 솔리투도 왕국으로 돌아올 때, 드래곤과 눈이 마주쳤다고 생각한 것은 착각이 아니었다. 드래곤을 치유할 때 썼던 영석에 내 영혼이 담겨 있었기 때문일까? 녀석은 우리에게 적의가 없어 보였다.

나는 카르멘과 로엠 사이를 지나 드래곤의 앞으로 걸어갔다.

"안녕, 커다란 친구."

드래곤이 나를 바라봤다. 나는 떨리는 마음으로 활짝 웃었다.

"내 이름은 첼시야."

드래곤이 인사하듯 내게로 천천히 고개를 디밀었다. 나는 손을 뻗어 녀석의 이마에 올렸다. 손바닥으로 차갑고 단단한 피부의 감촉이 느껴졌다.

'이런 느낌이구나.'

드래곤의 이마에 이마를 맞대자, 나를 바라보던 붉은 눈동자가 스르르 감겼다. 그 애가 보여 주는 신뢰에, 가슴속에 뭉클한 감각이 퍼지는 게 느껴졌다.

'어쩌다 거기에 잠들어 있었는지는 모르겠지만…… 이 애도 고생이 많았을 테지.'

차가운 바닷속에 홀로 잠들어서, 낫지 않는 상처를 끌어안고 얼마나 힘들고 외로웠을까.

우리를 따라와 솔리투도 왕국에 터를 잡은 게, 그 바닷속에서 자신을 꺼내 준 것에 대한 보답 같아 보이는 건 지나친 억측일까. 하지만 나는, 이 드래곤과 친구가 됐다고 느꼈다. 굳이 계약을 하지 않아도, 드래곤과 나 사이의 유대감을 느낄 수 있었다.

'꿈꾸는 것 같아……'

나는 드래곤을 따라 스르르 눈을 감았다. 문득, 근 며칠간 벌어진 일들을 오래도록 기억할 것 같다는 생각이 들었다.

* * *

아부스는 솔리투도 왕국으로 수송되는 도중 자살했다. 별실에 갇혀 있던 그의 입 안에 헝겊이 물려 있었고, 온몸에 타박상이 가득했으며 방 안에서 피 묻은 돌들이 발견되었으나 경비를 서던 자들은 그를 자살로 처리했다.

'경들은 저게 자살로 보이나?'

뒤늦게 아부스의 시체를 확인한 아가사는 혀를 찼다.

아부스가 자신을 향해 몇 시간 동안 돌을 던져서 자살했다는 말을 믿으라고 하는 것일까? 저 육중한 몸으로 자신의 등까지 흠씬 두들겨 팼다면, 그야말로 마법 같은 일이었다.

'이민자들에게 뇌물이라도 먹었나 보지?'

한두 명이 벌인 짓처럼 보이지는 않았고, 배에 탄 타첸다인들이 모두 돌아가며 돌을 던진 모양새였다. 아부스가 주변국들을 멸망시킨 게 드러났으니, 원한을 품은 사람들이 가득했을 테지. 하지만 아가사의 추궁에도 기사들은 당당했다.

'뇌물은 받지 않았습니다. 저희의 실책이니 어떤 벌이든 달게 받겠습니다.'

뇌물을 받지 않았다는 말로 연관 관계를 잘라내는 것을 보니, 아마 이민자들에게 공감한 듯했다.

"그래서 어떻게 했습니까?"

카르멘의 질문에, 아가사는 차를 호로록 마시며 답했다.

"어쩌겠어요. 근신 처리했지요."

그렇게 말하는 아가사는 딱히 불쾌해 보이지 않았다.

카르멘은 작게 한숨을 내쉬었다.

"……거스와 휘하 마법사들은 무사히 도착했던데."

"그 점이 아쉬우신가 보네요."

"아닙니다. 죄인은 정당한 법의 심판을 받아야지요, 그래서."

카르멘이 테이블 위로 찻잔을 소리 나게 놓으며 말했다.

"마법사들은 제국에 넘기십시오."

"……네?"

"국적도 대부분 우리 쪽이지 않습니까."

적당한 핑계에 아가사의 눈이 가늘어졌다. 거스와 마법사들에게는, 솔리투도 왕국도 갚을 빚이 있었다.

"데려가서 뭐 하려고요?"

그녀가 묻자, 카르멘의 얼굴에 차분한 미소가 떠올랐다. 누구든 홀릴 만한 아름다운 미소였지만, 아가사는 어쩐지 간담이 서늘해지는 것을 느꼈다. 그는 의뭉스러운 눈으로 아가사와 시선을 마주치고 물었다.

"……알고 싶으십니까?"

"아뇨, 제가 실언했네요. 말하지 마세요."

아가사는 황급히 손사래를 쳤다.

헤브람 제국의 현 황제는 원래 7황자였으며, 전쟁 영웅이었다는 이야기를 들은 기억이 났다. 그런 이력을 가진 사람의 손이 절대 깨끗할 리 없다는 걸, 왕족인 아가사는 잘 알고 있었다.

'저러고 마탑주 님이 거스에 관해서 물으면 정당한 법의 심판을 받았다고 답하겠지.'

틀린 말은 아니었다. 제국에서는 황제의 명이 곧 법이니 말이다.

"폐하 뜻대로 하세요. 또 필요한 건 없으신가요?"

왕국이 큰 은혜를 입었으니, 웬만한 것은 뭐든 들어줄 의향이 있었다. 카르멘은 잠시 고민하더니, 이내 입을 열었다.

* * *

영영 수습되지 않을 것 같던 상황도 차곡차곡 정리되어 갔다.

아부스는 자살하고, 거스는 제국에서 정당한 법의 심판을 받게 되었다고 한다. 러셀을 비롯한 환자들도 거의 치료를 마쳤고, 솔리투도 왕성을 가득 채우던 마법사들과 기사들도 대부분 본국으로 돌아갔다.

일이 바빴던 모데라토는 첫날에 이미 마도국으로 돌아갔는데, 돌아가면서 내게 잔소리를 엄청나게 해 놓았다. 귀에서 피가 나는 것 같았다. 앨런과 로즈도 모데라토에게 끌려갔고, 나도 볼일을 마쳤으니 슬슬 돌아가야 하는데…….

"아직도 밥을 안 먹어?"

"그러네, 마탑주님이 돌아오시면 괜찮아질 줄 알았는데."

시종들 사이에서 신경 쓰이는 이야기를 들었다.

"들어오세요."

문을 가볍게 두드리자 여상한 목소리로 답한 아이는, 막상 내가 문을 열어젖히자 놀란 얼굴을 했다.

"안녕, 예니카."

"아……!"

벌떡 일어나려는 아이를 손짓으로 말리고, 아이가 쉬고 있는 침대 옆에 가 앉았다. 예니카의 무릎 위에는 방금까지 읽고 있었던 듯한 책이 놓여 있었다.

"책 읽고 있었니?"

"아, 네, 넷……."

별 뜻 없는 질문에도 예니카는 크게 동요하며 손을 꼼지락거렸다. 연한 분홍빛 눈동자가 혼란스럽게 흔들리고 있었다. 아이가 너무 긴장한 것 같아, 나는 최대한 다정한 목소리로 물었다.

"네가 사람들한테 지하 연구실에서 일어났던 일을 말해 줬다며?"

"아……."

"고마워, 힘들었을 텐데."

나는 부드럽게 웃으며 예니카의 손을 잡아 주었다. 예니카는 경직된 눈으로 내 손을 내려다보았다.

"흑……."

그런데 다음 순간, 아이의 손을 잡은 나의 손등 위로 눈물이 후드득 떨어졌다.

"세상에, 괜찮니?"

내가 놀라서 예니카의 어깨를 끌어안자, 그 애는 몸을 부들부들 떨면서 말했다.

"죄송, 흑, 죄송해요……."

나는 아이의 등을 토닥여 주며 속삭였다.

"이제 괜찮아, 무서운 일은 다 끝났어."

내가 거스의 계략에 빠졌던 날, 거스는 예니카와 에제르에게 각각 다른 협박을 했다. 예니카에게는 에제르를 인질로 삼고, 에제르에게는 예니카를 인질로 삼아 나를 함정에 빠뜨리도록 도운 것이다.

아마 거스는 예니카에게 이렇게 말했을 것이다. 첼시 로드랭을 이곳으로 유인해라, 그러지 않으면 에제르를 죽이겠다.

'도와주세요, 블루 님.'

거스의 함정에 빠졌던 날, 내 방을 찾아와 울면서 도움을 청하던 예니카의 간절함은 거짓이 아니었다. 일면식도 없는 내게 다짜고짜 매달려 비열한 흑마법사의 앞에 데려갈 정도로.

에제르는 고향에서 흘러 들어와 마음 붙일 곳 하나 없는 예니카에게 유일하게 가족 같은 존재였을 것이다. 그런 사람이 인질로 잡혔으니, 어린 예니카로서는 어쩔 수 없는 상황이었다.

결과적으로 에제르는 목숨을 건졌고, 상태가 호전되어 곧 깨어날 수 있을 거라는 말을 들었으니 그 선택이 옳았다. 하지만 예니카는 내내 그 일이 마음에 걸렸나 보다.

"흐끅, 욱, 흐윽."

난 침대 앞에 무릎을 꿇고 앉아 눈물범벅이 된 예니카의 얼굴을 닦아 주었다. 어린아이가 시원스레 울지도 못하고 헐떡이는 모습이 안타까웠다.

"괜찮아, 예니카, 넌 잘한 거야."

"흑, 하지만……."

"다른 선택이 없었잖아. 내가 너였어도 그랬을 걸."

예니카가 그 말에 훌쩍이며 고개를 들었다.

"정말 그렇게 생각하세요……?"

"그러엄."

난 장난스레 웃으며 예니카의 머리를 헝클였다.

"내가 너만 했을 때 그런 일을 겪었다면, 무서워서 아무것도 못 하고 있었을걸."

"어……."

"그런데 너는 날 위해 용기를 내서 진술을 해 줬잖아. 네가 아니었으면 일행들이 나를 찾지 못했을 거야. 정말 대단하다, 예니카."

내 말에 예니카가 눈을 깜빡였다. 긴가민가하는 아이의 머리를 쓰다 듬으며 나는 부드럽게 말했다.

"그런데 아직 내 걱정을 해 주고 있었다니, 예니카는 어른스럽구나."

이 말은 진심이었다. 내가 예니카 나이였을 때는, 날짐승이나 사역하고 잘생긴 황자님이랑 술래잡기나 하면서 열심히 뛰어놀았던 것 같은데. 나이에 비해 웃자란 아이를 보니 마음이 쓰였다. 나는 생글생글 웃으며 입을 열었다.

"예니카가 너무 대견해서, 내가 소원을 하나 들어주고 싶은데."

"소원……?"

"응, 난 마법사니까 뭐든 들어줄 수 있거든."

"마법사……."

마법사라는 말에 예니카의 몸이 살짝 굳었다. 아으, 맞아, 이 아이에게 마법사는 거스였지.

"그 아저씨는 마법사 나라에서 퇴출당한 나쁜 마법사고, 이 언니는 진짜 멋진 마법사야. 마법사 중에 제일 멋진…… 마법사들의 왕?"

나는 마법사의 이미지 개선을 위해 열심히 변명을 늘어놓았다. 예니카는 주춤거리며 고개를 끄덕였다. 내 말을 납득했다기보단, 성의를 봐서 이해해 준 것 같았다.

"소원……이요."

"그래, 뭐든 말해 봐."

예니카는 손가락을 꼼지락거리며 소원이라는 낱말을 입 안에서 굴렸다. 신중한 고민 끝에, 아이는 조그만 목소리로 말했다.

"이름을……."

"응, 뭐라고?"

"이름을 찾고 싶어요."

예니카가 용기 내서 뱉은 말에, 나는 눈을 깜빡였다.

"아, 예니카는 태명이라고 했지."

"……그거, 싫어요."

"예니카라고 불리는 게 싫어?"

"응……."

아직 코끝이 빨갛게 물들어 있는 예니카는 잠긴 목소리로 답했다. 난 잠시 생각하다가, 아이의 이마에 이마를 맞댔다.

"그럼 이렇게 하자. 나랑 같이 너희 나라에 가 보는 거야."

"우리나라?"

예니카가 놀란 목소리로 물었다. 나는 씩 웃었다.

"네가 누군지 알려면 고향에 가 봐야지. 그때까진……."

싫은 이름으로 불려선 안 되지. 나는 잠시 고민하다 입을 열었다.

"하웰."

"……어."

"그걸 네 임시 이름으로 하자, 어때?"

아이의 눈이 휘둥그레졌다. 당황스러운 듯 잠시 말을 더듬었다. 하지만 그 용감한 아이는 곧 예쁘게 눈을 접으며 웃었다.

"네, 좋아요……!"

그렇게 예니카는 하웰이 되었다.

* * *

[그래서, 프러포즈는 했어?]

캐럴의 물음에 카르멘은 황당한 표정을 지었다.

"내 이야기 듣기는 한 거야?"

[들었어, 솔리투도 왕국에 워프 존 게이트가 설치되었다며.]

"단순히 게이트가 설치된 게 아니라……."

카르멘은 아가사와 함께 문호 개방에 대한 새로운 조약을 체결했다. 헤브람 제국과 수아르 마도국의 국민이 절차만 따르면 솔리투도 왕국을 자유롭게 드나들 수 있는 조약이었다.

"앞으로 솔리투도 왕국이 세계의 중심이 될지도 몰라."

[뭐? 아무리 드래곤의 보호를 받는다고 해도 대륙 끝에 있는 나라인데, 어떻게?]

"세계에 대륙만 있는 게 아닐지도 모르잖아."

[……설마.]

등 뒤에서 들려오는 맑은 웃음소리에, 카르멘은 걸음을 돌렸다. 검은 워커 밑창에 젖은 잔디가 밟혔다.

"이번에는 첼시가 신성 제국을 찾으러 갈 건가 봐."

예니카의 진짜 이름을 찾아 주기 위해 신성 제국으로 떠나겠다고 선언한 첼시는 무척 기대에 부풀어 있었다. 신성 제국에는 성기사가 실존한다는 이야기도 있었다. 첼시는 어쩌면 소드 마스터가 쓰는 그 오러라는 힘의 정체를 파헤칠 수도 있을지 모른다며 눈을 반짝였다.

캐럴은 작게 탄식했다.

[와…… 모데라토 언니가 우는 소리가 들려오네.]

기분 탓이 아니라, 실제로 귀에 들려왔다.

[신성 제국이라뇨!]

첼시의 마수경 너머에서 외치는 목소리는, 카르멘이 기대선 건물 뒤까지 들려왔다.

[기념품 사서 오신다면서요!]

"……필요 없다고 하지 않았어?"

[선생님이 이럴까 봐 제가……!]

첼시는 모든 채비를 마치고 브라운 위에 앉은 채 벌써 삼십 분째 잔소리를 듣는 중이었다. 그녀의 옆에 있는 하웰과 로엠, 그리고 마중을 나온 국왕과 기사들도 이제 조금 지친 기색이 보였다.

쩔쩔매는 첼시의 모습을 본 카르멘의 입가에 미소가 떠올랐다.

[오빠는 괜찮아? 또 한참 못 볼지도 모르는데.]

캐럴은 걱정스러운 목소리로 물었다. 그녀는 여태 카르멘을 봐 와서 잘 알았다. 첼시가 멀리 떠날 때마다 카르멘이 악몽에 시달리는 밤을 보내는 것을. 그가 얼마나 첼시를 잃는 것을 두려워하는지.

하지만 카르멘은 어두운 기색 없이 미소 지었다.

"첼시가 원하는 거니까."

걱정되고 불안하지만 그게 그가 사랑하는 첼시 로드랭이라는 사람이었다. 브라운 위에 무릎을 꿇고 뻘뻘거리는 첼시를 돌아보는 파란 눈동자에서 꿀이 떨어질 것 같아, 캐럴은 한숨을 내쉬었다.

[세기의 사랑꾼 납셨네.]

체념한 듯 중얼거린 캐럴은, 갑자기 울컥해서 일어났다.

[그래도 이렇게 보낼 거야? 적어도 반지는 줘야지!]

"……."

카르멘은 머뭇거리며 주머니를 뒤졌다. 다행히도 케이스 안의 반지는 변함없이 영롱한 빛깔을 뽐내며 멀쩡히 있었다.

'……그냥 주기라도 할까.'

[그래, 그냥 주기라도 해.]

카르멘의 고민을 읽은 것처럼, 캐럴이 그를 부추겼다. 카르멘의 목울대가 꿀꺽 울렸다. 천천히 첼시를 향해 다가가는 카르멘의 모습을 보고, 캐럴은 마수경 속에서 눈을 반짝였다.

"카-르-멘!"

때마침 첼시도 카르멘을 발견했는지, 명랑한 목소리가 들려왔다. 언제 날아올랐는지, 청량하게 빛나는 하늘 위로 거대한 독수리를 탄 첼시의 그림자가 보였다.

"카르멘, 나랑 같이 가지 않을래?"

"……어?"

"나랑 같이 가자, 분명 재밌을 거야!"

첼시가 활짝 웃으며 카르멘을 향해 손을 뻗었다. 그때, 캐럴은 마수경 너머로 보았다. 이상하게 화창한 햇살 아래로 카르멘이 그림처럼 눈부신 미소를 짓는 모습을.

캐럴은 7황자로 태어나, 온갖 박대 속에서 기어코 황제의 자리에 올라간 오빠를 자랑스럽게 여기고 있었다. 오랫동안 깨어나지 않는 첼시의 곁에서 미쳐 가던 카르멘을 볼 때는 걱정도 되었지만, 이제 큰 굴곡은 다 넘기고 행복할 날만 남았다고 생각했다.

그러나 이 순간, 그녀는 급작스러운 위기감을 느꼈다.

[잠깐, 잠깐, 잠깐, 잠깐.]

캐럴은 마수경 너머로 다급히 외쳤다.

[오빠, 아니지? 오빠 황제야. 원래부터 방랑 마법사였던 언니랑은 다르다고! 오빠가 얼마나 힘들게 황제가 됐는데? 제국도, 황제가 필요하단 말이야!]

그러자, 카르멘이 싱긋하게 웃으며 마수경을 돌아보았다.

"괜찮아, 제국에는 네가 있잖아."

캐럴은 말문이 막혀 입만 벙긋거렸다. 경악한 캐럴의 시선 속에서, 카르멘은 손에 들린 반지를 다시 주머니에 넣었다. 그리고 미소 띤 얼굴로 첼시의 손을 맞잡았다.

[오빠, 잠깐 오빠!]

카르멘이 등에 올라타자, 브라운이 날개를 펼쳐 높이 날아올랐다.

"잘 가요!"

"고마웠습니다!"

떠나가는 마탑주 일행을 향해, 배웅을 나온 사람들이 손을 흔들었다. 황제의 호위를 위해 남아 있던 슈웨인은 약간 당황한 기색이었고, 릴리는 응원하듯 주먹을 흔들었다. 아가사와 기사들은 존경과 감사의 표시로 가슴 위에 주먹을 얹고 있었다.

그들의 출항을 알리듯, 산 너머에서 드래곤의 포효가 들려왔다. 그 모습을 지켜보던 캐럴의 얼굴이 붉으락푸르락해졌다.

[야, 이 오빠 놈아!]

캐럴의 힘찬 외침과 함께, 브라운은 창공을 가로질렀다. 세상 너머에 존재할지도 모르는 비밀의 땅을 향해서.

외전 2
아무도 모르는 이야기

아까부터 문밖에서 인기척이 느껴진다 싶더니, 똑똑, 하고 소심하게 문 두드리는 소리가 났다.

"성녀님, 뭐 필요하신 건 없으십니까?"

그렇게 묻는 목소리는 더없이 상냥하고 부드러웠다. 하지만 난 어쩐지 울컥 심술이 치밀어 올랐다. 책상에 뺨을 댄 채로 문을 향해 웅얼거렸다.

"놀고 싶다. 날씨도 좋은데."

"카르멘 님과 하웰 님이 정원에서 다과를 드시고 있는데, 불러 드릴까요?"

"머리 아파. 수식을 보는데 토할 것 같은 건 간만이야. 마탑에 산책이나 다녀오고 싶다."

난 노래하듯 불평을 늘어놨다. 한참 후에 문 너머에서 난처한 기색이 잔뜩 묻은 답변이 돌아왔다.

"……죄송하지만 지금 에하드에는 성녀님이 꼭 필요……."

"나는 성녀가 아니라니까?"

나는 대마법사라고!

그렇게 외쳤지만 히람은 어색한 웃음만 지었다. 무슨 재미없는 농담이라도 들은 듯한 반응이다. 이곳에서 지낸 반년 동안 내가 만난 사람들은 모두 그랬다.

여기는 신성 제국. 카르멘과 나, 그리고 나의 사역마들이 장장 한 달의 대모험 끝에 찾아낸 비밀의 대륙이다.

거센 폭풍과 기상 이변, 마수들의 습격을 헤치고 마침내 신비로운 안개 속에 숨겨진 이 땅을 찾아냈을 때, 나는 천국을 발견한 이방인처럼 벅찼다. 그 천국의 주민들이 대양을 건너느라 기진맥진한 나의 사역마들을 둘러싸고 창칼을 들이밀며 척결하려 들기 전까진.

당연하게도, 나는 사역마들을 보호하기 위해 마법을 발동했다. 그런데 내 검은색 마력을 본 사람들이 기겁한 얼굴로 나를 가리키며 '인두겁을 뒤집어쓴 악마다!' 하고 소리쳤다. 그런 심한 모욕은 처음 들어 봤다.

몹시 당황스러운 상황이었다. 곧 경비대처럼 보이는 기사들이 몰려와서, 우린 그들과 대적하게 됐다. 대여섯 명 되는 젊은 기사들이었는데, 그들이 전부 오러를 썼을 때는 정말 숨넘어가게 놀랐다. 상황을 중재하려 노력하고 있던 카르멘은, 나보다 더 놀란 것 같았다.

정말이지 혼란과 수라장의 연속이었다.

나와 내 사역마들은 악마로 몰리고, 소드 마스터인 카르멘은 변절자로 몰려서 나란히 수감될 뻔했다. 하지만 그렇게 손쉽게 잡혀 줄 순 없었다. 그래서 도주하다가 대륙과 섬을 잇는 낡은 대교를 고쳤다.

순전히 도주를 위해서였는데, 어째서인지 순식간에 성녀로 추대되었다. 아무리 그래도 악마에서 단번에 성녀라니. 이런 특급 승진은 또 없을 것이다.

이 나라에는 마법이 없어서, 내가 행한 일은 기적으로 여겨졌다. 이곳 사람들은 본인들의 나라를 신성 제국이 아니라 '에하드'라고 불렀다.

에하드의 신관들은 신성력이라는 특별한 힘을 썼다. 그것은, 중병을 고치고 새싹을 틔울 수도 있는 멋진 힘이었다. 하지만 마법처럼 다양한 일들을 할 수는 없는 모양이다.

마법사들은, 생명을 꺼뜨리는 일은 손쉽게 해내도 생명을 만들어 내는 일에는 젬병이었다. 그런 의미에서 신관과 마법사들은 서로의 부족한 점을 채워 주는 퍼즐과도 같았다. 이들이 만나면 무척 재밌어질 것 같았다. 그래서 에하드에 워프 존 게이트를 설치하기로 마음먹었다.

두 대륙을 자유롭게 왕래할 수 있는 게이트의 설치에 대해서는, 반대하는 사람도 많았다. 고위 신관 중에는 아직 내 정체를 의심하는 사람들이 남아 있었다.

난 성녀가 아니지만, 악마는 더더욱 아니다. 하지만 마력을 쓰는 사람을 본 적 없었던 그들이 처음 보는 마법사를 의심하는 건 당연한 일이었다. 다행히도 대신관이 내 편을 들어줬다.

"성녀님…… 제 말 들리시나요?"

지금 방문 밖에서 쩔쩔매고 있는 히람이 바로 그 대신관이다. 대신관은 신전에서 제일 높은 사람이라고 한다. 성신의 목소리를 들을 수 있다나 뭐라나. 신을 믿지 않는 내게는 솔직히 허무맹랑한 소리로만 들렸다. 이곳의 문화를 존중해서 그런 생각을 입 밖에 내지는 않았지만.

아무튼, 그렇게 워프 존 게이트를 설치하는 데까지는 좋았는데, 새로운 문제가 생겼다. 그걸 이용할 수 있는 게 나뿐이라는 거다.

신성 제국, 에하드에는 마수들이 싫어하는 성물이라는 것들이 곳곳에 놓여 있었다. 그래서인지, 이 땅에서 마법을 쓰기 위해서는 마력이 몇 배로 소진되었다. 평범한 마법사들은 게이트 이동만으로 마력 결핍증을 일으킬 정도였다. 마력석의 도움을 받으면 좀 낫지만 그렇게 하면 너무 낭비가 심했다.

에하드 사람들에게 우리 대륙을 보여 주거나, 우리 대륙의 사람들을 에하드로 옮길 때마다 내가 동반해야 했다. 이야기 속 허구로만 여겨졌던 세상 반대편의 대륙을 확인하고 놀라는 얼굴을 보는 건 좋았지만, 글쎄. 짐차가 된 기분이었다.

두 대륙의 교류를 기대했는데, 이런 식으로는 무리였다. 그래서 지금은 우리가 에하드로 오는 길 중간에 들렀던 무인도에 워프 존 게이트를 설치해 두었다.

게이트를 설치하기 위해 두 대륙을 왔다 갔다 하는 과정에서, 가장 가까운 곳에 있는 솔리투도 왕국이 많은 도움을 주었다. 본격적으로 왕래가 시작되면 솔리투도는 두 대륙을 잇는 허브 역할을 하게 될 것이다……라고 카르멘은 말했다.

마법사인 나를 '인두겁을 쓴 악마'라고 불렀던 에하드 사람들의 반응이 가장 걱정이었는데, 의외로 이 부분에서는 솔리투도에서 만난 꼬마, 에제르가 일등 공신이었다.

에제르는 아직 에하드에 대해 많이 기억하고 있었다. 그래서 몸이 회복된 후로는 에하드로 넘어와 통역사 역할을 하며 우리를 따라다녔다. 통역 마도구가 있으니 큰 도움은 필요 없었지만, 에하드 사람들의 경계를 허무는 데는 많은 도움이 되었다.

거스의 일 때문에 마법사를 무서워하게 되었대도 할 말이 없는데, 정말 고맙게도 에제르는 마법사가 자신을 위험에 빠뜨렸던 이야기는 쏙 빼고 마법사가 자신을 구해 준 이야기만 에하드에 전해 주었다.

물론 하웰도 도움을 주었다. 에하드 사람들과 같은 외양을 가지고 솔리투도 언어를 쓰는 이 두 아이는 마치 두 대륙의 화합의 상징 같았다. 나는 그 과정에서 하웰의 소원이었던, 진짜 이름을 찾아 주겠다는 약속도 이뤄 주려고 했다.

하지만 결과적으로는 실패였다. 대신관의 도움을 받아 하웰이 잠깐 머물렀던 보육원을 찾아내는 데까지는 성공했는데, 친부모가 아이를 버린 것 같았다. 이름도 지어 주지 않고.

'진짜 이름은 이미 첼시 님이 지어 주셨으니 괜찮아요.'

나는 하웰을 걱정했는데, 그 애는 되레 웃으면서 그렇게 말했다. 마음이 따뜻하고 강한 아이였다. 나와 카르멘은 하웰을 행복하게 자랄 수 있게 만들어 주기로 약속했다.

그렇지, 카르멘은 요즘 아주 날아다녔다. 놀랍게도 소드 마스터가 쓰는 오러는 신성력의 일종이라고 한다. 이곳의 성기사들은 오러를 쓰기 위해서 어릴 때 신전에서 세례를 받는데, 카르멘처럼 신전의 도움 없이 혼자 오러를 쓰기 시작하는 사람들은 이곳에서도 아주 드문 존재였다.

그런 만큼 혼자 오러를 깨우친 사람에게는 신의 선택을 받았다고 해서 신전이 직위를 주고 특별한 성물을 하사하는데, 카르멘은 이미 황제이니 직위는 필요 없지만, 그 성물만은 아주 유용했다.

간략하게 말해 신성력을 담은 반지인데, 그걸 받고 이름난 성기사들과 어울리더니 며칠 만에 오러로 파도도 쪼갤 수 있을 정도로 강해졌다. 카르멘이 그렇게 소년처럼 눈을 반짝이는 걸 보는 건 오랜만이었다.

부서지는 햇살 아래에서 성검처럼 하얀 칼을 들고 파도와 부딪히는 모습을 모두가 봐야 했는데…….

음, 아니다. 지금도 귀찮게 구는데, 그런 모습까지 봤으면 배로 귀찮아졌겠지. 역시 나만 보길 잘했다. 각설하고. 아무튼 그래서 요즘 나는 에하드의 성물을 제거하지 않고 마법을 쓸 수 있는 투과식을 찾기 위해 골머리를 앓는 중이었다.

이것만 해결되면 마법사들이 에하드에 오기도 훨씬 쉬워질 것이고, 에하드 사람들에게도 마법을 알려 줄 수 있을지도 모른다. 때마침 방문 밖에서 발소리가 멀어지는 게 들렸다. 자신이 도움을 줄 게 없다는 걸 깨달은 히람이 물러나고 있는 모양이었다.

"마지막으로 본국에 갔던 것도 벌써 한 달 전이네……."

슬슬 가족들의 얼굴이 보고 싶은데, 히람이 내가 돌아가지 못하게 막아 대는 통에 아주 성가셨다.

……사실 내가 자초한 것도 있었다. 무너져 가는 낡은 대교를 고쳐 준데까진 좋았다. 그런데 내가 잠시 본국으로 돌아간 사이 대교가 흔들리는 사건이 발생했다. 에하드의 성물 때문에 이곳에서 마법을 쓸 때는 마력이 몇 배로 드는데, 내가 마력 계산을 잘못해서 다리를 제대로 고쳐 놓지 않은 것이다. 그걸 이 나라에서는 성녀를 잃어서 재앙이 왔다고 받아들인 모양이다.

물론 난 헐레벌떡 날아와서 다시 대교를 고쳐 놓았다. 그때는 마도국에서 마력 감지기를 가져와 성물의 마력 저항이 얼마나 심한지 정확히 계산해서 완벽한 마력식을 썼다. 신성 제국에서 마법을 쓰면 마력이 더 많이 소모된다는 걸 느꼈으면서, 정확한 계산식을 만들어 두지 않은 내 실책이었다.

하지만 그렇다고 날 영원히 신전에 가둬 둘 것처럼 구는 건 너무한 처사라고 생각한다. 결과적으론 다친 사람도 없는데. 그래서 투과식을 찾는 게 중요했다.

에하드에 온 마탑의 마법사들이 자유롭게 마법을 쓰는 걸 보여 주고, 에하드 사람들에게도 마법을 알려 주면 내가 성경에 나오는 성녀가 아니라 대마법사일 뿐이라는 걸 모두가 이해해 줄 것이다. 하지만…….

"하아."

어떤 방법을 써야 하는 건지, 전혀 감이 잡히지 않았다. 증폭 마법이나 마력 효율성을 늘리는 방법을 생각해 봤지만, 영 마음에 차지 않았다. 성물이 마법에 미치는 작용을 제대로 이해하면, 제대로 된 해법을 찾을 수 있을 것 같은데. 뭔가 떠오를 것 같으면서도 떠오르지 않았다.

"많이 힘드십니까?"

그때 책상 옆에 누워있던 로엠이 내 곁으로 다가왔다.

"괜찮아."

나는 머리를 들이미는 늑대의 부드러운 털을 쓰다듬으며 미소 지었다. 물론 나는 방법을 찾아낼 것이다. 지금 이렇게 엄살을 부리고 있긴 하지만, 난 내가 해낼 것임을 안다. 다만, 딱 하나…… 늘 이렇게 벽에 부딪힐 때마다 떠오르는 생각 하나가 있었다.

R.D가 내 곁에 있었으면 어땠을까, 하는.

루나틸 데일라르크. 영혼의 서를 만들어 낸 천재 마법사이자, 초대 황후, 마탑의 설립자.

만약 우리가 동시대에 태어났으면 어땠을까? 생각을 나누고 도움을 주고받으며 서로를 끌어 주는 친구가 될 수 있었을지도 모른다. 그런데 어째서 시대를 뒤흔드는 대마법사는 한 시대에 꼭 하나씩만 태어나는 걸까?

"에휴우."

나는 고민해 봤자 이해할 수 없는 이치를 원망하다, 이내 다시 책에 코를 박았다.

* * *

"도둑이야!"

어디선가 들려오는 다급한 외침에, 헤이브의 첫째 왕자 엘데니아는 반사적으로 고개를 들었다. 달빛이 내리는 한적한 산책로에, 담 위를 달리는 검은 인영이 있었다. 누가 봐도 도둑의 실루엣이다. 엘데니아는 곧장 담을 향해 달려 나갔다.

"거기 서라, 도둑아!"

엘데니아의 존재를 몰랐는지, 담 위를 뛰던 도둑이 놀라 발을 삐끗했다.

"꺄아악!"

어린애 목소리?

예상치 못한 가느다란 비명에 엘데니아는 당황해서 손을 뻗었다. 곧장 그의 위로 작은 몸이 쏟아져 내렸다. 얼굴 위로 흐트러지는 흑단 같은 머리카락.

"……루나틸?"

엘데니아의 목소리에 강아지처럼 커다란 눈망울이 흐려졌다. 루나틸 로젤리아, 7세. 그녀는 헤이브에 볼모로 잡혀 온 약소국의 공주였다. 엘데니아가 당황하고 있을 때, 등 뒤에서 다급한 발소리가 들려왔다.

"아이고, 왕자님!"

허겁지겁 그를 부르는 남자는, 차림새를 보아하니 헤이브 왕실 도서관의 사서인 듯했다. 사서가 나타나자 루나는 잽싸게 엘데니아의 뒤로 숨었다.

"괜찮으십니까?"

"괜찮아, 넘어진 것 정도로 그렇게 수선 떨 것 없다."

엘데니아는 사서에게로 고개를 돌리며 말했다. 사서는 뛰어온 듯 숨을 몰아쉬고 있었다.

"물건을 도둑맞았나?"

"아니야!"

엘데니아는 사서를 향해 물었는데, 대답은 루나에게서 들려왔다.

"빌린 거야! 도서관은 책을 빌리는 곳이잖아!"

"왕실 도서관의 책들은 아무나 빌릴 수 없게 되어있습니다. 헤이브의 왕족, 혹은 귀빈들만 이용할 수 있도록 엄격하게 출입을 통제하고 있어요. 그런데 아가씨가 멋대로……."

항의한 것은 루나인데, 사서는 그녀에게 눈길도 주지 않고 엘데니아만 보며 설명했다. 엘데니아는 루나가 품에 꼭 안고 있는 서책 꾸러미를 흘긋 보았다.

"이 '아가씨'는 모란 왕국의 공주님이신데."

엘데니아가 사서를 올려다보며 말했다.

"헤이브 왕실의 공주는 아니지만, 우리나라에 온 귀빈이네."

그의 말에 사서의 얼굴이 곤혹스러워졌다.

"모란 왕국의 공주를 왕자님께서 귀빈으로 대접하실 필요는……."

지나가듯이 하는 말에, 루나의 얼굴이 일그러졌다. 엘데니아는 급격히 어두워진 루나의 표정을 보다가 다시 입을 열었다.

"그럼 내가 빌린 것으로 해."

"……네?"

"귀족들도 이용하는 도서관이니, 나는 이용할 수 있겠지?"

"……네, 네! 물론이죠."

사서가 퍼뜩 정신을 차리고 굽신거리는 동안, 루나는 책을 껴안고 휘둥그레진 눈으로 엘데니아를 올려다보고 있었다. 사서를 돌려보낸 후, 엘데니아는 루나를 보고 물었다.

"그거, 무슨 책이야?"

루나는 쭈뼛거리며 책을 들어 올렸다. 엘데니아는 달빛의 도움을 받아 표지에 쓰인 글씨를 읽었다.

"마법서?"

"응."

루나가 책을 파라락 펼쳤다.

"모란 왕국에서는 마법을 가르쳐 주는 사람들이 많았어. 근데 여기선 도서관에서만 책을 구할 수 있어서……."

변명인지 설명인지 모를 말을 하는 아이의 얼굴은 시무룩해 보였다.

"시종들에게 구해 달라고 하지 그랬어?"

"아무도 루나의 말은 안 들어줘. 마법 같은 허무맹랑한 걸 믿냐고, 책을 주면 읽을 수는 있냐고 그래. 내가 무슨 말만 해도 웃어."

이제 루나의 말에 울먹이는 소리가 섞이기 시작했다. 헤이브는 모란 왕국과 달리 마법에 대한 연구가 깊지 않았다. 그래도 찾아보면 관련

서적은 얼마든지 있을 테고, 모란 왕국과 헤이브의 언어는 별로 차이도 안 나는데. 아무래도 시종들은 말하는 억양이 좀 다르다고 꼬투리를 잡아 루나를 조롱하는 것 같았다.

엘데니아는 모란 왕국이 공물을 제대로 바치지 않는다며 수군거리는 말을 들은 게 떠올랐다. 그 때문에 볼모로 잡혀 있는 루나에게 불똥이 튄 걸까. 그는 고작 일곱 살짜리 꼬마를 둘러싸고 괴롭히는 제 나라 사람들이 한심했고, 혼자 타국으로 덜렁 오게 된 어린 공주가 안쓰러워졌다.

"그 사람들의 무례는 내가 대신 사과할게. 미안해."

"……."

"안 그래도 가족들과 떨어지게 되어서 힘들 텐데……."

"……가족들?"

금방이라도 울음을 터뜨릴 것 같던 아이의 목소리가 갑자기 차갑게 변했다.

"아니, 여기에 와서 그나마 좋은 일이 생겼다면 그거야. 가족들과 떨어지게 됐다는 거."

마냥 처량해 보이던 어린 공주의 냉정한 발언에 엘데니아는 반응할 타이밍을 놓쳤다. 그사이 루나는 불쾌한 얼굴로 사연을 털어놓기 시작했다.

"나한테는 마법 선생이 다섯 명 있었는데, 전부 날 똑똑하다고 했거든. 근데 우리 오빠들은 내가 뭘 하든지 비웃고 무시하기만 했어."

"그, 그래?"

"계집애가 그런 걸 배워서 뭘 하겠냐면서, 결국 나는 정치적 수단으로 정략혼이나 하게 될 거래. 그게 내 존재 이유라고. 난 절대 그렇게 안 될 거라고 했는데……."

쏟아내듯 말하던 루나의 목소리는, 끝으로 갈수록 힘이 없어졌다.

"오빠들보다 더 열심히 공부하면 분명 날 인정해 줄 거라고 생각해서…… 아바마마도 날 칭찬해 주셨는데…… 결국 오빠들 말대로 된 거네……."

하소연을 쏟아내던 루나가 고개를 아래로 푹 떨궜다. 평소에 어른스럽다는 칭찬을 많이 듣기는 하지만 결국 루나와 동갑내기 꼬마일 뿐인 엘데니아로서는 무슨 위로를 해야 좋을지 알기 힘들었다. 그가 쩔쩔매며 말을 고르고 있을 때, 루나가 번쩍 머리를 들었다.

"그래도 절대 안 져!"

"……어?"

"누가 뭐래도 열심히 공부해서, 최강의 마법사가 될 거야. 마법사들을 많이 모아서, 마법의 위대함을 증명할 거야. 그래서 모두가 날 인정하게 할 거야! 아무도 날 무시하지 못하게!"

루나는 발을 탕탕 구르면서 외쳤다.

울 줄 알았는데. 아니, 눈에 눈물이 맺혀 있긴 하지만…… 루나는 상심에 빠지지 않았다. 오히려 그런 상황들 때문에 더 불이 붙은 것 같았다. 그녀는 자신을 무시하던 놈들 코를 납작하게 만들 날을 기약하며 이를 득득 갈았다.

엘데니아는 눈을 깜빡였다. 그의 주변에는 무언가에 그렇게 열 내는 사람들이 없었다. 모두가 무던했다. 벽에 부딪혀도 적당히 타협하고 적응하며 사는 게 당연하다고 생각했다.

그런데 눈앞의 여자애는, 고작 일곱 살밖에 안 됐는데.

저렇게 호승심이 넘치는 사람은 처음 봐서 호기심이 일었다. 그가 입을 열었다.

"앞으로 도서관에서 책 빌릴 때는, 내 이름을 대."

"……네 이름?"

"엘데니아 데일라르크."

루나의 금색 눈동자가 커다래졌다. 엘데니아는 달을 등지고 다정하게 미소 지었다.

"헤이브의 첫째 왕자니, 내 이름을 대면 모두가 들어줄 거야. 사서에게 말을 넣어 둘게."

루나는 멍하니 엘데니아를 바라봤다. 엘데니아는 부드럽게 미소 지으며 대답을 기다렸다. 그러나 그녀는 한참 동안 답이 없었다.

"······루나?"

입가에 경련이 일어날 때쯤, 엘데니아가 다시 그녀를 불렀다. 그러자 루나가 덥석 그의 손을 잡고 물었다.

"에르, 나랑 결혼할래?"

장차 헤브람 제국의 초대 황제가 될 엘데니아 데일라르크. 그리고 초대 황후이자 마탑의 창시자가 될 R.D. 대륙에서 가장 거대한 나라를 세우게 될 두 사람의 약혼은 그렇게 이루어졌다.

* * *

루나는 인정 욕구가 강한 아이였다.

정략혼이 존재 이유라는 말을 듣거나, 헤이브가 볼모를 요구했을 때 부모가 냉큼 넘겨 버렸다거나. 약소국의 공주라는 이유로 헤이브의 왕족은 물론이고 시종들에게까지 무시를 받는다거나. 그런 일들이 쌓여서 루나를 절실하게 만들었던 것 같았다.

내 존재 가치를 증명하지 못하면 또 버림받을 거야.

사람들이 자신을 인정하게 만들 수 있는 수단이, 그녀에겐 마법이었다. 그래서 루나는 늘 탐구하고 노력했다. 수많은 마법을 만들었고, 마수들을 사역했고, 사건을 해결해서 공로를 쌓아 갔다.

처음에는 루나나 그녀의 마법을 불신하던 사람들도 조금씩 그녀를 받아들이게 됐다. 루나는 인지도와 명성을 쌓았고, 자신을 따르는 마법사들을 모아 탑을 만들었다. 루나는 최고의 마법사가 되어서 제 가치를 증명할 거라고 말했고······.

결국은 그렇게 되었다.

희미한 별빛 아래로 매캐한 연기가 피어오르고 있었다. 불 냄새, 먼지와 쇠 냄새. 시체 타는 냄새. 엘데니아는 병사들을 윽박지르며 채근했다. 그러나 아무리 땅을 파헤쳐도, 그가 찾는 사람은 나오지 않았다. 현기증이 밀려왔다.

"루나 님!"

그때 난장을 가로지르는 높은 목소리가 들려왔다. 루나틸 데일라르크의 가장 충성스러운 사역마, 헤밀리의 목소리였다. 엘데니아는 급히 고개를 돌렸다. 터지고 찢긴 마수의 잔해 속을 뒹굴던 기사들과 마법사들도 벌떡 일어났다.

"어머니!"

가장 먼저 튀어 나간 건 가장 가까이에 있던 첫째 왕자였다. 왕자가 다가가자 루나가 다정하게 미소 지었다. 하나같이 재투성이가 된 사람들 사이에서, 이 쑥대밭을 만들어 낸 장본인은 검댕 하나 묻지 않고 말끔한 모습이었다.

루나틸 데일라르크, 45세.

다섯 왕국을 통일해 대륙에서 가장 거대한 제국을 만들어 낸 시조이자 마탑의 주인.

엘데니아는 가슴을 쓸어내렸다.

"이제야 마음이 놓이십니까."

그때, 다소 원망이 섞인 목소리가 들려왔다. 마탑의 첫 번째 장로이자 루나가 가장 신뢰하는 마법사인 아리스였다.

"대륙 최강의 마법사를 그렇게 물가에 내놓은 아이처럼 걱정하시는 건 폐하뿐일 겁니다."

엘데니아는 어깨를 으쓱했다.

"정말 물가에 내놓은 아이였으니 그렇지."

루나를 처음 만난 일곱 살 때부터, 엘데니아는 항상 그녀를 지켜봤다. 키보다 높은 담을 넘거나, 볼모로 잡혀 온 주제에 왕족들과 몸싸움을 벌이거나, 몰래 성을 빠져나가다 경비대에 걸리거나. 귀신이나 요괴가 나온다는 소문이 도는 폐허를 혈혈단신으로 탐험하려 들거나.

죽을 뻔한 적도 여러 번이었다. 루나가 무사히 성인식을 치를 때, 엘데니아는 눈물도 흘렸다.

"그때서부터 많이 변하지도 않았다네."

엘데니아의 진중한 목소리에 아리스는 고개를 절레절레 저었다.

'내 여보는 아무리 세월이 흘러도 옛날이랑 똑같아.'

같은 말을 근엄하게 해 봤자 닭살 돋는 건 똑같았다. 무슨 대화를 하는지, 루나는 왕자와 병사들에게 둘러싸여 올 생각을 안 했다. 엘데니아가 다가가자, 사람들이 소란스럽게 웅성거리는 소리가 들렸다.

"에르!"

먼저 엘데니아를 발견한 루나가 손을 흔들자, 병사들이 화들짝 놀라 길을 비켜 주었다. 성큼성큼 걷던 엘데니아가 무언가를 발견하고 우뚝 멈춰 섰다.

"……그게 뭐지?"

가까이서 보니 루나의 품속에, 이상한 것이 있었다. 거대한 도롱뇽 새끼 같은 것.

"귀엽지? 주웠어."

"주워? 그건……."

불길한 엘데니아의 얼굴을 보고 루나가 후후 웃었다.

"맞아, 아기 드래곤이야."

드래곤! 사람들이 기겁했다.

삼십 년 전부터, 마계의 틈이 조금씩 열리고 있었다. 마계에서 온 마수들은 강했지만, 다섯 왕국이 힘을 합쳐서 어떻게든 이겨 냈다. 하지만 가끔은 아주 강력한 마수가 등장해 인류를 위협에 빠뜨리기도 했다.

그중 가장 무서웠던 적은 단연코 3년 전에 넘어왔던, 드래곤이었다. 태양을 새까맣게 가리는 검은 드래곤이 숨결을 내뱉으면, 마을이 사라지고 지옥도가 펼쳐졌다. 그 전쟁에서 루나는 큰 상처를 입기도 했다.

호기심 어린 얼굴로 마수를 보던 사람들의 눈에 공포가 서렸다. 엘데니아는 아기 드래곤, 해츨링을 바라봤다. 다친 곳은 없어 보이는데, 어쩐지 눈이 죽어 있는 마수였다. 마수 주제에. 마치 체념이라도 한 것처럼. 그 가운데에서, 루나가 입을 열었다.

"에르, 얘 키우지 않을래?"

수십 년 전 '에르, 나랑 결혼할래?' 하고 물어볼 때와 별반 다르지 않은 어조로, 루나가 물었다. 대화를 듣던 사람들이 모두 사색이 되었다. '어머니!' 왕자도 놀라 그녀를 말렸다. 하지만 루나의 시선은 엘데니아만을 향했다.

"이름도 정해 놨어."

케라아임. 해맑게 말하는 루나의 얼굴을 보며, 엘데니아는 눈을 깜빡였다. 그의 대답은 수십 년 전과 같았다.

"……공주님이 원하신다면야."

좌중이 소란스러워졌다.

* * *

"대체 무슨 생각이야?"

서류 위로 헤밀리가 불쑥 머리를 들이밀었다. 색이 희미한 눈과 머리칼, 시체처럼 푸르스름한 피부. 얼핏 귀신처럼 보이는 외양이지만, 그것도 삼십 년을 봐 오니 익숙해졌다. 엘데니아는 여상하게 물었다.

"뭐가?"

"케-라-아-임! 그 커다란 도롱뇽이 루나 님을 독점해 버렸잖아. 어떡할 거냐고."

왜 키워도 된다고 한 거야? 헤밀리가 마구 투덜거렸다. 엘데니아는 서류철을 정리하며 일어났다.

"루나가 마음을 먹었는데 해내지 않을 리가 없잖아."

"……그건 그렇지만."

"차라리 드래곤을 꼬드기는 게 더 쉬울걸."

엘데니아가 픽 웃으면서 말했다.

그런데 헤밀리가 답이 없었다.

"……헤밀리?"

"넌 천재야!"

헤밀리가 엘데니아의 손을 덥석 잡고 외쳤다. 엘데니아는 약간의 불안감을 느꼈다.

그날부터 헤밀리의 유혹이 시작됐다.

'드래곤을 꼬드기는 게 더 쉬울 거다.'

단지 루나가 얼마나 무쇠 같은지를 설명하기 위한 표현이었는데, 헤밀리는 다르게 이해한 것 같았다. 그녀는 케라아임을 꼬셔서 루나와 떨어뜨리고, 잘 되면 아예 성 밖으로 쫓아 버려야겠다고 마음먹은 것 같았다.

"케라아임은 언데드인 것 같아."

"……그래 보이진 않던데. 어디가 안 좋나?"

"아니, 하지만 정상은 아니야. 시체처럼 멍하고…… 가끔 이상한 소리를 해."

루나 님께 힘을 빌려주는 대가로 죽여 달라고 했대. 마계에서 넘어오면서 머리를 잘못 부딪친 것 같아. 헤밀리가 투덜거렸다. 케라아임을 꼬드기겠다는 작전이 잘되지 않는 것 같았다.

헤밀리가 어떤 노력을 하든 알 바는 아니었다. 하지만 자꾸 그를 끌어들이려고 하는 건 문제였다. 헤밀리는 여러 가지 핑계를 만들어 케라아임을 끌고 가면서, 루나에게는 엘데니아를 붙여 뒀다.

'인간들은 방 안에만 처박혀 있으면 병 생기잖아! 데리고 정원이라도 나가!'

솔직히 나쁜 제안은 아니었다. 케라아임이 온 후부터, 루나는 과할 정도로 연구에 몰두했다. 마치, 자신을 증명하기 위해 열과 성을 다하던 어린 시절처럼.

루나가 무슨 연구를 하는지 엘데니아는 몰랐다. 그녀가 말해 주지 않았으니까. 이렇게 입을 다물고 있을 때, 루나는 꼭 위험한 일을 벌이곤 했다. 그 일의 결과는 늘 경이롭고 대단했지만.

엘데니아는 루나의 열의를 사랑했지만, 그녀가 위험에 빠지는 것은 싫었다. 그래서 그녀가 그에게 모든 걸 털어놓지 못하는 거겠지만.

"당신, 안색이 안 좋아졌어."

엘데니아는 루나와 정원을 걷다 문득 말했다.

"무슨 일을 하는지는 모르겠지만…… 가끔은 이렇게 나와서 같이 걸어 줘."

이런 시간도 소중하잖아. 엘데니아가 루나의 뺨을 어루만지며 말했다. 루나는 그의 손등에 손을 겹치며, 희미하게 웃었다.

"응…… 알았어."

정신을 차리니, 엘데니아도 헤밀리의 작전에 적극적으로 동참하고 있었다. 하지만 나쁠 건 없었다.

한동안 마계의 범람 없이 평화로운 날들이 이어졌다. 이따금 일어나는 사소한 사건들, 사랑하는 아내, 그들을 반씩 닮은 아들과 딸들. 그들이 살아가는 나라와 시대. 모두 루나와 함께 만들어 낸 것이었다.

이대로 남은 생애도 함께 늙어 갈 수 있다면, 더 바랄 게 없었다.

＊　＊　＊

　"루나틸."

　콜록, 콜록. 힘겨운 기침 소리. 헛구역질 소리. 한참 후에야 겨우 기침이 잦아들고 루나가 눈물 맺힌 얼굴로 케라아임을 돌아봤다. 검은 머리, 금색 눈동자. 수백 년이 흘러야 어른이 되는 드래곤의 특성에 맞지 않게, 어렸던 해츨링은 단기간에 완연히 성장해 있었다.

　"왔어?"

　"……괜찮은 건가?"

　그녀가 고개를 박고 있던 손수건엔 핏자국이 남아 있었다. 루나가 생긋 웃었다.

　"아니, 오래 남진 않은 것 같아."

　"……참 태연하게 말하는군."

　"그러는 넌."

　루나는 책상 위에 쌓인 책들 위로 턱을 괴며 물었다.

　"아직도 바라는 게 그것뿐이야?"

　"그래."

　단호한 대답에 루나의 표정이 불퉁해졌다.

　"죽고 싶은 게 소원이라니. 너무 우중충하잖아. 살아 보면 인간계에도 재밌는 일이 많을 텐데 말이야. 내가 너라면 실컷 놀러 다닐 텐데. 아깝지 않아? 기왕 잘생긴 김에……."

　"대마법사님은 외모를 참 중시하시는군."

　케라아임이 루나의 말을 자르며 말했다. 루나는 한숨을 내쉬며 옅게 웃었다.

　"그러니 내가 내 남편이랑 결혼한 거지."

　창으로 노란 햇살이 새어 들어와 루나의 얼굴을 적셨다. 수북이 쌓인 책 더미 사이에 기대 미소 짓는 루나는 살날이 얼마 남지 않은 사람이라곤 상상할 수 없을 정도로 빛나 보였다.

자신의 삶이 끝나고 있으니, 마지막으로 남은 사람들을 위해 울타리를 치고 싶다고 했지. 그건 루나가 오래전부터 세워 온 계획이었다. 케라아임은 충동적으로 입을 열었다.

"……정말 내가 죽고 싶지 않다고 말하면 어쩌려고."

"응?"

"나도, 그 사람을 지키기 위한 계획의 일부잖아?"

루나가 황금색 눈동자를 깜빡였다. 그 눈동자에 감탄이 번졌다.

"세상에, 케리. 정말 심경의 변화가 생긴 거니?"

"뭐?"

"그래, 잘 생각했어. 어쩌면 너랑 같이 인간계에 넘어온 드래곤이 있을지도 모르고. 아직 이렇게 젊은데, 그렇게 포기해 버리면 안 되지."

루나는 기쁜 얼굴로 케라아임의 손을 잡았다. 드래곤의 얼굴에 당황이 서렸다.

"계획이야, 다시 세우면 되지."

네가 더 중요한걸. 루나는 웃으며 말했다. 케라아임의 얼굴이 붉어졌다.

"……그냥 해 본 말이다. 별 뜻은 없어."

"그래?"

"그래, 인간계에 넘어온 드래곤이 또 있다면 지금까지 내가 모를 리가 없잖아."

만약 있다고 해도, 이렇게 잠잠한 걸 보면 이미 죽었을 것이다.

"네가 그렇게 생각한다면 어쩔 수 없지만……."

루나가 케라아임의 손을 놓으며 말했다.

"그래도 한 번쯤은 생각해 봐. 정말 이 세계에서 원하는 게 단 하나도 없는지. 너에겐 남은 시간이 많잖아."

남은 시간이 많지 않은 마법사가 웃었다. 케라아임은 입술을 달싹였다. 만약 이 세계에서 원하는 게 단 하나라도 있다면, 그건…….

그러나 루나가 먼저 입을 열었다.

"헤밀리와 사랑의 도피를 떠난대도 말리지 않을게."

"안 해."

루나는 기분 좋게 웃었다. 케라아임은 앓는 소리를 냈다.

* * *

푸르스름한 새벽빛이 하얀 커튼 사이로 새어 들어왔다. 차가운 바람이 잠든 황제의 금색 머리칼을 헝클었다. 잠들기 전 창문을 열어 두었던가. 언제부터 밤이 이렇게 스산해졌나.

황제, 엘데니아는 어떤 나쁜 예감을 느끼고 잠에서 깨어났다. 몸을 일으켰을 때, 침대 반대편 창틀 위에는 검은 로브를 둘러쓴 인영이 앉아 있었다.

"……루나?"

쏴아아, 정원의 잎사귀를 흔들고 온 바람이 루나의 후드를 벗겼다. 후드 속에서 검은 머리카락이 쏟아져 루나의 얼굴을 가렸다.

"안녕, 폐하."

"……어디 가는 거야?"

엘데니아의 목소리가 불안하게 물었다. 그는 루나의 손목에 감긴 사슬과 허리춤에 찬 검을 보았다. 전쟁이 일어날 때 외에는 잘 꺼내지 않게 된 물건이었다. 루나가 천천히 입을 열었다.

"간밤에 전조가 있었어. 오늘이 그날이야."

"뭐?"

"마계의 문이 열리는 날."

엘데니아의 눈이 흔들렸다. 마계와 인간계를 잇는 차원에 균열이 생길 때마다, 위험한 마수들이 이 땅 위로 쏟아지곤 했다. 하지만 루나는 이 모든 일이 전조일 뿐이라고 예지했다.

앞으로 수십 년 안에, 문처럼 거대한 균열이 생길 것이다. 그때는 드래곤과 같은 위험한 마수들이 쏟아져 나올 거라고.

"걱정 마, 대비는 되어 있어. 내가 말했잖아."

루나가 웃으며 말했다. 그러자 엘데니아가 벌떡 일어났다.

"같이 가. 지금 준비를…… 윽!"

하지만 바닥에 발을 대는 순간 발밑이 번쩍 빛나더니 그의 몸이 기우뚱 넘어졌다. 엘데니아는 침대에 다시 고꾸라지고 나서야 바닥에 함정이 설치되어 있다는 걸 깨달았다.

"이건……."

"쉬잇."

루나가 입술에 검지를 가져다 대며 말했다.

"당신은 여기 남아."

"왜……?"

그들의 휘하에는 수많은 기사와 마법사들이 있었지만, 정말 중요한 순간에는 둘뿐이었다. 살을 에는 바람이 불던 설원에서 원한에 둘러싸인 헤밀리를 만났을 때도, 처음으로 마계의 틈이 벌어져 마수들이 쏟아져 나왔을 때도, 모란 왕국이 멸망하고 루나가 큰 상처를 입었을 때도.

그런데 이토록 중요한 순간에 그를 밀어내다니.

"루나."

뭔가가 잘못됐다.

"당신 설마……."

밤하늘엔 커다란 달이 떠 있었다. 기이할 정도로 새하얀 달을 등지고, 루나는 조용히 미소 지었다.

창틀에 걸터앉은 루나의 모습은 무척 작고 희미했다. 엘데니아는 그녀가 그대로 달빛에 잡아먹혀 버릴 것 같다고 생각했다. 루나는 웃음기 섞인 목소리로 속삭였다.

"에르는 속일 수가 없네."

심장이 철렁 내려앉았다.

어린 시절, 루나는 최강의 마법사가 되겠다고 말했다. 그리고 그렇게 되었다. 그 과정은 절대 순탄치 않았다. 어떤 대가를 치를지 알 수 없는 마법에 무모하게 도전해 보기도 하고, 스스로를 실험체로 삼기도 했다. 상급 마수를 사역마로 만들기 위해 마수의 굴로 뛰어든 적도 있었다.

결과가 좋았기에 칭송받게 되었지만, 옆에서 보면 그런 미치광이 마법사가 따로 없었다. 그리고 그녀의 그런 정신 나간 도전에는, 언제나 구원받는 사람이 있었다.

'명성을 얻기 위해서 한 거야.'

루나는 언제나 그렇게 말했다. 지금 루나의 얼굴은 그때와 똑같았다. 위험한 도전에 자기 자신을 던질 때의 표정.

"어쩌면 돌아오지 못할지도 몰라."

다른 게 있다면, 이번에는 그를 안심시켜 주지 않는 거였다.

"……왜?"

헤이브에 볼모로 잡혀 온 이후부터, 루나는 사람들에게 인정받기 위해 최선을 다했다.

"이젠 너를 증명하지 않아도 돼. 그러지 않아도 모두가 널 떠받들어. 이 대륙에 감히 루나틸 데일라르크를 무시하는 사람은 아무도 없어."

명성을 얻기 위해 쌓은 업적들, 저를 무시하는 사람들을 눌러 주기 위해 쌓아 온 공로. 루나는 찬찬히 주변을 훑었다. 그녀를 둘러싼 아름다운 성과 정원, 가장 거대한 제국과 그 제국의 황제가 된 남편을.

루나는 하얀 달을 등진 채 희미하게 웃었다.

"맞아, 에르. 나는 평생 사람들에게 인정받기 위해 노력해 왔지. 하지만 시간이 흐르며…… 나를 증명하기 위해 했던 것들이, 이젠 내가 됐어."

미안해.

엘데니아의 눈이 커졌다. 루나의 몸이 천천히 뒤로 기울고 있었다.

"루나!"

엘데니아가 뛰쳐나오는 모습을 보며, 루나는 눈을 감았다. 두 쌍의 날개를 가진 검은 그림자가 떨어지는 그녀의 몸을 낚아챘다. 그게 마지막이었다.

그것은 제국 전체를 감싸는 거대하고 견고한 결계였다. 죽을 날이 얼마 남지 않은 마법사 하나가 만들기에는 너무나 강대한. 하늘을 두르는 결계를 경이로운 눈으로 지켜보던 드래곤은, 그 기적 같은 일을 행한 마법사의 생명력이 눈에 띄게 희미해졌다는 것을 뒤늦게 깨달았다.

"루나틸!"

무너지는 루나의 몸을 케라아임이 간신히 받았다. 그녀는 벽에 기대 한 차례 피를 토해 냈다. 죽을 듯이 헐떡이던 루나가 겨우 고개를 든다 싶더니 말했다.

"괜찮아, 이제 탑으로 가자."

드래곤의 탑은 루나가 오래전부터 준비해 온 마법의 재료였다. 탑 위에는 루나가 미리 그려 놓은 마법진이 있었다. 영혼의 전환식. 그것은 사역마의 마력을 술사가 아닌 모든 사람이 나눠 가질 수 있도록 하는 마법이었다.

마법을 시전하는 사역술사가 매개체가 되어, 결계 안의 모든 사람이 드래곤의 마력을 사용할 수 있게 되는 마법. 루나가 죽어도 그녀가 사랑하는 이 나라와 사람들이 울타리를 잃지 않도록.

국가 단위의 마법인 만큼, 규모도 컸다.

케라아임은 루나와 계약한 후, 그녀가 자신의 마력을 끌어다 쓸 때마다 그에게 영혼의 힘이 들어차는 것을 느꼈다. 그러니, '영혼의 전환식' 같은 거대한 마법을 쓴다면, 영원과도 같은 시간을 사는 드래곤도 안식을 얻게 될 수 있을지도 몰랐다. 그건 케라아임이 소망한 바였다. 하지만 루나는……. 케라아임은 이를 악물었다.

"왜 항상 이렇게 무모한 거냐."

케라아임의 말에 루나가 눈을 깜빡였다.

"응?"

"방금 다섯 왕국을 합친 규모의 결계를 만들어 냈는데, 연달아 그렇게 거대한 마법을 썼다간 사라져 버릴 거다."

케라아임은 루나의 어깨를 잡고 말했다.

"내가 말한 것을 기억하나? 영혼이 있는 한은 죽어도 완전한 끝이 아니라고. '다음 세계'가 있다고."

드래곤은 특별한 마수였다. 아주 긴 세월을 사는 그들은, 다른 이들은 알지 못하는 지혜를 공유하고 있었다. 인간계와 마계 외에도 다른 세계가 있다는 사실 또한.

그 세계는 영혼이 있는 존재만 도착할 수 있는 장소였다. 인간들은 마수보다 수명이 짧은 대신, 여러 생애와 죽음을 반복했다. 영혼이 닳아 버리지 않는 한, 영원히 계속되는 반복.

"하지만 이런 마법을 썼다간, 네 영혼이 완전히 소멸해 버릴 거다."

사후 세계도, 환생도 없이 사라져 버리면……. 그 뒤에는 아무것도 없었다.

"아하하하하."

"……."

기껏 진지하게 말하고 있는데, 돌아온 것은 즐거운 웃음이었다. 케라아임은 기분이 떫어졌다.

"아, 미안. 비웃은 게 아니라."

케라아임의 표정을 본 루나가 뒤늦게 쩔쩔매며 변명했다.

"날 걱정해 주는 게 귀여워서."

"……."

"넌 참 따뜻한 용이야."

케라아임은 할 말을 잃어버렸다. 루나는 멈추지 않고 속삭였다. 걱정해 줬는데 미안하지만, 이게 내 방식이야.

"나는 왕자로 태어나지 않았으니까, 인정받기 위해서는 매사에 목숨을 걸어야 했어."

볼모로 잡혀 온 공주의 능력 따위에 관심을 주는 사람은 아무도 없었다. 두각을 드러내기 위해선 남들보다 두 배, 세 배는 뛰어나야 했다. 천천히 성장하는 모습이 아니라, 누구나 인정할 만한 성과가 필요했다.

그래서 루나는 뒷일을 생각하는 것을 포기했다. 몸을 사리고 힘을 아꼈다면, 제국을 세우고 마탑을 만든 루나틸 데일라르크는 없었을 것이다. 그러니까.

"나는 이 방법밖에 몰라."

"……루나."

"하지만, 케리."

루나는 케라아임의 머리를 끌어당겨 폭 안았다.

"내 마법들을 전부 기록해 놨어. 네 말대로 이건 위험한 마법이지만, 시간을 들여 천천히 연구한다면 보완할 방법을 찾을 수 있을 거야. 몇 년, 어쩌면 수십 년이 걸릴 수도 있지만……."

"……."

"드래곤의 수명은 아주 길지. 우리의 계약이 끝날 때까지 잘 생각해 봐. 정말 미련이 하나도 없는지."

루나의 목소리는 부드럽고 다정했다. 드래곤의 탑에 올라, 자신의 영혼을 완전히 소멸시켜 버릴 마법을 시전할 때까지도 그랬다. 루나는 그렇게 죽었다.

부드럽고 다정하게, 그래서 더 아프게.

* * *

세기의 대마법사가 죽은 후, 헤브람은 마법 제국이라는 이명을 얻게 되었다. 제국을 안전하게 지켜 주는 결계, 드래곤의 마력을 쓸 수 있게 된 마법사들. '마계의 문'이라는 대재앙을, 제국은 마탑의 비호 아래에서 예상보다 훨씬 손쉽게 이겨 냈다.

처음으로 얻게 된 힘과 평화. 자신의 손으로 가족과 나라를 지킬 수 있다는 자신감을 얻게 된 마법사들의 힘은 대단했다. 마탑은 마탑주를 잃고 더 빠르게 발전했다.

하나로 뭉친 후에도 완벽히 섞여 들지 못했던 다섯 왕국이 결계라는 국경선 앞에서 완전한 제국으로 자리 잡게 된 것도 그때였다. 사람들은 행복해졌고, 나라는 풍요로워졌다.

다만, 시신이 되어 돌아온 아내를 본 황제만이 비탄에 빠졌다. 황후가 죽고, 드래곤은 잠들고, 헤밀리는 어디론가 사라져 버렸다. 혼자 남은 엘데니아는 루나의 유서를 제대로 읽지 못했다. 아내를 잃고 병을 얻은 엘데니아는, 그녀의 기일이 돌아오기 전에 세상을 떠나 버렸다.

루나의 유품은 그대로 그녀의 첫째 아들에게 넘겨졌다. 이십 대에 황좌에 앉은 젊은 황제는 어머니가 남긴 다섯 권짜리 유서가 유서라기보단 일기나 연구 자료에 가깝다는 것을 알고, 1권인 '프네우마'를 제외한 모든 유서를 마탑에 넘겼다.

그 자료들은 활발하게 연구되었다. 루나와 가장 절친했던 마법사, 아리스가 마탑주 자리에 앉아 있을 때까지는.

하지만 이런저런 이유로 아리스가 은퇴하고 마탑주가 바뀌자 루나의 유품들은 소중한 보물처럼 보관되었다. 그러다 다시 세대가 바뀌면서 수십 년 전에 죽은 여자의 그늘에 가리고 싶지 않았던 새로운 피들에 의해 소각될 위기에 처했다.

하지만 태워지기 직전에 어디론가 사라져 버렸다. 분실에 대한 추궁을 당한 책임자들은, 하나같이 귀신이 훔쳐 갔다는 헛소리만 해댔다. 키가 2미터가 넘고, 머리부터 발끝까지 눈처럼 새하얀 여자 귀신이 가져갔다고.

무슨 말인지 도통 알 수 없었지만, 어찌 됐든 그들은 바라던 일이 이뤄진 것을 은밀히 기뻐했다. 그렇게 R.D의 마법은 세상에서 묻히게 되었다.

그로부터 육백 년 동안.

* * *

루나틸.

너는 마지막 순간에 내게 말했었지. 몇 년, 어쩌면 수십 년이 걸릴 수도 있지만, 다음 세대의 마법사들이 이 마법을 보완할 방법을 찾을 거라고. 새로운 세대의 마법사들이 오기 전까지 잘 생각해 보라고 했지. 정말로 이 세계에 미련이 하나도 없는지.

네 말대로 나는 잘 생각해 보았다. 너의 힘을 물려받은 새로운 세대의 마법사들이 돌아올 때까지. 하지만 마법사들은 수백 년이 지나도 오지 않았어. 이건 계약 위반이야. 우리 계약은 고작 수 년에서 수십 년짜리였다고.

사실 네가 계약서에 기간을 명시하지는 않았지. 그건 거의 백지 계약서였어. 마법을 잃은 너의 나라가 망하든 말든, 나는 언제든 일어나 네 영혼을 전부 집어삼켜 버리고 이 지긋지긋한 탑을 떠날 수도 있었다.

하지만 나는 그러지 않았어. 덕분에 네 생각보다 훨씬 더 오랜 시간을 고민할 수 있었지. 그리고 이제는 확실하게 말할 수 있어.

나는 이 세계에 미련이 없다.

사실 이 세계에 처음으로 발을 디딜 때부터 알고 있었어. 질병과 해충이 득실거리는 땅. 끊이지 않는 전쟁과 비명. 마수를 도륙하며 보람을 얻는 멍청하고 잔인한 종족들. 하나부터 열까지 마음에 드는 게 없었어.

나는 신성한 드래곤의 땅이 미치도록 그리웠고, 차라리 인간과 계약해서 영혼을 얻어 영혼이 있는 존재만 갈 수 있다는 사후 세계에 가는 게 낫겠다고 생각했지. 애초에 드래곤이 하나도 없는 세계에서 내가 잘 살 수 있을 리가 없던 거다. 이 인간계에 원하는 것 따위, 하나도 없었으니까.

그런데 왜 이렇게 오랫동안 지키고 서 있었어, 라고 물을 수도 있겠지만…….

영혼은 치유력이 있는 것 같다던 네 말을 기억한다. 만약 내가 영혼을 아주 천천히 집어 먹으면, 네가 사라지지 않을 수도 있을까 하고 생각했지. 다른 얼굴, 다른 이름으로라도 다시 태어날 수 있을 거라고.

그게 내가 이 끔찍하게 긴 죽음을 택한 이유야.

나는 이 세계에 미련이 없지만……. 사실, 옛날에는 있었어.

루나.

내 유일한…….

* * *

헤브람 제국 7세기.

드래곤의 탑에서 용의 시체가 출몰했다. 긴 세월 이어진 계약의 대가로 죽음을 얻어 낸 드래곤이 지하 세계로 스며들고, 마법 제국은 마력을 잃어버렸다.

혼란의 시대가 도래했다. 오랫동안 인류의 평화를 지켜 주었던 힘이 사라지자, 윤리와 질서는 모래성처럼 무너져 버렸다. 마수들의 손길이 대륙으로 뻗쳐 왔고, 마법 제국으로 이름 높던 헤브람은 가냘픈 결계 한 장에 기대어 간신히 명맥을 유지하는 처지가 되었다.

전쟁의 불씨는 인광으로 발하는 도깨비불처럼 끈질기게 이어지며 제국민들의 마음을 심란하게 뒤흔들었다. 현자들은 종말을 예언했고, 어떤 지도자는 나라를 버리고 도망칠 준비를 하며 재산을 빼돌리고 있었다.

그리고 첼시 로드랭이 태어났다.